AF523940

GUTKiND

Julia Malye

La Louisiane

ROMAN

Aus dem Französischen von
Sina de Malafosse

GUTKiND

Meiner Mutter und meinem Vater

Québec
Trois-Rivières
Île de Montréal
Saint-Laurent
Fort Saint-Pierre
Oberer See
Huronsee
Ontariosee
Saint-Louis
Mississippi
Michigansee
Eriesee
Irokesen
Missouri
Land der Shawnee
Ohio
Kaskaskia
Land der Illinois
Prairie du Rocher
Fort de Chartres
Nord-Louisiane
Arkansas
Saint-Louis
Mississippi
Atlantik
Chickasaw
Caddo
Tonicas
Yazoo
Süd-Louisiane
Pascagoula
Fort Rosalie
Natchez
Choctaw
Mobile
Houma
Pointe Coupée
Biloxi
Île aux Vaisseaux
La Nouvelle-Orléans
La Balize
Golf von Mexiko
0 100 200 300 400 500 km

Im Jahr 1720 verlässt ein Schiff mit dem Namen *La Baleine* Frankreich. An Bord sind Frauen, die im Pariser Hospital La Salpêtrière entweder aufgewachsen sind oder eingesperrt waren. Sie werden zu einem Zeitpunkt nach Louisiane verschifft, da die Siedler dort händeringend nach Ehefrauen suchen. 1721 treffen sie in dem Gebiet ein, das auch als »Mississippi« bekannt ist. Dieser Roman hat sich von ihrer Geschichte inspirieren lassen und ist eine Hommage an all jene Frauen, die sowohl in Frankreich als auch in den Vereinigten Staaten zu lange vergessen waren.

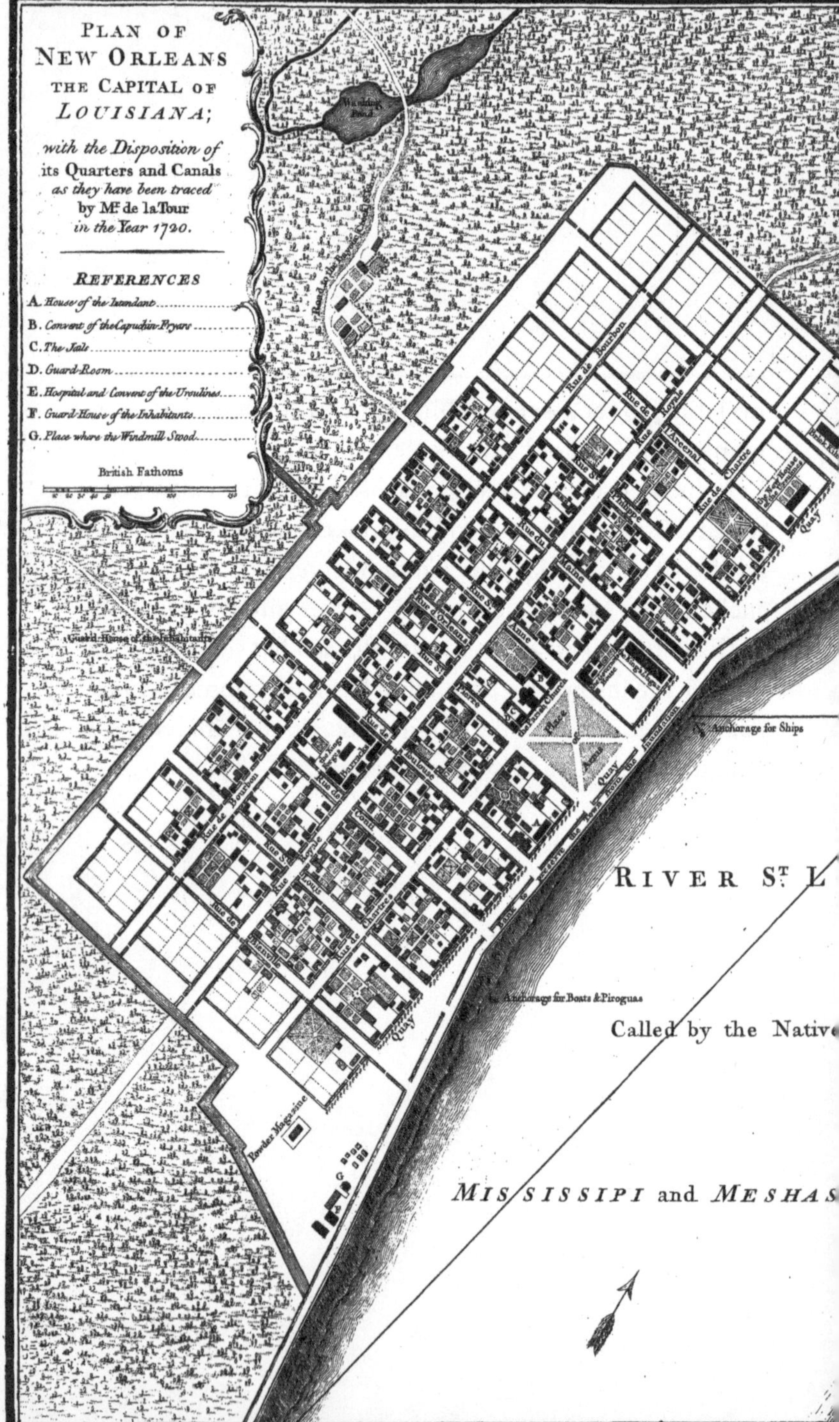

PLAN OF NEW ORLEANS THE CAPITAL OF LOUISIANA;
with the Disposition of its Quarters and Canals as they have been traced by Mr. de la Tour in the Year 1720.
REFERENCES
A. House of the Intendant
B. Convent of the Capuchin Fryars
C. The Jails
D. Guard-Room
E. Hospital and Convent of the Ursulines
F. Guard-House of the Inhabitants
G. Place where the Windmill Stood
British Fathoms
Washing Pond
Guard House of the Inhabitants
Rue de Bourbon
Rue Royale
Rue de Chartre
Rue du Maine
Rue d'Orleans
Rue de Conti
Rue de Toulouse
Place d'Armes
Quay
Anchorage for Ships
Anchorage for Boats & Piroguas
Powder Magazine
RIVER St. L
Called by the Native
MIS SISSIPI and MESHAS

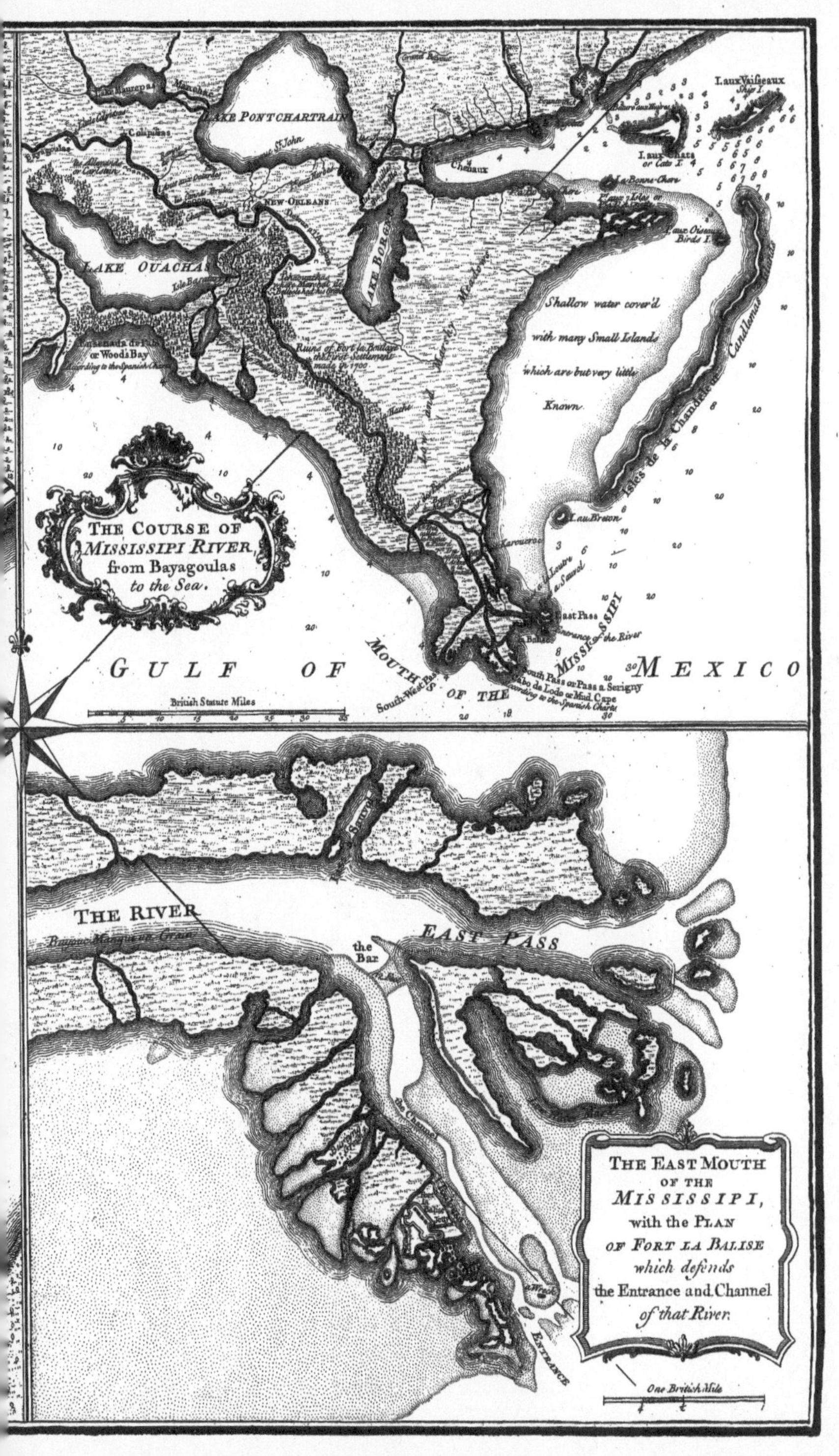

THE COURSE OF MISSISSIPI RIVER, from Bayagoulas to the Sea.
LAKE PONTCHARTRAIN
NEW ORLEANS
LAKE OUACHAS
LAKE BORGNE
Colapissas
Ensenada de Palos or Woods Bay according to the Spanish Charts
Ruins of Fort la Boulaye the First Settlement made in 1700
I. aux Vaisseaux Ship I.
I. aux Chats or Cats I.
I. aux Oiseaux Birds I.
Shallow water cover'd with many Small Islands which are but very little Known.
L. au Breton
East Pass
Entrance of the River
MOUTHS OF THE MISSISSIPI
South Pass or Pass a Serigny
Cabo de Lodo or Mud Cape according to the Spanish Charts
South-West Pass
GULF OF MEXICO
British Statute Miles
5 10 15 20 25 30 35
THE RIVER
EAST PASS
the Bar
the Channel
ENTRANCE
THE EAST MOUTH OF THE MISSISSIPI, with the PLAN OF FORT LA BALISE which defends the Entrance and Channel of that River.
One British Mile

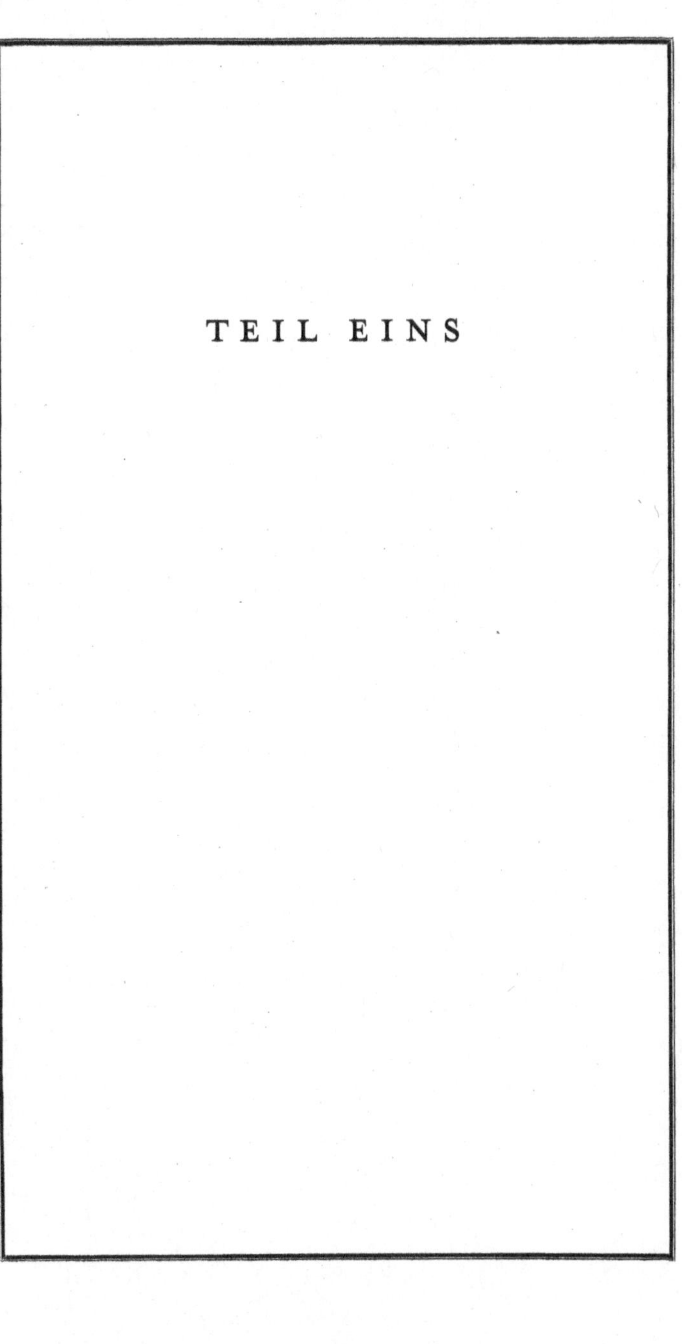

TEIL EINS

Bei ihrer Ankunft in Louisiane sind sie geblendet. Die Sonne über Biloxi ist erstaunlich gleißend für einen Januarnachmittag. Die Frauen kneifen im Winterlicht die Augen zusammen, und kurz darauf tauchen der weiße Strand und eine wartende Menschenmenge vor ihnen auf, sonnenverbrannte, ausgemergelte Männer, die sich auf die Zehenspitzen stellen. Die Frauen sitzen gedrängt in den Einbäumen. Die Sohlen ihrer Schuhe sind so abgewetzt, dass sie die Unebenheiten des Holzbodens spüren. Als die Matrosen ein paar Meter vom Ufer entfernt zu rudern aufhören, versuchen manche von ihnen aufzustehen. Unter ihrem Gewicht geraten die Einbäume ins Schwanken, die feuchte Luft hängt ihnen im Hals wie durchgeweichtes Brot.

Zum ersten Mal seit drei Monaten können sie wieder den Sand erkennen, der während ihrer Fahrt über den Atlantik vom Wasser verborgen war, den Grund des Ozeans, den sie zuletzt flüchtig an dem Morgen sahen, als sie an Bord der *Baleine* gingen. Niemand hat ihnen mitgeteilt, wo sie am Abend übernachten, wann sie verlobt sein würden. Man sagt Frauen nicht alles.

Einige beugen sich über das Dollbord. Felsen, Muschelschalen, Fische – ihre Schuppen schillernd, ihre Bewegungen lebhaft, in ihren Augen ein silbriger Glanz. Als ein

Schrei ertönt, werden die Passagierinnen in den Booten unruhig. Eine junge Frau fällt mit einem dumpfen Platschen ins Meer. Der Einbaum schaukelt gefährlich, aber kentert nicht, Hände werden nach der Frau ausgestreckt. Ihr dunkles Kleid zerfließt unter Wasser wie Tinte. Auf einmal hört sie auf zu strampeln. Im Widerspruch zu allem, was sie über die Fluten, über die sie hergesegelt sind, zu wissen glaubten, geht die junge Frau nicht unter. Sie kann stehen. Sie schauen zu, wie sie sich aufrichtet, den Rücken streckt, den Körper spannt, wie ihr schneller Atem über die Wasseroberfläche streift und ihr Gesicht sich dem Strand zuwendet, wo sich das Raunen der Männer und das Rauschen der Meeresbrandung vermischen. Ihre Gefährtinnen folgen ihrem Blick mit bangen, begeisterten, beunruhigten Mienen. Die junge Frau versucht nicht, wieder in den Einbaum zu klettern. Sie geht auf das Ufer zu. Ihr nasses Haar hat sich wie eine schwarze Haube über ihre Schläfen gelegt.

Die Frauen tun das Einzige, was ihnen bleibt – sie greifen nach der nächstbesten Hand und springen.

I

Marguerite

Paris, März 1720

Marguerite muss eine Liste erstellen. Sie faltet den Brief des Generaladvokaten wieder zusammen, zwingt ihr steifes Bein in eine angenehmere Position. Nach dem Regen der letzten Tage strahlt der Schmerz von den Zehen in ihren Oberschenkel, treibt Blüten bis in ihre Fingergelenke. Um diese Zeit haben die Mädchen die Nähstuben verlassen, die Stimmen sind nach den letzten Psalmen verstummt, die zuständigen Schwestern, die *Sœurs officières*, haben ihr die jüngste Liste der Insassinnen übergeben. Die Werkstätten sind verschlossen, und die Handwerker haben sich in ihre Wohnungen zurückgezogen. Nicht einmal die Gefangenen in den *Loges aux Folles* sind noch zu hören. Marguerite nimmt ihre Haube ab. Nach Sonnenuntergang sollte sie nicht mehr im Büro sein, sondern in ihrem Garten, unter dem blühenden Mimosenbaum, dessen üppige Blütenbüschel sie an die Perücken mancher Männer erinnern. Dort, inmitten der Gänseblümchen und Affodill-Rispen, gelingt es ihr, den Geruch der Salpêtrière zu vergessen.

Sie schlägt eine fast leere Akte auf. Ihre Hände sind ungeschickt geworden, zittern oft unvermittelt, und die Vorjahresliste rutscht beinahe unter den Sekretär. Vor nun fast eineinhalb Jahren hat sie begonnen, die Frauen auszusuchen, die nach Mississippi geschickt werden. Ihre erste

Auswahl hat beim Generaladvokaten Anklang gefunden; in seinem Schreiben teilt Maître Joly de Fleury ihr nun mit, dass der Gouverneur von Louisiane persönlich weitere Ehefrauen für die Kolonie anfordert. Marguerite rückt die Kerze näher an das Blatt. Heute Abend weiß sie nicht, wo sie anfangen soll.

Letzten Winter lagen die Dinge anders. Die Idee, Gefangene nach Mississippi zu verlegen, stammt von ihr. Sie hatte die Freiheit, die idealen Kandidatinnen zu selektieren. In der Salpêtrière gab es nicht mehr genügend Betten für diejenigen, die wirklich einen Zufluchtsort brauchten. Die Schlafsäle waren mit Mädchen belegt, die sich nie ändern würden. Sie hatte nur entscheiden müssen, welche sie als Erste loswerden wollte – Giftmischerinnen, Unkeusche, Rebellinnen oder Hexen.

Ja, diese erste Liste enthielt jede Sorte Gefangene. Unter den zweihundertneun Insassinnen, die im vergangenen Jahr ausgewählt wurden, war eine, an die sie sich besonders gut erinnern kann, die Fantastikerin, die ihre Zeit im Frauengefängnis damit zubrachte, widerwärtige Beleidigungen gegen den König herauszubrüllen. Aber nun war es vorbei mit den Mädchen, die im Gefängnis, in *La Grande Force*, eingesperrt waren. Maître Joly hatte es unmissverständlich gesagt: Gouverneur Bienville will keine ehemaligen Gefangenen mehr, sondern fordert etwa neunzig zukünftige Mütter. Fruchtbare, fähige, unauffällige Frauen. Für Marguerite ist das gleichbedeutend mit den reumütigen Insassinnen des Erziehungsheims, der *Maison de Correction*, oder den Mädchen aus dem Waisenhaus der Salpêtrière, der *Maison Saint-Louis*. Augenblicklich sieht sie vor sich, wie sich Charlotte Couturière, das rothaarige Waisenmädchen, mit zwölf Jahren nach Louisiane einschifft, diese fremde und barbarische Gegend, die mehr Angst als Bewunderung in ihr auslöst. Nein, nicht Charlotte. Das Mädchen wird in der Salpêtrière bleiben, in Sicherheit; in ein paar Jahren könnte sie hier eine *Sœur officière* werden. Mississippi braucht starke Frauen.

Sie rührt mit ihrer Feder im Tintenfass. Die Fantastikerin hatte eine Schwester, die jünger und noch nicht verdorben war. Marguerite versucht sich an ihren Vornamen zu erinnern, doch nur bei ihrem Nachnamen ist sie sich sicher. Unter der Überschrift »Passagiere von La *Baleine*« schreibt sie: »1) Étiennette (oder Antoinette?) Janson – zwischen 15 und 17 Jahre alt.«

Nur noch neunundachtzig Namen. Marguerite lehnt sich in ihrem Stuhl zurück, und der Schmerz galoppiert von ihrem Fuß in den Hals. Die Tinte in ihrem Porzellantöpfchen erinnert sich an die mit der Feder gezogenen Kreise.

»Madame?«

Kurz darauf meldet sich die klagende Stimme der Frau hinter der Tür noch einmal. Schwester Bailly weiß, dass sie nach dem Komplet, dem Nachtgebet, nichts mehr hier zu suchen hat.

»Was ist?«

Die Holztür ächzt, als ihre neue Gehilfin in den Raum tritt. Ihre Bewegungen spiegeln ihre Art zu denken wider – plump, langsam, zaghaft.

»Was wollen Sie?«

»Die Aufseherin der *Grande Force* hat neue Fälle von Rattenbissen gemeldet.«

Die Angst in ihren Augen bringt Marguerite zur Verzweiflung. Einmal mehr kommt ihre Assistentin nicht allein zurecht.

»Erzählen Sie mir etwas, was ich noch nicht weiß, Schwester Bailly.«

»Die Demenzkranke. Émilie Le Néant.«

Marguerite berührt ihr schlechtes Bein mit den Fingerspitzen.

»Haben Sie die Wachen schon gerufen? Wo ist die *Sœur officière*?«

»Sie haben es versucht, doch vergeblich. Sie will sich einfach nicht beruhigen.«

Natürlich. Nicht einmal die Gerte hat bei Le Néant geholfen. Einen Monat zuvor hat Marguerite veranlasst, dass sie von jedem Sakrament ausgeschlossen wird – von einer Frau, die sich damit brüstet, sich seit zehn Jahren nicht mehr bekreuzigt zu haben, ist nicht mehr viel zu erwarten.

»Die anderen Gefangenen werden unruhig.«

Marguerite stützt sich auf ihren Sekretär, um aufzustehen. Sie kommen ohne sie nicht zurecht. Dieser Gedanke kommt ihr in letzter Zeit öfters und mit ihm ein Gefühl von Stolz, von Erleichterung. Dann folgen Erschöpfung und Sorge.

»Beeilen wir uns.«

Sie können sich nicht beeilen. Marguerite gibt ihr Bestes, um den Cour Lassay raschen Schrittes zu durchqueren, aber vor dem Sainte-Claire-Heim müssen sie anhalten. Die Nacht ist hereingebrochen, die Dunkelheit verschluckt die letzten Arbeiter, die nach Hause eilen, die Schwestern versichern sich, dass die Armen gut schlafen und genügend Wasser für die Nacht haben. Schwester Bailly betrachtet die Saint-Louis-Kirche, als würde sie ihre vier Kapellen erst jetzt bemerken. Marguerite wartet an die Mauer gelehnt, bis der Schmerz abklingt, bevor sie weitergeht.

Sie nehmen die Abkürzung durch das Gebäude der *Vieilles Femmes*, und Marguerite schaut beim Gehen starr geradeaus, bis sie in den Innenhof von Sainte-Claire gelangen. Weitere Pflastersteine, kleine Fallen für ihre Stockspitze. Die Salpêtrière, ihre Stadt, erscheint ihr heute Abend riesig. In den Gebäuden zu ihrer Rechten, Saint-Augustin und Saint-Jacques, ist es still – nur ein einziges Fenster in der Werkstatt der *Jeunes Filles* ist erleuchtet. Plötzlich zerreißt gleich neben dem Gefängnis ein lautes Lachen die Nacht. Als sie in die Straße des *Corps-des-Gardes* kommen, hören sie noch andere Geräusche: das Weinen aus den Schlafräumen der kleinen Jungen, das Grunzen aus dem Schweinegehege, die Beschimpfungen aus dem Gebäude der Bogenschützen. Links von ihnen ragt das Gefängnis *La Grande Force* in die Nacht. Diesem Viertel haftet etwas Verruchtes an, das Marguerite immer nahegeht. Wenn sie mit dem Bau der Salpêtrière betraut gewesen wäre, hätte sie die Zellen der Frauen am anderen Ende der Stadt errichtet, wo sich zurzeit die Küchen und der Cour des Chèvres befinden. Sie hätte die Wahnsinnigen lieber am Rand des Hospitals gewusst.

»Hier entlang!«, ruft Schwester Elautin ihnen von der Schwelle des Gefängnisses zu.

Beim Erscheinen der Aufseherin der *Grande Force* senken die Wächter die Stimmen. Ihr Lachen verstummt vollständig, als sich die Tür hinter den Frauen schließt. In dem feuchten Gang steigt Marguerite ein abgestandener, kalter und widerlicher Geruch in die Nase.

»Ich habe Schwester Bailly mehrfach gesagt, dass Sie nicht gestört werden sollen«, sagt Schwester Elautin.

»Sie hat so laut gebrüllt, dass man sie auf dem Friedhof hören konnte«, rechtfertigt sich Schwester Bailly.

»Es ist höchste Zeit, dass Sie lernen, welcher Wind in dieser Einrichtung weht«, entgegnet Schwester Elautin.

»Das ist nun nicht von Belang. Erzählen Sie mir, was geschehen ist«, geht Marguerite dazwischen.

Im oberen Stockwerk ruft jemand nach Wein, Pierre oder Jean, dann nach Hilfe. Die Aufseherin verschränkt die Arme.

»Eine der Gefangenen hat sie beruhigt.«

»Jemand hat Le Néants Zelle betreten?«, fragt Schwester Bailly.

Marguerite wirft ihr einen verärgerten Blick zu.

»Natürlich nicht«, antwortet Schwester Elautin. »Wenn es so gewesen wäre, hätten Sie einen guten Grund, unsere Superiorin zu stören.«

»Wer hat sie beruhigt?«

Die Kerze erhellt nur einen Teil des Gesichts der Aufseherin, und ihr flaches Profil erinnert Marguerite an die Köpfe von geschichteten Karpfen in einer Kiste.

»Eine gewisse Geneviève Menu.«

Für gewöhnlich gelingt es Marguerite ganz gut, jeden Gedanken an ihre Schwester zu vermeiden. Doch es war Lucie, die Geneviève Menu vor zwei Monaten hat festnehmen lassen und sie vor der Sündhaftigkeit ihrer ehemaligen Wäscherin gewarnt hat. Bei der Gelegenheit hat ihre Schwester es nicht ausgelassen, Marguerite an ihre guten Verbindungen zu mächtigen Männern zu erinnern: Bevor Lucies Sohn dem Beispiel seines Vaters gefolgt und neuer Polizeichef geworden war, kümmerte sich niemand darum, Marguerites Entscheidungen zu überwachen. Sie konnte unbehelligt die Frauen ihrer Wahl deportieren. Inzwischen trägt der Mann an der Spitze der zuständigen

Behörde erneut den Namen ihrer Schwester, d'Argenson, eine Familie von Grafen und Marquis.

»Gehen wir«, erklärt Marguerite, und als sie ihren Gehstock Richtung Zellen schwenkt, verfehlt sie nur knapp Schwester Elautins Kleid. Der Gedanke an Lucie irritiert sie.

Die beiden anderen Frauen folgen der Aufforderung schweigend. Sie gehen durch die leeren Vorräume; die fensterlosen Mauern führen in enge Innenhöfe mit Außenzellen, in denen der Himmel nur noch ein schmales Rechteck ist. Marguerite sucht in ihrem Gedächtnis, was sie über Geneviève Menu weiß. Als sie in der Salpêtrière begann, hatte Marguerite sich Hunderte von Namen und Gesichtern merken können. Sie erinnert sich noch an die der Gefangenen, die vor dreißig Jahren in der *Loges aux Folles* eingesperrt waren, an die Gesichter der jungen Protestantinnen, die ihr 1700 nach deren vereitelter Flucht nach England anvertraut wurden. Sie sieht die Augen von Charlotte vor sich, damals acht oder neun Monate alt, wie sie erst in ihr Gesicht und dann in das der Zuständigen des Waisenhauses blickte, an einem eiskalten Januarabend im Jahr 1709. Aber heute ist Marguerite nicht in der Lage, sich genau zu erinnern, was Menu angelastet wird.

Die Aufseherin bleibt stehen, im Gang hallt das Klirren ihres Schlüsselbunds wider. Schwester Bailly und ein Wärter helfen ihr beim Öffnen der Tür.

»Le Néant ist in Isolationshaft, ganz hinten.«

Marguerite hält sich die Nase zu. Es ist die Zeit im Monat, in der die Schlafsäle nach Metall und feuchter Haut riechen. Wie jeden Winter hält das Abwassersystem, das entlang der Ostmauer der Salpêtrière verläuft, nicht mehr stand, sobald das schlackige Wasser der Seine an Fahrt aufnimmt. Im Gefängnis hat sich ein Geruch festgesetzt, der hartnäckig ist wie getrockneter Schlamm, wie Vogelkot – ein Gestank, der, das weiß Marguerite, durch den Stoff ihres Kleides dringen und bis unter ihre Haube kriechen wird. In der Dunkelheit hört sie, wie Körper das Stroh verschieben, ein dumpfes Schluchzen, ein belegtes Husten, aber nicht das Brüllen, mit dem sie gerechnet hat. An der vorletzten Tür bleibt sie stehen.

Zunächst bemerkt sie nichts Außergewöhnliches. Der Schein ihrer Kerze fällt in die erste Zelle, wirft gelbe Flecken auf den Stein. Durch die Luke weht die kühle Nachtluft, löst für einen Moment die widerwärtigen Ausdünstungen des Gefängnisses auf. Dann hört sie es: ein monotones, unablässiges Klopfen. Marguerite kennt dieses Geräusch gut – in der Krippe hat sie mehr als ein Kleinkind dabei beobachtet, wie es seinen Kopf gegen sein Körbchen schlug, um sich mit kleinen Stößen in den Schlaf zu wiegen, Stöße, die das Streicheln einer Mutter hätten sein sollen. Le Néant liegt reglos da und schläft. Ihre Knöchel erscheinen dünner an der Stelle, wo die Ketten liegen, die Haut an ihren Armen ist trocken von der Kälte, ihr nackter Leib ist in eine fadenscheinige Decke gehüllt. Das Geräusch ebbt nicht ab.

Als Marguerite ihre Kerze an die Luke der Nachbarzelle führt, entdeckt sie eine Gestalt in einem Kleid aus grobem Wollstoff, die auf einer ramponierten Matte kniet. Die Finger der Gefangenen sind rot und aufgerissen vom Stein. Doch sie schlägt weiter ihre Faust gegen die Mauer, auch als Marguerite einen Blick aus den wässrigen Augen auffängt. Die Gefangene schaut sie gerade so lange an, dass

Marguerite die Blutgefäße bemerkt, die ein feines Netz um ihre blaue Iris bilden. Als sie der *Sœur officière* die Kerze zurückgibt, kann sie nicht mehr sagen, wer zuerst den Blick abgewendet hat – sie oder die Frau, die für ihre Schwester gearbeitet hat.

»Tun Sie das Nötige, damit diese arme Kreatur etwas zum Anziehen erhält«, weist Marguerite Schwester Elautin an. »Und verlegen Sie Menu in die *Maison de Correction.*«

Schwester Bailly bietet scheu ihren Arm an, und Marguerite ergreift ihn dieses Mal sofort. Zurück in ihrem Büro fügt sie der Liste der zukünftigen Passagiere der *Baleine* einen zweiten Namen hinzu.

*

Als Marguerite in die Salpêtrière kam, war das *Hôpital général* dreizehn, sie selbst achtzehn Jahre alt. Zum letzten Mal in ihrem Leben trug sie ein cyanblaues Kleid, an den Ärmeln Stickereien aus Silberfäden, die ihre Gelenke einengten wie Handschellen. Ihr Haar hatte noch die Farbe eines angebissenen Apfels. Marguerite hatte sich den Posten als sous-officière nicht ausgesucht, war aber entschlossen, nicht nach Hause zurückzukehren, nicht zu heiraten wie ihre Schwester.

Es war das Jahr 1669. Molière hatte endlich die Erlaubnis erhalten, sein Stück *Tartuffe* aufzuführen; der Comte de Grignan und Françoise-Marguerite de Sévigné waren in der Kirche Saint-Nicolas-des-Champs getraut worden; an einem milden Aprilnachmittag hatte Ludwig XIV. vor einer schweigenden Menge zwölf Bedürftigen die Füße geküsst. Am Tag, bevor Marguerite in der Salpêtrière anfing, sprach Lucie nur von Paris. Sie saß an ihrem Frisiertisch und verstrich eine Mischung aus Eiern und Bleiweiß auf ihrem Gesicht, die tiefen Pockennarben glättend, die ihre helle Haut entstellten. Auf ihre Brust hatte sie bläuliche Venen gezeichnet, um blasser zu wirken.

Marguerite waren Theaterstücke und Hochzeiten egal. Bevor ihr Vater entschied, dass sie sich eines Tages in den Dienst des neuen Krankenhauses stellen würde, hätte sie auch den heilenden Kräften des Königs keine Aufmerksamkeit geschenkt. Aber nun, da sie kurz davorstand, in die Salpêtrière zu ziehen, hörte sie sich die Geschichte über die Bedürftigen interessiert an. Bald würde sie bei ihnen leben, sie pflegen. Während sie zuhörte, wie Lucie die königlichen Küsse beschrieb, stellte sie sich schwarze Zehen und fleckige Nägel vor, die vollen Lippen des Souveräns. »Mach dir keine Sorgen«, sagte Lucie. »Da, wo du hingehst, musst du niemanden küssen. Und ich bezweifle, dass du irgendwen anfassen wirst.«

Es stellte sich heraus, dass ihre Schwester nur zur Hälfte recht hatte. Im *Hôpital général* wird nicht geküsst. Aber man berührt sich. Nach einundfünfzig Jahren in der Salpêtrière kann Marguerite nicht mehr sagen, wie viele kranke Hände sie in die ihren genommen hat.

Als sie ein Kind war, sprach ihr Vater oft über die Armen von Paris. Nach den Aufständen der *Fronde* erzählte er Geschichten von enteigneten Bauern, die aus den ländlichen Gegenden flohen und sich in Stadtvierteln sammelten, die so eng waren, dass Luft und Licht nur durch die Kamine eindrangen. Er erwähnte das Viertel Chasse-Midi, in dem Jungen nachts Aas aus den Schlachthöfen stahlen. 1642 waren dreihundert Männer in den Straßen von Paris ermordet worden, und ihr Vater nannte diese Zahl mit einer Faszination, als handelte es sich um Goldstücke. Auch nachdem der Cour des Miracles gesäubert worden war, beschrieb er ihr weiter den falschen Soldaten, der nach stundenlangem Betteln die Bandagen von seinem angeblich verletzten Bein abnahm. Ihr Vater sprach über ihn, als habe er ihn persönlich gekannt; unterhalb des Herrenhauses trug der Bach Knochen und Blätter Richtung Seine. Es dauerte Jahre, bis Marguerite begriff, dass ihr Vater vom Leben der Armen nichts verstand. Dass die Bedürftigen niemals Gesprächsthema bei den königlichen Ratssitzungen waren, nur Gespenster hinter den Vorhängen der Kutsche, die ihn nach Versailles brachte.

Marguerite war, was die Arbeit in der Salpêtrière betraf, nicht die erste Wahl des Vaters. Ein paar Jahre nach der Gründung des Krankenhauses auf Befehl des Königs dachte er daran, Lucie dorthin zu schicken. Die Idee hatte niemanden überrascht, nicht einmal Marguerite. Lucie war lebhaft und gescheit, sie legte eine Sturheit an den Tag, die die Leute für Geduld oder Entschlossenheit hielten. Ihr Vater war überzeugt, dass seine Älteste mit ihrem Einfallsreichtum und ihrem Wagemut aus dem Krankenhaus eine moderne Institution machen würde.

Er änderte seine Meinung an dem Tag, als der zukünftige Polizeichef um Lucies Hand anhielt. An einem milden Wintermorgen, als der orangefarbene Himmel den Schnee zum Schmelzen brachte, wandte er sich Marguerite zu. Seine Art, Vorschläge zu machen, ließ seine Gesprächspartner glauben, die Idee stamme von ihnen. Er erwähnte einmal mehr den Mann aus dem Cour des Miracles, der sich als verletzter Soldat ausgab, erklärte, dass Menschen wie er die Hilfe von Mädchen wie ihr bitter nötig hätten.

Marguerite weiß nicht, was sie für ein Mädchen ist. Aber sie weiß, dass sie mit neunundsechzig Jahren immer noch versucht zu beweisen, dass sie die erste Wahl hätte sein sollen.

*

Die *Sœurs officières* werden bald in den Speisesaal kommen und erfreut sein, von ihrer neuen Mission zu erfahren. Nach ihrer Besichtigung der *Grande Force* vor fünf Tagen hat Marguerite beschlossen, die Verantwortlichen der verschiedenen Häuser aufzufordern, eine Liste zu erstellen – eine Quelle der Inspiration, die ihr helfen soll, die neunzig Frauen auszuwählen, die nach Louisiane reisen werden. Sie dreht sich zum Fenster. Sie könnte mit geschlossenen Augen beschreiben, was auf der anderen Seite des Mazarin-Gebäudes und der Saint-Léon-Werkstatt liegt: die Saint-Louis-Kirche und dahinter ein Labyrinth aus Innenhöfen, Dutzenden Schlafsälen und Werkstätten, gefolgt von weiteren Straßen, die zu den Küchen, dem Waschhaus und der Krankenstation führen, und schließlich der größte Garten des Krankenhauses, das Marais. Marguerite sucht nach den schwarzweißen Uniformen der *Sœurs officières*, aber es ist bald Zeit zum Mittagessen, und die Menge zwischen der Porte des Champs und der Allée des Prêtres verdichtet sich. Die Lehrlinge der Kupferschmiede und Schlosser eilen in die Werkstätten ihrer Meister zurück. Zwischen den Marktständen sammeln Jungen Gemüseabfälle ein, die sie an die Schweine verfüttern werden, Messdiener werden von einem Priester zur Ordnung gerufen. Vier Schwestern, die mit der Überwachung der Essensverteilung beauftragt sind, eilen zum Gebäude der *Vieilles Femmes*. Marguerite schnaubt. Sie sind zu spät dran für das Tischgebet. Sie stellt sich vor, wie sie die Treppe hocheilen, sieht die glasigen Augen, die sich auf sie richten, kennt die Stille zu Beginn des Gebets. Die Salpêtrière birgt für sie keine Geheimnisse mehr. Marguerite kennt besser als jede andere die Pflichten jeder Almosensammlerin, Nachtwächterin, jedes Stallburschen, jeder Baumeisterin, die durch die Höfe ihrer Stadt geht.

»Madame.«

Als sie sich umdreht, erhebt sich die Aufseherin der *Maison de Correction* bereits aus ihrer Verneigung. Schwester Suivit errötet ständig, und Marguerite weiß nie, ob Kälte, Wärme oder eine andere mysteriöse Empfindung der Grund dafür ist.

»Ich möchte mit Ihnen über die neue Bewohnerin sprechen. Geneviève Menu. Ich bezweifle, dass eine Frau wie sie Reue zeigen kann.«

Marguerite nimmt einen Schluck Wein. Vor ein paar Jahren noch hätte niemand gewagt, ihre Entscheidungen in Zweifel zu ziehen – sie verlegte die Gefangenen nach Belieben von einem Heim ins andere.

»Ich fürchte, ich bin nicht die Einzige, die so denkt«, fährt Schwester Suivit fort. »Ich denke, dass Menu wieder in Isolationshaft sollte.«

»In dem Fall wird es Sie freuen zu hören, dass sie nicht lange in Ihrem Haus bleiben wird.«

Die Aufseherin runzelt die Stirn, und Marguerite wird sich sogleich ihres Fehlers gewahr. Sie hat immer darauf geachtet, dem Personal nur das Allernötigste mitzuteilen. In ihrer Unwissenheit zweifeln die Truppen nur selten ihre Beschlüsse an. Draußen läuten die Kirchenglocken zur Sext, drei Gouvernanten kommen flüsternd in den Speisesaal. Die *Sœur officière* der *Maison de Correction* schaut sie immer noch an, mit einem mitleidigen, wehmütigen Blick, mit dem man eine einst geliebte, nun stark mitgenommene Puppe bedenkt.

Zurück in ihren Räumen ist Marguerite alles andere als überrascht, einen Brief von Lucie auf ihrem Sekretär vorzufinden. Sie öffnet ihn nicht gleich, sondern geht zu dem Regal, in dem die Akten der Bewohnerinnen stehen. Die ältesten Dokumente sind inzwischen braun wie Eierschale, doch das Blatt Papier, das sie heraussucht, ist milchweiß. Oben auf der Seite stehen das Alter der Angeklagten zum Zeitpunkt ihrer Festsetzung (22), die Namen der Eltern (Jacques Menu & Françoise Boisseau), das Datum ihres Haftbeginns (12. Januar 1720), die Person, die den königlichen Haftbefehl angefordert hat (Lucie de Voyer de Paulmy d'Argenson). Und ganz unten, so klein geschrieben, dass Marguerite Schwierigkeiten hat, die verschlungenen Buchstaben zu entziffern: *Engelmacherin.*

Sie weiß, was sie tun sollte: die *Sœur officière* der *Grande Force* herbeirufen und ihr auftragen, Menu in ihre Zelle zurückzubringen. In der nächstgelegenen Nähstube stimmen die jungen Frauen die Lauretanische Litanei an. Marguerite faltet den Brief ihrer Schwester auseinander. Lucie übertreibt immer. Mit zwölf schrie sie einmal, man wolle sie vergiften, als eine Dienerin ihr unglücklicherweise einen Schoppen mit vergorener Milch serviert hatte. Mit einundsiebzig ist sie fähig, eine lasterhafte Person als Mörderin zu bezeichnen.

In ihrem Brief erhebt Lucie die schlimmsten Anschuldigungen. Sie hat erfahren, dass Menu aus dem Gefängnis entlassen wurde, und fordert, sie solle augenblicklich wieder in Einzelhaft kommen. Die Absätze sind mit rhetorischen Fragen und Ausrufen gespickt, die typisch für ihren Schreibstil sind. Marguerites Blick bleibt an dem letzten Satz hängen: »Hab Mitleid mit diesen Kindern, deren Mütter die Kunst barbarischer Morde beherrschen!« Aber Marguerite empfindet kein Mitleid. Sie ist wütend und enttäuscht – wütend auf Lucie, die sich immer einmischen muss, enttäuscht von Geneviève, deren Verbrechen die Vergebung so schwierig gestalten, für die Louisiane die einzige Hoffnung bleibt, um dem Gefängnis zu entkommen. Sie sieht erneut den entschlossenen Blick der Gefangenen vor sich, zusammengekauert in ihrer Zelle.

Marguerite nimmt Menus Akte aus den Archiven der *Grande Force* und legt sie auf den Stapel, der den Bewohnerinnen der *Maison de Correction* vorbehalten ist. Ob Geneviève das Ungeheuer ist, das ihre Schwester beschreibt, ist kaum von Belang. Marguerite wird Lucie erklären, was diese vor Jahren hätte verstehen müssen – dass die Salpêtrière unter ihrer Aufsicht eine Engelmacherin in eine hingebungsvolle Mutter verwandeln kann.

*

Marguerite hat die Mission des Krankenhauses nie infrage gestellt. Nur einmal wurden Zweifel in ihr wach, vor elf Jahren, im Winter 1709. Als in dem Jahr eine Kältewelle über Frankreich hereinbrach, war niemand darauf vorbereitet. In den ersten Januartagen fegte ein eiskalter Wind über Paris hinweg. Die Baumstämme im Bois de Boulogne zerbarsten, Stückchen von gefrorener Rinde bedeckten die Wege. In nur zwei Nächten verwandelte sich die Seine in ein Eisbett.

Die Schlafsäle der Salpêtrière füllten sich rasch mit neuen Bewohnern. Täglich kam eine verzweifelte Menge an die Tore des Krankenhauses.

Ein Abend dieses endlos währenden Winters ist Marguerite besonders im Gedächtnis geblieben. Es war bereits Nacht, als sie zum Waisenhaus gerufen wurde. Sie erinnert sich an die Kälte, die, als sie hinaustrat, so heftig in ihren Körper fuhr, dass ihr schwindelig wurde. Marguerite hörte das Brüllen der Babys, roch den übelerregenden Geruch von schmutziger Wolle, lange bevor sie den Hauptschlafsaal erreicht hatte. Der halbe Raum lag im Dunkeln. Es fehlte an Kerzen, ein zurückhaltendes Feuer brannte in einem der zwei Kamine. Mehrere *Sœurs officières*, die als »Tanten« der Krippe bekannt waren, fütterten, wickelten und wiegten die Kinder. Die Gesichter der Kleinen in ihren Armen wirkten alt, der Blick der Frauen war hart. Marguerite fand die Verantwortliche des Waisenhauses erst nach ein paar Minuten.

Sie gab ihr ein Zeichen, ihr in den Flur zu folgen, der zur Dienstbotenstiege führte. Die Schwester wirkte so erschöpft, dass Marguerite versucht war, ihr einen Stuhl anzubieten, aber es gab keinen. Sie wollte eben vorschlagen, dass die Neugeborenen, die keine Wiege hatten, in die *Maison Saint-Louis* geschickt würden, um bei den älteren Waisenmädchen zu schlafen, als sie das Geräusch hörte. Es klang wie ein Kätzchen, ein Hundewelpe, ein verletztes Wesen. Es war ein kleines Mädchen, nicht einmal ein Jahr alt.

Da die Schwester sich nicht rührte, nahm Marguerite das Kind auf den Arm. Sein Kopf wirkte riesig, das Baby war so mager, dass sie die hervorstechenden Schulterblätter deutlich unter ihren Händen spürte. Sie hob den Kopf gerade rechtzeitig, um zu sehen, wie die zuständige Schwester ohne einen Blick für das kleine Mädchen wieder in den Schlafsaal eilte. Marguerite sah die Kleine an – graublaue Augen, feines Haar, das sich im orangefarbenen Licht des Schlafsaals als rot herausstellen würde. Sie war verlassen worden, dann hatte man sie vergessen. Marguerite konnte nichts für die Menschen tun, die in den Straßen von Paris starben. Aber die Salpêtrière war nicht die Hauptstadt. In ihrer Stadt, da mochte die Seine zufrieren oder nicht, wurde sich um die Kleinsten gekümmert.

Am nächsten Tag kehrte sie ins Waisenhaus zurück, und am Tag danach auch. Durch das Hospital zu gehen, erinnerte sie an die Zeit, als sie zwanzig war und ihre Tage damit verbrachte, von einem Heim zum anderen zu laufen. Nun war sie achtundfünfzig und sagte sich, dass sie in die Krippe zurückkehrte, um sich zu versichern, dass es allen Kindern gut ging, und nicht nur einem einzigen Mädchen. Sie hatte als junge *Sœur officière* die schmerzhafte Lektion gelernt, dass ihre Macht begrenzt war: Die Epileptikerin wäre am Ende ohnehin einem ihrer Anfälle erlegen, das dreizehnjährige Lustmädchen war immer schon zu schwach gewesen, um eine Geburt zu überstehen. Aber ihre Einrichtung, ihr Personal konnte Menschen retten.

Marguerite nahm die Kleine nie wieder auf den Arm. Wie jedes andere Kind konnte sie beim nächsten Besuch schon tot sein. Sie wurde Charlotte getauft, den Grund kannte Marguerite nicht. Man gab ihr den Nachnamen »Couturière«, Schneiderin, wegen des bestickten Taschentuchs, das sie am Tag ihrer Ankunft im Hospital in der Faust gehalten hatte. Marguerite sollte nie mehr über sie erfahren.

Es war nicht von Bedeutung. Die Salpêtrière war die Zukunft dieses Kindes, die einzige, die sie und die anderen Waisenmädchen je haben würden.

*

Im April verkünden ihr die *Sœurs officières*, dass ihre Listen fertig sind. Im Jardin des Pauvres tropft es zwischen zwei Regenschauern von den Pflanzen, die Knospen lassen in ihren geballten Fäusten Gelbes und Rotes erahnen. In der Woche zuvor hat sich eine staunende Menge in den vier Kapellen der Saint-Louis-Kirche zur großen Messe versammelt. Das Besuchszimmer leerte sich den ganzen Tag nicht. Vier Tage nach Ostern begibt sich Marguerite in die *Maison Saint-Louis*.

Sie weiß, dass sie Charlotte unter den vierzig im Schlafsaal aufgereihten Bewohnerinnen nicht finden wird. Die neue Aufseherin des Waisenhauses war informiert worden: Charlotte würde nicht nach Louisiane gehen, ihr Name durfte nicht auf der Liste auftauchen. »Sie kommen gerade von Saint-Claire zurück«, flüstert ihr nun Schwester Brandicourt begeistert zu. Sie verbringen dort den Vormittag bis zur Terz und lernen Nähen und Sticken. Sie kennen die Bibel. Die Klügsten können lesen und schreiben. Die Aufseherin spricht Marguerite weiter ins Ohr, als ob sie, die Superiorin, nicht den Stundenplan der Waisenmädchen erstellt hätte. »Wertvolle Fähigkeiten für unsere Kolonie«, schließt die junge Frau.

Marguerite wählt zufällig ein Mädchen aus. Sie fragt es, ob es bereit sei, nach Louisiane zu gehen, und obwohl seine Stimme nur ein Flüstern ist, bestätigt Schwester Brandicourts stolze Miene, was Marguerite hören will. Sie tätschelt den Arm des Kindes. In der letzten Ratssitzung hat der Generaladvokat es noch einmal betont: Die Passagierinnen müssen sich, bis zu einem gewissen Grad, freiwillig melden. Wenn sie gewillt seien, die Reise anzutreten, fügte Maître Joly de Fleury hinzu, müssten sie nicht wie die letzten Frauen angekettet werden. Keine Schergen mehr, die bezahlt werden, um nachts Kinder und Vagabunden aus den Straßen der Hauptstadt zu verschleppen. Einen Monat zuvor rebellierten die Pariser, wütend über die Festnahmen, gegen die Mississippi-Räuber – es gibt Gerüchte, dass mehrere von ihnen von der aufgebrachten Menge getötet wurden.

Diese Vorstellung verfolgt Marguerite immer noch. Die Reaktion der Stadtbewohner legt nahe, dass sie auf die eine oder andere Art ahnen, was sie selbst fürchtet. Dass das Gold in den Flüssen von Louisiane vielleicht nichts anderes ist als die blendende Spiegelung der Sonne auf dem Wasser, dass die Wälder dieses gewaltigen, unwirtlichen Landes von Bestien überquellen, die einen mit Haut und Haaren auffressen.

Schwester Brandicourt begleitet sie hinaus, Marguerite hat ihre Pflicht getan. Ihre Ehemänner werden die Frauen beschützen. Sie wirft einen letzten Blick auf die Waisenmädchen. Da eilt, mitten durch den Saal, Charlotte auf eine der versammelten Bewohnerinnen zu. Sie ist zierlich, selbst für ihr Alter. Ihre scharf gezeichneten, fast harten Züge werden eines Tages sanfter werden. Sie schiebt sich eine rote Haarsträhne hinters Ohr, greift nach der Hand des blonden Mädchens, wischt sich die feuchten Augen. Als Marguerite sich bei Schwester Brandicourt erkundigt, wie es der kleinen Couturière gehe, erstirbt das Lächeln der jungen Frau. »Sie hat sich heute Morgen geweigert zu singen«, sagt sie. »Sie war erschüttert, als sie erfuhr, dass ihr Name nicht auf der Liste steht.«

Auf dem Weg zur *Maison de Correction* gelingt es Marguerite nicht, das beklemmende Gefühl abzuschütteln, das ihr die Brust zuschnürt. Charlotte hat keine Ahnung, was sie in Mississippi erwartet. Ihre schöne Stimme wird ihr dort nichts nützen. Sie weiß nichts über Soldaten, die in Louisiane verhungern, von deren Verzweiflung auch Marguerite nicht einmal etwas ahnte, bis sie bei der letzten Sitzung des Krankenhausvorstands das sorgenvolle Geflüster zweier Mitglieder der Behörde überraschte. Auch wenn sie nicht viel über die Kolonie weiß, hegt sie keinen Zweifel daran, dass Charlotte in der Salpêtrière besser aufgehoben ist.

Im großen Saal der *Maison de Correction* sitzen die Bewohnerinnen konzentriert über ihren Wollspindeln. Alle haben bereits gesündigt, ihre Angehörigen haben sie in der Hoffnung internieren lassen, dass sie auf den rechten Weg zurückfinden. Die reichsten haben am anderen Ende des Gebäudes ein eigenes Zimmer. Die anderen leben hier, im Schlafsaal. Die Aprilsonne nagelt ihre Schatten an den Boden; wenn man hinunterschaut, kann man unmöglich sagen, wo die Frauen aufhören und wo ihr Spinnrad beginnt.

»Sie sind fast alle hier«, verkündet die Aufseherin.

Sie spricht laut, damit Marguerite sie durch den Lärm der Spinnräder hören kann, zeigt auf einige der Mädchen. Ein paar von ihnen schauen auf, als hätte man sie berührt. Während sie den Mittelgang entlanggehen, erklärt Schwester Suivit, dass sie eine Anfrage von der Familie einer

Bewohnerin erhalten habe, eine von den wohlhabendsten, die zurzeit in einem Einzelzimmer lebe.

»Sie heißt Pétronille Béranger. Ihre Mutter hat mir geschrieben, um mir mitzuteilen, dass sie bald nicht mehr in der Lage ist, das Pensionsgeld zu zahlen.«

In diesem Fall ist es vorbei mit den Privilegien – kein eigenes Bett, keine Kerzen, kein Holz mehr für den persönlichen Kamin.

»Man verlege sie hierher, zu den anderen«, antwortet Marguerite, die auf ihre Füße sieht, um nicht zu stolpern.

Schwester Suivit zögert.

»Das könnte schwierig werden«, merkt sie an. »Diese Frau ist anders. Ich befürchte, dass sie in den Schlafsälen nur schwer ihren Platz finden wird.«

Die Aufseherin schaut sie an, scheint auf ihre Reaktion zu warten. Aber Marguerite hat nichts hinzuzufügen. Sie blinzelt, betrachtet den leeren Stuhl und das stillstehende Spinnrad ganz hinten im Raum, fragt, ob jemand fehle.

»Menu hat die Erlaubnis erhalten, nach dem Abendessen in den Innenhof zu gehen«, antwortet Schwester Suivit.

»Ihr Betragen ist also zufriedenstellend.«

Die Aufseherin hebt den Kopf. Die Räder drehen sich schneller, lassen Lichtblitze über die Wände tanzen.

»Bis sie vor der Katechismusstunde heute verschwunden ist.«

»Ich würde sie gern sehen.«

Die Frau, die sie in der Zelle der *Maison de Correction* antrifft, ähnelt der, die sie im März in der *Grande Force* gesehen hat, kaum. Ihre Haut ist nicht mehr so fahl, eine hellbraune Locke lugt unter der Haube hervor, die vorher auf ihrem geschorenen Haupt saß. Durch die Luke fällt ein

Sonnenstrahl auf ihre hohen Wangenknochen und blauen Augen.

Die Gefangene beobachtet die Superiorin aufmerksam, als folge sie den Bewegungen eines wilden Tieres. Marguerite lehnt sich an die Mauer, klammert sich an ihren Gehstock.

»Wissen Sie, warum Sie im Erziehungsheim aufgenommen wurden?«

Geneviève antwortet nicht gleich. Sie sitzt im Stroh und schaut auf einen Winkel der Zelle, wo eine Schar schleimiger Ratten ihre rosa Näschen in den schlaffen Bauch ihrer Mutter bohren. Geneviève lässt sie nicht aus den Augen, als sie fragt: »Weil Lucie d'Argenson tot ist?«

Marguerite muss schwer schlucken. Niemand wagt es, den Titel der Marquise ihrer Schwester wegzulassen. Sie hört zu, wie die junge Frau erklärt, dass Lucie geschworen habe, dass Geneviève im Gefängnis verfaulen werde, solange sie selbst am Leben sei.

»Nein«, entgegnet Marguerite. »Aber vielen wäre es lieber, wenn Sie in der *Grande Force* eingesperrt wären. Wenn Sie sich erneut so aufführen wie heute, habe ich keine andere Wahl, als diese Entscheidung zu unterstützen.«

Im oberen Stockwerk singen die Mädchen zur Vesper. Geneviève schaut sie mit einem harten, kalten Blick an, sagt nichts. Marguerite umfasst ihren Gehstock fester. Sie hat gehofft, dass die Frau, für die sie sich einsetzt, die Mühe wert ist.

»Im Juni fährt ein Schiff nach Mississippi«, fügt sie hinzu.

Sie kann den Schlüssel nicht finden, den die Aufseherin ihr gezeigt hat.

»Wenn Sie sich noch ein paar Wochen lang gut betragen, bekommen Sie vielleicht die Gelegenheit, an Bord zu gehen.«

Für einen kurzen Augenblick wirkt Geneviève besänftigt, ihre Halsmuskeln entspannen sich unter der Haut. Als Marguerite sich anschickt, die Zelle zu verlassen, hört sie sie fragen:

»Sind nicht Sie es, die entscheidet?«

Sie klingt nicht böse, ihre Stimme erinnert Marguerite vielmehr an die ängstlicher Kinder, an Charlottes vor Jahren etwa – ihr ehrliches Interesse und immer wieder die gleiche Frage, bis sie eine zufriedenstellende Antwort erhielt.

»Wenn es nur so wäre«, sagt Marguerite, schon zum Gehen gewandt.

Bevor sie die Tür schließt, wirft sie einen letzten Blick zurück. Geneviève steht auf Zehenspitzen an der Luke, ihre Hände klammern sich an den Stein, ihr Gesicht ist ins Sonnenlicht getaucht.

*

Schwester Suivit bittet Marguerite nur noch einmal in die *Maison de Correction*. Aber dieses Mal treffen sie sich auf der anderen Seite des Gebäudes, wo die reichen Frauen wohnen – leicht gestörte Mädchen mit einem ungewöhnlichen oder unschicklichen Verhalten, die von ihren Verwandten eingeliefert wurden, um in einem goldenen Käfig zu genesen, zu beten und zu meditieren. Schwester Suivit lässt, was Pétronille Béranger betrifft, nicht locker. »Ihre Mutter gibt sich immer als große Dame der Gesellschaft«, sagt sie, »aber nach dem, was ich gehört habe, wird sie es nicht mehr lange bleiben.« Schwester Suivit senkt die Stimme. »Ihr Vater gibt sich alle Mühe, das Vermögen der Familie am Spieltisch zu verprassen.« Marguerite folgt ihr ins Obergeschoss. Sie erinnert sich nun daran, was Schwester Suivit ihr erzählt hat, von einem Mädchen, das anders sei, von Eltern, die nicht in der Lage seien, das Pensionsgeld zu zahlen.

Auf den ersten Blick bemerkt sie an der jungen Frau nichts Ungewöhnliches. Ausgeprägte Schlüsselbeine höhlen ihre schmalen Schultern aus, ihre schwarzen, dünnen Augenbrauen bilden zwei perfekte Bögen über ihren grünen Augen. Aber als sie sich aufrichtet, sieht Marguerite, dass ihre rechte Wange vom Kieferknochen bis zum Mundwinkel mit einem weißen Geburtsmal bedeckt ist, bei dessen Anblick Marguerite den Impuls verspürt, daran zu rubbeln, bis nichts mehr davon übrig bleibt. Die Insassin sitzt am Kamin über ein Herbarium gebeugt.

»Was für schöne Farben«, bemerkt Schwester Suivit und deutet auf die getrockneten Blütenblätter. »Haben Sie es selbst zusammengestellt, Mademoiselle Béranger?«

Die Frau schaut die Aufseherin an, als starrte sie Flammen an. Sie wendet sich Marguerite zu, den Zeigefinger immer noch auf einer violetten Blume. Als sie spricht, tut sie es mit sicherer Stimme.

»Ich möchte nach Louisiane.«

Dem fügt sie nichts hinzu und beugt sich erneut über ihr Album, als wäre sie bereits allein.

»Wie ich Ihnen sagte«, erklärt die Aufseherin, als sie wieder im Gang stehen, »ich befürchte, dass sie sich nicht in die Gruppe einfügen wird. Mademoiselle Béranger sprach bei ihrer Ankunft kaum, aber ihr Verhalten hat sich deutlich verbessert.« Die Aufseherin lächelt Marguerite an. »Es ist das Beste, wenn sie nach Louisiane reist. Ist Diskretion nicht einer der seltensten Vorzüge, den man sich von einer Angetrauten erhoffen kann?«

Marguerite ist sich nicht sicher, ob ihr der Begriff »Diskretion« als erster in den Sinn käme, und sie bezweifelt, dass Mademoiselle Bérangers Ehemann in Mississippi ihn verwenden würde, um sie zu beschreiben.

»Wir setzen ihren Namen auf die Liste«, antwortet sie, ohne Schwester Suivit anzusehen.

Sie geht allein, mit vorsichtigen Schritten durch den Cour Mazarine. An der Saint-Léon-Werkstatt treten ein Apotheker und seine Gehilfen beiseite, um eine Herde Ziegen vorbeizulassen. Ehemalige Angestellte im Ruhestand unterhalten sich murmelnd unter den Birken voller Tauben, ihre mit Weißbrot gefüllten Körbe warten darauf, zu ihrer Unterkunft, dem Quartier der *Reposantes*, gebracht zu werden. In Wahrheit ist es Marguerite gleich, ob diese Pétronille Béranger an Bord der *Baleine* geht. Alles, was sie will, ist die Liste Maître Joly de Fleury auszuhändigen. Sie hat genug davon, für das Schicksal dieser Frauen verantwortlich zu sein.

*

In diesem Jahr kehrt der Frühling so plötzlich in Paris ein, dass der Wechsel der Jahreszeiten verdächtig wirkt. Zwischen den Steinen der Häuser trocknet das Moos, der Weizenpreis sinkt, als die Bauern eine gute Ernte ankündigen. Dem Amphitheater der Anatomie entweichen erneut abstoßende Gerüche, und die Chirurgen beschweren sich, weil sie schneller arbeiten müssen. Die Helferinnen in den Heimen zeigen sich wohlwollender und bieten den Bewohnerinnen durchscheinende Erdbeeren an.

Marguerite fällt es schwer, das milde Wetter zu genießen. Zwei Wochen zuvor hat Schwester Suivit ein letztes Mal gefordert, Geneviève möge in die *Grande Force* verlegt werden. Verschiedene Erzieherinnen beschrieben die Faszination, die manche Bewohnerinnen für die ehemalige Gefangene hegen. »Ein schlechter Einfluss«, betonte Schwester Suivit. Marguerite antwortete ihr, dass Menu bleibe, wo sie sei; es sei Aufgabe der Schwestern, in den Schlafsälen für Ruhe zu sorgen.

Jedes Mal, wenn jemand an ihre Bürotür klopft, erwartet Marguerite, Lucie hereinstürzen zu sehen, wütend und mit der Forderung, Geneviève in ihre Zelle zurückzuschicken. Aber es ist jedes Mal Schwester Bailly, gekommen, um zu reden: über einen betrunkenen Wärter, eine zu bestätigende Medikamentenlieferung, Bescheinigungen für die Schullehrer, die an der Salpêtrière ausgebildet wurden, eine fremdgehende Comtesse, die vor Kurzem in Sainte-Dorothée eingewiesen wurde.

Ihr persönlicher Garten ist der einzige Ort, an dem sie all das vergessen kann. Bald muss sie sich über Louisiane nicht mehr den Kopf zerbrechen – in drei Wochen wird sie den Mitgliedern der Behörde ihre Liste übergeben haben. Sie lehnt sich auf ihrer Bank zurück. Sie kann sich nicht einmal erinnern, wann sie sich das letzte Mal bei Sonnenuntergang hier ausgeruht hat.

Sie betrachtet das Geißblatt, dessen weiße und gelbe Blüten das Tor einhüllen, als der hölzerne Knauf sich bewegt. Nicht einmal Schwester Bailly traut sich nach der Vesper hierher. Marguerite streckt die Hand nach ihrem Gehstock aus, aber noch bevor sie ihn nehmen kann, steht eine schmale Gestalt in ihrem Garten. Die Haube des Mädchens hängt ihr tief in die Stirn, aber Marguerite würde Charlottes kleine spitze Nase, ihr mit Sommersprossen übersätes Gesicht unter Tausenden erkennen.

»Was haben Sie hier zu suchen?«, fragt Marguerite.

Hinter dem Mädchen steht das Tor immer noch offen. Marguerite wagt sich kaum vorzustellen, was die Priester, die aus ihren eigenen Gärten kommen, denken würden, wenn sie das junge Mädchen in seinem Kleid aus Tiretaine-Stoff im Hof der Superiorin erblickten.

»Rasch, schließen Sie das Tor. Kommen Sie her.«

Charlotte tut wie geheißen, setzt sich ans andere Ende der Bank. Der Himmel über ihnen ist nun, im späten Frühling, so hell, dass er fast weiß erscheint. Charlottes Gesicht zeigt keinerlei Regung.

»Sie werden die Komplet verpassen«, sagt Marguerite.

Da das Kind nicht antwortet, fügt sie hinzu: »Ich werde nicht fragen, wie Sie hierhergefunden haben.«

Charlotte lächelt. Das Mädchen wirkt mit sich zufrieden, es freut sich, die Salpêtrière so gut zu kennen. Darauf sollte es nicht stolz sein, aber Marguerite auch nicht.

»Warum steht mein Name nicht auf der Liste?«

Die Gründe sind für Marguerite so offensichtlich, dass sie nicht gleich antwortet. Sie schaut zu, wie Charlotte ihre Beine baumeln lässt, während ihre Hände den Rand der Bank umklammern. Die zarten Brüste, die man unter ihrem Kleid erahnt, wirken zu den kindlichen Schultern unpassend. Bevor Marguerite etwas sagen kann, ergreift sie wieder das Wort.

»Mademoiselle Janson, meine Freundin, wurde ausgewählt.«

Charlottes Beine baumeln schneller.

»Wenn Étiennette weg ist, werde ich ganz allein sein.«

»Nein, das werden Sie in der Salpêtrière nie sein.«

»Ich werde ganz allein sein«, wiederholt Charlotte leiser.

Marguerite atmet tief ein. Die Salpêtrière ist ihr Zuhause, ihre Familie. Und heute, neben diesem zwölfjährigen Waisenmädchen, das fürchtet, verlassen zu werden, denkt Marguerite nur an ihre Schwester, an ihre eigene Einsamkeit. Sie möchte zu Charlotte sagen: Haben Sie keine Angst, ich bin da. Aber im Gegensatz zu dem, was sie all die Jahre glauben wollte, wird ihr bewusst, dass sie es nie wirklich war – es nie wirklich sein würde, weder hier noch andernorts.

»Bitte«, hört sie Charlotte sagen. Über den Baumwipfeln stürzen die Schwalben vom Himmel herab. »Wollen Sie lieber eine Verbrecherin nach Louisiane schicken als mich?«

»Wie bitte?«

»Mademoiselle Brandicourt hat mir bestätigt, dass Sie eine Frau aus der *Grande Force* schützen.«

Marguerite blickt das Mädchen prüfend an. Sie weiß nichts, abgesehen von dem, was eine indiskrete Aufseherin ihr erzählt hat.

»Sie hat gesagt, dass eine ehemalige Gefangene …«

»Geneviève Menus Schicksal geht Sie nichts an«, unterbricht sie Marguerite.

Der Elfenbeinknauf ihres Gehstocks liegt kalt in ihrer Hand. Wenn die Verantwortliche der *Maison Saint-Louis* vor ihr stünde, würde sie sie mit Freuden auf der Stelle entlassen.

»Sie müssen zurück, jetzt. Die Schwestern suchen sicher schon nach Ihnen.«

Charlotte verneigt sich steif. Als sie sich aufrichtet, entgleiten ihr die Gesichtszüge. Während sie durch den

Garten davongeht, lässt Marguerite sie nicht aus den Augen. Ihre trockenen Lippen fühlen sich rau an, ihr Herz schlägt schnell in der Brust.

»Passen Sie auf dem Weg auf sich auf.«

Aber ihre Stimme trägt kaum, und sie bezweifelt, dass Charlotte sie gehört hat. Außer in Begleitung eines Mitglieds des Personals dürfen die Bewohnerinnen ihre Häuser nur selten verlassen, und Marguerite hat mehr als einen betrunkenen Lehrling nach Einbruch der Nacht auf dem Areal des Hospitals herumirren sehen. Doch sie weiß, dass Charlotte vorsichtig sein wird. Sie vertraut ihr. Sie hat keine Wahl. Wenn Charlotte erst einmal auf dem Weg nach Mississippi ist, muss sie allein zurechtkommen.

*

Am dritten Samstag im Mai ist Marguerite bereit, ihre Liste den Mitgliedern der Behörde vorzulegen. Schwester Bailly steht vor der Kutsche und fragt, ob sie auch alle Dokumente habe. Marguerite stellt sich taub, ihre Gehilfin bemuttert sie in letzter Zeit zu sehr. Die Pferde nähern sich bereits der Porte des Champs, am Brennholzlager und an den Werkstätten des Cour Saint-Louis vorbei. Der Himmel zwischen den Samtvorhängen ist so blau, dass er platt wirkt, fern. Diese Woche versammelt sich die Direktion beim Parlamentspräsidenten. Marguerite hat sich wegen dieser Versammlungen nie den Kopf zerbrochen, aber heute ist ihre Kehle wie zugeschnürt, eine Sackgasse, in der ihr Atem stockt. Die sieben Direktoren des Hospitals, der Generaladvokat, der Bischof von Paris und der Polizeichef – Lucies Sohn – werden anwesend sein. Gemeinsam werden sie die Liste, die sie ihnen übergibt, studieren, müssen sie absegnen. Marguerite lässt sich in das Polster zurückfallen. Das Traben der Pferde lässt die Haut an ihrem Hals erzittern.

Im Laufe der Jahre erschien ihr Paris zunehmend als eine zweite Salpêtrière, nur größer, chaotischer, niemals kontrollierbar. Jedes Mal, wenn sie das Krankenhaus verlässt, fühlt sie sich erst wie auf dem weiten Land – die beiden Mühlen oberhalb der Seine, das Château de Bicêtre und sein Hospiz, und dahinter ein paar verstreute Häuser inmitten der Felder, die Weiler Ivery und Vitery. Erst wenn die Kutsche am Pferdemarkt vorbei in das Viertel Saint-Victor fährt, hat sie wirklich den Eindruck, in der Hauptstadt anzukommen. Am Straßenrand tragen die Wäscherinnen mit den Laken den Geruch des Flusses nach Hause. Ein Stück weiter, gegenüber des *Hôpital de la Pitié*, blüht der Jardin Royal, die Schuhe der Botaniker bohren sich in den Matsch, gut gekleidete Männer bahnen sich ihren Weg zu den königlichen Forschungsgebäuden. Die Kutsche rumpelt über die Rue Saint-Victor, an den Augustiner-Chorherren und ihrer Abtei vorbei, zur Place Maubert.

Heute finden dort Exekutionen statt, und instinktiv lehnt sich Marguerite auf ihrem Sitz zurück. Der Henker gibt seinem Helfer am Fuße des bereits schwer beladenen Galgens Anweisungen, die Menge um die Kutsche herum wird dichter, zwischen den Vorhängen blitzen Gesichter auf, eine einäugige Frau trägt einen Korb mit Honigtöpfen und Nussöl, ihre männlich anmutenden Schultern krümmen sich unter den Lederriemen. Marguerite atmet stoßweise mit zusammengepressten Lippen. Einen kurzen Augenblick lang stellt sie sich mit geschlossenen Augen vor, sie wäre bereits auf dem Rückweg, wieder in der Salpêtrière, dort, wo sie selbst entscheiden kann, wann eine Menge sich aufzulösen hat und wann man sie in Frieden lässt.

Sie öffnet die Augen. Unter ihr verläuft der Fluss. Die Kutsche fährt über die Brücke, zwischen den Holzhäusern ist das grünliche Wasser zu sehen, und eine Frau ruft »Vorsicht«, bevor sie den Inhalt ihres Nachttopfs aus dem Fenster schüttet. Am rechten Seineufer stolpert ein kleiner Junge durch zerbrochene Eier, seine Zehen sind mit dem zähen Gelb beschmiert. Dann kommt Notre-Dame, die Rückseite der Kathedrale mit ihren Strebebögen, die zum Gewölbe emporragen wie die Rippen eines monströsen Tieres. Nur noch eine Brücke und sie ist am Ziel, in der Rue Saint-Louis. Über ihr reißen die Wasserspeier ihre Mäuler auf, als wollten sie den Sommerhimmel verschlingen.

Im Salon des Comte d'Avaux haben bereits alle Männer Platz genommen.

»Madame, welch Freude, Sie hier empfangen zu dürfen.«

Marguerite hat Maître Joly de Fleury stets gemocht. Die harten Züge des Generaladvokaten stehen im Kontrast zu seinem sanften Wesen; in zwanzig Jahren hat Marguerite ihn nie die Beherrschung verlieren sehen. Zudem scheint er Marguerites Alter vollkommen zu vergessen. Oft spricht er von ihr in der Zukunft, von neuen Vorhaben, als würde sie die Salpêtrière überleben und nicht umgekehrt.

»Ich bitte Sie, nehmen Sie Platz.«

Die Geladenen sind zu sehr ins Gespräch vertieft, um sie zu bemerken. Rasch hat sie Lucies Sohn, den Comte d'Argenson ausgemacht, genauso hager und braunhaarig wie sein Vater und mit dem Habitus eines Mannes, der an Macht gewöhnt ist. Er kritisiert vehement die Mississippi-Kompanie, spricht von den Anleihen, die Hunderte bei der *Banque générale* in der Rue Quincampoix gekauft haben. Einer der Direktoren zählt die Tricks von John Law auf, klagt den Schotten, der vom König zum obersten Finanzkontrolleur ernannt wurde, an, das Vertrauen der Aktionäre zu missbrauchen, sie in den Ruin zu treiben mit seinem Papiergeld. Der neue Polizeichef nickt langsam. Die wohlwollende Miene, die ihr Neffe seinen Gesprächspartnern gegenüber aufsetzt, kurz bevor er ihnen mit einer schneidenden Bemerkung antwortet, hat Marguerite schon immer erstaunt. Dieses Mal hört sie die Antwort nicht. Der Comte d'Avaux übertönt alle anderen, schwört, dass das Parlament den Erlass der letzten Woche anfechten, dass die Finanzkrise abgewendet werde. Niemand hört ihm zu.

»Das Mississippi, wie Monsieur Law es uns in schönen Farben ausmalt, gibt es nicht«, sagt einer der Direktoren.

»Ich befürchte, das muss es. Unsere verehrte Superiorin hat die Namen der Mädchen aufgelistet, die bald zu unseren Landsleuten stoßen werden.«

Marguerite richtet sich auf. Die Männer schauen sie an, die Perücken fallen ihnen lockig in den Nacken. Als sie sich über die Liste beugen, schwappen ihre weichen Wangen über die engen Kragen.

»Ich hoffe, dass diese mehr taugen als die verkommenen Weiber, die wir letztes Jahr verschifft haben.«

»Sie können nicht schlimmer sein.«

»Zumindest sind sie jung.«

»Wer begleitet sie?«

»Ein paar Nonnen, glaube ich.«

Der Blätterstapel geht von Hand zu Hand. An der Decke schenken sich die Musen Lorbeerkränze und tiefrote Äpfel.

»Genügend Frauen, um diese Taugenichtse zu überzeugen, dort zu bleiben, wo sie sind.«

»Wer weiß, wie viele Mädchen die Reise überleben.«

»Eine lange Reise.«

»Schrecklich lang.«

»Und gefährlich.«

»Aber Mademoiselle Pancatelin wird, davon bin ich überzeugt, unsere robustesten und tugendhaftesten Frauen ausgewählt haben.«

Die Liste hat den Comte d'Argenson erreicht. Menus Name steht ganz oben auf der zweiten Seite. Marguerite fragt sich, was ihr Neffe über Lucies Machenschaften weiß. Sie schaut nach unten, sieht aber die in den Teppich gestickten Engel nicht. Sie sieht sich selbst als Kind, wie sie verzweifelt den Blick ihrer Hauslehrerin auf sich zu ziehen versucht, da ihre geschwätzige Schwester die Redezeit für sich beansprucht. Marguerite verspürt wie damals den Wunsch, zu schweigen und zu reden, reglos dazusitzen und davonzulaufen. Ihr Neffe reicht das Dokument an seinen Nebenmann weiter.

»Das ist vielversprechend«, sagt er.

Marguerite hat erwartet, dass ihre Wangen aufhören würden zu glühen, aber sie bekommt in ihrem Korsett immer noch schlecht Luft. Die Liste landet auf einem Stapel Papier, bald wird sie vom Regenten abgesegnet, eine simple Formalität. Auf der anderen Seite des Tisches kommt einer der Direktoren auf die Finanzen der Salpêtrière zu sprechen, und der Generaladvokat stellt eine bedeutende Spende des Königs in den kommenden Monaten in Aussicht.

Die Sitzung nimmt ihren Lauf. Marguerite hört den Diskussionen der Männer nur mit halbem Ohr zu. Sie denkt an Lucie nach ihrem Unterricht, wenn sie sie bat, ihr beim Lesen oder einer Hausaufgabe zu helfen – daran, wie gut es tat, sich nicht mehr allein zu fühlen, die Aufmerksamkeit ihrer Schwester zu haben, wenn auch nur für ein paar Minuten.

*

Am Tag der Abreise verteilt sich die Hitze in Paris wie Wasser in einem sinkenden Schiff. Nichts rührt sich draußen. Die Salpêtrière sieht aus wie ein Gemälde ihrer selbst. In den Werkstätten und Nähstuben werden Räder und Stoffe mit ruckartigen Gesten bewegt, die Hemden werden dunkel vor Schweiß, die hochgekrempelten Ärmel tupfen feuchte Schläfen ab. Der Markt in dem Cour Saint-Louis ist menschenleer, aber der Geruch von gesalzenem Fisch, Muskat und Luzerne schiebt sich unter den verschlossenen Türen durch. Die Karren wurden aus den Ställen gezogen, von der Schwelle des Direktionsgebäudes aus sieht Marguerite dabei zu, wie die Stalljungen einspannen. Schwester Bailly hat ihr immer wieder gesagt, dass es nicht vernünftig sei, dort zu warten, dass sie in der Kühle ihres Büros besser aufgehoben sei. Marguerite hat sie nach einem Stuhl geschickt. Ihr liegt viel daran, Lebewohl zu sagen. Die Mücken schwirren in der schweren Juniluft um die Augen der Pferde herum.

Die Mädchen schreiten in einer kompakten Gruppe voran. Marguerite hat sie noch nie alle zusammen gesehen. Sie müssen strenge Anweisungen erhalten haben, denn sie durchqueren den Hof schweigend. Doch sie bemerkt die schnellen Blickwechsel, das von der warmen Brise herbeigetragene Flüstern. Sie erkennt Pétronille Béranger wieder, die Frau mit dem Fleck auf der Wange, die langsam vor der

Gruppe der Waisenmädchen geht. Dahinter Charlotte, die Hand in der ihrer Freundin, Étiennette Janson. Marguerite wendet sich ab. Sie hofft, die richtige Entscheidung getroffen zu haben. Für die Reise nach Louisiane ist Charlotte nie erste Wahl gewesen. Ebenso wenig wie Marguerite für die Arbeit in der Salpêtrière.

Geneviève muss sie nicht lange suchen, nur eine einzige Frau dreht sich, bereits gegen die Bretter gelehnt, noch einmal zum Eingang des Gebäudes um. Sie kneift im grellen Licht die Augen zusammen. Von hier aus kann Marguerite alles sein, was Geneviève zu sehen beschließt: eine undeutliche Form in einem Gang, vor dem die weiße Sonne innehält, eine vertraute Gestalt im Schatten der Steine, eine alte Dame in einem zu engen Sessel. Marguerite versucht, nicht an den Moment zu denken, wenn die Pferde zum Ausgang traben und sie Schwester Bailly bitten muss, ihr ins Obergeschoss zu helfen. Noch ist es zu heiß, um irgendetwas zu tun. Ihr bleibt noch Zeit, um sich zu überzeugen, dass sie allein entscheiden kann, wer in der Salpêtrière bleiben muss und wer sie verlassen darf. Ihr bleibt noch Zeit, ihre Mädchen gehen zu sehen.

2

Geneviève

Paris, Juli 1720

Geneviève fällt es schwer, die wechselnden Geschehnisse zu begreifen: Noch zwei Wochen zuvor war sie in einem Heim der Salpêtrière eingeschlossen, und heute, in Paris, wird sie die Kleidung erhalten, die sie auf der anderen Seite des Atlantiks tragen wird. Am Morgen haben die Nonnen alle Mädchen endlich ins Kommissariat von Saint-Victor gebracht, nachdem sie fünfzehn Tage lang in einer Herberge des Viertels hatten warten müssen. Geneviève geht auf Schwester Louise hinter dem Stapel Kleidung zu, auf die Karren und die davor schwitzenden Tiere. Sie klemmt sich ihre endlich nachwachsenden Locken hinters Ohr. Sie hat sie noch nie so kurz getragen – außer im Januar, als ihr geschorener Kopf unter dem Leinenstoff der Haube juckte.

In den vergangenen Wochen, während die Begleiterinnen und die Polizisten die letzten Vorbereitungen für die Reise trafen, hatte Geneviève Zeit, über die Entscheidung der Superiorin nachzudenken. Diese konnte nicht alles über ihre Vergangenheit gewusst haben, nur das, was Madame d'Argenson in ihrem Brief geschrieben hatte – die Marquise hatte geglaubt, alles über sie zu wissen, obwohl sie nichts wusste, oder nur sehr wenig. Um nicht an ihre ehemalige Herrin denken zu müssen, fokussierte Geneviève sich auf die Superiorin. Sie fragte sich, ob die alte Frau nicht ganz einfach den Verstand verloren hatte. Ob sie sie nicht mit einer anderen verwechselt oder nur dazu benutzt hatte, ihre Liste zu vervollständigen. Nur einmal stellte sie sich vor, dass die Superiorin aus Güte gehandelt haben könnte. In jener Nacht lag sie bis zum Morgengrauen wach, lauschte den Glocken des Klosters der Filles-Anglaises und den Rufen der Händler der Halle-aux-Vins. Sie dachte an die Monate zurück, die sie allein in Paris verbracht hatte, nachdem ihre Eltern gestorben waren, und an diesen undurchsichtigen, nicht zu fassenden Zeitraum, die zähen Wochen in der *Grande Force*. Außer Amélie war niemand gut zu ihr gewesen, und doch hatte Geneviève sie enttäuscht. Nein. In den Augen der Superiorin war sie nur ein Name auf einer Liste.

Die Schlange wird kürzer, der Kleiderberg vor Schwester Louise kleiner. Die Frauen umklammern ihr Bündel und heben ihre Röcke, bevor sie auf die Karren steigen. Der Geruch von Vieh und warmem Heu sticht Geneviève in die Nase. An der Mauer lehnen Pfeife rauchend die Polizisten und überwachen sie. Nervös fährt sie mit der Zunge unter ihre Schneidezähne, befühlt den kleinen Spalt zwischen ihnen. Plötzlich spannt sich der Saum ihres Kleides. Als sie nach unten schaut, sieht sie einen Stiefel, der den grauen Stoff in den Staub tritt.

»Sie war zuerst da.«

Die feinen Gesichtszüge des Mädchens passen nicht zum Klang ihrer Stimme. Verschwitzte blonde Strähnen kleben an ihrer Stirn. Sie zeigt auf die kleine Rothaarige neben sich.

»Charlotte war vor Ihnen da«, sagt sie noch einmal.

Noch vor ein paar Monaten hätte Geneviève nicht einmal geantwortet, aber heute macht sie einen Schritt zur Seite.

»Na, worauf wartet ihr?«, fragt sie.

Die Blonde wirft ihr einen verärgerten Blick zu, aber ihre Freundin schaut weiter zu Boden. Sie bleiben vor dem Tisch stehen, an dem die Nonne weiter Korsetts, Röcke und Blusen in Stoffbeutel stopft. Das Mädchen, das sie angesprochen hat, die Blonde, die auch die Hübschere ist, spuckt sich in die Hand, reibt an einem Fleck an ihrem Ärmel. Die kleine Rothaarige nimmt die beiden Beutel an sich, die man ihnen überreicht.

»Sie werden froh sein, bei unserer Ankunft Kleidung zum Wechseln zu haben«, sagt die Nonne.

Das Gleiche sagt sie zu Geneviève, und schon fällt dieser das Bündel in die Arme, faserig und rau. Die Julisonne brennt auf ihre Schultern, manche Mädchen haben schon leuchtend rote Wangen, und Geneviève fragt sich, ob ihre Haut sich daran erinnert, dass sie in der Provence aufgewachsen ist. Sie geht weiter zu den Karren, sucht nach einem Platz. Als sie nach monatelanger Einsamkeit in die *Maison de Correction* kam, hätte sie alles für ein bisschen Gesellschaft gegeben. Sie hatte sich angewöhnt, sich zwischen zwei Gebeten leise mit den Frauen zu unterhalten, die in der Nähstube neben ihr saßen. Als die Aufseherin sie zum dritten Mal dabei erwischte, war sie unmissverständlich gewesen: Geneviève übe einen schlechten Einfluss aus, und wenn sie noch einmal das Schweigegebot breche, werde sie in die *Grande Force* zurückkehren. Geneviève hatte sich davor gehütet, ihr zu erklären, dass sie nur über den Louvre sprachen, über das Viertel Saint-Honoré, ihre alten Stellen.

Sie hatte sich wieder an die Arbeit gemacht. Für eine belanglose Unterhaltung würde sie nicht das Risiko eingehen, erneut eingesperrt zu werden.

Ein Stück weiter erblickt sie das Mädchen mit dem Geburtsmal auf der Wange, Pétronille, das ihr die Blumen im Jardin de la Hauteur beschrieben hat, als ob es dort ganze Nachmittage verbracht hätte. Geneviève kann nicht erkennen, ob in dem Wagen, auf dem sie sitzt, noch Platz ist, und eine der Nonnen ruft ihr zu, sie solle sich beeilen, ein Mädchen rempelt sie an, fragt, worauf sie denn warte. Als Genevièves Blick den der kleinen Rothaarigen trifft, ist es zu spät; die anderen Frauen rücken bereits zur Seite, um ihr Platz zu machen. Sie stemmt sich hinauf, spürt, wie das Stroh unter ihren Sohlen nachgibt.

»Ich wollte Sie nicht brüskieren«, erklärt die Blonde, während sie aufrückt. »Aber Höflichkeit bringt einen hier nicht weiter.«

Sie lacht auf, kokett und wohlwollend. Sie neigt sich zu ihrer Freundin – wirklich noch ein Kind, das die zwei Bündel immer noch umklammert hält wie Puppen.

»Ich wusste, dass wir sie kennen«, flüstert die Blonde.

»Das hast du mir schon gesagt«, antwortet die Kleine mit heller, emotionsloser Stimme.

Beide wirken jung genug, dass sie in der *Maison Saint-Louis* mit den anderen Waisenmädchen aufgewachsen sein könnten. Und doch werfen sie ihr nicht die gleichen misstrauischen Blicke zu wie die drei Mädchen gestern Abend beim Essen. Geneviève sagt sich erneut, dass die Bewohnerinnen der *Maison de Correction* nicht alle den Ruf haben, gefährlich zu sein, dass ihre Fehltritte nicht schlimmer sein können als ihre. Dass keine der Reisenden in den Karren weiß, dass sie in der *Grande Force* eingesperrt war, dem Frauengefängnis, aus dem eigentlich niemand mehr herauskommt. Die Blonde wendet sich Geneviève zu.

»Wir haben Sie einmal im Jardin de la Hauteur gesehen«, sagt sie. »Sie waren allein.«

Sie hat die Güte, die *Sœurs officières* nicht zu erwähnen, die wütend angelaufen kamen, nachdem sie bemerkt hatten, dass jemand in der Katechismusstunde fehlte. An dem Morgen war Geneviève schwer atmend erwacht, und als es Zeit zum Abendessen war, wurde ihr schwindelig bei dem Gedanken, von der Menge von Frauen umschlossen zu sein. Sie irrte eine Zeit lang durch das Krankenhausareal bis zum Garten. Dort sah sie zu, wie Mädchen der *Maison Saint-Louis* spielten und Gärtner das Unkraut herausrissen. Zwischen ihren gebeugten Rücken tauchten die Unteraufseherinnen, die Sous-officières, auf. Geneviève musste nicht geführt werden, sie wusste, wohin man sie brachte. Unten in der Zelle schnürte ihr der Gestank von Schimmel und Urin den Hals zu. Ein paar Stunden später hatte sie die unregelmäßigen Schritte der Superiorin gehört und mit angehaltenem Atem gewartet, als der Schlüssel sich im Schloss des Kerkers drehte.

Die Blonde legt ihr die Hand auf den Arm.

»Ich heiße Étiennette«, sagt sie.

Ihre Augen sind von einem so dunklen Blau, dass man sie an einem Tag ohne Sonne fast für schwarz halten könnte.

»Und das ist Charlotte.«

Das Mädchen schenkt ihr ein scheues Lächeln. Unter seiner zu großen Haube wischt es sich den Schweiß ab, der ihm über die Sommersprossen rinnt. Als Geneviève ihren Namen nennt, weiten sich Charlottes Augen.

Schwester Gertrude hat die Zählung der Frauen beendet und gibt den Polizisten ein Zeichen. Die Männer, die sich ihrer feuchten Baumwolljacken entledigt haben, gehen zum Tor. Drei Mädchen steigen glucksend auf ihren Wagen.

»Was hatten Sie an dem Morgen draußen zu suchen?«

Geneviève spürt immer noch Charlottes Blick auf sich. Sie zieht die Beine an, um einer weiteren Mitreisenden Platz zu machen.

»Ich war Luft schnappen.«

»Hör dir das an! Luft schnappen.« Étiennette lacht. »Und ich nehme an, dass Sie ein falscher Tanzschritt in die *Maison de Correction* geführt hat.«

Da Geneviève sie nicht korrigiert, fragt sie: »Wie sind Sie in die Salpêtrière gekommen?«

In den ersten Tagen in der Herberge in der Rue des Boulangers stellte Geneviève den ehemaligen Insassinnen flüsternd die gleiche Frage. Eine von vielen Möglichkeiten, ihre eigene Stimme zu hören. Sie hatte die Drohungen der *Sœur officière* in der Nähstube nicht vergessen, und man hütete sich, in Anwesenheit der Schwestern auch nur ein Wort zu sagen. Aufmerksam hörte sie sich die Geschichten der Frauen an. Eine von ihnen hatte man in das Hospital geschickt, weil ihr Vater sie nicht mehr ertrug, eine andere, weil ihre Stiefmutter die wahrhaft Schamlose war, die eigentlich in die *Maison de Correction* gehörte. Pétronille, die Frau mit dem Geburtsmal, hatte begonnen zu antworten, zu leise, als dass Geneviève sie hätte verstehen können, bevor ihre Stimme von der einer Brünetten übertönt wurde, die sie als heuchlerische Aristokratin verspottete. Geneviève schlug die Augen nieder. Sie wagte sich kaum vorzustellen, was dieses Mädchen sagen würde, wenn es erführe, warum

Geneviève in der Salpêtrière eingesperrt war. Nach diesem Wortwechsel gab sie es schlicht und einfach auf, irgendjemanden zu befragen.

In der Dunkelheit ihrer Zelle fragte sie sich schließlich, ob Madame d'Argenson recht gehabt hatte, sie zu bestrafen. Sie sah erneut die schwangeren Mädchen vor sich, die sichtlich mitgenommen zu ihr kamen. Sie hätten es sich nicht erlauben können, Mutter zu werden. Dann hörte sie die Stimme von Madame wispern – für wen Geneviève sich halte, über das Schicksal eines Kindes zu entscheiden? Wie hatte sie nur so etwas Abscheuliches tun können? In den ersten Nächten in der *Grande Force*, an den kalten Stein der Mauern gelehnt, die sie bis ans Ende ihrer Tage hätte anstarren sollen, empfand sie die Worte ihrer ehemaligen Herrin als niederschmetternd. Heute kann sie sie beinahe ignorieren. Bald wird sie weit weg sein, jenseits des Ozeans, dort, wo die Marquise sie niemals erreichen kann.

Doch selbst in diesen Augenblicken verschwindet das Schuldgefühl nie ganz. Da gibt es eine Frau, auf die sie hätte hören sollen, aber sie ist noch nicht bereit, den anderen Mädchen von Amélie zu erzählen. In der Herberge der Rue des Boulangers hat sie zu ihrer Vergangenheit nur Andeutungen gemacht. Sie begreift, dass sie offener hätte sein sollen, dass ihr Schweigen die Neugier der Frauen nur weiter angefacht hat.

»Ich bin einem Mann begegnet«, beginnt Geneviève.

Sie hält inne. Charlotte hebt die Augenbrauen.

»Er hieß Félicien«, fährt sie fort. »Anfangs haben wir uns gut verstanden.«

Étiennette wirft Charlotte einen vielsagenden Blick zu, aber ihre Freundin schaut starr zwischen die aufgestellten

Ohren der Ochsen. Geneviève sagt sich, dass sie in der *Maison Saint-Louis* bestimmt keinem Mann über den Weg gelaufen sind, abgesehen von den Schreinern, die kamen, um die Türen zu reparieren und die Tischbeine abzuschleifen, oder den Priestern, Schlossern und Fischhändlern, die sie von ihrem Schlafsaal aus beobachteten.

Die beiden Mädchen ahnen es wahrscheinlich nicht, aber die Reise wird gefährlich. Gestern hat Geneviève gehört, wie ein Polizist seinem Kollegen erklärte, dass sie bei so vielen mitreisenden Frauen nicht zwei, sondern vier Wochen nach Lorient brauchen würden. »Ein guter Grund, um mehr Patronen zu verlangen.« Sein Kollege schaute ihn verwirrt an. »Neunzig Weiber, die durchs halbe Land kutschiert werden?«, fuhr der erste Mann fort. »Sie glauben doch wohl nicht, dass das unbemerkt bleibt?« Er drückte seinen Finger in die Rauchkammer seiner Pfeife. »Ich verbürge mich nicht für ihre Tugendhaftigkeit, wenn wir an der *Loire* ankommen.«

Und heute nicht für meine, denkt Geneviève. Sie spürt Étiennettes Hand auf ihrer.

»Meine Liebe, Sie haben alle Zeit der Welt, um uns von Félicien zu erzählen.«

Das Tor des Kommissariats öffnet sich. Étiennette lehnt sich an die Bretter. Die Frauen verstummen, manche schauen zum Himmel auf, der so blau ist, dass es in den Augen wehtut. Dort, hinter den Toren, befindet sich Paris, und auch die Menge der Gaffer, die singen und ihnen durch die Straßen folgen wird, wie an dem Tag, als sie die Salpêtrière verlassen haben. In dem Moment dachte Geneviève, dass sie die Stadt nie wieder zu Gesicht bekommen würde. Aber man brachte sie zurück in die Hauptstadt, in die Herberge der Rue des Boulangers – wo sie in einem weiteren überfüllten Schlafsaal eingepfercht waren, im Beisein von drei Nonnen mit undurchdringlichen Mienen und unzähligen Polizisten. Sie hat so lange gewartet, dass sie glaubte, sie würden nie aufbrechen. Dass man sie hereingelegt hatte, dass Louisiane ebenso wenig existierte wie Tand und Taft in der Salpêtrière und man sie bald in die *Maison de Correction*, oder noch schlimmer, in die *Grande Force* zurückbringen würde.

Aber nein, die ersten Karren biegen bereits in die Straße ein. Die Gelenke der Ochsen schieben sich unter ihrem elastischen Fleisch entlang, und Paris schwankt im Rhythmus ihrer Schritte. Sie hören ein letztes Mal die Rufe der fahrenden Händler. Geneviève lässt ihren Blick über die Menge wandern. Sie war noch ein Kind, als ein Brand die Seidenraupenzucht ihrer Eltern zerstörte, ihre Familie La Bastide-des-Jourdans verlassen und die beschwerliche Reise von der Provence nach Paris auf sich nehmen musste. Geneviève hat kaum Erinnerungen an die einzige Reise, die sie je gemacht hat. Das feine Seidenkleid ihrer Mutter, das zwischen ihren Fingern hindurchglitt wie Luft, die hügelige Landschaft, die grenzenlosen Wälder, die verlorenen und wiedergefundenen Wege, die Angst, die sie abends überkam, wenn sie lauschte, ob sie die Räuber hörte, die ihr Vater fürchtete. Das ist alles, was ihr von der wochenlangen Wanderung blieb. Die Erinnerungen an ihre Kindheit in der Provence sind dagegen so strahlend wie ein Sommermorgen; sie sieht noch die Raupen auf den Maulbeerblättern vor sich, ihre Mutter, die sich über den riesigen Webstuhl beugt, ihre Brüder, die bestraft wurden, weil sie die Kokons anrührten, bevor sie reif waren. Geneviève bezweifelt, dass es in Mississippi auch nur die kleinste Seidenraupe gibt.

Sie wirft einen Blick auf Étiennette und Charlotte, die zur Straße schauen. Ein kleines Mädchen, das auf den Schultern einer Frau sitzt, schlägt seine Waden gegen die müde mütterliche Brust. Beim Anblick der Kolonne halten die Töpfer sofort inne, ihre Tellerstapel bleiben zwischen Schlamm und Himmel in der Schwebe. Geneviève schließt vor der alten Welt die Augen. Paris, Frankreich haben ihr nichts mehr zu geben. Sie wird bald in weiter Ferne sein.

*

Étiennette hatte recht. Sie haben noch alle Zeit zum Reden. Nicht über Louisiane, oder kaum – als ein Mädchen die Edelsteine der Kolonie erwähnt, wird sie vom Lachen einer der anderen unterbrochen. »Schwachsinn«, ruft sie, »dort wird gehungert. Angeblich kommt die größte Stadt nicht an unser armseligstes Dorf heran.« Die Frauen schütteln die Köpfe. Geneviève hat noch Schlimmeres gehört: In der Komödie, die vor ihrer Verhaftung in Paris Aufsehen erregte, war von Ogern in Mississippi die Rede. Sie weigert sich, an diesen Unsinn zu glauben. Louisiane wird sie retten, sagt sie sich immer wieder.

Die Unterhaltungen werden fortgeführt, die Frauen erzählen von sich – wie sie in die Salpêtrière gekommen sind, von allem, was sie dort mochten und hassten. Sie kennen sich, wie man seinen Nachbarn von gegenüber kennt; in der *Maison de Correction* suchten sie ihre Verbündeten sorgfältig aus. Sie konnten sich nicht mehr als eine Freundschaft mit heimlichem Geflüster erlauben. In der Einzelhaft hatte Geneviève nicht einmal das. Die anderen Gefangenen waren Körper, die sie in den benachbarten Zellen rumoren hörte, Stimmen, deren plötzliches Aufschreien sie vor Schreck zusammenzucken ließ. Sie schwor sich, nie wieder so allein zu sein wie in der *Grande Force* oder in Paris, bevor sie Amélie traf. Als die Rue de Vaugirard sich in einen einfachen Feldweg verwandelt und die Wagen aufs Land rausfahren, ertönt auch Genevièves Stimme zwischen den anderen.

Amélie erwähnt sie noch nicht. Sie erklärt Charlotte und Étiennette lediglich, dass Félicien eine Schwester hatte, und es ist eine Erleichterung, Bruchstücke ihrer Geschichte zu teilen, diesen beiden Unbekannten den Stalljungen von Madame d'Argenson zu beschreiben. Hier, inmitten der Felder, bremst nichts den Juliwind ab, er drückt das Gras gegen die Mäuler der Kälber, zerzaust das Heidekraut, lässt über den Karren einen Geruch von aufgewühlter Erde schweben, süßlich und herb. Die Landschaft wirkt auf sie so tief wie eine offene Wunde, so überwältigend wie ein erster Kuss. Sie beschreibt den Ort, an dem sie Félicien begegnet ist – die Dienstbotenquartiere des Herrenhauses von Madame –, die Sonnenblume, die er ihr eines Abends schenkte, weil er Rosen angeblich nicht ausstehen konnte.

»War er schön?«

Étiennette findet immer eine weitere Frage, die sie Geneviève stellen kann. Charlotte, die sich unter die Ellenbogen je einen Stoffbeutel geschoben hat, blickt ernst drein. Sie summt. Ihre sichere, warme Stimme lädt dazu ein, sich vorzubeugen, um sie besser hören zu können. Am Wegesrand wird die Landschaft von den roten Tupfern der Mohnblumen aufgelockert. Manche Reisende sind eingedöst, ihre Wangen schaukeln auf den Schultern ihrer Sitznachbarinnen.

»Ja«, antwortet Geneviève, »sehr charmant.«

Étiennette erwähnt zwei oder drei Männer, die nie ihre gewesen sind und die, das bemerkt Geneviève schnell, nur ein Vorwand sind, um über ihre Schwester Marceline zu sprechen, die ein Jahr zuvor nach Louisiane verschifft worden ist. Dann verstummt sie in Erwartung einer Fortsetzung der Geschichte über Félicien. Sie lauscht so aufmerksam, dass Geneviève sich dabei überrascht, ihre Neugier stillen zu wollen: »Er war wirklich charmant.«

»Wie der Böttcherlehrling des Cour Saint-Louis«, wirft Charlotte ein.

»Du wirst doch nicht etwa die Salpêtrière wegen der paar Kekse vermissen, die er dir gegeben hat«, spottet Étiennette.

Charlotte antwortet nicht sofort.

»Die *Maison Saint-Louis* war mein Zuhause«, sagt sie schließlich.

»Sie war so klein, als sie dort ankam«, erklärt Étiennette an Geneviève gewandt, »dass sie sich nicht mehr erinnern kann, wer sie dorthin gebracht hat.«

Charlotte wirft ihr einen verletzten Blick zu.

»Doch, ich erinnere mich.«

Geneviève zieht die Bänder ihres Stoffbeutels fester, sucht nach einer passenden Antwort.

»Du kennst die Salpêtrière also besser als jede andere von uns«, vermutet sie.

»Zweifellos«, entgegnet Charlotte. »Wir werden langsamer.«

»Endlich«, seufzt Étiennette, »ich spüre meinen Hintern nicht mehr.«

Eine junge Frau wirft ein, dass sie hungrig sei, und andere stimmen ihr zu. Schwester Gertrude, die im vordersten Wagen sitzt, beugt sich zu einem Bauern mit zerfurchtem Gesicht hinunter. Wie die anderen Bauern schaut er perplex zu, wie die lange Kolonne vorbeifährt, sein heller Hund beschnüffelt die Räder, bringt mit seinem Schwanz die gelben Rapsblüten zum Wackeln. Étiennette beschwert sich über kribbelnde Füße, aber Geneviève schweigt. Sie fühlt erneut das Unbehagen in sich aufsteigen, das sie in der *Grande Force* empfand, wenn die Finsternis und die Einsamkeit sie beinahe um den Verstand brachten. Am Nachmittag hatte sie den Eindruck gehabt, zu einem Abenteuer aufzubrechen. Es war ihr gelungen, der Salpêtrière zu entkommen. Sie kam voran. Nun, da sie den Frauen in einen weiteren Schlafsaal folgt, kann sie die drei Nonnen und die Polizisten, die sie begleiten, nicht länger ignorieren.

Dagegen verhält sich Étiennette, als sie in die Scheune oben auf dem Hügel gehen, als ob niemand sie überwachte.

»Versuchen wir zusammenzubleiben«, schlägt sie vor. »Alle drei. Wo ist Charlotte?«

Der Hund des Bauern kläfft, die anderen Mädchen schlüpfen bereits zwischen die Heubündel.

»Sie muss vor uns sein«, sagt Geneviève. Étiennettes Antwort geht im Geplauder der Frauen und der Unterhaltung zweier Hofarbeiter unter, die an den Holztüren lehnen. »Schau dir die an! Noch ein bisschen Milch?«, ruft der größere der beiden, und Geneviève errät leicht, dass von Pétronille die Rede ist. Sie glaubt, Charlotte neben einem Schubkarren zu erkennen, aber als das Mädchen sich aufrichtet, sieht sie, dass es mindestens zwei Jahre älter ist. Geneviève bahnt sich ihren Weg, Schwester Gertrude bittet sie, sich auf die Vesper vorzubereiten. Staub wirbelt von den Strohballen auf wie ein Schwarm winziger grauer Insekten und schwebt durch das Abendlicht. Hinten in der Scheune fallen schräg die letzten Sonnenstrahlen ein, werfen Lichtflecken auf die

Holzbalken und die Kornkammer der Scheune, darunter sitzt Charlotte, das Haar rot, ihre zerknitterte Haube in den Händen. Sie rückt ein Stück zur Seite, gerade so, dass eine einzige Person neben ihr Platz hat.

*

Geneviève lernte Félicien durch seine Schwester kennen. Amélie war schlank, aber stark, fähig, jeden noch so schweren Stapel schmutziger Wäsche vom Herrenhaus zur Seine zu tragen. Ihre Fingerspitzen waren immer kalt, im Winter bläulich, im Sommer leuchtend rot. Jahre später sollte Geneviève herausfinden, dass es bei ihren Zehen und ihrer Nase genauso war. Zum Zeitpunkt ihrer Begegnung waren die Mädchen dreizehn Jahre alt, Félicien zwölf. Schmal, geschmeidig, kindlich, wie Jungen es oft sind, bevor sie plötzlich in die Höhe schießen.

Genevièves Familie war im Jahr zuvor gestorben. Sie waren dem erlegen, was sie nie hätte treffen sollen: Kälte und Armut, vor denen die Provence und ihre Seidenraupen sie lange Zeit geschützt hatten. An dem Tag, als sie Amélie auf dem Markt im Marais traf, war Geneviève schon monatelang auf sich gestellt. Sie war allein in dieser brutalen Stadt, die sie schlecht kannte, mit den unfreundlichen und blassen Menschen, den plötzlichen Schauern und dem ständigen Matsch. Sie war zu allem bereit, um ihre Anstellung in der Gerberei am Ufer des Brièvre und das stinkende Zimmer aufzugeben, das sie sich mit sechs weiteren Kindern teilte, alle jünger als sie und in Kleider gehüllt, die den Geruch der Tierhäute verströmten. Als Amélie ihr von der Stelle als Wäscherin bei Madame d'Argenson erzählte, traute sich Geneviève kaum, daran zu glauben. Zum ersten

Mal, seit sie die Provence verlassen hatte, gab es eine Entscheidung zu treffen. Sie nahm sofort an.

Amélie führte sie zum Waschschiff, wo die Wäscherinnen des Viertels zusammenkamen. An Bord der *Sirène* fühlte Geneviève manchmal, wie Amélies Finger die ihren streiften, ihre Haut, die ebenso zerknittert und feucht wie die Laken war, die sie wuschen. Zwischen zwei Schlegelhieben sprachen sie über sich, über Paris. Geneviève hatte eine Lieblingsgeschichte: die einer Mutter, die nach dem Tod ihres Sohnes vor Kummer verrückt wurde und aus Verzweiflung beschloss, seinen Leichnam zu finden. Die Frau hatte gebetet. Sie hatte eine Kerze in einen Brotlaib gebohrt, den Laib in einen Korb gelegt, den Korb auf die Seine gesetzt. Sie hoffte, dass der auf dem Wasser treibende Korb ihr den genauen Ort anzeigen würde, an dem ihr Sohn ertrunken war. Stattdessen war er mit der Kerze zu zwei mit Heu beladenen Frachtern getrieben. Diese hatten Feuer gefangen und wiederum die Pont Notre-Dame in Brand gesetzt, sodass am Ende zehn flammende Häuser ins Wasser stürzten. Amélie erzählte die Anekdote so, dass Geneviève lächeln musste. So, wie ihre Freundin sie erzählte, ging es in der Geschichte nicht mehr um Tod und Zerstörung, sondern um menschlichen Irrtum, verrückte Hoffnungen und belanglose Taten, die zu etwas Großem werden.

Wo war Félicien in dieser Zeit? Er war überall. In den Ställen, damit beschäftigt, weiche Stuten zu striegeln und Fohlen, die gerade erst auf den Beinen standen. Am Küchentisch, die Arme seiner Schwester lagen um seinen Hals, vor ihnen ein Krug Wein. Wieder in Les Halles, wo er seine wenigen Sous für Äpfel ausgab, deren Schale samtig glänzte wie Babyhaut. Er reichte sie Geneviève und Amélie, und die Früchte krachten unter ihren Zähnen.

Geneviève hatte Félicien immer schön gefunden. Sie brauchte meist einen Augenblick, bevor sie seine Scherze verstand, die oft absurd waren, und das war ihr am liebsten. Er ließ sein kindliches Äußeres in nur einem Sommer hinter sich, bekam seine langen Beine innerhalb weniger sonniger Wochen unter Kontrolle. In jenem Herbst tanzten sie auf dem Ball in der Rue Mouffetard nicht mehr wie gewohnt zusammen im Kreis – ihre Dreiergruppe war zu Zweiergespannen geworden.

*

Bis zur *Loire* dauert die Fahrt fast zehn Tage, und Geneviève erinnert sich nicht daran, so langsam vorangekommen zu sein, als sie mit ihrer Familie Frankreich durchquerte. Die Harnische der Ochsen werden mit immer mehr Schweiß und Schlamm überzogen, je weiter die Tiere nach Südwesten trotten. Von den Feldern aus werden die Frauen von Bauern angestarrt; manche wünschen ihnen eine gute Reise, andere beobachten sie und unterhalten sich dabei leise. Geneviève will nicht wissen, was sie tuscheln. Sie zwingt sich, nicht an den Polizisten in Paris zu denken, der weitere Kisten mit Munition mitgenommen hätte.

Abends führen die Nonnen sie in Scheunen, Ställe und Innenhöfe, wo Enten und Hühner über ihr Strohlager watscheln. Nur einmal, in der Nähe von Nemours, schlafen die Frauen draußen, die Schwärze der ländlichen Nacht von Sternen durchbrochen, die so zahlreich sind, dass der Himmel fast weiß davon wird und es Geneviève den Atem verschlägt. Ihr Schlaf ist weniger unruhig, seit sie Paris hinter sich gelassen hat. Die Gespräche mit Étiennette helfen ihr. Nach Monaten allein in einer Zelle ist sie erleichtert, jemandem ihre Geschichte anzuvertrauen, sie über die Höhepunkte ihrer Erzählung staunen zu sehen. Etwas rührt sie an Étiennettes Fragen nach Félicien, an ihrer Art, die Komplimente der Bauern zu ignorieren – es ist offensichtlich, dass sie nie einen Jungen gekannt hat und sich bei den Eskapaden ihrer Schwester in Paris und Versailles bedient, damit ihr der Erzählstoff nicht ausgeht. Jedes Mal, wenn Étiennette Marceline oder *La Mutine* erwähnt, das Schiff, mit dem ihre ältere Schwester den Atlantik überquert hat, verschließt sich Charlottes Gesicht. Étiennette scheint es nicht zu bemerken.

»Das alles kommt einem so weit weg vor, nicht wahr?«, fragt sie einige Tage nach der Nacht in Nemours. Geneviève nickt, ohne den Blick von den goldgelben Feldern abzuwenden. Sie lügt nicht wirklich. Félicien scheint weit weg – Amélie und die Provence werden ihr immer nah sein.

Charlotte spricht selten mit ihr, interessiert sich nicht für ihre Berichte. Sie redet über die Salpêtrière, beschreibt Gebäude, von denen Geneviève nichts geahnt hat: die Apotheke, die Rue de la Lingerie mit den Waschhäusern, die Nähstube, der Garten der Superiorin. Sie senkt den Blick, als Geneviève eine Schneiderin erwähnt, die Madame manchmal kommen ließ, aber auf Nachfrage, was Charlotte störe, zuckt diese nur mit den Schultern und sagt den ganzen Nachmittag über kein Wort mehr. »Eine *Sœur officière* hat ihr irgendwann erzählt, dass sie ihren Namen von einer Schneiderin hat«, erklärt Étiennette am Abend und ergänzt seufzend: »Wegen des bestickten Tüchleins, mit dem sie in der Salpêtrière ankam.«

In Orléans schreckt Geneviève wieder schwer atmend aus dem Schlaf. Sie lässt ihren Blick durch den dunklen Schlafsaal der Herberge wandern, überzeugt, einen Schrei gehört zu haben. Nichts. Im Halbschlaf versucht sie sich an die Wirte zu erinnern, die sie früher am Abend empfangen haben, ein ansprechendes Ehepaar und ein junger Mann, aber die Gesichter der anderen Gäste hat sie nicht mehr vor Augen. Sie spitzt die Ohren. Das traurige Schnauben eines Ochsen, Charlotte, die an Étiennettes Schulter schnarcht, ein ersticktes Stöhnen hinter der Wand, ein leises Klopfen. Sie lauscht, schläft dann aber wohl ein, denn als sie wieder die Augen öffnet, ist der Raum in Licht gebadet und die Mädchen fast alle auf den Beinen. Sie hört, wie Charlotte Étiennette draußen fragt, ob sie letzte Nacht etwas gehört habe. »Ich habe geschlafen wie ein Baby«, antwortet diese.

Sie verlassen Orléans, kehren zurück in die Weiler, Felder und Wälder. Bei Sonnenaufgang servieren die Bauern ihnen dampfende Suppe, die von den Nonnen und den Polizisten bezahlt wird. Es fehlen immer Schüsseln, und wenn Geneviève um eine bittet, befiehlt man ihr, sich zu setzen und abzuwarten. Die Frauen drängen sich aneinander, während sie mit noch nachtkalten Fingern die dicke Kruste des Brotes durchbrechen. Geneviève lässt Étiennette zuerst essen, sie spürt die Feuchtigkeit nicht, über die die anderen klagen. In der *Grande Force* wachte sie manchmal mit den Ellenbogen im Schnee auf, mit so stark schmerzenden Gliedern, dass die kleinste Bewegung eine Qual war. Sie versucht, Charlotte etwas zu essen zu reichen, aber die Kleine wartet stets, bis Étiennette mit dem Frühstück fertig ist, die Augen auf ihre Freundin gerichtet, auf die Lippen an der Schale. Wenn Étiennette sie schließlich an sie weitergibt, wendet Charlotte mit geröteten Wangen den Blick ab.

An dem Tag, als sie endlich den Fluss erreichen sollen, findet Geneviève sich mit Charlotte allein wieder. Vor ihnen starrt Pétronille auf ihre noch volle Schale, das Kinn in die Hand gestützt. Étiennette ist nach draußen gegangen, um sich dort hinzuhocken, wo der Misthaufen den Geruch der Frauen überdeckt. Charlotte faltet ihren Rock, schenkt Geneviève keine Beachtung. Die Kleine bereitet ihr Unbehagen, vermittelt ihr das Gefühl, ständig zur falschen Zeit am falschen Ort zu sein. In den leeren Ställen ist nichts zu hören außer Pétronille, die nun doch ihre Suppe schlürft. Zum ersten Mal weiß Geneviève nicht, was sie sagen soll. Sie hat mit Charlotte nichts gemeinsam, außer ihrer Reise und Étiennette.

»Es kommt mir so vor, als würden wir nie die Küste erreichen«, wagt sie einen Vorstoß.

»Das kommt dir bestimmt gelegen.«

»Wie meinst du das?«

Charlotte schweigt, zerrt an der feinen Schnur, mit der sie ihren Beutel zuzuziehen versucht.

»Diese Reise gibt uns Zeit, Bekanntschaft zu schließen«, bemerkt Geneviève.

Charlotte kraust die Nase.

»Sie gibt dir vor allem Zeit, Étiennette kennenzulernen.« Und nach einer Pause sagt sie: »Du musst froh sein, draußen zu sein.«

Geneviève spürt, wie ihr ein Schauer die Wirbelsäule entlangläuft. Charlotte zieht ein letztes Mal an der Schnur ihres Beutels, da fällt ein weiteres Bündel auf die Erde, und Étiennettes blonder Haarschopf taucht zwischen ihnen auf.

»Was ist los?«

Ihr Blick geht von Geneviève zu Charlotte.

»Charlotte, du siehst verärgert aus.«

»Alles ist bestens«, geht Geneviève dazwischen. »Wir sprechen nur über die nächste Etappe unserer Reise.«

Charlotte errötet mit gesenktem Kopf. Als sie ihren wütenden Gesichtsausdruck sieht, zittert Geneviève.

»Natürlich. Die nächste Etappe«, entgegnet Charlotte.

Geneviève sieht zu, wie sie durch den Hof geht, ihre mageren Arme streifen ihr gräuliches Kleid. Wo raus, möchte sie gern wissen. Aus der Salpêtrière, würde Charlotte antworten. Geneviève kommt plötzlich ein schrecklicher Gedanke, sie fragt sich, ob die Kleine mehr über sie weiß als die anderen Frauen. Sie versucht sich zu beruhigen, sagt sich, dass das unmöglich ist. Die aufkeimende Wut lässt ihre Befürchtungen von ihr abblättern. Dieses Mädchen weiß nicht, welch ein Glück es hat, mit ihrer Kindheitsfreundin auf Reisen zu gehen und nicht gezwungen zu sein, sie zurückzulassen. In ihrem Alter kämpfte Geneviève darum, in einer Stadt zu überleben, die nur die Einsamkeit ihrer Straßen und Gefängnisse anzubieten hatte. Sie war zu lange isoliert gewesen, um diese Reise allein anzutreten.

»Mach dir nichts draus«, beruhigt sie Étiennette mit einem Lächeln, »vielleicht hat sie endlich angefangen zu bluten.«

*

Als Geneviève, noch bei Madame d'Argenson, die Wochen seit ihrer letzten Regel zählte, sprach sie mit niemandem darüber, nicht einmal mit Amélie. Sonst hätte sie noch mehr erzählen müssen, und sie wollte nicht, dass ihre Freundin erfuhr – nicht jetzt, nicht so –, was mit Félicien passiert war. Nur dieses eine Mal. Es bedeutete nichts, nicht mehr als die Umarmungen der Paare, die sie nach Einbruch der Dunkelheit manchmal in den kleinen Gassen beobachten konnten, wenn sie von der *Sirène* nach Hause gingen. Geneviève konnte nicht ausdrücken, was sie noch nicht verstanden hatte: Mit Félicien zu schlafen, kam Amélie zu lieben am nächsten.

Sie entschied, dass sie alt genug war, um ohne Hilfe zurechtzukommen. Sie hatte von Frauen gehört, die ihr Kind nicht behalten wollten. Es hieß, dass der Verzehr von Wermut die Blutung herbeiführe. Als es Nacht war, ging sie in die leere Küche und kaute die bitteren Kräuter, die ihr den Magen umdrehten. Am Morgen erwachte sie vollkommen erschöpft. Auf den Knien suchte sie ihr Bett nach Flecken ab, die die anderen Hausangestellten zum Schweigen bringen würden, aber fand nichts anderes als Schweißränder.

Sie versuchte Zeit zu gewinnen. Sie stellte sich ihren Bauch vor, rund, dann wieder flach – den Blick, mit dem Madame sie hinauswerfen würde, als hätte sie ihr ins Gesicht gespuckt. Sie sah Amélie vor sich, allein über die Bottiche des Waschschiffes gebeugt. Aber Geneviève konnte sich kein Baby vorstellen. Nicht mehr als diesen dunklen, feuchten Ort im unteren Teil ihres Bauchs, den sie sich rot ausmalte, wie die warme, flackernde Farbe hinter geschlossenen Lidern.

*

Geneviève hat bisher nur zwei große Flüsse gekannt: die Rhône, die ihre Familie nach Paris führte, und die Seine, die sie und Amelie aufnahm. Der dritte, die *Loire*, erscheint ihr endlos lang. In den zwei Wochen, die sie dem Flusslauf nun schon folgen, hat sie Türme und Schlösser gesehen, ihre Dächer so goldglänzend wie mit Ei bestrichenes Gebäck. Kurz hinter Tours machte sich eine der Frauen über Pétronille lustig, indem sie, den Finger auf eines der Anwesen gerichtet, fragte, ob die Schlossherrin gern zu Hause abgesetzt werden wolle. Darauf die trockene, unerwartete Antwort von Pétronille: »Seien Sie still.« Die Frau ließ sich das nicht zweimal sagen.

An diesem Tag fällt es selbst Charlotte schwer, ihre Begeisterung zu verbergen. Ihr Schiff erwartet sie in Paimbœuf, bald werden sie die Wagen hinter sich lassen. Kurz hinter Nantes sprach die Kleine mit Étiennette über einen Wurf Kätzchen, einen Strauß Margeriten, den das Kind eines Hufschmieds ihr geschenkt hatte. Mit Geneviève spricht Charlotte nicht mehr. Anfangs war es eine Erleichterung – wortlos waren ihre Vorwürfe leichter zu ignorieren. Solange sie beide in ihrer Nähe hat, scheint das neue Arrangement Étiennette nicht zu stören. Am Morgen hörte Geneviève, wie Charlotte summend die leeren Schalen vom Frühstück stapelte. Sie stand mit dem Rücken zu ihr und sang, wie man es tut, wenn man sich allein glaubt. Geneviève erinnert sich nicht mehr an die Worte. Nur an ihre warme Stimme, so voll und dunkel wie der Honig ihrer Kindheit, den ihr Nachbar aus den Kastanienblüten der Provence gewann.

Die Kleine lässt ihre Sorgen weiterwachsen. Geneviève kann sich nicht vorstellen, noch einen Monat so zu verbringen. Sie kommt nicht umhin, sich zu fragen, wie weit Charlotte zu gehen bereit ist, um sie auf Abstand zu halten. Die Beleidigungen, die Madame ihr im Geiste zuflüsterte, als sie in ihrer Zelle der *Grande Force* saß, steigen erneut in ihr auf, und dieses Mal ist es nicht mehr die Stimme ihrer ehemaligen Herrin, die sie hört, sondern ihre. Sei nicht dumm. Nicht alles dreht sich um dich. Charlotte ist nur ein Kind.

Am Hafen bleiben die Wagen stehen. Die Frauen richten sich auf, stehen auf – alle, außer Pétronille. Geneviève versucht, ihre Aufmerksamkeit auf sich zu ziehen, aber die Brünette bleibt mit gesenktem Blick sitzen, die Arme um ihren Oberkörper geschlungen. Ein Polizist fordert sie auf herunterzusteigen und Geneviève beeilt sich, dem nachzukommen. Nach der wochenlangen Reise will sie nur eines: gehen, ihre verspannten Muskeln lösen. Sie hatte gehofft, dass sie in Paimbœuf der Atlantik erwartete. Aber nun versteht sie endlich, was Schwester Gertrude am Morgen einer der Nonnen erklärte. Diese Stadt ist nur eine weitere Etappe: Bevor sie endgültig die Leinen losmachen und nach Louisiane segeln, wird die *Baleine* sie an die Atlantikküste bringen, wo Seeleute das Schiff für die weite Fahrt instand setzen würden. Am Hafen schaut Geneviève auf die *Loire*, ihre runden Sandinseln ragen aus dem Wasser wie Brüste beim Baden.

Sie hat noch nie ein so imposantes Schiff gesehen. Das Waschschiff ist nichts gegen die *Baleine*. Ihre drei Masten gleichen den Galgen auf der Place de la Grève, ihre gesetzten Segel dem Sonnenschirm einer jungen Frau, die Balken, die sie stützen, den Armen eines Kindes auf einem zu schmalen Weg, wenn es versucht, das Gleichgewicht zu halten. Das Schiff ist bauchig, sein Rumpf flach, kleine Kanonen sind auf das Ufer gerichtet, auf sie alle. Männer laufen von einem Mast zum anderen, klettern daran hoch und lassen Leitern von den beiden erhöhten Decks herab. Am Hafen, wo sie steht, sind ihre Schritte vollkommen lautlos.

Die Nonnen zählen erneut durch. Geneviève spürt, wie die Hände der Polizisten sie in die Reihe schieben, gleich hinter Charlotte und Étiennette. Sie hört ein leises Schniefen, wirft einen Blick auf Pétronille, als ein dumpfer Schlag sie zusammenzucken lässt. Ein Steg ist zwischen den Quai und das Schiff gefallen. Vor ihr drückt Charlotte Étiennettes Hand.

»Mir ist schwindelig«, flüstert sie.

»Es wird schnell gehen«, beruhigt sie ihre Freundin.

Sie geht als Erste hinüber, gefolgt von Charlotte. Die *Loire* ist unruhiger als die Seine, und bald verschwinden die Pflastersteine unter Genevièves Füßen, das feuchte Holz biegt sich unter ihren Schuhen, und sie sieht sich in Madames Küche stehen, ein Ei in der Hand, Amélie, die ihre Finger über ihre legte, den Zeigefinger oberhalb der Schale und den Daumen unterhalb, und ihr zuflüsterte, fester zuzupacken, noch fester, ihr versprach, dass das Ei nicht kaputtgehen werde. Ihre Mutter hatte ihr das Gleiche über die Seide gesagt.

»Schauen Sie nicht nach unten«, ruft ihr jemand vom Schiff aus zu.

Aber es ist unmöglich. Geneviève senkt den Blick, als ob sie sich an Bord des Waschschiffs hievte; der steil abfallende Rumpf endet im schäumenden Wasser, das mit einem Mal sehr nah erscheint. Noch ein, zwei, drei Schritte, und Étiennette zieht sie hoch zu den Kanonen und an Deck. Die *Baleine* bewegt sich kaum merklich unter ihren Füßen. Als sie sich umdreht, sieht Geneviève die schwankenden Frauen auf dem Steg und hinter ihnen die reglosen Häuser am Hafen. Pétronille stolpert, als sie an Bord geht, den Ärmel an den Mund gepresst, und sie würde sie gern fragen, ob es ihr gut geht, aber man treibt sie zur Eile an. Am Fuß eines der Masten, am Eingang zum Schiffsraum, verschwinden die Mädchen unter den aufmerksamen Blicken von Schwester Gertrude zwischen den geöffneten Flügeln der Luke. Der Wind lässt den langen Schleier flattern, der das Gesicht der Nonne einrahmt. Rechts neben ihr steht Charlotte mit gefalteten Händen.

»Komm«, sagt Étiennette.

»Und Charlotte?«

»Keine Sorge, sie kommt nach.«

Pétronille geht an ihr vorbei. Ihr Gesicht ist blass, ihre Lippen zusammengepresst.

»Warum?«, fragt Geneviève.

Étiennette zuckt mit den Schultern, hebt ihren Rock an.

»Sie möchte mit Schwester Gertrude reden.«

Geneviève malt sich aus, was Charlotte alles über sie erfinden und was die Nonne ihr alles erzählten könnte. Sie weiß nicht, was schlimmer wäre. Sie legt ihre Hand auf Étiennettes Schulter.

»Worüber?«

»Beeilung, bitte, meine Damen!«, ruft Schwester Bergère.

»Ich habe keine Ahnung. Komm«, sagt Étiennette noch einmal.

Ein Schiffsjunge zieht an einem Seil, den Blick zu einem der Masten erhoben, aber Geneviève hat keine Zeit zu sehen, was da herunterkommt, sie muss sich erneut auf ihre Schritte konzentrieren, um die Stiege in das Innere der *Baleine* hinunterzugehen, bis auf das feuchte Zwischendeck. Sie wartet, bis sich ihre Augen an die Dunkelheit gewöhnt haben, die smaragdgrünen Schatten verblassen. Als sie zur Luke aufschaut, sieht sie Charlotte mit Schwester Gertrude sprechen, die beiden Frauen vor dem grauen Himmel mit gesenktem Kinn, als würden sie sie beobachten.

*

Geneviève gestand Amélie am Ufer der Seine, dass sie ein Kind erwartete. Die Wolken waren schwachrosa an jenem Abend. Sie hatte nicht vorgehabt, ihr die Wahrheit zu sagen, während sie die letzten Laken zusammenfalteten, ihre Schlegel nahmen und sich auf den Weg nach Hause machten. Aber auf dem Quai wurde ihr auf einmal speiübel. Als sie wieder klar sehen konnte, blickte sie auf zwei Entenküken, eine flussabwärts treibende Haube und riesige Algen, die sich unter der Wasseroberfläche schlängelten. Geneviève zwang sich, durch den Mund zu atmen, damit ihr der modrige Geruch des Flusses nicht in die Nase stieg. Sie befürchtete, sich noch einmal übergeben zu müssen, wenn sie vor ihrer Freundin Féliciens Namen ausspucken müsste. Aber sie musste ihn nicht einmal aussprechen, Amélie tat es an ihrer statt.

Als es Geneviève gelang aufzustehen, lag Amélies Blick auf der Seine oberhalb der *Sirène*, mit den Händen umfasste sie ihren Kiefer, als wolle sie vermeiden, dass ihr etwas Hartes aus dem Mund fiel. »Wenn er nicht mein Bruder wäre«, sagte sie schließlich, »hättest du es mir schon gesagt.« Auch wenn das keine Frage war, nickte Geneviève. »Er wüsste nicht, wie er dir helfen soll«, fuhr Amélie fort. Sie wiederholte den Satz, als ob er sie tröstete. Über der Brücke antworteten drei Möwen. »Aber ich weiß es.«

Zwei Tage später gab Amélie ihr die Adresse. Das Haus stand in der Rue de Buci, am linken Seineufer. Amélie kannte ein Mädchen, dessen Schwester dorthin gegangen war. Wenn sie offen miteinander hätten sprechen können, war Geneviève überzeugt, hätte sie sicher erfahren, dass die Tochter der Milchfrau, die Cousine des Schneiders oder die Mutter des Kutschers bereits an dieselbe Tür geklopft hatten – diese Frauen hätten ihr berichten können, was sie jenseits der Schwelle erwartete. Stattdessen schnappte sie sich einen leeren Korb und überquerte die Seine allein. Sie wollte keine Aufmerksamkeit auf sich ziehen, indem sie sich begleiten ließ. Sie konnte sich nicht erlauben, mit dem Kind, das sie in sich trug, auch noch Amélie zu verlieren.

*

Nach einem Tag auf See erscheint ihr die *Baleine* nicht mehr so riesig. Das Zwischendeck, auf dem die Frauen eingesperrt sind, stellt eine neue Art von Zelle dar – auch wenn diese sie zumindest woandershin transportiert. Es ist dunkel und feucht, das Wasser schlägt gegen den Rumpf. Geneviève liegt da und hört zu, wie die Wellen in ihren Ohren rauschen, das Deck an ihren Schläfen vibriert. Die *Loire* und dann der Atlantik scheinen sie verschlingen zu wollen. In den ersten Nächten an Bord träumt sie von Wasser, von einem Land, das von Flüssen durchzogen ist, auf denen abgestorbenes Holz treibt; in diesen Träumen spricht niemand mehr mit ihr. Schwer atmend wacht sie auf, und noch immer ist das Klatschen der Wellen zu hören, immer noch riecht es nach fauligem Holz. »Der Schiffsraum wird in Lorient instandgesetzt«, versichert ihnen Schwester Gertrude am Morgen des vierten Tages. Sie fügt hinzu, dass für ihren Komfort Bänke und Matten bereitgestellt würden.

Étiennette und Charlotte sitzen an einer der Geschützpforten, die nicht geöffnet werden dürfen. Am Morgen der Abreise hat Geneviève gesehen, wie Charlotte Étiennette etwas ins Ohr flüsterte. Sie kann sich noch so oft sagen, dass das Mädchen ihr nichts Böses will, sie kann nicht anders, als sich vorzustellen, wie die Nonnen von ihrer Vergangenheit als Abtreiberin erfahren und einem der Polizisten befehlen, sie in die Salpêtrière zurückzubringen. Also beschließt sie, bei Pétronille zu bleiben, der, seit sie in Paimbœuf abgelegt haben, übel ist. Sie hält ihr einen Eimer unter das Kinn, hört, als sie näher rückt, ein geflüstertes »Danke«.

Der Zutritt zum Oberdeck bleibt ihnen bis Lorient versagt. Manchmal spürt Geneviève ihr Herz rasen, wie in der *Grande Force*. Wenn ihr das Atmen schwerfällt, schließt sie die Augen. Sie zwingt sich, die Schritte der Matrosen über ihren Köpfen zu ignorieren, das eisige Geräusch der Windböen, die an den Masten rütteln. Sie denkt an die Provence, an den gewundenen Pfad durch die Felder, die Abkürzung, die sie nur bei Sonnenuntergang nehmen konnte, wenn die Bienen den Lavendel in Frieden ließen. Sie flüchtet sich nach La Bastide-des-Jourdans, so lange sie kann.

Als sie zum ersten Mal den Ozean sieht, in Lorient, ruft sie sich wieder die blauen Felder in Erinnerung. Den Wind, der dort wehte, das Wogen der Blüten. Von der Brücke aus schaut sie auf die dunklen, schweren, silbrig glitzernden Wellen, die an den Strand schlagen, sich einrollen, um mit der geraden Linie des Horizonts zu verschmelzen. Sie hat nicht gewusst, dass ihr Blick so weit in die Ferne reicht. Beim Anblick des Atlantiks wird sie von Schwindel erfasst. Bis dahin hatte sie nicht wirklich begriffen, was die Reise nach Louisiane bedeutet. Sie denkt, dass hinter solchen

Wassermassen nichts mehr von Bedeutung sein wird. Sie wird wieder frei sein können. Und in dem Augenblick, kurz bevor sie an dem bretonischen Hafen an Land geht, scheint es unmöglich, dass irgendjemand ihr das nehmen könnte.

*

An dem Tag, als Geneviève die in der Rue de Buci erworbenen Kräuter zu sich nahm, verschwanden Minuten ihres Lebens. Sie vergaß sie, wie sie beim Erwachen stets den genauen Augenblick vergessen hatte, an dem sie am Abend zuvor eingeschlafen war, erschrocken darüber, dass sie sich für so lange Zeit selbst verloren hatte. Sie wusste, es bedeutete nicht, dass nichts geschehen war. Da war ein Baby, und dann war da keins mehr. So einfach war das – keine Erinnerung, nur Tatsachen. Sie hatte geschlafen, und nun schlief sie nicht mehr.

Als sie begann, den Saft aus Beifuß, Weinraute und Mooswacholder zu ziehen, um die trüben Mixturen an andere Frauen weiterzugeben, machte sie es sich zur Gewohnheit, ihnen zu sagen: »Denk nicht mehr darüber nach. Bald wird es so sein, als erwachtest du aus einem bösen Traum. Aber zumindest hattest du eine Wahl.«

*

Die von den Nonnen ausgewählte Herberge in Lorient befindet sich am Hafen. Das einzige Fenster des Zimmers, das Geneviève mit Pétronille, Étiennette und Charlotte teilt, bietet jedoch keinen Blick auf den Ozean, der sie bald weit weg von hier bringen wird, wenn auch erst in ein paar Wochen: Schwester Gertrude hat ihnen erklärt, dass sie noch die Ankunft der Konzessionäre und das Kielholen zur

Reinigung des Schiffs abwarten mussten. Am ersten Abend sah Geneviève Charlotte und Étiennette am anderen Ende des Tisches sitzen. An Bord der *Baleine* hat sie sich nicht dazu entschließen können, die Kleine zu ihrer Unterhaltung mit Schwester Gertrude zu befragen. Der Schiffsraum ähnelte zu sehr der *Grande Force*: finster, eng, von einem herben, fischigen Geruch durchzogen. Aber nun, da sie wieder auf festem Boden ist, gezwungen, im gleichen Zimmer wie sie zu schlafen, bleibt Geneviève keine Wahl mehr.

Nach dem Nachtmahl findet sie Pétronille ausgestreckt auf ihrem Bett vor. Der Boden ist mit Erbrochenem bekleckert, wie auch der Saum von Charlottes Kleid. Étiennette steht abseits, die Hand auf den Mund gepresst. Charlotte rückt sanft ihr Bündel unter Pétronilles Kopf zurecht. Als Geneviève ins Zimmer tritt, weicht sie zurück.

»Was ist passiert?«, fragt Geneviève.

Pétronilles Wangen bekommen allmählich wieder Farbe. Sie schenkt ihr ein schwaches Lächeln.

»Es kommt mir so vor, als wäre ich noch auf See«, sagt sie.

»Aber das bist du nicht mehr«, entgegnet Geneviève.

»Ich werde Wasser und Tücher holen«, mischt sich Charlotte ein.

Geneviève tritt zur Seite, um sie vorbeizulassen.

»Warte, ich begleite dich.«

Im Gang schlängelt sie sich zwischen den Frauen durch, die aus dem Speisesaal kommen, beeilt sich, um Charlotte auf der Treppe einzuholen.

»Was willst du?«, fragt diese.

Geneviève sieht nur ihren Rücken, ihre Füße. Sie wartet, bis sie den ersten leeren Treppenabsatz erreicht haben, bevor sie antwortet.

»Du hast mit Schwester Gertrude gesprochen«, sagt Geneviève.

Charlottes Blick fällt auf die einzige Truhe im Gang.

»Ja, stimmt.«

»Warum?«

»Das geht dich nichts an.«

»Was sie dir über mich anvertraut hat, geht mich etwas an.«

Charlotte schaut sie an, das Halbdunkel verschluckt ihre Sommersprossen.

»Du warst in der *Grande Force* eingesperrt, wie ich es mir schon dachte.«

»Wie du es dir schon dachtest.«

Geneviève glaubt, dass sie lügt, aber das Mädchen zuckt mit keiner Wimper. Mit einem Mal scheinen Geneviève ihre Beine zu schwach, um sie zu tragen.

»Was hat sie dir noch erzählt?«

Charlotte kniet sich vor die Truhe. Als Geneviève ihre Frage wiederholt, erkennt sie ihre eigene Stimme kaum wieder.

»Sie hat gesagt …«, beginnt Charlotte. Sie räuspert sich, spricht weiter: »Schwester Gertrude hat gesagt, dass es ihr egal ist, was wir getan haben mögen. Dass sie die Liste nicht gemacht hat.« Sie macht eine Pause, wirkt mit einem Mal traurig. »Die Superiorin hat uns ausgewählt. Schwester Gertrude muss nur sicherstellen, dass wir gesund und sicher nach Louisiane kommen.«

Kurz verschlägt die Erleichterung Geneviève die Sprache. Sie wird nach Mississippi reisen, was auch immer geschieht.

»Wenn du wusstest, dass ich in der *Grande Force* saß«, fragt sie, »warum wolltest du Schwester Gertrude ausfragen?«

Das Mädchen kaut auf der Lippe.

»Weil Étiennette mir nicht glauben wollte«, erklärt sie.

Geneviève wendet den Blick ab. Was hat sie sich nur ausgemalt, Charlotte hatte nie vor, sie in die Salpêtrière zurückzuschicken. Sie wollte sie nur von Étiennette fernhalten. Geneviève denkt daran, was sie alles für Amélie getan hätte, an das Einzige, was sie ihr nicht hat geben können. Gern würde sie Charlotte nicht verstehen, aber sie kann nicht anders, als mit ihr zu fühlen. Sie reißt sich zusammen. Wusste sie in dem Alter schon, dass Amélie mehr werden würde als eine Freundin? Sie sieht sie vor sich an ihrem allerersten Tag bei Madame d'Argenson, an dem Herbstnachmittag, als Amélie ihr das gemeinsame Zimmer zeigte. Nein, natürlich nicht. Nur die einfache Freude, die tiefe Losgelöstheit, die sie empfand, als sie erfuhr, dass sie ihren Alltag mit jemandem teilen würde.

»Hier«, sagt Charlotte und reicht ihr ein Tuch. »Für Pétronille.«

Geneviève ergreift das Stück Stoff, aber bleibt stehen. Sie schaut Charlotte dabei zu, wie sie die Eimer die Treppe hinunterschleppt. Unmerklich verrinnt die Zeit, während sie da auf dem Treppenabsatz steht, allein. Schwere Regentropfen prasseln auf das Dach und erfüllen die Herberge mit einem dumpfen, anhaltenden Getöse, das sie an das Geräusch des Wassers im Schiffsraum der *Baleine* erinnert.

*

Nach dem Verlust des Babys wich Amélie Geneviève nicht mehr von der Seite. Ihre Gegenwart war beruhigend. Ihre kühlen Finger auf ihren Wangen wirkten wie ein feuchtes Tuch auf einer fiebrigen Stirn. Sie schloss die

Augen und dachte an die Regenbögen, die sich zwischen die Wimpern hängen, wenn im Sommer das Sonnenlicht unter zuvor lange geschlossene Lider dringt. Geneviève hörte, wie sie in die Küche runterging, wartete darauf, dass sie sich wieder neben sie legen würde, ihr Gesicht nah an ihrem. Wenn Amélie sich konzentrierte, kratzte sie mit dem Finger an ihrer Oberlippe, ihr Nagel bedeckte ihre Zähne, das Kinn war hinter dem Daumen verborgen. Sie schürfte die Stelle auf, an der das Hautdreieck zwischen Nase und Mund in die Lippe übergeht. Die kleine Wunde verheilte nie ganz. Man bemerkte sie kaum, aber sie veränderte jeden Kuss.

Sommer in Paris, Madame besuchte die kranke Cousine ihres Mannes und würde erst am Ende des Monats wiederkommen. Sie trafen sich an Orten, an denen sie nie zuvor gewesen waren. Auf dem Dachboden, umgeben von unerschrockenen Mäusen und Kommoden, die die Regentschaft mehrerer Könige überstanden hatten, in der Orangerie, im Schatten der Früchte, die in Paris nie hätten wachsen dürfen und es doch taten. Sie teilten das Bett und dankten ihrer Herrin insgeheim für die Nähe, die sie ihren Dienern auferlegte; nachts, wenn ihre Finger an ihren Rippen entlangglitten und ihre Schenkel sich trafen, zogen sie sich die Decken über den Kopf, atmeten die warme Luft ein, die zwischen ihnen entstand, drängten sich aneinander, bis für nichts anderes Platz blieb.

Anschließend öffnete Geneviève das Fenster. Sie ließ den Wind herein, betrachtete die farblose Morgendämmerung. Auf der Straße schimpfte die Nachbarin mit Kindern in beschmutzten Hemden. Bierfässer drückten feuchte Kreise in den Schlamm. Paris war nicht mehr die verhasste

Stadt, die ihre Familie umgebracht hatte – Amélie hatte sie versüßt, verwandelt.

*

Als es September wird, behandelt Étiennette sie anders. Geneviève würde gern glauben, dass ihr ihre Freundschaft egal ist, aber so ist es nicht. Sie verliert den Appetit. Im Hof der Herberge kratzt sie sich den Kopf mit den fettigen Locken, die endlich wieder hellbraun sind, aber niemand hat sauberes Wasser für sie übrig gelassen, und der Behälter, den sie benutzt, ist bereits schmutzig. Abends schläft Étiennette nach einem kurzen »Gute Nacht« ein. Während der Messe in Saint-Louis-de-Lorient hält Charlotte die Augen geschlossen, das Gesicht zum unfertigen Kirchenschiff erhoben. Die Gebete halten für Geneviève keinen Trost bereit. Sie hört, wie der Wind durch die zerbrochenen Glasfenster weht, als ob die Figuren darauf die Meeresbrise ausatmeten.

Pétronille ist seit dem ersten Tag in Lorient nicht mehr übel. Doch sie spricht fast nicht mehr. Nicht mit anderen Frauen, nicht einmal mit Geneviève, die diese Stille belastet. Niemand fragt sich mehr, wann die *Baleine* endlich Anker lichten wird, wann der Priester und die Konzessionäre von Madame Chaumont, einer reichen Landbesitzerin, eintreffen werden, ob die Gerüchte wahr sind, dass das Schiff Lebensmittel in die Kolonie bringen soll, dieses Land, in dem Weizen und Tabak doch angeblich gedeihen wie Unkraut.

Umgeben von Hunderten Frauen fühlt sich Geneviève einsamer als in ihrer Zelle der *Grande Force*.

Mitte September. Die Luft wird wieder schwer, als würde es nie Herbst werden. Sie sitzt allein im Zimmer und prüft die Nähte ihrer Kleidung. Die anderen Frauen sind nach unten gegangen, um ihre Wäsche mithilfe der Nadeln und des Tiretaine-Stoffes zu flicken, die ihnen von den Nonnen des benachbarten Ursulinenordens geschenkt wurden. Schwester Gertrud hört nicht auf, ihre Großzügigkeit zu preisen, und treibt ihre Schützlinge an, Müßiggang sei aller Laster Anfang. Die Mädchen beeilen sich, ihre Hemden aufzufalten. Dass sie sie ausbessern sollen, kann nur eines bedeuten: Die Abreise steht kurz bevor.

Plötzlich wird die Tür aufgerissen, Geneviève fallen beinahe ihre Strümpfe aus der Hand. Aber es ist weder Étiennette noch Charlotte. Auf der Schwelle steht Pétronille mit offenem Haar, die Finger in ihre Haube gekrallt.

»Was ist los?«, fragt Geneviève.

Pétronille wirft einen Blick über die Schulter, schließt die Tür hinter sich.

»Ich habe gehofft, dich hier zu finden«, antwortet sie. »Ich weiß, was Étiennette über dich erzählt.«

Genevièves Hände halten über ihrem Rock inne.

»Sie behauptet, du kannst mir helfen«, fährt Pétronille fort.

Ihre Stimme ist so ruhig wie an Bord der *Baleine*, als sie ihr das Blumenherbarium beschrieb. Sie wendet den Blick ab, und Geneviève benötigt einen Augenblick, bevor sie begreift, dass sie nicht auf ihre Füße, sondern auf ihren Bauch schaut.

Die Stimmen der Mägde im Hof verstummen. Auf einmal ist sie wieder in der Rue de Buci, gegenüber der jungen gerundeten Frau, die mit ihr wartete, die beim kleinsten Geräusch aufschreckte, deren Gesicht die gleiche Hoffnung verriet, die sie nun in Pétronilles Augen sieht. Sie liegt wieder auf der Matte in dem fensterlosen Raum, die schmutzigen

Laken kleben an ihrer Haut, die fremden Finger der Alten betasten sie, als würden sie eine Frucht schälen. Sie sieht die fleckige Decke, die Nacht eines Raums, der nie die Sonne gesehen hat, spürt das Kratzen einer Handvoll Kräuter zwischen ihren Fingern – Kräuter, die Amélie am Abend in einer Schale zerstoßen und die Geneviève einen Monat später dem ersten Mädchen geben würde, das sie aufsuchte. An dem Tag, in dem Haus am linken Seineufer, konnte Geneviève nicht anders, als die alte Frau zu fragen, was sie tun solle, wenn die Pflanzen nicht wirkten. Sie sieht sie vor sich, wie sie das Tuch festhält, das ihr von den Schultern zu gleiten droht, hört noch immer ihre Antwort: »Zieh dein Kind auf.«

»Es tut mir leid, dass ich nichts gesagt habe.«

Geneviève schaut prüfend in Pétronilles erschöpftes Gesicht. Sie kann sich nicht erinnern, wann sie zum letzten Mal gebraucht wurde.

»Das ist nicht wichtig. Wie lange schon?«, fragt sie.

»Seit der Nacht in Orléans. In der Herberge.«

Geneviève fallen die Geräusche ein, die sie in jener Nacht gehört hat. Sie ist eigenartig erleichtert. Endlich kann sie handeln, etwas wagen – das, was sie am besten kann, oder beinahe.

»Ich werde mein Möglichstes tun«, sagt sie, »aber ich kann dir nichts versprechen.«

»Das verlange ich auch nicht.«

Geneviève sammelt ihre Kleider ein. Sie ist etwas wackelig auf den Beinen. Gerade will sie die Tür öffnen, als Pétronille sie zurückruft.

»Weißt du, wir haben Glück, dass du bei uns bist.«

Geneviève bleibt stehen. Hinter ihren Schläfen spürt sie ihr Herz pulsieren.

»Danke«, antwortet sie.

Ihre Hände sind feucht und ihr Atem geht schnell, als sie an der gelblichen Wand des Flurs entlanggeht. Sie hat Angst, aber weiß genau, was sie tun muss. Diese Gewissheit ist eine Stärke, ein Trost, der erste, den sie seit ihrer Festnahme vor neun Monaten empfängt. Unten bessert sie ihren Rock abseits der anderen Frauen aus. Ihr Blick trifft auf den von Étiennette, aber kehrt gleich wieder zu dem gerissenen Stoff zurück. Sie bemüht sich, die Ränder zusammenzuführen, wie ihre Mutter es ihr damals gezeigt hat, damit sie bereit wäre an dem Tag, da sie nur noch auf sich selbst zählen könnte.

*

Verkommenes Luder, Engelmacherin. Die Lage war natürlich viel komplizierter, aber Madame d'Argenson gab ihr keine Gelegenheit für Erklärungen. Madame war keine Lügnerin, dazu hatte sie zu wenig Vorstellungsvermögen. Sie lag, was sie betrifft, nie vollkommen richtig und nie vollkommen falsch. Wenn die Marquise von ihrem Verhältnis mit Amélie erfahren hätte, von den Dutzenden jungen Frauen, denen Geneviève geholfen hat, hätte es einen Prozess gegeben, sie säße im Petit-Châtelet, man hätte sie als Perverse, als Prostituierte bezeichnet. Niemand wäre gekommen, um sie aus ihrer Zelle zu holen, niemand hätte sie auf einen Wagen gesetzt, damit sie ans Ende der Welt reisen konnte. Aber Madame fand nicht alles heraus, sie wusste nur von einem Mädchen, der Feinbäckerin, die im vergangenen Winter an der Dienstbotentür gestanden hatte. Die Wahrheit war für Geneviève am Ende etwas Belastendes, etwas Geheimes, eine Waffe, mit der man sie zerstören konnte.

Bevor Pétronille zu ihr kam, hatte sie keine Hoffnung, sich diesen Teil ihrer selbst zurückzuerobern.

*

In den Herbergszimmern traut man sich wieder, über die Reise zu sprechen. In den letzten Wochen hat Geneviève mitangesehen, wie die Konzessionäre den Hafen in Beschlag nahmen, zukünftige Arbeiter Louisianes, die störrisches Vieh hinter sich herzogen, beladen mit Fässern voller Lebensmittel und Munition. Die *Baleine* lag auf der Seite wie ein riesiger gestrandeter Meeressäuger, Männer schliffen ihren Rumpf ab, ersetzten das verschimmelte Holz. Das Schiff glänzt nun wie frisch gewachstes Parkett.

Geneviève muss schnell handeln: Am ersten Oktober würden sie ablegen. Zuvor muss sie die nötigen Kräuter zusammenbekommen, das Eau-de-vie besorgen. In die Herbergsküche gehen, eine der Dienerinnen ansprechen, vorgeben, krank zu sein, um von der letzten Messe fernzubleiben – den Markt in der Nebenstraße besuchen, betend, dort etwas anderes aufzutreiben als Kürbis und Fisch.

Charlotte und Étiennette sind es, die ihr Angst machen. Geneviève wird das Zimmer benötigen, ihre Diskretion.

*

Ein paar Stunden vor ihrer Festnahme lief Geneviève in den Hof, um Amélie zu holen, die dort Wäsche aufhängte. An jedem anderen Tag wären sie am Ende des Nachmittags in die Küche runtergegangen, hätten um ein bisschen Bier gebeten. Im Cabaret zu trinken war zu riskant geworden, man erzählte sich, dass die Polizisten dort Frauen festnahmen und sie über den Atlantik schickten.

Ein Jahr war vergangen, seit Geneviève sich in die Rue de Buci begeben hatte. Seit mehreren Monaten bot sie den Wäscherinnen, den Blumenmädchen, den Gesellschaftsdamen des Viertels ihre Hilfe an. Drei Tage zuvor hatte sie Amélie geschworen, dass die Feinbäckerin die Letzte wäre – nach diesem Mädchen würde sie aufhören. »Endlich! Es ist nur eine Frage der Zeit, bis man dich schnappt«, hatte Amélie erleichtert gesagt und sie geküsst. An dem Januartag, als das Mädchen ihr zuflüsterte, dass es nicht bleiben könne, dass ihre Herrin Bescheid wisse, schloss Geneviève sacht die Tür hinter ihr. Sie war nicht überrascht.

Sie zwang sich, ruhig zu atmen – wenn sie sich verabschieden wollte, durfte sie nicht die Fassung verlieren. Ihre Hände zitterten so stark, dass sie den Türknopf nicht gleich drehen konnte. Draußen bewegten sich die feuchten Laken schwach in der kalten Luft, darunter war an diesem Tag nur ein einziges Paar Stiefel zu sehen. Bei ihrem Anblick begriff Amélie sogleich. Sie ließen die nasse Wäsche liegen, stürzten die Treppe hinauf. Im Zimmer blieben ihnen nur wenige Minuten, bevor sie hörten, wie Madame d'Argenson über den Holzboden stampfte und im Flur, hinter der Wand stehen blieb.

Noch heute beglückwünscht sie sich dazu, nicht gezögert, Amélie mit nach oben genommen und den Stuhl vor die Tür geschoben zu haben. Sie beglückwünscht sich dazu, Madame diese Minuten entrissen zu haben, die ihr niemand würde nehmen können.

Bei Charlotte und Étiennette zögert sie ebenso wenig. Ein paar Tage vor ihrer Abreise, auf dem Weg zur Kirche, zupft Geneviève Charlotte am Ärmel. Die Frauen um sie herum sind abgelenkt, schauen zu Boden, um nicht auf

Pferdemist auszurutschen, oder zum Himmel, den sie so – fern und weit – nur einmal wöchentlich sehen. Geneviève verlangsamt ihre Schritte, gibt Charlotte und Étiennette ein Zeichen, zu ihr zu kommen. Das Herz in ihrer Brust ist ein Vogel, ein Schmetterling, eine ausgehungerte Seidenraupe. Die Frauen sind an der Straßenecke stehen geblieben, warten im salzigen Wind darauf, dass ein Wagen mit Weinfässern vorbeifährt. Geneviève neigt sich zu Étiennette und Charlotte, spürt, wie ihre Hauben die ihre berühren. Sie flüstert ihnen zu, was sie weiß und niemand erfahren darf.

Sie erwartet ein Stirnrunzeln, einen überraschten Ausruf, ängstliche Fragen. Aber Étiennette sagt kein Wort. Charlotte ist es, die sie mit ernster Miene fragt:

»Dachtest du wirklich, dass ich etwas verraten würde?«

3

Pétronille

Lorient, Oktober 1720

Pétronille wäre gern auf dem Zwischendeck geblieben. Das Halbdunkel im Bauch der *Baleine* ist ihr lieber, vor allem seit das Schiff Anker gelichtet hat. Das Meer schlägt gegen den Rumpf, über ihr dröhnen die Befehle der Offiziere. Auf den Karren, zwischen Feldern und Bäumen, die so hoch waren, dass die Ochsen wie unter einem Baldachin gingen, fühlte sie sich verloren, es gab keinen Weg, sich den Reizen der ländlichen Umgebung zu entziehen. Als sie geglaubt hatte, das zu können, indem sie dem Sohn des Herbergsvaters in Orléans folgte – der junge Mann hatte ihr Geburtsmal gestreichelt und ihr immer wieder gesagt, er habe noch nie eine Frau wie sie gesehen –, hatte Pétronille sich in einer anderen Falle wiedergefunden, nicht in der Lage zu entscheiden, ob sie es wollte, ob es ihr noch gefiel, dass die Hand des Jungen ihren Oberschenkel streichelte.

Solange sie das Meer nicht sieht, kann sie sich einreden, dass die *Baleine* kaum anders ist als die Salpêtrière. Dass es ihr in den kommenden Monaten genügen würde, auf dem Zwischendeck zu bleiben, bei Einbruch der Nacht zu schlafen und beim Essen zuzugreifen. Dank Geneviève dreht sich ihr beim Anblick der Suppentöpfe nicht mehr der Magen um. Aber seit den Krämpfen fühlt sich ihr Unterbauch wie gerädert an, ihre Beine dumpf. Pétronille liegt nichts daran, der Aufforderung von Schwester Gertrude zu folgen und ans Heck des Schiffes zu gehen. Die Nonne dachte sicher, ihnen eine Freude zu machen, indem sie ihnen erlaubt, dem Festland Lebewohl zu sagen, aber Pétronille verspürt kein Bedürfnis danach. Frankreich hat ihr nie wirklich Schutz geboten.

An Deck ist alles eine Zumutung: das grelle Licht des Nachmittags, die Schreie der Seeleute und Möwen, das Wasser, das unter dem Schiff Wellen schlägt wie Teig, der geknetet wird. Über ihr ragen die Schiffsmasten in den Himmel, der eine neben der Luke zum Zwischendeck, die anderen auf je einer Back. Der böige Wind treibt ihr die Tränen in die Augen, die sie sich zusammen mit der Gischt vom Gesicht wischt. Mehr schlecht als recht, klettert sie die Leiter zum Oberdeck hoch, folgt den anderen Frauen an die Reling. Sie hat gelernt, die Stöße kommen zu sehen, die Hände auf ihrem Kleid, die sie vor nicht langer Zeit noch erschauern ließen. Sie hat gelernt, den Spitznamen, den die anderen Frauen hinter ihrem Rücken flüstern, zu ignorieren, »Die Befleckte«. Zuvor hätte sie sich nie vorstellen können, dass ihr die *Sœur officière* der Salpêtrière, die ihr Geburtsmal einen Fluch nannte, fehlen könnte. In der *Maison de Correction* ließ man sie zumindest in Frieden.

»Étiennette, schau!«

Charlotte, die Kleine, die ihr ein kühles Tuch gebracht hat, nachdem Geneviève ihr die Kräuter verabreicht hatte, zeigt fuchtelnd auf eine Möwe, die oben auf einem der Masten nistet. Jenseits von Heck und Steuerrad gewinnt der Ozean die Oberhand. Pétronille kneift im gleißenden Oktoberlicht die Augen zusammen, atmet tief ein, wie Paul es ihr im Château-Thierry gezeigt hat. Die französische Küste am Horizont ist nicht dicker als ein Blütenblatt. Wenn sie nicht auf die anderen Passagierinnen achtet, wenn sie es schafft, sich auf den im Atlantik versinkenden Kontinent zu konzentrieren, wird alles gut werden. Die Gespräche werden verstummen. Es wird ihr gelingen, dem Wind standzuhalten, den Mann aus Orléans zu vergessen.

»Vorsicht, Mademoiselle!«

Pétronille hört den Mann in dem Moment, als das Tau sich um ihren Knöchel schlingt. Sie zuckt zusammen, versucht sich loszumachen, aber der Knoten hat sich bereits zugezogen. Jemand ruft: »Die Befleckte hängt fest!«, und ihre Hände fangen an zu zittern. Da erreicht sie wieder die Männerstimme, dieses Mal leiser.

»Wenn Sie da ziehen, können Sie sich bestimmt befreien.«

Der Matrose deutet auf ihr Bein. Er hält das andere Ende des Taus. Pétronille rührt sich nicht, und er kommt nicht zu ihr, um ihr zu helfen. Er wiederholt nur, was er zuvor gesagt hat, im gleichen Tonfall – ermutigend, bedauernd, aber bestimmt. Pétronille kniet sich hin, betastet den rauen Strick, sucht nach der richtigen Stelle. Er hat recht, der Knoten lässt sich einfach lösen. Die umstehenden Frauen verlieren das Interesse und entfernen sich, während sie aufsteht.

»Das Tau dient dazu, das Besansegel einzuholen«, erklärt der Mann und zeigt auf das riesige Segel hinter ihm.

Sie schaut ihn an. Er ist nicht sonderlich gutaussehend, seine Nase zu breit für seine ausgemergelten Wangen. Kastanienbraunes Haar, das auf sonnengegerbte Haut fällt, Augen von einem anderen hellen Blau als das des Meeres. Sie müssen etwa im gleichen Alter sein, auf jeden Fall schätzt sie ihn nicht älter als sechsundzwanzig. Seine Stimme gefällt ihr. Er bedrängt sie nicht, nimmt sich nichts, ohne zu fragen. Sie reicht ihm das Tau, er bedankt sich. Dann verschwindet er in der Menge, an seiner statt taucht Geneviève vor ihr auf. Auch sie spricht mit Nachdruck. Zwischen den Schneidezähnen hat sie eine kleine Lücke, Pétronille glaubt nicht, was die anderen tuscheln – dass der Teufel durch die Lücke pustet. Ihr gefällt die Art, wie Geneviève ihre hellbraunen Locken lose in ihre Stirn fallen lässt.

»Bist du verletzt?«, fragt sie.

»Es geht mir gut.«

Pétronille hat die Tulpen, die Geneviève ihr geschenkt hat, nachdem alles vorbei war, behalten. Sie hat sie oben an ihren Strümpfen befestigt, die Blumen streifen ihre Beine so sachte, dass sie sie kaum spürt. Plötzlich ist ihr danach, ihr Kleid hochzuheben, um sich zu versichern, dass sie sie nicht verloren hat.

»Dreh dich nicht um«, sagt Geneviève mit gerunzelter Stirn. »Er beobachtet dich immer noch.«

Pétronille schaut weiter aufs Meer. Sie spürt den Blick des Seemanns auf sich, den leichten Druck zwischen ihren Schulterblättern. Sie versucht sich auf den Horizont zu konzentrieren, hält Ausschau nach dem Festland. Aber sie sieht nichts anderes als Wellen, Wasser, glatt und grau, das sich bis zur schnurgeraden Linie des Himmels ausdehnt. Frankreich ist verschwunden.

*

In den Augen ihrer Eltern hatte Pétronille ein simples Gemüt. Daran gab es keinen Zweifel. Den mütterlichen Gästen in Château-Thierry gegenüber blieb sie stumm. Sie betrachtete ihre Kleider, die sie an zu süße Kuchen erinnerte, lauschte ihrem Geflüster: »Was für eine Verschwendung, sie ist so hübsch.«

Erst mit fünf begann sie zu sprechen. Ihre vier Geschwister, bereits verheiratet, nannten sie in ihren Briefen »Einfaltspinsel«. Mehr als einmal hatte sie gehört, wie die Erwachsenen ihr anziehendes Gesicht erwähnten, ihre wassergrünen Augen und ihr feines schwarzes Haar bewunderten, ihr weißes Geburtsmal kommentierten, das im Mundwinkel beginnt und wie eine sich öffnende Blume auf ihrer rechten Wange blüht. Das Mal lud dazu ein, den Blick weiterwandern zu lassen, wie der Fluchtpunkt einer Gartenallee. Manche versicherten ihr, dass es ihre Schönheit nur noch betone, andere schüttelten missbilligend den Kopf. Sie schämte sich nicht dafür, sie hatte ihr Gesicht nie anders gekannt und sich an die Blicke der Besucher gewöhnt. Nach wenigen Sekunden wandten sie sich bereits ab, überzeugt, alles gesehen zu haben.

Aber Pétronille verstand alles. Das Problem war, dass es ihr nicht gelang zu antworten. Der Lärm der Gespräche schwoll an, das Klappern des Bestecks, die Klaviertöne, die Schritte der Hausdiener drangen in ihr Bewusstsein. Bei Tisch blieb sie still sitzen und bemühte sich, die Geräusche einzuordnen – Wind, Musik, Stimmen. Nach dem Diner, wenn sich die Gäste auf den Rauchersalon und das Nähzimmer verteilten, kniete sich ihre Mutter neben sie und fragte, wie sie sich fühle. Pétronille verstand, dass es endlich Zeit war, in ihr Zimmer hinaufzugehen, und sie wusste, was ihre Mutter hören wollte. Sie antwortete stets: »Gut, danke.«

*

Sie hat nicht geahnt, dass der Ozean so groß ist. In Lorient, als die Übelkeit sie noch im Griff hatte, bemühte sie sich, die Wellen, ihr Kommen und Gehen, das das Deck unter ihren Füßen schwanken ließ, ihren Bauch, der sich anders anfühlte, zu ignorieren. Nun erlaubt sie sich, ihren Blick über das Wasser wandern zu lassen. Doch die Angst lässt sie nicht los. Die festen Orientierungspunkte an Land – die sich Stunde um Stunde ausdehnenden Wälder, die Flüsse, deren Geplätscher mit jedem Ort klarer wurde – waren ihr letztendlich doch lieber. Es ging jeden Tag ein Stück weiter. Auf dem Zwischendeck merkt sie nur, wann die Sonne auf- und wann sie untergeht. Die Reise an Bord der *Baleine* scheint kein Ende zu nehmen.

In der Woche darauf, als viele andere Frauen sich noch übergeben und schwitzen, überwindet Pétronille ihre Seekrankheit. Dem Schwanken des Schiffes gleich, verlässt die Stimme des Seemanns sie nie ganz. Ein paar Tage zuvor hat sie ihn auf dem Zwischendeck gesehen, er half einem weinenden Schiffsjungen, ein Segel auszubessern. Der Junge starrte mit feuchten Augen die Nadel an, aber der Matrose war zu sehr in seine Aufgabe vertieft, um es zu bemerken. In der Nacht denkt Pétronille immer wieder an seinen geduldigen Tonfall, an seine präzisen Handgriffe. Er hat etwas Ehrliches, Sanftes an sich, das selbst das harte Leben auf See nicht hat auslöschen können. Sie will sich nichts einbilden, fürchtet stets zu missdeuten, was die Leute im Sinn haben, worüber ihre Mutter sich oft beklagte. Aber sie weiß, dass nicht alle Männer wie der Sohn des Wirtes in Orléans sind. Das ist eine der zahlreichen Lehren, die ihr Paul in den Gärten des Château-Thierry erteilt hat.

Auch den Nonnen ist übel. Sie können weder die Frauen überwachen noch den Alltag bewältigen; Pétronille, Geneviève und vier weitere Frauen kümmern sich um die Kranken. Der Bereich des Zwischendecks, wo die Passagierinnen liegen, hat den Geruch nach Galle und stehendem Wasser schon aufgenommen. Licht und Luft kommen nur durch die Löcher, die in die wenigen Falltüren an Deck gebohrt wurden, und manchmal durch die Luke herein – Geneviève kritisiert die Befehle des Kapitäns, die ihnen untersagen, die Geschützpforten zu öffnen. Pétronille klagt nicht. Sie hat sich daran gewöhnt, im Halbdunkeln zu leben, den am Rand aufgereihten Fässern auszuweichen, ihren Weg zwischen den Matten zu finden, entlang der Trennwand, hinter der das Vieh steht und mit seinem Gestank alles verpestet. Sie folgt Geneviève, reicht den Frauen Flaschen mit Kräutertee, dessen Zusammensetzung sie gern kennen würde, bietet auch Étiennette und Charlotte welchen an, die die meiste Zeit aneinandergeschmiegt im Halbschlaf verbringen. Jede Reisende hat Anrecht auf zwei Schlucke. Pétronille zählt mit einem Blick auf den Hals jeder Frau. Nachts lauscht sie dem Lachen und Schnarchen der Konzessionäre, die zusammengedrängt hinter der Wand sitzen, dem Hufscharren der Kühe, dem Gackern der Hühner unter dem Achterdeck.

Das Zwischendeck ist ein Labyrinth, in dem sie sich nur mit Mühe zurechtfindet. Sie weiß, dass sich der Raum, in dem Pulver und Munition gelagert werden und der von den Matrosen Sainte-Barbe genannt wird, heilige Barbara, ganz in der Nähe ihres Schlaflagers befindet. Sie ist mehrmals am Speiselager vorbeigekommen, aber sie kann nicht sagen, wo die Krankenstation und das Ruderhaus sind, von dem die Schiffsjungen sprechen. Unter der Luke des Hauptdecks gibt es eine weitere Stiege. Die Katzen laufen mit feuchten Pfoten hinunter und verschwinden im Bauch des Schiffes.

Sie hält sich an das, was sie kennt, leert die Eimer der Kranken und schrubbt die körnigen Flecken mit zuvor in

Meerwasser getauchte Lappen. Das hält sie beschäftigt, erlaubt ihr umherzugehen und verschafft ihr Zeit, an den Mann zu denken, der nicht der aus Orléans ist. Je mehr sie von dem Seemann träumt, desto stärker entfernt sich sein Gesicht, von ihrem Gedächtnis geglättet wie ein Stein, der von den Wellen hin und her gerollt und vielleicht nie wieder auftauchen wird.

*

Als Kind erfand Pétronille ihre eigenen Spiele, sammelte Fragen ohne Antworten. Sie ließ ihre Hände über die Wand galoppieren, erdachte sich ein Mädchen, das sich damit quält, seinem Verlobten nachzulaufen, der es, jedes Mal aus anderen Gründen, nicht mehr wollte. Sie fragte sich, woher das Kitzeln und die winzigen Mücken kamen, die das Obst zu gebären schien. Sie legte sich auf ihr Bett, lauschte ihrem Herzschlag. Er war in ihrem Handgelenk, dann zwischen ihren Beinen, in ihrer Armbeuge, und es amüsierte sie, ihm auf seiner unvorhersehbaren Reise zu folgen.

Im Morgengrauen ging sie gern hinunter in die Küche. Die Hausmädchen kamen bereits mit gefüllten Körben von den Höfen wieder, die Diener achteten nicht mehr auf ihr merkwürdiges Verhalten, die Köchin hatte ihr sogar gezeigt, wie man ein Ei pochiert. Pétronille beugte sich über den Kochtopf, schlug eins auf, dann ein weiteres. Sie sah zu, wie das Weiße und das Gelbe im Wasser tanzten, und staunte darüber, dass sie immer wieder zueinanderfanden.

*

Die *Baleine* ist bereits elf Tage auf See, als die Frauen erneut die Erlaubnis erhalten, an Deck zu kommen. Noch erschöpft von ihrer Seekrankheit, bleiben die meisten auf ihrer Matte liegen, das Abendlicht lässt ihre blassen Gesichter glänzen. Pétronille vergisst die anderen, als sie hinter Geneviève die Stiege hochgeht. Oben trocknet der Wind den Schweiß, lüftet die Röcke, glättet die Gesichter. Kurz kommt sie sich sauber vor. An den beiden Enden des Schiffes wird die gerade Linie der Reling von je einem Oberdeck durchbrochen, die das Hauptdeck überragen. Und dahinter zeichnet der Ozean, blauer und unruhiger als in Lorient, einen dunklen, unendlichen Kreis um sie, als wäre die *Baleine* das Zentrum der Meereswelt. Pétronille fragt sich, ob der Matrose mit der sanften Stimme sie von dort, wo er ist, sehen kann.

»Gehen wir ein bisschen spazieren«, schlägt Geneviève vor und hakt sich unter.

Pétronille hält sich am Geländer fest und spürt, wie sich ihre Beinmuskeln anspannen, je steiler die Back wird. Am Bug neigt sie sich leicht nach vorn: Das Schiff zerwühlt das Meer wie ein Spaten die Erde, das Wasser trommelt an den Rumpf. Sie schaut weg. Beim Anblick des Horizonts, der Leere um sie herum wird ihr schwindelig. Die Männer auf den Masten geben hinter den Segeln ein Schattenspiel. An Deck scheinen es Dutzende zu sein, die Taue ausrollen, an Leinen ziehen, im Schutz der mitleidlosen Windböen ihre Pfeife stopfen. Ihre Gesichter sind von der Sonne gebräunt, ihre Hemden ausgebleicht. Pétronille fürchtet, unter ihnen den Matrosen zu entdecken. Sie fürchtet, er könnte nicht da sein.

»Genießen wir es, so lange wir können«, hört sie Geneviève sagen. »Sobald die Schwestern wieder gesund sind, werden wir nie wieder allein hier oben sein.«

Sie weiß, dass ihre Freundin recht hat. Sie gehen auf das Hauptdeck zurück, kommen an der Tür zur Offizierskajüte vorbei. Auf der hinteren Back brüllt jemand die Anweisung einer Viertelumdrehung nach Steuerbord. In der Nähe des Ruders betätigt der Steuermann eine Metallscheibe. Er grüßt sie, und seine Hand wedelt dabei über das Blau des Himmels, als wolle er es streicheln. Dann wendet er sich wieder seinem Instrument zu, und Pétronille stützt sich rechts von Geneviève auf die Reling. Das Herbstlicht wärmt ihr Gesicht, der Wind drückt ihr das Kleid an die Schenkel.

»Meine Damen.«

Beim Anblick der beiden Männer ist Pétronille enttäuscht. Der erste trägt eine Soutane, der zweite Hosen, die seinen Bauch gerade so bändigen.

»Erlauben Sie, dass ich mich Ihnen vorstelle«, beginnt der Fülligere und klopft seine Jacke ab. »*Officier des Étaux*, Schiffsarzt der *Baleine*. Das hier ist Pater Jean Richard.«

Der Priester schaut sie wortlos an. Der Offizier spricht weiter:

»Ich habe erfahren, dass manche Ihrer Gefährtinnen unpässlich sind. Wie geht es ihnen?«

»Besser«, antwortet Geneviève.

Pétronille hört sie hinzufügen, dass er mit so schwachen Geschöpfen wie ihnen sicher keine Zeit verlieren wolle – sie ist sich nicht sicher, ob der Offizier den ironischen Unterton bemerkt. Seine Antwort entgeht ihr. Sie schaut zum Fuß des Masts hinter dem Arzt, dorthin, wo zwei Matrosen zwischen den Tauen hocken. Einer von ihnen lächelt sie an. Schnell wendet sie den Blick ab und schaut dann vorsichtig erneut hin, darauf achtend, den Kopf so wenig wie möglich zu bewegen. Als ihr Blick erneut auf den Seemann fällt, gibt er ihr ein Zeichen, aber nicht zum Gruß – seine Gesten drücken mehr aus als ein einfaches »Guten Tag«. Zuerst kann sie ihnen kaum folgen: Eine Hand ist zum Himmel gestreckt, zeichnet einen Bogen, zeigt dann zu Boden, auf die Stelle, an der er steht. Er wirkt so ernst, während er die gleiche Zeichenfolge wiederholt, dass Pétronille überraschend ein Lachen entfährt.

»Ich wusste nicht, dass der Mangel an Frischluft und Raum, die rudimentärsten Hygienemaßnahmen, sollte ich sagen, ein Grund zum Lachen sein können«, bemerkt Pater Jean Richard. Der Seemann hat erneut seinen Platz im Ballett der Besatzung eingenommen. Geneviève wirft Pétronille einen Blick zu und neigt sich zu dem Priester. Der Offizier kneift die Augen zusammen. »Bitte entschuldigen Sie«, flüstert sie, »meine Freundin ist manchmal etwas verwirrt.«

Pétronille schaut Geneviève an. Sie weiß, dass sie nur versucht sie zu beschützen, aber sie hasst den bedauernden Gesichtsausdruck, den sie als Kind so viele Male bei ihrem Gegenüber gesehen hat. Der Arzt räuspert sich.

»Nun, meine Damen.« Er betont sorgsam jede Silbe. »Wir laufen uns sicher wieder über den Weg.«

Pater Jean Richard schaut sie kurz an, bevor er dem Arzt folgt.

Pétronille ärgert sich, sie ist es leid. Sie hört Geneviève ihren Namen sagen. Am liebsten wäre ihr, sie müsste nicht wieder hinunter aufs Zwischendeck, dass Geneviève sie so fest am Arm nähme wie zu Beginn ihres Spaziergangs. Als sie an dem Seemann vorbeikommt, der unter dem Mast hockt, nickt sie unauffällig. Morgen, hier, zur gleichen Zeit.

*

Pétronille war dreizehn, als ihr Vater einen neuen Gärtner einstellte. Paul war beinahe doppelt so alt wie sie. Seine Hände waren immer schmutzig, seine Handflächen schwarz vor Erde. Er hatte ein kleines Gesicht, in dem der Mund so nah an der Nase lag, dass sie sich fragte, ob er mit der Zunge seine Nasenlöcher berühren konnte. Sie stellte ihm die Frage am Ende – es gelang ihm mühelos.

An dem Tag ihrer Begegnung ging Pétronille die Hauptallee hoch. Sie war eine, vielleicht zwei Stunden spazieren gewesen. Sie zog oft allein los, las auf dem Weg Nester auf, die ihr die Finger zerkratzten, tote Insekten und Knospen, die sie in ihrem Zimmer sammelte. Ihre »Ausflüge« machten ihre Mutter wütend. An diesem Frühlingsnachmittag brachte sie einen langen Rosenzweig mit. Sie dachte darüber nach, wo sie ihn platzieren würde, als sie eine Stimme hörte: »Sie töten diese Pflanzen.«

Der Mann saß am Rand eines Blumenbeets, deutete auf den Zweig in ihrer Hand.

Sie mochte Fremde nicht, und noch weniger solche, die ihr näherkamen. Aber dieser rührte sich nicht, als er hinzufügte: »Erlauben Sie mir, es Ihnen zu zeigen.« Er schnitt eine Pfingstrose ab, kratzte die winzige Knospe mit seinem kurzen Fingernagel auf. Pétronille ging näher heran, während er die zarte Hülle aufriss, die zusammengepressten Blütenblätter freilegte. »Sehen Sie?« Sie sagte nichts. Er stellte ihr keine weitere Frage. Pétronille ging davon und drehte sich, als sie die Vortreppe hinaufging, mehrmals um.

Sie sollte nie wieder Pflanzen hinter ihrem Frisiertisch verstecken. Am nächsten Tag ging sie zu Paul. Sie schaute zu, wie er das Geißblatt beschnitt, ihm die Form gab, die er sich vorgestellt hatte.

*

Am Tag ihrer Verabredung mit dem Seemann kann sie nicht an Deck. Auch nicht am Tag darauf oder am folgenden

Sonntag, als die Küchenhilfe Wein ausschenkt, um den Tag des Herrn zu feiern. Das Wetter hat sich verschlechtert. Wind und Wasser rütteln am Schiff, die Wellen prallen so heftig auf den Rumpf, als wäre der Ozean hölzern, steinern geworden. Nach einem viertägigen Unwetter muss eine Kuh geschlachtet werden, die sich das Bein gebrochen hat. Am Abend hört Pétronille zu, wie der Regen auf die Plane trommelt, die die Seemänner über dem Beiboot aufgespannt haben, hört, wie Lebensmittel und Handelswaren gegen die Bretter donnern, die den Ballasttank an seinem Platz halten. Sie ist beunruhigt, aber das Unwetter hat damit nichts zu tun. Nach ihrem Spaziergang an Deck hat Geneviève zu ihr gesagt, dass ihr nicht entgangen sei, dass der Matrose und sie sich schöne Augen machten. »Pass auf«, fügte sie hinzu, bevor sie sich für die Art entschuldigte, auf die sie mit dem Schiffsarzt und dem Priester gesprochen hatte. »Aber da du so zurückhaltend bist, tätest du gut daran, dein Schweigen zu deinem Vorteil zu nutzen.«

Pétronille hat darauf überhaupt keine Lust. Sie will ihrer Intuition folgen, die sie so selten zu anderen führt. Sie ist nicht wie ihre Freundin, deren Entscheidungen immer durchdacht sind. Sobald der Sturm nachlässt, öffnet sie die Luke zur Stiege, die die Schiffsjungen so oft nehmen, dass Pétronille niemandem auffällt. Zwischen den Masten glänzt silbrig die Sonne in den Pfützen. Um sie herum schwanken die Schatten des Oberdecks und der Segel. Kurz zögert sie. In Genevièves Beisein konnte sie sich einreden, dass die Männer sie beide beobachten. Nun, da sie allein ist, besteht kein Zweifel mehr. Sie haben nur Augen für sie.

Sie versucht sich auf das zu konzentrieren, was sie weiß. Unter ihren Füßen tauchen die Frauen ihre aufgesprungenen

Lippen in die Krüge. Schwester Gertrude bringt einen Topf Gemüsesuppe. Geneviève ist bestimmt auf der Suche nach ihr.

»Ich wusste nicht, ob Sie mich verstanden haben.«

Pétronille erschauert. Sie hat nicht gehört, wie der Seemann näher kam. Sie kann sehen, dass er es ernst meint. Er steht neben ihr, seine Nase wirkt größer als in ihrer Erinnerung. Aber sie erkennt gleich seine Art, sich auszudrücken, die Zeichen, die seine Hände machen, bis sie so bedeutungslos werden wie ein zu oft wiederholtes Wort. Sie lacht, offener als vor dem *Officier des Étaux* und Pater Jean Richard.

»Ich bin mir nicht sicher, ob ich Sie noch verstehe«, sagt sie.

»Das ist nun unwichtig.«

Er umfasst die Reling. Sie fürchtet, dass sich seine Hand auf ihre zubewegen könnte, aber sie bleibt, wo sie ist. Als er weiterspricht, ist seine Stimme rau. Er fragt sie nach ihrem Namen und nennt seinen: Baptiste Dubier.

»Mademoiselle Béranger, wo sind denn all Ihre Gefährtinnen?«

»Genau unter uns.«

Pétronille deutet auf den Boden, und sie schauen beide auf ihre Füße.

»Sie scheinen nicht krank zu sein.«

»Ich bin genauso überrascht wie Sie.«

»Ist es Ihre erste Schiffsreise?«

»Ja. Und für Sie?«

Sie schaut nach unten, ihre Frage ist absurd. Er lächelt.

»Nein, ganz und gar nicht. Auch wenn Sie auf gewisse Weise recht haben. Ich fahre zum ersten Mal nach Mississippi.« Er hält inne. »Das haben wir gemeinsam.«

»Wohin sind Sie schon gereist?«

»In den Norden und in den Westen«, antwortet er. »Kanada und China.«

Pétronille sieht wieder die Karte ihres Vaters vor sich – die Welt, so weit und zugleich so eng, dass sie auf zwei Seiten passt. Sie kann sich nicht erinnern, ob diese beiden Länder unter ihrer rechten oder ihrer linken Handfläche lagen.

»Waren die Schiffe, mit denen sie gereist sind, größer als dieses?«

»Sie waren anders.«

»Waren Frauen an Bord?«

Sie kann nicht glauben, dass sie sich traut, ihn das zu fragen. Aber er lacht, schüttelt den Kopf.

»Frauen an Bord bringen Unglück.«

Und Männer auf dem Festland, denkt sie.

»Warum denn?«

Die Worte kommen ihr nun leichter über die Lippen. Baptiste macht keine Bemerkung zu ihrem Gesicht, kein Kompliment über ihre Augen oder ihr Haar. Er erzählt ihr Geschichten über Mädchen, die den Zorn der Götter auf sich gezogen haben, und Seeleute, die vom Gesang der Sirenen verzaubert wurden. Er zeigt ihr, was eine Rah, eine Want und eine Webleine ist, nennt ihr die genaue Zahl der benötigten Matrosen, um die Spill zu drehen und den Anker einzuholen, er beschreibt die durchscheinenden Flügel der fliegenden Fische und verspricht ihr, dass sie bald welche sehen wird. Er bringt ihr bei, dass die heilige Barbara die Schutzpatronin der Artilleristen ist, und fragt sie, ob sie denn keine Angst habe, so nah an den Pulverfässern zu schlafen. Pétronille wusste nicht, dass sich Schwarzpulver darin befindet, aber schüttelt den Kopf.

»Der Ort, an dem ich gelebt habe, heißt Salpêtrière wegen des Salpeters, der dort hergestellt wurde.«

»Dann wissen Sie sicher mehr über Kanonenpulver als ich.«

Er hält das Gespräch in Gang, und sie ist ihm dankbar dafür. Seine Art, sich auszudrücken, gefällt ihr. Seine Beschreibungen sind ausgefeilt, erinnern sie an die Nachmittage mit Paul in den Gärten von Château-Thierry. Sie schiebt diesen Gedanken beiseite, konzentriert sich wieder auf Baptiste. Er antwortet einem Mann, der ihn vom Besanmast aus ruft, und sie versteht, dass er gehen muss, noch bevor er etwas sagt.

Sie weiß nicht, wie lange sie mit ihm zusammen war. An Deck sind nur Männer, die von Baptiste als Rudergänger, Toppmänner, Backbordwache, Steuerbordwache bezeichnet werden.

»Werden Sie wiederkommen?«, fragt er.

»Wenn ich kann«, möchte sie sagen, dass die Schwestern, wenn sie einmal genesen sind, aufmerksamer sein werden, dass Geneviève das Vorhaben, ihn wiederzusehen, wahrscheinlich missbilligen wird.

»Natürlich«, antwortet sie.

*

Wenn Pétronille Paul nicht begegnet wäre, hätte sie weiterhin Blumen getötet. Sie hätte nichts über das Mineral Alaun erfahren, das die Farbe der Hortensien verändert, oder über die Prozessionsspinnerraupen, die den Hunden die Zungen zerfressen konnten. Sie hätte nie ein Buch über Botanik des letzten Jahrhunderts aus der Bibliothek ihres Vaters genommen und es so oft gelesen, bis sich beinahe die Seiten lösten. Sie hätte nie ihre Finger in weiche Erde gebohrt, nie den Weg quer durch den Garten gewählt und genau gewusst, was da unter ihren Füßen heranwächst.

Ohne Paul hätte sie keinen einzigen Freund gehabt. Sie hätte nie erfahren, dass das Schweigen, das ihre Mutter so wütend machte, neben jemandem, den man so gut kennt, nicht mehr wichtig ist. Sie hätte nicht das Bedürfnis gespürt, das Wort zu ergreifen, um ihm mit abgehackter Stimme die verschiedenen Pflanzenarten zu beschreiben, die sie in den Büchern von Guy de la Brosse gefunden hatte. Sie hätte nie entdeckt, dass die Menschen kaum schwieriger zu verstehen sind als durstiger Lavendel, eine blühende Bougainvillea oder Quecken, die man getrost ausreißen kann.

*

Es wird immer schwieriger, an Deck zu kommen. Wieder auf den Beinen, scheinen die Nonnen überall zu sein, sie schieben Matten an Zwischenwände, servieren Suppe, Cidre, wenn die Matrosen Glück haben, gegrillten Tümmler. Nach fünfundzwanzig Tagen auf Reisen halten die Mädchen sich die Nase zu, bevor sie das nun trübe Wasser trinken. Ihre Decken trocknen nie vollständig. Pétronille lässt ihren Zwieback fallen, als Charlotte die Zunge rausstreckt und die Würmer ausspuckt, die sich zwischen ihren Zähnen winden. Am Abend darauf informiert der Sekundant des Kapitäns Geneviève, dass Feuer, auch das in der Laterne in ihrer Hand, verboten sei. Pétronille bläst die Kerze selbst aus.

Sie fragt sich, wie die anderen die Reise nur ertragen können. Ohne Baptiste würde ihr das nicht gelingen. Als sie ihm das anvertraut, fährt er mehrmals mit der Hand in seinen Hemdkragen, den Blick weiter auf das Segel gerichtet, das er flickt. »Ich bin mir sicher, dass Sie es gut überstehen würden«, antwortet er. Er lässt den Arm sinken, die Haut ist mit weißen Punkten übersät, als wäre ihm kalt.

Sie sieht ihn so oft wie möglich, zwei, drei Mal in der Woche. Jede Ausrede ist ihnen recht. Sie behauptet, dem Koch eine Nachricht zu überbringen, er kommt nur kurz vorbei, um den Ballasttank im Schiffsraum zu überprüfen. Eines Tages sieht sie ihn in der Nähe der Seemannskajüten, wie er seine Schultern mit Schmierseife wäscht. Schnell wendet sie sich mit brennenden Wangen ab.

Sie liebt es, ihm zuzuhören, Wörter zu lernen, von deren Existenz sie nichts wusste – Trosse, Kabellänge, kalfatern. Er beklagt sich über die Kapitäne, erzählt ihr von der aufwendigen Rekrutierung der Matrosen und fügt hinzu, dass es noch schwieriger sei, einen Posten zu verlassen. Sie unterhalten sich über Mimolette und Mäuse, über Skorbut, der alte Wunden aufreißt. Das Schiff ist kein Mysterium mehr. Die *Baleine* erscheint ihr nun als Haus mit drei Stockwerken, in dem sie im zweiten wohnt, auf dem Zwischendeck. Unter ihren Füßen das Unterdeck voller Kisten und Fässer, die Räume des Zimmermanns, des Kalfaterers und des Segelmachers. Über ihr das Hauptdeck, die beiden Oberdecks und der blendende Ozean, die Quartiere der Offiziere, des Kapitäns und die der Matrosen, die sie sich gern näher an ihrer Schlafstatt vorstellt. Ein Zittern auf der Meeresoberfläche. Wenn sie die Spuren des Windes auf dem Wasser sieht, stellt sie sich unsichtbare Kreaturen vor, die eilig darüberlaufen, die Schritte all derer, die nicht mehr da sind.

Bei Baptiste fühlt sie sich weder in Gefahr noch eingeschüchtert. Er verhält sich ganz anders als der Mann aus Orléans mit seinen Berührungen, die sie zu mögen glaubte, bevor ihr bewusst wurde, dass sie ihm am liebsten nie begegnet wäre. Wenn Baptiste den Kopf zur Seite neigt, fällt ihm sein kastanienbraunes Haar in die Augen, und er scheint nichts mehr zu hören außer dem, was sie zu ihm sagt. Auch Paul hat ihr aufmerksam zugehört. Aber bei ihm hätte Pétronille nie ihre schmutzigen Hände bedauert, ihr Haar voller Flöhe, die sie nun sogar unter ihren Fußzehen findet. Im Rosengarten des Châteaus hat sie nie die Wärme gespürt, die nun in Wellen durch ihren Bauch fährt, sobald Baptiste ihr näher kommt, auf einen Riss im Mast deutet, einen Schatten im Wasser. Sie wartet so lange wie möglich, bevor sie ihm bestätigt, dass sie ihn sieht.

Fast einen Monat nachdem sie Lorient verlassen haben, hockt Pétronille im dunkelsten Winkel des Zwischendecks, als Geneviève zu ihr kommt. Sie sind nicht die Einzigen, die Fetzen aus Werg in mit Regenwasser gefüllte Eimer tauchen, um sich mit dem rauen Stoff zwischen den Beinen zu waschen. Charlotte und ihre Freundin teilen sich einen Eimer. Étiennette grüßt Geneviève, aber die Jüngere, die Pétronille mit einer Stimme hat singen hören, die nicht zu ihrem mageren Körper passt, sagt kein Wort. Geneviève hebt ihr Kleid bis zu den Knien hoch. Sie hat schon eine Weile nicht mehr nach Baptiste gefragt.

»Du schlägst alle meine Warnungen in den Wind«, flüstert sie nun doch.

Im Halbdunkel sieht Pétronille nur ihre Umrisse, ihre schweren Brüste, ihre Locken, ihre gebeugten Beine.

»Nein. Ich höre auf dich«, versichert sie.

Sie sieht, wie Charlotte und Étiennette davongehen, ihre Gesichter sind kurz im fahlen Lichtschein zu sehen, der an den Rändern der Geschützluken hineindringt.

»Du würdest es mir doch sagen, wenn er dir wehtut«, sagt Geneviève.

»Er ist anders. Er würde so etwas nie tun.«

»Würdest du es mir sagen?«

»Ja«, antwortet Pétronille, durch das Schwanken des Schiffes schwappt etwas Waschwasser über ihre Füße.

»Hast du dich nie gefragt, warum die Nonnen dich nicht davon abhalten, ihn zu sehen?«

Pétronille hat sich das auch schon gefragt. Aber sie kam zu dem Schluss, dass die Schwestern überfordert sind, dass drei Aufsichtspersonen einfach nicht ausreichen, um neunzig Frauen im Blick zu behalten, dass das Leben auf See seinen eigenen Regeln folgt.

»Ich glaube, ich weiß, warum«, fährt Geneviève fort und schiebt den Eimer von sich. »Denk nach: Wäre es nicht wunderbar, wenn wir unsere Ehemänner treffen könnten, noch bevor wir in Louisiane sind?«

Pétronille zuckt die Schultern. Sie kann rhetorische Fragen nicht ausstehen.

»Ich meine Ehemänner, die sich dort ebenfalls eines Tages niederlassen können«, erklärt Geneviève. »Hat er das schon angesprochen?«

Baptiste hat nie etwas von Heirat gesagt. Er hat endlose Verträge erwähnt, die kein Kapitän beenden wolle, sodass er noch vier Jahre auf See verbringen müsse. An dem Tag sprach Pétronille lieber über etwas anderes. Es war eines ihrer ersten Treffen an Deck, und die Frage schien unangebracht. Ihr wird bewusst, dass sie dumm war. Sie hätte sich angesprochen fühlen müssen.

»Warum fragst du mich das alles? Was hat das mit mir zu tun?«

Geneviève rückt näher, lehnt sich an die Holzwand.

»Sei vorsichtig. Du weißt genauso gut wie ich, dass Kinder nicht die Ehe abwarten. Ich bin mir nicht sicher, ob ich noch einmal das Gleiche bewerkstelligen könnte wie in Lorient.«

Pétronille schließt die Augen. Sie ärgert sich über Geneviève, weil sie den Mann, die Herberge, den Schmerz herbeigerufen hat.

»Ich versuche nur, dir zu helfen.«

»Aber ich brauche keine Hilfe«, flüstert sie.

Einen Moment lang hört sie nur das dumpfe Grollen des Meeres. Geneviève steht auf, stößt einen Eimer an und Pétronille spürt Wasser in ihre bereits feuchten Röcke fließen. Als ihre Freundin erneut das Wort ergreift, ist ihre Stimme matt:

»Glaub mir. Es kann gut sein, dass du deine Meinung noch änderst.«

*

Ihre Eltern störten sich nicht gleich an Pétronilles neuen Gewohnheiten. Vor Pauls Ankunft war sie nie so gesprächig gewesen. Sie brachte Blumensträuße mit nach Hause, setzte sich mit ihrem Herbarium zu ihrem Vater. Nach und nach versuchte ihre Mutter, sie bei sich zu behalten. Sie wollte sie für modische schwingende Kleider, Rouge und Etikette begeistern. Nichts davon hielt Pétronille ab, zu Paul zu gehen. Sobald sie wieder im Haus war, ließ ihre Mutter sie in ihr Boudoir kommen. Sie sagte ihr immer wieder: Eine Dame verbringt ihre Zeit nicht draußen, eine Dame verkehrt nicht mit dem Gärtner.

Am letzten Tag im Juli veränderte sich alles. Im Château hatte man die Fensterläden geschlossen – die Seide der Sofas fühlte sich feuchtwarm an, die Hausmädchen fanden sich am Waschhaus zusammen. Es war einer dieser Nachmittage, an denen der Mond zu sehen ist. Pétronille wollte allein sein. Sie wollte sichergehen, dass die mit Paul gepflanzten Anemonen der Hitze trotzten. Die violetten Blütenblätter neigten sich über den Teich, die Fische kauten ihr Spiegelbild. Sie tauchte ihre Füße ein, spürte das kühle Wasser ihre Waden umspülen; dann zog sie den Rock ein Stück hoch und ließ ihre Fesseln trocknen.

Die Stunden verflogen, wie sie es nur im Sommer tun. Sie flocht eine Kette aus Margeriten, bohrte die weichen Stängel in die Blütenstempel und fertigte dann einen perfekt passenden Blumengürtel an. Sie beendete ihn im Schatten des Wäldchens am Teich. Als sie aufstand, sah sie Paul am Ufer sitzen. Er zuckte zusammen, sobald sie sich neben ihn fallen ließ, und fragte, wo sie gewesen sei, er habe auf sie gewartet, um sie nach Hause zurückzubringen, und sie mochte dieses Wort nicht, »zurückbringen«, als spreche er über ein Kind oder einen Hund. Sie wurden von einem Schrei unterbrochen.

Auf der anderen Seite des Teichs stand ihre Mutter, zwischen dem Verwalter und der alten Hausdienerin. Ihre Augen waren auf Pétronille gerichtet. Sie begriff nicht gleich, dass sie ihre nackten Füße anstarrten, ihr hochgezogenes Baumwollkleid, und Paul, der zu dicht neben ihr gesessen hatte und sich nun erhob, auf Abstand ging. Pétronille brauchte einen Moment, bevor sie verstand, dass man ihr etwas vorwarf, was ihr nie in den Sinn gekommen wäre.

*

Als sie sich auf die Suche nach Baptiste begibt, begreift Pétronille, dass sie nicht darüber nachgedacht hat, was aus ihnen würde, wenn die Reise vorbei wäre. Sie hat immer nur auf die Gegenwart vertrauen können. Sie will von ihm nichts anderes als das, was sie hier und jetzt teilen.

Im Gang zum Speiselager begegnet ihr Schwester Gertrude. Die Nonne ist so klein, dass sie das Kinn anheben muss, um sie prüfend anzusehen. Aber in dem engen Durchgang wirkt sie gewaltig – imstande, sie zur Rückkehr aufzufordern, sie zu den anderen Frauen zurückzuschicken.

»Nur keine Eile, Mademoiselle Béranger«, sagt sie. »Das Abendmahl wird nicht vor sechs Uhr aufgetischt.«

»Mademoiselle Menu ist ein wenig übel. Ich hole etwas, das ihr Erleichterung verschafft.«

Im Halbdunkel bleibt das Licht hängen, wo es Halt findet: auf den Wangenknochen der Nonne, ihrer mit Flecken übersäten Stirn, dem Gelenk des Fingers, den sie zur Decke streckt.

»Schiffe sind kleiner, als man glaubt. Darin gleichen sie Klöstern.«

Pétronille stützt sich an der Wand ab, wie sie es tat, als es ihr noch schwerfiel, das Gleichgewicht zu halten. Sie ist sich auf sonderbare Weise ihres eigenen Körpergewichts bewusst, der Wassermassen unter der *Baleine*.

»Wir überwachen sie zu dritt«, fährt Schwester Gertrude fort. »Schwester Louise und Schwester Bergère haben heute zu mir gesagt, wie rar Intimität an Bord ist, bei einer solchen Mannschaft. Wenn ich Sie so ansehe, habe ich keine andere Wahl, als ihnen recht zu geben.« Die Nonne verschränkt die Arme. »Sie werden wohl wissen, dass ich nicht die Einzige bin, die hier Anweisungen gibt.«

Pétronille wartet reglos ab. Ihr Korsett klebt ihr am Rücken.

»Wenn es Mademoiselle Menu schlecht geht«, fügt Schwester Gertrude hinzu, bevor sie ihres Weges geht, »sollten Sie sich besser beeilen.«

Pétronille sieht ihr nach. Das Schiff ist klein. Aber nur, weil die Nonne nicht weiß, wohin sie schauen muss. Es gibt sie, die unendliche Weite, die nur sie kennt. An Deck, wo Baptiste auf etwas deutet, oder sogar hier, im Innern der *Baleine*, im Speiselager, wo sie ihn auf dem Boden hockend vorfindet, die Hände auf einem Leinensack. Er wirkt überrascht, sie zu sehen.

»Was machen Sie da?«, fragt sie.

»Die Küchenhilfe braucht Hilfe mit den Lebensmitteln.«

Pétronille tritt zur Seite, um einen Schiffsjungen vorbeizulassen.

»Wirklich?«

Als sie auf ihn zugeht, stellt er sich vor den Sack. Verblüfft bleibt sie stehen.

»Morgen werden Sie es verstehen«, sagt er.

»Was meinen Sie damit?«

»Pétronille, bitte.«

Baptiste hat sie nie anders genannt als »Mademoiselle« oder »Mademoiselle Béranger«. Ihren Vornamen aus seinem Mund zu hören, verschlägt ihr den Atem. Sie sieht sich wieder am Teich des Château-Thierry, erinnert sich an den Schauer, der sie erfasste, kurz bevor das Wasser ihren Bauchnabel erreichte. Das Gleiche hat sie bei dem Herbergssohn gespürt – aber sie weiß, wenn Baptiste beschlösse, sich zu ihr zu neigen, würde dieses Gefühl, anders als in Orléans, nicht verschwinden.

»Sie werden mir nicht mehr sagen«, vermutet sie.

Die einzige Kerze hüllt Baptistes Gesicht in ein orangefarbenes Licht, sein Haar leuchtet beinahe rot, die Farbe seines Hemdsärmels erinnert an Bienenwachs, sein übriger Körper liegt im Dunkeln.

»Es wird Ihnen gefallen«, sagt er noch. »Davon bin ich überzeugt.«

Er wirft sich den Sack über die Schulter, und Pétronille ergreift seine Hand. Sie hat sich nicht einmal versichert, dass sie allein sind. Baptistes Finger, warm und rau, streicheln ihre Handfläche. Sie fühlt ein schüchternes Pochen, weiß aber nicht, ob es von seinem oder ihrem Daumen kommt. Er zieht sie an sich und sie zittert, aber das Gefühl hat nichts mit dem gemein, was sie als Kind bei der leichtesten Berührung spürte und sie schlotternd, mit summenden Ohren zurückließ. Heute ist sie es, die den ersten Schritt gemacht hat.

Es kommt ihr so vor, als falle sie in sich zusammen, als seine Lippen die ihren finden, kühl und salzig wie die Muschelschale, die sie einmal auf die Zungenspitze gelegt hat, und doch ganz anders. Sie schließt die Augen, als sie seinen Mund an ihrem Hals fühlt, an ihrem Ohrläppchen, seine Hand zwischen Brust und Rippen, und sie muss gegen ihn gesunken sein, denn als Baptiste sich abrupt aufrichtet, braucht sie einen Moment, um ihr Gleichgewicht zu finden.

»Sofort«, presst er hervor, aber er meint nicht sie, sondern jemanden in ihrer Nähe, den sie nicht gehört hat. Sie stellt sich vor, wie Schwester Gertrude auf der Schwelle zum Lagerraum steht. Sie richtet ihr Korsett, versucht, wieder zu Atem zu kommen.

»Werden Sie mir erklären, worum es geht?«, flüstert sie.

Er hat schon den Sack geschultert, macht sich bereit zu gehen.

»Morgen ist ein großer Tag«, antwortet er, und sie sieht ihn lächeln. »Aber niemand hat mir die Überraschung verdorben, als ich an der Reihe war. Ich verspreche Ihnen, dass Sie nicht enttäuscht sein werden.« Er streicht über die hellen Härchen, die auf seinen Wangen nachwachsen. »Wir sehen uns am frühen Nachmittag.«

Pétronille setzt sich auf den Boden. Es ist ihr egal, ob man sie hier finden wird. So nah an den Fässern, wird sie vom Geruch des Essigs ganz benommen. Ihr Herz schlägt hart in ihrer Brust. Hier und jetzt scheint alles möglich. Der Vertrag, der Baptiste an den Kapitän der *Baleine* bindet, könnte sich auflösen. Er könnte sie um ihre Hand anhalten. Solange sie niemandem etwas sagt, kann sie die Indizien – morgen, der Leinensack, ihr Vorname, ihre Küsse – so deuten, wie sie will.

*

Nach dem Vorfall mit Paul entschied ihre Mutter sofort, dass Pétronille nicht im Château bleiben durfte. Sie konnte ihr noch so oft sagen, dass sie falschlag, dass zwischen ihnen nie etwas vorgefallen war – vergeblich. Sie gab auf. Die Welt verschwand wieder hinter einem Schleier, rückte in die Ferne, und sie fiel in das Schweigen zurück, dem sie entkommen zu sein glaubte.

Erst Monate später, in ihrem Zimmer in der *Maison de Correction*, verstand sie den wahren Grund, warum sie Château-Thierry hatte verlassen müssen. Es war nicht der angebliche Fehltritt oder eine versäumte Pflicht, sondern alles, was sie in den Augen ihrer Mutter nie sein würde.

*

Am nächsten Morgen hat sich die Luft abgekühlt, ein paar Wolken ballen sich, schwarz und fern, am Horizont zusammen. Pétronille hat heute kaum einen Blick für den Wind auf der Wasseroberfläche übrig. Sie ist enttäuscht. Sie ist nicht mehr die Einzige, die hinaufgeht. Zum ersten Mal seit Beginn der Reise hat man alle Frauen an Deck beordert. Die Anweisung kam nicht von den Nonnen, sondern vom Sekundanten des Kapitäns.

Es ist bereits ein Uhr mittags. Hinter Charlotte und Étiennette sieht Pétronille nicht mehr als den großen Mast, auf den sich die Menge zubewegt. Die Atmosphäre hat sich verändert, die Matrosen scheinen weniger zahlreich. Diejenigen, die sie sehen kann, sind glattrasiert, ihre Hemden erstaunlich weiß, als ob sie erst seit einer Woche und nicht sechs auf See wären. Die Frauen um sie herum reden aufgeregt, halten nach einem Delfin, einem Boot Ausschau, einem Stück Horizont, das kein Wasser ist. Geneviève steht in der ersten Reihe und winkt ihr zu, aber Pétronille lässt Étiennette zurückwinken.

»Glaubt ihr, dass sie etwas verkünden werden?«, fragt Charlotte.

»Vielleicht«, antwortet Pétronille.

Sie hat keine Lust, darüber nachzudenken, warum sie an Deck gerufen wurden. Sie weiß nur, dass Baptistes Überraschung nicht für sie gedacht ist, dass sie sie würde teilen müssen. Sie denkt an das, was er ihr am Vortag gesagt hat, wie er sie im Lagerraum geküsst hat. Es war verrückt zu glauben, dass er um ihre Hand anhalten würde. Er hat nicht die geringste Ahnung, was sie mögen könnte.

Als die ersten Tropfen fallen, zuckt Pétronille zusammen. Sie fasst an ihre Haube, als ob sie sich so schützen könnte. Aber der Stoff bleibt trocken, die Hagelkörner sind fest, grün, es sind getrocknete Bohnen, die sie bei dem Versuch zertritt, den anderen, die auf sie herunterprasseln, auszuweichen. Als nichts mehr herabkommt, schaut sie hoch.

Ganz oben auf dem Mast beugt sich ein schlanker Mann über die Menge, einen Leinensack über der Schulter. Sie braucht einen Moment, bevor sie Baptiste erkennt, der mit langsamen, bedächtigen Bewegungen herunterklettert, die Füße im Webleinen der Want. Er trägt ein Kostüm: kniehohe Gamaschen, die taillierte Jacke der Postillons – eine lange Peitsche, die in der Luft knallt, so nah an seinen Stiefeln vorbeischwingt, dass Pétronille die Luft anhält und betet, er möge nicht stolpern. Die Frauen lachen, Charlotte betrachtet mit staunenden Augen das Spektakel. Die Matrosen beginnen zu singen, und sie fällt, ohne zu zögern, ein. Étiennette beobachtet amüsiert Baptistes Bewegungen.

»Er ist elegant«, sagt sie.

»Ja«, murmelt Pétronille.

Nun, da er auf das Deck gesprungen ist, möchte sie näher an den Mast. Sie wird wütend, nicht auf ihn, sondern auf sich selbst. Sie bahnt sich einen Weg durch die Menge, ignoriert das Geraune der Mädchen – »Vorsicht, da kommt die Befleckte« –, bis sie Geneviève in der ersten Reihe erreicht. Pétronille erwartet eine spitze Bemerkung ihrer Freundin, aber sie sagt nur: »Ich habe mich schon gefragt, wo du bleibst.«

Baptiste steht mit dem Rücken zu ihnen. Egal. Von hier sieht Pétronille alles, was er sieht – den Brief in seinen Händen, das Zelt am Fuß des Mastes, der Offizier, der auf ihn zukommt. Baptiste hat sich in einen Schauspieler verwandelt, er ist unantastbar geworden. Mit einem Mal spürt sie das heftige Bedürfnis, ihn an sich zu ziehen. Als er das Wort ergreift, errötet sie.

»Sie sind in unser Königreich eingedrungen.«

Der Offizier entfaltet das Blatt Papier, das Baptiste ihm gereicht hat. Rechts von Pétronille flüstert Geneviève, dass sie die Ernsthaftigkeit der Mannschaft zugleich lächerlich und rührend finde.

»Der König des Wendekreises verlangt, dass die Reisenden, die noch nie den Wendekreis des Krebses überschritten haben, ihm Tribut zollen«, erklärt Baptiste.

Ein paar Frauen in Pétronilles Umkreis werden leiser, andere kichern nervös. Jemand deutet auf das Zelt und den Kapitän, der das hintere Oberdeck überquert, ein Bart aus Werg fällt auf den dicken Pelz, den er trägt. Eine Horde Matrosen folgt ihm, junge Tritonen, die einen Seemann mit sonderbar weiblichen Zügen begleiten, mit bartlosen Wangen, ein Korsett um seinen mageren Oberkörper gebunden. Sie stolzieren bis zum Fuß des Mastes.

Pétronille erhält die Taufe des Wendekreiskönigs nicht als Erste. Im Zelt angekommen, erblickt sie das Kreuz, die Seekarten, die Nadeln, die verstreut auf dem improvisierten Altar liegen. Sie macht sich nicht über das Kostüm des Kapitäns lustig wie die anderen Frauen, die darauf warten, aufgerufen zu werden. Es ist wahrscheinlich einer der wenigen fröhlichen Augenblicke der Überfahrt, aber die Festivitäten sind ihr egal. Sie hat nur Augen für Baptiste, der draußen am Mast steht. Seine Kleidung, ähnlich der, die er auf dem Festland tragen würde und doch so anders als alles, was Pétronille aus Frankreich kennt, verwirrt und beruhigt sie. Derart gekleidet wirkt er beinahe so, als würde er nie wieder in See stechen, als würden sie bald gemeinsam von Bord gehen. Und für den Augenblick ist das alles, was sie zu sehen beschließt: ein bewölkter Novembernachmittag, Bohnen, die vom Himmel regnen, und die *Baleine*, die durch ein imaginäres Königreich fährt.

4

Charlotte

Atlantischer Ozean, November 1720

An Bord der *Baleine* lehnt Charlotte sich an das Dollbord und lauscht dem steten Rauschen des Meeres. Ihr Magen krampft sich zusammen. Sie sieht Étiennette weder am Fuß des Hauptmasts noch an dem improvisierten Altar, wo die Frauen auf ihre Taufe warten. Sie wischt sich die Handgelenke ab, noch feucht von dem Weihwasser, das der Kapitän ihr über die Hände geschüttet hat. Als sie eine Gruppe Matrosen lachen hört, drückt sie sich an die Reling, doch die Männer gehen an ihr vorbei, ohne Notiz von ihr zu nehmen. Wieder redet sie sich gut zu, sagt sich, dass Étiennette jeden Moment aus dem Zelt des Wendekreiskönigs kommen wird. Sie verschränkt die Arme, spürt ihre Rippen unter ihren Fingern.

Im Juni, als sie hinter den anderen Frauen auf den Karren gestiegen war, kannte sie nur die Krippe und die *Maison Saint-Louis*. Sie verließ die Salpêtrière zum ersten Mal. Sechs Monate später, nach Wochen auf See, krabbeln nun Flöhe unter ihrer Haube, und das Meersalz ätzt farblose, harte Flecken in ihren Rock. Seit die *Baleine* Anker gelichtet hat, ist Charlotte fast immer in Gesellschaft. So allein hier oben, erscheint ihr das Hauptdeck riesig, der Ozean um sie herum gierig – und sie selbst kleiner als je zuvor.

Fünf Frauen kommen kichernd aus dem Zelt, ihr Haar weht im Wind und verdeckt ihre Augen. Vor zwei Tagen hat die große Rothaarige sich über sie lustig gemacht, ihr versichert, dass kein Mann ein zwölfjähriges Gör heiraten wolle. Étiennette hat ihr geantwortet: »Und noch weniger eine alte Schabracke«, und in dem Augenblick wäre Charlotte ihr am liebsten um den Hals gefallen. Die Gruppe der Frauen geht um den Mast herum, ihre Freundin ist nicht dabei, sie erkennt nur Geneviève. Sie setzt sich wieder hin. Sogar ihre Gesellschaft wäre ihr im Moment lieber, als allein zu bleiben.

Sie erinnert sich an den Tag ihrer Begegnung im Pariser Kommissariat, als sie zum ersten Mal ihren Namen nannte. Im letzten Juli hatten wenige Silben genügt, damit sich die Unbekannte in eine Kriminelle verwandelte. Charlotte fiel sofort wieder ein, was die Aufseherin der *Maison Saint-Louis* über die Gefangene der *Grande Force* gesagt hatte, den Schützling der Superiorin. Während sie durch die französische Provinz fuhren, kämpfte sie mit ihren Gefühlen: Da waren Angst und der vage Respekt, den sie zunächst in Genevièves Gegenwart spürte, die bald Wut und Traurigkeit Platz machten. Sie konnte unmöglich ignorieren, wie fasziniert Étiennette von dem Neuankömmling war, von der Auserwählten der Direktorin, welche lieber den Namen einer Engelmacherin als Charlottes auf die Liste gesetzt hatte – die Frage drängt sich auf, was ihre Mutter, die Schneiderin, diese Fremde, dazu gesagt hätte, dass sie mit einer Frau wie Geneviève verkehrt.

»Warum bist du nicht bei den anderen?«

Vor ihr steht Étiennette. Sie hat abgenommen, der Dreck lässt ihr blondes Haar stumpf wirken. Charlotte bekommt leichter Luft, sie nimmt die Finger vom Mund, die aufgebissenen Kuppen. Seit ihrer Abreise kaut sie wieder an den Nägeln. Sie nimmt Étiennettes Hand, bis ihre Freundin sie ihr entzieht.

»Wo warst du?«, fragt Charlotte.

Étiennette deutet mit dem Kinn auf das Zelt. Sie hat den gleichen Gesichtsausdruck wie in der Salpêtrière, wenn sie sich über die Schwestern lustig machte.

Im Schatten der vorderen Back, vor ihrem Quartier, sitzen die Matrosen mit Flaschen zu ihren Füßen und kabbeln sich. Ihre Würfel rollen über die Holzplanken. Sie wirken nun nicht mehr so bedrohlich.

»Das war eine beeindruckende Zeremonie«, sagt Charlotte.

Sie war erleichtert, als sie erfuhr, dass die Mädchen einfach nur in dem improvisierten Zelt, ein zwischen vier Stützen aufgespanntes Segel, die der Schiffszimmermann angefertigt hatte, getauft werden sollten. Charlotte hat sich nicht auf ein Wasserfass setzen, einen Schwur vor der Mannschaft ablegen oder Geldstücke auf Holzplanken werfen müssen. Diese Rituale sind den Matrosen vorbehalten, die noch nie den nördlichen Wendekreis überquert haben.

»Das dient unserer Zerstreuung«, antwortet Étiennette. »Den Kutscher fand ich am besten.«

Der Mann, der mit der Peitsche den Mast herunterkletterte, erinnert sie an den Stalljungen der Salpêtrière, der sie die Esel in den Ställen streicheln ließ.

»Wo ist er hin?«, fragt Charlotte.

»Finde die Befleckte und du weißt es.«

Charlotte senkt den Kopf. Geneviève ist nie weit von der Befleckten entfernt. Seit sie Pétronille in der Herberge geholfen hat, stecken die beiden ständig die Köpfe zusammen. Charlotte denkt nicht gern an die letzten Tage in Frankreich zurück. In Lorient konnte sie nicht anders, als mit Pétronille zu fühlen, zu gut kennt sie die Angst, ausgestoßen zu werden. Das würde sie keiner wünschen, nicht einmal Geneviève. Sie hat noch im Ohr, wie Schwester Gertrude ihr erklärte, dass die Vergangenheit der Frauen sie nichts angehe, dass sie nur eine Mission habe: sie zu beschützen und sie wohlbehalten ans Ziel zu bringen.

Sie entdeckt den Matrosen mit dem Haar, das fast so rot ist wie ihres, aber nicht die Befleckte. Sie beobachtet das Kommen und Gehen des Paares seit mehr als einem Monat. Eine Ablenkung so gut wie jede andere, um die Routine, bestehend aus endlosen Nächten, dem Pfeifen des Mannschaftskapitäns zum Essen und wenigen Minuten auf Deck, zu unterbrechen. Draußen hält sie immer nach einem Zeichen Ausschau, dass sie nicht allein auf dem Meer sind, dass der Atlantik eines Tages an ein anderes Ufer stößt und ihre Überfahrt endet.

Schwester Gertrude, vermutlich verärgert über die falsche Taufe, treibt die Frauen mit strenger Stimme auf das Zwischendeck. Die Segel flattern im Wind, der Himmel trägt ein Karomuster aus Seilen, es sieht aus, als hätte er einen Maulkorb an, sodass Charlotte bei den ersten Besuchen an Deck sich immer erleichtert dem Ozean zuwandte. Einmal entdeckte sie dort sogar Delfine, die in den schäumenden Wellen des Schiffes spielten. Ein wenig von dieser Welt würde sie gern mit nach unten nehmen.

»Weißt du, die Zeremonie hat mich über unsere Reise nachdenken lassen«, sagt Étiennette.

Sie bleibt am Hauptmast, hinter den anderen Frauen, stehen. Mit ihrem Kinn deutet sie auf das Zelt, das drei Matrosen streitend abbauen.

»Es ist sonderbar, aber nun, da wir den halben Ozean überquert haben, wird mir bewusst, dass unsere Überfahrt irgendwann enden wird.«

Étiennettes ernster Tonfall ist Charlotte fremd. In der Welt ihrer Freundin trifft nie das Schlimmste ein, in der Salpêtrière konnte sie ihren Kopf immer durch eine Ausrede, ein falsches Versprechen, ein reuevolles Lächeln aus der Schlinge ziehen. Charlotte wartet darauf, dass sie über sich selbst lachen wird, aber als Étiennette weiterspricht, wirkt sie nachdenklich.

»Bald werden wir dort sein.«

Dort. Sie sind sich einig: Solange sie den Namen nicht aussprechen, existiert Louisiane nicht.

»Stell dir vor, dort leben Leute, denen wir ihr Land wegnehmen«, sagt Charlotte. »Sie würden gegen uns kämpfen und wir wären gezwungen, nach Hause zu fahren.«

Fast übersieht sie die erste Stufe der Stiege. Über ihr wird der Himmel schmaler und verschwindet schließlich ganz.

»Was würden wir dann tun?«

Étiennette geht ebenfalls hinab.

»Das ist vielleicht meine letzte Chance herauszufinden, wo meine Schwester ist«, erklärt sie, als sie sie unten einholt.

Charlotte hat einen sauren Geschmack im Mund. Seit Beginn der Reise hat Étiennette ihre ein Jahr zuvor nach Louisiane verschiffte Schwester Marceline kaum erwähnt. In der Pariser Herberge hat sie die Frauen aus der *Maison de Correction* befragt; keine von ihnen kannte Marceline, und wer das Gegenteil behauptete, log. Étiennette gab rasch auf, und Charlotte konnte aufatmen, wenn auch nur kurz. Dann stieg Geneviève auf ihren Wagen und sie war wieder die Ausgestoßene, am äußeren Rand der Welt einer anderen.

»Ich habe eine neue Idee«, fährt Étiennette fort.

»Welche?«

Charlotte kneift im Halbdunkel des Zwischendecks die Augen zusammen. Sie erkennt die langen Tische, Bänke, dampfenden Töpfe.

»Ich werde wieder nach ihr suchen. Ich habe mit Geneviève darüber gesprochen, als wir vor dem Zelt gewartet haben«, antwortet Étiennette.

Charlotte kaut auf ihrer Lippe. Das also hat sie so lange aufgehalten. Sie versucht sich auf das zu konzentrieren, was Étiennette ihr erzählt:

»Geneviève hat recht. Es ist unmöglich, dass keine einzige Frau Marceline über den Weg gelaufen ist. Irgendjemand muss sie gekannt haben. Ich war dumm, dass ich mich so leicht habe entmutigen lassen.«

Nein, überhaupt nicht, möchte Charlotte protestieren, und warum genüge ich dir nicht? Sie denkt an ihre Mutter und an Étiennettes Reaktion, wenn sie eines Tages versucht hätte, sie zu finden. Sie verscheucht den Gedanken – vielleicht hätte das ihre Freundin überhaupt nicht interessiert. Étiennette zeigt bereits auf einen der Tische, an dem Pétronille ihren Rock hebt, zu zögern scheint und dann ihr Bein auf die andere Seite der Bank schwingt, neben Geneviève. Charlotte hat das heftige Bedürfnis, sich am Kopf zu kratzen, die Flöhe unter ihren Nägeln zu sammeln.

Étiennette legt ihr einen Arm um die Schultern. Selbst auf dem Zwischendeck kann Charlotte ihre rosigen Wangen erkennen – rosig vom Wind, von dem Gedanken an Marceline. Sie fühlt, wie sich Étiennettes Finger in ihre Haut bohren, dort, wo der Ärmel ihres Kleides nur noch an einem Faden hängt.

*

Ihr Zuhause, die Salpêtrière, beherbergte mehrere tausend Frauen. Keine war Teil ihrer Familie. In der Krippe stellte sie sich gern ihre Eltern vor und verlieh ihrem Vater dabei ihre grauen Augen, ihrer Mutter die Sommersprossen. Manchmal erfand sie eine ganze Reihe Tanten und flachbrüstiger Cousinen, die, wie sie selbst, wie Kinder aussahen, bis zu dem Tag, an dem sie selbst welche bekamen. Charlotte liebte dieses Spiel. Das war, wie zu erraten, von wem ein Baby seine Wangen oder seine Nase hat, nur umgekehrt.

Bei den wenigen Besuchen der Superiorin im Waisenhaus betrachtete sie forschend das Gesicht von Mademoiselle Pancatelin. Sie suchte nach kleiefarbenen Flecken zwischen ihren Falten, dachte, dass die Haarsträhnen, die sich aus ihrer Haube lösten, eines Tages die Farbe von Rost gehabt haben mussten. Sie wartete mit klopfendem Herzen, dass die Superiorin sie ansah, was am Ende immer geschah. Wenn Charlotte Glück hatte, lächelte Mademoiselle Pancatelin ihr zu. Wenn die anderen Waisenmädchen flüsterten, dass sie der Liebling der Direktorin sei, reagierte Charlotte nicht darauf. Nein, hätte sie am liebsten geantwortet, ich bin ihre geheime Tochter. Bald begriff sie ihren Fehler, denn die eifersüchtigen Mädchen hielten sie auf Abstand, sorgten dafür, dass sie das einsamste Waisenkind der *Maison Saint-Louis* wurde. Mit fünf glaubte Charlotte nicht mehr an eine Verwandtschaft mit der Superiorin. Ihre Mutter hätte den anderen Mädchen die Wahrheit gesagt. Sie hätte sie gerettet.

Alles änderte sich, als Étiennette auftauchte. Sie unterhielt sich mit Charlotte, obwohl niemand sonst mit ihr sprach; es war ihr egal, was die anderen Waisenmädchen dachten. Sie war von ihrer Schwester, der zehn Jahre älteren Marceline, geliebt worden, die, so erzählte man sich, in ganz Frankreich mit Salz gehandelt, einen Liebhaber in Versailles gehabt und alles für Étiennette getan hatte, nachdem ihre Eltern gestorben waren. Étiennette brauchte die Aufmerksamkeit der Schwestern nicht so wie die anderen Mädchen. Die von Charlotte genügte ihr.

Im April letzten Jahres, an dem Tag, als die Aufseherin die für die Reise ausgewählten Mädchen versammelte, hockte Charlotte sich in den Flur, an die Schwelle zum Schlafsaal. Sie hielt den Atem an, als die Superiorin eines der Mädchen fragte, ob es nach Mississippi reisen wolle. Sie war zu weit weg, um die Antwort zu hören. Ihre Kehle war wie zugeschnürt. Sie stützte das Kinn auf die Knie und schloss die Augen. Für gewöhnlich war sie diejenige, die man unter vielen auswählte.

Später an jenem Vormittag folgte sie Étiennette hinter das Haus der *Vieilles Femmes*, neben der *Loges aux Folles*. Hier überdeckten die Klagerufe der Dementen ihre Stimmen. Étiennette wiederholte, dass sie nicht verstehe, was der Superiorin durch den Kopf gegangen sei, Charlottes Name hätte auf der Liste stehen müssen. Sie sagte nicht, dass sie auf Louisiane verzichten würde, dass sie bleibe, wenn Charlotte bliebe. Stattdessen vertraute Étiennette ihr an, dass Marceline dorthin, nach Mississippi verschifft worden sei. Die schrillen Schreie der Gefangenen ließen Charlotte mit einem Mal erschauern. Ohne ihre Freundin würde die Salpêtrière wieder das werden, was sie immer gewesen war: ein

Gefängnis in der Größe einer Stadt, die Bleibe der Armen, Kranken und Waisen. Sie hätte alles dafür getan, nicht noch einmal verlassen zu werden.

*

An Bord der *Baleine* haben Charlotte und Étiennette ein Spiel. Étiennette hat es erfunden, als sie zum ersten Mal an Deck gehen durften und sie eine perlmuttfarbene Schneckenmuschel fand. In ihren Händen verwandelte sich die Strandschnecke in einen Ohrring und wurde der erste Gegenstand ihrer »Meeresaussteuer«, wie Charlotte die Sammlung taufte. In den letzten Monaten landete darin alles außer Hemden, Röcken und Korsetts. Charlotte hat dazu ein Lied gedichtet, ein Wiegenlied, das jeden ihrer Schätze aufzählt. Getrocknete Algen, einen halben ausgebleichten Seestern, zwei ölfleckige Flachmänner, sechs Schnüre, ein Tabakbeutel, der aus dem Kehlsack eines Pelikans gefertigt war, ein Segelfetzen, den sie sich eines Tages um den Kopf knotete wie ein Pirat, bis sie sich an die Geschichte der Befleckten über die englischen Banditen erinnerte – die Goldstaubdiebe und Bootverbrenner, die Schiffe vom Teufel verfolgt und die Matrosen auf einsamen Stränden erhängt. Und nahm das Kopftuch sofort ab.

Seit der Wendekreiszeremonie ist eine Woche vergangen. Charlotte beobachtet die wenigen Mädchen, die an der Tür der Sainte-Barbe lehnen. Als die Befleckte ihnen erklärte, was in dem kleinen Raum zu finden ist, lachte Étiennette: »Frauen und Kanonenpulver«, bemerkte sie. »Gefahrengut sollte zusammen gelagert werden.« Seitdem sitzt Charlotte lieber an den Geschützpforten, durch die manchmal Tageslicht dringt. Ein fahler, schwacher Schein, aber dennoch Licht, der nun auf ihren jüngsten Fund fällt, eine blaugraue Feder. Étiennette hat eine Kordel daran befestigt und hält sich die beiden Enden ihrer improvisierten Kette vor den Hals.

»Hilfst du mir?«, fragt sie.

Charlotte zuckt mit den Achseln. Die Feder in ihren Händen fühlt sich zerbrechlich an. Seit der Zeremonie ist sie schwermütig. Zweimal hat Étiennette vor dem Zubettgehen mit Geneviève gesprochen. Am ersten Abend bot sie ihr an, sie zu begleiten, am zweiten versprach sie, dass sie nicht lange brauchen werde. Jedes Mal kam Étiennette mit einem geheimnisvollen Gesichtsausdruck wieder, der in Charlotte den Wunsch weckte, jemand anderes zu sein.

Die Schreie ertönen in dem Moment, als Étiennette ihr die Kette reicht. Charlotte lässt sie fallen und hebt sie, erstarrt, nicht wieder auf. Sie braucht einen Moment, bis sie begreift, dass der Mann auf der Brücke nicht vor Schmerzen brüllt, sondern immer wieder das gleiche Wort – ein Wort, das sie zunächst für »Tand« hält und das sich dann in »Land« wandelt.

An Deck ist es bereits voll, der Wind treibt ihnen die Tränen in die Augen. Charlotte folgt den anderen Frauen, stellt sich auf die Zehenspitzen. Die Konzessionäre klettern die Leitern hoch, beeilen sich, zum Bug, hinter den Kapitän und seine Offiziere zu gelangen. Sie schaut nach oben, sieht das Fernrohr des Ausguckpostens zwischen zwei Segeln, stolpert über die Taue. Sie fährt herum, aber Étiennette ist an der Luke geblieben. Charlotte versucht umzukehren, gegen den Strom, aber die Menge drängt sie Richtung Meer.

»Schaut, dort!«, ruft ein Schiffsjunge.

Anfangs wirkt die Landlinie merkwürdig. Im Laufe der Wochen hat Charlotte sich an die Blauschattierungen gewöhnt, hat die tröstlichen Erdtöne vergessen. Das Gelb, Braun und Grün des Ufers kommen ihr vor wie ein vergessenes, aber vertrautes Lied, das immer noch in ihr nachklingt. Die Frauen reißen sie zu den Stiegen der vorderen Back mit, und sie hat keine andere Wahl, als die Hände zu ergreifen, die ihr dargeboten werden, um auf das Oberdeck zu klettern. Als sie sich auf die Reling stützt, beschließt sie, dass niemand sie hier wegholen wird. Étiennette würde zu ihr stoßen, und sie würden gemeinsam an Land gehen. Sie schaut, ob ihre Freundin vorangekommen ist, aber trifft auf den blassblauen Blick Genevièves, sieht die kleine Zahnlücke, als diese ihren Namen sagt.

Also wendet sie sich dem Ufer zu. Die Wolken, die Hügel, die winzigen Boote verschmelzen, ihre Farben verwischen.

»Ich habe dich lange nicht gesehen«, hört sie Geneviève sagen.

Charlotte wird wieder von dem Schwindel erfasst, der sie abends in den französischen Weilern wach hielt. Neben Geneviève hat sie immer das Gefühl, nur an zweiter Stelle zu stehen. Sie muss auf der Hut bleiben.

»Da sind noch andere Schiffe im Hafen«, stellt sie fest.

»Warum bist du gestern nicht mit Étiennette zu mir gekommen?«, fragt Geneviève.

Charlotte kann sich nicht vorstellen, mit dieser Frau von Bord der *Baleine* zu gehen.

»Ich muss sie finden, bevor wir an Land gehen.«

»Ich glaube nicht, dass wir in Louisiane sind«, antwortet Geneviève.

»Wie bitte?«

»Glaubst du nicht, dass die Nonnen uns Bescheid gesagt hätten?«

»Warum sollten sie?«

»Ich fürchte, dass der erste Eindruck zählt«, antwortet Geneviève und streicht über ihr schmutziges Kleid.

Auf dem Hauptdeck, unterhalb der Leitern, teilt der Mast die Menge in zwei Hälften. Étiennette unterhält sich mit Pétronille in der Nähe der Reling.

»Ich wollte dir sagen«, fährt Geneviève fort, nachdem sie Charlottes Blick gefolgt ist, »Pétronille ist dir sehr dankbar. Dass du in Lorient nichts gesagt hast.« Kurz hält sie inne: »Und ich auch.«

»Worüber sprechen die beiden?«, fragt Charlotte.

Geneviève folgt ihrem ausgestreckten Zeigefinger, der auf die beiden Frauen deutet, die zwischen dem Beiboot und den Offizierskajüten immer noch tief ins Gespräch vertieft sind.

»Oh, ich dachte, dass Pétronille vielleicht etwas über Étiennettes Schwester weiß. Sie hat viel länger in der Salpêtrière gelebt als ich.«

Charlotte wäre gern nicht nach Weinen zumute. Sie wünschte, sie hätte Étiennette als Erste vorgeschlagen, sich an die Befleckte zu wenden, hofft, dass niemand etwas über Marceline weiß. Sie drückt sich an die Reling, schaut auf das größer werdende Stück Land vor ihnen – die opalweißen Strände, die Hügel voller Gestrüpp, die weizenkornkleinen Gestalten, die sich auf den Schiffen bewegen, und dahinter die Hafenmole. Sie wünschte, sie wären schon da, dann fällt ihr ein, was sie alles verlieren wird, sobald sie von Bord geht.

*

In dem Jahr, als sie Étiennette in der *Maison Saint-Louis* begegnete, redete sich Charlotte nicht mehr ein, dass die Superiorin ihre Mutter war. Stattdessen sprach sie über das bestickte Taschentuch, von dem sie ihren Namen hatte. Um nicht erklären zu müssen, dass das Tüchlein verloren gegangen war, erzählte sie Étiennette oft einen ihrer Träume, den sie manchmal Erinnerung nannte.

In diesem Traum war sie noch sehr klein. Nichts stört die Stille, ihre Haut prickelt in der Kälte. Zwei Frauen stehen im Raum. Die eine trägt das farblose Gewand der Tanten, die zweite eine Haube aus blauer Spitze. Diese Frau hat kein Gesicht. Sie hat auch keine Stimme, auch wenn sie irgendwann in ihr Ohr gesungen haben muss, da manche Melodien ihr ans Herz gehen wie keine anderen. Die Frau verströmt diesen einen Duft, der Charlotte einhüllt, sobald sie hochgehoben und an den warmen Hals der Frau gedrückt wird. Den Geruch nach frischer Butter, getrockneter Milch, nassen Blumen. Und er bringt das sichere Gefühl mit, dass sie nicht allein ist, dass alles gut wird.

Jahre danach, als sie auf ihrer Matratze lagen, nahm Étiennette sie zum ersten Mal in die Arme. Charlotte schlief seit einer Woche allein; Catherine, das Mädchen, mit dem sie sich das Bett geteilt hatte, war fortgegangen. Niemand hatte ihr gesagt wohin, aber sie stellte sich gern vor, dass eine Frau sie als die wiedererkannt hatte, die sie wirklich war – ihre Tochter, Schwester, Nichte, eine dieser Bezeichnungen, die den Kindern der *Maison Saint-Louis* fremd sind –, und sie weit weg von der Salpêtrière gebracht hatte. Catherine hatte sich nie an sie geschmiegt, außer im Winter, wenn es morgens so kalt war, dass sie mit klappernden Zähnen erwachten. Aber in der Nacht, als Étiennette sich an sie drängte, war der Sommer schon da.

Charlotte war fünf, Étiennette neun. Da war dieser warme Hals, an dem man einschlafen konnte, wo es duftete, als hätte jemand zum Abendessen Butter aufgetischt oder früher am Tag Blumen geschnitten, Mimosen oder Tulpen, die sie eines Tages in den Armen einer Frau mit Spitzenhaube gerochen hatte. Wie dem auch sei, Charlotte beschloss, dass ihr nie wieder jemand entgleiten würde.

*

Geneviève hatte recht: Schwester Gertrude hat verkündet, dass die *Baleine* ein paar Tage in Saint-Domingue vor Anker liegen wird. Je näher das Schiff an die Insel heranfährt, desto deutlicher werden die Geräusche am Ufer, und Charlotte hört Rufe, Tiergebrüll, das Klackern der Taue, den Wind in den Bäumen. An Deck riecht es nach gegrilltem Schwein, und eine Gruppe Matrosen bereitet sich darauf vor, das Beiboot hinunterzulassen. Im Hafen preisen Frauen ihren Fisch an, ein Maulesel weigert sich voranzugehen. Am Pier arbeiten ein paar Männer, Charlotte hat noch nie jemanden mit so dunkler Haut gesehen. Sie schaut zu, wie sie Fässer in die Geschäfte rollen, das Vieh auf die Weiden geführt wird. Der Wind ist plötzlich abgeflaut, die Welt wirkt sonderbar statisch, beinahe mutlos unter den herabhängenden Segeln. Sie braucht ein paar Minuten, um sich einen Weg durch die Menge am Bug zu bahnen und Étiennette ausfindig zu machen, die zusammengesunken an der Reling der hinteren Back sitzt. Geneviève ist verschwunden. Charlotte kaut auf ihrer Lippe, sie bereut ihre heftige Reaktion. Étiennette hat in dem schmalen Stück Schatten, das der Mast abwirft, Schutz gesucht und tupft sich die schweißglänzenden Schläfen mit ihrer Haube ab.

Charlotte geht neben ihr in die Hocke, vertreibt eine riesige Stechmücke. Sie ist sich bewusst, dass ihre Weigerung, ihr zu helfen, Étiennette nur weiter von ihr entfernt. Ihre Freundin wirkt angespannt, und so zögert Charlotte, bevor sie etwas sagt.

»Was ist passiert?«, fragt sie schließlich.

»Nichts.«

Sie rechnete damit, dass sie ihr ohne Umschweife erzählt, was sie von der Befleckten erfahren hat, Étiennette hat ihr nie auch nur das kleinste Detail von Marcelines Geschichte erspart, scheinbar ohne zu bemerken, wie sehr sie das verletzt. Aber ausgeschlossen zu sein erscheint ihr auf einmal schlimmer.

»Was hat sie gesagt?«

»Ich habe dir bereits geantwortet. Nichts, weil sie nichts weiß.«

Étiennettes Gesicht verrät nicht das kleinste Gefühl, und ihre auf einmal fremd wirkenden Züge versetzen Charlotte in Alarmbereitschaft. Étiennette schiebt ihren Kopf zwischen die Holzstreben der Reling. Als Charlotte es ihr gleichtut, kitzeln sie die Farbsplitter an den Wangen. In der Ferne sind ein paar Holzhütten zu sehen, ein Lagerhaus mit weit offen stehenden Toren, Baumstämme, an denen ockerfarbene Laubkokons sitzen, die sie in Paris noch nie gesehen hat.

»Vielleicht kann Schwester Gertrude helfen«, schlägt sie vor.

Die Hitze lässt ihren Kopf schwer werden, das Licht fließt über ihre Hände. Sie fühlt Étiennettes Finger über ihre streichen.

»Wenn jemand etwas weiß, dann sie«, fährt Charlotte fort. Sie dreht den Kopf so weit wie möglich, trifft auf Étiennettes Blick, wieder wach. »Sie wusste alles über Geneviève. Sie kennt jede von uns.«

»Du hast recht. Ich weiß nicht, warum ich noch nicht darauf gekommen bin.«

»Das ist mir eben eingefallen.«

Unter ihnen wogen die Sonnenstrahlen im klaren Wasser. Ein Schwarm lilafarbener Quallen schwimmt am Bug entlang, verschwindet dann.

»Stell dir vor, wir bleiben hier stecken«, sagt Étiennette.

»Ein Delphin könnte uns schnappen.«

Étiennette zieht eine Grimasse.

»Wenn ich ihn so ansehe, wird er es nicht wagen.«

Charlotte lacht.

»Und wir werden für immer hierbleiben.«

»Ich würde einen Weg finden, uns zu befreien«, antwortet Étiennette. »Und dann würden wir mit Schwester Gertrude sprechen.«

Charlotte versucht zu nicken, aber die Splitter der Stäbe schrammen ihre Wangen auf.

*

Die *Baleine* hat das karibische Meer erreicht. Das Wasser ist nun so blau, dass es mit Sonne vollgesogen scheint, weniger gefährlich wirkt als die grauen Wellen des Atlantiks. Unter der Oberfläche erahnt Charlotte Kreaturen, die verschwinden, bevor sie sie benennen kann. Delfin, Tümmler, Hai. Étiennette legt sich auf den Rücken. Seit ein paar Tagen ist sie zerstreut, aber zuvorkommend.

Auch das Essen hat sich seit Saint-Domingue verändert. Das Gemüse wird zuerst an die Mannschaft verteilt, die seit Monaten das Schiff steuert. Drei Tage nachdem sie abgelegt haben, sieht Charlotte, wie die Befleckte dem Matrosen, dessen Gesellschaft sie so zu schätzen scheint, frische Erbsen bringt; manche Mädchen haben eine Orange bekommen, weil sie ihr Haar verlieren. Charlotte bemerkt, was ihr zuvor entgangen ist – ihr offenes Zahnfleisch, das Blut, das dicke Dreiecke zwischen ihre Zähne zeichnet. Zwei von ihnen sind immer noch auf der Krankenstation, die Nonnen sagen immer wieder, dass der Arzt für sie tue, was er könne.

Sie traut sich nicht, Étiennette zu fragen, wann sie mit Schwester Gertrude sprechen wird – sie hat genug gesagt. Sie will diese friedlichen Tage nutzen, eine Inventur ihrer Meeresaussteuer machen, sich die Nase zuhalten und spüren, wie die Finger ihrer Freundin ihre umschließen, wenn Schildkrötensuppe aufgetischt wird. Sie kostet den neuen Zwieback, den Étiennette ihr reicht, feiner und heller als der vorherige.

An einem Dezemberabend rückt Étiennette näher, legt ihre Tasche zurecht, die ihr als Kopfkissen dient. Ihre Strohmatratze ist zerlegen und kaum dicker als die Decken der *Maison Saint-Louis*.

»Und wenn sie mir nichts sagen kann?«, fragt sie.

»Dann wirst du es früh genug erfahren. Es eilt nicht.«

Das gleichmäßige Schaukeln des Schiffes wiegt sie.

»Es eilt nicht«, sagt sie noch einmal.

*

Charlotte hat in der Salpêtrière Nähen und Singen gelernt. Sie arbeitete in der Nähstube Sainte-Claire, bis ihre Haut mit Nadelstichen übersät war. Sie hoffte, dass ihre Hände sich an den Beruf erinnern würden, den ihre Mutter ausgeübt hatte. Doch vergeblich: Während man ihnen das Sticken beibrachte, glitten ihre Finger fahrig über den Stoff.

Während der Messe aber war es anders. Die anderen Mädchen drehten sich nach ihr um, sobald sie die Refrains anstimmte, die Tanten waren begeistert von dem, was sie ihren »charmanten Mezzo« nannten. Charlotte wusste nicht, von wem sie ihre Sopranstimme hatte. Wenn sie sang, dachte sie an nichts. Schließlich sagte sie sich, dass ihre Stimme niemand anderem gehört als ihr selbst.

Étiennette hatte für den Gesang nicht mehr Begabung als für das Nähen. Als sie in die *Maison Saint-Louis* kam, warnte Charlotte sie, sich nicht vom Waisenhaus zu entfernen. Nicht, weil es verboten wäre – manchmal ging sie selbst in die Küche, wo eine junge Hilfskraft ihr Käse schenkte, eine noch harte Pflaume. Aber sie hatte verstanden, dass man gewisse Höfe der Salpêtrière besser mied.

Sie versuchte Étiennette zu überzeugen, dass die *Loges aux Folles* ihr nicht gefallen würden, aber eines Morgens blieb ihre Freundin nicht stehen, bevor sie vor dem Gebäude der Epileptikerinnen stand. Die Gefangenen mit dem rasierten Schädel saßen davor, ihre Ketten so kurz, dass ihre Arme sich berührten. Eine von ihnen hatte einen Schnitt im Gesicht, die helle Linie teilte ihre Augenbrauen. Sie fuhr Étiennette so heftig an, dass diese zusammenzuckte.

Charlotte stand zu weit weg, um ihre Hand zu ergreifen. An das Sainte-Laure-Gebäude gelehnt sah sie zu, wie die Hilfen frisches Stroh in die Hütten warfen. Sie wusste, wann sie in der Salpêtrière den Blick abwenden musste, und nun wusste ihre Freundin es auch.

*

Étiennette möchte lieber bei den Geschützpforten bleiben, also beschließt Charlotte, mit Pétronille an Deck zu gehen.

Ausnahmsweise ist ihr der Gedanke, jemand anderem zu folgen, angenehm. Seit ihrem Halt in Saint-Domingue scheint es möglich, neue Freundschaften zu knüpfen. Bei Pétronille fühlt sie sich weder verwundbar noch bedroht. Pétronille hat nie versucht, ihren Platz einzunehmen, sie kennt das Schiff besser als alle anderen Frauen. Ihr sicherer Schritt beruhigt sie, und Charlotte merkt, dass sie sie lieber mit ihrem Vornamen als mit »die Befleckte« anspricht. »Vorsicht«, warnt Pétronille, als sie auf Vogelkot ausrutscht. »So.« Sie umgreift das Geländer zu beide Seiten der Stiege, und Charlotte tut es ihr gleich.

Sie weiß, dass ihr Spaziergang nur ein Vorwand ist, um den rothaarigen Matrosen aufzusuchen, aber Pétronille scheint es nicht zu stören, dass sie sie begleitet; Charlotte ist ohnehin so erleichtert, das Deck, den Himmel und das Meer zu sehen, die Inseln aus weißem Sand, die die Wasseroberfläche durchbrechen, dass sie alles andere vergisst. Ausnahmsweise muss sie nicht jedes Mal ihr Haar ordnen, wenn der Wind hineinfährt – Pétronille hat ihr, kurz bevor die Luke aufging, eine Spange geschenkt. Wenn sie wieder hinuntergehen, wird sie sie ihrer Meeresaussteuer hinzufügen.

Wie in Saint-Domingue liegt ein paar Kabellängen entfernt ein Schiff, von dem aus ein kleines Ruderboot heranfährt, aus dem Händler steigen. Sie gleichen denen, die ihnen auf der Insel Lebensmittel verkauft haben, sie hissen Kisten mit Kokosnüssen und Fässer mit Likör an Bord der *Baleine*. Zwei Frauen stehen lachend auf der vorderen Back und sehen zu, wie sie ihre Fracht ausladen. Charlotte kennt eine von ihnen, Thérèse, deren Tiretaine-Haube mit roten Blumen bestickt ist. Den Namen ihrer Freundin kennt sie nicht, aber selbst aus der Ferne kann sie gut erkennen, dass ihnen die Freude daran, draußen zu sein, gemein ist. In letzter Zeit erlaubt man den Passagierinnen öfter, an Deck zu gehen. Nach über zwei Reisemonaten fällt es den Nonnen schwer, die wenigen Augenblicke an der frischen Luft zu beschneiden. Charlotte deutet auf eine Insel, schmaler als die *Baleine*.

»Glaubst du, dass sie bewohnt ist?«, fragt sie.

Pétronille schüttelt den Kopf.

»Nein, aber vielleicht haben dort Schildkrötenjäger haltgemacht.«

Eine dünner Rauchfaden steigt zwischen den Palmen auf, Bäume, deren Namen Charlotte gerade erst gelernt hat. Sie würde auch gern einen Matrosen kennen, jemanden, der ihr erklären kann, was ihr an Bord der *Baleine*, in diesen unbekannten Gefilden unverständlich ist. Pétronille schaut immer noch auf den Archipel.

»Erinnert dich die Form der Insel nicht an die *Greniers* der Salpêtrière?«, fragt sie. »Ich meine, hat dieser Sandhaufen dort nicht genau die gleiche Form wie der Südflügel des Hauptgebäudes?«

Charlotte lacht, als sie sich gewahr wird, dass sie in Frankreich nur wenige Straßen von Pétronille entfernt gewohnt hat. Wenn sie das Hospital nicht verlassen hätten, wären sie sich nie begegnet.

»Nein, sie ist zu quadratisch, es sieht eher aus wie das Sainte-Thérèse-Heim«, wirft sie ein. »Diese da vielleicht?«

Ein Tau fällt zu Boden, Charlotte schaut sich um. Ein imposanter Mann löst sich aus der Gruppe der Händler, geht auf den Kapitän zu. Seine silberne Taschenuhr reflektiert das Sonnenlicht, das Charlotte blendet und sie zwingt, den Blick abzuwenden. Pétronille antwortet, dass die Insel sie eher an die Maison des *Reposantes*, oder nein, noch besser, an eine Palme erinnere, die auf dem Grund des Ozeans Wurzeln geschlagen habe, und Charlotte fragt sich plötzlich, ob diese Inseln abtreiben können. Sie stellt sich vor, sie sei allein, von den anderen Mädchen getrennt, und bei dem Gedanken läuft es ihr eiskalt den Rücken herunter.

»Was hältst du von der?«, fragt Pétronille.

Der Kapitän tauscht sich weiter mit dem Mann mit der Uhr aus. Seine Stimme ist leise, nachdrücklich. Die anderen Händler haben sich zerstreut. An der Luke sieht Charlotte Schwester Gertrude stehen, und auf der Stiege unter ihr Étiennette. Charlottes Blick liegt immer noch auf ihr, als ein dumpfer Knall die Luft zerreißt. Der Augenblick dehnt sich, nichts rührt sich mehr – Pferde aus Elfenbein galoppieren über den Griff der Pistole.

Bevor die Waffe erneut erhoben wird, hat Charlotte Zeit, den Mann anzusehen, der sie hält und den sie bis dahin nicht bemerkt hat, seine geschwungene Nase, seinen mit Perlen geschmückten Bart. Rechts neben ihm schiebt der Händler mit der Uhr sein Gewehr in die Jacke des Kapitäns, zwingt ihn vorwärtszugehen. Ihre Komplizen sind an den Masten postiert, haben sich auf dem vorderen und hinteren Oberdeck verteilt. Sie haben ihre Musketen auf die Mannschaft gerichtet, blockieren den Zugang zu den Seemannsquartieren und den kleinen Beibooten der *Baleine.*

Während der Himmel und das Meer sich zu drehen beginnen, fällt Charlotte ein, was Pétronille ihnen über Piraten und ihre Augenklappen erzählt hat, über das eine Auge, das immer im Dunkeln liegt, bereit, die Finsternis des Schiffsraums zu durchdringen und sie schneller zu ihrer Beute zu führen.

Charlotte streckt die Hand nach ihrer Freundin aus, aber ein Schiffsjunge rempelt sie an und Pétronilles Handgelenk entgleitet ihr, sie fällt gegen einen Matrosen mit blutender Schläfe; dann muss sie über ein Tau gestolpert sein, denn mit einem Mal liegt sie mit brennenden Knien am Boden, ihr Gesicht schrammt über die Planken. Durchdringendes, metallisches Säbelklappern, die Segel sind von Kugeln durchlöchert. Eine rollt neben Charlotte, dann unter das Beiboot, außer Sicht. Sie folgt ihr, kriecht so schnell wie möglich, und das Deck vibriert unter den stampfenden Schritten der Seefahrer. Jemand ruft, dass sich keiner rühren soll, und sie widersteht dem Drang, sich zu versichern, dass nichts und niemand sie verfolgt. Sie wirft sich unter den Rumpf des Beiboots, und ihr Kopf schlägt gegen das Holz, der Kiel zieht an ihrem Kleid, als wolle er es zerreißen. Sie kauert sich zwischen die Keile, der Geruch von Algen, Rum und feuchtem Holz steigt ihr in die Nase. Von hier aus kann sie die Waden, Füße und, wenn sie die Wange auf die Planken presst, ein paar Gesichter, von der Peitsche aufgeplatzte Arme erkennen. Sie weiß, wenn sich einer der Angreifer hinkniet, wird er sie sofort entdecken.

Zwischen den Salven hört sie Todesdrohungen, die Stimme eines Piraten, der von Gold, Streichhölzern und verbranntem Fleisch spricht. Er spricht mit so starkem Akzent, dass sie nur die Hälfte versteht. Sie versucht ihren Atem zu beruhigen, sich zu orientieren. Ihre Schenkel sind feuchtwarm, kleben aneinander. Sie stellt sich das Schiff von oben vor: die vordere Back und die Quartiere der Matrosen links von ihr, die hintere Back und das Heck rechts. Dazwischen der Hauptmast, die Luke. Parallel zur Reling das Beiboot – und sie, direkt darunter.

Sie weiß, was sie hätte machen müssen: in das Boot klettern, sich zwischen die Ruder legen und die Abdeckung über sich ziehen, bis der Himmel verschwindet. Der nächste Schuss geht ganz in ihrer Nähe los, sie zuckt zusammen, schlägt die Hände über die Ohren, verzieht das Gesicht, als sie einen stechenden Schmerz in einem ihrer Finger spürt. Ihr Daumen ist aufgerissen, sie hat ihre Haut noch nie in diesem Rot gesehen. Als der Geruch von Pulver unter den Rumpf dringt, zieht sie sich an das Schanzkleid zurück, so weit weg vom Deck wie möglich. Ihre Finger stoßen an etwas Glattes, Feuchtes. Es ist die Kugel, die sie unter das Boot geführt hat. Sie nimmt sie in die Hand, nicht wissend, wem das Blut gehört, das an ihr klebt.

*

Das Kampfgeschrei ebbt ab, Stille legt sich über das Schiff. Charlotte rührt sich nicht. Das Geräusch ihres Atems kommt ihr ohrenbetäubend laut vor. Alles Fließende, Klopfende, Pumpende im Innern ihres Körpers ist ihr sonderbar bewusst: ihr Blut, ihr Speichel, ihr Herzschlag – wie sehr wünschte sie sich, sie würden schweigen, wie sehr jagt ihr diese Vorstellung Angst ein. Sie versucht an ein Lied zu denken, eine tröstende Melodie, aber ihr fällt nichts ein. Sie taucht ihren verletzten Finger in eine Wasserpfütze, das Salz brennt in der Wunde – und auch das scheint fast ein Geräusch zu machen. Die Spange, die Pétronille ihr geschenkt hat, hat sich aus ihrem Haar gelöst und sticht ihr in die Brust. Stiefel poltern über das Deck. Sie macht sich so klein wie möglich, denkt daran, wie die Babys in der Krippe sich aneinanderschmiegten. Sie denkt an Étiennette, die in Sicherheit sein muss, die es rechtzeitig geschafft haben muss, die Stiege hinunterzukommen.

Die Schatten ziehen sich zurück, die Schritte entfernen sich. Ihr Finger hat aufgehört zu bluten. Charlotte zählt bis achtzig, ohne das sonnengeflutete Deck aus den Augen zu lassen, kann den furchterregenden Gedanken nicht abschütteln, dass, wenn sie abbricht, die Schatten wieder auftauchen werden. Also mogelt sie, springt von der Vierundfünfzig direkt zur Sechzig. Vorsichtig wendet sie den Kopf und legt ihre Schläfe auf den Boden. Sie sieht ein Stück makellos blauen Himmel. Unter dem Hauptmast drängen die Piraten die Matrosen der *Baleine* zur vorderen Back, Gewehrläufe an ihre Hemden gedrückt. Einer von ihnen macht sich einen Spaß daraus, mit seinem Schwert in die Hosen der Schiffsjungen zu stechen. Sie hört sie über das Deck gehen, ihre Protestrufe verstummen, als die Piraten die Tür der Mannschaftsquartiere verschließen. Sie legt sich flach auf den Bauch, schaut am Bug des Beiboots vorbei, als einer der Piraten gerade den Schlüssel in seine Tasche steckt. Ein Schauer durchläuft sie: Ohne die Matrosen, die das Schiff verteidigen, ist die *Baleine* verloren.

Dann taucht das Bein eines Mannes auf. Er steht vor dem Beiboot, und sie sieht sich der Tätowierung eines Wasser ausstoßenden Wals gegenüber, die zwischen den dichten Haaren oberhalb der Lederstiefel hervorschaut. Schweiß läuft ihr über die Lider, über die Hände. Der Mann spricht eine ihr unverständliche Sprache. Er klingt begeistert. Sein Fuß entfernt sich, verschwindet und macht, ein Stück weiter, Röcken Platz, die Charlotte nur zu gut kennt. Thérèse und ihre Freundin erscheinen vor ihrem inneren Auge, lachend auf die Reling gestützt, weit weg von der Luke.

Als die Frauen anfangen sich zu wehren, schließt Charlotte die Augen. Sie versucht zu schlucken, aber ihre Zunge ist auf einmal zu geschwollen für ihren Mund. Wieder sind Schritte zu hören, das Klirren eines Gürtels oder eines Messers, gefolgt von Schreien, und sie würde alles dafür tun, sie verstummen zu lassen. Doch sie widersteht dem Drang, sich die Ohren zuzuhalten. Sie muss aufmerksam bleiben, wenn sie Étiennettes Stimme erkennen will, erfahren will, ob es ihr gelungen ist, auf das Zwischendeck zu fliehen.

Sie weiß nicht, wie lange sie erstarrt da liegen bleibt. Sie zählt bis dreihundert, dann ist es vorbei. Die Mädchen sind verstummt, sie auch, aber ihr Schweigen bedeutet nicht, dass sie nicht mehr leiden; sie haben nur begriffen, dass kein Wort sie retten wird. Ein paar Meter weiter rollt ein Gegenstand über das Deck. Der tätowierte Pirat stellt eine Frage in seiner ihr unverständlichen Sprache, der Kapitän antwortet ihm, aber Charlotte versteht nichts von dem, was er sagt.

Sie öffnet die Augen, weil sie leicht erraten kann, was folgt, was bereits geschieht; Stiefel, mindestens ein Dutzend, stampfen über die Holzplanken zur Luke. Ihre letzte Hoffnung, dass Étiennette, Pétronille und Geneviève verschont bleiben, erlischt. Dieses Mal wären nicht zwei, sondern neunzig Frauen in Gefahr, ihre Schreie würden unterhalb von Charlotte anschwellen, als kämen sie aus ihrer eigenen Brust. Sie stellt sich vor, die Nächste zu sein. Sie zieht ihre Hand zu sich, ihre Finger berühren Pétronilles Spange.

Sie hebt den Kopf und blickt zu den Quartieren der Matrosen. Die Tür ist abgeschlossen, aber die beiden Wachen haben in der Eile, ebenfalls auf das Zwischendeck zu kommen, ihren Posten verlassen. Charlotte weiß, dass sie nicht viel Zeit hat. Sie fürchtet sich bei dem Gedanken an das, was sie tun muss. Sie denkt an den Mai letzten Jahres zurück, als sie auf die Allee schlich, die zum Garten der Superiorin führt. Sie hatte noch nie zuvor solche Angst gehabt – davor, nicht angehört zu werden, die Direktorin nicht überzeugen zu können, ihren Namen auf die Liste zu setzen. Doch sie hat es geschafft, sie ist hier. Sie fängt an, zum Rumpf des Beiboots zu kriechen.

Nur ein Dutzend Schritte trennt sie von den Mannschaftsunterkünften. Es scheint fast so, als ob die brennende Sonne sie zu Boden drücken könnte. Auf Deck stehen alle mit dem Rücken zu ihr. Die Männer – vor allem Piraten, aber auch ein paar Offiziere der *Baleine*, gefesselt und verstümmelt, sorgfältig bewacht – lassen die Luke, die zum Zwischendeck führt, nicht aus den Augen. Beim Anblick der leblosen Körper hinter dem Mast, ihrer blutbefleckten Hemden, wird Charlotte übel. Sie schluckt schwer, muss sich beeilen, die Zeit ist knapp; zwei Räuber machen sich bereits an der Luke zu schaffen.

Sie stürmt voran. Sie stellt sich vor, einer dieser Fische zu sein, die sie im Hafen von Lorient gesehen hat – flink, beweglich, sofort wieder verschwunden. Die Spange bohrt sich in ihre Hand, die Wunde am Finger schweigt. Sie taucht in den Schatten der vorderen Back vor der Tür ein.

Sie rechnet mit einem Aufschrei, mit Händen, die ihr Kleid packen. Nichts geschieht. Das Schloss fühlt sich kühl und hart an. Ihre Finger zittern so sehr, dass sie drei Versuche braucht, bevor es ihr gelingt, die Nadel der Spange unter dem Türknauf einzuführen. Sie drückt stärker, fühlt den Mechanismus widerstehen, unter dem Druck nachgeben, wieder zurückfallen.

Ein dumpfer Schlag ertönt, die Luke ist offen, ein Geräusch, das sie nach tagelangem schlechtem Wetter mit Erleichterung vernahm. Sie schaut kurz über ihre Schulter und bereut es sogleich. Sie hat keine Sekunde zu verlieren, sie sollte der Szene, die alle in Bann hält, keine Aufmerksamkeit schenken: Schwester Gertrude, die oben auf der Stiege steht und die Männer mit einer Pistole bedroht.

Als sie die Stimmen hört, denkt Charlotte zunächst an ein Schluchzen. Doch als sie lauter werden, versteht sie, dass die Piraten beim Anblick der bewaffneten Nonne in Lachen ausbrechen. Ein wildes, ungläubiges, unzähmbares Gelächter, das sagt: Weib, denkst du wirklich, du kannst uns einschüchtern? Charlotte hört Schwester Gertrude aufstöhnen, sie biegt erneut die Nadel im Schloss.

Als die Tür sich öffnet, fällt sie beinahe hindurch. Drinnen starrt sie die versammelte Mannschaft an. Die Matrosen reißen erstaunt die Augen auf, sie steht so nah an dem vordersten Mann, dass ihre Schultern sich berühren. Dann eilen die Männer lautlos an Deck, ein Schiffsjunge, der kaum älter ist als sie selbst, zieht sie von der Tür weg, tiefer in den Schiffsraum. Sie fährt sich mit der Zunge über die Lippen, kostet ihre Tränen und den Rotz. Draußen ist ein Durcheinander an Schüssen und Schreien zu hören, das Knallen der herabfallenden Segel. Das Rauschen des Wassers drängt sich in jeden Moment der Stille.

Sie lässt sich zwischen zwei Hängematten fallen, schiebt ein Würfelspiel zur Seite. Das Hemd, in das sie sich schnäuzt, stinkt so stark nach Tabak, dass sie niesen muss. Sie kauert sich zusammen. Wenn sie die Augen schließt, kann sie so tun, als hocke sie in einer anderen Schlafstätte, in der Salpêtrière und lausche auf die Schritte einer der Schwestern, darauf wartend, dass die Luft rein ist.

*

Das Zwischendeck ist vom ohrenbetäubenden Stimmengewirr der Frauen erfüllt. In der Luft liegt der Geruch nach Angst, säuerliche Schwaden, die Charlotte ins Gesicht schlagen, sobald sie unten an der Stiege ankommt, gestützt von Schwester Gertrude. Étiennette ergreift ihre Hand, noch bevor sich ihre Augen an das Halbdunkel gewöhnt haben, für einen kurzen Moment weiß Charlotte nicht, ob sie sie ohrfeigen oder küssen wird. Doch Étiennette legt ihr nur vorsichtig den Arm um die Schultern. Sie spricht ganz leise, sagt, komm, führt sie zu einer Matte an den Geschützluken.

Sie legen sich nebeneinander, Étiennette streicht sanft über die Bandage um ihren verletzten Finger.

»Pétronille weiß vielleicht, welches Kraut da hilft«, schlägt sie vor.

»Wie geht es ihr? Wo ist sie?«

»Dort, an der Wand zur Sainte-Barbe. Sie hat es runtergeschafft, kurz bevor Schwester Bergère die Luke geschlossen hat.«

Charlotte fühlt erneut, wie Pétronilles Finger ihr entgleiten, wie die Angst ihr den Magen zuschnürt. Sie zwingt sich, ruhig zu atmen. Pétronille ist in Sicherheit, sie selbst ist es auch. Sie folgt Étiennettes Blick. Pétronille sitzt vor dem Eingang zum Schwarzpulverlager; rechts neben ihr sitzen aneinandergedrängt Thérèse und ihre Freundin. Sie nehmen die Decken und das Essen an, die ihnen gereicht werden. Thérèses mit roten Blumen bestickte Haube ist verschwunden. Charlotte schlägt die Augen nieder.

»Pétronille war ganz außer sich bei dem Gedanken, ihr Matrose könnte von den Piraten zwangsrekrutiert worden sein«, erklärt Étiennette, »aber sie hat immer wieder gesagt, dass sie uns nicht mitnehmen würden. Sie fürchten die Rivalitäten, die Frauen an Bord eines Schiffes auslösen können.«

»Sie sind zu Schlimmerem fähig«, entgegnet Charlotte.

Sie wischt sich eine Haarsträhne aus dem Gesicht. Sie kann nicht über die Räuber sprechen, nicht auf Deck zurückkehren.

»Was hast du herausgefunden?«, fragt Charlotte.

»Was meinst du?«

»Ich habe dich kurz davor mit Schwester Gertrude gesehen.«

Ausnahmsweise stört es sie nicht, über Marceline zu reden. Aber Étiennette schüttelt den Kopf, wie um zu sagen, dass dies nicht wichtig sei. Sie wirkt tieftraurig.

»Und wenn ich etwas über Ihre Schwester wüsste, was würden Sie damit anfangen?«, sagt sie.

Charlotte braucht einen Moment, bis sie versteht, dass sie die Nonne zitiert. Étiennettes Gesicht wirkt mit einem Mal eingefallen, ihre feinen Züge haben etwas Grobes bekommen. Charlotte nimmt ihre Hand.

»Es tut mir leid.«

Die Worte von Schwester Gertrude verschaffen ihr nicht die erwartete Erleichterung. Sie sagen ihr: Alles, was man zurücklässt, verschwindet für immer. Charlotte begreift, dass sie das schon wusste.

Irgendwo unter ihr fauchen und murren die Katzen. Sie versucht ihre Finger, ihre Zehen zu bewegen, aber ihr klammer Körper wiegt so schwer, dass sie nur nachgeben müsste, um zu den Tieren ganz unten im Schiff zu gelangen. Sie hört Étiennette flüstern:

»Schwester Gertrude sagt, dass wir dir alles verdanken.«

»Wie bitte?«, fragt Charlotte.

Sie hört Étiennette den Satz noch einmal sagen. Stolz erfüllt sie. In der Salpêtrière wurde das als Sünde angesehen. Sie erkennt das Mädchen, das sie auf Deck war, nicht wieder, das aus dem Schutz des Beiboots herauslief, das ihr Leben aufs Spiel setzte, um die Matrosen zu befreien.

»Wo hatte sie die Pistole her?«, erkundigt sie sich.

»Angeblich hat einer der Polizisten sie ihr in Lorient anvertraut. Aber Pétronille schwört, dass sie sie nach unserem Halt in Saint-Domingue aus der Sainte-Barbe hat kommen sehen.« Sie zuckt mit den Schultern. »Ich weiß es nicht.«

»Und sie ist ihnen allein entgegengetreten?«

»Ja.«

»Sie ist mutig.«

»Das bist du auch.«

Charlotte schließt die Augen. Das Wellengeplätscher wiegt sie, sie fühlt sich ausgelaugt, wie betäubt. Mutig. Das Wort beruhigt sie, auch wenn es irgendwie falsch klingt. Sie fragt sich, wie Étiennette auf Deck reagiert hätte und ob man seinen Mut unter Beweis stellen kann, wenn man keine andere Wahl hat. Als sie darüber nachdenkt, wird ihr klar, dass sie eine hatte: warten, bis sie sie holen kommen, oder alles auf eine Karte setzen.

Und auch wenn das kein Mut ist, hat sie doch etwas am Leben gehalten. Dort oben brauchte sie niemanden. Sie denkt an die Superiorin, gern würde sie sie beruhigen, ihr sagen, dass sie die richtige Entscheidung getroffen hat. Sie hofft, dass Mademoiselle Pancatelin das auf gewisse Weise schon weiß.

Irgendwo am Rumpf nagt eine Maus am Holz. Charlotte lauscht ihrem ruhigen Atem, dem Platschen eines Fisches unter der Geschützpforte, dann der Stimme Genevièves, die fragt, wie es ihr gehe.

»Gut«, antwortet Charlotte. »Es geht mir gut.«

Sie weiß nicht, ob die anderen sie hören können. Sie spürt, wie ihr Körper mit dem Holzboden verschmilzt, mit dem Schiff dahinsegelt, eine Seerose auf dem Teich des Jardin du Marais, eine einsame Insel wird, was sie und die anderen Mädchen ohnehin bald sein werden, ob sie wollen oder nicht, wenn sie erst einmal in Louisiane sind.

TEIL ZWEI

»Land, Land!« Das Wort übertönt das Klackern der Segel, die Rufe der Rudergänger und das Rauschen der Wellen. Unverwechselbar. Manche Mädchen möchten am liebsten einstimmen – sie fürchten, das Ufer könnte verschwinden, sobald der Matrose verstummt. Sie werfen sich besorgte Blicke zu: Ein Kontinent sollte nicht so durchscheinend wirken. Auch nicht so schmal, ein einfacher Sandstreifen über der Wasseroberfläche. Ungläubig und wütend starren die Frauen die Uferlinie an. Sie sind so weit gefahren, um auf einer verlassenen Insel zu enden.

Die Böen bringen Gischt mit, und einen Moment lang atmen sie mehr Wasser als Luft ein. Als sie festen Boden unter ihren Füßen spüren, beginnt die Welt sich zu drehen. Sie kämpfen um ihr Gleichgewicht, reiben sich die vom Salz brennenden Augen. Sie sind von Wasser umgeben, die Insel könnte genauso gut ein Schiff sein. Sie kneifen im Wind die Augen zusammen, sehen die von Unwettern gebeugten Sträucher, die Krebse, die in die Wellen krabbeln. Noch wissen sie nicht, dass sie nicht die ersten Franzosen sind, die hier an Land gehen: Ein Jahr zuvor, nach einer albtraumhaften Überfahrt, wurden zwei Gruppen von Gefangenen aus der Salpêtrière ohne Nahrung und Wasser auf der Île aux Vaisseaux ausgesetzt, bevor die Überlebenden am Ende ans

Festland gebracht wurden. Ihre Spuren sind verschwunden, und doch läuft manchen Mädchen der *Baleine* ein Schauer über den Rücken. An diesem Ort spukt es nicht weniger als in der Salpêtrière.

Dann erblicken sie etwa zwanzig abgemagerte Männer, hinter ihnen lange Boote. Die Nonnen machen sich nicht die Mühe, ihnen zu erklären, dass sie noch nicht am Ziel sind. Die Matrosen werden sie bald nach Biloxi übersetzen.

Es wird noch mehrere Stunden der Fahrt übers Meer dauern, bevor die Frauen zum ersten Mal das Festland durch den blauen Dunst stechen sehen, der bis dahin den Himmel mit dem Meer zu verbinden schien. In den Booten wird es still. Louisiane ist nicht sonderlich beeindruckend. Glatt und reglos, wie alles, was weit weg ist – die Bewegungen sind ausgelöscht durch die Distanz, so bleiben nur die Schatten der Wolken auf der Erde und Bäume, verschwommen wie Kinderzeichnungen. Die Frauen studieren sie wie das Gesicht eines Unbekannten. Sie haben seit Monaten auf diesen Moment gewartet, und nun, da sie hier sind, spüren sie Unbehagen, sind unentschlossen, ein bisschen traurig. Was bleibt noch zu hoffen, wenn die Reise einmal vorbei ist?

5

Geneviève

Biloxi, Februar 1721

Geneviève kniet sich mit den anderen Frauen ans Ufer des Baches. Sie nimmt den Eimer, den sie kurz zuvor über den Kesseln vor dem Lagerhaus ausgeleert hat, in denen ihre Kleider schwimmen. Das einfache Gebäude, in dem die Nonnen sie nach ihrer Ankunft in Louisiane vor sechs Wochen untergebracht haben, steht den Schlafsälen der *Maison de Correction* in nichts nach: ein riesiger Raum, durch den der Wind pfeift, Balken, zwischen die sich zu oft Sonne und Mond drängen, Strohmatratzen, die vor dem Schlafengehen neu ausgelegt werden müssen. Seit dem gestrigen Unwetter ist das Holz mit Regen vollgesogen, die Feuchtigkeit wird erst in ein paar Tagen weichen. Die Halle ist dennoch eine Insel, ein Unterschlupf, der sie, wenn auch mehr schlecht als recht, vor der unbändigen Natur schützt. Geneviève stockt der Atem, als sie ihre Hände in das eiskalte Wasser taucht. Louisiane, seine unergründliche Landschaft setzt ihr wieder einmal zu – fedrige Bäume, roter Schlamm, weiche und wässrige Erde. Sie wird sie nie wirklich verstehen, und jeder Tag dieser ersten eineinhalb Monate in der Kolonie hat sie darin nur bestätigt.

Der Himmel wird im Morgengrauen heller, die Biberratten schlüpfen ins hohe Gras. Sie hat sich, so gut es geht, an die Geräusche gewöhnt. Auf dieser Seite des Atlantiks ist alles ungewohnt, sie ist ständig in Alarmbereitschaft. Sie würde viel dafür geben, einfache, vertraute Freuden zurückzuerlangen, und in diesem Moment, besonders jetzt, das halbwegs warme Strohlager, das sie mit Pétronille teilt. Ihre Gedanken kehren zum Eimer zurück, zu ihren bläulichen Fingern, zu dem, was sie tun muss. Dieser Morgen ist nicht wie alle anderen. Vor einer halben Stunde, vor der Laudes, ist Pétronille mit einer Energie aufgestanden, die Geneviève seit Wochen nicht bei ihr gesehen hat. Heute ist ihre letzte Gelegenheit, Baptiste wiederzusehen.

Geneviève hebt den zweiten Eimer hoch und richtet das Joch über ihren Schultern aus. Sie schließt den Mund, um die Mücken nicht zu schlucken, die gegen ihr Gesicht prallen. Links von ihr verliert sich der Bach zwischen den Bäumen, lässt auf dem Weg in den Pinienwald den nassen Garten mit den riesigen Blumen zurück. Hinter den fensterlosen Mauern des Lagerhauses sammelt Pétronille sicher die Kleider ein, die zwischen den Betten verstreut liegen. Geneviève weiß, dass die Zeit knapp ist. Bald werden sie alle verheiratet sein, so wie Étiennette seit Beginn des Monats. Die Frauen werden ihren Verlobten nach Biloxi folgen, die nächstliegende Stadt, dorthin, wo die Leute sterben.

Geneviève wird morgen Pierre Durand heiraten. Ihr kanadischer Verehrer auf Freiersfüßen hat sie ein zweites Mal besucht. Sie hat nicht damit gerechnet, dass er so schnell um ihre Hand anhalten würde, mit Worten, die sie beinahe komisch fand. Sie war peinlich berührt, bereit, sich so gut es geht zu verteidigen, und ihr entschlüpfte ein nervöses Glucksen. Aber ihr Verlobter hatte bereits auf dem Absatz kehrtgemacht, die Nonnen hatten ihre Verbindung einheitlich abgesegnet. Seitdem hat sie kaum an ihn gedacht. All ihre Aufmerksamkeit war auf Baptiste und Pétronille gerichtet, auf die Krankheit, die nicht mehr nur in Biloxi tötet.

Sie sieht, wie Schwester Bergère die Hütte betritt, die für die kranken Frauen errichtet wurde. Die Krankheit ist eine andere als die, die zwei Passagierinnen an Bord der *Baleine* dahingerafft hat. Sie färbt die Augen gelb, füllt den Bauch und den Hals mit schwarzer Galle, verwandelt das Licht in Gift. In Biloxi hat sie im letzten Monat in fast jedes Haus gefunden. Es gab so viele Todesfälle, dass die Hochzeiten verschoben wurden. Die Priester waren zu beschäftigt damit, am Lager der Sterbenden zu sitzen.

Sie wartet, bis das Gewicht gleichmäßig auf ihren Schultern liegt. In Frankreich hat die Seine ihre Finger gefroren und ihre Arme erschöpft, um sie Geduld zu lehren. Es war ihre Idee gewesen, am Waschtag zur Tat zu schreiten. Waschen bedeutete Paris und Paris bedeutete Amélie. Als sie am Morgen ihren improvisierten Schlegel nahm, konnte sie das Waschschiff beinahe vor sich sehen, den vom Gewitterregen gelben Fluss. Das Wasser von Louisiane ist nicht sanfter als das der französischen Hauptstadt.

Um sie herum lesen die Frauen Äste auf, um das Feuer in Gang zu halten. Geneviève sieht Pétronille aus dem Lagerhaus kommen und auf die Kessel zugehen, die Arme mit Hemden und Röcken beladen.

Der Gedanke, dass Baptiste in Biloxi sein und dort mit der Mannschaft der *Baleine* warten könnte, bis das Schiff nach Frankreich zurückfährt, ist seit ihrer Ankunft Pétronilles einzige Hoffnung: Sie wird ihn nie heiraten, aber ihr Liebhaber ist vielleicht noch nicht unwiederbringlich verschwunden. Zwei Wochen zuvor erzählte Pétronille Geneviève immer wieder, was Schwester Bergère gesagt und sie nicht hätte hören sollen: Die Matrosen der *Baleine* sind weniger als eine Meile entfernt von ihnen untergebracht. Auch Geneviève will daran glauben. Der erzwungene Abschied von Amélie ist immer noch in ihrem Körper zu spüren, in ihrer Brust, in ihren Mundwinkeln. Pétronilles Hoffnung ist auch die ihre – ein Zeichen, dass Louisiane ihnen trotz dieser miserablen Unterkunft und der verheerenden Seuche mehr zu bieten hat als Frankreich.

Geneviève kann gerade noch einem Erdhügel mit roten Ameisen ausweichen und geht zu dem Kessel, an dem Charlotte steht. Seit Étiennette verheiratet ist, hat sich die Kleine verändert, als hätte sie der Kummer geglättet, besänftigt. Es heißt, dass Étiennette und ihr Mann bald in eine andere Siedlung im Norden, am Ufer des Yazoo ziehen werden. Charlotte wird ihre Freundin genauso wenig wiedersehen, wie Étiennette ihre Schwester finden wird.

Unter den großen Blasen im Kessel kreisen die Hemden wie dicke weiße Fische. Was von ihrer Aussteuer übrig ist, schwimmt und tropft in der rosafarbenen Morgendämmerung. Charlotte schiebt, ohne hinzuschauen, die Kleider im Kessel umher, Geneviève kippt das Wasser aus ihren Eimern hinein. Der Plan, den sie für Pétronille geschmiedet haben, ist so simpel, dass er unfehlbar scheint: Baptiste, der durch die Gehilfin des Arztes Bescheid bekommen hat, wird sie vor dem Tor treffen, während Geneviève und Charlotte ein Ablenkungsmanöver durchführen.

Pétronille schwankt unter der Last der Röcke. Die ersten Sonnenstrahlen lassen ihr Haar rotviolett schimmern. Sie ist dünner geworden, die Anspannung lässt ihre Bewegungen steif wirken. Geneviève nimmt ihr den Stapel Schmutzwäsche ab. Sie zwingt sich zu einem neutralen Tonfall.

»Es ist Zeit. Du solltest jetzt gehen.«

Pétronilles Augen und Stirn glänzen. Sie legt eine zitternde Hand an ihre Wange.

»Was ist?«, fragt Geneviève.

Pétronille wirft einen Blick auf den Weg, der zum Tor führt, zu der lächerlichen Barriere, die vorgibt, das Lager von den endlosen Wäldern zu trennen.

»Nichts«, sagt sie, und sie geht, bevor Geneviève noch etwas sagen kann. Ihre Stiefel zerdrücken das feuchte Gras, und obwohl sie nichts mehr trägt, bleiben ihre Schritte unsicher. Geneviève würde ihr gern nachlaufen, aber sie muss handeln oder die Nonnen werden ihre Freundin aufhalten. Am Bach überwacht Schwester Gertrude die Mädchen mit den gesenkten Köpfen, Schwester Louise befestigt gerade eine Schnur an einem Ast, auf welche die sauberen Kleider gehängt werden sollen.

Es ist so weit. Geneviève hebt das erste Hemd über den Kessel, ihre Finger streifen Charlottes. Ihre Blicke treffen sich. Dann senkt Geneviève ihren Arm zu den Holzscheiten. In ihren Handflächen kribbelt das Blut. Sie lässt das Hemd los und das Feuer erfasst es auf der Stelle, zieht es ans Holz wie ein ausgehungertes Tier, nur dass nicht nur ein Kleidungsstück aus Genevièves Händen gleitet, sondern noch ein Korsett, Strümpfe, ein Rock. Die Kleider verfehlen den Kessel, winden sich in den Flammen, die viel lebhafter sind, als Geneviève erwartet hatte, und sich nach einer kleinen Brünetten strecken, ihr Kleid entzünden. Als die junge Frau zu schreien anfängt, eilen die anderen zu ihr.

Charlotte bewegt sich nicht. Sie hat den Stab fallen gelassen, mit dem sie im Wasser gerührt hat.

»Was hast du getan?«, flüstert sie.

»Keine Sorge«, antwortet Geneviève, sie hasst den rauen Klang ihrer eigenen Stimme.

Das Feuer wird bereits schwächer, die Sonne geht in einem gelben Nebel auf. Ein Rauchfaden steigt von der Verletzten auf, die in einen Strauch mit blauen Blüten gestürzt ist, die Nonnen kümmern sich um sie. Geneviève wendet sich dem Lagerhaus zu: Wenn die Schwestern entscheiden, den Arzt zu holen, würden sie Pétronille und Baptiste finden.

Der Hof am Ende des Weges ist leer. Der Wind spielt mit dem Laub, den Hühnerfedern; Geneviève ahnt, wie schrecklich die Stille wäre ohne den Gesang der Vögel. Sie eilt zur Barriere, rüttelt an dem Tor, das ihren eiligen Händen widersteht. Ihre Kehle ist so trocken, dass ihr das Schlucken schwerfällt. Aus dem Augenwinkel sieht sie links von sich einen weißen Fleck. Pétronilles Haube, die auf einem Büschel Brennnesseln liegt.

Ihre Freundin liegt auf der Erde, ein riesiger Skarabäus flitzt unter ihrem Handgelenk hervor. Die Sonne schiebt sich zwischen den Zweigen durch, die Apfelbäume und Eichen werfen lange Schatten auf das feuchte Gras, auf Pétronille. Sie atmet ruhig. Ihre Stirn fühlt sich warm und feucht an.

Bevor sie Hilfe holt, geht Geneviève noch einmal zum Tor. Der Regen vom Vorabend hat den erdigen Weg dunkel gefärbt. Sie sucht ihn mit Blicken ab, die Zypressen, zwischen denen er nach der ersten Biegung verschwindet. Im Schlamm ist nicht die kleinste Spur zu sehen, kein Wagen hat mit seinen Rädern Furchen gezogen. Baptiste ist nicht gekommen.

*

Am Abend nach dem Vorfall, als Geneviève und Charlotte erlaubt wird, in den Schlafsaal zurückzukehren, hat man

Pétronille bereits in die Krankenhütte gebracht. Die Frauen sprechen nur über das Mädchen, das Feuer gefangen hat, aber dank des Flusswassers, das ihr Kleid durchnässt hatte, verschont blieb. Schwester Bergère war hart geblieben: Mademoiselle Béranger müsse sich ausruhen, Geneviève und Charlotte würden für ihre Ungeschicktheit und Unachtsamkeit bestraft. Sie fasten, sagen das Ave-Maria wie angeordnet auf, verbringen aber nur ein paar Stunden in Isolation. Die Entscheidung der Nonnen gründet nicht auf Mitleid: Brand oder nicht, Geneviève und Charlotte sind verlobt. Ihre Freier würden nichts von dem Vorfall erfahren. Sie würden morgen verheiratet werden.

Genevièves letzte Nacht im Lagerhaus ist schwarz, die Dunkelheit so glatt wie hinter den Geschützpforten der *Baleine*. An Bord des Schiffes wurde der Mond zu einem riesigen weißen Leuchtturm, der von einem falschen Hafen kündete. Dann verschwand er, kleinlich und geizig, und gab das Wasser und den Himmel dem finsteren Atlantik zurück. Auf dem Zwischendeck kämpfte Geneviève gegen die Panik, die drohte sie zu verschlingen.

Heute Abend ist sie ruhig und wachsam. Sie wartet auf ihrem Lager ab, bis die Schritte der Wache sich entfernen. Sie tastet ihr Kleid ab, um sich zu vergewissern, dass die getrockneten Bohnen noch da sind. Sie hat sie am Nachmittag in ein Stück Stoff gewickelt – abgenutzt, vergilbt, männlich, etwas, das Baptiste hätte gehören können, das er in seiner Tasche gehabt haben könnte, an dem Novembertag, als das Schiff über den nördlichen Wendekreis fuhr.

Wenn die Nonnen die Bohnen in Pétronilles Hand entdecken, werden sie sie kochen, sie wegwerfen oder sie wären zu sehr damit beschäftigt, das Fieber zu senken, um ihnen Beachtung zu schenken. Aber Geneviève würde ihre Freundin an dem Tag, da sie zu sich käme, nicht vollkommen schutzlos zurückgelassen haben.

Draußen vor der Tür sticht ihr der beißende Gestank von Urin in die Nase. Geneviève kommt es manchmal so vor, als hätte sie die *Grande Force* bis hierher, über den Ozean verfolgt. Die Nachttöpfe stehen aufgereiht am Weg, so weit entfernt wie möglich von dem dachlosen Raum, durch den seit Mitte Januar jeden Tag die Männer schreiten.

Ihre Augen gewöhnen sich an die Nacht, die Sterne verraten die Bewegungen der Wolken. Sie erblickt eine zarte Gestalt, erkennt sogleich Charlotte. Geneviève kann ihre kindliche Erscheinung nur schwer mit ihrem Heldenmut an Bord der *Baleine* vereinbaren. Ihre Tapferkeit gibt ihr Hoffnung – in Louisiane würden die Frauen zu allem fähig sein. Aber Geneviève kennt auch den Preis für diesen Mut. Am Tag ihrer Ankunft auf der Île aux Vaisseaux blieb die Kleine starr auf ihrer Strohmatte sitzen, die Reste dessen, was sie ihre Meeresaussteuer nannte, lagen zu ihren Füßen auf der Erde verstreut. Man hatte ihr verboten, davon etwas mitzunehmen, dann gab Schwester Gertrude nach: »Die Spange«, hatte sie geseufzt. »Sonst nichts.«

Morgen, am ersten März, würden sie gemeinsam zur Kirche fahren. Charlotte kann den Namen ihres Zukünftigen noch immer nicht richtig aussprechen.

»Wenn du zu ihr gehst, könnten dich die Nonnen erwischen«, sagt sie und wendet sich zur Hütte um.

Geneviève liegt es auf der Zunge, dass sie, wenn Étiennette krank wäre, bereits an ihrem Bett säße. Aber diese hat das Lagerhaus vor Wochen verlassen, und Charlotte ist seitdem verändert. Geneviève hat sich an das schweigsame, manchmal lächelnde Mädchen gewöhnt, das sogar auf den Vorschlag der Nonnen einging, den Chor bei der Vesper zu dirigieren. Ein ermutigendes Zeichen. Seit dem Überfall der Piraten hatte sie sie nicht einmal singen gehört. Gestern, über dem brodelnden Wasser und den kochenden Kleidern, haben sich ihre Hände berührt – und einen Moment lang sah Charlotte sie an, wie sie früher Étiennette angesehen hatte.

»Du weißt genau, dass ich trotzdem hingehe«, flüstert Geneviève.

Charlotte zuckt die Achseln, geht davon; die Sorge kehrt in Windeseile zurück. Am anderen Ende des Gartens, in der Hütte, steht eine Kerze und kämpft gegen die Nacht. Sie kann sich nur schwer vorstellen, dass die Kranken sie angezündet haben. Kurz bleibt sie stehen, erwartet die Stimme von Schwester Gertrude zu hören. Doch da ist nur das Quaken der Frösche, tief und melancholisch.

In der Hütte ist die Luft stickig vom Geruch der Kranken. Der Brand vom Morgen ist mit einem Mal unbedeutend, die Hoffnung der letzten Tage absurd. Es erscheint ihr unmöglich, dass sich Pétronille noch vor einem Monat, auf der Île aux Vaisseaux, Schwester Gertrude widersetzte und Baptiste weiter zuwinkte, bis man sie zu den Booten schob. Geneviève sieht ihre Freundin noch vor sich, wie sie in der Piroge sitzt und den Männern, die die zweieinhalb Meilen von Biloxi gepaddelt waren, um die Frauen zu begrüßen, an die sie wahrscheinlich kaum zu glauben wagten, keine Beachtung schenkt. Das Wasser war so nah, dass es unmöglich schien, nicht hineinzufallen.

Pétronilles Hände sind so blass, dass die Adern sich in bläulichen Linien unter der Haut abzeichnen. Gegen das

Weiß ihres Geburtsmals wirkt ihr Mund wie eine Wunde. Dabei hat sie sich nie vor der Krankheit gefürchtet. Sie sprach nicht darüber, als würde sie nur die anderen betreffen. Geneviève bereut, dem Wiedersehen mit Baptiste so viel Aufmerksamkeit geschenkt zu haben. Sie fragt sich, ob es Vorzeichen gab, die sie hätte bemerken können, ob Pétronille hätte verschont bleiben können.

Vor ein paar Tagen hörte sie die Nonnen flüstern, dass der Gouverneur von Biloxi, Monsieur Bienville, verzweifelt sei. Die Seuche und die Hungersnot rafften die besten Arbeiter dahin, die reichlich mit Tabak oder Geld bezahlt, deren Werkzeuge manchmal von der Kompanie bezahlt wurden und die gekommen waren, um in Louisiane ihr Können einzubringen. Ohne sie würde die Kolonie zusammenbrechen. Ohne die Frauen würde sie mit dieser Generation enden.

Auf der anderen Seite der Matte liegt eine zweite Kranke, deren gelblicher Teint vom Kerzenlicht noch hervorgehoben wird. Sie haben in den fünf Wochen, seit das Fieber im Lagerhaus grassiert, nur vier Frauen verloren. Der Arzt konnte eine von ihnen retten – und diese Frau nährt Genevièves Hoffnung, ihre Überzeugung, dass Pétronille noch gesund werden kann.

»Pétronille«, sagt Geneviève und hockt sich neben die Matte.

Ihre Freundin öffnet die Augen. Kurz wirkt sie verloren. Dann lächelt sie sie an.

»Ist Baptiste schon da?«, fragt sie.

»Noch nicht.«

Auf Pétronilles Hand reibt sich eine Mücke ihre Facettenaugen wie eine sich putzende Katze.

»Du musst mir dann alles berichten«, fährt Geneviève fort.

»Morgen?«

»Wenn wir uns wiedersehen.«

Draußen läuft jemand durch den Schlamm, ein feuchtes Klatschen zwischen den Schreien der Eulen.

»Hör mir zu«, murmelt Geneviève, »wenn du hier rauskommst, such nach Madame Durand.«

Sie würde gern hören, wie Pétronille den Namen wiederholt, der morgen der ihre sein wird, aber ihr sind die Augen bereits wieder zugefallen. Geneviève versteckt das Tüchlein mit den Bohnen unter der Decke, an den hervorstechenden Rippen ihrer Freundin. Sie zuckt zusammen, als sie die Palmblätter rascheln hört, die als Tür dienen.

»Sie sollten im Bett sein.«

Schwester Gertrudes Augenringe sehen aus wie Weinflecken. Ihr Gesichtsausdruck ist seit dem Angriff an Bord der *Baleine* mürrischer geworden, die Gelassenheit und Selbstsicherheit, die sie in Frankreich ausstrahlte, sind verschwunden. Gestern, als Geneviève sah, wie sie sich besorgt über das verbrannte Mädchen beugte, bekam sie Gewissensbisse. Schwester Gertrude hatte schon genug miterlebt.

»Ich wollte mich von Mademoiselle Béranger verabschieden.«

»Sie sollten sie besser schlafen lassen.«

Geneviève weiß darauf nichts zu erwidern. Bevor sie geht, winkt sie Pétronille ein letztes Mal zu. Ihre Freundin wirkte noch benommener als in Lorient, als Geneviève ihr erneut sagte, dass es kein Baby mehr gebe, dass sie würde reisen können. Pétronille schüttelte den Kopf, und Geneviève verstand problemlos, was sie zu sagen versuchte: Einen

Moment lang hatte sie geglaubt, dass der Schmerz nie vergehen würde.

Geneviève konnte sie damals beruhigen: »Am Ende vergeht er immer.«

*

Geneviève hat entschieden, dass manche Erinnerungen zu schmerzhaft sind, um sie nach Louisiane zu begleiten. In Biloxi wäre ihr Haus klein, aber ordentlich gebaut, und ihre Tür würde sich zum Meer hin öffnen – sie würde noch im Bett wissen, wie das Wetter ist. Es würden ihr auch keine Frösche über die Füße hüpfen wie im Lagerhaus. In Frankreich besaß sie nichts außer dem, was Amélie ihr gegeben hatte, und die Erinnerungen an die Seidenraupenzucht in der Provence. Die Kolonie ist sicher groß genug, um ihr ein bisschen Raum zu geben. Geneviève würde niemanden um Erlaubnis bitten, bevor sie eine verrostete Kelle wegwirft. Sie würde ein Stück Flaschenkürbis unter den Giebel des Hauses legen, wo die Schwalben nisten. Sie würde sie vor streunenden Katzen beschützen.

Am Morgen ihrer Hochzeit steht Geneviève früh auf. Die Nonnen zeigen sich am Tag einer Vermählung nachgiebiger, hüten sich davor, die aufgeregten Mädchen anzufahren. Da die anderen Frauen bei der Zeremonie nicht anwesend sind, haben die letzten Stunden mit den Bräuten eine besondere Bedeutung. Geneviève hat sich mehr als einmal beteiligt und die Haare einer Unbekannten frisiert oder geholfen, ein Kleid zu kürzen. Dabei fühlte sie bereits, dass diese Handgriffe bald nicht mehr ihre wären und es eines Tages ihre Wangen wären, die man mit Rouge bestäuben würde.

Nur Thérèse und Jeanne sind die Vorbereitungen gleichgültig. Sie verbringen wenig Zeit mit den anderen, sprechen leise miteinander. Nach dem Angriff fühlte sich Geneviève zerrissen zwischen dem Bedürfnis zu helfen und der Gewissheit, dass nichts, was sie tun könnte, genügen würde. Sie erkundigte sich bei den beiden, ob sie Hunger hätten oder Durst, ob ihnen kalt sei. Thérèse antwortete mit anämischer Stimme für beide: »Danke, wir haben bereits eine Decke.« »Nein, wir bluten nicht mehr.« Ihre Augen verrieten, was sie nie zugegeben hätten: Wir haben noch nie so sehr gelitten.

Im Schlafsaal winkt Geneviève ihnen zu, und Jeanne nickt zur Antwort. Kurz nach ihrer Ankunft in Biloxi vertraute Pétronille ihr an, dass die beiden Frauen ihr Angst machten. »Das ist Unsinn«, entgegnete Geneviève, »sie brauchen uns.« Aber sie versteht ihre Freundin. In ihrer Nähe fühlt Geneviève sich manchmal auch bedroht. Sie weiß genau, was Pétronille zu sagen versuchte, weil sie den gleichen Gedanken hatte: Das hätte ich sein können, an jenem Tag an Deck.

Es bleibt ihr noch eine Stunde bis zum Aufbruch. Im Garten wendet sich Geneviève von der Hütte und der Wache vor der Tür ab, von Pétronille, die hinter der Bretterwand liegt. Sie pflückt eine Handvoll Magnolien für ihre Aussteuer. In Paris, an einem Wintertag, hatte Amélie ihr ein Seidentuch mitgebracht, das sie in Madames Boudoir gefunden hatte. Der Stoff war weich, klar, betörend – sie musste ihn nur berühren und war wieder in der Provence, in dem dunklen Raum, in dem die Augen von der Sonne erfundene Fantasiegestalten auf die Seidenrollen druckten. Geneviève spürte, wie der Stoff über ihre Brüste streifte, so leicht, dass sie sein Verschwinden erst bemerkte, als Amélies Lippen seinen Platz eingenommen hatten.

»Hast du dich verabschieden können?«

Charlottes Füße versinken in den feuchten Blütenblättern, ihr Bündel baumelt über den Dornenranken. Sie würde ihre Furcht davor, das Lagerhaus zu verlassen, nie eingestehen. Étiennette hätte sie sich vielleicht anvertraut, aber auch da ist sich Geneviève nicht sicher. Die Dinge sind einfacher, seit sie beschlossen hat, sich von den beiden fernzuhalten. An Bord der *Baleine* erinnerte Charlottes Umgang mit Étiennette – aufmerksam, selten überdrüssig, gefällig – Geneviève an die Art, wie sie sich Amélie gegenüber verhielt.

»Aber ja«, antwortet Geneviève.

»Ich dachte, man hätte dich isoliert.«

»Warum?«

»Ich habe Schwester Gertrude gestern Abend gehört.«

»Und du dachtest, sie hätte mich bestraft.« Geneviève schüttelt den Kopf. »Schwester Gertrude würde nicht wollen, dass mein Kleid am Hochzeitstag schmutzig ist«, erklärt sie und fügt hinzu: »An unserem Hochzeitstag.«

Charlotte senkt den Kopf, und Geneviève bereut sogleich, ihre Ehemänner erwähnt zu haben – aber die Kleine, Heldin oder nicht, wirkt manchmal so naiv, dass es schwerfällt, nicht dem Drang nachzugeben, sie aufzurütteln, nur ein bisschen. Sie nimmt einen der Stängel.

»Was machst du da?«

»Ich reiße die Blütenblätter ab«, antwortet Geneviève.

Pétronille wäre damit nicht einverstanden, aber sie ist nicht da. Geneviève zeigt Charlotte, wie man die Blüten zwischen die Kleider streut, wie man sie am Stoff der Tasche reibt, bis man ganz warme Hände bekommt. Sie schnürt das Bündel ein, damit der Duft der Magnolien nicht entweicht. Sie reicht Charlotte ihre Aussteuer mit dem Rat, sie erst zu öffnen, wenn es Zeit wäre.

*

Oft möchte Geneviève am liebsten die Nonnen verantwortlich machen, die sie in diese unheilvolle Kolonie verschifft haben wie die Fässer mit Schnaps, die sie im Hafen von Lorient gesehen hat. Die drei Schwestern sorgen sich weder um die Gesundheit noch um das Glück der Frauen. Sie denken nur an ihre Bäuche, an die Ehemänner, die sie zufriedenstellen sollen, die noch unbekannten Kinder.

Aber manchmal kann Geneviève nicht anders, als Schwester Gertrude als das zu sehen, was sie wirklich ist – eine der drei Unglücklichen, die die Sicherheit von neunzig Frauen garantieren sollen.

Kurz nach ihrer Ankunft in Biloxi wurde Schwester Gertrude zum Gouverneur gerufen. Als sie zurückkam, war ihr Gesicht ein Spiegel, zeigte Gefühle, die Geneviève so vertraut waren, dass sie den Blick abwenden musste. Erst nach ein paar Tagen gelang es ihr, in dem, was man sich erzählte, Wahres von Falschem zu trennen. Der Nonne wurde vorgeworfen, den Frauen erlaubt zu haben, an Deck zu gehen: wahr. Monsieur Bienville dachte, dass sie versucht habe, sie zu retten: falsch. Sie musste eine Strafe von hundert Pfund zahlen: falsch. Sie wird so rasch wie möglich nach Frankreich zurückgeschickt, sobald die *Baleine* bereit ist, wieder in See zu stechen: wahr. Sie wird mit der Erinnerung daran, was sie an dem Tag an Deck vorfand, leben müssen – die bläuliche Haut der Frauen unter der brennenden Sonne, die fliegenden Fische, die auf einem blutgetränkten Deck zappeln, Charlotte, die neben einer Hängematte im Mannschaftsquartier kauert. Wahr.

*

Der Priester der *Baleine* zupft seine Soutane zurecht. Die Kapelle hat mit einem Ort der Andacht, wie sie ihn kennen, nichts gemein, sondern ist der Stadt oder eher dem Dorf entsprechend kläglich. Ein paar Bänke, ein improvisierter Altar und darüber eine brutale Darstellung Christi, dessen bläuliche Gestalt in einem Holzrahmen schwebt. Pater Jean Richard fühlt sich hier sichtlich wohler als an Bord des Schiffes, an dem Tag, als Pétronille lachend die mysteriösen Zeichen eines Matrosen entzifferte. Nun, da sie krank ist, spürt Geneviève Trauer bei dem Gedanken an das grünblaue Meer, den windigen Nachmittag, an dem noch alles möglich schien.

Rechts neben ihr schlägt Charlotte die Beine übereinander, entschuldigt sich, als sie dabei die dritte Braut streift, die nicht aufhört, in ihren Sachen zu wühlen. Geneviève hat nur ein paar Minuten gebraucht, um im Lagerhaus ihre Kleidung einzusammeln. Sie wird nicht mehr dorthin zurückkehren. Aber eines Tages wird sie Pétronille wiedersehen.

»Meine Damen.«

Schwester Gertrude bleibt auf ihrer Höhe stehen. Sie wirkt etwas außer Atem.

»Sie gehen eine nach der anderen zum Altar, wo Ihr Ehemann warten wird«, erklärt sie. »Vergessen Sie nicht Ihre Aussteuer. Es wäre bedauerlich, wenn Sie nur einen Rock mitnähmen.«

Die Nonne spricht ihrer Gewohnheit entsprechend schnell. Dann verstummt sie. Sie wirft ihnen einen Blick zu, ob besorgt oder erleichtert, kann Geneviève nicht sagen. Hinter ihnen öffnen sich die Türen.

Pierre Durand ist der kleinste der drei Männer, die durch den Mittelgang kommen. Selbst bei seinen Besuchen wirkte er abwesend, als hätte man ihn gegen seinen Willen zum Lagerhaus geschleppt. Seine Stimme war tiefer als die der anderen Anwärter, eine dieser Bassstimmen, die Hunden und Jungen Respekt einflößen, die Kinder erschrecken oder in den Schlaf wiegen. Er hat breite Schultern, ein markantes Kinn und helles Haar, das im Sommer sicher blond wird. Geneviève hat keine Angst vor ihm. Sie hat immer gewusst, dass es sie etwas kosten würde, die Salpêtrière zu verlassen.

Später sollte sie sich kaum an die Zeremonie erinnern. Im Gegensatz zu Étiennette hat sie nie von Sträußen, Mitgift und Aufgebot geträumt. Noch in Paris, dachte sie nicht einmal, dass sie einmal heiraten würde. Aber sie hätte sich auch nicht vorstellen können, dass es mit ein paar Gebeten und Versprechen getan sein könnte, mit Kerzen, die bei jedem Atemzug des Priesters flackern, und ihrer eigenen distanzierten Stimme, die immer wieder »Ja« sagt. Dem Geruch von Schweiß und Weihrauch, dann dem ihres Mannes, seiner frisch rasierten Haut, die an ihrer Wange reibt, seiner rauen Hand in ihrer. Aus seinem Pelzmantel dringt ein tierischer Geruch, der sie gleich in die Gerbereien am Ufer des Bièvre zurückversetzt. Als Charlotte zum Altar schreitet, greift Geneviève bereits nach ihrem Bündel. Die Magnolienblüten zwischen ihren Fingern riechen nach vergessenen Sträußen.

Durand öffnet die Kirchentür, und Geneviève folgt ihm, in diese Stadt, die ihr ebenso fremd ist wie der Mann an ihrer Seite.

*

Genevièves Haus in Biloxi besteht aus Zypressenholz, die Spalten sind mit spanischem Moos gefüllt. Damit kann sie sich glücklich schätzen: Die meisten Gebäude sind einfache Hütten. Den Ozean kann sie von ihrem Fenster aus nicht sehen, aber einen mit Unkraut überwucherten Hof, mit einer umgedrehten Piroge, unter der sich die Hühner eingraben und aus deren Schatten sie manchmal geschlossen hervorkommen. Das Haus ist eines der wenigen, die weiß gekalkt wurden, und nach dem schummrigen Lagerhaus wirkt die Sonne hier mutiger. In der Küche gibt es einen Kochtopf, Messer, mindestens zwei Pfannen, Fettflecken, die nicht mehr weggehen werden. Die Matratze im Schlafzimmer verschwindet unter einem Berg von Pelzen und gesprenkelten Rothaardecken, die von Weitem aussehen wie schlafende Hunde.

Pierre war noch nie in Paris. Er stammt aus Nouvelle-France, einer Region im Norden, wo allerlei Arten von Murmeltieren und Nagern leben, dessen Felle nun ihr Bett bedecken. Er lacht, als Geneviève ihn bittet, das Land zu beschreiben, in dem er aufgewachsen ist. »Die Leute in Québec sind viel widerstandsfähiger. Sie schlafen nicht von Geburt an in Seide wie ihr in Frankreich.« Gern würde sie ihm sagen, dass die Pelze bestimmt mehr wert sind als die fadenscheinigen Laken, unter die sie in der Provence schlüpfte, dass die Seide für andere bestimmt war. Doch sie lächelt nur.

In den ersten Tagen lächelt sie viel. Für ihren Mann, für sich selbst. Sie will glauben, dass sie in Louisiane glücklich werden kann. Sie weiß, dass sie Glück hatte. Andere Frauen sind mit ehemaligen Verurteilten verheiratet, denen Diebstahl oder Schlimmeres vorgeworfen wurde, die einer Frau nichts bieten können und deren Kinder halbnackt aufwachsen würden und mit kaputten Zähnen, abgenutzt von den Wurzeln, die sie aus der Erde ziehen. Geneviève kann nicht anders, als Mitleid zu empfinden. Sie kennt die zermürbende Kraft der Armut, die nach und nach ihre Familie ausgelöscht hat. Sie ruft sich in Erinnerung, dass sie in Frankreich schließlich auch eine Kriminelle war.

Sie denkt oft an Pétronille – an die abgehackten Worte, die ihr über die gelben Lippen kamen, was sie tun würde, um sie wiederzusehen. Sie sagt sich immer wieder, dass sie geduldig sein muss. Wenn sie allein zu Hause ist, schiebt sie die Möbel beiseite, um Staub zu wischen, verscheucht die fetten Insekten, bei deren Anblick sie erschauert. Die Gartentür führt in den Wald und zu den Tieren darin, die nur in Gestalt ihrer Schreie existieren, ihres Knurrens, der Geräusche ihrer Pfoten und Krallen, die diesem zu dichten Wald zusetzen. Sie mag sich nicht ausmalen, was dort herauskommen könnte.

Abends lobt Pierre sie manchmal für ihre Sträuße aus Wildblumen, deren ungleiche Stiele sie in einen angeschlagenen Krug stellt. Wenn sie am Kamin sitzt, sieht sie seinen Arbeitstisch und seine gebeugte Gestalt, neben seinen tintenfleckigen Fingern wird die Markknochenbrühe kalt. Wenn es Zeit ist, ins Bett zu gehen, erwachen die Pelze über ihren Bewegungen zum Leben. Geneviève spielt mit. Zuerst gab es keine Küsse, dann waren seine Zähne zu spüren, doch nun sucht er ihre Lippen mit mehr Zärtlichkeit. Er hat die peinliche Hast der ersten Nächte abgelegt, in denen sie in seinen Gesten die Brutalität des Kontinents wiedererkannte, die ölige Schwärze der Wälder, die erdrückende Einsamkeit der wenigen hundert Männer, die sich an den Ufern der Flüsse verteilen. Sie spreizt die Beine, legt ihre Hände auf seinen massiven Rücken, führt ihn in sich hinein. Er kommt immer schweigend, also muss sie seinem Atem trauen, dem Gewicht seines Bauchs auf ihrem, um zu wissen, wann sie sich lösen muss. Dann zieht er sich ans Ende des Bettes zurück, überlässt sie der Nacht, die hier nie still ist.

*

Neuigkeiten aus dem Lagerhaus erhält sie drei Wochen nach ihrer Hochzeit. Im Hauptraum schenkt ihr Mann seinem Geschäftspartner und einem Lotsen Cidre ein. Aus ihren Stimmen ist die Sorge herauszuhören; sie sprechen schon seit einer halben Stunde über die Boote, die nötig sind, um die Dutzenden Arbeiter zu den Konzessionären der Kompanie zu bringen. Auch die *Baleine* beförderte Arbeiter, die auf dem Weg nach Pascagoula waren, wo sie die Ländereien von Madame Chaumont und anderer reicher Grundbesitzer bestellen würden. Die Konzessionäre strömen weiter aus Europa herbei. Sie gehen auf der Île aux Vaisseaux an Land, irren über den blendend weißen Sand von Biloxi, wagen sich ins Schilf am Ufer der Bayous, schlafen unter den Pinien. Arbeiten können sie nicht. Sie warten.

Geneviève, die in der Küche ein Huhn ausnimmt, erkennt den Lotsen wieder, den Mann, dessen Lächeln stets auf der Kippe zum Lachen zu stehen scheint, Charlottes

Mann. Sie hofft, dass sie sich in der ersten Nacht nicht geziert hat. Sie erinnert sich an den Tag, als Charlotte zum ersten Mal ihre Regel bekam, kurz nach ihrer Ankunft in Louisiane, an die Krämpfe, die das Blut aus ihren Wangen zogen. Sie hofft, dass sie in der Hochzeitsnacht nicht so sehr gelitten hat. Sie hätte ihr raten sollen, sich nicht zu rühren, sich auf ihre Atmung zu konzentrieren. Aber in Paris hat Geneviève auch nie jemand etwas erklärt.

Sie greift ein letztes Mal in die Eingeweide des Vogels, schrubbt ihre schmutzigen Nägel. Hinter der Wand werden die Stimmen lauter. Biloxi und seine erschöpften Handwerker, die sich mit Austern vollstopfen, um nicht zu verhungern, den Schlangen die Frösche entreißen, um damit zu fischen, und der dringende Bedarf an Pirogen, die sie dort hinbringen sollen, wo sie erwartet werden. Nicht nur weiße Männer – die ersten versklavten Afrikaner, die aus einem Ort namens Ouidah verschleppt wurden, sind von Bord der *Duc de Maine* und der *L'Africain* gekommen. Mehr als fünfhundert Männer, Frauen und Kinder, die in Biloxi festsitzen, dazu verdammt, hier zu verhungern, nachdem sie wie durch ein Wunder die Reise überlebt haben. Geneviève hat vor dem Halt der *Baleine* in Saint-Domingue noch nie einen Schwarzen Menschen gesehen.

»Sie sollten uns danken«, sagt der Partner zu Pierre in seinem Singsang – der Waldläufer, einer der Trapper, die blutige Felle aus den Wäldern mitbringen. »Sie würden immer noch Trockenfleisch essen, wenn wir Sie nicht zum Lagerhaus gebracht hätten.«

»Ich habe Zeit gebraucht«, antwortet Pierre.

»Wenn Sie immer noch welche brauchen, vertrete ich Sie gern!«

»Nicht nötig. Es sind noch Dutzende Frauen übrig.«

»Bis keine mehr da sind.«

Jemand spuckt.

»Ich wette, dass sie alle verheiratet sind, bevor der Frühling vorbei ist«, fährt der Partner fort.

»Wenn sie nicht der gelben Seuche zum Opfer fallen.«

»Düstere Aussichten.«

»Tödlich, wollen Sie sagen. Gerade wurde ein weiteres Mädchen beerdigt.«

»Um Ihre Frau mache ich mir keine Sorgen«, antwortet der Waldläufer. »Sie wirkt so kräftig wie eine Kanadierin.«

Ihr Ehemann, kaum hörbar, daraufhin:

»Aber sie wird nie eine von uns sein.«

Geneviève legt das Messer neben den Vogel. Ihr Herz schlägt so schnell, dass sie glaubt, die Männer könnten es hören. Wie immer, wenn ihr nach Weinen zumute ist, ruft sie sich die eiskalte Zelle in Erinnerung, aus der sie nie hätte entkommen sollen. Doch heute schenkt ihr dieser Gedanke keinen Trost. Sie hat gegen dieses Gefühl der Leere bereits als Elfjährige gekämpft, im höllischen Gestank der Gerbereien. Die Hauptstadt erschien ihr damals so weit weg vom Zuhause ihrer Kindheit wie heute Louisiane von Paris. Nach Lorient, nach dem Überfall und der Wartezeit kann sie Pétronille, ihre einzige wahre Freundin, nicht verlieren. Die beiden Männer gehen. Sie wischt sich das Gesicht mit ihrer Schürze ab.

Am Abend, nachdem sie die Decke über den nackten Rücken ihres Mannes gezogen hat, streicht Geneviève über seinen Nacken. Pierre legt seine Wange zwischen ihre Brüste. Sie sieht sein blondes Haar und seine Kopfhaut, so glatt und gespannt wie der Bauch einer Schwangeren. Sie atmet tief ein, bevor sie spricht:

»Ich hatte gehofft, Madame Charpillon morgen einen Besuch abstatten zu können.« Es fällt ihr schwer, den Anblick von Charlotte in der Kirche mit der Frau zusammenzubringen, die sie nun »Madame« nennt.

Sie fühlt Pierres Knie an ihrem Oberschenkel. Er deckt sie beide zu. Als er die Kerze ausbläst, berühren ihre Lippen seinen Schnurrbart.

»Tun Sie, was Sie für richtig halten«, sagt er.

Im Dunkeln findet seine Hand die ihre.

»Aber kommen Sie vor Einbruch der Dunkelheit zurück.«

*

Charlotte würde mehr über Pétronille wissen. Geneviève hätte es einrichten können, sie auf dem Markt zu treffen, auf dem manchmal dürftige Rationen Lebensmittel verkauft werden, aber Pierre hat ihr erklärt, dass Monsieur Charpillon seine Frau nicht allein aus dem Haus gehen lässt, aus Sorge, dass ihr etwas zustoßen könnte. Pierre teilt diese Sorge offenbar nicht.

Von Stechmücken umschwirrt geht Geneviève die schmutzige Straße hoch, entlang der Hütten, die als Häuser dienen. Sie begegnet dem steingrauen, schiefwinkligen Blick der Ziegen, schaut in die wachsamen Augen der Jungen, die die dürren Tiere begleiten. Über ihnen fliegen die Fregattvögel zum Meer, ihre roten Kehlen erglimmen am Mittagshimmel.

Seit man sie in die *Grande Force* eingesperrt hatte, war Geneviève kaum allein unterwegs gewesen – jedes Mal ein berauschendes und beängstigendes Gefühl. In Paris warf sie nur selten einen Blick über die Schulter. Die Straßen waren ihr so vertraut, dass sie, sobald sie in den Hof der Marquise trat, sich nicht einmal daran erinnern konnte, an der Apotheke und den ausgenommenen Seeteufeln, dem schmelzenden Brie und den braunen Eiern in Les Halles vorbeigekommen zu sein. Sie wusste, dass sie ihr Ziel ebenso sicher erreichen wie sie dort am nächsten Morgen schmutzige Wäsche erwarten würde. Hier ist nichts sicher.

Charlottes Haus ist kleiner als ihres, das Holz der Pfosten derb. Selbst der Türknauf wirkt baufällig. Geneviève weiß, dass Monsieur Charpillon, ein einfacher Lotse, nur bei ihnen war, weil er Pierre nützlich sein kann. Charlotte erscheint auf der Schwelle und erstarrt bei ihrem Anblick. Sie hat abgenommen, ihr graues Kleid lässt sie ernst wirken. Aber ihre Gesten, ihre Art, die Wange an den Türrahmen zu legen, sind die eines Kindes.

»Wer ist es?«

Charlotte hat die Lippen nicht bewegt. Die Stimme kommt aus dem Hausinneren, und Geneviève erkennt sofort Étiennettes neugierigen, dringlichen Tonfall. Charlotte lässt die Tür so plötzlich los, dass sie beinahe Genevièves Fuß damit trifft.

»Na dann, komm herein«, sagt sie.

Im engen Flur zögert Geneviève, ob sie anbieten soll, später wiederzukommen. Sie versteht nicht, was Étiennette noch in Biloxi zu suchen hat, wo sie doch ihrem Mann nach Fort Saint-Pierre hätte folgen sollen, an den Fluss Yazoo, aber sie kann sich Charlottes Freude, als sie erfahren hat, dass ihre Freundin nicht gegangen ist, leicht ausmalen. Sie stört das Wiedersehen, nimmt Charlotte den Augenblick, von dem sie geträumt haben muss.

Sie zwingt sich, die Dinge anders zu sehen: Étiennette lebt seit Monaten in Biloxi, sie ist vielleicht besser informiert. Im großen Raum setzt ihr Étiennette zwei schmatzende Küsse auf die Wangen, bevor sie wieder auf ihrem Hocker Platz nimmt.

»Eindeutig ein Tag voller Überraschungen«, stellt sie lächelnd fest.

Beim Anblick ihrer runden Wangen und ihres neuen Kleides fragt sich Geneviève, wen sie das Glück hatte zu heiraten. Étiennette hat vermutlich den kleinen Krug und das Brot, die auf dem Tisch thronen, mitgebracht – das blaue Tuch, in das der Laib gewickelt ist, gehört nicht in Charlottes bescheidenes Zuhause.

»Zuerst kommt mein Mann zur Vernunft und erlaubt mir, das Haus zu verlassen«, fährt Étiennette fort. »Dann klopfst du an Charlottes Tür.«

»Ich wusste nicht, dass du immer noch in Biloxi wohnst.«

»Monsieur Feuger hat mich nicht so weit fortgeschafft wie gedacht«, erklärt Étiennette. »Den Yazoo habe ich nie gesehen, nur die paar Straßen hier.«

Sie lacht, zupft ihren Schal zurecht und sagt weiter:

»Männer sind Lügner. Ich dachte mir, dass Charlotte nichts ahnen würde, aber von dir nahm ich an, du wärst weniger naiv.«

»Ich hatte Angst, enttäuscht zu werden«, wirft Charlotte ein.

Étiennette umfasst ihre Taille, zieht sie an sich. Charlotte versteift sich, den Krug in der Hand.

»Dieses Mal wärst du es nicht gewesen«, sagt Étiennette.

Sie lässt den Arm wieder sinken. Ein dicker, dunkler Sirup fließt über das Brot, und Geneviève erkennt den Zucker aus der Rinde der Bäume, die Pierre so schätzt. Als Charlotte ihr einen Teller reicht, schaut Geneviève sie erstaunt an. Sie hätte nicht gedacht, dass ihr der unpassende Besuch so leicht verziehen wäre.

»Weißt du etwas über unsere Kameradinnen aus dem Lagerhaus?«, fragt Geneviève.

»Nein.«

»Ich schon«, unterbricht Étiennette.

Sie faltet abwesend das blaue Tuch. Ihr selbstsicheres Auftreten ist irritierend, fast ärgerlich.

»Der Partner meines Mannes sucht eine Frau«, fährt Étiennette fort. »Gestern hat er mit Monsieur Feuger darüber gesprochen.«

»Was hat er erzählt?«, fragt Geneviève.

»Es scheint, dass ein weiteres Mädchen gestorben ist.«

Geneviève schiebt den Teller von sich, ihr ist schlecht vom Zucker.

»Wer?«, fragt sie.

»Pétronille ist kurz vor unserem Weggang krank geworden«, wirft Charlotte ein, während sie mit der Rückseite eines Löffels Sirup verstreicht, den Blick auf die fast schwarz gewordene Scheibe Brot gerichtet. Sie erklärt, dass Geneviève Pétronille zuletzt vor einem Monat gesehen hat und sie seitdem keine Neuigkeiten haben. »Weißt du mehr?«

»Er hat kein Geburtsmal erwähnt«, antwortet Étiennette.

Geneviève wischt sich den Schweiß vom Gesicht. Étiennette redet weiter: Sie hätte gern an der Beerdigung teilgenommen, aber Monsieur Feuger ließe sie nirgendwo hingehen. Eine einheimische Dienerin ginge auf den Markt und kümmere sich um das Essen.

»Eine Dienerin«, wiederholt Charlotte. »Welch Luxus.«

»Luxus?«, fragt Étiennette.

Ein kurzes, hohes Lachen entfährt ihr.

»Meine Liebe, man sieht, dass du noch nicht lange hier lebst. Du wirst schnell lernen. Übrigens«, an Geneviève gewandt sagt sie, »bin ich überrascht, dass dein Mann dir erlaubt, zu kommen und zu gehen, wie du willst, nach dem, was passiert ist.«

Geneviève gefällt das Mitleid nicht, das sie in ihrem Blick liest. Die Frau, die vor ihr sitzt, hat mit dem Mädchen, dem sie in Paris begegnet ist, nichts mehr gemein.

»Was meinst du?«

»Monsieur Feuger hat mir die Geschichte seiner ersten Frau erzählt. Die Kanadierin, die ihrem Mann hierher gefolgt ist.«

Die Feuchtigkeit ist auf einmal erdrückend. Draußen singt ein Vogel immer dieselbe Note.

»Es ist Zeit, ich muss gehen«, sagt Geneviève.

»Sie ist letzten Winter gestorben«, spricht Étiennette weiter. »An der gleichen Krankheit.«

»Étiennette«, unterbricht Charlotte.

»Was ist? Ich dachte, dass sie gewarnt sein will. Schau sie an, natürlich will sie es wissen. Dein Mann, Charlotte, ist dafür bekannt, in die Hütten am Strand zu gehen, die, wo …«

Dieses Mal unterbricht Geneviève sie, fragt sie zu den Booten aus, zu den Konzessionären und ihren geheimnisvollen Zielen. In Charlottes Wangen kehrt nach und nach die Farbe zurück. Sie hört Étiennette zu, wie sie Fort

Rosalie beschreibt, seine riesigen Plantagen, seine Dutzende von Tabakfeldern, sogar die Pferde.

»Seid ihr schon mal geritten?«, fragt sie.

Geneviève und Charlotte schütteln die Köpfe. Sie sind noch nie geritten, Étiennette weiß das genau. Geneviève hat ihre Boshaftigkeit satt. Sie wischt die Krümel von ihrem Rock und sagt:

»Fort Rosalie scheint dir zu gefallen. Bist du sicher, dass dein Mann dich nicht doch dorthin mitnehmen will?«

Zum ersten Mal wirkt Étiennette überfordert. Sie antwortet zögerlich.

»Natürlich, sonst wären wir bereits auf dem Weg, wir hätten eine Piroge gekauft.«

»Die sind so rar«, bemerkt Geneviève.

»Er hätte mir Bescheid gesagt«, insistiert Étiennette. »Er würde seine Stelle als Verwalter der Lagervorräte nicht aufgeben und …«

Charlotte ergreift Étiennettes Hand.

»Du würdest es wissen«, sagt sie.

Étiennette drückt ihre Finger. Sie wirft einen Blick nach draußen, auf das Dach des einzigen Vorratslagers der Kompanie. Vom Meer her kommt schlechtes Wetter, der Himmel sieht aus wie verwundet.

»Die Nachbarin hat keine Milch mehr, und ihr Baby hält mich jede Nacht wach. Am Strand habe ich schon Männer um ein Stück Brot kämpfen sehen.« Sie schaut sie an. »Die letzten beiden Monate in dieser Stadt waren unerträglich lang. Und ihr wart dort, alle zusammen.«

Charlotte hält immer noch Étiennettes Hand. Geneviève zieht an den Bändern ihrer Haube, bis sie in die Haut an ihrem Hals schneiden. Sie versucht zu lächeln, als sie fragt:

»Aber wie würden wir denn ohne dich die Geheimnisse von Biloxi erfahren?«

*

In der Nacht nach ihrem Besuch bei Charlotte schiebt sich ein warmer Wind durch die Straßen, weht den Gestank von Exkrementen, stehenden Gewässern und welkenden Blumen in das Dorf. Zwei Bilder lassen Geneviève nicht los: die geheilte Pétronille, die auf ihrem Bett im Lagerhaus schläft, und die erste Frau ihres Mannes, die im gelben, piniensaftgetränkten Schlamm liegt. Ihre zarte Annäherung an Charlotte, Étiennettes Auftreten, das alles verdrängt sie für den Moment. Sie kann nicht anders, als an die so karge Beschreibung zu denken, die Étiennette von dem kurz zuvor gestorbenen Mädchen gegeben hat.

»*Tabarnak!*«

Pierre steht mit durchnässter Jacke im Hof und flucht. Geneviève schließt hinter sich die Haustür. Ihr Mann leert einen weiteren Eimer über der Piroge aus.

»Brauchen Sie Hilfe?«, fragt sie.

»Bitte, ja.«

Sie geht auf ihn zu, und die Hühner machen ihr leise gackernd Platz. Pierre hebt einen der letzten Behälter hoch.

»Ich brauche mehr Wasser«, sagt er.

»Was machen Sie da?«

»Das Zypressenholz. Wenn es nicht regelmäßig befeuchtet wird, bekommt es Risse. Dann geht das Boot womöglich unter.«

Geneviève fragt sich plötzlich, ob heute Abend sie an der Reihe ist – »Männer sind Lügner« –, ob ihr Mann ihr heute Abend von einer weiteren endlosen Reise berichten wird, dieses Mal über den Saint-Louis. Sie würde nie erfahren, ob Pétronille überlebt hat.

»Wir werden Biloxi doch nicht verlassen, oder?«

»Nein, ich verkaufe das Boot einem Offizier, den ich heute getroffen habe. Wenn sie auf den Gouverneur zählen, um Pirogen zu bekommen, gelangen sie nicht vor Neujahr nach Fort Rosalie.«

Er reicht ihr den Eimer.

»Es muss gleichmäßig verteilt werden. So. Noch ein bisschen, gießen Sie es über die Bank, genau so.«

Der Eimer ist schwer, aber nicht mehr als die, die sie früher in die Kessel des Waschschiffs gekippt hat.

»Haben Sie heute Madame Charpillon gesehen?«, fragt Pierre.

»Ja, und eine weitere Freundin. Eine unserer Kameradinnen ist von uns gegangen.«

Pierres Schultern fallen ein. Als er weiterspricht, überrascht sie sein Tonfall.

»Ich möchte nicht, dass Sie sich diesem Ort nähern. Die Krankheit breitet sich schneller aus als …«

Er zeigt auf das Wasser, das im Holz des Bootes versickert.

»Ich verbiete Ihnen, auch nur das kleinste Risiko einzugehen. Verstanden?«

Das Gras ist violett, der Himmel rosa und Geneviève kann nicht mehr viel erkennen – die Hühner sind nur noch Schatten, das Gesicht ihres Mannes eine Kohleskizze. Zum ersten Mal begreift sie, dass Pierre an ihr hängen könnte.

»Ja, gut«, antwortet sie.

Er nickt, seine Finger umklammern den Henkel. Er legt ihr eine Hand auf die Schulter.

»Gehen Sie hinein«, fügt er hinzu. »Ich gehe zum Brunnen.«

Geneviève lässt sich beim Tragen der Eimer helfen. Sie sagt ihm nicht, dass sie es allein schaffen würde.

*

Ende Mai legt sich eine klebrige Wärme über Biloxi. Die Piroge ist verkauft und die Hühner laufen rastlos über die nackte Erde, das fehlende Gras ein letzter Hinweis auf die Existenz des Bootes. In nicht einmal zwei Wochen würden die Kanus die Arbeiter und mehrere Familien in die Konzessionen bringen.

Der Hof ist ein Glutofen. Geneviève steht vor dem Morgengrauen auf, um zu kochen, sie striegelt die Kuh, die Pierre mit dem Geld für das Boot gekauft hat, tauscht Krüge mit Milch gegen Kartoffeln mit nussigem Aroma, aus denen sie Marmelade kocht. Seit ein paar Wochen ist ihr Mann aufmerksamer. Abends bleiben sie lange wach, das Fett des Schmorfleischs verfestigt sich am Boden ihrer Schalen, wird weiß und schmierig. Geneviève wagt es nicht, ihn auf Pétronille anzusprechen. Sie ist vorsichtig bei Pierre, nicht, weil sie seine Reaktion fürchtet, sondern weil sie gelernt hat, dass er nur selten seine Meinung ändert, wenn er eine Entscheidung einmal getroffen hat.

Sie vergleicht ihn nicht mit Amélie. Das käme ihr absurd vor.

Sie hört zu, wenn er die Insel von Montréal beschreibt, die endlosen blauen Wälder, die die Flussarme umschließen, ein gefrorenes Boot, das man im Eis eines Wasserlaufs entdeckt hat, und seine erstarrten Insassen, ihre wächsernen Wangen und ihre reglose Haltung, so statisch wie die Bäume um sie herum. Wenn Pierre sich erinnert, schaut er auf eine bestimmte Art zur Decke, als würde er aus dem Augenwinkel eine Szene beobachten, die sich dort, direkt über ihnen, erneut abspielt. Seine Eltern sind richtige Nordmenschen, in Québec geboren, und seine ältere Schwester Laure wird bald ins Land der Illinois ziehen. Geneviève ist dankbar: Er erwähnt seine erste Frau nie.

Er erzählt ihr von den Irokesen. Den Begriff »Indianer« verwendet er selten. Wenn Geneviève ihn benutzt, fragt er, welchen Stamm sie meine, und sie muss dann zugeben, dass sie es nicht weiß. Er lächelt sie an, fährt mit seiner Geschichte fort, wo er sie unterbrochen hat, beschreibt die Frauen, die nicht zögern, die Finger der Siedler und Waldläufer abzuhacken – Geneviève denkt, dass das vielleicht der Preis ist, den man zahlt, wenn man in die Wälder Kanadas vordringt.

»Oder zumindest wird das behauptet«, schließt Pierre und kratzt an einem Mückenstich an seinem Handgelenk. »Niemand interessiert sich für die Irokesen oder für das, was sie erleben müssen.«

Bei Charlotte erwähnte Étiennette nur die Barbarei der Indigenen, die Priester, die an Baumstämme gefesselt würden, die Oberkörper mit Ahornsirup bestrichen, auf denen es dann vor hungrigen Insekten wimmele. Ihre Stimme wurde dabei lauter, aufgeregt. Geneviève konnte sehen, dass sie weder an die ermordeten Stämme noch an die gefolterten Siedler dachte; Étiennette erzählte diese Geschichten wie Märchen. Doch auf Geneviève hatten sie eine ganz andere Wirkung. Obwohl sie sich weit weg abspielten, schienen sie eine Warnung und eine tiefere Wahrheit zu enthalten.

»Erzählen Sie mir lieber von Frankreich«, fährt Pierre fort. »Ich bezweifle, dass diese Dinge dort irgendjemanden interessieren.«

Sie weiß, dass ihr Leben in Paris ihm nicht gefallen würde. Sie wählt ihre Geschichten also sorgfältig aus, holt Erinnerungen hervor, die so alt sind, dass sie ihr fremd erscheinen. Die Provence liegt in einem lilafarbenen, lichtdurchzogenen Nebel – ihn will sie für sich behalten. Sie beginnt mit der Ankunft ihrer Familie in Paris, im Winter 1709. Sie beschreibt ihm den eisigen Wind, die Frostbeulen, die Liköre, die ihre Flaschen sprengten, die Leichen, die die Kälte an das Pflaster klebte, und Pierre nickt verstehend. Die Kirchen, die zu Schlafsälen umfunktioniert wurden, die Armen im Hôtel-Dieu, die sich dort in der Hoffnung einfanden, dass man ihnen Obdach für die Nacht gewähren würde.

»Mein Vater und ich hatten Glück«, sagt Geneviève.

Pierre respektiert, dass sie manches verschweigt, er fragt nicht, was aus ihrer Mutter, ihren Brüdern und ihrer Schwester geworden ist.

»Was hat er getan, um zu überleben?«, fragt er stattdessen.

»Was er konnte.«

»Und Sie?«

Ihr ist nicht danach, ihm von den Monaten in der Gerberei zu erzählen, von den Jahren bei Madame. Also hält sie sich an das Jahr 1709, dieses Mal im August, als immer mehr Soldaten für den spanischen Thron in den Tod geschickt wurden und die Ernte ausfiel, zerstört von der Kälte im Winter zuvor. Die Seine war über die Ufer getreten, unbefahrbar geworden. Doch ihr Vater lächelte seit Monaten zum ersten Mal: Der König hatte die Öffnung von Werkstätten veranlasst. Die Aussicht auf stundenlange Arbeit für ein paar Sous genügte, damit er auf der Stelle aufbrach. Sie war elf Jahre alt. Sie erinnert sich an die Gerüchte von einem Aufstand in den überfüllten Straßen, die Tausenden wütenden Pariser, die darauf hofften, Arbeit zu finden, obwohl es zu wenige Werkzeuge, zu wenig Land zu ebnen gab für eine solche Masse an Arbeitern.

»Dann ging alles sehr schnell«, erzählt sie. »Die Garde von Versailles hat Verstärkung gerufen. Die Soldaten haben das Feuer eröffnet.«

Pierre nippt an seinem Cidre, und einen Augenblick lang bereut Geneviève, dass sie sich hat hinreißen lassen. Sie stapelt ihre Schüsseln aufeinander.

»Wenn wir nicht bald neue Boote bekommen«, sagt Pierre, »wird es uns an Soldaten und Munition fehlen, um unter den Konzessionären für Ordnung zu sorgen.«

»Die Schiffe werden bald kommen. Diese Hungersnot kann nicht schlimmer werden als die nach meiner Ankunft in Paris.«

Pierre scheint etwas entgegnen zu wollen, doch zuckt nur mit den Schultern und steht auf. Geneviève hört das Bett unter seinem Gewicht ächzen. Während sie den schwarzen Belag vom Boden des Topfes kratzt, fragt sie sich, wie viele Geschichten sie noch erzählen muss, bevor sie sich traut, Pétronilles Namen auszusprechen – bevor sie akzeptiert, dass auch diese Geschichte zu Ende sein könnte.

*

Am Pfingstmontag, es ist Juni, kommt Pierre in die Küche, um sie zu holen. Geneviève hustet, während sie vor dem

Kamin eine Pfanne schwenkt. Sie hat entdeckt, dass sie die Stechmücken vertreiben kann, wenn sie dafür sorgt, dass vom Aufstehen bis zum Sonnenuntergang Rauch durchs Haus zieht. Zwischen Rücken und Korsett läuft ihr der Schweiß herunter. Es ist erst neun Uhr, doch die Hitze drückt bereits gegen die Tür.

»Kommen Sie. Monsieur Charpillon und seine Frau erwarten uns«, sagt Pierre. »Die Pirogen sind da. Ich dachte, dass Sie vielleicht gern beim Ablegen dabei wären.«

Geneviève hat Charlotte seit April nicht mehr besucht. An den Strand, an dem sie den Kontinent betreten hat, ist sie bisher nicht zurückgekehrt.

»Ich brauche nur einen Moment«, antwortet sie.

Als sie nach draußen kommt, sind ihr Mann und Monsieur Charpillon mit leisen Stimmen ins Gespräch vertieft. Neben ihnen pickt eine Elster an einem Pfirsich herum, Charlotte schaut zu, wie der Vogel das gelbe Fruchtfleisch zerreißt. Sie wirkt von dem Anblick zugleich angewidert und fasziniert. Unter den Sommersprossen ist sie blass. Als Genevièves Schritte ertönen, fliegt die Elster davon, den Schnabel glänzend vom Saft. Die Männer gehen los, ohne ihr Gespräch zu unterbrechen.

»Ich wusste nicht, dass du mitkommst«, sagt Charlotte.

Sie wirkt nicht besonders glücklich, sie zu sehen, aber auch nicht unzufrieden. Geneviève erkundigt sich nach ihrem Befinden. Charlotte zuckt die Schultern.

»Mir ist übel«, antwortet sie.

Sie ist dünner als je zuvor. Ihr Bauch unter ihren verschränkten Armen ist noch flach. Auf der Straße riecht es nach Maulbeeressig, und im Gestrüpp erstarren, sobald sie näher kommen, große Eidechsen. Im Schatten verschlungener

Zweige schüttet ein kleiner Junge mit aufgeschrammten Knien Asche über Kartoffeln. Eine Frau schreit ihn an aufzuhören, dass sie nie trocknen würden. Der Junge hält inne und leert dann mit einer wütenden Geste den Rest des Sacks aus.

»Bald wird es dir besser gehen«, sagt Geneviève.

»Du musst es ja wissen.«

Geneviève hatte gehofft, etwas von der Charlotte wiederzufinden, die sie aus dem Lagerhaus kennt, aber diese scheint verschwunden. Die Kleine hat wieder eine abwehrende Haltung angenommen, sie verhält sich so, wie Étiennettes Gesellschaft es ihr eingibt, und in den letzten Wochen hat sie sie wohl oft gesehen. Genevièves Frühling war ein anderer – feuchtwarm, einsam, melancholisch. Heute hat sie keine Geduld mit Charlotte, die in Gesellschaft war, die sich nie nach ihr erkundigt hat, die immer die Bedingungen für ihre Beziehung diktiert.

»Was habe ich dir getan?«, fragt Geneviève.

Charlotte wirkt überrumpelt. Ein Anflug von Panik huscht über ihr Gesicht.

»Nichts«, murmelt sie.

Mutig genug, um sich mit Piraten anzulegen, aber unfähig, auf eine einfache Frage zu antworten. Geneviève geht schneller. An der Straßenecke verbrennen drei Männer Schilfrohr. Charlotte zuckt zusammen, als die grünen Stängel in den Flammen knallen wie Pistolenschüsse.

»Weißt du, was mit Pétronille geschehen ist?«, fragt Charlotte.

Einen Moment lang überlegt Geneviève, ob sie lügen soll. Sie ist vor Monaten gestorben, ich habe gesehen, wie man sie zum Gemeinschaftsgrab trug, hinter dem Strand.

Auch Charlotte würde eine Freundin verlieren. Ihr Schmerz wäre durch zwei geteilt.

»Nein.«

Bei den Garnisonen tauschen emsige Männer unreife Melonen gegen wenige Handvoll Maismehl ein. Auf den Schwellen der Hütten dösen Arbeiter, erschöpft von der Hitze und Monaten des Wartens, sie träumen vielleicht von dem bläulichen Mais, den Bleiminen und den wilden Rindern, die man ihnen in Paris versprochen hat. Der trockene Schlamm kracht unter den Füßen wie altbackenes Brot. Charlotte packt Geneviève am Ärmel.

»Hör zu«, setzt sie an, »ich habe gehört, dass Schwester Gertrude letzten Monat nach Frankreich zurückgekehrt ist. Es sind nur noch vier Frauen im Lagerhaus. Dass wir auch dann alle einen Mann gefunden hätten, wenn wir doppelt so viele gewesen wären. Dass die *Baleine* Felle und andere Waren, deren Namen ich vergessen habe, nach La Rochelle bringt.« Charlotte bricht ab. »Voilà, mehr weiß ich nicht. Es tut mir leid wegen Pétronille.«

An der Straße, die zum Meer führt, tauchen ein paar junge Frauen auf, mit losen Korsetts, wie in den Gassen von Paris. Ein paar gebrochen wirkende Männer mit eingefallenen, unrasierten Wangen starren sie an, als hätten sie eine Entscheidung zu fällen. Unter einem Baum wird es laut zwischen zwei Kindern in Charlottes Alter. Tag und Nacht wird in Biloxi um etwas gekämpft, um Dinge, die nicht der Rede wert sind, um Dinge, die viel bedeuten – ein Stück Brot, eine Ecke Schatten, ein wenig Trost.

»Trink Zitronensaft auf leeren Magen«, sagt Geneviève schließlich. »Dann ist dir in den ersten Monaten weniger übel.«

»Ich werde es probieren.«

Geneviève weicht einem Klecks Spucke aus. Sie weiß Charlottes Bemühungen zu schätzen, ihren Schritt auf sie zu, aber ihr Verdruss bleibt. Sie ist es müde, ihre ständig wechselnden Gesichter deuten zu müssen.

»Meine Damen!«, ruft Monsieur Charpillon und treibt sie mit einer Geste zur Eile an.

Geneviève sieht bereits die am Strand versammelten Schaulustigen und dahinter die Boote, die auf dem Wasser schaukeln wie große Vögel. Die Wellen werfen das Abbild des bedeckten Himmels umher, unter ihren Sohlen knacken Schalenstücke von Schildkröteneiern, der Geruch von Muscheln und Schweiß steigt ihr die Nase. Als sie sieht, wie die Männer Überseekoffer durch den Sand ziehen und die Pirogen sich unter dem Gewicht der Reisenden absenken, sieht Geneviève sich selbst, sechs Monate zuvor, wie Wellen an ihre Schenkel schlagen, Pétronille, die am Wasser ihr Kleid auswringt, die Menschenmenge, die sich um sie schließt.

»Versuchen wir, auf die Düne zu kommen«, schlägt Pierre vor.

Hinter Geneviève erklärt Monsieur Charpillon Charlotte, dass heute vier Familien und vierzig Konzessionäre nach Fort Rosalie reisen werden. Geneviève ist nicht mehr so vielen Menschen begegnet, seit sie das Lagerhaus verlassen hat. Plötzlich wäre sie gern bei den Frauen, denen sie in Frankreich, an Bord der *Baleine* so oft entkommen wollte. Ihre Füße bleiben an den winzigen, unnachgiebigen Wurzeln hängen, sie nimmt Pierres Hand. Sie atmet den Geruch von Salz und Bärlauch ein, von Zitronenmelisse und schmutzigen Haaren, bahnt sich mühsam einen Weg.

Auf einmal lichtet sich die Menge, die Gischt spritzt ihr in die Augen. Am Ufer, wo die Wellen auslaufen, werden Jungen mit kupferfarbener Haut vom Gewicht der Möbel niedergedrückt, die bald den Fluss hochfahren werden. Sie fühlt einen Druck an ihrem Arm. Es ist Charlotte, die atemlos in die Ferne deutet.

»Schau«, ruft sie.

Zuerst sieht Geneviève nur Schatten. Die Sonne blendet sie, die Wogen sind mit silbrig funkelnden Lichtern übersät. Dann zeichnen sich die Silhouetten deutlicher ab, die Gischt verläuft sich zwischen den Schritten der Reisenden, die zu den Booten wollen. Unter ihnen ist eine Frau, die vorsichtig ins Wasser geht – Pétronille, so still und konzentriert wie auf dem Fallreep über dem Hafen von Lorient, als sich ihre Hände auf Genevièves Schultern gelegt hatten, an dem Herbstmorgen, als sie gemeinsam in das Land aufbrachen, das sie eines Tages lieben lernen sollten.

6

PÉTRONILLE

Fort Rosalie/Natchez, August 1721

Diese Reise währt endlos. So Pétronilles vorherrschender Gedanke auf dem Saint-Louis vor nun mehr als zwei Monaten, an Bord der Piroge, die sie immer weiter weg von der Küste brachte. Sie kauerte in dem engen Einbaum, gezwungen, die Knie an die Brust zu ziehen. Sie beneidete die Konzessionäre um ihre Ruder, die kurzen, gleichförmigen Bewegungen ihrer Arme, die gegen unberechenbare Strömungen kämpften. Pétronille konnte nichts machen. Man hatte ihr diesen Platz zugewiesen und ihr eingebläut, ruhig sitzen zu bleiben – zuerst ihr Mann, dann andere Männer.

Sie brachten sie nach Fort Rosalie, einen Ort, der, wie Monsieur Ducros ihr erklärt hatte, zwei Namen trägt: der eine ist französisch, zu Ehren der zweiten Frau des Comte de Pontchartrain, der andere indigen, nach dem Stamm der Natchez. In den ersten Tagen der Reise hatte sich Monsieur Ducros mit einem Ingenieur angefreundet, der in Fort Rosalie zu Hause war, Monsieur Cléry. Dieser erzählte von Soldaten, die einen zu Unrecht angeklagten Offizier aus dem Gefängnis von Biloxi befreit hätten, und von seinem Wunsch, die Forts von Monsieur de Vauban über die Wälder von Louisiane ragen zu sehen. Pétronille hatte seine Monologe bald über. An Bord der *Baleine* hatte sie Baptiste stundenlang zuhören können. Sie hatte ihn gebeten, ihr zu erklären, wozu ein Schnaps-«Anker« diene, auch wenn sie alles über das Gefäß wusste, das die Form eines Ankers hat, um beim Wellengang nicht wegzurollen. Er hatte es kurz nach dem Angriff der Piraten an ihre Lippen gesetzt und ihr versichert, dass der Alkohol ihr neuen Mut einflößen werde.

Mut brauchte sie, als der Wind den Pirogen zusetzte, als die Böen so stark waren, dass die Ruderer in der Gegend haltmachen mussten, die sie *Petit Désert* nennen, kleine Wüste, bevor sie weiter nach Bâton Rouge fuhren. Abends schaute Pétronille zu, wie die Männer die Koffer und Pulverfässer ausluden und Holz holten, um dann bei den Booten und Waffen Wache zu halten. Sie schlief mit dem Gedanken an alle möglichen Gefahren ein – Panther, Krokodile, indigene Krieger, englische Soldaten. Im Zelt wickelte sie sich in Decken, die nie trockneten, hörte ihren Mann im Schlaf murmeln. Sie spürte in ihren Adern die Krankheit schlummern, die tagelang an ihr gezehrt hatte. Beenden wir es, dachte sie.

An dem Abend, als der Bär angriff, änderte sie ihre Meinung. Sie hatten seit Tagesanbruch sechs Meilen zurückgelegt, die Männer waren erfreut. Sie hofften, den Strom zu bezwingen und das Tempo bis Natchez halten zu können. Sie sangen ein Lied über Neptun, ihr Grölen vermischte sich mit dem Geplätscher. Es dämmerte schon. Monsieur Ducros war in ein Gespräch mit Monsieur Cléry vertieft, als Pétronille den Bären bemerkte. Das Tier schwamm vor den Pirogen, die Reiher flogen davon, sobald er sich näherte. Das Wasser umfloss ihn wie ein schwerer Mantel. Aus der Ferne sah sein Kopf kompakt und eckig aus, sein Fell glatt. Sie dachte an den anderen, den sie in der Nähe von Paris auf der Bühne gesehen hatte, das riesenhafte Tier, das sich auf seine Hinterbeine gestellt hatte. Ihm hatten ein paar Zähne gefehlt, sein Maul war ein schwarzer Abgrund gewesen.

Was folgte, lässt Pétronille immer noch das Blut in den Adern gefrieren. Der Kommandant ihrer Reisegruppe befahl den Konzessionären, den Rhythmus ihrer Schläge zu erhöhen. Nicht auf das Ufer, sondern auf das Tier zuzusteuern. Der Bär schwamm nun zum Ufer, sein Kopf glitt über das Wasser, von den Reisenden abgewandt. Der Offizier legte am Bug stehend an. Der Schuss ertönte, brutal, unbegreiflich. Das Tier fuhr herum. Sein Ohr blutete, seine Muskeln ließen sich unter der Wasseroberfläche erahnen.

Pétronille weiß nicht, ob der Schrei, den sie dann hörte, von ihr oder jemand anderem stammte: Die Krallen des Bären rissen den Rumpf auf, die Männer duckten sich ins Boot. Pétronille spürte, wie die Hand ihres Mannes ihre quetschte, wie Monsieur Cléry sie zur Seite stieß, die Piroge unter dem Gewicht des Tieres gefährlich schwankte. Sie warf sich ans Ende des Bootes. Ihr Körper bildete einen absurden Winkel, der ihr die Luft abdrückte. Sie konnte sich den Schmerz, der sie bald durchfahren würde, nicht vorstellen, und etwas in ihr wehrte sich auch dagegen. Unter die Sitzflächen des Bootes gequetscht, ließ sie eine Frage nicht los: Wer ist so dumm, sich mit einem Bären anzulegen?

Das Tier ging über sie hinweg. Es renkte das Schulterblatt eines Ruderers aus, verfehlte nur knapp den Kopf eines anderen. Dann verschwand es, woher es gekommen war.

Heute hält sich Pétronille an dieser Erinnerung fest, wenn sie in ihrem Bett liegt und die Tage in Fort Rosalie endlos erscheinen. Wenn ein Bär drohte, ihr den Schädel zu zermalmen, wofür, für wen würde sie beten? Für nichts. Dass das Tier sich beeilt. Dass ihr Baby gerettet wird. Aber an dem Tag auf dem Wasser war sie noch nicht schwanger. Sie kann kaum begreifen, dass sie in ein paar Monaten Mutter sein wird.

Die Tür wird aufgerissen. Kurz nach ihrer Ankunft in Natchez machte sich die Dienerin noch die Mühe anzuklopfen. Renée schüttelte sogar ihre Kissen auf, stellte Pétronille Fragen zu ihrer Reise nach Louisiane, beschrieb ihr die Freiwilligen, die sich im Fort Saint-Martin-de-Ré versammelt hatten, brüstete sich mit den Bedingungen, die sie mit dem Mann der Kompanie, der sie anheuerte, ausgehandelt hatte – sie konnte sich nie erinnern, ob es sich um die Compagnie de la Louisiane, die Compagnie des Indes oder die Compagnie de l'Occident handelte: Für eine einfache Fahrt erhielt sie hundert Pfund Tabak pro Jahr, Medikamente auf Kosten der Kompanie. Sie zitierte oft ihren Vertrag, den sie ihr »Dokument« nannte. Sie wies Pétronille gern immer wieder darauf hin, dass er ausschloss, dass sie auf die Felder geschickt würde, auch wenn niemand so etwas erwähnt hatte.

»Wie geht es Madame heute Morgen?«

Renées Haar ist unordentlich, ihr Blick prüfend. Sie erkundigt sich immer nach Pétronilles Wohlbefinden, bevor sie wieder verschwindet.

»Gut, danke.«

Sie weiß, wie sie wirkt: blass, abgemagert, erschöpft, trotz der stundenlangen Ruhe. Aber die Antwort, die sie Renée gibt, ist bedeutend. Sie würde in der Küche weitergeflüstert, ihren Mann erreichen. Die Dienerin nickt und nimmt ihr Tablett mit. Pétronille lässt sich wieder in die Kissen sinken. Eines hat ein Loch, Federn schweben empor. Im Zimmer muss es ziehen, wenn auch nur leicht.

Ihre Schwangerschaft ist eine gute Entschuldigung, um im Bett zu bleiben. Sie weiß, dass sie sich in sich zurückzieht, wie im Château-Thierry, bevor Paul dort auftauchte, wie in den ersten Monaten in der Salpêtrière, wie in den ersten Wochen der Überfahrt, bevor sie Geneviève kennenlernte. Das vertraute Gefühl ist beruhigend, auch wenn es eine schwere Last ist. Die tiefe Stille im Zimmer, das Summen ihrer eigenen Gedanken, die Einsamkeit, die sie vor Enttäuschungen schützt, sind ihr wohlbekannt.

Sie war im Mai verheiratet worden, sobald Schwester Gertrude sie für kräftig genug hielt, die Zeremonie durchzustehen. An dem Morgen kniff Schwester Bergère ihr so fest in die Wangen, dass Pétronille fürchtete, sie könnten bluten. Die Nonnen hatten ihre Kräfte überschätzt: Vor dem Altar knickten ihr beinahe die Beine ein. Ihr Mann hielt ihre Zerbrechlichkeit für Adeligkeit, ein Anzeichen für ihr zart besaitetes Wesen, um das man sich kümmern musste – eine Reinheit, die ihre Herkunft verriet und die in diesen Breiten schwer zu finden ist. Er fragt sie oft: »Wo wäre meine teure Prinzessin heute, wenn ich sie nicht geheiratet hätte?« Sie zuckt mit den Schultern. Bei einem anderen Mann, ein bisschen wie Sie, aber nicht ganz, der mich nach Mobile oder in die neue Siedlung am Fluss-Delta gebracht hätte, die Nouvelle-Orléans genannt wird und im letzten Jahr von einem Sturm halb zerstört wurde. Der Ort hat keine Bedeutung. Pétronille würde Baptiste, Geneviève und Charlotte nie wiedersehen. Es ist, als hätte sie ihren Platz in der Welt verloren – in der Neuen wie in der Alten.

In Biloxi sagte Monsieur Ducros ihr immer wieder, sie solle sich keine Sorgen machen, dass sie diese elende Stadt bald verlassen würden, mit ihrem verdammten Gouverneur

Bienville, der seine Soldaten monatelang im Gefängnis verfaulen ließe, sich weigere, seinen Unteroffizieren Lebensmittel und Stiefel bereitzustellen. Er werde sie bald nach Fort Rosalie bringen, eine so große Stadt, dass sie sich darin verlaufen werde. Die Vorstellung erschreckte Pétronille, sie fühlte sich bereits verloren genug. Sie hätte alles dafür gegeben, Geneviève und Charlotte wiederzufinden. Aber sie wusste nicht, wo anfangen. Sie war oft bereits beim Aufwachen erschöpft, zu schwach, um sich anzukleiden. Es gab gute und schlechte Tage. Wenn sie einen klaren Kopf hatte, ertrug sie ihre Hilflosigkeit nur schwer. Ihr wurde bewusst, dass sie ihre Freundinnen bald endgültig verlieren würde, wenn es nicht schon zu spät war, und bei dem Gedanken schnürte sich ihr die Brust zu. Sie dachte an Genevièves Stimme und Charlottes Lachen und fragte sich, wie lange sie sich noch würde erinnern können. Die Töne verschwinden immer als Erstes.

An schlechten Tagen fühlte sie überhaupt nichts.

Sie war glücklich, als sie krank war. In der Hütte am Lagerhaus kam es ihr so vor, als würde sie viele Stunden mit Baptiste verbringen. Er erschien an ihrem Bett bei jedem Fieberschub, ihre Finger spielten mit den getrockneten Bohnen, die sie an ihrem Hemd gefunden hatte. Er leerte die Bettpfannen, die sie wohl gefüllt hatte, ohne sich daran zu erinnern, tupfte ihr die Stirn ab oder betastete ihr Handgelenk, und manchmal wurde er von einer Frau mit dunkler Haut begleitet. Sie hatte die Arme voller Kräuter und Pflanzen; eines Tages fragte Pétronille Baptiste, ob er den Namen der Wurzel kenne, die sie ihr zum Kauen gegeben hatte. Er schüttelte den Kopf. Die Frau wühlte in ihrem Korb und wiederholte: »Doktor, ich habe nicht mehr genug.« Pétronille hätte ihr gern erklärt, dass Baptiste Seemann war und kein Arzt, aber ihre Zunge war in Wirklichkeit zu schwer, um auch nur das kleinste Wort zu formen.

Die Erinnerung ist süßer als die Wahrheit. Baptiste hat sie nie in der Hütte besucht, er ist am Waschtag nicht zu ihr ans Tor gekommen. Das Fieber erfand sein Gesicht, imitierte seine Stimme. Was die Gründe betraf, warum er an dem Tag im Februar, als sie sich hätten wiedersehen sollen, nicht gekommen war, konnte Pétronille nur spekulieren. Er hatte die Quartiere der Matrosen nicht verlassen, hatte dem Kapitän nicht entwischen können. Ihre Gedanken gaben keine Ruhe, warteten mit immer neuen Erklärungen auf. Baptiste war bereits nach Frankreich zurückgesegelt, er war tot, hatte das Datum ihres Wiedersehens nie erfahren, weil die Gehilfin des Arztes ihm die Nachricht nie überbracht hatte. In Biloxi war Pétronille starr vor Angst bei dem Gedanken, den einzigen Grund akzeptieren zu müssen, den sie nicht ertragen könnte: dass er nicht gekommen war, weil er sie nicht mehr liebte.

Nun, da das alles hinter ihr liegt, fühlt sie sich in Fort Rosalie hin und wieder wohl. Am frühen Morgen, wenn das Zimmer zu strahlen scheint und bevor die Stechmücken zu summen beginnen, wenn sie hört, wie die unterjochten Afrikaner des Nachbarn zu den Tabakfeldern aufbrechen. Mittags, wenn die Sonne eine blendende Linie mitten durch ihr Bett zieht. Bei Sonnenuntergang, wenn der Abend sich über sie senkt und sie weiß, dass man sie bis zum Morgen nicht mehr stören wird.

Irgendwo im Haus singt Renée. Die Nacht bricht herein. Morgen, zur gleichen Zeit, wird Pétronille ihr Zimmer verlassen müssen. Sie ist mit ihrem Mann bei dem Ingenieur eingeladen, Monsieur Cléry, der vor ein paar Wochen für Gott weiß welche Geschäfte nach Pascagoula gereist ist. Nun ist er zurück. Seine Frau wird da sein, und Pétronille stellt sie sich wie ihren Mann vor, als wären sie Geschwister. Redselig, zudringlich, selbstbezogen. Doch in Wahrheit weiß sie es nicht. Abgesehen von ihrer Dienerin hat Pétronille seit Monaten mit keiner anderen Frau mehr gesprochen.

*

Die letzten Tage an Bord der *Baleine* waren aufreibend. Die Reise schien kein Ende zu nehmen. Pétronille hatte keine Vorstellung von ihrem Leben, wenn sie einmal vor Anker liegen würden – die Einsamkeit auf See schien ihr ebenso absurd wie der Gedanke, zwischen Himmel und Meer Land auftauchen zu sehen. Der Überfall der Piraten hatte ihr einen Vorgeschmack darauf gegeben, wie ihr Leben ohne Baptiste aussehen würde. Während der Kampf tobte, hatte sie gefürchtet, er sei ernsthaft verletzt, gezwungen, sich den Räubern anzuschließen; sie hatte sich gefragt, ob es ihm gelingen würde, Charlotte zu retten, deren Finger ihr entglitten waren. Als sie Schwester Gertrude angebettelt hatte, sie an Deck zurückkehren zu lassen, hatte ihr die Nonne die Hand auf die Schulter gelegt und mit bedauernder Miene gesagt, dass es zu spät sei.

Man hatte ihr Charlotte und Baptiste zurückgegeben, aber kein anderer ihrer Wünsche war in Erfüllung gegangen. Baptiste würde sie nicht heiraten. Den Offizieren der *Baleine* war es egal, dass er sich den Piraten mutig entgegengestellt hatte – die Verteidigung des Schiffes war seine Pflicht. Nach dem Überfall wurde noch mehr Disziplin gefordert, die Mannschaft musste sich für den Fall eines erneuten Angriffs bereithalten. Baptistes Vertrag verpflichtete ihn zu weiteren vier Jahren im Dienst des Kapitäns. Man hatte ihn zur Ordnung gerufen: »Halten Sie sich von ihr fern. Tun Sie nur das, wofür Sie angeheuert wurden.«

Danach hatte sich Pétronille beinahe gewünscht, die Tage würden schneller vergehen. Es gab zu viele letzte Male. Das letzte Treffen mit Baptiste im Speiselager, die letzte Berührung seiner schwieligen Finger auf ihrer salzverkrusteten Haut. Das letzte Mal, dass er seine Hand auf ihren Rücken legte und sie ihn zwischen ihren Beinen spürte. Seine Lippen, seine Art, ihren Arm zu umfassen, die Narbe, die über sein Schulterblatt verlief – so viele Ankerpunkte, während die Welt unter ihr davonfloss. Die letzten Male erschienen wie erste Male. Sie waren einzigartig, vergangen, verloren.

*

Am Tor brennt die Sonne von Natchez auf ihre Haut. Der Nachmittag geht zur Neige, aber das Sommerlicht kennt kein Erbarmen. Pétronille wäre am liebsten woanders, würde sich gern an einen anderen Ort träumen, wie sie es als Kind tat. Ihr Geist trug sie weit fort von den Gästen ihrer Mutter und der Gegenwart, dorthin, wo sie sein wollte – im Bett, wo ihre Wange nach einer kühlen Stelle auf dem Kissen sucht, im Garten, einen Erdbeersteckling in der Hand, an ihrem Kräuterbeet, sanft die Blätter berührend, damit sie nicht einrissen.

»Ich habe Sie gesucht«, sagt ihr Mann, »aber Sie sind ja schon hier.«

Wo sollte sie auch hingehen? Heute Abend fehlt es ihr an Eingebung. Sie schaut Monsieur Ducros an. Er hat eine Vorliebe für Feststellungen, was das Gespräch mit ihm erleichtert. Er schwitzt in seiner steifen roten Jacke, sein Gesicht zeigt den leicht gelangweilten Ausdruck, den er selten ablegt. Heute Abend wirkt er fast besorgt. Er wirft einen letzten Blick auf seine Taschenuhr und reicht ihr den Arm.

»Freuen Sie sich, Monsieur Cléry wiederzusehen?«

Er hilft ihr auf das Fuhrwerk. Es riecht wie ein vergessener Koffer, aber zumindest besitzt er eins.

»Monsieur Cléry ist Ihr Freund«, antwortet sie.

»Sie sind auch mit ihm gereist.«

Als der Bär angriff, hat Monsieur Cléry sie so brutal umgeworfen, dass Pétronille einen schrecklichen Moment lang glaubte, sich nicht verstecken zu können.

»Natürlich«, sagt sie.

Zwischen den Orangenbäumen tauchen Felder auf. Monsieur Ducros konnte seine Enttäuschung beim Anblick von Fort Rosalie nur schwer verbergen: Die florierende Tabakindustrie, von der er so oft gesprochen hatte, steckte noch in den Kinderschuhen. Natchez war lang gezogen, aber voller leerstehender Flächen, die vom Mangel an Gebäuden und einem Überfluss an Wald, einem Zuviel von der üppigen Natur zeugten, die Pétronille so einschüchternd und zugleich so anziehend fand. Monsieur Ducros deutete fuchtelnd auf den Wald und sagte wieder, dass er diese Bäume abholzen und Tabak pflanzen werde. Und schritt sogleich zur Tat.

Die Boote waren so spät in Biloxi eingetroffen, dass ihr Haus bei ihrer Ankunft in Fort Rosalie bereits fertig gebaut war. Pétronille erkannte die Grenze ihres Grundstücks nur an den violetten Büschen, die Monsieur Ducros ihr gezeigt hat: »Das Große Dorf der Natchez liegt am anderen Ende«, fügte er hinzu. Pétronille konnte sich ein indigenes Dorf nur schwer vorstellen. Das hat sich nicht geändert. Sie könnte auch nicht die Sklavenbehausungen beschreiben, obwohl sie auf ihrem Land gebaut wurden. Noch stehen sie leer, aber der Gedanke, afrikanische Sklaven zu erstehen, lässt ihren Mann nicht los; sie hat aufgegeben, den Grund verstehen zu wollen. Im letzten Monat hat sie eine junge Schwarze von den benachbarten Plantagen zurückkommen sehen. Sie trug ein Kind, vielleicht ein oder zwei Jahre alt, und ging langsam, setzte ihre blutigen Füße vorsichtig in den roten Schlamm.

Monsieur Ducros hatte davon nichts hören wollen, und als Pétronille weiter von ihr erzählte, regte er sich auf. Die Vorstellung, dass man jemanden kaufen kann, ist ihr unbegreiflich. In Château-Thierry sah sie immer die Bauern die Ernte einfahren. Sie erinnert sich an ihre von der schweren Arbeit verformten Körper, an ihre ausgemergelten Gesichter, zerfurcht von den Jahren. Die kleinen Kinder starben wie Katzenjunge, und die größeren sahen aus wie Greise. Aber auch wenn diese Familien unter den Steuern des Königs ächzten, verdienten sie doch ein paar Sous. Hier war das nicht der Fall. Die Pfund wechseln von einer Tasche in die andere, aber nur einmal, von der des Käufers in die des Sklavenhändlers. Seitdem sie die verletzte Frau gesehen hat, hofft Pétronille, dass der Traum ihres Mannes nie in Erfüllung gehen wird.

Das Palisadenfort steht auf einem Hügel am Saint-Louis. Von der Straße aus ist das Wasser nicht zu sehen, sodass das Fort über einem buschigen, von Vögeln bewohnten grünen Pflanzenmeer zu schweben scheint. Dahinter liegen weitere Felder, darauf gesprenkelt wie Punkte die gebeugten Gestalten der französischen Arbeiter auf bescheidenen Parzellen oder der afrikanischen Sklaven, die den Boden der

Konzession Sainte-Catherine bestellen; ein Beet mit reifen Tomaten, so prall, dass sie näher wirken, als sie sind; ein Junge, der ein paar der wertvollen Kühe hütet und mit einem Stock aufs Gras schlägt. Pétronille hat Monsieur Ducros nur einmal in den Laden begleitet, um einen Kompass und Vorräte an Tinte zu kaufen. Der Mann, der sie damals bedient hat, sitzt heute auf dem gleichen Hocker an der Straße, den Blick ins Leere gerichtet, während aus seiner Pfeife bläulicher Rauch in die Abendluft steigt.

Wie immer, wenn sie ihrem Mann nachgibt und zustimmt auszugehen, weiß Pétronille nicht, ob sie gern draußen ist oder lieber zurück ins Bett möchte. Der einzige Befehl, den sie dem Kutscher geben möchte, ist, sie nach Biloxi zurückzubringen.

Die Frau des Ingenieurs würde so etwas bestimmt wagen. Madame Cléry steht auf der Schwelle ihres Hauses und drängt sie hereinzukommen, als wären sie Kinder.

»Ich hoffe, dass Sie nicht gekommen sind, um meinen Mann zu sehen«, scherzt sie, während sie sie auf die andere Seite des Hauses führt, zu einer schmalen Veranda. »Er ist wieder verschwunden. Bestimmt ist er mit Fischen oder Zeichnen beschäftigt. Sie werden es anhand des Zustands seiner Kleidung rasch erraten.«

Sie deutet auf zwei Stühle, eine Flasche Likör.

»Zumindest haben wir etwas, um uns das Warten zu verkürzen. Ich glaube mich zu erinnern, dass Sie diesen Brandy mochten, Monsieur Ducros, als Sie das letzte Mal bei Monsieur Cléry zu Abend gegessen haben.«

Pétronille nimmt das warme Glas entgegen, das die Hausherrin ihr reicht. Sie ist nicht mehr daran gewöhnt, Konversation zu betreiben. Ihre Gedanken geraten durcheinander, die Wörter fallen ihr zu spät ein. Madame Cléry ist ihrem Mann überhaupt nicht ähnlich. Sie ist klein, bestimmt, meinungsstark. Hat fast kein Kinn.

»Mit solchen Einfällen«, sagt Monsieur Ducros, »dürfte die Abwesenheit Ihres Mannes Sie nicht allzu sehr belasten.«

Madame Cléry schaut ihn an.

»Glauben Sie«, antwortet sie.

Sie wird von der Stimme eines Mannes unterbrochen, der grüßend die Hand hebt, die Knie noch im hohen Gras.

»Sie hätten nicht auf mich warten sollen«, ruft er.

»Seien Sie beruhigt, wir haben ohne Sie angefangen«, entgegnet Madame Cléry.

Die Antwort bleibt aus, aber die Gestalt wird nach und nach größer, stört einen Hasen auf. Monsieur Ducros geht ihrem Gastgeber entgegen, der nah genug ist, dass Pétronille ihn erkennen kann. Monsieur Cléry ist schmaler geworden, seine Haut gebräunt, die Ärmel sind hochgekrempelt. Madame Cléry neigt sich mit zusammengepressten Lippen zu ihr. Ganz oben an ihrem linken Augenlid wächst eine Wimper.

»Also, Angeln oder Zeichnen?«

Pétronille studiert die Kleidung des Ingenieurs. Seine Knie sind schlammbedeckt, er hat nichts bei sich, was ihr als Hinweis dienen könnte.

»Ich kann es Ihnen nicht sagen«, antwortet sie.

Madame Cléry lacht.

»Gute Antwort. Er kommt immer so schmutzig zurück, dass auch ich nicht die geringste Ahnung habe. Vielleicht macht er da draußen auch etwas ganz anderes«, fügt sie anspielungsreich hinzu, wobei Pétronille nicht sicher ist, sie richtig zu verstehen. »Ich freue mich, dass Sie dieses Mal mitkommen konnten.«

Pétronille hat im letzten Monat zwei Einladungen ausgeschlagen, aber Madame Clérys Tonfall ist frei von Sarkasmus.

»Ich mich auch«, entgegnet Pétronille.

»Als wir vor acht Monaten hier ankamen«, fährt Madame Cléry fort, »habe ich zunächst niemanden getroffen außer die Frau des Kommandanten. Eine langweilige Person, die nur von Grausamkeit angetrieben wird. Alles in allem sehr berechenbar.« Sie hebt die Brandyflasche, und Pétronille hält ihr Glas hin. »Aber man gewöhnt sich am Ende an die Einsamkeit. Auch wenn sie sich in diesen Breiten ein wenig anders anfühlt, finden Sie nicht?«

Pétronille nickt mit zugeschnürter Kehle. Die Männer unterhalten sich auf das Geländer gestützt. Die letzten Sonnenstrahlen schimmern durch den Likör, die Lichtreflexe auf dem Glas blenden sie einen Moment lang.

»Ich war bei meiner Ankunft sehr enttäuscht«, sagt Madame Cléry.

Pétronille spürt das Brennen des Alkohols im Hals. Sie hat noch nie jemanden so über Fort Rosalie sprechen hören.

»Dieser Finanzaufseher ist ein unverschämter Lügner«, fährt Madame Cléry fort. »Das einzige Gold, das dieser Kontinent zu bieten hat, liegt mehr als hundert Meilen nördlich von der Flussmündung des Arkansas, auf dem Grund eines Baches.«

»Monsieur Law hat nichts erfunden«, mischt sich Monsieur Cléry ein und nimmt neben seiner Frau Platz. »Es gibt sogar ein Verfahren, um Metalle zu sammeln. Eine ganz bestimmte Technik.«

Er nickt selbstgewiss, aber fügt dem nichts weiter hinzu. Madame Cléry wendet sich an Pétronille, als wären ihre Worte nur für sie bestimmt.

»Zuerst muss man eine Art Sieb aus einer Elle Limburger Stoff herstellen. Dann legt man einen Stein hinein, nicht zu schwer, ungefähr eineinhalb Pfund. Man lässt es an einer Stelle ab, wo das Wasser nicht zu tief ist, nicht mehr als einen Fuß, und lässt es dort vierundzwanzig Stunden. Dann zieht man es aus dem Bach und lässt den Stoff in der Sonne trocknen. Dann klopft man mit dem Finger in die Mitte des Netzes, ohne es zu beschädigen. So bekommt man Goldstaub in einer Menge, die einem Ei entspricht.«

»Das ist es, ganz genau«, lautet Monsieur Clérys Kommentar.

Er erschlägt eine Stechmücke und führt sein Gespräch mit Monsieur Ducros fort. Der Wind spielt in den Zweigen der Bäume, die Grillen lassen die noch warme Luft mit ihrem Gesang vibrieren.

»Der Fluss Arkansas«, sagt Pétronille, »liegt er nicht an jenem Meer im Westen, von dem so oft die Rede ist?«

Von all den Geschichten, die Baptiste ihr erzählte, war ihr das die liebste, die erste über Louisiane, dieses Land, das so groß ist, dass sich darin ein Meer verbirgt.

»Wer weiß?«, fragt Madame Cléry. »Er könnte überall liegen, nicht wahr?«

Es werden Melone und anschließend Krabben serviert, die Sonne geht unter. Pétronille unterhält sich weiter mit Madame Cléry über die legendären Gewässer im Westen der Kolonie. Monsieur Ducros beobachtet sie aus dem Augenwinkel, aber Pétronille schenkt ihm keine Beachtung. Zum ersten Mal erscheint ihr Fort Rosalie fassbar, in greifbarer

Nähe. Das Dorf steht in Verbindung mit anderen Orten, die Baptiste ihr beschrieben hat – Orte, die nicht nur er allein kennt, die in einer gemeinsamen Vorstellung existieren. Das fast blaue Gras erscheint ihr mit einem Mal nicht mehr so weit weg.

*

Im Spiegel über dem Frisiertisch ist Renées überraschte Miene zu sehen. Pétronille hat sie noch nie gebeten, ihr beim Ankleiden zu helfen. Kurz nach zehn Uhr wird sie Madame Cléry zum einzigen Schneider von Natchez begleiten. »In einem oder zwei Monaten wird Ihnen dieses Kleid zu eng sein, und Sie brauchen auch ein weiteres Korsett«, hat diese am Tag zuvor nach einem Blick auf ihren Bauch gemeint. Pétronille hat ihr nicht widersprochen. Vielleicht würde sie doch nicht ihre ganze Schwangerschaft im Nachthemd verbringen.

»Nur kein Aufheben«, sagt Pétronille zu Renée, »etwas Einfaches genügt.«

Sie hat sich nicht vorstellen können, eines Tages wie ihre Mutter zu sprechen, in diesem autoritären Tonfall, der durch ihre Kindheitserinnerungen dröhnt. Pétronille betrachtet ihr Bild im Spiegel. Zum ersten Mal seit Monaten ist sie neugierig auf ihr Äußeres – auf das, was sie verloren hat, was sich noch verändern könnte.

Madame Cléry hat darauf bestanden, von ihr Marie genannt zu werden, als sie sich zwei Wochen zuvor wiedersahen. Ihre neue Freundin lebt seit fast einem Jahr mit ihrem Mann in Fort Rosalie. Ihre Geschichten verleihen der Umgebung eine Tiefe, die Pétronille bisher nicht wahrgenommen hat. Die Wäldchen, die Felder, die Leute ergeben mit einem Mal Sinn – so wie Paul ihr in Château-Thierry die Gärten darlegte, so wie Baptiste ihr an Bord der *Baleine* vom Ozean, den Segeln und dem Wind erzählte. Sie erfährt, dass manche indigene Dörfer pro-englisch eingestellt sind; wenn sie am Fort vorbeikommt, gelingt es ihr nun, hinter die Palisaden zu schauen. Vor sechs Jahren war der Hügel nur ein Hügel. Dann kamen die französischen Soldaten. Sie lehnten es ab, das Kalumet, die hiesige Friedenspfeife, zu rauchen, beendeten die Allianz ihrer Vorgänger mit den Natchez; vier Siedler wurden zur Vergeltung getötet, und Offizier Bienville, der inzwischen Gouverneur ist, rächte sie wiederum bitterlich. Der Friedensvertrag verpflichtete die Natchez, das Holz für den Bau des Forts zu liefern. Pétronille fragt sich, was die Franzosen ihnen im Gegenzug angeboten haben. Wahrscheinlich nichts.

Marie erwähnte ihr Leben in Frankreich erst nach einer Weile. Und als sie sich Pétronille letzten Samstag endlich anvertraute, flüsterte sie beinahe. Sie beschrieb die Ketten, die ihr bei der Überfahrt um die Taille lagen, und wie die Frauen im eiskalten Schiffsraum der *La Mutine* in ihren dünnen Hemden schlotterten. Sie erzählte, dass sie kaum etwas zu essen bekamen, dass ein paar Dutzend Männer mit ihnen an Bord waren und manche sich nicht scheuten, die Ketten einiger Unglücklicher abzunehmen, um sich an ihnen zu vergehen. Die Gefangenen starben auf See in so großer Zahl, dass sie nicht mehr glaubten, lebend nach Mississippi zu kommen. Selbst nachdem sie die Île aux Vaisseaux erreicht hatten, konnten sie sich nicht sicher fühlen: Da sie keine Nahrung hatten, siechten Dutzende Mädchen, von der Obrigkeit ignoriert oder vergessen, ein paar Meilen vom Festland entfernt dahin. Marie gehört zu den wenigen Überlebenden.

Pétronille wollte schon vom Überfall der Piraten erzählen, doch sie überlegte es sich anders. Den Räubern war es an Bord der *Baleine* nicht gelungen, auf das Zwischendeck zu gelangen. Sie fragte sich vor allem, was Marie und die anderen Frauen getan haben mochten, dass man sie einer solchen Qual aussetzte. Als sie es wagte, Marie danach zu fragen, lachte diese bitter: »Ich bin in der Rue Saint-Honoré in ein Edelgeschäft gegangen, und man hat mir vorgeworfen, etwas gestohlen zu haben. Der Besitzerin zufolge ein Seidenband.« Als ihr Blick Pétronilles Augen fanden, wirkte sie wütend. »Ohne die verdammte Direktorin der Salpêtrière wäre das alles nicht geschehen. In dem Jahr ist es in Paris zu schrecklichen Massenverhaftungen gekommen, sie hat die Frauen in eine Falle gelockt. Ich nehme an, dass die Polizei händeringend nach Bewohnern für die Kolonie gesucht hat und die Offiziere zu allem bereit waren.«

Ihre Geschichte war nicht die schlimmste: Sie hatte von einer jungen Bäckerin gehört, die deportiert wurde, nur weil sie spät von einem Tanzabend nach Hause kam, von einer Dienerin, der vorgeworfen wurde, ihren Herrn verführt zu haben, der sie vergewaltigt hatte, von einem Mädchen, das eingesperrt wurde, weil es angeblich »den Ruf ihrer Brüder« beschmutzt habe.

Pétronille schwieg. Sie konnte keine dieser Frauen kennen. Aber sie erinnerte sich, wie sich Étiennette auf der *Baleine* nach ihrer Schwester erkundigt hatte, die nach Mississippi geschickt worden war. Ihr Name fiel Pétronille nicht gleich ein, doch dann fragte sie Marie, ob sie eine gewisse Marceline Janson kenne. Ihr Gesicht verschloss sich. »Sie ist auf dem Schiff gestorben, kurz nachdem wir in Le Havre abgelegt haben«, antwortete sie.

Pétronille sprach Marie nie wieder auf ihre Zeit in Paris an. Ihre Freundin machte nur noch einmal eine Anspielung auf ihr Gespräch, als sie ihr die Hoffnungen ihres Mannes in Bezug auf Louisiane beschrieb. Monsieur Cléry verabscheue die Ingenieure, die nur eine Zeit lang herkommen und sich in Mobile einmieten, bevor sie nach Paris zurückkehren. Er habe beschlossen, sich hier niederzulassen und die zukünftigen Städte dieses unberührten Landes aufzubauen. Er war als alleinstehender Mann kurz vor Marie in Biloxi eingetroffen. »Es war nicht so schwierig, diejenige zu werden, die er haben wollte«, erklärte sie. »Ein Mädchen aus Montereau, das davon träumte, in Paris die Schneiderkunst zu erlernen, und wie er die Entscheidung getroffen hat, in Louisiane ihr Glück zu versuchen.« Sie lächelte traurig, bevor sie abschließend sagte: »Er hat es mir geglaubt, und beinahe hätte ich auch mich selbst überzeugt. Aber es fehlt hier an Stoffen, und Frauen, die eingekleidet werden wollen, sind noch seltener.«

Als sie gemeinsam zum Schneider fahren, trägt Marie ein Kleid, das Pétronille jungen Mädchen vorbehalten glaubte, den erstaunten Blick des Schneiders ignoriert sie. Als Pétronille sieht, wie ihre Freundin in den Truhen stöbert, muss sie an das eingebildete Seidenband denken, das diese hergeführt hat. Sie fragt sich, was geschähe, wenn man sie des Diebstahls bezichtigen würde. Aber es gibt nicht noch eine ferne Kolonie, sie sind bereits am Ende der Welt.

Während der Schneider hinter einem Vorhang ihre Maße nimmt, hört Pétronille, wie Marie die Fuchsfelle kommentiert, dicker als in Frankreich, die silbrigen Reflexe, die die Damen auf dem Cours-la-Reine begeistern würden. Marie zeigt ihr ein Stück blauen Leinenstoff.

»Für Ihr Kleid? Was denken Sie?«

»Hübsch«, antwortet Pétronille.

Marie lächelt und verschwindet wieder. Das Lehrmädchen nähert sich Pétronilles Hüften mit einem Maßband. Mach schnell, denkt sie. Sie kann es inzwischen nicht mehr ausstehen, wenn man ihren Bauch berührt.

»Ich befürchte, dass wir davon nicht genug haben für ein Kleid«, merkt der Schneider an.

»Haben Sie gehört, Marie?«, fragt Pétronille. Die Gesellin ruf eine weitere Zahl. Hinter dem Vorhang klappert die Tür und Marie grüßt jemanden, aber Pétronille hört keine Antwort. Auch das Knarren der Truhendeckel ist nicht mehr zu hören.

»Marie?«, fragt Pétronille noch einmal.

Der Wind trägt den Geruch von Erdbeeren und Misthaufen herein, lässt den Vorhang wogen, der zu weit weg hängt, als dass Pétronille ihn hätte lüften können. Marie flüstert, und der andere Kunde antwortet so leise, dass man unmöglich etwas verstehen kann. Dann erkennt Pétronille die knappe, trockene Art wieder, mit der Monsieur Ducros »meine Frau« sagt, wenn er über sie mit den Bediensteten spricht. Ihr Mann ist hier, in der Boutique, und ignoriert sie.

»Verzeihen Sie, Madame«, unterbricht die Gesellin ihre Gedanken, »würden Sie bitte …«

Pétronille streckt den Arm aus, und das Maßband legt sich darauf, von ihrer Schulter bis zum Handgelenk. Sie schluckt schwer.

»Monsieur Ducros?«, fragt sie.

Die Tür fällt wieder zu. Marie taucht auf. Sie sieht aus wie jemand, der zu lachen aufgehört hat.

»Wie haben Sie mich genannt?«, fragt sie.

»Ich dachte, mein Mann sei da.«

»Monsieur Ducros? Beim Schneider?«

Sie findet die Vorstellung nicht so abwegig, aber aus Maries Mund klingt sie lächerlich.

»Ich glaubte ihn gehört zu haben«, fährt sie fort, bereits nicht mehr so sicher.

Marie versucht ihre Schulter zu tätscheln, ohne den Leinenvorhang loszulassen, aber ihre Hand fasst ins Leere.

»Natürlich«, antwortet sie, »auch Monsieur Mézières spricht nasal. Aber ich glaube nicht, dass Sie ihn kennen. Sie waren noch unpässlich, als er zur Garnison stieß.«

Auf dem Rückweg nimmt Pétronille sich vor, ihren Mann zu befragen. Bei Einbruch der Nacht hat sie ihre Meinung geändert. Der Vorhang war nun dicker, die Umgebung lauter und ihre Freundin so ehrlich, wie sie sein sollte.

*

Die Übelkeit ist verschwunden. Ihr Bauch ist so prall wie eine zu früh gepflückte Frucht, hat eine Festigkeit, die sie zugleich ekelt und fasziniert. Der Rest ihres Körpers dagegen ist erstaunlich weich geworden. Pétronille fragt sich, ob auch ihr Geist so wandelbar ist – ob er sich transformieren, sich an das Leben, das sie in Fort Rosalie führen muss, anpassen kann. Sie erkennt ihre Brüste nicht wieder, ist ständig müde. Die Anzeichen sind die gleichen wie in Lorient, aber ihre Bedenken sind andere. Sie fragt sich, wer sich unter dieser Haut verstecken mag, die noch vor ein paar Monaten nur ihr gehörte.

Ihr Mann lässt sie in Ruhe, seit die Hebamme die Schwangerschaft bestätigt hat. Aber eine Woche nach dem Besuch beim Schneider klopft er an ihre Zimmertür. Pétronille weiß nicht, wie spät es ist, nur, dass die Insekten immer noch summen, noch ein wenig singen, bevor die

Wirbelsturmsaison beginnt. In Louisiane haben sogar die Stürme einen anderen Namen, Orkane, und eine Wucht, die Pétronille nie zu spüren bekommen will.

»Herein«, ruft sie.

Monsieur Ducros tritt ein und schließt die Tür hinter sich. Er ist wütend, das sieht man. Er hat einen Brief von Monsieur de Laguehay erhalten, dem Assistenten der Direktion, mit dem er seit ein paar Jahren zusammenarbeitet. Sie sind sich in Frankreich begegnet, wo der Mann diejenigen anheuerte, die das von der Kompanie gekaufte Land bestellen würden. Damals schien die Kolonie ihre beste Zeit noch vor sich zu haben. John Law, der zukünftige oberste Finanzkontrolleur, der inzwischen in Ungnade gefallen ist, überzeugte noch Hunderte, in die weit entfernten Gebiete zu investieren. Noch hatte er nicht das größte finanzielle Desaster des Jahrhundertbeginns verursacht. Monsieur Ducros nannte Monsieur de Laguehay anfangs seinen Freund und Partner. Nun ist er ein Dummkopf.

Zumindest bezeichnet ihr Mann ihn so. Pétronille bezweifelt, dass dieser ihr antworten würde, wenn sie ihn nach dem Grund für seinen Ärger fragte. Am Nachmittag hat er es jedoch in ihrem Beisein Marie erzählt, ihr erklärt, dass die Kompanie ihm ein Dienstjahr schulde, dass die Qualität des Tabaks nicht die versprochene sei, dass der Mann an der Spitze der Konzession Sainte-Catherine die Indigenen respektvoller behandeln sollte. Sie hat ihm ins Gesicht gelacht: »Alle wissen, dass Monsieur Guenot ein Idiot ist«, antwortete sie. »Sie bemängeln den Tabak, aber rauchen ihn gern. Schauen Sie sich all die Maulbeerbäume an: Wenn jemand beschließen würde, in Louisiane Seidenraupen zu züchten, wäre er reich.«

Monsieur Ducros hörte ihr schweigend zu. Maries Sticheleien schienen ihn zu amüsieren.

Er setzt sich ans Fußende des Bettes, von Pétronille abgewandt. Sie ist es gewohnt, dass er seine Besuche ankündigt, das Laken hastig zurückschlägt, als ob er es schnell hinter sich bringen wollte. Ihre Hochzeitsnacht ist eine grausige Erinnerung, schlimmer als die an den Mann in Orléans. Am Tag nach ihrer Hochzeit, im Haus in Biloxi, wurde sie den Geruch von Monsieur Ducros auf ihrem Körper nicht los. Ihre Arme, ihre Hüften, ihr Hintern, jede Stelle, die seine Hände berührt hatten, fühlte sich schmutzig an, als ob die Berührungen noch auf ihrer Haut klebten. Es gelang ihr nicht, ihn abzuschütteln.

Sie suchte nach Kompromissen. Aber der Schmerz kehrte zurück, stur, stechend. Er entstand tief in ihrem Schoß, strahlte in ihren Bauch aus, löste weitere Qualen aus. Er versuchte es anders, ließ von den Stellen an ihrem Körper, die sie ihm verweigerte, ab – Stellen, die Baptiste geliebt hatte –, auch wenn Ducros nie erfahren würde, warum der Kiefer oder das Schlüsselbein seiner Frau ihm vorenthalten blieben. Sie wollte nicht zulassen, dass die Hände ihres Mannes die Erinnerung an die Zeit mit Baptiste beschmutzten. Doch es war unvermeidlich, und das warf sie ihm vor.

Sie fand andere Wege, um zu Baptiste zu finden, ohne die Hilfe von außen. In Fort Rosalie entwickelte sie die Gewohnheit, sich nachmittags, wenn lähmende Stille herrscht, ihr Magen gefüllt ist, ihr Kopf schwer, die Sonne warm, in ihrem Zimmer zu streicheln. Sie schiebt die Hand zwischen ihre Beine, lässt sie über die Stellen ihrer Haut wandern, auf die ihr Mann kein Anrecht hat. Die Innenseite ihrer

Handgelenke, ihre Brustspitzen und dort, wo ihre Brüste auf die Rippen treffen. Einen Monat nach ihrer Ankunft trat Ducros ohne anzuklopfen ein und unterbrach sie; er wirkte überrascht, als er sich zwischen ihre Beine schob. An dem Tag hatte Pétronille weniger Schmerzen. Seitdem fragt er sie nach dem Essen, ob sie müde sei. Wenn sie verneint, das weiß sie, muss sie sich bereithalten.

»Was ist los?«, fragt sie schließlich.

Er schüttelt den Kopf. »Nichts.«

Sie beneidet ihn um die Art, wie er seine Gefühle auslebt, ohne sie je infrage zu stellen. Seine Empfindungen kennen keine Ambivalenz, scheinen immer vollkommen gerechtfertigt. Manchmal rührt sie die Eigensinnigkeit ihres Mannes, aber heute bricht sie ihr das Herz. Sie nimmt seine Hand und legt sie an ihren Schenkel.

»Da«, sagt sie und fühlt, wie ihr Körper auf den Druck seiner Finger antwortet.

Diese Nacht ist anders als die vergangenen. Pétronille hat noch nie schwanger mit ihm geschlafen. Sie ist hin- und hergerissen zwischen dem Bedürfnis, sich ihm zu entziehen, und der Gewissheit, dass es ihr nicht gelingen wird. Ducros scheint es eiliger zu haben als sonst. Er packt sie im Nacken, eine Stelle, die sie nie zu schützen versucht hat, weil er sich nie für sie interessiert hat. Mit ihrem Bauch ist er vorsichtig; er bittet sie, sich hinzuknien.

Er bleibt die Nacht über bei ihr, eine Ausnahme. Sie hat sich daran gewöhnt, in der Mitte des Bettes zu schlafen, und im Morgengrauen erwacht sie zusammengekauert am Rand, kurz davor, herunterzufallen.

*

Sie erinnert sich kaum an den Morgen im Februar, an dem sie Baptiste hätte wiedersehen sollen. Die blutbefleckten Hemden, die vom Schweiß starren Strümpfe, die buttergelben Unterseiten der Röcke. Die Schauer, die ihr eiskalt den Rücken hinunterliefen. Charlottes grauer Blick im aufsteigenden Rauch. Geneviève, die ihr den Stapel Wäsche abnahm und flüsterte: Geh jetzt. Die Sorge, die ihrer Freundin ins Gesicht geschrieben stand, ihre Zunge, die in ihre Zahnlücke fuhr. Der Matsch hängte sich an Pétronilles Hacken, wie um sie zurückzuhalten.

Nur ein einziges Bild hat sie noch klar und deutlich vor Augen: Sie steht vor dem Tor des Lagerhauses, außer Atem. Der enge Hof scheint größer zu werden, groß genug, um die ganze Mannschaft der *Baleine* aufzunehmen, auch wenn Pétronille darum nicht bittet, nur um einen einzigen Matrosen. Aber da ist niemand. Sie geht auf die Absperrung zu, das weiche, feuchte Holz gibt unter ihren Fingern nach. Ihr ist schwindelig. Sie lehnt ihre Stirn an die Palisaden, kneift die Augen zusammen. Die Welt wird eine vertikale, splittergespickte Linie, ein Stück Straße, das von Männern erbaut und den Frauen und Vögeln von Louisiane überlassen wurde. Auf dem Weg, der sie hierhergeführt hat, ist nur ein Pelikan zu sehen. Beinahe spöttisch watschelt er durch den Schlamm, schüttelt die dünne, leere Tasche unter dem Schnabel durch die feuchtwarme Luft.

*

Der erste Oktober. Marie lehnt sich an den Rahmen der Eingangstür, verschränkt die Arme. Eine von den Sommermonaten erschöpfte Sonne färbt ihr weißes Kleid rot. Sie erzählt noch einmal, dass die Einheimische, die das Mittel bringen soll, das die Angestellte der Nachbarin empfohlen hat, bald eintreffen werde. Pétronille hat ihr versichert, dass ihr Rücken nicht mehr wehtue, aber Marie wollte davon nichts hören. Pétronille ist es nicht gelungen, ihr zu erklären, dass der Schmerz heute woanders sitzt, weitab der Nierengegend.

»Da ist sie ja!«, ruft Marie.

Pétronille steht auf und schaut zu, wie das etwa zehnjährige rundliche Mädchen mit der dunklen Haut lautlosen Schrittes näher kommt. Seine Lippen sind schmal, seine Wangen voll. Es trägt einen Rock aus einem Pétronille unbekannten Stoff und einen Tontopf. Seine Brust ist nackt, sein Gesicht reglos wie das Wasser eines Sees bei Windstille.

»Kommen Sie, kommen Sie«, fordert Marie es auf.

Das Mädchen wirft ihr einen Blick zu, legt die Medizin ins Gras, ohne sie aus den Augen zu lassen. Auf seiner linken Schulter folgt eine Sonnenzeichnung den Bewegungen ihres Arms. Es richtet sich auf, bleibt einen Moment stehen, kratzt sich an der Nase. Dann geht es mit seinem federnden Gang davon. Die Gestalt verschwindet hinter den flaumigen Ästen der Bäume am Straßenrand, als würde der Weg überhaupt nicht existieren, als wäre er nicht gerechtfertigt.

»Ihr Name ist endlos lang«, sagt Marie an Pétronille gewandt. »Oodoo'ua irgendwas. Aber anscheinend kennt ganz Fort Rosalie ihre Tante Gestochener Arm. Wie auch immer. Die Dienerin hat mir versprochen, dass Ihnen das hier« – sie deutet auf den Topf – »sehr helfen wird.«

Pétronille schaut zum Wald, der erneut undurchdringlich wirkt. Sie kann sich schon nicht mehr an die Stelle erinnern, an der das Mädchen verschwunden ist. Die Salbe, die Marie auf den Tisch stellt, ist der einzige Beweis ihres

Besuchs. Pétronille beugt sich über den grünen Brei, auf dem eine Fliege herumirrt. Sie zweifelt nicht daran, dass die Heilmittel der Natchez höher entwickelt sind als die der Franzosen – ein Garnisonsoffizier hat behauptet, sein Fieber mit ein paar Pfeifen Tabak, einem Teller gegorener Milch und ein paar Gläsern Bordeaux zu heilen.

Der Geruch des Topfes löst bei ihr Übelkeit aus. Die Pflanzen werden den starken Schmerz, der sie seit dem Aufwachen nicht mehr loslässt, nicht lindern, dieses dumpfe Gefühl in ihrer Brust. Heute vor genau einem Jahr hat die *Baleine* Anker gelichtet, und sie sah neben Geneviève stehend zu, wie Frankreich verschwand. Mit einem Tau um ihren Knöchel traf sie zum ersten Mal Baptiste, schön fand sie ihn nicht. Das alles scheint nun unmöglich.

»Geht es Ihnen schlecht?«, erkundigt sich Marie. »Quält Sie diese verfluchte Krankheit noch?«

»Welche Krankheit?«

»Das Fieber, in Biloxi.«

»Oh«, antwortet Pétronille. »Nein.«

»Was ist es dann?«

Wenn Marie nicht nachgefragt hätte, wäre Pétronille nicht auf den Gedanken gekommen, ihr von Baptiste zu erzählen. Sie hätte ihr Fragen zu dem Heilmittel des Natchez-Mädchens gestellt, plötzliche Müdigkeit vorgeschützt, um nach Hause zu gehen. Aber ihre Freundin hat ihr bis ins kleinste Detail von ihrer Verhaftung erzählt, von ihrer schrecklichen Reise – sie hat sich ihr anvertraut.

»Vor genau einem Jahr bin ich einem Mann begegnet«, sagt Pétronille.

Marie erstarrt. Dann schneidet sie bedächtig ein Stückchen Kaki-Kuchen ab, führt den Löffel zum Mund, hält die andere Hand darunter, um herunterfallende Krümel aufzufangen. Sie lässt sich mit dem Kauen Zeit.

»Wie hieß er?«, fragt sie schließlich.

»Baptiste Dubier.«

»Wo haben Sie ihn kennengelernt?«

»An Bord des Schiffes, das mich hergebracht hat.«

»Und Sie lieben ihn.«

Pétronille weiß nicht, ob dies eine Frage ist oder eine Feststellung. Baptistes Namen laut auszusprechen, lässt ihre Traurigkeit wirklich werden. Abgesehen von Geneviève hat sie vor niemandem geweint, seit sie Lorient verlassen hat.

»Nun, nun«, beschwichtigt Marie.

Sie rutscht auf ihrem Stuhl hin und her, aber zeigt keine tröstende Geste.

»Liebe sollte kein Grund für Unglück sein«, spricht sie weiter, »sondern für Freude.«

Sie beugt sich über den Tisch, senkt die Stimme: »Wir sollten einen Ausritt machen.«

Da Pétronille nicht antwortet, fügt sie hinzu: »Man hat Ihnen in Château-Thierry das Reiten beigebracht, oder?«

Pétronille nickt. Sie erinnert sich, wie sie mit zwölf Jahren zum ersten Mal vom Stall zurückkam. Sie hatte die Zügel so fest gepackt, dass ihre Handflächen bluteten. Schon im darauffolgenden Sommer ritt sie fast jeden Tag allein über die Ländereien. Jenes Gefühl der Freiheit scheint heute zu einer anderen zu gehören.

»Aber ist das hier nicht gefährlich?«

»Wir reiten nicht weit weg«, beruhigt sie Marie. »Von mir bis zu Ihnen. Würden Sie nicht gern die Gegend entdecken?«

»Doch, natürlich.«

»In ein paar Wochen können Sie so etwas nicht mehr.«

Bei Maries Begeisterung kann Pétronille nicht anders, als zuzusagen. Ihre Freundin würde auch auf jeden weiteren Einwand eine Antwort parat haben, wie es der Fall war, als sie über die Ernte, die Natchez, die Konzessionen der Kompanie sprachen. Fort Rosalie sprach durch Marie zu ihr.

»An welchen Tag hatten Sie gedacht?«, fragt Pétronille.

»Übermorgen?«

*

Heute Abend ist Pétronille unruhig. Bei Tisch wirkt ihr Mann verzagt. Sie sieht zu, wie er sein Bier trinkt, sein Messer in die Rehpastete bohrt. Draußen ziehen zarte Wolken über den dunkler werdenden Himmel, die letzten Schatten ziehen sich aus dem Raum zurück. Ducros hat kaum das Wort an sie gerichtet. Es ist nicht rational, aber Pétronille kann nicht anders, als zu denken, dass er auf die eine oder andere Art von Maries Einfall Wind bekommen hat.

»Was ist geschehen?«, fragt sie schließlich.

»Mein Brief.«

Sie kann wieder atmen.

»Welcher Brief?«

»Der, den ich diesem Fantasten von der Kompanie als Antwort geschickt habe.«

Pétronille muss kurz überlegen, bevor ihr einfällt, um wen es sich handelt: Monsieur de Laguehay, den Assistenten der Direktoren, der ihnen Geld schuldet. Ducros hat nicht mehr über ihn gesprochen, seit er vor ein paar Wochen sein Schreiben erhalten hat.

»Und?«, fragt Pétronille nach.

»Er wird uns nicht gleich bezahlen. Ich konnte meinen Brief heute nicht losschicken. Er wird ihn erst in ein paar Monaten erreichen.«

»An diese Wartezeiten sind Sie doch aber gewöhnt.«

Sie hat es vorsichtig gesagt, in einem, wie sie hoffte, tröstenden Tonfall. Auf einmal wünscht sie, ihre Worte hätten so viel Gewicht wie die von Marie. Ducros scheint sie nicht zu hören.

»Zum Glück«, fährt er fort, »sollte die *Baleine* demnächst in La Rochelle eintreffen.«

Pétronille versteht nichts an diesem Satz – weder, wie er mit den finanziellen Schwierigkeiten ihres Mannes zusammenhängt, noch, warum die *Baleine* immer noch auf See sein sollte, obwohl das Schiff vor acht Monaten seine Fahrt nach Frankreich aufgenommen hat. Ihr Mann tätschelt ihre Hand:

»Meine Rechnungen an die Kompanie«, erklärt er. »Ich konnte den Kapitän überreden, sie im Mai mitzunehmen.«

»Im Mai? Hat die *Baleine* nicht letzten Winter Segel gesetzt?«

»Die Mannschaftsquartiere waren im Februar leer«, korrigiert er sie, offenbar ohne sich zu wundern, warum seine Frau ihm diese Frage stellt, »aber das Schiff ist nicht vor Mitte Mai ausgelaufen.«

Pétronille denkt an den Frühling zurück, als sie krank war. Bilder ziehen vor ihrem inneren Auge vorbei: Sie liegt in der Hütte, und die *Baleine*, Baptiste sind immer noch in Louisiane.

»Aber Sie haben recht«, spricht ihr Mann weiter, »es wäre besser, sie wäre früher in See gestochen. Monsieur de Laguehay hätte mir solche Dummheiten nicht geschrieben, wenn er meinen Brief erhalten hätte.«

»Wo war die Mannschaft im Februar?«

»Ich wusste nicht, dass Sie dieses Schiff so fasziniert«, sagt er lachend. »Auf der Île aux Vaisseaux, um die *Baleine* für die Rückreise klarzumachen.«

Darauf antwortet Pétronille nichts mehr. Sie hört sich flüstern, dass sie erschöpft sei, und zwingt dann ihre Beine, sie hinauszutragen. Sie ist schweißgebadet, ihr Magen krampft sich zusammen. In ihrem Zimmer setzt sie sich auf den Boden, den Kopf an das Bett gelehnt. Sie starrt die Fensterbank an, als ob die beiden Gedanken, die sie nicht mehr loslassen, dort eingraviert wären – in dem Moment, als sie in Biloxi vor den Altar trat, befand sich Baptiste noch in Louisiane. Er hatte sie im Februar nicht besuchen können, weil er auf der Île aux Vaisseaux gearbeitet hatte.

In der Nacht kommt ihr ein weiterer Gedanke: Das Ablegedatum der *Baleine* ist unbedeutend, ihr verpasstes Rendezvous hat nichts mit Baptistes Gefühlen zu tun. Sie erinnert sich, wie sie ihm am Strand der windigen Insel ein letztes Zeichen gab, und wundert sich, dass sie so lange gebraucht hat, um zu verstehen, was ihr nun offensichtlich erscheint. Ihre Beziehung war im Morgengrauen jenes Januartags zu Ende gegangen, als das Schiff in Louisiane eintraf. Nun, da sie weiß, dass er sie vielleicht noch liebt, akzeptiert sie endlich, was sie immer gewusst hat: Sie gehört der Kolonie, er aber wird nie ein Teil davon sein.

Das blendend weiße Mondlicht sickert unter dem Vorhang durch, ein Tier galoppiert vorbei. Pétronille denkt an Geneviève und Charlotte, wie sie die Nonnen am Waschtag abgelenkt und ihr die Hoffnung geschenkt haben, die sie damals brauchte.

*

Die Pferde gehören Monsieur Cléry, die Strecke hatte sich Marie überlegt: Sie würden von ihr zu Pétronille reiten und zurück. So wären sie ein paar Stunden unterwegs und rechtzeitig zum Mittagessen wieder da.

Am Morgen ihres Ausritts hat sich Monsieur Ducros beruhigt. Es ist ihm gelungen, seinen Brief einem anderen Kapitän zu übergeben. Als er erfuhr, dass Pétronille den Vormittag mit Marie verbringen würde, zuckte er mit den Achseln: »Ich gehe zu den Bernège-Brüdern«, erklärte er. »Sie werden mir Seidenraupen verkaufen.« Pétronille nickte. Ein Wort von Marie über die Maulbeerbäume und ihr Mann überlegt, ob er die Scheune in eine Seidenraupenzucht umwandeln soll. Aber die Hast, mit der er die Ratschläge ihrer Freundin umsetzt, lässt sie heute gleichgültig.

Monsieur Cléry wird sich wie jeden Morgen in seinem Büro einsperren, um an der Karte der französischen Siedlungen zu arbeiten, die er für die Compagnie des Indes anfertigt. Als Pétronille wissen wollte, welche Lüge sie sich für die Stalljungen ausdenken würden, reagierte Marie überrascht: »Überhaupt keine. Ich werde sie anweisen, die Pferde zu satteln. Was sollten wir ihnen noch sagen?« Pétronille weiß es auch nicht. Der Gedanke, sich nicht rechtfertigen zu müssen, ist berauschend.

Sie erzählt Marie nichts von ihrer Entdeckung vorgestern. Sie will nicht zu hören bekommen, dass dies nur Vermutungen sind. Louisiane wird ihr nichts Besseres zugestehen als diese Wahrheit, und nach mehr wird sie nicht verlangen.

Vor dem Haus ziehen die Wolken über Pflaumenbäume und Flieder hinweg. Die Allee der Clérys erscheint ihr anders, die Distanz bis zu den Ställen endlos. Marie trägt eine marineblaue Jacke, die bis zu den Oberschenkeln reicht, und einen gleichfarbigen Rock. »Sie geben mir endlich die Gelegenheit, die Kleidung zu tragen, die ich zu diesem Zweck genäht habe«, sagt sie. Pétronille kommt der Gedanke, dass nicht sie den Ausritt vorgeschlagen hat, dass sie nicht verantwortlich ist für das, was sie vorhaben. Und doch rühren sie Maries Worte. Sie kann sich nicht mehr erinnern, wann zuletzt jemand etwas ihretwegen getan hat.

Zwei Stalljungen erheben sich, als sie näher kommen, die Söhne eines Arbeiters aus dem Südwesten Frankreichs. Einer von ihnen führt eine rotbraune Stute am Zügel, die auf ihrem Gebiss kaut. In der zweiten Box reibt ein kräftiges Pferd wütend seine Nüstern über die Bretter. Pétronille hat mehr als einen Grund, Angst zu haben, aber im Augenblick fürchtet sie nur, vergessen zu haben, wie man reitet.

»Unsinn«, ruft Marie und stützt sich auf der Schulter eines der Jungen ab, um in den Sattel zu steigen. »Manche Dinge vergisst man nie.«

Als Pétronille ihren Fuß in die verschränkten Hände des Stalljungen stellt, merkt sie, dass Marie recht hat. Das Pferd, energischer als das andere, schwankt, als sie sich hinaufzieht. Die Bewegungen des Tieres, der Winkel ihres Knies über der Gabel, die Art, wie sie den Rock über dem Sattel ausbreitet, all diese Dinge sind ihr sonderbar vertraut, sodass sie einen Moment lang vergisst, wo sie sich befindet. Sie nimmt die Zügel in die rechte Hand und folgt Marie auf die Allee. Die Muskeln des Pferdes spielen unter ihrem Bein, sie hat die Landschaft noch nie von so weit oben gesehen, sich in Natchez noch nie so sicher gefühlt. Sie streicht über ihren Bauch. Alles wird gut gehen. Sie reitet mit ihrem Baby aus.

Sie steuern auf den Zypressenwald zu, der zwischen dem Fort und der Sainte-Catherine-Bucht liegt. Die Blumen zeigen ihre gebogenen Blätter, ihre aggressiven Farben. Pétronille könnte nicht sagen, wie sie heißen, und Paul könnte ihr nicht helfen. Eine von ihnen könnte gegen Rückenschmerzen helfen. Die daneben, mit dem weißen Kranz, vielleicht gegen Fieber. Wer weiß, wozu diese blauen Büschel gut sind, mit den fein gezeichneten Blüten. Pétronille drückt ihre Ferse an den warmen Bauch des Pferdes, die Sattelgabel reibt an ihrem angewinkelten Bein.

Bald hört sie nur noch die Vögel. Sie zeigen sich selten, sind nur Gesang und Flügelrascheln. Einer von ihnen singt lauter als die anderen, und sein Klagen klingt wie eine verletzte Katze. Die Blätter zittern unter den Flügeln der Ringeltauben, die Ducros vorgibt mit einem einzigen Pistolenschuss zu Dutzenden erlegen zu können. Marie wollte nicht auf dem Weg bleiben, der sich zwischen den Höfen hindurchschlängelt und auf dem sie mit dem Wagen fahren. Sie wären leicht zu sehen. Sie reiten auf dem Pfad, den Monsieur Cléry regelmäßig einschlägt, um Monsieur Ducros zu besuchen. Auf der Karte, die er Marie letzte Woche gezeigt hat, ist der Weg rosa eingezeichnet. »Er geht nur geradeaus«, hat sie Pétronille beruhigt.

Der Pfad macht eine erste Biegung. Eine zweite. An manchen Stellen verschwindet er ganz. Pétronille kann die Häuser nicht mehr sehen. Der Wald verdichtet sich, endlose Reihen von Stämmen, haarige Zweige, der Geruch von feuchter Erde und fauligem Holz. Ranken brechen unter den Hufen der Pferde, Fliegen umschwirren sie. Dann taucht zart der Pfad wieder auf.

»Bald sehen wir den Fluss«, verkündet Marie fröhlich.

Der Wind trägt das Gurgeln des Wassers herbei, leise und stetig. Bald hören sie noch andere Geräusche. Die Rufe eines spielenden Kindes, vieler Kinder – Pétronille mag die Sprache nicht verstehen, aber sie errät leicht ihre Begeisterung. In der nächsten Biegung sieht sie sie: eine Gruppe von Badenden, sechs oder sieben Indigene, die jüngsten gerade so alt, dass sie laufen können. Am gegenüberliegenden Ufer sitzt ein alter Mann auf einem Felsen. Er starrt Pétronille und Marie an, als hätte er sie kommen hören. Pétronille traut sich kaum, sich zu rühren, aber ihr Pferd schert aus, Maries Gerte hebt sich über die Kruppe ihrer Stute.

Hinter dem Mann liegt ein Dorf, halb durch eine Hecke aus Sträuchern verborgen, Dutzende Behausungen sind auf zwei Hügeln um einen Platz angeordnet. Frauen mahlen Mais, ihre Rücken und Brüste sind bemalt. Ein Mädchen verteilt eine Flüssigkeit auf den Armen eines Kindes, die wie Bärenfett aussieht. Sein schmaler Körper glänzt in der Sonne. Dreizehn- oder vierzehnjährige Jungen zielen mit Pfeil und Bogen auf einen Heuballen auf einem Pfahl. Das Wasser überdeckt ihre Stimmen. Die Kinder haben dem Alten einen Blick zugeworfen und sogleich ihr Spiel wieder aufgenommen.

Der Unbekannte und Pétronille schauen sich an, doch der Moment währt nur kurz. Die Gerte ist nicht in der Luft stehen geblieben, sie ist bereits zwei Mal auf die Flanke der Stute niedergesaust, und die Pferde galoppieren am Fluss entlang, weg von den Badenden und dem Dorf. Pétronille nimmt den ungläubigen Ausdruck des Mannes mit – das Erscheinen der weißen Frauen war für ihn vielleicht noch bedrohlicher als das des Alten und der Kinder für sie.

Als sie schließlich langsamer werden, sind die Pferde unruhig. Ihre Hufe zerdrücken das Laub, rutschen im Schlamm. Marie atmet schwer. Ihr kleiner Hut ist verschwunden, und ihr Haar fällt auf ihre Schultern herab. Pétronille hat sie noch nie so gesehen.

»Wir waren am Großen Dorf der Natchez«, schreit sie beinahe.

»Ich dachte, sie sind unsere Verbündeten.«

»Das sind sie«, antwortet Marie. »Aber wir hätten nie bis hierherkommen sollen. Wir müssen zu weit nach Osten geritten sein.«

»Sie wissen nicht, wo wir sind.«

»Glauben Sie, dass sie uns verfolgen?«, fragt Marie.

Pétronille denkt an die Kinder, die ihr Spiel unterbrochen und dann wieder ins Wasser gesprungen sind.

»Ich weiß es nicht«, gibt sie zu.

Zwischen den Blättern der Bäume ist der Himmel so hell, dass es ihr unmöglich erscheint, sich verirrt zu haben. Pétronille hat Kopfschmerzen, die Moskitostiche an ihren Händen jucken.

»Wenn wir dem Fluss folgen«, sagt Marie, »kommen wir zur Sainte-Catherine-Konzession.«

Und dann? Pétronille will die Frage nicht stellen. Das Galoppieren hat ihr keine Freude bereitet. Sie fühlt sich zerbrechlich, würde sich gern beim Baby entschuldigen, aber das würde nichts ändern. Sie muss es nach Hause bringen. Marie lässt ihr Pferd lostraben, Pétronille ruft nach ihr, bittet sie, langsamer zu werden. Ihre Freundin wirft ihr einen verzweifelten Blick zu, aber hält ihre Stute zurück. Langsam reiten sie am Fluss entlang. Manchmal glaubt Pétronille, hinter sich Schritte zu hören. Aber es ist nur ein Reh, eine Waldratte, eine Elster. Die Welt kommt ihr riesig vor.

Als sie zu den ersten Tabakfeldern kommen, stößt Marie einen kurzen Schrei aus. Auf dem Weg entlang der

Ländereien lässt sie ihr Pferd wieder traben. Pétronille folgt ihr mit Abstand. Sainte-Catherine ist nach Terre-Blanche die zweite Plantage von Fort Rosalie. Zwischen den dicken Blättern beobachten sie Schwarze Frauen und Männer. Sie versucht, nicht auf ihre zerschundenen Hände zu schauen, ihre zerbrochenen Nägel, den Schweiß, der sich in den Falten ihrer Haut sammelt. In der Luft liegt der schwere Geruch des Pflanzensafts. In einem Korb im Schatten der Stecklinge reibt sich ein Baby mit seinen Fäustchen die Wangen. Ein Mann in einem zerrissenen Hemd stellt ihr eine Frage, die sie nicht versteht. Pétronille reitet weiter. Was soll sie auch sonst tun.

Marie hält sich weiter zwischen dem Wald und den Feldern. Als Pétronille sie einholt, schütteln die Pferde ihre Köpfe, als wüssten sie etwas, das ihnen entgangen ist. Hinter einem Wäldchen aus Maulbeerbäumen liegt verborgen das Haus des Aufsehers. Die Feldarbeiter bücken sich unter den kurzen, aber heftigen Windstößen. Eine Schwarze Frau bleibt aufrecht stehen, hält den Böen stand, bis sie abflauen.

Aber als Pétronille aufblickt, sieht sie am Waldrand eine Gruppe Natchez. Vom Weg aus wirken ihre Gestalten winzig und dunkel, von der Sonne geformt, der Schwung ihrer Federn und Bögen verschmilzt mit dem Schatten ihrer Haare und Hände. Sie schaut sie an, ein Summen im Kopf, die Zügel gelockert. In ihr der heftige Wunsch, weit weg zu gehen, dorthin, wo niemand sie zwingen würde, in dieses Land zurückzukehren, das sie nicht gewählt hat.

*

Nachdem sie auf die Soldaten, alarmiert von den Stalljungen und Monsieur Cléry, gestoßen sind, müssen sie erfahren, dass die Gefahr nie dort liegt, wo man sie vermutet. Sie lauert nicht im Wasser eines Flusses, in dem Kinder baden. Sie verbirgt sich nicht zwischen den Tabakpflanzen eines Siedlers, der bei den Indigenen so verhasst ist, dass ihr Oberhaupt, die Große Sonne der Natchez, nur über seine niedersten Männer mit ihm spricht, weil er es ablehnt, den Ruf seiner besten Krieger zu beschmutzen. Die Gefahr liegt darin, als Verbündeter des Aufsehers der Sainte-Catherine-Plantage gesehen zu werden, Monsieur Guenot. Pétronille hat seinen Namen bereits gehört. Ihr Mann führt ihn oft als Beispiel an, um Kritik an Franzosen zu üben, die Natchez misshandeln, sie »Sklaven mit Federn« nennen, sich über ihre Kalumets lustig machen. Heute Mittag sind Pétronille und Marie über seine Konzession geritten.

Die Soldaten geleiten sie bis zu Pétronilles Zuhause, das näher liegt. Sie hat Ducros noch nie in einem solchen Zustand gesehen. Seine Stimme bebt wie die Luft bei einem Sommergewitter. Er brüllt Marie so heftig an, dass Pétronille betet, er möge sich nicht gegen sie wenden. Ihr Wunsch geht in Erfüllung: Er spricht kein Wort mit ihr.

Als ihre Freundin nach Hause gefahren ist, setzt Pétronille sich auf ihr Bett und zieht ihre verschmutzte Kleidung aus. Renée wollte sie nicht rufen, sie kratzt den getrockneten Schlamm lieber selbst ab. Ihr Kleid lässt den Schmutz nur widerwillig los. Pétronille würde die Spuren des Tages gerne auslöschen. Sie fühlt die Last ihres Unwissens, der Geheimnisse, die dieses Land vor ihr verbirgt, tief in den Wäldern und Flüssen, und die ihr entwischen, sobald sie sich ihnen nähert. Heute Morgen, in der Natur, glaubte sie zu verstehen, was vor sich geht: In Louisiane versuchen manche, ein neues Leben zu beginnen, weit weg von zu Hause. Andere bemühen sich zu verteidigen, was ihnen gehört. Und wieder andere sehnen sich nach dem Ort zurück, von dem man sie fortgeholt hat.

Und doch gibt es etwas, das sie sicher weiß, das sie heute begriffen hat. Nachdem sie mit Marie einen Teller Brühe gegessen hatte und dann allein in die Küche ging, um ein Glas Cidre zu trinken, rechnete Pétronille wohl damit, Pferde zu hören, als Zeichen dafür, dass Monsieur Cléry seine Frau abholen kam. Doch als sie ein Gespann hörte, hielt nicht das des Ingenieurs, sondern das ihres Mannes auf der Allee.

Pétronille stürzte zur Tür, aber sie waren bereits unterwegs. Sie hatten sich nicht einmal verabschiedet. Pétronille blieb erstarrt auf der Schwelle stehen. Marie saß an Ducros geschmiegt auf dem Wagen, das Gesicht am Kragen seiner Weste verborgen, ihre marineblaue Jacke war zerknittert. Ihre Gestalten waren halb von den Ästen eines gewaltigen Pekannussbaums verborgen. Als Marie aufsah, traf ihr Blick auf den ihrer Freundin. Keine von ihnen rührte sich. Kein Gertenhieb ließ sie voranstürmen, in eine Zukunft, über die sie nichts wussten.

*

Am nächsten Morgen kündigt Renée den Besuch von Madame Cléry an. Pétronille hatte so tief geschlafen, dass sie beim Aufwachen wie betäubt war und ein wenig Übelkeit verspürte. Sie weiß nicht, ob sie für Maries Erklärungsversuche bereit ist. Gestern fühlte sie sich ihr so verbunden wie einst Geneviève und Charlotte. Schon ein paar Stunden später überraschte sie sie im Arm ihres Mannes. Die beiden Gefühlszustände – das gemeinsam erlebte Abenteuer und ihr Verrat – sind unvereinbar.

Marie trägt das gelbe Kleid, das sie am Tag ihrer ersten Begegnung trug. Sie scheint zu zögern, ob sie in dem gewohnten Sessel Platz nehmen soll. Die Tür zum Garten hinter ihr steht noch offen.

»Ich nehme an, dass Sie die Umstände, unter denen es angefangen hat, nicht interessieren«, sagt sie.

Pétronille bittet sie mit einem Handzeichen, sich zu setzen. Sie denkt an den Sommer zurück, den sie in ihrem Zimmer verbracht hat, während ihr Mann, wenn er nicht im eigenen Bett lag, irgendwo anders war und Monsieur Cléry nach Pascagoula gereist war. Erklärungen sind überflüssig.

»Es tut mir unendlich leid«, sagt Marie.

Von draußen dringen die Stimmen der Zimmermänner herein, die das Gebäude für die Seidenraupenzucht von Ducros einrichten und das Feld ausmessen, während sie sich Beleidigungen zurufen. Der Wind zerrt an der Zitronenmelisse und dem Sauerampfer, als ob er den Pflanzen etwas entreißen wollte.

»Gestern«, entgegnet Pétronille, »schien er mehr um Ihr Wohl besorgt als um das seines Kindes.«

Die fehlgeleitete Sorge hat sie getroffen, aber was sie wirklich verletzt, ist der Verrat ihrer Freundin, nicht der ihres Mannes.

»Sie haben recht«, gibt Marie zu. Sie schaut auf ihre Füße, blickt erneut auf. »Ich liebe ihn zutiefst, wissen Sie.«

Der Satz klingt falsch. In einer anderen Welt, in einer Welt, in der Pétronille ihren Mann lieben würde, hätte er die Kraft, ihre Freundschaft hinwegzufegen und die Zeit mit Marie auf die ersten Monate in Natchez zu begrenzen. Aber nicht in dieser. In dieser zwingt der Satz Pétronille, erneut in die Zweige des Pekannussbaums zu blicken. Dieses

Mal sieht sie nicht ihre Freundin und ihren Mann, sondern zwei Liebende in inniger Umarmung, wie sie und Baptiste, der nie aufgehört hat sie zu lieben.

»Ich weiß«, sagt Pétronille.

»Ich bitte Sie nicht um Vergebung.«

Marie streicht über ihre Wildlederhandschuhe, ihr Hochzeitsgeschenk, und das Material ändert unter ihrer Berührung seine Farbe.

»Ich hätte Sie gern langweilig gefunden, als wir uns kennenlernten«, gesteht sie. »Dann wäre alles einfacher gewesen.«

»Aber Sie finden mich nicht langweilig? Angetrieben von Grausamkeit und schrecklich berechenbar?«

Marie lächelt.

»Berechenbar? Ich hätte nicht gedacht, dass Sie mit mir ausreiten würden.«

»Ich hätte nicht gedacht, dass Sie es mir anbieten würden.«

»Dann bin ich also nervtötend.«

»Nein, grausam.«

Sie lehnt sich in die Kissen zurück, legt die Hand auf ihren Bauch. Das Baby ist ruhig. Was würde im Frühjahr, wenn es da wäre, von all dem übrig bleiben? Sie würde ihren Sohn, ihre Tochter in die Arme schließen und ihm oder ihr zuflüstern: Stell dir zwei Reiterinnen vor, stell dir einen Oktobermorgen vor. Die Frauen reiten an einem Fluss entlang, in dem Kinder schwimmen, manche kaum älter als du. Sie baden, wie du es tun würdest, wenn deine Mutter nur sicher sein könnte, welche Kreaturen im Wasser leben, über die sie jedoch nie etwas wissen werden. Aber an dem Tag ist das nicht von Bedeutung. Es besteht keine Gefahr. Die Kinder baden weiter, die Frauen reiten davon.

7

Charlotte

Nouvelle-Orléans, April 1723

Charlotte würde am liebsten schreien, aber dann würde sie das Baby aufwecken. Die stickige Luft im Zimmer setzt ihr zu, sie bereut, sich mitten im April so dick angezogen zu haben. Von ihrem Platz am Fenster aus sieht sie das Neugeborene, das an Étiennette geschmiegt schläft. Monsieur Feuger hat sich mit dröhnender Stimme, bei deren Klang sein Sohn zappelte, entschuldigt und ist zu seinen Geschäften zurückgekehrt. Hugo ähnelt seinem älteren Bruder, der rund und kräftig auf die Welt kam, überhaupt nicht. Sein Gesicht ist runzlig, seine Stirn gelblich, seine Zunge schaut zwischen den Lippen hervor. Er verspottet die Frauen mit seinem tiefen Schlummer, zuckt trotz ihrer leisen Unterhaltung nicht mit der Wimper. Die jungen Frauen, die sich am Bett versammelt haben, Marthe und die Zwillingschwestern Léonie und Sophie, sind alle an Bord der *Baleine* gekommen und ihren Männern vor Kurzem nach Nouvelle-Orléans gefolgt. Charlotte sollte ihre Begeisterung teilen, jedes Detail des winzigen Neugeborenen kommentieren, von den rundlichen Armen über seine Stupsnase bis zu den blassen Nägeln. Auch die Hände und Beine ihres Babys hätten rührend sein sollen. Auch ihres hätte aus voller Kehle schreien sollen, wie Hugo, bevor es gefüttert würde. Charlotte hat nie erfahren, ob ihr Kind ein

Mädchen oder ein Junge war. An dem Tag, als sie es verlor, nahm sie nur das Blut wahr.

An jenem Morgen vor eineinhalb Jahren lebte sie noch in Biloxi, in der Hütte, die ihr Mann am Bayou gebaut hatte. Louis fuhr Konzessionäre über die Flüsse. Als er nach Hause kam, hatte sie ihm nicht erklären müssen, was geschehen war. Es war besser so – der Geistliche hatte ihr verboten zu sagen, dass ihr Kind tot war, und sie hätte es nicht anders ausdrücken können. Der Priester war entschieden gewesen: Eine Fehlgeburt würde nicht getauft werden.

»Charlotte«, sagt Léonie und kommt zu ihr.

Sie ist nur zwei Jahre älter als Charlotte, aber durch ihre Kleidung wirkt die Siebzehnjährige wie fünfundzwanzig. Ihre Schwester, die neben Étiennette sitzt, streichelt ihren Hund, der sie stets begleitet, und erklärt, dass es barbarisch sei, Neugeborene so zu verbinden.

»Darüber reden wir noch einmal, wenn dein Sohn einen Klumpfuß hat«, entgegnet Étiennette, ohne sich die Mühe zu machen, leiser zu sprechen.

»Wie geht es Ihnen? Wir hatten heute Nachmittag kaum Gelegenheit zu sprechen«, sagt Léonie zu Charlotte.

Charlotte deutet zum Fenster hinaus, das sie einen Spaltbreit geöffnet hat. Die Abflussrinne quillt nach dem Regen der letzten Tage über, das schmutzige Wasser fließt durch Nouvelle-Orléans.

»Ich brauchte frische Luft«, antwortet Charlotte.

Gegenüber untersucht der Schuster ein Paar Stiefel in der blassen Sonne. Auf den Dachschindeln darüber putzt sich ein Eichhörnchen mit akrobatisch ausgestreckter Pfote.

In Étiennettes Armen gibt Hugo ein Wimmern von sich. Kurz darauf stößt er einen lauten Schrei aus, der

Charlotte durch Mark und Bein dringt. Sie hat nie erfahren, was sie mit ihrem Baby gemacht haben. Sie erinnert sich an die Frau, die es aus dem Zimmer trug, an die zähflüssig Masse zwischen ihren Beinen. Sie hatte versucht, ihre Beine mit dem Hemd zu bedecken, und als sie ihre Hand zurückzog, war sie schwarz vor Blut. Damit endet ihre Erinnerung.

Beim Aufwachen war Étiennette bei ihr. Die Gegenwart ihrer Freundin war zugleich beruhigend und unerträglich. Sie war im sechsten Monat, rotwangig, strahlend. Zum ersten Mal hätte Charlotte sich zu ihrer eigenen Überraschung gewünscht, Geneviève würde sie besuchen, obwohl diese Kinder verschwinden ließ. Aber in ihrem ersten Herbst in Louisiane war Geneviève bereits aus Biloxi abgereist und nach Illinois gezogen, eine Region im Norden, die noch weiter von der Küste entfernt liegt als die, in der Pétronille seit nun zwei Jahren lebt. In den Wochen darauf sprach Étiennette mit ihr über alles, außer über ihre Fehlgeburt, ein schrecklicher Ausdruck, den Charlotte nur schwer mit dem verbinden konnte, was sie erlebt hatte. Sie hatte ihr Kind verloren. Dieser Satz ergab Sinn, er gab dem Baby eine Existenz. Die Fehlgeburt enthielt eine Lüge, die sie nicht benennen konnte, ein Fehler war nur die Bezeichnung.

Charlotte versucht seit einem Jahr wieder schwanger zu werden, genügend Zeit für Étiennette, um einen zweiten Jungen zu bekommen. Nachdem der erste geboren war, Aurélien, brauchte Charlotte drei Wochen, bevor sie sich entschließen konnte, ihn zu besuchen. Das Baby weinte, strampelte, fuchtelte mit den Fäustchen. Seine Lebendigkeit trieb Charlotte die Tränen in die Augen. Letzten Sonntag, als sie erfuhr, dass ihre Freundin in den Wehen lag, hat sie sich vorgenommen, früher zu ihr zu gehen.

»Wie recht Sie haben, dort zu sitzen«, meldet sich eine helle Stimme.

Charlotte hebt den Kopf. Léonie sitzt wieder bei Étiennette, nun ist es Marthe, die einen Stuhl ans Fenster schiebt und den Teppich dabei mitzieht. Sie hat einen unendlich langen Oberkörper, eine schlaksige Erscheinung. Charlotte kennt ihren Nachnamen, Valade, aber das ist auch schon beinahe alles, was sie weiß. Sie hat sie auf der *Baleine* gesehen, dann bei Étiennette in Biloxi. Es ist das erste Mal, dass sie sie in Nouvelle-Orléans sieht, seit sie vor drei Monaten hergezogen sind.

»Wir sollten ihr eine Pause gönnen«, fährt Marthe fort.

»Es ist nicht leicht, bei einem so süßen Kind auf Abstand zu bleiben.«

Marthes Gesicht hellt sich auf.

»Ich wollte eben dasselbe sagen«, antwortet sie.

Charlotte wäre lieber allein. Wenn sie lange genug schweigt, so hofft sie, würde Étiennettes Freundin aufhören, an ihrem zu engen Ring herumzuspielen, und gehen.

»Ihr Mann ist als Lotse tätig, nicht wahr?«, fragt Marthe.

Charlotte nickt. Monsieur Valade ist Großhändler und viel reicher als Louis, ihr Mann, aber das sollte sie nicht wissen. Sie zwingt sich, Marthe nach ihm zu fragen.

»Ich habe keine Ahnung, was er verkauft«, erklärt Marthe, »aber ich weiß, dass er gerade nach Natchez gerufen wurde. Er ist immer unterwegs. Obwohl, sicher weniger als Monsieur Charpillon«, fügt sie eilig hinzu.

»Er verbringt mehr Zeit auf den Flüssen als zu Hause.«

»Sie müssen sich größte Sorgen machen«, entgegnet Marthe. »Die Gewässer sind tückisch.«

»Ihr Mann verkehrt jeden Tag mit den Natchez. Ich nehme an, das birgt auch Gefahren.«

Marthes Augen weiten sich, mit leiserer Stimme sagt sie: »Haben Sie von den Kämpfen in Natchez gehört?«

»Natürlich. Alle reden darüber.«

Marthe wirkt beeindruckt. Ihre kugeligen Augen erinnern Charlotte an die einer Kuh. Sie versucht sich ein wenig Mühe zu geben.

»Eine meiner Freundinnen lebt dort«, erklärt sie, »und ich habe mir Sorgen gemacht.«

»Wie heißt sie? War sie mit uns auf dem Schiff?«

»Mademoiselle Béranger. Pétronille. Das Mädchen mit dem weißen Geburtsmal auf der Wange«, fügt sie widerwillig hinzu.

»Oh, natürlich. Was für ein sonderbares Wesen. Es ist ihr nichts geschehen, hoffe ich?«

»Nein, sie ist in Sicherheit.«

Die Kämpfe im letzten Herbst hatten nicht lange angedauert. Wenn der Konflikt sich verschlimmert hätte, hätte Pétronille verletzt werden können, Louis gehen und kämpfen müssen. Er hatte ihr erklärt, dass die Garnison in Fort Rosalie nur über etwa zwanzig Mann unter dem Befehl eines einzigen Offiziers verfüge, verborgen hinter halb verfaulten Palisaden – warum die Pfähle erneuern, wenn seit Jahren Frieden herrschte? Doch im letzten Oktober kippte die Lage, mehr als ein Jahr nach Pétronilles Wegzug. Der Auslöser war ein französischer Unteroffizier, der auf einen der Natchez wütend war, der ihm nicht den versprochenen Sack Mais brachte. Die Franzosen hatten mehrere Männer des Stammes getötet, ohne Konsequenzen für den Unteroffizier. »Diese Nachgiebigkeit hat die Natchez rasend gemacht«, folgerte Louis.

Charlottes Sorge um Pétronille war gewachsen, je heftiger die Auseinandersetzung wurde. Ende Oktober wurde der stellvertretende Leiter der Sainte-Catherine-Konzession am Schlüsselbein verletzt, als er vom Fort zurückkam. Monsieur Guenots Respektlosigkeit und seine Verachtung für die Natchez waren allgemein bekannt. Er ist den fünf Schüssen nur knapp entkommen, aber die Krieger waren nicht mit ihm fertig: Die Männer des Dorfes Weißer Apfel hatten die Konzession eine Woche lang immer wieder attackiert. Charlotte hat sich oft gefragt, wie weit Pétronilles Haus von Monsieur Guenots Konzession entfernt lag und ob sie die Schüsse hören konnte.

»Der Krieg hätte viel schlimmer sein können«, sagte Louis immer wieder, und Charlotte glaubte ihm. Ende Oktober 1722 bemühte sich Gestochene Schlange, der Anführer der Krieger aus dem Großen Dorf, bereits um eine Übereinkunft zwischen Franzosen und den am Kampf beteiligten Dörfern der Natchez. Als der Frieden wiederhergestellt war, hatte die Delegation der Natchez Gouverneur Bienville sogar das Kalumet nach Nouvelle-Orléans gebracht. Charlotte konnte sich darunter nichts vorstellen, aber Louis war fasziniert. Er machte sich die Mühe, die Friedensgeschenke der Natchez aufzulisten – Rehfelle, Hemden, Messer, Zinnober, Limburger Stoff, Charlotte hörte ihm nur mit halbem Ohr zu. Sie stellte sich ihre Freundin in Fort Rosalie vor, in ihrer Welt versunken, wie sie ihrem kleinen Jungen zuflüsterte, dass er nichts mehr zu fürchten habe. Sogar Pétronille war inzwischen Mutter.

»Ich muss gehen«, sagt Marthe. »Bleiben Sie noch eine Weile?«

Das Licht des Spätnachmittags drückt die zitternden Schatten zu Boden. Eine Herde Kühe kommt die Straße herunter, ihre Schwänze schlagen gegen die Räder eines Karrens.

»Eher nicht«, antwortet Charlotte.

Étiennette schaut sie an, sobald sie aufsteht. Die Zwillinge rufen nach den Hunden, die daraufhin in den Flur stürmen, ihre Krallen klackern über den Holzboden. Étiennette verabschiedet Léonie vom Bett aus. In Paris, in Biloxi, war es ihrer Freundin egal, woher die anderen Mädchen kamen, ob sie bei Straßenverkäufern oder Schneidermeistern aufgezogen worden waren. Seit ihrer Heirat hat sich ihr Verhalten verändert. Die Frauen, die am wenigsten Glück hatten, die gezwungen waren, sich mit einem armen Bauern, ausrangierten Soldaten oder angeblich geläuterten Kriminellen zu vermählen, werden von Étiennette nie eingeladen. Diese neue Haltung bereitet Charlotte Unbehagen. Während ihrer Atlantiküberfahrt waren alle Frauen gleich. In Biloxi haben ihre Ehemänner den Blick auf die anderen verändert – darauf, was sie sich erhoffen, was sie erwarten können.

Étiennette hat die Suche nach ihrer Schwester bald nach der Heirat mit Monsieur Feuger aufgegeben. An einem Frühlingstag hatte sie ihren Mann um Hilfe gebeten, um etwas über Marceline herauszufinden. Feuger ging schließlich zur Verwaltung, kam aber mit leeren Händen zurück. Die Heiratsurkunden der vergangenen Jahre seien bei einem Sturm vernichtet worden, oder war es ein Feuer? Wie auch immer, es sei nichts mehr da, und ohne die Dokumente sei eine Frau in Louisiane nicht aufzufinden. Charlotte fragte sich, ob Feuger recht hatte, ob es genügte, dass die Papiere verschwanden, um ihre Existenz und die der anderen Frauen für immer auszulöschen.

Seit jenem Morgen spricht Étiennette nicht mehr über Marceline. Charlotte hofft, dass sie verstanden hat, dass die Heiratsurkunden nicht viel geändert hätten, dass Louisiane groß ist und so gefährlich, dass sie sich alle besser an die halten, die noch in ihrer Nähe leben. Manchmal fragt sich Charlotte, ob Étiennette ihre Freundin wäre, wenn sie sich nicht in der Salpêtrière kennengelernt hätten. Doch dann fühlt sie sich gleich schuldig, so etwas zu denken: Wenn Lebensmittel so knapp werden, dass nur noch diejenigen Zugang zu den Reserven der Läden haben, die gute Beziehungen zur Regierung pflegen, bringt ihr Étiennette immer das Nötigste mit.

»Da bist du ja«, sagt Étiennette einfach, als Charlotte sich an die Bettkante setzt.

Der Säugling, in Leinentücher gewickelt, blinzelt mit seinen milchig blauen Augen. Marthe bricht auf, die Amme nimmt das Kind mit. Charlotte bleibt bei Étiennette. Wenn sie allein sind, verhält sich ihre Freundin anders. Ihre brüske Art verwandelt sich in Unbeholfenheit, ihre Stimme wird sanfter, ihre Gesten werden wieder vertrauter – die Art, wie sie die Handfläche an ihr Gesicht legt, wenn sie müde wird, als wollte sie die Mattigkeit auffangen. Charlotte stellt sich manchmal vor, wie es wäre, Étiennettes Stirn zu streicheln, der Linie ihrer Nase zu folgen, bis zu ihren Lippen. Dann werden ihre Wangen warm, sie zwingt sich, ihre Gedanken auf eine Kerze, ein Medaillon, einen Koffer im Raum zu lenken. Sie wurde für diese Gedanken genügend bestraft – ihr Bauch ist eine leere, kalte Höhle, in der Babys sterben.

»Ich habe dich mit Marthe sprechen sehen«, bemerkt Étiennette und richtet sich auf.

»Sie ist sehr nett.«

Étiennette lacht.

»Du kannst mich nicht anlügen«, ruft sie. »Nicht mich!«

»Na gut«, gesteht Charlotte. »Sie ist, wie sie ist.«

»Ich wusste, dass ihre Mittelchen dich interessieren.«

Da Charlotte schweigt, fährt Étiennette fort: »Wenn man Marthe glaubt, ist ihr Sohn aus einem Topf Milch, vermischt mit Fruchtschalen entstanden.« Sie rollt mit den Augen. »Worüber hättet ihr sonst reden sollen?«

»Pétronille, den Krieg, was auch immer. Sie hat nicht einmal auf ihre Kinder angespielt.«

»Nun, so wie die Dinge liegen, hätte ich gedacht, dass ihr ganz von allein darauf zu sprechen kommt.«

Charlotte wendet den Blick ab. Sie schämt sich für ihren Bauch. Sie kann sich denken, was die anderen Frauen über sie reden, über ihren kaputten Körper.

»Ich spreche nur mit dir über diese Dinge«, sagt sie, und ihre Stimme klingt zu ernst in ihren Ohren.

»Vielleicht solltest du dich auch anderen anvertrauen«, antwortet Étiennette, »jenen, die dir helfen können.«

Hätte Geneviève etwas tun können? Sie wusste mehr über Babys als die anderen Frauen der *Baleine*, aber in Paris, in Lorient hatten sich ihre Kenntnisse als tödlich herausgestellt. Geneviève ist ohnehin zu weit weg, seit langer Zeit. Charlotte kann nicht mehr klar denken. Sie zuckt zusammen, als die Glocke der Saint-Louis-Kirche läutet. Der Bau auf der Place d'Armes ist nur ein einfaches Holzhaus, in dem Messen, Taufen und Hochzeiten stattfinden. Charlotte wusste nicht, dass es schon so spät ist.

»Ich gehe besser nach Hause«, sagt sie.

Étiennette klemmt sich eine Haarsträhne hinter das rechte Ohr, nimmt ihre Hand.

»Ich freue mich, dass du dieses Mal gekommen bist.«

Charlotte nickt. Sie erlaubt sich ein paar Sekunden, bevor sie ihre Hand zurückzieht. Sie steht auf, auch wenn sie keine Lust dazu hat.

*

Es gelingt ihr nicht immer, zu widerstehen. Nachts kann sie manchmal nicht anders, als an das Lagerhaus zu denken, in dem sie zwei Jahre zuvor das Bett mit Étiennette geteilt hat, an den Hals ihrer Freundin, der so nah war, dass sie die Härchen unter ihrem Atem flimmern spürte. Es war kalt in Biloxi, und wenn die von Piraten bevölkerten Albträume sie um den Schlaf brachten, dachte Charlotte, dass schon nichts dabei ist, ein wenig Wärme zu suchen. In der Salpêtrière hatte sie jahrelang neben Étiennette gelegen, aber in einer Nacht verstand sie, dass es verschiedene Formen von Trost gibt. Sie erinnert sich an das genaue Datum, den 16. Januar 1721. Morgens war sie mit einem verkrampften Bauch und braun geflecktem Nachthemd aufgewacht, ihre Nägel waren blutverkrustet. Sie hatte sich die Schenkel gesäubert, hatte gehört, wie eine junge Frau rief: »Die Kleine ist endlich eine von uns.«

In der folgenden Winternacht blieb Charlotte im Halbschlaf, alles erschien ihr langsam, dunkel, möglich. Das Stroh unter ihrem Kopf, die Wolldecke, die an den Waden kratzte, Étiennettes Beine, Charlottes Lippen an ihrem Hals, wo sie einen Moment lang verweilten. Dieser Moment war so vollkommen, so verheerend in seiner Zerbrechlichkeit. Étiennette war aufgewacht – im Schlaf sagt man nicht so deutlich Nein.

In Nouvelle-Orléans schlägt Charlotte jedes Mal, wenn sie sie besucht, das Herz bis zum Hals. Die letzten beiden

Jahre haben Étiennettes Körper verändert, sie ist runder, kräftiger geworden, hat an Sicherheit gewonnen. Sie kümmert sich fortwährend um ihre Söhne. Manchmal wirkt sie abwesend, als ob ein Teil von ihr die beiden Jungen niemals ganz verließe. Sie wirft Aurélien flüchtige Blicke vom anderen Ende des Raums zu, reicht ihm butterglänzende Kekse, an denen er unendlich lange herumkaut. Sie zerzaust sein Babyhaar mit Küssen.

Charlotte bietet Louis, was sie kann. Sie hat das Gefühl, in der damaligen Zeit festzustecken, wieder in Biloxi zu sein, beschämt über ihr Tun, über Étiennettes Reaktion. Die Zuneigung, die sie für ihren Mann hegt, ist nichts gegen die, zu der sie sich fähig fühlt. Für ihr Baby hätte sie nichts als Liebe. Liebe, die frei wäre von Schuldgefühlen, die sie sich nicht einmal vorstellen kann.

*

Louis hätte in der Woche, als Étiennette ihren Sohn gebar, zurückkommen sollen. Charlotte ist an seine Verspätungen gewöhnt, an die Stille, die Unsicherheit, aber so lange war er noch nie weg, nun fast einen Monat. Dieses Mal fährt er nicht über den Anglois, der Fluss im Süden von Nouvelle-Orléans, sondern reist nördlich des Pontchartrain-Sees. Er begleitet eine Patrouille, die frisch aus Frankreich angekommen ist. Als sie ihn fragte, wie er es anstellen wolle, die Soldaten durch diese Gegend zu führen, in die er noch nie einen Fuß gesetzt hat, lachte Louis.

»Du solltest die Männer sehen«, antwortete er. »Ohne mich würden sie keine zwei Tage überleben.«

Sie weiß, dass er auf dem Wasser glücklicher ist. Er kommt von der Île d'Oléron vor La Rochelle. Mit drei Jahren hat ihm ein riesiger Seebarsch einen so heftigen Schlag versetzt, dass er beinahe das Bewusstsein verlor. »Anscheinend hatte ich damals nicht das nötige Format«, vertraute er ihr eines Tages, nach ihrer Fehlgeburt an. »Und ich sehe, dass du heute nicht besser über mich denkst«, fügte er hinzu. Sie lächelte ihn an, er musste andauernd beruhigt werden. Sie sagte ihm wieder, er solle keinen Unsinn reden, dass er alles sei, was sie sich hätte erträumen können.

Vor drei Monaten, im Januar, kamen sie nach Nouvelle-Orléans. Als sie die Stadt zum ersten Mal sah, konnte Charlotte kaum glauben, dass sie vier Monate zuvor von einem Sturm hinweggefegt worden war – die Kirche zerstört, das Pfarrhaus und die Baracken ruiniert. Das Wasser des Bayou Saint-Jean hatte gedroht die Pulverfässer zu erreichen, die hoch in einen Taubenschlag gezogen worden waren. Doch die Spuren des Unwetters waren kaum noch sichtbar. Zu ihrer Überraschung bemühten sich die Bewohner von Nouvelle-Orléans, mit Gelassenheit über den Orkan vom September 1722 zu sprechen. Ja, er hatte tagelang gewütet, aber es hatte relativ wenige Tote gegeben. Die Häuser waren nicht darauf ausgelegt zu überdauern, ihre Lage entsprach nicht den Plänen für die Stadt – man hätte sie ohnehin abreißen und neu aufbauen müssen.

Charlotte war erleichtert, die Zerstörung hinter sich zu lassen. In Biloxi hatte sie andere Erfahrungen gemacht. Wind und Wetter hatten alles auf dem Weg mitgerissen. Die Häuser waren verschwunden, die Stadt vollständig überflutet gewesen, auf den neuen Wasserläufen trieben Leichen, die Klagen derjenigen, die alles verloren hatten, hallten am Strand wider. Charlotte hatte erfahren, dass mehrere Mädchen der *Baleine* bei dem Sturm umgekommen waren, zum

Glück hatten Pétronille und Geneviève die Küste verlassen. Im Gegensatz zu dem, was man sich in Paris erzählte, ist die Auswirkung des Orkans auf die Kolonie in ihren Augen deutlich sichtbar. Im Westen von Nouvelle-Orléans waren die fruchtbaren Uferbereiche, die Feuger »die Gärten der Hauptstadt« nennt, verwüstet worden, die Ernte war verloren; selbst die deutschen Bauern, die dieses Land bestellen, haben Schwierigkeiten, die Preise niedrig zu halten. Die Handvoll Saubohnen war noch nie so teuer gewesen, ein Ei kann bis zu sechzehn Sous kosten, geräuchertes Rindfleisch ist eine Delikatesse geworden. Auf Befehl des Gouverneurs hat Louis kürzlich einen Palisadenzaun um ihr Land gezogen. Sie konnten sich das Holz, das sie vor dem nächsten Sturm schützen soll, gerade so leisten. Aber sie wollten auch nicht die Strafen der Verwaltung riskieren.

Die paar Arpents, die ihnen zugeteilt wurden, liegen im Norden von Nouvelle-Orléans. Die Grenzen ihrer Parzelle sehen auf dem Papier eindeutiger aus. Charlotte weiß nicht, ob die Zypressen am Rand ihres Gartens ihnen gehören, sie bezweifelt, dass irgendjemand es weiß. Sie leben dort, wo die Stadt dem Wald Platz macht, der vor nicht langer Zeit noch ihre Straße überwucherte. Sie hatten Glück: Bei ihrer Ankunft war ein Teil des Gebiets bereits von Arbeitern der Kompanie gerodet worden. Louis musste die begonnene Arbeit beenden, wenn sie wollten, dass ihnen die Parzelle zugesprochen würde, und sie unterstützte ihn, so gut sie es konnte. Sie sammelte die abgefallenen Ranken ein, jätete Unkraut, befreite die Erde von Lianen und Wurzeln. Sie wurde von einer wilden Katze gebissen, rettete heimlich Vogeljunge aus einem Nest. Nouvelle-Orléans machte ihren Rücken kaputt, pustete Blasen unter die Haut ihrer Hände.

Doch zum ersten Mal seit zwei Jahren zeigten die Wälder von Louisiane ihr ein anderes, ramponiertes Gesicht. Das Gestrüpp widersetzte sich, aber die undurchdringliche Mauer, die sie in Biloxi verspottet hatte, wich nach und nach zurück. Nachbarn halfen ihnen, die Bäume und Binsen zum Bau ihres Hauses abzuholzen – die gleichen Zimmermänner, Dachdecker, Maurer, die in wenigen Monaten eine Stadt neu aufgebaut hatten. Der Erdweg war kurz zuvor Rue de Bourbon getauft worden.

Der Fluss liegt auf der anderen Seite der Stadt, aber der Wind treibt seinen modrigen Atem bis zu ihnen. Dieses Delta ist der Grund, warum die Regierung beschlossen hat, Nouvelle-Orléans als Hauptstadt von Louisiane auszuwählen. Hier würden die Schiffe nicht mehr an der Île aux Vaisseaux anlegen müssen, sondern würden Passagiere, Vieh und Waren direkt ans Festland bringen. Der Strom, der durch die Kolonie fließt, würde die Wasserstraße werden, von der die königliche Regierung geträumt hat. Als die Entscheidung verkündet wurde, konnte Louis seine Enttäuschung nicht verbergen. Nouvelle-Orléans war ein Moor, das das halbe Jahr über unter Wasser stand, durch das die Schweine trampelten, die die Einwohner aufgrund mangelnder Gehege frei herumlaufen ließen. Diese Pariser wussten nichts über die Sandbänke an der Mündung des Saint-Louis, über die schwierigen Manöver, die nötig wären, um den Fluss zu erreichen. »Immer noch besser als Mobile«, schloss er. Aber Biloxi wäre nie das urbane Herz dieses Landes voller Sümpfe geworden.

Charlotte hat kaum Erinnerungen an ihre Reise nach Westen. Zu ihrer großen Erleichterung hatte auch Étiennettes Mann entschieden, sich in Nouvelle-Orléans niederzulassen. Sie waren seit dem Orkan nicht die Einzigen. An Bord der Pirogen erkannte Charlotte viele Frauen von der *Baleine* wieder. Es war kalt auf dem Wasser, und die meisten drückten Kinder an ihre Brust.

Eine Woche nach ihrem Besuch bei Étiennette beschließt Charlotte, sich beim Verwalter nach Louis zu erkundigen. Sie schläft schlecht in letzter Zeit. Ihre Albträume scheinen so real wie die, welche sie nach dem Piratenüberfall heimsuchten – gesichtslose Männer, ein verschwundenes Beiboot, das Deck so flach und leer wie das Meer. Die Heftigkeit der Träume, die sie nun wecken, ist anders, schleichend, bitter: Louis ist gegangen, und mit ihm jede Hoffnung auf Mutterschaft. Étiennette ist verschwunden, wie Pétronille und Geneviève. Die Stille im Haus ist ohrenbetäubend – selbst die Vögel haben sie verlassen.

Charlotte zieht ihr bestes Kleid an. Am rechten Ärmel ist die Spitze eingerissen, aber sie verbirgt es unter ihrem Mantel. Sie bezweifelt, dass man sie empfangen wird: Die einzigen Frauen, die sie am Kapuzinerkloster vorbei in das Haus der Direktoren hatte gehen sehen, waren in Begleitung gewesen. Aber Louis war zum Wohle der Kolonie unterwegs. Er führt die Soldaten zu den Vorposten im Norden, hilft dabei, die brüchige Infrastruktur der Franzosen zu stärken. Sie hofft auf eine Ausnahme.

Die Luft ist kühl für Ende April. Der Jasmin blüht bereits, erhellt die graubraunen Straßen, die gerade erst einen Namen erhalten haben. Sie biegt an der Ecke der Rue d'Orléans ab und weicht einem Fuhrmann aus, der von den Läden am Bayou Saint-Jean zurückkehrt. Sie zieht sich die Kapuze ihres Überwurfs ins Gesicht, als sie jemand ihren Namen rufen hört.

»Madame Charpillon«, ertönt die Stimme noch einmal.

Die andere Frau trägt auch einen Mantel, dessen Wolle aber neuer wirkt. Charlotte braucht einen Moment, bevor sie Marthes Pausbacken erkennt, ihr einfältiges, aber gutmütiges Lächeln.

»Ich dachte doch, dass Sie es sind«, sagt sie und legt Charlotte zögernd die Hand auf den Arm. »Gehen Sie zu Étiennette?«

»Nein, heute nicht.«

Sie hat sie gestern besucht, und ihre Freundin hat sie noch einmal gedrängt, mit Marthe zu sprechen.

»Ich gehe zum Verwalter«, erklärt Charlotte.

Marthe folgt ihr die Rue d'Orléans hinunter. Eine Gruppe deutscher Arbeiter lädt ihr Material vor einem unkrautüberwucherten Grundstück ab. Neben dem Gehsteig läuft braunes Wasser die Rinne entlang, trägt Jauche, große Blätter, Eierschalen mit sich. Letzten Monat hat die Regenzeit begonnen, und Charlotte hat sich damit abgefunden, bis Ende Juni in feuchten Kleidern zu leben.

»Worum geht es?«, fragt Marthe.

»Sie wissen vielleicht, wo mein Mann ist.«

Charlotte möchte Marthes Mitleid nicht. Sie wechselt gleich das Thema, um ihren Fragen zuvorzukommen.

»Étiennette hat mir erzählt, dass Sie sich mit Kindern sehr gut auskennen.«

Marthe entgleiten die Gesichtszüge.

»Ist ihren Söhnen etwas geschehen?«

»Nein«, sagt Charlotte und senkt die Stimme: »Ich wollte sagen: mit dem Kinderkriegen.«

Marthe schweigt.

»Ich versuche es nun seit einem Jahr«, fügt Charlotte hinzu.

Vor einer Werkstatt klopft ein Perückenmacher eines seiner größeren Modelle aus, die sich daraus lösenden Pferdehaare kitzeln an Charlottes Wangen. Sie geht schneller, Marthe bleibt ihr auf den Fersen.

»Was ist geschehen?«

Nur Étiennette weiß von ihrer Fehlgeburt. Während sie sich davon erholte, musste sie oft an Geneviève denken, mehr als sie wollte. Sie hatte sich nach ihrem Weggang aus Biloxi merkwürdig verloren gefühlt. Sie musste immer wieder an den Junitag zurückdenken, als Pétronille nach Fort Rosalie aufbrach, als Geneviève ihr empfahl, gegen ihre Übelkeit Zitronensaft zu trinken. Sie hätte gewusst, was zu tun war, an der Küste, im Haus am Bayou. Dann rief Charlotte sich zur Vernunft – Geneviève hatte Babys nie gerettet.

Marthes Heilmittel sind viel ausgeklügelter als ein einfacher gepresster Saft. Man braucht Stutenmilch, Honig, Haare. Sie rät ihr, einen Gürtel aus Ziegenhaar zu flechten, ihn in Eselsmilch zu legen und ihn zu tragen, wenn sie bei ihrem Mann liegt. Vor dem Schlafen Honigwasser zu trinken und auf ein Pieken in der Nähe des Bauchnabels zu warten, als Zeichen einer Schwangerschaft. Die Form ihres Bauches zu beobachten: Wenn er sich rechts rundet, wird es ein Junge, wenn links, wird es ein Mädchen.

»Meine Stiefmutter hat mir alles beigebracht«, erklärt Marthe. »Sie konnte meinem Vater keine Kinder schenken.«

»Ist es ihr am Ende gelungen?«

»Ja«, antwortet Marthe, »und wir haben es alle bereut.«

Sie bleiben auf der Place d'Armes stehen, zwischen dem Gefängnis und der vor Kurzem fertiggestellten Wache. Drei

Männer kommen heraus, ihre Trommeln auf dem Rücken, ihre mit Schwarzpulver gefüllten Hörner in der Hand. Drinnen wird lautstark nach dem Offizier des Schweizer Regiments verlangt.

»Ich bringe Ihnen alles Nötige«, beruhigt sie Marthe.

Charlotte verspricht ihr, es zu versuchen. Sie hat nichts zu verlieren. Marthes Anweisungen sind so präzise, die Zutaten so abwegig, dass es fast so scheint, als könnten sie wirken. Wenn Louis eines Tages zurückkommt. Sie geht über den Platz, weicht einem kleinen Esel aus, der von einem Jungen, der kaum größer ist, geführt wird, kommt an den Frauen vorbei, die unreifes Gemüse verkaufen. Von hier aus kann sie den Fluss sehen, der Louis davonträgt und wieder zu ihr zurückbringt. Sie kennt die Geschichte, die er ihr gern erzählte, als sie ankamen, auswendig: Im letzten Oktober haben die Schiffe *Loire* und *Deux Frères* Nouvelle-Orléans mit sechzehn Salutschüssen aus ihren Kanonen begrüßt, und die junge Hauptstadt, der es an allem fehlte, hatte darauf nur mit einem Schuss antworten können.

Sie hat keine Schwierigkeiten, zum Verwalter durchgelassen zu werden. Aber dort sagt man ihr nur, was sie bereits weiß. Die Männer sind zum Fluss Pascagoula aufgebrochen. Sie hätten vor acht Tagen zurück sein müssen. Sollte eine junge Frau wie sie nicht zu Hause sein, bei ihren Kindern?

*

Charlotte versuchte nur ein einziges Mal, mit Étiennette über die Januarnacht im Lagerhaus zu sprechen. Zu Beginn des Herbstes 1721 konnte sie es sich erlauben. Schwanger fühlte sie sich sicher. Dank ihres Babys hätte sie kein Geheimnis mehr, nicht mehr diese Lippen, die nach der

Wärme eines bestimmten Halses suchen. Bald wären sie einfach nur zwei Freundinnen, zwei Mütter. An jenem Septembermorgen wollte Charlotte damit abschließen. Sie wollte Étiennette sagen hören, dass sie ihr vergab. Aber das Feuer erlosch, eine Dienerin klopfte an, Étiennettes Säugling begann zu treten. Ihre Freundin war abgelenkt. Sie bat sie, ihre Worte zu wiederholen.

»Es ist nichts«, antwortete Charlotte.

Sie hatte sich nicht getraut.

Ihr Körper bestraft sie jeden Monat für ihre Gedanken, für ihre Gesten. Der Schmerz, der ihre Periode begleitet, ist unsäglich, wie Klingen, die in ihrem Bauch stochern, ihn durchstoßen. Die Krämpfe machen aus ihr eine Marionette. Sie radieren ihre Gedanken aus, zerren an ihrem Magen. Keine Position verschafft ihr Erleichterung. Sie kniet sich vor einen Eimer. Sie spuckt Galle und stolpert zu ihrem Bett zurück. Jeden Monat wird ihr die gleiche Lektion erteilt: Dieser dumpfe, hartnäckige Schmerz wird niemals verschwinden.

Es scheint unmöglich, dass sie vergeblich leidet.

*

Zwei Wochen, nachdem Charlotte den Verwalter aufgesucht hat, eine Woche, nachdem ihre Periode vorbei ist, kommt Louis zurück. Auch in den ersten Maitagen lässt der sintflutartige Regen nicht nach, die Abwassergräben der Stadt laufen bereits über. Als ihr Mann auftaucht, bemüht sich Charlotte gerade vergeblich, dem Redeschwall des Nachbarn Einhalt zu gebieten – Pinet, ein französischer Waffenschmied, wurde aus Gründen aus Senegambia verschifft, über die sie lieber nichts wissen will.

»Die Flüchtigen«, fährt er atemlos fort. »Sie sind gestern ganz in der Nähe vorbeigekommen. Sind Sie verletzt? Haben Sie sie gehört?«

Sie verneint, auch wenn sie die Geräusche nachts manchmal wecken. Die der ehemals versklavten Stammesmitglieder, die entkommen sind und nun durch die umliegenden Wälder streifen, Vieh töten und die Siedler bestehlen. Aber sie weigert sich, die Angst dieses Mannes zu ihrer zu machen. An Bord der *Baleine* hat sie erfahren, dass die Furcht, wenn sie einmal da ist, einen nicht mehr loslässt. Pinets afrikanische Frau starrt sie von ihrer Türschwelle aus an. Nicht weit dahinter kommt Louis die matschige Straße hoch.

Charlotte schubst ihren Nachbarn ohne ein Wort der Entschuldigung beiseite. Sie winkt ihrem Mann zu. Wenn sie sich wiedersehen, ist sie immer ein wenig verlegen, als müsste sie jedes Mal von vorn beginnen, den Unbekannten, den sie geheiratet hat, neu kennenlernen. Er lächelt.

»Lass mich raten«, sagt er, »er geht dir wieder mal mit seinem Gerede auf den Geist.«

Er deutet auf Pinet, der in sein Haus zurückkehrt, die Hände in die Taschen gesteckt.

»Wenn er mich eines Tages in Ruhe lässt, mache ich mir wirklich Sorgen«, entgegnet Charlotte.

Die Haustür der Nachbarn fällt zu. Die Farbe von Louis' Jacke ist unkenntlich geworden, der Schlammgeruch, den er mitbringt, wird noch tagelang in seinen Kleidern hängen. Sein Hemd ist falsch geknöpft, er nimmt sich nie Zeit für solche Dinge. Sie legt ihre Wange an seine Brust.

»Du hast dir bestimmt Sorgen gemacht«, sagt er.

»Nur ein wenig.«

»Wirklich? Ich bekomme kaum Luft.«

Sie löst sich von ihm, schaut ihn prüfend an. Der Schmutz in Louis' Gesicht hebt seine hellen Augen hervor. Am Ellenbogen hat er eine Schnittwunde, aber sie wirkt sauber. In Biloxi ist er von seiner ersten Mission mit verbrannter Haut zurückgekehrt, im Fieberwahn, Arme und Rücken von Blasen übersät. In dem Jahr fürchtete sie um sein Leben, aber er schien nicht alarmiert. Er betrachtete die Wunden an seinen Händen und erzählte ihr von der Häutung der Schlangen.

Er folgt ihr ins Haus, wirft seine Stiefel neben die einzige Kommode, auch wenn sie ihm ständig sagt, er solle sie an die Rückwand stellen. Sie bringt sie zum Trocknen nach draußen.

»Der See ist verflucht«, murmelt Louis, »wir hätten vor drei Wochen zurück sein sollen.« Er setzt sich an den Kamin, massiert sich den Knöchel. »Diese Flüsse sind so gefährlich wie der Ozean.« Er erklärt, dass sie auf dem Rückweg fast die Küste erreicht hätten, als heftige Nordwinde sie gezwungen hätten, umzukehren und auf der Île Ronde anzulegen. Wegen des schlechten Wetters hätten sie dort fünfzehn Tage lang in der Falle gesessen, sich von Austern und wilden Katzen ernährt.

»Mit ein paar Beeren hätten wir uns glücklich schätzen können«, sagt Louis. »Wasser haben wir am Tag nach unserer Ankunft gefunden. Ohne das hättest du Grund gehabt, dich zu sorgen.«

»Ich hatte einen Grund.«

Er lächelt sie an, stellt seinen Fuß ab. Seine Hände sind dunkel vom Dreck, aber Charlotte setzt sich auf seinen Schoß, verbirgt ihr Gesicht an seinem Hals. Als sie ihn kennenlernte, war sie erschrocken und ein bisschen neugierig; mit Erleichterung hatte sie erfahren, dass er nur fünf Jahre älter als sie ist, und nicht zehn oder fünfzehn. Vor ihm hatte sie kaum Umgang mit Männern, außer vielleicht in den Ställen der Salpêtrière, wo einer der Jungen ihr die Früchte reichte, die sie an die Tiere verfütterte. Sie kannte weder das Gefühl einer rasierten Wange an ihrer noch das drängende Begehren eines anderen. Sie hatte Geschichten über albtraumhafte Hochzeitsnächte gehört, zumindest in Andeutungen. Die Erinnerung an den Piratenüberfall machte die Angst vollkommen. Die Überraschung am Abend nach ihrer Hochzeit beim Anblick dessen, was sich unter den Kleidern ihres Mannes verbarg, ist ihr noch in guter Erinnerung. Louis hatte sich geduldig gezeigt, aber als er in sie eindrang, hatte sie das Gesicht weggedreht, ins Kopfkissen, da sie nicht wollte, dass er ihre Tränen sah. Sie hatte sich mit dem Gedanken an ihre Regel beruhigt: Wenn sie jeden Monat solche Qualen überstand, konnte er ihr unmöglich mehr wehtun.

Sie hatte nicht erwartet, dass der Schmerz mit der Zeit nachlassen würde, und doch war es so. Manche Abende mit Louis sind inzwischen sogar angenehm, oder beinahe – wenn er nicht betrunken ist oder in Eile. Danach hält er sie immer im Arm, und nie schläft sie besser ein als in diesen Nächten.

Ihr Mann mag nicht perfekt sein, aber es hätte viel schlimmer kommen können.

Das Haus scheint nach seiner Heimkehr immer größer zu werden. Morgens findet sie ihn oft im Schneidersitz am Kamin vor, damit beschäftigt, seine Fischernetze zu reparieren. Wenn er reist, kratzt Charlotte Reste aus dem

Topf, ohne sich die Mühe zu machen, sie in eine Schüssel zu geben, verbringt die meiste Zeit im Garten, im Kampf gegen das Gestrüpp, das zurückzuerobern droht, was ihm gehörte. Manchmal summt sie Lieder aus der Zeit in der Salpêtrière, Kinderreime, die die Tanten ihnen beigebracht haben, Balladen, die sie an Bord der *Baleine* gehört hat. Sie fühlt sich dann weniger allein – vielleicht hört irgendwo irgendjemand zu.

Sie wagt sich nie hinter die Zwischenwand im hinteren Teil des Hauses, wo Louis manchmal zum Lesen sitzt. Nach ihrer Hochzeit stellte sie überrascht fest, dass ihr Mann, der das Wasser dem Land vorzieht, sich in einen Roman von Challe vertieft, sobald er von seinen Reisen zurückkehrt. Er hatte auf der Île d'Oléron das Lesen von seinem Onkel gelernt, ein Liebhaber von Gedichten, Gischt und Gezeiten. Aber in dem kleinen Raum mit Blick auf den Wald hat Charlotte keinen Blick für Louis' Bücher. Sie sieht nichts anderes als die Wiege, in der er Angelhaken und Köder aufbewahrt. Er hat darauf bestanden, sie aus Biloxi mitzubringen. Er hat Charlotte versichert, dass sie in Nouvelle-Orléans Kinder haben würden, dass die Babys nur darauf warten würden, dass sie sich endgültig niederließen. Dass sie sich keine Sorgen machen bräuchte, sie nicht einmal fünfzehn Jahre alt sei und noch alle Zeit der Welt habe. Er hat recht. Zeit hat sie im Überfluss.

Und doch kommt es ihr manchmal so vor, als hätte sie nicht genug. Louis bereitete sich schon auf eine erneute Reise vor, dieses Mal in den Süden der Hauptstadt, zum neuen Hafen von La Balize. Er wurde ausgewählt, um einen krank gewordenen Küstenlotsen zu ersetzen, und wird die Schiffe um die gefährlichen Sandbänke an der

Flussmündung des Saint-Louis herumführen – ein gewagtes Manöver, aber unvermeidlich, wenn man nach Nouvelle-Orléans will. Ein paar Meilen weiter umschließt der Wald das Wasser, und es ist nicht mehr möglich, die Segel einzusetzen. Die Schiffe müssen gehievt werden. Charlotte weiß, dass es sechs Wochen dauern kann, den Fluss hochzufahren.

Sie fragt Louis, wann sie ihn wiedersehen wird. Er zuckt mit den Schultern, alles hängt von der Gesundheit des Lotsen ab. Sie hatten nur ein paar gemeinsame Nächte, und sie versucht, es ihm nicht übel zu nehmen. Wenn er weniger oft weg wäre, hätten sie eine leere Speisekammer, sie könnte sogar verhungern, wie ihre Nachbarin in Biloxi – eine Misere, die ihr unmöglich erschien, bevor sie die Salpêtrière und ihre faden, aber regelmäßig aufgetischten Speisen verließ. Manchmal denkt sie, dass Louis zu gut ist, um bei ihr zu bleiben.

Während der zwei gemeinsamen Wochen gibt sie Marthes Rezeptur eine Chance. Nicht dem Gürtel aus Ziegenhaar, aber einem Pulver, das Charlotte unter die Matratze verstreuen soll. Der grässliche Geruch verflüchtigt sich rasch. Charlotte weiß nicht, wie Marthe an ein Hirschgeweih gekommen ist – die Herkunft der Kuhfladen ist weniger geheimnisvoll.

Louis geht, und Charlotte tut das, was sie am besten kann. Warten.

Sie besucht erneut Étiennette. Bei ihrer Freundin ist die Zeit greifbarer. Hugo ist fast eineinhalb Monate alt und wacht nachts schon nicht mehr auf – ein Wunder. Aurélien hat zum ersten Mal im letzten Winter gelacht, auf dem Weg nach Nouvelle-Orléans, als ein Mann von einem der Einbäume ins Wasser fiel und erst eine halbe Meile weiter herausgefischt wurde. Im späten Mai läuft er auf wackeligen Beinen zwischen Charlotte und Étiennette hin und her, die Augen auf seine Mutter gerichtet, als ob nur ihre Aufmerksamkeit ihn aufrecht hielte. Charlotte hasst das Kind und liebt es zugleich abgöttisch. Sie hätte zu Beginn der Woche ihre Periode bekommen müssen. Doch ihr Unterleib rührt sich nicht. Sie ist vier Tage zu spät.

Dann eine Woche, dann zwei. Es regnet so heftig, dass man die Stadt dem Schlamm überlassen, im sumpfigen Schilf versinken könnte, im fetten Moos, aus dem man kaum seine Füße lösen kann. Die Fiebrigkeit, die Charlotte jedes Mal überfällt, wenn das Wasser der Bayous und Flüsse steigt und droht die Quais, Lagerschuppen und Reisfelder zu überschwemmen – die Furcht, ihre Welt könnte untergehen –, ist verschwunden. Es heißt, dass der Gouverneur einer verzweifelten Menge, die der Kolonie entkommen wollte, verboten hat, an Bord der *Dromadaire*, der *Loire* und der *Deux Frères* zu gehen. Es fällt ihr leicht, die Gerüchte zu ignorieren. Sie könnte schwanger sein, und dieser Gedanke fegt ihre Ängste weg. Die Hauptstadt wirkt mit einem Mal solide genug, um einen weiteren Frühling zu überstehen. Die Sonne kehrt in ihren Garten zurück, trocknet das Dach der benachbarten Scheune, führt Louis nach Hause. Beim Abendessen kann Charlotte nicht mehr an sich halten. Sie hat niemandem von ihrer Vermutung erzählt, nicht einmal Étiennette oder Marthe, aber am Abend von Louis' Heimkehr sagt sie ihm alles. »Siehst du«, antwortet er, »du hättest dich nicht sorgen sollen.« Sie will es unbedingt glauben.

Es regnet weiter auf die Hauptstadt herab, der Sommer wird feucht. Die Straßenhändlerinnen kündigen neue Überschwemmungen an, die Bauern sorgen sich um ihre

Ernte, aber ihre Befürchtungen berühren Charlotte nicht. Sie wischt die Pfützen am Kamin weg, hängt die Laken zum Trocknen auf, besucht Étiennette ohne ein schlechtes Gefühl. Sie geht durch die Stadt, und der Gedanke, dass sie dabei vielleicht nicht ganz allein ist, gibt ihr Kraft. Bald würde sie ihre Freundin nicht mehr beneiden müssen.

An einem gewittrigen Junitag findet sie sie im Garten des Hauses in der Rue de Chartres vor. Der Himmel verdunkelt sich, aber die Luft bleibt stickig. Die Hornissen schwirren über die weißen Blüten der Erdbeeren, im Wein hocken zahllose Amseln. Étiennette sitzt im Schatten eines Feigenbaums, Hugo schläft neben ihr. Die Stühle stehen so nah beieinander, dass ihre Armlehnen sich berühren.

Charlotte schaut zu, wie sie am Wollknäuel zieht, eine neue Reihe beginnt. Sie hört zu, wie sie ein Fest beschreibt, das sie im August geben will – ein Fest, das nie stattfinden könnte, wenn Monsieur Feuger nicht für die Lagerbestände zuständig wäre. Étiennette hält inne, schaut sie an.

»Charlotte?«

»Du willst wissen, ob man den Arzt einladen sollte?«

»Ich habe gefragt, ob du gern singen würdest. Was ist mit dir?«

»Ich habe noch nie ohne Begleitung vor Publikum gesungen.«

»Es wird Musiker geben. Doch lassen wir das. Was ist los?«

»Nichts.«

Hugo zappelt, und Étiennette nimmt ihn hoch. Das Baby strampelt, es tritt schonungslos gegen die Brüste seiner Mutter. Étiennette zieht die Schnur zurecht, die in den Falten am Hals ihres Sohnes verschwindet.

»Was ist das?«, fragt Charlotte.

Étiennette zeigt ihr den Anhänger, der aussieht wie ein kleiner Stein.

»Der Zahn eines Fohlens«, erklärt sie. »Marthe sagt, er lindert seine Zahnschmerzen.«

»Wie lange soll er ihn tragen?«

»Seit wann nimmst du diese Mittel ernst?«

»Seit sie wirken.«

Étiennette lässt das Amulett los. Sie starrt Charlotte an.

»Warum hast du mir vorher nichts gesagt?«

»Ich weiß nicht«, antwortet Charlotte.

Sie weiß es wohl. Sobald sie es ausspricht, werden ihre Hoffnungen real, zerbrechlich.

»Ich war mir nicht sicher, bevor ich gespürt habe, wie Hugo sich bewegt«, wirft Étiennette ein. »Du wirkst nicht so, als sei dir übel.«

»Meine Periode ist ausgeblieben.«

Étiennettes Miene wird weicher. Plötzlich sieht sie aus wie das Mädchen, das Charlotte an einem Augusttag in der Salpêtrière empfangen hat.

»Schone dich«, sagt sie. »Lauf nicht mehr so viel. Nächstes Mal komme ich zu dir.« Sie korrigiert sich. »Ich schicke dir eine Kutsche, um dich abzuholen.«

Charlotte nickt. Sie lässt es zu, dass Étiennette ihr das Knie tätschelt, ignoriert die Schauer, die ihr Bein entlanglaufen. Die Hand ihrer Freundin zieht sich zurück. Charlotte schaut auf ihren Bauch. Sie könnte schwören, dass er dicker geworden ist.

*

Die anderen Frauen waren ihr gegenüber noch nie so aufmerksam wie in diesem Sommer. Als Charlotte in Biloxi schwanger war, hatten die Mädchen gerade erst geheiratet, sie waren noch dabei, ihre Männer kennenzulernen, waren zurückhaltender, weniger eifrig. Sie hatten Zeit und eine neue Hauptstadt gebraucht, um den Zusammenhalt, der an Bord der *Baleine* entstanden war, neu zu erfinden.

Im Juni und Juli kommen manche von ihnen Charlotte sogar besuchen. Sie bringen Blumen, Bilder der heiligen Margarete, wispern Gebete an die Jungfrau Maria, die Charlotte noch nie gehört hat. Sie schlagen ihr vor, ein Musikinstrument zu lernen, Harfe oder Flöte, als wäre so etwas in einer Kolonie, der es zu oft an Nahrung fehlt, so einfach aufzutreiben. Sie beharren darauf, dass sie jeden Tag singt und sich vor allem nicht aufregen soll. »Die Gesundheit Ihres Kindes hängt von diesen Anfängen ab«, warnen sie. »Hüten Sie sich vor Ihren Gelüsten. Umgeben Sie sich mit schönen Dingen und meiden Sie jeden störenden Anblick.«

Charlotte gehorcht widerstandslos. Es ist schon Mitte Juli, das Hôtel-Dieu, das seit Monaten im Bau war, öffnet endlich seine Pforten. Louis erzählt, dass Hunderte Kranke hineingestürmt seien, obwohl das Krankenhaus nur über achtzig Betten verfügt. Ihr Mann wirkt besorgt, er hat einen Stellmacher und einen Tischler vom Desertieren sprechen hören. Sie beruhigt ihn. Alles wird sich einrenken, sie würden bleiben, sie haben keine Wahl. Bald wird das Baby kommen.

Als Louis in der dritten Juliwoche abreist, erscheint ihr der Abschied weniger schmerzlich als sonst. Er wird erst in einem Monat zurück sein, aber sie wäre nicht allein. Die Frauen würden sie weiterhin besuchen.

Sie sprechen weniger über ihren Bauch als über die Bedeutung ihres Blicks. Als sie ihn zum ersten Mal erwähnen, fällt es Charlotte schwer, ernst zu bleiben. Aber die Frauen sind unbeirrbar. Von einem vergangenen, geheimen Leben ist die Rede, das Charlotte mit ihrem Kind teile. Sie beschreiben, was sie ihm weitergebe – die Welt, die sie umfange, umgewandelt in Gefühle, Schwingungen –, ob sie wolle oder nicht. Charlotte hat keine Kontrolle über ihren Bauch, aber sie kann entscheiden, was sie anschaut und was sie nie wieder sehen will. Diese Verantwortung wiegt schwer. Nachts dreht und wendet sie sich in ihrem Bett, das ohne Louis zu groß ist. Sind ihre Gedanken Bilder? Kann man auslöschen, was man geträumt hat? Étiennette, die sich im Stroh zurechtlegt, ihr Gesicht, das nah an ihrem zur Ruhe kommt, ihre Lippen, die sich mit einem Lächeln entfernen, die Abstände zwischen ihren Zähnen, das Blassblau ihrer Augen – ein Junihimmel, fast durchscheinend. Wenn die Frau in ihrem Traum fragt: »Schläfst du?«, hört Charlotte Genevièves Stimme.

Sie schlägt die Augen auf. Ihr Atem geht schnell, ihr Herz klopft. Draußen wird der Himmel hell, durch die Ritzen der Holzbretter erkennt sie eine graugelbe Dämmerung. Ihre Schenkel sind feucht. Sie bleibt reglos liegen, bis die Sonne aufgeht. Sie wäscht sich mit einem Lappen zwischen den Beinen, zerbricht kleine Holzscheite, streicht Butter auf ein Stück altbackenes Brot. Sie verscheucht die Traumfetzen, die sich ihr aufdrängen. Sobald es hell genug ist, schaut sie sich um – ein geflecktes Ei, das Spiegelbild eines Vogels in den grünen Augen einer Katze, ein paar Regentropfen, gefangen in einem Spinnennetz. Sie wählt mit Bedacht, schaut auf die Welt, als hätte sie Angst, sie zu beschädigen.

Als Charlotte sich fragt, was ihre Mutter während ihrer Schwangerschaft wohl beobachtet hat, sieht sie nur ein blaues Spitzenhäubchen; Wiegen werden zu Booten, die durch einen eiskalten Schlafsaal schaukeln und dort Anker werfen. Die Verzweiflung dieser Frau, der weiße, blanke Horror jenes unbarmherzigen Winters, von dem sie so viel gehört hat – diese Gedanken verdrängt sie. Ihre Mutter ist ein Mysterium und wird es bleiben. Über ihr Kind wird Charlotte alles wissen.

*

Als sie zu Étiennette fährt, glaubt sie ein leichtes Zwicken im Bauch zu spüren. Die Kutsche ruckelt, ihre Räder holpern durch die wassergefüllten Spurrillen. Ein weiteres Gewitter macht sich bereit, und die stetig schwülwarme Juliluft kümmert sich nicht um die trabenden Pferde.

Sie sitzt mit den Frauen am Tisch – Étiennette, Marthe, Léonie und ihre Zwillingsschwester –, als die Krämpfe sie überfallen. Dieses Mal kann sie das Gefühl nicht ignorieren, dicke Nadeln stricken die Haut ihres Unterbauchs, spitze Nägel werden in die unsichtbaren Adern getrieben. Charlotte verschlägt es den Atem.

»Was ist?«, fragt Étiennette, als sie das Essen ablehnt.

»Ich habe keinen Hunger«, flüstert sie.

»Sie ist ganz blass«, bemerkt Léonie.

»Sie sollte sich hinlegen.«

»Helft mir, sie ins Bett zu bringen.«

Charlotte spürt, wie Arme ihr hochhelfen, sie aus dem Raum den Flur entlangführen. Sie schließt die Augen: Die Welt und der Schmerz können nicht gemeinsam existieren. Ihr Kopf sinkt in die Federmatratze, und jemand schiebt ihr ein Kissen unter, zieht die Decke zurecht.

»Geht zu Tisch, meine Lieben«, hört sie Étiennettes Stimme. »Ich komme gleich nach.«

Marthe antwortet etwas, aber Étiennette bringt sie zum Schweigen, indem sie sie erneut ins Esszimmer schickt. Die Tür fällt zu. Charlottes Körper zuckt im Rhythmus der Krämpfe. Blut steigt ihr in die Wangen, sie zieht die Knie an die Brust, schon bei dem Gedanken, die Beine auszustrecken, an ihrem Bauch zu zerren, wird ihr übel. Die Krämpfe werden stärker, geduldig, unnachgiebig – ein erstes, dumpfes Kneifen, dann eine neue Welle des Schmerzes, ein grausames Wechselspiel. Ein einziger, furchterregender Gedanke bleibt die ganze Zeit: Diese Qual ist nichts Neues, Charlotte kennt sie gut.

Étiennette wischt ihr mit einem kühlen Tuch über die Stirn. Sie sagt kein Wort. Im Lagerhaus in Biloxi hat Charlotte ihr erklärt, dass man sie nach Einsetzen der Krämpfe weder berühren noch ansprechen solle. Ihre Freundin hat diese Regel nicht vergessen.

Eine Stunde später blutet Charlotte. Étiennette tätschelt ihre Hand. Die Beschaffenheit des Stoffs unter ihren Beinen hat sich verändert, die Matratze ist so feucht wie ihre Haut. Ermattet schließt sie die Augen.

Sie muss eingeschlafen sein. Ein bläuliches Licht dringt ins Zimmer, und die letzten Sonnenstrahlen fallen auf die Pelisse, die über das Fußende des Bettes gebreitet ist. Als Charlotte allmählich zu sich kommt, bereut sie, dass es ihr so schnell gelungen ist. Die Krämpfe sind verschwunden. Ihr Bauch ist fest, empfindlich, erschöpft. Ein schmerzendes Band liegt um ihren unteren Rücken. Étiennette, Marthe und die Zwillingsschwestern stehen neben der Kommode und flüstern.

»Die Arme.«

»Zwei Fehlgeburten, wer hätte …«

»Sie wacht auf.«

Charlotte richtet sich mithilfe beider Hände auf. Sie zieht das Laken mit, das mit Blutklumpen befleckt ist, so dunkel, dass sie flach wirken, körperlos. Sie sehen überhaupt nicht so aus wie die an dem Tag, als sie ihr Baby verloren hat.

»Schau nicht hin«, sagt Marthe.

»Lasst sie in Ruhe«, unterbricht sie Étiennette.

Was Charlotte sieht, ist kein Kind, ist nie eins gewesen. Sie erkennt sogleich ihr Monatsblut wieder, dickflüssig, vertraut. Sie erklärt den anderen Frauen nicht, was Étiennette und sie selbst verstanden haben. Sie zieht die Decke bis zum Kinn hoch, streckt langsam ihre Beine. Ihr Blick fällt auf das offene Fenster. Schwalben tauchen auf wie erste Sterne. Charlotte sieht eine, dann zwei, fünf, dann ist der Himmel mit Dutzenden von schwarzen Schatten übersät.

*

Sie blutet eine Woche lang. Étiennette meint, ohne Überzeugung, dass es nicht ihre Periode sei. Aber als sie am Morgen des achten Tages ihr Hemd sauber vorfindet, weiß Charlotte sicher, dass ihr Bauch kein Leben in sich trug. Ihre Traurigkeit, ihre Hilflosigkeit sind niederschmetternd.

In der folgenden Woche geht sie nur einmal hinaus. Sie hat gehört, dass eine Lieferung aus Des Allemands erwartet wird, auch wenn seit Wochen kein Boot mehr gekommen ist. Gemüse ist so rar, dass die wenigen Bauern, die etwas zu verkaufen haben, schon alles los sind, bevor sie den Markt erreichen, weshalb Charlotte direkt zum Ufer des Saint-Louis geht. Sie ist bei Weitem nicht die Einzige, die auf die Piroge wartet, aber es kommt ihr so vor, als könne sie von den wenigen Schalotten und Lauchstangen, die es ihr gelingt zu kaufen, wochenlang leben. Nach der Messe, als Stille einkehrt, kann sie sich nicht an ein Wort erinnern, das der Geistliche gesagt hat. Draußen bahnt sie sich ihren Weg über die Place d'Armes, auf der mehr Menschen sind als sonst. Die Silberreiher beobachten die Gaffer mit ihren Reptilienaugen. Die Fischer hinter ihren Auslagen haben aufgehört, ihren Fang anzupreisen, Glattbutt oder Krabben. Die Angst und Aufregung sind greifbar. Charlotte geht zur Wache und bleibt abrupt stehen, als sie das Holzpodium erblickt.

Darauf steht ein Junge. Er ist so alt wie sie, vielleicht ein oder zwei Jahre älter, aber kleiner und so dünn, dass seine Kleidung wie ein Gewand an ihm hängt. Sein Gesicht ist gerötet, verbrannt von der Sonne oder vom Schnaps. Er steht der Menge zugewandt, aber sein Blick ist leer, reglos. Charlotte hat noch nie jemanden so ruhig angesichts der Gefahr gesehen. Noch eine Woche zuvor hätte sie eilig den Platz verlassen, hätte sich dem Gewaltakt, der dort bald stattfinden würde, um jeden Preis entzogen. Marthe hat ihr die Geschichte von einer Comtesse erzählt, die ein Mädchen mit Missbildung geboren habe, nachdem sie schwanger eine Exekution mitangesehen habe. Aber Charlotte erwartet kein Kind. Sie schadet niemandem außer sich selbst, wenn sie dableibt.

Sie hört zu, wie die Anschuldigungen aufgelistet werden: Der Verurteilte sei bereits in Frankreich ein Verbrecher gewesen und aus La Rochelle deportiert worden – es sei also nicht erstaunlich, dass er die Kuh eines Landbesitzers gestohlen und geschlachtet habe. Er werde drei Jahre im Gefängnis bleiben und an drei Tagen ausgepeitscht werden.

Charlottes Beine zittern, aber sie zwingt sich stehen zu bleiben. Der Schmerz des Verurteilten hat einen Anfang und ein Ende, während ihrer unendlich scheint. Sie hört die Peitschenschläge niederprasseln, bis sie zu ihren werden, bis der Mann zum Gefängnis geschleift wird. Sein Rücken ist ein wirres Gemisch aus Fleisch und Blut, die Wunden gleichen schleimigen Algen. Sie werden heilen, aber die Narben werden nie verblassen.

Nach diesem Tag bleibt Charlotte zu Hause. Sie will niemanden sehen. Bei Sonnenuntergang zieht der Geruch des Flussdeltas ins Haus, süßlich, feucht. Manchmal hört sie Baguette, den offiziellen Trommler der Stadtgarnison, im Nachbarhaus trommeln. Zwischen zwei Schauern geht sie in den Garten, zieht sich hinter die durchnässten, von den Biberratten beschädigten Palisaden zurück. Sie fängt an zu singen, verstummt aber rasch wieder. Ihre Stimme klingt, als hätte sie sich im Hals vergraben. Sie setzt sich so spät wie möglich raus, die Wangen mit Zitronenmelisse eingerieben, um die Stechmücken fernzuhalten. Die Sommernächte werden von einem sonnengleichen Mond erhellt, rot und groß. Charlotte schaut zu, wie er Stunde um Stunde verblasst, als würde er müde werden.

Sie wünschte, Louis wäre da. Er ist der Einzige, der ihre Enttäuschung teilen würde. Étiennette ist zu abgelenkt, um ihr zuzuhören. Pétronille ist in einem Wald in der Ferne verschwunden, in der Nähe eines Forts mit einem Frauennamen. Geneviève – das kommt nicht infrage. In Paris brachte sie anderen Mädchen bei, was Charlottes Körper perfekt beherrscht.

Vier Tage nach ihrer Periode, Charlotte putzt gerade im Haus Bohnen, klopft es an der Tür. Sie wischt die Stiele beiseite, lauscht. Louis sollte nicht vor der dritten Augustwoche zurück sein. Als sie öffnet, steht Marthe vor ihr und starrt auf einen Ameisenhaufen.

»Ich wollte früher kommen«, erklärt sie, während sie Charlotte ins Haus folgt, »aber Étiennette hat mir immer wieder gesagt, dass Sie lieber allein sein wollen.«

»Sie hat recht.«

Charlotte wirft das Gemüse in den Topf, und das Wasser hört sofort auf zu brodeln.

»Was wollen Sie hier?«, fragt sie.

»Mich erkundigen, wie es um Ihre Gesundheit steht«, sagt Marthe und nimmt auf einem Stuhl Platz. »Ich habe außerdem darüber nachgedacht, was Ihnen geschehen ist.«

»Aber Sie wissen nicht einmal, was geschehen ist.«

Marthe wirkt überrascht. Sie schüttelt den Kopf.

»Ich habe eine neue Idee.«

Charlotte beugt sich über das Feuer. Sie hat genug von diesen absurden Heilmitteln. Sie will nichts mehr hören von Salz, das einem auf die Brust gelegt wird, um zu erfahren, ob man ein Mädchen erwartet. Sie würde wetten, dass es noch keiner Frau geholfen hat, einen Jungen zu bekommen, Wein mit getrockneten Hasenhoden zu mischen.

»Vielleicht liegt es an Ihrem Mann.«

Charlotte wendet sich ihr zu.

»Nein«, antwortet sie.

Louis ist ein guter Mann, er ist nur weit weg, sie könnten öfter miteinander schlafen. Allein sie ist verantwortlich – und ihre einzige Schwangerschaft ein kurzes Wunder, das sie allein zerstört hat. Nie wäre sie auf den Gedanken gekommen, dass er schuld sein könnte. Mit einer anderen Frau wäre er seit langem Vater.

»Wie können Sie sich da so sicher sein?«, fragt Marthe.

Charlotte zuckt die Schultern. In den letzten achtzehn Monaten ist ihr die Schwäche ihres Körpers so vertraut geworden, dass sie sich über sie definiert. Etwas in ihr will sie verteidigen, sie beschützen, diese unfähige Ehefrau, dieses Mädchen, das nicht in der Lage ist, die Aufgabe, die ihr anvertraut wurde, zu erfüllen – Mademoiselle Pancatelin, die Direktorin der Salpêtrière, hätte nie auf sie hören sollen. Und nun vermutet Marthe, dass sie noch Mutter werden könnte, dass sie vielleicht nicht die Schuldige ist.

»Wie kann ich das herausfinden?«, entfährt es Charlotte.

Marthe zeigt ein bedauerndes Lächeln.

»Ich befürchte, dass Sie es schon wissen.«

*

Étiennettes Fest findet zwei Tage nach Mariä Himmelfahrt statt. Sie hat nie zuvor so viele Leute in ihr Haus in der Rue de Chartres eingeladen. Das Vorhaben scheint absurd in einem Land, in dem es so häufig an Lebensmitteln fehlt – aber das gilt eben nicht für alle, nicht für Monsieur Feuger. Der endlose Regen der letzten Monate hat einen Teil der Ernte zerstört. Am Tag zuvor hat Charlotte kaum glauben können, welche Preise auf dem Markt gefordert wurden. Sie hat gekauft, was sie konnte, sich bemüht, nicht an den kommenden Winter zu denken. Sie hat sich geschworen, dass es Louis an nichts fehlen würde.

Sie ist erleichtert, dass er nicht an der Feier teilnehmen kann, und der Gedanke erfüllt sie mit Scham. Wenn Étiennette ihr ein Kleid leiht, wird sie den Beruf ihres Mannes leichter verbergen können, seine nach Fisch stinkenden

Hemden, seinen mageren Lohn, der Maisbrot auf dem Tisch und Tiretaine-Kleider an ihrem Leib bedeutet. Sie will nicht, dass Louis kommt. Auf dem Fest werden andere Männer sein. Sie erinnert sich an die Flurgespräche von Monsieur Feuger und seinen Partnern, die sie bei Étiennette mitangehört an. Sie sprachen über Nonnen und Prostituierte, machten Bemerkungen über das Dekolleté der größeren der Zwillingsschwestern. Charlotte fragt sich, ob sie manchmal über sie reden. Sie muss ständig an Marthes letzten Ratschlag denken.

Am 15. August, Mariä Himmelfahrt, geht sie zur Messe. Der Weihrauch kitzelt ihr in der Nase, eine Bankreihe musste versetzt werden, um Platz für die Gläubigen zu schaffen. Die Kirche ist rappelvoll, die Ansammlung würde die Kapuziner beruhigen, von denen Louis sagt, dass sie über dem schwankenden Glauben der Siedler verzweifeln. Charlotte wäre bald keinen Deut besser als sie. An dem Tag betet sie voller Inbrunst. Sie bittet nicht um Vergebung für die Gefühle, die sie für Étiennette hegt, auch nicht für ihren glücklosen Bauch, sondern für die Sünde, die sie bald begehen könnte. Die Jungfrau Maria hat kein Nachsehen mit treulosen Ehefrauen.

Am Tag der Feier ist es bewölkt, das Wetter bereitet Charlotte Kopfschmerzen. Sie macht sich gemeinsam mit Étiennette zurecht, leiht sich ein besticktes Kleid aus blauer Seide, bei dem sie sogleich fürchtet, es zu beschädigen. Das Gesicht ihrer Freundin ist mit Schminke zugekleistert. Sie reicht ihr Rouge, Kämme, eine Brosche, schiebt ihr eine gravierte Schatulle zu.

»Da, nimm eine Mouche.«

Die schwarzen Stoffpunkte sehen vielleicht aus wie Fliegen, aber Charlotte weiß, dass die falschen Schönheitsflecke viel raffinierter sind, als es ihr Name vermuten lässt. Sie besitzen eine eigene Sprache, eine Sprache, die Étiennette in der Salpêtrière nicht beherrschte. Ein Stück Stoff, das, wie von ihrer Freundin, mitten auf die Wange gesetzt wird, verweist auf das nonchalante Wesen der Trägerin. Eine Mouche an der Lippe ist ein Zeichen für Koketterie. Charlotte nimmt eine, schaut in den Spiegel auf der Innenseite des Deckels. Das weiße Puder überdeckt ihre Sommersprossen kaum. Sie setzt den Stofffleck auf ihre Schläfe, neben die Wimpern, und wendet Étiennette die andere Seite ihres Gesichts zu. Im Augenwinkel verrät der Fleck Leidenschaftlichkeit.

Eine Dienerin kümmert sich um ihr Haar, ziept an ihrer Kopfhaut, aber Charlotte macht keinen Mucks. Unten werden die letzten Möbel beiseitegeschoben, um Platz zum Tanzen zu schaffen, der einzige Feinbäcker von Nouvelle-Orléans beschwert sich über die Fliegen. Die Musiker stimmen ihre Instrumente. Charlotte soll nachher singen, auch wenn sie hofft, dass Étiennette es vergessen hat. Die Köchin treibt einen Gehilfen lautstark zur Eile an, draußen ist das Schlagen einer Wagentür zu hören. Étiennette geht vom Fenster weg, wirft einen letzten Blick in den Spiegel.

»Die Ersten sind schon da«, sagt sie.

Es sind der königliche Leutnant und seine Frau, beide hochgewachsen und schweigsam. Aber bald treffen weitere Gäste ein. Marthe und ihr Mann, fünf weitere Händler, zwei Reisende, ein paar Angestellte der Kompanie, die mit ihren Ehefrauen angereist sind, Mitglieder der Gouverneursregierung, ein Kapitän, drei Offiziere, die allein kommen. Der Lärm ihrer Gespräche überdeckt die Musik. Auf den Tischen krabbeln die Wespen über das Fleisch, aus den Erdbeeren tritt das Wasser aus, das Kerzenwachs bildet harte Flecken auf den Tischdecken. Die Frauen fächern sich Luft zu, verströmen einen Geruch von Likör und Perückenpuder mit Orange. Die Krinolinen ihrer Röcke sind so groß, dass eine von ihnen einen winzigen Hund darunter versteckt, der hinter dem Gestell aus Walrippe jault, bis man ihn befreit. Monsieur Feuger bleibt die meiste Zeit in einer Ecke des Raums, wo er mit seinen kanadischen Landsleuten diskutiert. Étiennette ist überall. Sie stellt ihre Kinder den gurrenden Frauen vor, schickt die Amme wieder weg, schenkt einem Paar mit bereits leuchtend roten Wangen Wein nach, packt Charlotte an der Schulter.

»Was hast du da?«, flüstert Étiennette mit Blick auf ihre Schläfe.

Der Fleck brennt auf ihrer Haut. Ihr Magen knurrt, was bei dem ganzen Lärm aber niemand hört – sie hat den ganzen Abend nichts herunterbekommen. Charlotte wirft Marthe einen Blick zu, die sich sofort ihrer kleinen Pferdehaartasche zuwendet.

»Ist das nicht die charmante Sopranstimme, die ich bereits vernehmen durfte?«, fragt der Mann hinter ihnen.

Der Offizier überragt die Menge. Ein Freund von Monsieur Feuger, den Charlotte zwei Mal bei Étiennette in Biloxi gesehen hat. Sein Lächeln ist warm, sein Hals kurz, seine Augen glänzen im Kerzenschein. Er küsst ihre Hand. Charlottes Mund wird trocken, Étiennette sieht sie immer noch an.

»Sie tun gut daran, Ihre Stimme zu schonen«, fügt der Gast hinzu. Er zwinkert ihr zu, deutet mit dem Kinn auf die Leute um sie herum. »Sie erwarten Sie.«

Die Musik hat aufgehört zu spielen. Eine Dienerin ersetzt die heruntergebrannten Kerzen. Einer der Violinisten schaut sie an, die Hand auf seinem Bogen.

»Mach ihn ab«, flüstert Étiennette ihr ins Ohr.

Aber es ist zu spät, den Fleck abzunehmen. Die Gäste treten zur Seite, um sie durchzulassen. Auf dem kleinen Podium rücken die Musiker mit ihren Instrumenten, grüßen sie knapp. Die Gesichter verschwimmen. In ihrem linken Augenwinkel ahnt Charlotte den dunklen Fleck, den nun alle sehen können. Sie denkt an Louis, irgendwo auf dem Wasser unterwegs, an all das, was er nicht weiß.

»Sie möchten ›Que les oiseaux de ce bocage‹ singen, nicht wahr?«, fragt der Mann am Cembalo, der sich auf seinem Stuhl herumgedreht hat, um sie anzusehen.

»Ja, bitte. Von Monsieur D'Ambruis.«

Der Musiker nickt. Nach und nach wird es still, aber nie vollkommen. Charlotte schaut auf ihre kurzen Nägel, auf die Blumenstickereien auf dem geliehenen Kleid. Die ersten Töne erklingen, dann folgen die Violinen dem Cembalo. Sie wartet auf den zweiten Takt. Als sie zu singen beginnt, setzt sie so tief an, dass es unmöglich scheint, die richtige Oktave zu erreichen. Sie passt ihre Stimme vorsichtig an, den Blick zur Decke gerichtet, fern vom Publikum. Sie hofft, dass ihre Stimme die Aufmerksamkeit der Zuhörer von der Botschaft ablenken wird, die sie selbst auf ihrer Haut hinterlassen hat.

Und für die Dauer des Chansons gelingt es ihr. Auf der Bühne wissen ihre Schultern, wie sie sich straffen müssen, um ihr Luftholen zu begleiten, ihre Hände kennen den Ort, an dem sie nicht stören. Ihre Bauchmuskeln gehorchen ihrem Atem – dieser Bauch, der ihr vielleicht Kinder verweigert, aber ihren Gesang nie verraten hat. Ausnahmsweise kann sie sich auf ihren Körper verlassen, der Luft in Töne, in Worte, in Musik verwandeln kann. Es ist lange her, dass sie so gesungen hat, und ihr ist ein wenig schwindelig.

Der Applaus ertönt, noch bevor sie ganz fertig ist. Die Musik verklingt nach und nach, die wartenden Musiker kehren zu ihren Instrumenten zurück. Jemand verlangt ein weiteres Lied, aber Charlotte schüttelt den Kopf. Sie will nicht auf der Bühne bleiben, den Blicken ausgesetzt.

Sie bahnt sich ihren Weg durch die Menge, antwortet denen, die sie beglückwünschen, mit einem Lächeln. Die Törtchen sind hinüber, die Pfeifen rauchen, das Puder verliert gegen den Schweiß. Als sie ihre feuchte Schläfe berührt, ist der Stofffleck verschwunden. Sie geht auf die Dunkelheit zu, die sie hinter der halb offenen Tür vermutet, atmet mit jedem Schritt ein wenig leichter.

Draußen lassen die Grillen der Stille keinen Raum. Der Garten ist ganz Nacht, Feigen, Sterne. Unter dem Jasmin bleibt Charlotte stehen. Endlich beruhigt sich ihr Herzschlag.

»Du warst sehr gut.«

Étiennette zieht ihr Kleid zurecht, das am Türrahmen hängen geblieben ist. Das Mondlicht scheint auf ihren Rücken, lässt ihre Züge im Dunkeln.

»Ich habe ihn abgemacht«, sagt Charlotte und legt einen Finger an ihren Augenwinkel.

»Die Wärme hat sich darum gekümmert. Oder die Musik. Wie auch immer.«

Étiennette wedelt mit der Hand, um eine Stechmücke zu vertreiben.

»Warum hast du ihn an diese Stelle gesetzt?«, spricht sie weiter.

»Das würdest du nicht verstehen.«

»Dass du bereit bist, deinen Mann zu betrügen? Nein, da hast du recht, wahrscheinlich nicht.«

Étiennette wirft einen Blick auf die offenen Fenster, auf die Gestalten zwischen den Kerzen. Eine Frau lacht so laut auf, dass sie zu husten anfängt.

»Mir wäre es lieber, Mitleid zu erregen als Beschämung«, sagt Étiennette.

»Vielleicht verdiene ich dein Mitleid nicht. Vielleicht kann ich nichts dafür.«

»Ist das wieder eine von Marthes brillanten Ideen?«

Charlotte blinzelt im weißen Licht, zuckt die Schultern. Sie ist erschöpft. Sie will nach Hause. Sie geht ein paar Schritte über die Wiese, ihre Sohlen rutschen auf den heruntergefallenen Feigen.

»Ich versuche nur, dich zu beschützen«, sagt Étiennette. »Du bist stärker als all das.« Sie hakt sich bei Charlotte unter, wie sie es als Kind in der Salpêtrière tat. Sie lässt ein kurzes Lachen hören, sichtlich amüsiert über das, was sie sagen will. »Sonst würdest du wieder Unsinn flüstern, wie bei unserer Ankunft in Biloxi. Weißt du noch, was du da in einer Nacht gemacht hast?«

Die Worte treffen Charlotte wie ein Schlag vor die Brust, in den Bauch. Sie verschonen keinen Teil ihres Körpers. Sie starrt Étiennette an, sucht in ihrem Gesicht nach einem vertrauten Ausdruck, etwas, was den Graben, der sich zwischen ihnen auftut, füllen könnte. Étiennette aber lächelt, die Distanz vergrößert sich. Charlottes Blick wandert zu einem Beet aus schwarzen Blumen, um die Glühwürmchen schwirren. Bisher war alles, was von dieser Januarnacht blieb, die Antwort ihrer Freundin: Wenn sie sich nicht so klar geäußert hätte, hätte Charlotte an einen Traum geglaubt. Aber die Gefühle, die sie bei jedem Besuch überkommen, hat sie nicht erfunden – das Pochen zwischen den Schenkeln, das Blut in ihren Wangen, das Zittern ihrer Knie. Für Étiennette existiert das alles nicht. Charlottes Gefühle gehören der Vergangenheit an, einem verwirrten Geist.

Du würdest mich für sehr schwach halten, denkt Charlotte, wenn du wüsstest, wie sehr ich dich liebe. Aber sie kann nicht jedes Mal verlieren, sie muss glauben, dass sie sich eines Tages ändern wird. Sie wendet sich wieder Étiennette zu, die immer noch lächelt. Das Mondlicht gräbt sonderbare Schatten in ihr Gesicht.

»Nein«, antwortet Charlotte, »daran erinnere ich mich nicht.«

8

Geneviève

Land der Illinois, Mai 1726

Genevièves Tochter hört auf der Straße zum Friedhof Prairie du Rocher nicht auf zu plappern. Mélanie lässt die Frage nicht los, ob ihr Vater im Dunkeln, unter dem Eichendeckel nicht Angst habe. Seit Pierre vor drei Tagen gestorben ist, stellt auch Geneviève sich viele Fragen – aber sie sorgt sich nicht mehr um die Organisation der Beerdigung oder darum, ob sie ihren Mann hätte retten können. Sie denkt voller Sorge daran, was geschieht, wenn er unter der Erde ist und sie in das Haus zurückkehren, das Pierre Mélanie vererbt hat. Sie beneidet ihre Tochter um ihre schlichte, tiefe Traurigkeit. Gestern, als sie den Sarg zum ersten Mal sah, begann die Kleine zu weinen, und Geneviève erzählte ihr zur Beruhigung eine Geschichte. Einmal unter der Erde, würde sich der Sarg in eine Eiche zurückverwandeln, die Bretter würden zu Wurzeln. Ein unsichtbarer Baum würde emporwachsen, und seine Zweige würden zu einer Leiter, hoch und geschwungen, die bis in die Wolken reicht.

Geneviève hätte nichts sagen sollen. Im Land der Illinois fehlt es nicht an Eichen. Als sie aus der Kirche kommen, deutet Mélanie auf ihre mächtigen Stämme, bittet sie, ihr beim Hochklettern zu helfen. In einem Monat würde sie ihren vierten Geburtstag feiern. Sie würde nicht mehr lange an dieses Märchen glauben.

Geneviève hat Mühe, mit ihrem Schleier nicht zu stolpern. Durch den Stoff dringt kaum Helligkeit, das runde Gesicht ihrer Tochter ist mit schwarzen Formen übersät, der Maimorgen liegt im grauen Licht. Als die Kleine mit den Armen fuchtelt, weiß sie genau, wem sie zuwinkt: ihrer Schwägerin und ihrem Mann, ihren fünf Kindern. Am Ende des Gottesdienstes hat Laure eine mütterliche Hand auf Genevièves Schulter gelegt. Sie hat den Schleier zurechtgezogen, den sie und ihr Mann ihr gekauft hatten, zusammen mit der Trauerkleidung. Genevièves Mitgift ermöglicht ihr nicht einmal, die dunklen Kleider zu kaufen – der Gedanke, von ihrer Schwägerin abhängig zu sein, ist ihr unerträglich. Sie möchte sie um nichts bitten müssen. Laure hingegen ist hocherfreut: Die Vierunddreißigjährige behandelt Geneviève gern, als wäre sie zwanzig Jahre jünger und nicht nur sechs. Geneviève gesteht gern ein, dass Pierres Schwester, die in Kanada geboren und aufgewachsen ist, besser auf ein Leben im Land der Illinois vorbereitet ist. Die undurchdringlichen Wälder sind ihr vertraut, sie kennt die eiskalten Winter, die im Süden des Michigan-Sees herrschen, bis hinunter zur Kreuzung der Flüsse Kaskaskia und Saint-Louis, wo Fort de Chartres und Prairie du Rocher erbaut wurden und Geneviève seit nun fünf Jahren lebt.

Aber Laure hat nie den Ozean überquert, die feuchten Bayous überwunden; sie hat nie Maulbeerbäume gesehen oder den Duft der Lavendelfelder gerochen. Sie wird nie etwas anderes kennenlernen als diese üppige Prärie, in der Getreide in Hülle und Fülle wächst. Sie war es, die Pierre dazu überredet hat, im Juli 1721 dorthin zu kommen. Dass ihr geliebter Bruder ganz in ihre Nähe gezogen ist, stellt einen Sieg dar, zu dem sich Laure immer noch beglückwünscht.

Am Rand eines Wäldchens bleibt Geneviève endlich stehen. Hier sind nur ein paar Gräber, die meisten mit einfachen, vom Wind gebeugten Kreuzen versehen. Der Priester bittet sie näher zu treten, auch wenn sie sich nicht erinnern kann, dass er mit ihnen gekommen ist.

»Sie müssen zugeben, dass eine Beerdigung, die diese Bezeichnung verdient, im Süden unmöglich gewesen wäre«, flüstert Laure rechts neben ihr.

Geneviève starrt auf das Loch, stellt Mélanie neben sich ab. Ihre Schwägerin hat die letzten fünf Jahre damit verbracht, sie an die unzähligen Vorteile zu erinnern, die das Land der Illinois biete. Hier gebe es weder Orkane noch Maisbrot, stattdessen einen blauen Himmel und gutes Weizenmehl, einen Boden, der trocken genug ist, dass beim nächsten Hochwasser keine Leichen hochgeschwemmt werden.

»Eure Winter hätten eine solche Beerdigung auch nicht erlaubt«, entgegnet Geneviève.

»Die Umstände beeinträchtigen offensichtlich nicht Ihre Schlagfertigkeit.«

Geneviève hat nicht einmal geweint, seit Pierre nach seiner Rückkehr von den Illinois krank geworden ist. Er war bei Sonnenuntergang mit einem geschwollenen Auge nach Hause gekommen, eine schmale, aber tiefe Wunde an der Hand. Als sie ihm die Tür öffnete, dachte sie nicht, dass er tot sein würde, bevor die Woche um war, dass die Infektion sich von seinem Daumen zu seinem Unterarm, von der Schulter bis zur Brust ausbreiten würde. Er hatte ihre Fragen an jenem Abend ignoriert. Er hatte ihr von der Partie Lacrosse erzählt, die er mit den Illinois gespielt habe, und Geneviève hatte ihre Wut nicht verbergen können – was auch immer er denkt, er ist nicht wie die Indigenen, wird es nie sein und wird sich am Ende noch ernsthaft verletzen. Sie hatte genug davon, dass er tagelang verschwand.

In jener Nacht hatten sie alle Zeit der Welt, um sich zu streiten und sich wieder zu vertragen. Der Wundbrand hatte sich noch nicht offenbart, Geneviève versuchte noch nicht, ihn zu schonen.

Pierre war immer erstaunlich sensibel gewesen, was den Schmerz anderer betrifft – der eingewachsene Nagel, an dem Mélanie gelitten hatte, der ausgerenkte Ellenbogen des Nachbarjungen. Aber dass er sich bei den Indigenen verletzen könnte, war ihm egal. Die Illinois faszinierten ihn. In den ersten Monaten in Nord-Louisiane hatte er sich bemüht, ihre Sprache zu lernen, sich mit ihren Sitten vertraut zu machen, was dazu geführt hatte, dass er in Prairie du Rocher bekannt war. Zunächst als Zwischenhändler und später, je weniger er sich für Geld und Geschäfte interessierte, als Führer und Übersetzer. Dieses Jahr hatte Pierre, seit die Illinois aus ihren Winterquartieren zurückgekehrt waren, die meiste Zeit bei ihnen verbracht. Vor seinem Unfall hatte er sogar geplant, fünf Wochen mit einer Gruppe Krieger auf die Jagd zu gehen. Er erfand immer neue Entschuldigungen, um in ihre Sommerlager anstatt nach Hause zurückzukehren. Geneviève konnte nirgendwohin. Die Ausflüge ihres Mannes riefen ihr nur die Enge ihrer eigenen Welt in Erinnerung, diese Freiheit, die sie nie erfahren würde, sogar nachdem sie einen Ozean überquert hatte.

*

Die Beerdigung kam ihr endlos vor. Geneviève sah zu, wie die Männer den Sarg in das dunkle Loch hinabließen, hörte den Priester beten, aber so leise, dass sie ihn kaum verstand.

Als er verstummte, wurde es still, oder beinahe – die Vögel konnten sich das Singen nicht verkneifen. Geneviève zwang sich, auf die aufgeworfene Erde zu schauen, auf das unregelmäßige Rechteck, das dort ausgehoben war. Es gelang ihr nicht, Pierres entstelltes Gesicht und die Szene, die sich vor ihren Augen abspielte, zusammenzubringen. Sie sah die schwitzenden Männer, hörte Laure und ihre Familie weinen. Sie fühlte nichts. Die Dinge waren, was sie waren, sinnentleert. Der Sarg war eine einfache Kiste, auf die Hände Erde warfen. Die bescheidene Menge Leute waren Verwandte, die sich an einem sonnigen Tag trafen, sie selbst war eine Frau im hohen Gras.

Es schien undenkbar, dass Pierre unter ihren Füßen lag. Er musste woanders sein, in der Natur, in einem Erdbeerfeld, dort, wo die Bremsen die Bisons und Hirsche ärgern.

Nach der Beerdigung, zu Hause, bereitet Geneviève für Mélanie ein tröstendes warmes Getränk zu. Sie taucht einen Löffel Ahornsirup in die heiße Milch und sagt ihr, sie solle aufpassen. Dann schaut sie zu, wie Mélanie ihre Lippen an die Schale legt, sich die Zungenspitze verbrennt und sie entschuldigend anschaut. Das kleine Mädchen trinkt, ohne den Blick von Geneviève abzuwenden, als fürchte es, dass auch seine Mutter verschwinden könnte. Als Mélanie im Bett ist und Geneviève auf einem Stuhl am Kamin, sind die Dinge nicht mehr nur das, was sie sind. Jeder Gegenstand, jedes Möbelstück verletzt sie auf seine Weise. Für gewöhnlich wartete sie auf diesem Stuhl auf Pierres Heimkehr, jener angeschlagene Teller war sein liebster, ohne dass sie den Grund verstanden hätte, der Bogen, der am Kamin lehnt, erinnert sie an die Stunden, die er damit verbracht hatte, das Holz zu polieren, Mélanie zu erklären, dass er kein Spielzeug sei. Sie lässt ihren Kopf an die Lehne sinken, schließt die Augen. Pierre würde nie mehr ihre Locken streicheln, nie mehr den Finger auf die Lücke zwischen ihren Zähnen legen und schwören, dass er ihr Lächeln unter tausenden erkennen würde. Er würde Mélanie nicht mehr nach draußen begleiten, damit sie dem Mond Gute Nacht wünscht. Geneviève kennt Louisiane nur mit ihm, oder beinahe.

Sie versucht sich zu erinnern, was er ihr über die Beerdigungsriten der Illinois erzählt hat. Sie malt sich aus, wie Töpfe und Äxte von Hand zu Hand gehen, wenn die trauernden Familien Geschenke mit ihren Angehörigen tauschen. Nackte Krieger spielen zu Ehren eines toten Häuptlings Kampfszenen nach, skalpieren unsichtbare Feinde. Frauen, die zu Hause weinen, ob sie ihren Mann geliebt haben oder nicht.

*

Sie hat Monate gebraucht, um sich an das Land der Illinois zu gewöhnen. In ihrem ersten Sommer in Louisiane hatte sie zugesehen, wie Pétronille davonfuhr, als würde das nur den anderen geschehen, als hätte ihre Reise in dem Moment geendet, als sie Pierre geheiratet hatte. An dem Morgen am Strand war Geneviève so erleichtert gewesen, ihre Freundin am Leben zu sehen, dass sie nicht gleich begriffen hatte, dass ihr Weggang erneute Trauer verursachen würde.

Schon ein paar Wochen später bereitete Pierre ihre Abreise vor. Er sprach ständig von seiner Schwester und ihrem Mann, die von Kanada nach Nord-Louisiane gezogen waren. Sie erfuhr erstaunt, dass er eine Schwester hatte, dass er sie eines Tages wiedersehen würde. In Genevièves Welt spielten Mütter, Väter und Geschwister keine Rolle mehr.

Man hatte ihr eingebläut, dass sie allein nach Louisiane geht: Ihre Familie würde dort entstehen.

Geneviève hörte ihn das Land der Illinois beschreiben, das viel einladender sei als Biloxi oder Mobile. Er pries die Vorzüge der bewilligten Äcker, so unendlich viel fruchtbarer als diese sumpfigen Flächen, denen man nie etwas abringen werde. Er sagte oft, dass die Hitze dort erträglich und die Kälte nicht so erbarmungslos sei wie in Québec. Die Verwaltung der Region war sogar einem Kanadier anvertraut worden, Monsieur Dugué de Boisbriand, Gouverneur des Landes der Illinois – ein Garant für Qualität in Pierres Augen.

Geneviève verlor bei jeder Anekdote mehr Vertrauen. Die Berichte erinnerten sie an die Gerüchte, die sie in der Salpêtrière gehört hatte, Lobpreisungen auf das wunderbare Land, das all ihre Träume verwirklichen werde. Anfangs versuchte sie sich zu sagen, dass das Land der Illinois einen Neubeginn darstellte. Aber die acht Monate in Biloxi bestätigten nur, was sie schon geahnt hatte. Sie würde sich auf diesem neuen Kontinent nicht neu erfinden.

Als es Zeit war, in die Piroge zu steigen, tat sie das Einzige, was sie tun konnte. Sich wieder einmal anpassen.

*

Seit der Beerdigung entzieht sich ihr der Schlaf. Mélanie atmet laut, hat sich mitten auf der Matratze ausgestreckt. Geneviève starrt an die Decke, hört das Flüstern dieser Wälder, die sprechen können, der Nächte, durch die Tiere streifen, an die sie sich inzwischen gewöhnt hat. Pierre fehlt ihr, aber es ist die Wut, nicht die Traurigkeit, die sie wach hält. Auf gewisse Weise versteht sie, warum er Mélanie das Haus vermacht hat: Pierre wollte, dass sein Besitz seiner

Tochter zukommt und nicht den möglichen Kindern aus einer zweiten Ehe. Aber sie hätte nie gedacht, dass er sie mit leeren Händen zurücklassen würde, als Witwe, deren Mitgift kaum ein paar Wochen reicht.

Witwe. Das Wort ist ihr noch fremd. Nach der Trauerzeit wird Geneviève fast dreißig Jahre alt sein. Sie kann nicht anders, als zu zählen: ein Jahr und sechs Monate in Schwarz, drei Mahlzeiten täglich für zwei Personen, ein Winter im Land der Illinois. Sie sieht wieder ihren Vater in Paris vor sich, seine von der Kälte steifen Finger, die an die Kirchentür klopfen. Die Armut hat bereits ihre Familie umgebracht – ihre Tochter würde sie nicht kriegen.

Als sie hier ankam, hätte Geneviève sich nicht vorstellen können, dass es eines Tages an Geld fehlen würde. Pierre hatte Ersparnisse, er war nicht verschwenderisch. Er sprach wenig, aber was er sagte, war durchdacht, und die Illinois schätzten seine wortkarge Art. Er hatte ein solides Haus gebaut, Zedernholz für das Dach verwendet, aus den Dörfern der Illinois Rezepte mitgebracht, um Mais zu kochen und Kürbisse so sorgfältig zu trocknen, dass man sie noch ein Jahr später essen kann. Er hatte Geneviève seiner Familie vorgestellt, was ein riesiges Glück gewesen wäre, wenn Laure nicht wäre, wie sie ist. Sie hat immer gewusst, was ihre Schwägerin über sie denkt: eine Ausländerin, eine Französin mit mysteriöser und somit dubioser Vergangenheit, eine unangenehme Überraschung, die Pierre aus dem Süden mitgebracht hatte, obwohl er noch um seine kanadische Frau trauerte. Niemand außer Laure war darüber schockiert gewesen, dass er so schnell wieder geheiratet hatte. Witwer hatten keine Einschränkungen. In den Augen ihrer Schwägerin würde Geneviève nie an seine erste Frau heranreichen, die Laure unter ihre Fittiche genommen hatte, lange bevor ihr Bruder um ihre Hand angehalten hatte.

Geneviève würde nicht zur Familie gehören. Nun, da Pierre gestorben und sein Besitz an Mélanie übergegangen war, noch weniger.

Ihre Tochter weiß von alldem nichts. Mit halb geschlossenen Augen spielt sie mit den Haaren, die ihr in der Nacht ausgefallen sind. Die Sonne steht bereits hoch, das Zimmer ist lichtdurchflutet.

Eine Stunde später klopft Laure an die Tür, flankiert von ihren beiden lautesten Kindern, ein siebenjähriger Junge und ein achtjähriges Mädchen, die man für Zwillinge halten könnte. Geneviève hat sie schon von Weitem gehört, sie singen immer Kirchenlieder, wenn sie durch Prairie du Rocher laufen. Im Garten faltet Laure ein Tuch mit Keksen auf. Sie glaubt, dass Genevièves Speisekammer immer leer ist.

»Möchtest du etwas davon, mein Schatz?«, fragt sie Mélanie.

»Sie hat gerade gefrühstückt«, teilt Geneviève mit.

Ihre Schwägerin stellt sich taub. Sie reicht Mélanie einen Keks.

»Wie geht es ihr?«, fragt Laure mit Blick auf das Mädchen, als könnte es sie nicht hören.

Geneviève wischt ihrer Tochter Krümel vom Kleid.

»Wie geht es dir?«, fragt sie sie.

Das Kind schaut von einer zu anderen, als ob die Antwort im Gesicht ihrer Mutter oder ihrer Tante stünde.

»Papa fehlt mir.«

»Natürlich!«, ruft Laure. Sie nimmt Mélanie auf den Schoß, und Geneviève kaut auf ihrer Lippe, um nicht einzuschreiten. »Mit Geschwistern wäre sie viel glücklicher.«

Eines von Laures Lieblingsthemen, bei dem sie, als Mutter von fünf Kindern, ihre Überlegenheit zeigt. Ein paar Monate nach Mélanies Geburt begann sie, Geneviève zu dem zweiten Baby zu befragen, das sie nicht erwartete. »Immer noch nichts?«, erkundigte sie sich besorgt, sichtlich bedrückt. Pierre, ihrem geliebten kleinen Bruder, wäre nie etwas vorzuwerfen. Die Fragen machten bald einer inquisitorischen Beobachtung Platz: Etwas lief nicht rund in dieser Ehe, bei dieser Frau.

Geneviève konnte sich die ausbleibende Schwangerschaft selbst nicht erklären. Sie hatte mehr als einmal eine vermutet, als ihre Regel sich verspätete, ihr eine Woche lang übel war, aber nichts hatte gehalten. Als sie mit Mélanie schwanger wurde, war sie überrascht. Nachdem, was ihr Körper in Paris durchgemacht hatte, war sie nicht sicher gewesen, ob sie eines Tages Mutter werden konnte. Ihre Abtreibung – und die Hilfe, die sie den Mädchen bei Madame geleistet hatte, Pétronille – bleibt eines der wenigen Geheimnisse, die sie bewahren kann.

Doch auch ohne die Wahrheit zu kennen, empfindet ihre Schwägerin sie als Bedrohung.

»Ich habe befürchtet, dass Sie noch zu niedergeschlagen sind, um sich um sie zu kümmern«, gesteht Laure.

Sie setzt Mélanie ab, tupft ihr mit einem Stoffzipfel den vom Honig glänzenden Mund ab und trägt dann eine Liste von Witwen vor, die den Verstand verloren haben. Eine entfernte Cousine, die jegliche Nahrung ablehnte und in Ohnmacht fiel, sobald man den Namen ihres Mannes aussprach. Eine Frau aus Trois-Rivières, die abendelang schluchzte, sich dann aber über ihren Beichtvater lustig machte. Eine junge Frau aus Québec, die das Herz ihres Mannes in eine Kredenz sperrte, vor der sie sieben Stunden täglich kniete.

»Aber Ihnen stößt so etwas bestimmt nicht zu«, schließt Laure.

»Wäre es Ihnen lieber, ich würde den Geistlichen auslachen und den ganzen Tag jammern?«

Laure blinzelt, ruckt das Kinn Richtung Mélanie.

»Nichts davon wird Sie ernähren.«

»Ich werde arbeiten.«

»Obwohl Sie Trauer tragen?«

»Wenn ich nichts zu essen habe, weiß ich nicht, wie ich um meinen Mann weinen könnte.«

Ihre Schwägerin blick reumütig. Sie steht auf und kniet sich neben Mélanie.

»Wenn deine Mutter weg ist, würdest du dann gern deine Cousins besuchen?«

Mélanie wirft Geneviève einen Blick zu, ihre Augen sind groß und sorgenvoll.

»Wo gehst du hin?«

»Nirgendwohin«, antwortet sie mit trockenem Mund. »Komm.«

Sie nimmt Mélanies Hand fest in ihre, spürt, wie ihre warmen, von der Butter fettigen Finger sich um ihre schließen. Laure öffnet bereits das Tor.

»Wenn Sie Ihre Meinung ändern, sagen Sie mir Bescheid«, ruft sie. »Fünf oder sechs Kinder, wer merkt da schon den Unterschied?«

Im Süden hätte sich Geneviève nie in einer solchen Lage wiedergefunden. Sie würde Étiennette fragen oder sogar Charlotte, ob sie sich um Mélanie kümmern würden. Sie weiß, dass viele Familien aus Biloxi nach Nouvelle-Orléans gezogen sind, als es vier Jahre zuvor zur Hauptstadt ernannt wurde, und manchmal denkt sie, dass Charlotte und Étiennette dort sein müssen. Sie hatten auf dem Weg nach Prairie du Rocher in der Hauptstadt haltgemacht, damals versanken die kläglichen Hütten im Schlamm, auf den Wegen, die man kaum Straßen nennen konnte, tummelten sich die Schweine. Aber es heißt, Nouvelle-Orleans sei neu aufgebaut worden, sei nun eine richtige Stadt. Geneviève stellt sich vor, wie sie sich mit Mélanie in einem kleinen Haus am Flussdelta niederlässt.

Sie schaut sich um: die Straße von Cahokia, das Fort von Chartres und die beschädigten Bollwerke, an denen jedes Mal das Wasser steht, wenn der Saint-Louis über die Ufer tritt. Sie kann so viel träumen, wie sie will. Sie wird hier sterben, wie ihr Mann.

*

Witwen sollen weinen, aber nicht zu viel. Sie dürfen auch nicht zu glücklich wirken, selbst wenn sie Grund haben, sich zu freuen: Endlich sind sie von der Sünde des Fleisches befreit, bereit, nur noch Jesus Christus zu gehören. Sie sollen Männer meiden und vor allem nie einsetzen, was sie gelernt haben, um ihre Ehemänner zu bezirzen. Diejenigen, die nicht wieder heiraten, diese Heiligen, werden zu Vorbildern an Bescheidenheit, Mitgefühl und Keuschheit.

Fünfzehn Tage nach Pierres Beerdigung hört Geneviève sich nickend die geflüsterten Worte des Priesters an, der Nachbarsfrau, der Schwester des Metzgers, die ihr Koteletts bringt. Sie wollen nur ihr Bestes. Aber Geneviève weiß, dass sie sie bald vergessen werden. In einer Woche würde ihr Eifer nachlassen, man würde ihr nichts mehr vorbeibringen – kein gerupftes Huhn, keinen Salatkopf, keine erdverschmierten Eier. Man würde ihr weiter vorschreiben, was sie zu tun habe, aber ihre Worte würden sie nicht satt machen.

Sie hat bereits die Stute verkauft, und wenn ihr keine andere Wahl bleibt, kann sie immer noch die Pfeile, Häute und Bisonfelle von Pierre weggeben. Aber sie würde gern den Winter abwarten. Zunächst wird sie Arbeit finden, egal welche. Bei dem Gedanken daran fühlt sie sich wieder im Herzen ihres eigenen Lebens. Sie ist wieder in der Provence, in Paris, gebückt zwischen Amélie und den Wäscherinnen, in der Stadt, die in den Fluss gekippt war. Das Mädchen, das täglich zwölf Stunden arbeiten konnte, ist vielleicht nicht ganz verschwunden.

Als sie sich auf die Suche macht, erntet sie verlegene Blicke. Die Bäckerin möchte einen Lehrling anstellen, aber jünger als sie. Der Gerber hört zu, wie sie die Gerbereien am Ufer des Bièvre beschreibt, und teilt ihr dann mit, dass das Leder von Louisiane in keiner Weise dem ähnele, das sie in Frankreich in den Fingern hatte. Sie begreift: Eine junge Witwe soll zu Hause bleiben, beten, ihre Kinder im christlichen Glauben erziehen.

Laure ist es, die ihr schließlich eine Lösung anbietet, auch wenn Geneviève alles dafür gegeben hätte, den Vorschlag von jemand anderem zu bekommen. Einen Monat nach Beginn ihrer Suche hat ihr Schwager ein Dutzend Fässer an Monsieur de Monreuil, den Gouverneur von Prairie du Rocher, geliefert und gehört, dass die Köchin Hilfe brauche. Natürlich habe er sofort an sie gedacht. Zumindest versichert ihr das ihre Schwägerin. »Mein Angebot steht immer noch«, fügt sie hinzu. »Vertrauen Sie mir Mélanie an, wann immer Sie möchten.«

Geneviève nimmt ihre Tochter zum Gouverneur mit. Sie hat in Louisiane noch nie eine so große Küche gesehen, der Kamin ist so hoch wie sie. Als sie in die Speisekammer tritt, fürchtet sie zunächst, sich in dem Durcheinander an Marmeladentöpfen, Obstkonserven und Kräutervorräten nicht zurechtzufinden. Der Geruch der Lebensmittel setzt ihr zu. Sie ist an diesen Überfluss nicht mehr gewöhnt, bei dessen Anblick ihr zunächst das Wasser im Mund zusammenläuft und dann schlecht wird. Die Chefköchin ist eine zupackende, erstaunlich magere Frau, die selten mehr als drei Worte sagt. »Ruhig und gehorsam?«, fragt sie mit Blick auf Mélanie. »Selbstverständlich«, antwortet Geneviève, und die Köchin deutet auf eine Bank neben der Tür. In den folgenden Wochen findet Geneviève Mélanie dort schlafend vor, zwischen zwei Mehlsäcke gekauert, nachdem sie stundenlang mit den Kindern der anderen Bediensteten im Hof gespielt hat.

Wenn Laure sie besuchen kommt, zählt Mélanie nun die Namen ihrer neuen Freunde auf, und Geneviève kann ihr Lächeln nicht verbergen. Ein Dutzend Spielkameraden zählen doch wie ein paar Geschwister. Wenn Laure fragt, ob es nicht gefährlich sei, sie so herumstromern zu lassen, antwortet Geneviève, dass die Kinder nie wirklich allein seien. Laure runzelt sie Stirn: »Das wird übel enden.«

Nichts in der Welt ihrer Schwägerin endet gut.

Sie bekommt weder den Gouverneur noch seine Frau zu Gesicht. Die Schüsseln mit der Pastinakensuppe und die Teller mit Bisonfleisch, die fettglänzend die Küche verlassen, kommen halb voll zurück. Geneviève schiebt die Reste in ihre Schürze und nimmt sie mit nach Hause.

Die anderen Frauen sind zurückhaltend. Zu Beginn mustern sie verstohlen ihre dunklen Kleider. Eine von ihnen fragt, wie ihr Mann geheißen habe, schüttelt dann den Kopf – Geneviève kann nicht sagen, ob sie nie von Pierre gehört hat oder ob sie seinen Tod bedauert. »Der Mann, der die Sprache der Illinois beherrscht hat?«, fragt eine Bäckergesellin und fügt hinzu, dass ihr Onkel ihn oft als Beispiel nannte. Sie sagt nicht, in welchem Zusammenhang. Sie fährt mit ihrer Arbeit fort, korrigiert Genevièves Fingerhaltung auf dem Messergriff, damit sie sich nicht verletzt, und schaut dann zu Mélanie, die mit Teigfiguren auf der Bank spielt; sie reicht ihr Thymianzweige, damit das Mädchen ihnen daraus Münder, Nasen, Augen machen kann.

Ende Juni kündigt die Chefköchin kanadischen Besuch an, hochkarätige Gäste, Freunde des Gouverneurs des Landes der Illinois und sogar des Gouverneurs von Louisiane, Monsieur Dugué de Boisbriand. Junggesellen, die es zu unterhalten gelte. Sie spricht von Banketten, Jagdpartien, Tanzabenden, die für sie, die Dienerschaft, nur Arbeit bedeuten: im Morgengrauen kommen, das Geflügel rupfen, die riesigen Glattbutte ausnehmen, die noch nach Fluss riechen, die neuen Krüge mit Bärenfett, die besten Flaschen aus dem Kehler holen. »Anscheinend sind sie schon Anfang nächster Woche da, viel früher als gedacht«, sagt die Köchin und fügt hinzu: »Diese verdammten Winde auf dem Michigan-See!«

Die verdammten Winde, wiederholt Geneviève in den folgenden Tagen im Geiste. Ihre Muskeln schmerzen so sehr wie an Bord des Waschschiffs in Paris. Der Essensgeruch haftet ständig an ihr, hängt in ihren Haaren, Kleidern, an ihrem ganzen Körper. Wenn sie sich bei Einbruch der Nacht endlich hinsetzt, fühlt sie die Erschöpfung den Rücken herabrieseln. Mélanie, die neben ihr kauert, fragt, ob sie nach Hause gehen können.

Am Ende der Vorbereitungswoche wartet ihre Tochter nicht an der Tür. Die Sonne wandert seit Stunden, und Geneviève hat den Nachmittag damit verbracht, Brotteig zu kneten. Ihre Unterarme sind taub, ihre Hände zittern. Als sie die leere Bank sieht, macht sie sich nicht gleich Sorgen – die Kinder helfen abends oft der Schwester des Hufschmieds, die Hühner reinzubringen. Aber die junge Frau ist allein am Gehege. Hinter den Holzbrettern gackern leise die Vögel.

»Haben Sie die Kinder heute Abend gesehen?«, fragt Geneviève.

»Sie wollten lieber zum Fluss als in den Hühnerhof«, antwortet die Frau schulterzuckend.

Die kühle Abendluft sticht in Genevièves Hals. Als das Wetter schöner wurde, haben die Kinder sich angewöhnt, den Waschfrauen bis zum Kaskaskia zu folgen. Geneviève hat es Mélanie deutlich gesagt: Die Strömung ist zu gefährlich, sie wird nicht mit ihnen mitgehen. Sie wusste, dass die Wäscherinnen zu sehr mit ihrer Arbeit beschäftigt wären, um eine Gruppe Kinder zu beaufsichtigen. Die Älteste in der Gruppe – Rosie, eine Zwölfjährige, die nächsten Monat in der Küche anfangen würde – hat zugesagt, Mélanie zurückzubringen, wenn sie den Hof verlassen sollte. Aber es ist heute nicht besonders warm gewesen, und niemand hat ihr Bescheid gegeben.

Geneviève geht den Pfad zum Fluss hinunter. Sie bückt sich, um unter den Zweigen der Pflaumenbäume hindurchzugehen, die noch harten Früchte rollen unter ihre Füße, das Blau der Abendstunden zieht sich um sie zusammen. Sie schimpft mit sich, sie sei dumm, unverantwortlich, sagt die gemeine kleine Stimme, die sie nicht mehr gehört hat, seit sie Paris verlassen hat. Warum hat sie Mélanie nicht einfach untersagt, die Küche zu verlassen? Weil ein vierjähriges Kind nicht den ganzen Tag auf einer Bank bleiben kann, weil Geneviève Witwe ist, weil sie ihre Mutter ist. Sie hätte zulassen sollen, dass Laure sich um sie kümmert. Sie weiß, dass sie unvernünftig gehandelt hat, dass ihre Kleine besser bei ihrer Tante gewesen wäre als auf sich allein gestellt.

Sie begegnet den Waschfrauen in dem Moment, als sie den Fluss hört.

»Haben Sie meine Tochter gesehen?«, fragt sie.

Die Wäscherinnen wechseln einen überraschten Blick. Geneviève liefert ihnen eine so chaotische Beschreibung von Mélanie, dass sie sie selbst kaum versteht.

»Der kleine Lockenkopf?«, fragt eine junge Frau.

Geneviève zieht eine Strähne ihres eigenen Haars hoch, noch gekringelter als das ihrer Tochter. Sie nickt. Ein paar Kinder beobachten sie neugierig, und sie erkennt einige der Gesichter wieder. Weder Mélanie noch Rosie, die Älteste, ist unter ihnen.

»Sie war vorhin bei uns«, sagt ein Mädchen mit vollen Lippen. »Ich habe mit ihr am Wasser gespielt. Wir wollten aufbrechen, und sie ist losgegangen, um sich die Hände zu waschen.«

Dieses Detail ersetzt jegliche Erläuterung. Geneviève sieht vor sich, wie Mélanie ihre Hände in den Fluss taucht, wie die Wasserspinnen über die Oberfläche laufen, als wäre sie ein Spiegel, als könnte man unmöglich darin versinken.

»Wo ist Rosie?«, fragt sie.

»Zu Hause, krank.«

Geneviève versucht sich zwischen den Waschfrauen durchzudrängen, keine bewegt sich. Die Dringlichkeit der Lage scheint ihnen nicht bewusst.

»Warten Sie auf uns«, ruft jemand hinter ihr her.

»Ich war sicher, dass die Kleine uns folgt.«

»Ich auch. Ich hätte schwören können, dass sie hinter mir lief.«

Die Wäscherinnen reden zu laut. Ihre Worte erreichen Geneviève, aber nicht ihr Sinn. Die Steine und das trockene Gras krachen unter ihren Sohlen. Sie schiebt einen Ast zur Seite – dahinter liegt der Fluss, rötlich im Abendlicht. Das Wasser wirkt ruhig, fast einladend, aber Geneviève kennt die gefährlichen Strömungen, weiß, wie heftig sie auf die des Saint-Louis prallen. Im Sand erkennt sie Fußabdrücke. Rechts von ihr, an der Stelle, die die Waschfrauen ihr zeigen, verschwindet das Ufer immer mehr hinter einer dichten, undurchdringlichen Vegetation. Die Bäume neigen sich über das Wasser, ihre gebogenen Stämme bilden einen Gang, der von Treibholz, Sträuchern und Wurzeln durchzogen ist. Ganz hinten, kurz vor der nächsten Biegung, erkennt Geneviève eine Gestalt, so tief im Schilf, dass es die eines großen Vogels sein könnte, der über sein Nest wacht.

Mélanie ruft als Erste. Sie hat Schluckauf, ihre Sätze sind abgehackt.

»Rühr dich nicht«, sagt Geneviève, auch wenn sie weiß, dass ihre Tochter dazu nicht imstande ist. »Ich komme.«

Aber sie ist zu groß, um unter die Zweige zu gelangen, zwischen denen Mélanie wohl ohne Schwierigkeiten durchschlüpfen konnte. Sie kommt nur ein paar Schritte weit, die Dornenranken stechen in ihre Hände, bleiben an ihrem Gesicht hängen. Ihre Stiefel rutschen im Schlamm, Blätter kratzen ihre Wangen auf. Sie schafft es kaum wieder heraus.

»Lassen Sie mich es versuchen«, schlägt eine Stimme hinter ihr vor.

Das Mädchen mit den vollen Lippen, das versicherte, dass Mélanie ihr gefolgt sei, kniet sich neben sie. Sie flüstert ihren Namen, Margot, und ihr Lächeln enthüllt einen faulen Eckzahn.

»Sei vorsichtig«, sagt Geneviève, obwohl sie ihr gern nur gedankt hätte.

Aber die junge Waschfrau ist bereits verschwunden, vom grünen Tunnel verschluckt. Die Binsen lassen ein wütendes Krachen auf ihrem Weg hören.

Geneviève starrt auf die Lücke zwischen den Zweigen, ihr Blick wird trüb, der Himmel und der Fluss versinken in Blauschattierungen, die immer bedrohlicher wirken. In ihrem Kopf ertönt erneut die kleine Stimme – sie beschimpft sie als Mörderin, säuselt schreckliche Beleidigungen, die Madame ihr an den Kopf geworfen hat, Worte, die Geneviève vergessen zu haben glaubte. Und doch sind sie auch hier, am anderen Ufer zu hören, wo sie niemand mehr retten wird.

»Ich glaube, ich kann sie sehen«, bemerkt eine der Frauen.

Genevièves Füße rutschen im Matsch, ein Fisch und eine Wasserschlange streifen ihren Knöchel, Reisig bleibt an ihrer Haube hängen. Der Tunnel ist dunkler geworden, darin verschwimmen Bewegungen und Formen. Dann taucht ein heller Fleck auf, das Kleid der Wäscherin, die eine noch kleinere Gestalt auf festen Boden führt. Geneviève spürt, wie der Druck aus ihrer Brust entweicht, so plötzlich, dass es ihr die Luft verschlägt; ihr entfährt ein kehliger, tierischer Laut, zu dem sie sich nicht fähig glaubte.

»Komm her«, krächzt Geneviève.

»Ihr Rock ist in den Ranken hängen geblieben, ich musste den Stoff zerreißen, um sie zu befreien«, erklärt die junge Frau, die Schürze schlammbedeckt. »Es tut ihr leid, dass sie uns einen Schrecken eingejagt hat.«

»Komm«, wiederholt Geneviève, um eine sichere Stimme bemüht.

Mélanie schmiegt sich an sie. Ihre Tochter erscheint ihr winzig, ihr Körper warm an ihrem. Geneviève hört sich feststehende Sätze flüstern, die in einer anderen Welt das meinen, was sie ausdrücken. Alles ist gut, ich bin da, ich werde dich nie wieder allein lassen. Mélanie bleibt still. Ihre feuchten Finger ziehen an Genevièves Haube, legen sich um ihr Ohr.

»Keine Angst, Maman«, flüstert sie. »Ich wollte nur auf die Eiche klettern. Die dort, siehst du sie?«

*

Gerüchte verbreiten sich beim Gouverneur wie ein Lauffeuer. Sie werden über schmutzige Kleider hinweg von einer Wäscherin zur nächsten gereicht, mischen sich unter das unbeirrbare Murmeln des Flusses, in das müde Muhen der Kühe in den Ställen. Sie werden von den jungen Mägden vom Hühnerstall in die Küche getragen, über die Flammen gepustet, die neu angefacht werden, auf einem Tablett mit Kuchen hinterlassen, in einem Raum, in dem gut gekleidete Frauen sie mit ihren bemalten Lippen nachsprechen. Die Gerüchte nehmen unterschiedliche Formen an: Geneviève wusste, dass das Kind verschwunden war. Sie war zu sehr damit beschäftigt, ihren Liebhaber zu befriedigen – den Barbier, den Hufschmied, den einarmigen Diener.

Eines ist sicher: Ihr Mann würde nicht wollen, dass ihre Tochter bei dieser verdorbenen Person aufwächst, dieser unwürdigen Mutter, dieser Französin, die, wie manche versichern, für die Verbrechen, die sie in Paris begangen hat, eingesperrt war.

Laure verliert keine Zeit. Sie stattet ihr am Tag nach dem Vorfall einen Besuch ab.

»Es tut mir schrecklich leid«, sagt ihre Schwägerin immer wieder kopfschüttelnd. »Aber Sie wissen genauso wie ich, dass Mélanie Besseres verdient hat. Was würde Pierre sagen?« Sie hält inne, wie um die Antwort ihres Bruders abzuwarten. Als sie weiterspricht, ist ihr Tonfall beiläufig. »Wir können die Lage auf unterschiedliche Weisen lösen, und manche sind angenehmer als andere. Wir müssen die Männer damit nicht behelligen, nicht wahr?«

Laure spielt auf ihren Mann an, auf die Vertreter des Gouverneurs, auf den Kleriker, der nach Pierres Tod sein Testament verlesen und Geneviève erklärt hatte, dass sie weiter im Haus ihres Mannes wohnen könne, dieses aber ihrer vierjährigen Tochter gehöre. Sie schaut ihre Schwägerin an. Ihre Kleidung ist noch strenger als Genevièves, ihr Lächeln eine subtile Mischung aus Mitleid und Triumph.

»Gehen Sie«, presst Geneviève hervor.

Laure schüttelt den Kopf, steht auf. Bevor sie geht, wirft sie Mélanie einen Handkuss zu.

*

Als sie ins Land der Illinois zog, verlor Geneviève alles: ihre Freundinnen, diese Gemeinschaft von Frauen, mit denen sie alles teilte. Louisiane hat ihr nur Mélanie geschenkt, und nun droht es damit, sie ihr wieder wegzunehmen – Mélanie, die ihr Haar vor fantasierten Spiegeln hochnimmt, die sich im Schlaf so heftig hin und her wirft, dass sie blaue Flecken bekommt, die vor sich hin murmelt, wenn sie allein im Garten spielt.

Manchmal, vor dem Einschlafen, stellt sich Geneviève vor, wie sie mit ihrer Tochter über dieses endlos weite Land fliegt. Vom Himmel aus gesehen ist der Ozean ein Teich, die Flüsse von Louisiane gewundene Adern, die die blauen Wälder mit Blut versorgen. Die Bäume werden nach und nach größer, Geneviève kann die Häuser zählen, die Glocke einer Kirche und, wenn sie genau hinhört, den leisen Gesang eines Vogels hören. In diesen Träumen führt sie der Fluss dorthin, wo sie alles am besten kennt.

Ohne Mélanie wird sie Prairie du Rocher nie verlassen.

*

Sie kann die Gerüchte nicht zum Verstummen bringen, genauso wenig wie sie arbeiten und gleichzeitig ihre Tochter beaufsichtigen kann. Die Figuren aus Brotteig zerbröckeln rasch. Mélanie vergisst nach und nach die aufgestellten Regeln – fass die Töpfe nicht an, koste nicht vom Kuchen, lass die Feinbäckerin in Ruhe. In Küchen kommt es schnell zu einem Unglück, vor allem mit Kind. Eine Woche nach dem Vorfall, zwei Tage nach der Ankunft der kanadischen Gäste, legt die Chefköchin Geneviève die Hand auf die Schulter. »Ich habe Sie angestellt, nicht Ihre Tochter«, sagt sie. Ihre Finger hinterlassen lange Mehlspuren auf Genevièves schwarzem Kleid. »Einer von Monsieurs Freunden möchte ein Glas Cognac. Kümmern Sie sich darum.«

Cognac, Kaninchenragout, Kalbskotelett. In den folgenden Tagen schleppt Geneviève immer schwerere Tabletts nach oben. Sie begreift, ohne dass es ihr jemand hätte erklären müssen: Sie muss diese Aufgaben erfüllen, um ihre Stelle zu behalten. Sie stellt die Geduld der anderen Frauen auf die Probe. »Ein letztes Mal«, seufzen sie, wenn

Geneviève ihnen verspricht, in fünf Minuten zurück zu sein, drei, dann eine. Als sie es nicht mehr wagt, sie um Hilfe zu bitten, putzt sie Mélanies Nase und flüstert ihr zu, ihr unauffällig zu folgen, hinter ihr zu bleiben, wenn sie bei den Herren an die Tür klopft. Eines Tages, als sie aus dem kleinen Salon kommt, sieht sie einen der Gäste, ein blonder Mann mit einer schmalen Nase und jugendlichen Lippen. Er lächelt Mélanie zu, grüßt Geneviève mit einem Nicken.

Laure würde bald mit neuen Drohungen auftauchen, und Geneviève hat keine Ahnung, was sie antworten wird. Sie sollte einen Plan haben, aber ausnahmsweise fällt ihr nichts ein. Sie schiebt ihre Geldsorgen beiseite: Wenn man ihr Mélanie wegnähme, würde keine noch so große Summe sie zurückbringen. Das Haus würde zu einem Gefängnis, in das das wütende Gemurmel des Dorfes dringt. Als Geneviève der Köchin mitteilt, dass sie gehen wird, faltet die Frau ihre mageren Hände: »Eine weise Entscheidung«, antwortet sie, die freundlichsten Worte, die Geneviève seit Wochen gehört hat.

Am nächsten Morgen wird sie von einem dumpfen Klopfen geweckt. Sie setzt sich zu schnell auf, einen Moment lang hört sie nur das Blut in ihren Ohren. Sie schnappt sich ihr Korsett, bindet es halb zu, zieht einen Unterrock an.

»Zieh dich an«, sagt sie zu Mélanie, »und warte hier auf mich.«

»Darf ich aussuchen, welches Kleid ich anziehe?«

Geneviève schaut auf die Kleider ihrer Tochter, beide schwarz.

»Natürlich.«

Sie widersteht dem Impuls, sie in den Arm zu nehmen, so fest, dass Mélanie sich beschweren würde. Aber Geneviève weiß, dass sie ihr nur Angst machen würde. Sie versucht sich so zu verhalten, als ob nichts wäre, schiebt ihr zu langes Haar unter ihre Haube, zupft den Kragen ihres dunklen Kleides zurecht, damit nur die Haut an ihrem Hals zu sehen ist. Als sie zur Tür geht, fühlt sie sich erschlagen, erschöpft.

Drei Männer stehen auf der Schwelle. Der Kleriker ist nicht unter ihnen, auch Laure ist nirgends zu sehen. Nur ein einziges Gesicht ist ihr vage vertraut.

»Madame, wir möchten unser tiefes Beileid ausdrücken, entschuldigen Sie vielmals diesen unangekündigten Besuch«, beginnt der Größte der drei, ein brünetter Mann, dessen buschige Augenbrauen seinen Blick finster wirken lassen. »Wir wissen natürlich, dass Sie sich in einer delikaten Lage befinden, aber wir hoffen, dass Sie eine Ausnahme machen werden. Monsieur Melet und Monsieur Beaulieu«, fährt er mit einem kurzen Blick auf seine Begleiter fort, »beehren uns mit ihrem Besuch diese Woche und sind sehr daran interessiert zu sehen, was Ihr Mann von den hiesigen Stämmen mitgebracht haben mag.«

Monsieur Melet lächelt sie an, und Geneviève erkennt einen der beiden Kanadier wieder, die der Gouverneur beherbergt, den Blonden mit dem Kindergesicht, der im Flur stand.

»Ich bitte Sie«, antwortet sie und tritt zur Seite. »Aber ich fürchte, Sie werden enttäuscht sein.«

Seit drei Monaten ist kein Mann mehr über ihre Schwelle getreten, und die Gegenwart der Gäste erinnert sie an eine andere Zeit. Sie ahnt, welchen Einfluss die Freunde des Gouverneurs haben, findet etwas daran berauschend, erschreckend. Doch sie reißt sich rasch zusammen: Sie haben keinen Grund, ihr zu helfen. Sie führt sie ins Wohnzimmer, wo die von Pierre gesammelten Artefakte liegen. Er nahm oft die Waren mit, die ihm andere Franzosen anvertrauten, und als dieser Vorwand wegfiel, suchte er im Haus nach Gegenständen, die er mit den Illinois tauschen konnte – Schwarzpulver, Schnaps, eine Wolldecke. Sie gebot ihm Einhalt, als er eines Tages zu ihren Korsetts übergehen wollte. Heute erinnert Pierres Truhe sie an nichts anderes als an seine Abwesenheit.

Monsieur Beaulieu und der brünette Mann klappen den Deckel hoch, nehmen die Pfeile heraus. Der dritte, Monsieur Melet, schenkt dem ausgestopften Eisvogel, dem bunt bemalten Pfeilköcher, der Kopfbedeckung mit den Stierhörnern keine Beachtung. Sein Blick liegt auf Mélanie, die mit dem Daumen im Mund am Türrahmen lehnt.

»Ist das nicht das Mädchen, das ich beim Gouverneur gesehen habe?«

Geneviève hat keine Zeit, ihm zu antworten. Mélanie kommt durch den Raum, zeigt auf den Bogen, den Monsieur Beaulieu hochhebt und den sie immer für ihr Spiel haben wollte.

»Sie dürfen ihn nicht so halten«, erklärt sie ihm. »Sie können ihn kaputt machen.«

»Verzeihen Sie ihr«, mischt sich Geneviève ein.

Sie versucht die Hand ihrer Tochter zu nehmen, aber diese verbirgt sie hinter dem Rücken.

»Was meinst du damit?«, fragt Monsieur Beaulieu.

Mélanie schaut auf, überrascht, dass man ihr zuhört.

»Na ja«, beginnt sie vorsichtig, »die Schnur ist scharf, Sie könnten sich schneiden.«

Mélanies Tonfall, ihre Haltung, der Ausdruck in ihrem Gesicht – in dem Moment gleicht sie Pierre so sehr, dass

Geneviève weiche Knie bekommt. Monsieur Beaulieu deutet auf einen Flaschenkürbis.

»Und das? Was ist das?«

»Ein Chichicoya«, antwortet das Mädchen, ohne zu zögern, und erklärt ihm, dass er mit Glasperlen gefüllt sei, bevor sie ihm etwas über Krankheiten und Lieder erzählt. Sie schüttelt die Rassel, und das Geräusch lässt Monsieur Beaulieu zusammenzucken.

Der brünette Mann ist näher getreten, um besser zu hören. Geneviève fragt sich, was sie ihren Besuchern sagen würde, wenn sie ihre Aufmerksamkeit hätte. Ich bitte Sie, unterstützen Sie mich. Sagen Sie dem Kleriker und meiner Schwägerin, dass ich nicht die bin, für die sie mich halten.

»Sie ist gesprächig«, bemerkt Monsieur Melet, die Hand auf Genevièves Stuhllehne gelegt.

»Manchmal zu sehr«, entgegnet Geneviève mit rauer Stimme, als ob sie den ganzen Morgen über nichts gesagt hätte.

»Ihr Mann muss sehr gut informiert gewesen sein. Ich dachte, dass nur Monsieur Dugué de Boisbriand die Sprache der Illinois spricht. Ich werde ihn fragen, ob er Bekanntschaft mit Monsieur …«

»Durand«, vervollständigt Geneviève.

Sie bezweifelt, dass der Gouverneur von Louisiane sich an Pierre erinnert. Ihr Mann und er sind sich nur einmal zufällig begegnet, als Monsieur Dugué de Boisbriand ein paar Illinois-Mädchen besucht hat, von denen die Jesuiten-Pater stolz behaupteten, sie zum Konvertieren gebracht zu haben. Als Monsieur Dugué zwei Jahre später in Nouvelle-Orléans auf Monsieur Bienville folgte, fragte Geneviève Pierre, wie viel Zeit er dem neuen Gouverneur gebe, bevor ihm wiederum vorgeworfen würde, die Kolonie schlecht verwaltet zu haben und er nach Paris beordert würde. Ihr Mann rollte mit den Augen, er bat sie, ein wenig Vertrauen in die Zukunft zu haben. Dabei hatte sie es versucht, sie konnte nichts dafür, dass man sie so oft enttäuscht hatte. Und doch ist ihr manchmal klar, dass sie keine andere Wahl hat, als ihr Vertrauen blind in Fremde zu setzen.

»Reisen Sie nach Nouvelle-Orléans?«, fragt sie Monsieur Melet.

Er schaut sie an. Seine Augen sind hellbraun, fast grün, seine Schultern kantig. Seine Hand rutscht von der Stuhllehne.

»Das Land der Illinois«, beginnt er, »ähnelt Kanada so sehr, dass ich bei meiner Ankunft meine Enttäuschung nur schwer verbergen konnte. Ich hatte mir schöneres, trockeneres Wetter erhofft. Ihr Eindruck muss ein ganz anderer gewesen sein, nachdem Sie in Biloxi gelebt haben.«

Geneviève bemüht sich um einen neutralen Gesichtsausdruck. Sie hat Süd-Louisiane nie erwähnt, weiß nicht, was diese Männer noch über sie herausgefunden haben. Mit einem Mal fühlt sie sich äußerst verletzlich und trotz ihrer Gesellschaft allein im Raum.

»Kanada kenne ich nicht«, zwingt sie sich zu antworten, »aber ich teile Ihren Eindruck vom Land der Illinois.«

Monsieur Melet will etwas entgegnen, aber der brünette Mann kommt ihm zuvor.

»Wir haben Sie bereits zu lange in Anspruch genommen«, sagt er, einen Ausdruck von Panik im Gesicht.

Mélanie läuft ihm hinterher, während sie etwas von Manitu-Bisons und erdrosselten Rehen plappert. Dieses Mal erkennt Geneviève die Geschichten als das, was sie sind – reine

Erfindungen, ersponnen von ihrer Tochter. Die Besucher würden nichts verstehen.

»Mir scheint, die Herren haben genug exotische Geschichten gehört«, fügt er hinzu.

Monsieur Beaulieu nickt, aber Monsieur Melet studiert weiter die Rassel.

»Nicht wirklich. Mit Ihrer Erlaubnis würde ich gern mit Monsieur Soulant zurückkommen, der eine Freude an allem hätte, was dieses Haus zu bieten hat.«

Die beiden Männer wechseln einen Blick.

»Sehr gern«, sagt Geneviève rasch.

Sie schaut zu, wie sie davongehen. Sie stellt sich vor, ihnen mit einem Bündel im Arm und Mélanie an ihrer Seite zu folgen. Wenn die Männer sie anhören würden, würde sie um nichts anderes bitten, als von hier fortgebracht zu werden.

*

Als Monsieur Melet sie zwei Tage später besucht, ist er allein. Er trägt Jagdkleidung, beige vom Staub. Er öffnet die Truhe, erkundigt sich nach dem Preis eines Biberfells und legt es sofort wieder zurück, auch wenn Geneviève weiß, dass die genannte Summe zu niedrig ist. Er lehnt alles ab, was sie ihm zur Stärkung anbietet. Er erklärt, dass er vom Gouverneur von Louisiane persönlich, seinem Landsmann, zum Berater ernannt worden sei und dass Monsieur Dugué de Boisbriand ihn in Nouvelle-Orléans erwarte. »Wenn ein Mann, der in Québec geboren und aufgewachsen ist, in diesem furchterregenden Klima überleben kann, sollte ich das auch schaffen.« Dann lacht er, obwohl sie schweigt, und sein Lächeln lässt unvermutet Grübchen entstehen, die sein Gesicht fröhlicher, weicher wirken lassen. Er macht keine weitere Anspielung auf Genevièves Vergangenheit, aber stellt immer weitere Fragen zu Süd-Louisiane. Sie beschreibt ihm Biloxi genau, obwohl sie nur eins will, ihm von Pétronille erzählen, von dem unergründlichen Schmerz, den sie beim Anblick ihrer Abreise empfunden hat – von ihrem letzten Besuch bei Charlotte, einem dreizehnjährigen Mädchen, schwanger und voller Angst, und ihrem Baby, dessen Namen sie nicht weiß. Dieser Mann wird bald an die Küste reisen, an der sie mit ihren Freundinnen gelebt hat. Noch steht er vor ihr. Die Ereignisse scheinen unvereinbar, fast magisch.

»Ich sollte Sie nicht länger stören«, schließt er.

Er nimmt seine Gerte und seinen Hut, zieht seine Stiefel zurecht und geht, ohne zu sagen, ob er wiederkommen wird.

*

Ihre Schwägerin ist dem Anlass entsprechend gekleidet: Der Stoff ihres Kleides ist dick, in perfektem Schwarz, über ihrem Haupt liegt eine Kapuze – ein Albtraum an einem heißen Sommertag. Laure wischt sich die Schweißtropfen, die ihr über die Wangen laufen, nicht ab, lässt sie fließen, als wären es Tränen. Sie nimmt sich viel Zeit, um ihr Erscheinen zu erklären. Sie habe mit dem Geistlichen gesprochen – ein sehr pragmatischer Mann, der sogleich ihrer Meinung zugestimmt habe: Es sei offensichtlich, dass Mélanies Platz bei ihrer Tante sei, bei ihrem Onkel und ihren Cousins. Selbstverständlich würden die Mütter als Vormund immer bevorzugt, aber, das verstehe sich von selbst, verantwortungsvolle Mütter. Das Wohl des Kindes stehe über allem, nicht wahr? Geneviève könne sie natürlich besuchen, sie sei ja kein Unmensch. Der Kleriker werde sich um alles kümmern, einschließlich der

Übertragung von Mélanies Erbe. Geneviève würde ihre Mitgift behalten, zumindest für das kommende Jahr. Aber Laure habe Pierre geschworen, dass sie sich um seine Tochter kümmern werde. Und Versprechen, die man Toten gegeben hat, nehme man nicht zurück.

Sie haben recht, denkt Geneviève. Seine Versprechen muss man halten, aber manchmal hat man keine andere Wahl.

Am nächsten Tag wartet sie nicht ab, ob Monsieur Melet erneut bei ihr vorstellig wird. Sie hilft Mélanie, ein sauberes Kleid anzuziehen, und kehrt an ihre ehemalige Arbeitsstelle zurück, in die Küche, die ihr erstaunlich unverändert vorkommt, wo die Frauen sie immer noch über dampfende Töpfe hinweg anstieren, wo das Fleisch unter ihren Messern ein feuchtes Geräusch von sich gibt. In der samtenen Schwärze des Flurs wird der Geruch von Gemüsesuppe schwächer, der weiche Teppich verschluckt Genevièves Schritte. Mélanie folgt ihr schwer atmend, stolpert manchmal, stellt keine Fragen. Geneviève betet darum, niemandem zu begegnen, um so schnell wie möglich den Mann zu finden, den sie kaum kennt und den sie doch um so viel bitten wird.

Sie will gerade an die Tür rechts von ihr klopfen, als hinter ihr eine zweite aufgeht. Auf der Schwelle steht Monsieur Melet – kleiner als in ihrer Erinnerung.

»Kommen Sie herein«, sagt er und tritt beiseite.

Sie ergreift Mélanies Hand, damit ihre Finger nicht zittern. Die Umgebung nimmt sie kaum wahr, den Salon, in dem Schatten und Licht changieren, den Geruch der Seide auf den kleinen Sesseln. Sie kann nicht weiter sehen als bis zu diesem Augenblick.

»Ich möchte Sie nach Nouvelle-Orléans begleiten«, sagt sie.

Er schaut sie an, eher amüsiert als überrascht.

»Mich begleiten? Und Sie würden mit mir kommen als …?«

»Ich kann kochen und waschen«, antwortet sie. »Ich mache alles, was Sie möchten.«

Er spielt mit einer kleinen Uhr, die das Licht einfängt, lässt es über die Wände tanzen.

»Meine Frau kocht nicht, sie wäscht nicht.«

»Ihre Frau?«

»Sie sagen, dass Sie alles tun, was ich möchte, nicht wahr?«

Sie spürt, wie Mélanie an ihrem Kleid zieht, aber es fühlt sich sehr weit weg an. Geneviève rührt sich nicht. Sie sieht wieder die Superiorin im Kerker der *Maison de Correction* vor sich, über ihren Stock gebeugt, die Ratten schlafend im gräulichen Licht. Sie hört erneut das unverhoffte Angebot der Direktorin – alles, was die alte Frau über sie wusste, was sie nicht wusste. Das Schiff, das an jenem Tag in ihrer Zelle vor ihren Augen erstand, das ans andere Ende der Welt segeln würde, dorthin, wo nichts mehr von Bedeutung wäre.

»Was würde man von so einer Verbindung halten?«, fragt sie.

»Nichts, was schlimmer wäre als das, was man sich bereits über Sie erzählt.«

Sie schätzt seine Offenheit.

»Und aus welchem Grund würden Sie eine unwürdige Mutter heiraten wollen? Eine verwegene Witwe?«, fragt sie.

Sie spürt undeutlich Mélanies Blick auf ihr, aber sie musste diese Frage stellen. Sie hat nie erfahren, warum Mademoiselle Pancatelin ausgerechnet sie gerettet hat.

»Genau aus diesen Gründen.«

»Das kann nicht sein.«

»Und wenn ich Ihnen gestehe, dass Französinnen schon immer meine Neugier geweckt haben, würden Sie mir dann glauben?«

»Nein«, antwortet sie.

Er lacht auf. Er schaut sich um, als ob ihm wieder einfiele, wo sie sind. Beim Gouverneur vom Land der Illinois, im Salon einer Wohnung, in Gegenwart eines aufmerksamen Kindes, das jedes ihrer Worte aufsaugt. Schritte sind im Gang zu hören, entfernen sich wieder.

»Kann ich das als Ja werten?«, fragt er.

Als sie Monsieur Melet antwortet, schaut Geneviève an ihm vorbei, zum offenen Fenster, auf alles, was sie nicht sehen kann.

*

Er warnt sie, dass es lange dauern werde, den Fluss hinunterzufahren, auch wenn die Strömung ihre Boote nach Süden tragen werde. Fast dreihundertfünfzig Seemeilen, drei bis vier Wochen, verkündet er, und Geneviève kann kaum glauben, dass die Reise so kurz sein wird. Sie erinnert sich, dass sie und Pierre Monate brauchten, um nach Prairie du Rocher zu gelangen – sie weiß, dass man unmöglich voraussehen kann, wie lange die Flüsse von Louisiane sie aufhalten werden. Sie würden Stürme erleben, mit Wasserstrudeln zu kämpfen haben, auf Bären und Bieber treffen. Sie würden anhalten müssen, um beschädigte Rümpfe zu reparieren, und warten, bis der Gegenwind sich legt. Geneviève ist die Gefahr gleichgültig. Zum ersten Mal in ihrem Leben geht sie dorthin, wo sie sein will. Sie muss nur an den Ozean denken, und schon geht ihr Atem leichter. Sie wird nicht für immer in diesem Landstrich festsitzen, der Saint-Louis würde sie bis zum Flussdelta tragen. Sie macht sich keine falschen Vorstellungen, sie rechnet nicht damit, in Nouvelle-Orléans Charlotte und Étiennette wiederzusehen. Aber selbst wenn ihre Freundinnen nicht dort sind, würde sie mit Sicherheit manche Passagierinnen der *Baleine* antreffen. Jemanden, der sich an die Salpêtrière, an Lorient, an Paris erinnert.

Sie hätte sich nie ausmalen können, dass ihr Süd-Louisiane eines Tages vertraut vorkommen würde, sie hofft, dass ihr Witwenstand, wenn sie erst mal dort ist, nur noch ein Gerücht wäre – ein fernes und gleich wieder verschwindendes Rumoren, das Rauschen von Wasser in einem Bachbett voller Steine.

Monsieur Melet heißt auch Pierre, ein Zufall, der sie verwirrt. Sie spricht ihn sorgsam mit seinem Nachnamen an, besteht auf die Anrede »Monsieur«. Sie fragt sich, ob sie es schaffen wird, ihn anders zu nennen, wenn sie erst verheiratet sind.

Ihr bleiben noch Monate, um sich zu entscheiden. Sie wird ihn nicht vor der Ankunft in Nouvelle-Orléans heiraten, und selbst dort werden sie lange genug warten, um sicherzugehen, dass Genevièves ehemaliger Mann nicht der Vater eines Kindes ist, mit dem sie schwanger sein könnte. Auch wenn sie sicher ist, es nicht zu sein, ist es unnötig, Aufmerksamkeit auf sich zu ziehen, ob hier oder in Süd-Louisiane.

In der Woche vor der Abreise bekommt sie Monsieur Melet kaum zu Gesicht. Sie weiß nicht, was er seinem Begleiter erzählt hat, um ihre Anwesenheit zu rechtfertigen. Bei einem seiner seltenen Besuche fragt sie ihn danach.

»Machen Sie sich deshalb keine Sorgen«, beruhigt er sie und nimmt ihre Hand. Es ist das erste Mal, dass er sie berührt, und ein Schauer läuft ihren Arm entlang, fremd und erregend. Monsieur Melets Finger sind so kühl wie sein Siegelring, sie hatte nie bemerkt, wie spitz seine Nägel sind.

Mélanie interessiert sich wenig für den Mann, der ihr Stiefvater werden wird. Nur die bevorstehende Reise fasziniert sie. Sie will alles über die Menschen im Süden erfahren und ob es dort im Winter auch so kalt ist wie hier. Sie macht sich Gedanken über die Größe der Spinnen und die Farbe des Himmels. Geneviève antwortet geduldig, erzählt von ockerfarbener, moosbewachsener Erde, von grünen Wasseradern, in die Vögel mit riesigen Füßen tauchen, von Bäumen, deren Blätter ein wenig ihren Haaren ähneln, lang und gewellt. Ihre eigene Begeisterung überrascht sie. Das Louisiane, das sie Mélanie beschreibt, ist frei von Stechmücken und Krokodilen, ein Ort, an dem sich satt gegessen wird. Es quillt vor Früchten und sogar vor Seidenraupen über, die Wärme ist kaum feuchter als die in der Provence, als sie klein war. Sie hört Pierre in diesen Worten, und das fiebrige Geflüster der Mädchen in der Salpêtrière. Sie begreift endlich, dass die Erzählungen ihres Mannes und ihrer ehemaligen Gefährtinnen nicht nur an sie gerichtet waren, sondern auch dazu dienten, sich selbst gut zuzureden.

Eine Dienerin hilft ihr, ihre Sachen zu packen, eine Frau, der Geneviève zum Glück noch nie im Haus des Gouverneurs begegnet ist. Monsieur Melet hat sie gebeten, alle Artefakte des Stammes der Illinois mitzunehmen. Die Truhe verlässt das Haus, noch bevor ihre persönlichen Dinge verpackt sind – sie hat nicht mit diesem bedrückenden, schwindelerregenden Gefühl gerechnet, als sie zusieht, wie die Männer sie auf den Karren laden. In ihrem Zimmer schafft sie es kaum, den Koffer zu füllen, den ihr Zukünftiger ihr geschenkt hat. Sie hat nie Gelegenheit gehabt, irgendetwas mitzunehmen, lediglich das Kleid, das sie am Tag ihrer Festnahme bei Madame trug, und die Aussteuer, die sie erhielt, bevor sie den Atlantik überquerte. Am Ende stopft sie ihre Kleidung in zwei alte Umhängetaschen von Pierre.

Bevor sie aufbricht, stattet sie Laure einen Besuch ab. Sie freut sich nicht darauf, tut es aber Pierre zuliebe, für sie selbst, vielleicht sogar für ihre Schwägerin. Sie kann sich nicht vorstellen zu gehen, ohne sich zu verabschieden. Abschiede sind wichtig, sie sind vielleicht der einzige Einfluss, den Geneviève auf die Orte und die Menschen nehmen konnte, die sie verlassen musste.

In Laures Garten spielt Mélanie mit ihren Cousins. Im Wohnzimmer sind ihre Rufe gedämpft, ihre Lippen bewegen sich fast lautlos. Als Geneviève hereinkommt, begrüßt Laure sie nur mit einem Kopfnicken. Seit sie von ihrer Abreise erfahren hat, hat sie nicht mehr mit ihr gesprochen.

»Ich bleibe nicht lange«, versichert Geneviève.

»Sicher nicht, da Sie uns am Samstag verlassen.«

»Morgen also.«

»Morgen«, wiederholt Laure mit gerecktem Kinn, den Blick woandershin gerichtet.

Geneviève beobachtet die schmeichelnden Bewegungen der Katze unter dem Tisch. Es gelingt ihr, den Blick ihrer Schwägerin festzuhalten.

»Ich bin gekommen, um Ihnen zu sagen, dass Sie Pierres Haus nutzen können, wie Sie wollen, bis Mélanie zurückkehrt.«

»Wir wissen beiden, dass sie nicht zurückkommen wird.«

Laure dreht sich zum Fenster. Aus der Entfernung scheinen die Hände der Kinder ihr Gesicht zu streicheln.

»Sie haben mir nicht geglaubt, als ich Ihnen sagte, dass ich in Mélanies Sinne handle, nicht wahr?«

»Nein, tatsächlich nicht.«

Laure nickt. Kurz wirkt sie nachdenklich.

»Denken Sie, dass dieser Mann gut zu ihr sein wird?«, fragt sie.

Geneviève weiß es nicht. Sie wird es erst nach ihrer Abreise erfahren.

»Ich werde da sein«, antwortet sie, und sie rechnet damit, dass ihre Schwägerin sie auslacht, aber ihr Gesicht bleibt ernst.

»Pierre hätte das alles nicht gewollt«, schließt sie.

Laure verlässt den Raum, ohne sich noch einmal umzudrehen. Sie taucht draußen, zwischen den Vorhängen am Fenster auf, als wäre sie auf eine Bühne getreten, und unterbricht das Spiel der Kinder. Sie geht in die Hocke, und Mélanie eilt zu ihr, gräbt ihr Gesicht in das schwarze Kleid ihrer Tante, Laure das ihre in den weichen Arm des Mädchens. Auf dem Boden räkelt sich die Katze gleichmütig in einem Sonnenstrahl. Ein erstickter Laut erreicht Geneviève, vielleicht ein Schluchzen, ein Schwur oder der Schrei eines der Kinder – wenn es nicht ein ganz anderes Geräusch war, zu weit weg, um verstanden zu werden.

*

Der Saint-Louis, grau, blau oder braun und zu oft von einer Färbung, die keinen Namen hat. Eher eine Bewegung als eine Farbe. Unter den Booten transportieren die heimtückischen Strömungen Massen von Schlamm. Die Pirogen sind viel breiter als die, mit denen Geneviève 1721 gereist ist. Sie kann sogar ihre Beine ausstrecken, und es ist genügend Platz vorhanden, dass Mélanie sich neben sie setzen kann, wo sie wie hypnotisiert die Handgriffe der Kanadier beobachtet, die im Gleichtakt rudern. Sie weiß, dass ihre Tochter ungeduldig dem Einbruch der Nacht entgegensieht. Bei Sonnenuntergang erzählen die Reisenden am Feuer von den Gefahren der Stromschnellen, berichten ihr von den schlimmsten Momenten, die sie auf ihrem Weg erlebt haben – wenn sie an unpassierbare Stellen kamen und keine andere Wahl hatten, als die Kanus und ihre Ladung zu tragen, manchmal tagelang. Geneviève schreitet ein, als einer von ihnen Mélanie eines Abends seine vier Fußzehen zeigt und ihr erzählt, dass sein großer Zeh letzten Winter auf einem vereisten Felsen erfroren ist und er ihn amputieren musste. Geneviève hat noch nie so robuste Männer wie diese Kanadier gesehen, die ihr, als sie ihr an Bord helfen, das Gefühl geben, kaum schwerer als Mélanie zu sein. Als sie sie jedoch bittet zu schweigen, gehorchen sie umgehend und werfen sich verlegene Blicke zu.

An Bord befinden sich außerdem eine taube Köchin, ein fünfzehnjähriger Junge, drei Reisekoffer und ein Hund mit stinkendem Fell, der immer so wirkt, als wäre er drauf und dran, ins Wasser zu fallen. Monsieur Melet reist in einer anderen Piroge, den Grund muss man Geneviève nicht erklären. Sie gilt hier als Witwe, nicht als Verlobte. Was sie stört, sind die wechselnden Stimmungen ihres Zukünftigen. An manchen Abenden, wenn die Kanadier sich darum streiten, wer bei den Waffen Wache hält, erkennt sie den neugierigen, freundlichen Mann wieder, dem sie in ihrem Haus begegnet ist. An anderen wirkt er so distanziert, dass sie sich fragt, ob er sich an seine Versprechen ihr gegenüber erinnert.

Sie haben Prairie du Rocher vor zwei Wochen verlassen und am Vorposten des Landes der Chickasaw haltgemacht, wo Geneviève am Abend drei Reisende flüstern hört, dass der Gouverneur von Louisiane, Monsieur Dugué de Boisbriand, bald den gleichen Vorwürfen ausgesetzt sein könnte wie sein Vorgänger – dass er sogar nach Frankreich zurückbeordert werden könnte, wie Monsieur Bienville. »Ein Kanadier an der Spitze von Louisiane«, bemerkt einer der Männer, »das wäre nicht lange gut gegangen.« Seine kräftigen, geschickten Finger ruckeln an den Holzscheiten. Eine riesige Flamme sticht empor und wird wieder kleiner. »Das sind bestimmt nur Gerüchte«, wirft Geneviève ein und hält ihre Hände über die Glut. Die Männer werfen sich einen Blick zu, schütteln den Kopf. Ihr Unwohlsein wächst. Monsieur Melet sollte im Beraterstab von Monsieur Dugué de Boisbriand sitzen. Was wird geschehen, wenn der Gouverneur bei ihrer Ankunft in Nouvelle-Orléans bereits abgesetzt ist? Sie bemüht sich, nicht daran zu denken. Sie will nicht wissen, was diese Entscheidung für ihn, für sie und für Mélanie bedeuten würde.

Am nächsten Tag zeigt Monsieur Melet ihr eine Karte. Da sie Monsieur Beaulieus Blick auf sich spürt, setzt sie sich mit viel Abstand neben ihn. Sie neigt sich über das abgenutzte Papier, über die bröckelige Tinte. Inmitten eines Ozeans ist ein Kompass zu sehen, neben einer Sonne in einem Kreis, deren Strahlen auf den Kontinent fallen. Kleine Berge, die sie, so wie sie gezeichnet sind, ein bisschen an Wellen erinnern, stehen überall auf dem Festland verteilt:

Der Saint-Louis ist der einzige Weg hindurch. Monsieur Melets Fingernagel fährt von einer Zeichnung zur anderen, und Geneviève hört zu, wie er all die Buchstaben entziffert, die ihr nichts sagen. Der See der Illinois und Michigamea, auch Lac Dauphin genannt, Gewässer, die sich um einen Namen streiten, denen man lieber zwei als einen gegeben hat. Wörter, die Geneviève noch nie gehört hat: die Schildkröteninsel, das Land der Shawnee, Neu-Mexiko und Neu-Spanien – als müsste man nur »Neu« vor einen Namen setzten, um Herr einer Region zu werden. Dann eines, das sie wiedererkennt, als Monsieur Melet es vorliest. Natchez, das eingepfercht zwischen dem Fluss der Tonica und den Dörfern der Houma liegt. Ihr Finger bedeckt alle Buchstaben, als sie ihn auf das Papier setzt.

»Machen wir dort halt?«

»Wo?«

Sie verschiebt ihre Hand, presst die Lippen zusammen. Sie weicht Monsieur Melets Blick aus. Sie hat Pierre vor fünf Jahren die gleiche Frage gestellt und er hat verneint, sie würden ihre Vorräte lieber in Yazoo auffüllen.

»Wahrscheinlich«, erklärt Monsieur Melet und faltet die Karte sorgfältig wieder zusammen.

Sie erwähnt Pétronille mit keinem Wort, bevor sie nach Fort Rosalie kommen. Sie will sich keine falschen Hoffnungen machen. Ihren neuen Nachnamen hat sie durch Pierre erfahren, der in Biloxi von der Plantage von Monsieur Ducros gehört hatte. Geneviève weiß vielleicht nicht mehr über Pétronille, aber sie kann sich leicht vorstellen, was sie zu ihr sagen würde: »Wenn er dich zu mir lässt, deutet das auf ein gutes Herz hin. Wenn er es ablehnt, nimm dich vor deinem zukünftigen Mann in Acht.« Pétronille, die Botschaften aus Blütenblättern liest, die angesichts von Gefahr die Unbefangenheit eines Kindes zeigt. Ihre Freundin schert sich nicht um die Meinung der anderen, sie hat sich nie davon abhalten lassen, große Träume zu hegen.

Die Sonne steht noch hoch, als sie in Natchez an Land gehen, der Himmel ist bewölkt, die Hügel silbrig. Das Fort ragt hinter dem Fluss empor, der braune Wald verschluckt die Schatten. Ausnahmsweise ist die Landung angenehm, die Pirogen gleiten über den Sand, als wäre er aus Butter. Nach und nach ist das Dorf zu erkennen, eine Hütte am Ende des Wegs, ein Hof, dann ein zweiter. Weitere folgen, der Wald weicht zurück, um Schweinen, Schafen und Feldern Raum zu geben und denen, die sie bestellen, französische Bauern oder versklavte Afrikaner. In der Berline, die der Gouverneur geschickt hat, hat Geneviève kaum einen Blick für die Landschaft übrig. Mélanie schläft auf ihrem Schoß. Geneviève schaut Monsieur Melet an, seinen gespannten Kiefer, die zarten Falten, die seinen besorgten Ausdruck verstärken. Heute ist für ihn kein guter Tag, aber es ist der einzige, den sie hat.

»Eine meiner ehemaligen Reisegefährtinnen«, beginnt sie. Sie bricht ab, ihre Wangen glühen. »Madame Ducros. Sie lebt hier. Ich hatte gehofft, sie besuchen zu können.«

Monsieur Melet wirft einen Blick aus dem Fenster der Kutsche, runzelt die Stirn, als hätte er jemanden wiedererkannt. Als er sich ihr zuwendet, ist er der Unbekannte, der er stets war.

»Tun Sie, was Sie für richtig halten«, antwortet er, das Gesicht vollkommen ausdruckslos.

Geneviève öffnet den Mund, schließt ihn wieder. Sie fühlt keine Erleichterung. Es ist, als wäre sie unsichtbar, als könnte man sie vergessen, auslöschen.

»Danke«, presst sie hervor.

Sie hat das unangenehme Gefühl noch nicht abgeschüttelt, als sie eine Stunde später mit Mélanie in eine andere Kutsche steigt. Ein Soldat schlägt hinter ihr die Wagentür zu. Monsieur Melet ist kurz nach ihrer Ankunft zum Gouverneur von Fort Rosalie aufgebrochen. Er hat ihr mitgeteilt, dass man sie zu Madame Ducros eskortieren werde und er wichtige Geschäfte zu erledigen habe – wahrscheinlich sich versichern, dass ihn in Nouvelle-Orléans noch ein Posten erwartet, prüfen, ob die Korruptionsgerüchte in Bezug auf Monsieur Dugué de Boisbriand stimmen. »Ich hoffe, dass Sie ein angenehmes Wiedersehen mit Ihrer Freundin haben«, hat er hinzugefügt. Er wirkte ehrlich, ein Augenblick der Güte. Sie hält sich, so gut es geht, an diesen letzten Worten fest.

Die Pferde verlassen die Hauptstraße. Überall Maulbeerbäume, wie in der Provence. Geneviève versucht ruhig zu atmen. Unter ihr schwankt die Kutsche wie die Pirogen am Strand von Biloxi fünf Jahre zuvor, als sie Pétronille zum letzten Mal sah.

Der Wagen hält. Das Haus scheint groß und stabil gebaut – Pétronille hat ein Dach über dem Kopf, es fehlt ihr an nichts. Geneviève nimmt Mélanies Hand, hilft ihr, die Trittleiter hinunterzusteigen. Im Wein sind Löcher für die Fenster, an den Zweigen hängen noch grüne Trauben. Darunter blühen Blumen, die sie noch nie gesehen hat, in kräftigen, wilden Farben, die schwer einzeln zu betrachten sind. Die Vortreppe ist leer, abgesehen von einem Rotkehlchen, das davonfliegt, als sie sich nähern. Sie fühlt, wie Mélanie sich an ihr Kleid drängt.

»Maman«, flüstert sie und zeigt auf das nächstgelegene Fenster. »Schau.«

Geneviève erkennt Pétronille nicht sofort, die Allee spiegelt sich im dicken Glas, verschränkt sich mit dem Inneren des Hauses, sodass Blätter und Himmel vor dem Gesicht ihrer Freundin schwanken, vor ihrer Hand, die sie vor den Mund schlägt, ihrem gerade so sichtbaren Geburtsmal, dem schockierten Ausdruck eines Menschen, der einen Geist gesehen hat. Dann geht die Tür auf, und sie erscheint auf der Schwelle. Das gleiche schwarze Haar, die Augen weniger grün als in ihrer Erinnerung, der verträumte Blick, immer ein wenig woanders.

»Ich dachte, dass Marie mich besuchen kommt«, sagt Pétronille.

Geneviève weiß nicht, wer das ist. Sie widersteht dem Verlangen, Pétronille in die Arme zu nehmen, ruft sich in Erinnerung, dass sie eine solche Umarmung sicher nicht schätzen würde. Aber Pétronille ist es, die sie an sich zieht, ganz vorsichtig, als ob Geneviève, dieser Augenblick zerbrechlich wären. Ihre Hände umfassen sie kaum fester als bei ihrer letzten Begegnung in der Krankenhütte, als Geneviève ihr zuflüsterte, sie solle in Biloxi nach Madame Durand suchen. In ein paar Monaten würde Madame Durand nicht mehr existieren – sie würde einen anderen Namen tragen, wäre unauffindbar. Geneviève ist rechtzeitig gekommen.

»Wie hast du es geschafft hierherzukommen?«, fragt Pétronille und tritt einen Schritt zurück.

Geneviève schaut sich um. Plötzlich ist sie um eine Erklärung verlegen.

»Wir reisen mit riesigen Männern«, mischt Mélanie sich ein. »Und Monsieur Melet.«

Pétronille schaut sie ungläubig an.

»Wer ist das?«, fragt sie, und kurz weiß Geneviève nicht, ob sie von ihrer Tochter oder von dem Mann spricht, den diese erwähnt hat.

»Keine Ahnung«, antwortet Mélanie.

Pétronille lacht, zu laut für so wenige Worte. Mélanie lächelt, stolz auf ihren Scherz, der keiner war.

»Aber du kennst ihn, oder?«, fragt Pétronille Geneviève.

Geneviève bemüht sich zu lächeln. Wieder steigt das Unbehagen in ihr auf, das sie in Gegenwart von Monsieur Melet empfunden hat. Sie klammert sich an den Augenblick, an den Anblick, der sich ihr bietet: Pétronille, die duftenden Orangenbäume, das opalweiße Licht. Mélanie hockt sich auf die Vortreppe, schaut zu, wie sich eine Eidechse zwischen den Brettern windet.

»Ich werde Émile holen«, sagt Pétronille und fügt hinzu: »Mein Sohn. Hélène schläft.«

Geneviève folgt ihr hinein. Hier hat Pétronille all die Jahre verbracht, hier wachsen ihre Kinder auf. Sie kann immer noch nicht glauben, dass sie es nach Fort Rosalie, zu ihrer Freundin geschafft hat. Die Möbel sind wertvoll, ihr Holz lädt dazu ein, es zu streicheln. Als sie das Tuch über einer Stuhllehne bemerkt, kniet sich Geneviève neben den Tisch. Der Stoff fängt das Licht auf eine einzigartige Weise ein, die sie sofort wiedererkennt. Im Nebenraum hat ein Kind Schluckauf. Als sie den vollkommen glatten Schal berührt, muss Geneviève an Babyhaar denken, an die Haut an der Innenseite weiblicher Oberschenkel, an manche Steine, geglättet vom Fluss.

»Wenn du nur hättest mitansehen können, wie Monsieur Ducros versucht hat, seine eigene Seide herzustellen«, scherzt Pétronille hinter ihr.

Sie hat einen brünetten, pummeligen Jungen auf dem Arm, vielleicht drei oder vier Jahre alt, das Gesicht rosig und schlafverquollen. Geneviève winkt dem Kleinen zu, deutet dann auf den Stoff.

»Hat dein Mann das hergestellt?«

»Ganz und gar nicht. Er hat ihn mir gekauft.« Pétronille lächelt. »Er hatte weder die Geduld noch das Geschick, um die Seide der Kokons auszurollen. Er hörte nicht auf sich zu beschweren, sagte immer wieder, dass das eine Arbeit für Frauen oder Kinder sei.«

Geneviève erinnert sich an die präzisen Handgriffe ihrer Mutter, wie vorsichtig sie sich den Larven näherte, ihren Kokons. Natürlich ist das Frauenarbeit, denkt sie.

*

Fünf Jahre lassen sich unmöglich in einer Stunde erzählen – die wenigen Freuden, die Momente der Verzweiflung, die Wutausbrüche, die sie hierhergeführt haben. Sie wählen ihre Geschichten mit Bedacht. Sie reden über ihre Männer, über Verrat, Tod und Vergebung. Auch ihre Kinder werden erwähnt, aber nur kurz. Mélanie und Émile spielen vor ihren Augen, und ihr Spiel sagt viel über sie aus: Mélanie, entschlossen und erfinderisch, Émile, zerstreut, aber hartnäckig. »Zum Glück ist er eine Frohnatur«, merkt Pétronille an. Sie erzählt Geneviève, dass er noch ein Baby war, als es 1722 zu den Überfällen kam, sie wiegte ihren sechs Monate alten Sohn auf genau dieser Veranda, als Krieger der Natchez an ihrem Haus vorbeizogen. Sie war so erschrocken bei dem Gedanken, er könnte weinen und ihre Aufmerksamkeit auf sie lenken. Aber die Männer würdigten sie keines Blickes. Die Krieger des Dorfes Weißer Apfel wollten an dem Tag jemand anderem an den Hals, sie waren auf dem Weg zur Konzession von Monsieur Guenot. Eine Woche lang hörte Pétronille sie vom Hügel aus auf die Plantage schießen. Sie betete, dass ihre Familie verschont bleibe. Sie war erhört worden, aber nicht alle hatten dieses Glück.

»Dieser Krieg war nichts im Vergleich zu dem im folgenden Herbst«, sagt Pétronille.

»Wie viele Konfrontationen gab es?«, fragt Geneviève.

Sie versucht neutral zu klingen. Sie will nicht Gefahr laufen, an der erstaunlichen Gelassenheit ihrer Freundin zu rütteln. Pétronille zuckt die Achseln.

»Die letzten drei Jahre waren ruhig.« Sie schweigt einen Moment, bevor sie fortfährt. »Ich kann mich nicht einmal mehr an die genaue Ursache der letzten Zusammenstöße erinnern.«

Sie überlegt und erklärt, dass eine Gruppe Natchez im Herbst 1723 ein Tier geschossen habe, das, wie sich danach herausstellte, das Land der Siedler passiert hatte. Wenn es nicht doch erst später geschah, als die Soldaten von Nouvelle-Orléans in Fort Rosalie anlandeten und zunächst die Krieger der Tonica, dann die Missionare der verbündeten Natchez-Dörfer hinzukamen. Sie erwähnt die Dörfer Grigra und Jenzenaque, die von Soldaten zerstört wurden, aber schildert nicht die Kämpfe, sondern hält sich daran, wie der Häuptling der Natchez, Fleckige Schlange, sich um Frieden bemüht hat. Geneviève kann sich die Szenen nur schwer ausmalen – in Pierres Welt gab es nie die kleinste Meinungsverschiedenheit mit den Illinois. Alles, worunter sie sich in Pétronilles Berichten etwas vorstellen kann, sind Männer, die Trommeln schlagen, wie in der Umgebung von Prairie du Rocher, und die weißen Armbinden der mit den Franzosen verbündeten Krieger, die ihre Freundin beschreibt.

»Émile ist nicht einmal aufgewacht«, schließt sie.

Aber ihre Stimme ist unsicher geworden. Sie formuliert ihre Sätze mechanisch und weicht Genevièves Blick aus. Sie spricht von der Ehefrau eines Offiziers, die von den Indigenen zu einer Schlucht geführt wurde, wo sie mit einem Messer, das sie im Ärmel ihrer Bluse versteckt hatte, einen Krieger tötete, bevor ein anderer ihren Skalp nahm. Pétronille bricht ab, schüttelt den Kopf, plötzlich erschrocken über ihre eigenen Worte.

»Ich habe seitdem viel gelernt«, fährt sie fort. »Genau ein Jahr vor dem ersten Krieg bin ich mit Marie ausgeritten, und wir haben Monsieur Guenots Land überquert, der Verwalter, der für all dieses Grauen verantwortlich ist.«

»Du bist ausgeritten?«, wiederholt Geneviève. Sie bekommt das Bild der Frau des Offiziers, die sich so gut es ging verteidigte, nicht aus dem Kopf.

»Eine dumme Idee«, räumt Pétronille ein. »Aber weißt du, ich bereue es nicht.«

Geneviève schweigt. Eine rote Libelle schwebt über dem Strauch mit den weißen, fleischigen Blüten. Das unterscheidet sie: Pétronille bereut nichts. Weder hier in Natchez noch an Bord der *Baleine* mit Baptiste, und auch nicht im Lagerhaus, wo sie alles riskiert hätte, um ihn wiederzusehen.

»Was wird nun aus dir?«, fragt Pétronille.

»Ich weiß es nicht«, gibt Geneviève zu.

Sie wartet darauf, dass ihr Herz schneller schlägt, sich ihre Brust zuschnürt, dass die Angst ihr den Atem verschlägt. Doch nichts davon geschieht. Die frische Brise trocknet den Schweiß an ihrem Hals, lässt Pétronilles Rock gegen ihr Kleid flattern. Ihre Zukunft mag im Dunkeln liegen, aber sie ist nicht außer Reichweite. Sie erschafft sie in genau diesem Augenblick, sieht zu, wie sie Gestalt annimmt, einen klaren Weg vorzeichnet, die Fortsetzung dessen, was sie erlebt hat, was sie hinter sich lassen musste. Ihr Weg hat sie bereits hierhergeführt, zu ihrer besten Freundin, mit ihrer Tochter, an einen Ort, an den sie niemals zu kommen glaubte. Ihre Vergangenheit kennt sie, sie wird sie überallhin begleiten, sie verschlingen, wenn sie es zulässt. Sie legt ihren Arm auf die Lehne, schaut zu, wie Mélanie Émile ein Stück Stoff aus den Händen nimmt. Auf der Allee sitzt der Soldat auf einem Stein und raucht seine Pfeife, der Kutscher bringt bereits die widerspenstigen Pferde. Die einen Spaltbreit geöffnete Wagentür wartet nur darauf, sich für sie aufzuschwingen.

TEIL DREI

Frauen bekommen Kinder. Manche hätten lieber keine bekommen, aber alle wussten, dass sich ihr Bauch eines Tages runden würde und sie nicht mehr ganz allein in Louisiane wären. Sie heißen Mélanie, Hugo, Émile. Ihre Namen sind nicht von Bedeutung – wie die der Frauen werden sie in Vergessenheit geraten. Sie sind in der Kolonie geboren und aufgewachsen. Sie sind nun alt genug, um Fragen zu stellen. Vor nicht allzu langer Zeit hatten ihre Mütter die gleichen Fragen. Auch sie entdeckten Louisiane erst, wussten nicht, wie die Kanus genannt wurden, ob die so gewaltige fliegende Kreatur ein riesiges Insekt oder ein winziger Vogel ist oder warum die Sonne manchmal so früh untergeht.

Sie haben Jahre gebraucht, um ihre Umgebung zu verstehen. Ihren Kindern wollen sie die Fehltritte und Enttäuschungen, das bittere Gefühl, dass dieser Kontinent sie nicht haben will, nicht mehr als Paris und die Dörfer, in denen sie geboren wurden, ersparen.

Also antworten sie geflissentlich: Piroge. Kolibri. Die Sonne ist für uns alle ein Mysterium, mein Schatz.

Die Kinder haben noch andere Fragen, denen die Frauen lieber ausgewichen wären. Wir leben in Louisiane, sagen sie, aber wer ist dieser Louis? Warum lebt der König so weit weg? Fahren wir eines Tages über den Ozean?

Nein, antworten die Frauen. Sie schieben die Erinnerung an ihre Eltern beiseite, weg vom Schemel, mit dem sie sich an ihr Bett gesetzt haben, weg vom Kamin, der manchmal so stark raucht, dass ihre Lippen nach Asche schmecken. Sie versuchen die Orte, die sie nie mehr wiedersehen werden, zu vergessen. Sie streicheln die Gesichter ihrer Kinder, die makellose Haut ihrer Wangen. Sie knien sich neben sie, deuten auf das Gemüsebeet, die Hügel, den Wald, die Pelikane, die sich am Wasser versammelt haben. Sie hoffen, dass ihre Stimmen fest bleiben, doch manchmal lassen sie sie im Stich.

Schau, sagen sie. Unser Leben ist hier.

Wie zur Antwort erheben sich die Vögel mit feuchtem Flügelschlagen in die Lüfte. Die Kinder kriechen zu ihren Müttern auf den Schoß. Gemeinsam sehen sie zu, wie sie über dem grünen Fluss suchend ihre Kreise ziehen.

9

Charlotte

Nouvelle-Orléans, November 1727

Rue de Bourbon, die Kutschräder drehen sich holpernd durch die frische Morgenluft, die Hufe der Pferde bohren sich in den Matsch. Charlottes siebter Winter in Louisiane ist der regenreichste, den sie bisher erlebt hat. Das Wasser droht bei jedem Guss in ihr Haus einzudringen, sie hat Schwierigkeiten, vor dem Singen ihre Stimme aufzuwärmen. Mit Bedauern entdeckte sie die beschädigten Seiten einiger Bücher, die noch im Wohnzimmer lagen, auch wenn sie sich nie besonders für sie interessiert hat. In der Salpêtrière gehörte Charlotte nicht in die Klassenräume, zu der Gruppe Mädchen aus der *Maison Saint-Louis*, die man auserkoren hatte, die Bibel zu studieren: Die Tanten und Mademoiselle Pancatelin waren rasch übereingekommen, dass der Gesang ihre einzige Berufung sei. Heute kann sie nur vermuten, was die Direktorin der Salpêtrière sagen würde, wenn sie von ihrer Entscheidung erführe, ins Ursulinenkloster zu ziehen.

Bevor sie die Tür ihres Zuhauses schließt, wirft Charlotte einen letzten Blick in den leeren Raum, auf die Truhe, auf der Louis' Bücher sich gestapelt hatten. Drei Monate nach seinem Tod hat sie beschlossen, sie zu verkaufen. Sie brauchte mehrere Wochen, um zu begreifen, dass sie ihren Mann nie wieder im Hinterzimmer antreffen würde, in den abgegriffenen Seiten blätternd.

Er ist gestorben und mit ihm die Hoffnung, Mutter zu werden. Nicht, dass sie es nicht schon aufgegeben hätte oder es in den letzten vier Jahren in Nouvelle-Orléans nicht zumindest versucht hätte. Der Sommer, in dem Marthe ihr die verrückte Zutatenliste aufstellte, scheint weit weg – Charlotte hat nie wieder geglaubt, schwanger zu sein. Seit Étiennette beinahe im Kindbett gestorben wäre, hat sie sich sogar oft gefragt, ob sie selbst eine Schwangerschaft überstanden hätte.

Sie wollte zu einer Chorprobe in der Saint-Louis-Kirche aufbrechen, als eine Hausdienerin weinend bei ihr vor der Tür stand und stammelte, dass der Arzt versuche, ihre Herrin zu retten. Die vier Geburten, die Étiennette zuvor erlebt hatte, waren so schnell verlaufen, dass die Hebamme sie stets als Vorbild anführte, also fiel es Charlotte zunächst schwer, der Dienerin zu glauben. Sie bekam kaum Luft, die Leere in ihrer Brust verschlug ihr den Atem. Nie zuvor hatte sie sich so gefühlt und sollte es auch nicht mehr, nicht einmal sechs Monate danach, als ein Matrose aus Louis' Mannschaft ihr verkündete, dass ein Sturm ihr Schiff zerstört habe. Sie bedauerte, dass ihre Empfindungen bei der Beerdigung ihres Mannes denen an dem Tag, als Étiennette beinahe gestorben wäre, nicht gleichkamen.

Nun, da sie kurz davorsteht, ins Kloster einzutreten, ist es unnötig, diese Erinnerungen neu zu beleben, an Étiennette zu denken, deren Mann sich genügend bereichert hatte, um diese unheilvolle Küste zu verlassen und Land in Kanada zu kaufen. Étiennette sagte immer wieder, dass sie ihn nicht verstehe: Nouvelle-Orléans gleiche endlich der Stadt, von der sie geträumt hätten, man singe sogar ein Lied auf den Straßen, das die Schönheit der Hauptstadt mit der von Paris vergleiche. »Reines Gerede«, antwortete Monsieur Feuger, entschlossen zu gehen.

Am Ende des vergangenen Sommers musste Charlotte sich von ihrer Freundin verabschieden. Sie hörte zu, wie sie von schwindelerregend hohen Bäumen sprach, von Wäldern, in denen man sich verheddern konnte wie in einem Spinnennetz. Étiennette umschlang sie so fest, dass Charlotte ihr Gesicht an ihrem Hals vergrub, sich der Umarmung hingab. An dem Tag war es ihr egal, dass sie ihre Gefühle zeigte. Sie würden sich nicht mehr wiedersehen.

Die Ursulinen würden Charlotte auf den rechten Weg zurückführen. Sie glaubt an diese Nonnen, deren Ankunft in Louisiane einem Wunder gleichkommt. Noch vor einem Monat hielten der Gouverneur und der Generalsuperior sie für tot, im Mai wusste niemand, wo ihr Schiff abgeblieben war, das Lorient schon im Februar verlassen hatte. Ende Juli war die *Gironde* schließlich in La Balize eingelaufen, mit zwei Monaten Verspätung. Charlotte hat gehört, dass die Schwestern es ablehnten, von irgendjemandem Befehle anzunehmen; in den letzten Tagen ist sie mit dem Gedanken an diese Gemeinschaft eingeschlafen, an diese Familie mutiger Frauen. Manchmal stellt sie sich ihr Kloster wie eine zweite Salpêtrière vor, nur freier und sanfter – ein Ort, den sie sich ausgesucht haben wird.

»Charlotte!«

Aus einer Berline, die mitten auf der Rue de Bourbon angehalten hat, schaut sie Monsieur Valade an, Marthes Mann. Er ist die letzte Person, die sie heute treffen will. Sie bezweifelt, dass er verstehen kann, warum eine neunzehnjährige Witwe nicht noch einmal heiraten will. Aber die Stimme, die ihren Namen ruft, ist weiblich, und Charlotte kann gerade noch ihren kleinen Koffer abstellen, bevor die Wagentür aufgeht und Marthe sichtbar wird.

»Was für eine Kälte!«, ruft sie. »Sie werden doch wohl nicht zu Fuß gehen. Steigen Sie ein!«

Charlotte zögert. Sie hat Marthe zuletzt vor einem Jahr bei Étiennette gesehen. An dem Tag im Herbst 1726 war wieder einmal vom neuen Gouverneur die Rede gewesen, von dem Ruf dieses Mannes, der im Januar mit seiner Frau von Bord gegangen war und der, so hoffte man, mehr taugte als Monsieur Dugué de Boisbriand und Monsieur Bienville, denen vorgeworfen wurde, die Kolonie in den Ruin zu treiben, und die nacheinander nach Paris zurückbeordert wurden. Étiennette schob der politischen Diskussion bald einen Riegel vor. Mit honigglänzenden Fingern versuchte sie, sie den Namen eines anderen Neuankömmlings raten zu lassen, viel bedeutender als die vom König ernannten politischen Führer. Die Zwillingsschwestern und Marthe spielten bereitwillig mit, doch ohne Erfolg. Charlotte weigerte sich, den Namen auszusprechen, der ihr gleich in den Sinn gekommen war. Sie erstarrte, als sie hörte, dass Geneviève aus dem Land der Illinois heimkehren und bald einen Berater des neuen Gouverneurs heiraten werde.

Charlotte hatte mit klopfendem Herzen das Fenster geöffnet. Traumfetzen drängten sich ihr auf, sie war sich sicher, dass Geneviève, da sie nun wieder in Süd-Louisiane war – schön, entschlossen, selbstsicher –, erneut ihren Schlaf stören würde.

»Ich möchte Ihnen nicht zur Last fallen«, antwortet Charlotte Marthe und schaut auf die schlammige Straße.

»Also, wo geht es hin?«

Marthe bemüht sich um einen freundschaftlichen Ton, als wollte sie ihre verlorene Intimität wiederherstellen. Die Pferde kauen auf ihren Gebissen, schütteln ungeduldig die Köpfe. Charlotte stellt ihren Koffer auf die Bank und versucht gleichmütig zu klingen:

»Zu den Ursulinenschwestern, aber Sie können mich auch vorher aussteigen lassen …«

»Unsinn!«, ruft Marthe und öffnet noch einmal die Tür, um dem Kutscher das Ziel zuzurufen. »Wir werden Sie bei einem solchen Wetter nicht draußen lassen. Nicht wahr, Jean?«

»Ich frage mich vor allem, was Sie zu diesen Frauen führt.«

Marthe wirft ihm einen finsteren Blick zu.

»Jeder sucht nach Gesellschaft«, predigt sie. »Meine Liebe, Sie müssen sich so allein fühlen, seit …«

»Nicht mehr als Sie, wenn Ihr Mann nach Fort Rosalie reist«, unterbricht sie Charlotte.

Marthe zieht eine Schnute.

»Wann sind Sie zum letzten Mal dort gewesen?«, fragt Charlotte an Monsieur Valade gewandt.

»Letzten Monat.«

»Hatten Sie einen angenehmen Aufenthalt in Natchez?«

Valade nickt, und kurz fragt sich Charlotte, ob sie sich mit dieser Antwort zufriedengeben muss. Dann fügt er hinzu:

»Monsieur Ducros hat mir geholfen, den Kauf von zehn Fässern Bärenfett auszuhandeln. Seine Frau hat ein kleines Mädchen geboren.«

Sie versucht sich Pétronille mit ihren zwei Kindern, ihrem Baby und dem inzwischen fünfjährigen Jungen, vorzustellen. Der Gedanke an all die Frauen, die Mütter geworden sind, wird sie vermutlich nie gleichgültig lassen – aber es wird immer weniger schmerzhaft sein, als sich Étiennette Hunderte Meilen weit weg vorzustellen. Sie will nicht an Genevièves unvorhergesehene Rückkehr denken und darin ein Zeichen sehen, dass auch Étiennette eines Tages wieder auftauchen könnte.

»Ich freue mich zu hören, dass es Madame Ducros gut geht«, sagt sie schlicht.

Die Straßen werden immer belebter, je näher sie dem Wasser kommen. Zwei Pirogen sind am Vortag von der Côte des Allemands gekommen, der Region, in der das meiste Gemüse angebaut wird, Frauen sind dabei, die Kisten mit Hopfen und Saubohnen zu stapeln, Mädchen verkaufen Nüsse und Kürbisse. Man hofft, dass die nördlichen Konzessionen bald eine Fracht Weizen liefern.

»Sie müssen uns bald mal besuchen kommen«, schlägt Marthe vor.

»Wir werden sehen.«

»Ich bin mir nicht sicher, was Monsieur Charpillon dazu gesagt hätte, dass Sie zu den Nonnen gehen«, sagt Valade.

»Ich befürchte, wir werden es nie erfahren«, entgegnet Charlotte.

Mit trockenem Mund dreht sie ihr Gesicht zum Fenster. Die Kutsche umfährt die Place d'Armes, an der Saint-Louis-Kirche vorbei – bei Weitem das ambitionierteste Bauwerk der Stadt, in Form eines Kreuzes, das endlich fertiggestellt ist – und drosselt ihr Tempo vor dem Haus des Verwalters und der Ratskammer, wo die wichtigen Entscheidungen getroffen werden und Genevièves Mann jeden Tag einkehrt.

Am Flussufer schreiten die Pferde schneller voran. Schwarze Männer bessern den Graben von fünfhundert Klaftern aus, breit wie eine Straße, der von der Uferpromenade bis zum Hafen verläuft und die Stadt vor Überschwemmungen schützen soll. Auf der anderen Flussseite, gegenüber von Nouvelle-Orléans, schauen die Hütten der Afrikaner aus dem Wald hervor, die von der Compagnie des Indes versklavt wurden. Charlotte hat von den Aufständen an Bord der Schiffe gehört, die von Senegambia nach La Balize fuhren. Mehrere Male hat sie nackte und ausgemergelte Frauen, Männer und Kinder gesehen, die vor den Schiffen mit den abgewetzten Rümpfen aufgereiht waren. Sie ahnt, dass der *Code Noir*, den der ehemalige Gouverneur Bienville vor drei Jahren verabschiedet hat, ihre Lebensbedingungen kaum verbessert hat. Louis hat ihr bestätigt, dass der Text die Vorarbeiter nicht davon abhalte, die Sklaven sonntags arbeiten zu lassen, und nichts an der Heftigkeit der auferlegten Strafen ändere. Auf seinen unzähligen Reisen war er Zeuge von mehr als einer barbarischen Sanktion geworden.

»Diese Straßen widern mich an«, murmelt Marthe.

Keiner antwortet ihr. Die Kutsche rumpelt am Flussufer entlang, und Charlotte sieht die Ziegeleien und das Hôtel-Dieu vorbeiziehen. Buschige Baumgruppen ragen zwischen den Gebäuden empor, Waldparzellen, die Widerstand leisten, bis sie den Axtschlägen der Afrikaner zum Opfer fallen, die gezwungen werden, die Bäume zu fällen – die jüngste Idee von Gouverneur de Périer, damit die Luft freier zirkuliere, wie ihr Louis erklärt hat.

»Die Flüchtigen«, sagt Marthe und wirft einen Blick hinaus. »Haben Sie keine Angst vor ihnen?«

Charlotte denkt an ihr Haus am Waldrand, an die unzähligen Nächte, die sie dort allein geschlafen hat.

»Nein«, antwortet sie.

»Bald werden es weniger«, wirft Valade ein.

»Warum?«, erkundigt sie sich.

»Der Gouverneur hat neue Maßnahmen getroffen. Von nun an werden die Aufseher bestraft, wenn ihre Sklaven entkommen«, sagt er. »Oder zumindest erzählt man sich das in Fort Rosalie. Die Natchez-Krieger haben Befehl, die Geflüchteten einzufangen und zurückzubringen, andernfalls wird ihr Volk als Feind angesehen.«

Er murmelt etwas, was Charlotte nicht versteht, und bevor sie ihn bitten kann, seine Worte zu wiederholen, deutet Marthe zum Fenster hinaus.

»Ist es hier?«

Das Gebäude markiert das Ende der Stadt. Aus dem Kamin steigt ein dünner Rauchfaden, die Pinien drohen den Gartenzaun einzudrücken. Ihre schlammüberzogenen Wurzeln glänzen im trüben Licht.

»Passen Sie auf sich auf, Madame Charpillon«, sagt Monsieur Valade.

Er hat es so sanft gesagt, dass Charlotte beim Aussteigen beinahe über die Felle stolpert. Mit dem Koffer in der Hand, die Wangen brennend im eiskalten Wind, geht sie los und klopft an die Tür.

*

Im letzten Frühjahr, als ein Sturm über die Hauptstadt fegte, war Charlotte zu Besuch bei Étiennette. Die Wolken nahmen ein gelbliches Schwarz an, eine schauderhafte Farbe, die die letzten Sonnenstrahlen verschluckte. Über den Dächern rissen Blitze silbrige Formen in den Himmel, die an kranke Bäume erinnerten. Plötzlich fiel der Regen so dicht auf die leeren Straßen, als hätte er schon vor Stunden eingesetzt.

»Du bleibst hier«, entschied Étiennette. »Wir schlafen beieinander, wie in der Salpêtrière.«

Charlotte tat die ganze Nacht kein Auge zu. Zu groß war ihre Angst, sich im Schlaf zu bewegen. Sie klammerte sich mit der rechten Hand an die Matratzenkante, presste ihre übereinandergeschlagenen Beine zusammen, während sie sich einredete, dass die Wärme, die zwischen ihren Beinen pochte, nichts Außergewöhnliches war, dass sie nur mit der Anspannung der Muskeln zusammenhing. Sie wollte auf keinen Fall einschlafen, weil sie genau wusste, was sie sehen würde, wären ihre Augen geschlossen.

Sie starrte an die Decke, studierte die Balken, die sonderbaren Zeichen im Holz. Sie lauschte dem Regen, der so heftig auf die Schindeln prasselte, dass sie bald nicht mehr wusste, ob das Geräusch sie eher an einen Wildbach oder an einen heftigen Brand erinnerte.

*

Im Kloster leben elf Ursulinen und neun Hausgäste, die auf dem Alten Kontinent geboren sind. Charlotte ist die zehnte. Vier weitere Frauen, Indigene und Schwarze Mädchen, die nicht gehen würden, bevor sie nicht konvertierten. Und zahlreiche Tagesgäste, junge Frauen verschiedenster Herkunft, die an der Messe um sieben Uhr teilnehmen und gegen halb sechs, nach dem Abendmahl, wieder nach Hause gehen. Das erzählt ihr Mutter Tranchepain in ihrem Büro, das kaum größer ist als eine Speisekammer, an einem mit Briefen bedeckten Sekretär. Hinter ihr hängt eine

Darstellung der Passion Christi, und der runde Rahmen zeichnet einen schwarzen Heiligenschein über die Haube der Oberin.

»Wir werden nicht lange in diesem Haus der Kompanie bleiben«, sagt sie anschließend. »Pater de Beaubois ist mit dem Bau unseres Klosters betraut, aber unsere Mission kann nicht warten. Wann sind Sie in dieses Land gekommen?«

Charlotte zählt nach und antwortet. Es ist kalt unter dem Dach, aber Mutter Tranchepain scheint davon vollkommen unberührt.

»Meine Liebe, dann wissen Sie, dass wir hier unentbehrlich sind. Dieses Land wird nie Früchte tragen, wenn wir nicht gegen die Gottlosen ankämpfen. Die Mütter müssen ihre Kinder im Glauben erziehen, oder die Sünde wird sich in diesen Bayous weiter ausbreiten.«

Charlotte richtet sich auf, mit einem Mal fühlt sie sich unwohl. Sie hat sich ausgemalt, Étiennette zu erwähnen und den Grund für ihr Kommen zu erklären, sobald sie die Oberin träfe. Mutter Tranchepain hätte ihr nur eine Frage stellen müssen – »Was bringt Sie her?« – und sie hätte ihr die Wahrheit erzählt. Sie würde beichten, vielleicht sogar geläutert werden. Aber die Oberin zeigt kein Interesse an ihr, sie ist zu sehr mit den Schwierigkeiten beschäftigt, denen die Ursulinen in Louisiane seit ihrer Ankunft gegenüberstehen, und empört sich über das Betragen des Gouverneurs de Périer, der sogar versucht habe, ihre Schwestern im Krankenhaus einzusetzen, obwohl ihre wahre Mission darin bestehe, die Frauen zu bilden und sie in Gottes Glauben zu erziehen.

»Die wahren und keuschen Bräute von Gottes Sohn, wie die Verfassung unseres Ordens uns in Erinnerung ruft«, sagt sie und hält kurz inne. »Die Führer dieser Stadt verstehen nichts davon. Wir müssen tun, was wir für richtig halten. Sie werden sehen. Die Ungezähmten und die von dunkler Haut müssen viel lernen und vielleicht ebenso viel vergessen. Ich zähle auf Sie, um ihnen bei der Suche nach dem rechten Weg zu helfen. Unsere Schwestern führen sie, sie werden Sie begleiten. Aber Ihr Einfluss ist entscheidend. Diese Mädchen müssen ihre Texte und Gebete kennen. Sie werden vor Weihnachten getauft.«

Aus Charlottes Fingern ist das Blut gewichen. Die Mutter Oberin scheint überzeugt davon, dass sie lesen kann, und Charlotte will sie nicht enttäuschen. »Ich werde mein Bestes tun«, gelingt es ihr zu antworten.

»Nun, Schwester Marie-Madeleine wird erfreut sein, Ihnen unser bescheidenes Heim zu zeigen. Wir sehen uns beim Essen.«

Auf der Treppe erblickt sie ein Mädchen mit pockennarbigem Gesicht.

»Welch eine Freude, Sie hier zu empfangen, Madame.«

Unter dem Schleier schauen sie zwei fröhliche Augen an. Schwester Marie-Madeleine ist gesprächig. Sie beschreibt ihr die Pläne des königlichen Ingenieurs für das Kloster, erzählt ihr Geschichten über Mädchen, die fünf oder zehn Meilen von der Hauptstadt entfernt wohnen und noch nie von Gott gehört haben. Sie versichert ihr, dass sie alle Nonnen werden wollen, und senkt die Stimme, bevor sie weiterspricht:

»Das ist nicht nach dem Geschmack von Pater de Beaubois, der lieber sähe, sie würden christliche Mütter, um die Religion in diesem Land zu verankern. Unser aller innigster Wunsch. Sie werden ihn später treffen. Er hat die Güte, uns die Messe zu lesen.«

Charlotte hat den Generalsuperior mehr als einmal in der Saint-Louis-Kirche gesehen, aber für die Nonne existiert die Außenwelt nicht mehr – bald wird es ihr genauso gehen.

»Wo sind Ihre Schwestern?«, fragt sie.

Sie ist noch niemand anderem begegnet. Im Erdgeschoss sieht sie eine Reihe verschlossener Türen, durch eines der wenigen Fenster einen vereisten Gemüsegarten, einen riesigen, mit Gräsern und Ranken überwucherten Innenhof.

»Wir sind alle sehr beschäftigt. Manche lehren, andere meditieren. Schwester Françoise enteist das Wasser für die Hühner. Oh, Gouverneur de Périer hat uns letzte Woche eine Kuh und eine Sau geschenkt. Die Großzügigkeit der Bewohner dieses Landes ist bewundernswert. Schauen Sie, da ist Schwester Cécile.«

Draußen sieht Charlotte eine zierliche Frau mit einer Axt, die mit sicherer Hand Holz spaltet. Holz hacken war etwas, das Étiennette im Lagerhaus von Biloxi ohne zu zögern tat. Charlotte wäre es lieber, die Nonne würde sie in die Kapelle oder in den Schlafsaal führen, als ihren Gedanken in diesem stillen Haus so viel Raum zu geben.

»Es scheint, Sie singen in der Saint-Louis-Kirche«, merkt Schwester Marie-Madeleine an.

»Sie haben gesagt, dass eine der Schwestern unterrichtet. Könnte ich an einer der Lektionen teilnehmen?«

»Jetzt?«

Charlotte nickt. Die Nonnen schaut auf ihren schwarzen Umhang.

»Schauen wir zunächst nach angemessener Kleidung.«

Charlotte fragt sich, was die Ursulinen mit ihrer Trauerkleidung machen werden, an die sie von nun an denken wird, wenn sie sich anzieht. Am liebsten wäre es ihr, wenn sie beiseitegelegt und aufbewahrt würde, aber sie sagt nichts. Schwester Marie-Madeleine erklärt, dass es ihnen ohne die Hilfe von Gouverneur de Périer an allem fehlen würde, aber vielleicht noch ein Kleid da sei. Was die Stiefel betreffe, bitte sie ihn um etwas Geld, um sie aus einem Geschäft in der Stadt kommen zu lassen.

»Ich nehme an, dass Ihr Aufzug für heute passend ist«, beschließt sie dann. »Folgen Sie mir.«

Am Ende des Gangs treten sie in einen Raum, in dem eine Dienerin die langen Tische deckt. Charlotte zählt vier hölzerne Kerzenständer, ein leeres rötliches Kupferbecken. Sie durchqueren den Speisesaal. Bevor sie die Tür öffnet, flüstert Schwester Marie-Madeleine:

»Die Ungezähmten und die von dunkler Haut studieren in einem anderen Raum. Katechismus.«

Etwa fünfzehn Frauen schauen Charlotte an. Federn und Tinte stehen auf ihren improvisierten Pulten, auf dem minderwertigen Papier sind schiefe Buchstaben zu erkennen. Die Nonne fährt mit ihrem Vortrag fort, ohne auf die Störung zu achten, ihre Stimme ist dabei so eintönig wie die eines Kuckucks. Charlotte beobachtet die Mädchen, die sich bereits wieder abwenden und in ihrer Lektion versinken. Dann bemerkt sie, dass eine von ihnen sie immer noch anschaut. Sie braucht einen Moment, bevor sie Geneviève erkennt. Kurz scheinen ihre Brust, ihr Bauch ihr nicht mehr zu gehören. Sie stützt sich auf die nächstbeste Stuhllehne, setzt sich so leise wie möglich. Sie schlägt ein Gebetbuch auf, als ob sie sie nicht gesehen hätte.

*

Es ist noch dunkel, als die zehn Hausgäste aufstehen, nur ein wenig schummriges Mondlicht dringt durch den Stoff, mit dem die Fensterrahmen bespannt sind. Hier tragen die Stunden die Namen der Gebete, wie in der Salpêtrière. Zuerst die Mette, zu der die Glocke sie mitten in der Nacht weckt, dann die Laudes im Morgengrauen, gefolgt von der Prim, der Terz, der Sext, der Non, dann der Vesper am Abend, der Komplet vor dem Zubettgehen. Dann wieder die Mette. Die schlaftrunkenen Frauen ziehen ihre Stiefel an, richten ihre dunklen Röcke. Charlotte hört, wie sie sich schnäuzen, husten, ausspucken. Sie hilft den beiden vor Kälte zitternden Mädchen beim Anziehen, den Waisen, die in die Obhut der Ursulinen gegeben wurden, nachdem sie im frostüberzogenen Schlamm von Nouvelle-Orléans zurückgelassen worden waren.

Sie war erleichtert zu hören, dass Geneviève nicht im Kloster lebt. Im Klassenzimmer empfand Charlotte zunächst unbändige Freude, dann Wut, Angst, ein nagendes Unbehagen, das ihr die Sprache verschlug. Es sind glühende Gefühle, noch so neu, dass sie nicht klarsieht. Sie weiß nur, dass das Kloster nicht den Neubeginn darstellt, den sie sich erhofft hat. Sie wäre gezwungen, Geneviève von der Terz bis zur Vesper zu ertragen – bei den meisten Lektionen, bei der Messe, im Speisesaal, überall außer im Schlafsaal.

Sie versteht nicht, was Geneviève, die sich nie etwas aus Gott zu machen schien, hier zu suchen hat.

Seit ihrer Rückkehr nach Süd-Louisiane hat Charlotte sie nur einmal gesehen, an dem Tag, als Geneviève ihren zweiten Mann heiratete, einen gewissen Monsieur Melet. Das war vor fast einem Jahr, am 5. Dezember 1726, Charlotte war nicht zur Trauung eingeladen: Die Frau eines

Lotsen hatte auf der Hochzeit eines Beraters des Gouverneurs nichts zu suchen. Aber ihre Vermählung konnte man kaum ignorieren. In der Stadt wurde nur noch über das Fest gesprochen.

Geneviève und Monsieur Melet waren gerade rechtzeitig nach Nouvelle-Orléans gekommen, um zu sehen, wie ein Gouverneur auf den nächsten folgte – Monsieur de Périer, der den Posten von Monsieur Dugué de Boisbriand übernahm. Genevièves Verlobter kam aus Trois-Rivières in Kanada. Er war nicht adelig, weit entfernt. Aber, wie Louis gern sagte, er wusste sich in unbekannten Gefilden zu bewegen, die noch jungen Regierungen dieser zukünftigen Städte zu bezirzen, sich mit weniger einflussreichen, aber stabilen Beratern zu verbünden, anstatt sich mit mächtigen Männern zusammenzutun, die eines Tages würden gehen müssen.

Charlotte hat Monsieur Melet oft gesehen. Er trug immer einen Hut, der mit einer blauen Feder verziert war und ältere Gesichtszüge vermuten ließ, als er verbarg.

Geneviève hingegen ging nie hinaus.

Sie fing noch andere Gesprächsfetzen auf dem Markt am Bayou Saint-Jean auf; Monsieur Melet sei zu gut für seine Verlobte, Genevièves erster Mann sei nicht einmal ein Jahr tot und sie heirate bereits wieder. Wer wisse schon, was dort, im Norden, wirklich geschehen sei. Aber das Land der Illinois ist weit weg. Louisiane mit seinen endlosen Weiten hatte diese Geschichte verändert, wie es alle verändert, die sich an den Ufern seiner Flüsse niederlassen.

Am Tag der Hochzeit im vergangenen Dezember war die Feder an Monsieur Melets Hut leuchtend rot. Beißender Wind setzte Charlotte zu, als die Kutsche über die

Place d'Armes fuhr. Als der Wagen der Verlobten anhielt, erkannte Charlotte sie sogleich. Geneviève saß kerzengerade neben ihrem Zukünftigen, sodass der Hermelin ihres Mantels die Lehne der Sitzbank nicht berührte. Selbst von Weitem erkannte Charlotte, dass die Berührung ihrer Hände nach einem Kompromiss aussah: Monsieur Melets gekrümmte Handfläche bedeckte kaum Genevièves geballte Faust.

*

Laudes. Im Morgengrauen geht Charlotte mit den anderen Hausgästen in die Kapelle hinunter, ein schmuckloser Raum, der auch als Schlafsaal oder Speisesaal hätte dienen können, wenn nicht ein paar Bänke darin gestanden hätten. Draußen teilt sich der Mond bereits den Himmel mit der Sonne. Schwester Marie-Madeleine, trotz der frühen Stunden aufmerksam, grüßt sie mit einem Lächeln, das die Narben um ihre Lippen vertieft. Die Oberin steht am Altar, ein einfacher Tisch mit einem Tuch, und gibt den Indigenen und Schwarzen Frauen, die gerade hereingekommen sind, ein Zeichen. Sie mischen sich schweigend unter die anderen Frauen. Charlotte hört ein kurzes Schniefen und sieht, wie eine von ihnen, eine Indigene, die jünger ist als sie, sich ihre bernsteinfarbenen Augen wischt.

Charlotte wendet den Blick ab. Sie weiß, dass sie nichts für sie tun kann.

»Heilige Maria, Mutter Gottes, bete für uns. Heilige Jungfrau aller Jungfrauen, bete für uns …«

In der Kapelle vergisst Charlotte, wo sie sich befindet. In der Salpêtrière war sie an den Singsang aus dem Süden Frankreichs gewöhnt, an die Stimmen der Bretoninnen, die

Worte fließen lassen wie Wasser. Hier, im Kloster, tragen sie die Akzente der Mädchen woandershin, der Lärm der Stadt ist verstummt. Die Schreie, das Wiehern, das Lachen und Weinen haben dem Chor der Frauen Platz gemacht, und ihre Stimmen erfüllen den kahlen Raum gemeinsam mit dem gelben Morgenlicht. Die Oberin rezitiert eine Hymne auf die heilige Ursula, und Charlotte neigt den Kopf. Als die Schülerinnen und die Nonnen einsetzen, erkennt Charlotte die Melodie nicht. Sie lässt sich führen, begleitet sie, ohne die Worte auszusprechen, das Vibrieren ihres Brustkorbs gleicht sich dem ihren an. So ruhig hat sie sich seit dem Tag, als die *Baleine* Anker gelichtet hat, nicht mehr gefühlt – Étiennette an ihrer Seite, die französische Küste, die in der Ferne verschwand. Statt an den Arm ihrer Freundin an ihrem zu denken, konzentriert Charlotte sich auf die Erleichterung, die sie verspürt hatte, als der Horizont flach wurde, als ob das Festland hinter einen glatten Felsen gekippt wäre. Keine *Sœurs officières*, keine Tanten – nichts als der Ozean, so weit das Auge reichte.

Sie erschauert, als ihr jemand auf die Schulter klopft, öffnet die Augen in dem Moment, als Geneviève »Guten Morgen« flüstert. Charlotte wirft einen Blick hinter sich, die anderen Frauen gehen zum Ausgang, Mutter Tranchepain sammelt ihre Gebetshefte ein. Bald wären sei allein in der Kapelle.

»Mein Mann ist heute Morgen nach Mobile gefahren und hat mich früher hier abgesetzt«, erklärt Geneviève lächelnd. »Wenn es nicht zu seiner Strategie gehört, um mich vollkommen ergeben zu machen. Aber erzähl mir lieber, was du hier machst. Hat Monsieur Charpillon dich den Nonnen für die Nacht anvertraut?«

»Er ist zu Beginn des Herbstes von uns gegangen.«

Sie steckt zwischen zwei Bänken fest. Sie hat vergessen, wie blau Genevièves Augen sind, von einer Klarheit, die der Atlantik und die Flüsse der Kolonie nicht kennen.

»Das tut mir leid«, fährt Geneviève mit sanfterer Stimme fort. »Aber würdest du dich in der Stadt, außerhalb des Klosters, nicht trotzdem wohler fühlen?«

»Bitte, meine Damen«, unterbricht Marie-Madeleine und deutet zur Tür.

Charlotte fühlt Genevièves Schulter beim Hinausgehen die ihre streifen. Sie erinnert sich an den Tag in Biloxi, als sie selbst schwanger war und Pétronille nach Fort Rosalie fuhr. An jenem Morgen hat sie die Stadt an Genevièves Seite durchquert und mit ihren Gefühlen gekämpft. Sie hört sie erneut fragen: »Was habe ich dir nur getan?« Für Charlotte lag die Antwort auf der Hand. Du hast dich zwischen Étiennette und mich gedrängt. Aber der Gedanke war ihr unerträglich – er zwang sie zuzugeben, dass es da nur eine Freundschaft zu stehlen gab.

Im Kloster findet sie neue Antworten: Du hast Frauen davon abgehalten, Mutter zu werden, während es mir nie gelungen ist, ein Kind zu bekommen. Und nun nimmst du mir meinen letzten Zufluchtsort, den ich in Louisiane zu finden hoffte.

*

Am Morgen fand der erste Unterricht zwischen Prim und Terz statt, vor dem Mittagessen und nach der Messe. Im Klassenraum diktiert Schwester Renée, an das Gebetbuch geklammert. Charlotte schaut das junge Waisenmädchen an, das neben ihr sitzt. Es ist bestimmt nicht älter als sieben, aber füllt die Seite mit geschwungenen, eleganten Buchstaben. Vor ihr beugt sich Geneviève über ihr Pult. Ihre Feder quietscht. Als sie in den Raum kamen, vertraute sie Charlotte an, dass ihr die Lektionen viel lieber seien als die anderen Aktivitäten im Kloster – aber wenn ihr Mann sie nach ihrem Tag frage, erzähle sie ihm nur von Gebeten und Meditationen. Charlotte hat ihr Tintenfass nicht angerührt. Für sie hängen die Worte »Ergebenheit«, »Jungfrau«, »Beichte« in der Luft, wurden so oft wiederholt, dass ihr Sinn sich auflöst – die Buchstaben sind eine dünne, aber harte, undurchdringliche Schale.

Sie hört zu, wie Geneviève liest, schaut zu, wie sie das Buch an das Mädchen weiterreicht. Perrines Finger gleiten von einer Zeile zur nächsten, ihre Lippen bewegen sich schnell. Charlotte versteift sich, während sie die abgenutzten Seiten umblättert.

»Lesen Sie weiter«, sagt Schwester Renée.

Die Buchstaben verschwimmen. Charlotte versucht nicht, sich auf den ersten Satz zu konzentrieren, sondern nimmt gleich den ganzen Absatz in den Blick, ihre Augen tasten die Zeichen so schnell ab wie möglich. Ihre Schläfen brennen wie am Ende einer Probe, bevor sie in der Kirche singen. Allein mit ihrer Stimme gelang es Charlotte, die Arbeit und die Mühe, die niemand einem Lied anhören will, zu verbergen. Doch diese dunklen Linien lassen sich von ihr nicht packen.

Als sie den Kopf hebt, trifft sie auf Genevièves blaue Augen. Halb auf ihrem Stuhl herumgedreht, verbirgt sie Charlotte vor Schwester Renées Blicken. Dann beginnt sie, die Worte lautlos zu formen, ihre Lippen öffnen und schließen sich um die Silben, ihre Zunge guckt rosa durch die Lücke zwischen ihren Schneidezähnen durch. Charlotte liest von ihren Lippen ab, unfähig, sich abzuwenden.

*

Bald entdeckt sie, dass sie nicht als einzige Genevièves Hilfe genießt. Die Glocke hat noch nicht zur Sext geläutet, als sie für einen Spaziergang in den Garten geht. Sie entfernt sich vom Haus, geht trotz des eiskalten Winds durch das Gras. In ihrem neuen Alltag zwischen Gebeten, Lektionen und Mahlzeiten bewegt sie sich kaum noch, woran sie ihr Leben als Ehefrau und dann Witwe nicht gewöhnt hat. Die Gänse und Hühner haben sich in ihrem Stall ins Stroh zurückgezogen, um sich gegenseitig zu wärmen. Charlotte sieht Geneviève auf einer Bank sitzen, neben der Indigenen, die in der Kapelle geweint hat. Geneviève zeigt auf verschiedene Gegenstände, die sie danach auf Französisch benennt.

»Gesell dich zu uns«, bietet sie Charlotte an. »Wir wiederholen, was wir heute Morgen gelernt haben.«

Die junge Frau steht auf. Sie hat hohe Wangenknochen, eine strenge Haltung, einen harten Blick. Sie geht, ohne sich umzudrehen, zum Haus.

»Ich wollte sie nicht erschrecken«, sagt Charlotte.

»Sie erschrecken! Nun, ich denke, dass sie für uns mehr Hass als Angst empfindet.«

Gestern hat Charlotte Schwester Marie-Madeleine gefragt, wann die Schwarzen und indigenen Frauen eingetroffen seien. Die Nonne hat ihr stolz erklärt, dass Mitglieder der Regierung im August, ein paar Tage nachdem sie in dieses Gebäude gezogen seien, vier Schülerinnen gebracht hätten. Wenn sie erst konvertiert wären, würden sie in ihre Gemeinschaften zurückkehren, wo sie ihre Kinder im christlichen Glauben erziehen würden. Schwester Marie-Madeleine hat gelächelt: Wer weiß, in Zukunft könnten manche von ihnen sogar im Kloster bleiben, um Novizinnen zu werden und denen, die folgen, ein Beispiel sein. Die Frauen, die täglich nur zwei Stunden kämen, würden nach ihrer Katechismusstunde zu ihren Herren zurückkehren. »Es geht darum, dass die Gottlosen nicht in unsere Häuser vordringen«, schloss die Nonne.

»Ich kann dir versichern, dass Sor'kor Sokon keine von uns mag«, fährt Geneviève fort.

Charlotte widersteht dem Drang, sie zu bitten, den Namen der Frau, den sie nicht verstanden hat, zu wiederholen.

»Nicht einmal dich?«

»Vielleicht ein bisschen mehr, seit ich ihr mit unserem Lernstoff helfe.«

»Brauchst du dafür keine Bücher?«

Geneviève macht eine Handbewegung, die den wackeligen Zaun, die kahlen Äste der Blaubeersträucher, den Waschbär, der sich hinter die Holzhütte flüchtet, miteinschließt.

»Gebete sind nicht die einzigen Wörter, die man buchstabieren kann.«

Charlotte bereut ihre Frage. Die Schwestern bringen ihnen Lesen und Schreiben bei, damit sie für die Weihnachtsandacht in zwanzig Tagen bereit wären. Sie kann sich kaum vorstellen, was sie von einer Externen halten würden, die sich eines gefrorenen Gartens bedient, um Rechtschreiblektionen zu geben. Aus Genevièves Mund kommen kleine Dampfwolken.

»Ich habe Pétronille geschrieben, um ihr mitzuteilen, dass du hier bist.« Sie hält inne, zieht ihren Umhang zurecht. »Als du letzte Woche angekommen bist, habe ich habe mich gefreut dich wiederzusehen.«

Charlotte senkt den Kopf. Das Gespräch entgleitet ihr, sie sucht nach einem anderen Thema.

»Warum bleibst du tagsüber nicht zu Hause?«, fragt sie.

»Monsieur Charpillon hat dich nie gefragt, warum du Frankreich verlassen hast?«

»Nein.«

Geneviève lächelt traurig. Das kalte Licht spiegelt sich in ihren Augen wie in Wasser. »Monsieur Melet hat mir auch keine Fragen gestellt, aber er hatte keine Schwierigkeiten, die Informationen zu bekommen, die er gesucht hat. Er hat beschlossen, dass es mir nicht allein gelingen wird, mich von meinen Sünden reinzuwaschen. Im letzten Sommer war er der Erste, der die Schwestern um Hilfe bat.«

»Doch du gehst jeden Abend zu ihm.«

Geneviève reißt einen Faden ab, der sich aus ihrem Ärmel gelöst hat.

»Ich wünschte, es wäre anders.«

Charlotte würde sie plötzlich gern zu den Jahren im Land der Illinois befragen, zu ihrer kleinen Tochter, die die Zwillingsschwestern erwähnt haben, zu Gouverneur de Périer und der Tätigkeit von Monsieur Melet, zu all dem, was nur Geneviève weiß, aber Schwester Cécile ruft von der Türschwelle aus nach ihnen. Sie gehen zum Haus, Charlotte sieht, wie die Nonne die Hand des Waisenmädchens ergreift und es von der Jüngsten der Schwarzen Schülerinnen wegzieht – und Perrine vermutlich einbläut, dass sie nur mit weißen Frauen verkehren darf. Geneviève sagt nichts, aber schüttelt den Kopf und wirft Charlotte einen bedauernden

Blick zu. Sie gehen Seite an Seite durch das hohe Gras, das ihre Knöchel streift und Schauer über ihre Beine jagt.

*

Mitte Dezember. Jeden Abend, wenn sie nach der Komplet im Bett liegt, prüft Charlotte ihr Gewissen. In der wattigen Atmosphäre des Klosters verwandeln sich ihre Erinnerungen an Étiennette und erhalten eine neue Qualität. Ihre Freundin wird ungreifbar, fern, wie die Monate auf dem feuchten Deck der *Baleine*. Je tiefer sie in die Welt der Gebetbücher vordringt, desto mehr verschmilzt Étiennette mit den Heldinnen der Texte, die Charlotte entdeckt, diese dramatischen Erzählungen von abgeschnittenen Brüsten und stummen Mädchen, den Mund mit dem Sand der Arena gefüllt, den Blick auf die braunen Augen eines Löwen gerichtet. Heilige, denen Charlotte nie begegnen wird und deren Geschichten sie benutzt, um die Étiennette, die sie gekannt hat, zu begraben, sie durch eine Frau zu ersetzen, die dieser Schicksale verstorbener Christinnen würdig wäre. Abends, wenn sie sich zum Beten hinkniet, denkt Charlotte über ihre Gefühle nach. Sie zieht daraus ein Gleichnis mit einer neuen Bedeutung – sie, eine verlorene Vagabundin, und Étiennette, die brave Nonne, die ihre Avancen zurückweisen, sie auf den rechten Weg zurückführen würde.

Im Kloster erscheinen ihr ihre Sünden nicht mehr unwiderruflich. Es ist keine Strafe, wie ihr unfruchtbarer Bauch. Hier hat Charlotte die Wahl: Sie kann entscheiden, ihnen zu widerstehen oder ihnen zu verfallen.

Das Lesen fällt ihr immer leichter. Die Nonnen haben damit nichts zu tun. Sie sind zu sehr mit dem Unterricht, den Finanzen, der Pflege der Tiere und des Gemüsegartens beschäftigt, mit den Menschen, die in dem schmalen Raum, der als Krankenstation dient, die Betten belegen. Ob es ihr gefällt oder nicht, Charlotte macht dank Geneviève Fortschritte, die ihre beiden täglichen Pausen nutzt, um *Regel der Gemeinschaft der Heiligen Ursula* hervorzuholen. Sie führt Charlottes Finger von einem Absatz zum nächsten, Zeile um Zeile, bis es Zeit ist, in den Unterricht zurückzukehren. Charlotte betrachtet ihr Gesicht: Die Wörter kullern von ihren Lippen, als würde sie sie bereits kennen. Abends trennen sie sich um sieben Uhr, Geneviève, um nach Hause zu gehen, Charlotte, um am letzten Gottesdienst des Tages teilzunehmen. Nur einmal erwähnt Geneviève ihre Tochter. Sie erklärt, dass sie niemals zugestimmt hätte, das Kloster zu besuchen, wenn nicht Belle da wäre, um sich um Mélanie zu kümmern. Dann legt sie ihre Hand auf das Buch, schaut Charlotte an: »Es tut mir unendlich leid, was mit deinem Kind geschehen ist«, murmelt sie. Charlotte fühlt, wie ihr Kiefer sich anspannt. Sie will vor allem nicht glauben, dass Geneviève es ernst meinen könnte. Ihr Blick fällt wieder auf die Seite, sie sucht verzweifelt nach dem Gebet, bei dem sie stehen geblieben sind. Deswegen, ruft sie sich in Erinnerung, bin ich hier.

Es ist ein Leichtes, Schwester Marie-Madeleine zu überzeugen, ihnen weitere Werke zu verschaffen, die junge Nonne sieht mit Freude, wie sehr sie sich für die Gebote der heiligen Ursula begeistert. Der Regen bildet Schlammbäche im Garten, also setzen sie sich in den Speisesaal, wo Charlotte zur Übung mit erstickter Stimme die Schriften der heiligen Angela Merici liest. Sie stellt Geneviève keine Fragen zu ihrem Leben außerhalb des Klosters. Etwas sagt ihr, dass sie damit einen Fehler begeht, aber ihre Sorge um Geneviève trifft auf eine noch größere Furcht – dass die

Außenwelt, wenn sie nicht aufpasst, in das Haus der Ursulinen Einzug halten könnte. Sie ist überzeugt, dass sie Abstand zur Stadt halten muss, zu der Frau, die sie einst war.

Wenn Geneviève ihren Mann erwähnt, reagiert Charlotte recht schmallippig. Ähnlich wie auf dem Weg nach Lorient, vor sieben Jahren, als Geneviève ihr von ihrer Zeit in Paris erzählte. Bei den Nonnen muss Geneviève, wie Étiennette, eine neue Rolle spielen: die der älteren Schwester, die schneller lernt als alle anderen Schülerinnen, die die Gebete und Litaneien kennt, die sie auf dem Pfad zur Läuterung wird leiten können. Sie haben alle beide gesündigt. Sie kommen vom gleichen Ort. Sie kennen sich seit Jahren, wenn Genevièves Finger also über dem Papier die ihren streifen, rührt Charlotte sich nicht, ignoriert die Wärme, die manchmal ihren Arm hochläuft, das Glühen im Bauch. Sie richtet ihre Aufmerksamkeit auf die Lektüre. Sie nimmt Geneviève als die Reisegefährtin an, die sie einmal war und der vergeben werden könnte, wenn sie sich darum bemühen würde.

*

Zehn Tage vor Weihnachten nimmt Geneviève beim Mittagessen abseits der anderen Platz. Sie scheint die inspirierenden Worte von Schwester Marie-Madeleine nicht zu hören und starrt ihren Teller an, die Hände unter dem Tisch. Die Frauen tunken ihr Maisbrot in den Fleischsaft, trinken schweigend ihr Glas Bier. Nach dem Essen geht Charlotte mit einem Buch und Papier zu ihr, aber Geneviève schüttelt den Kopf.

»Ich würde heute lieber draußen lesen, wenn du nichts dagegen hast«, sagt sie.

Der Himmel ist samtig blau, die Wolken wirken statisch. Charlotte folgt Geneviève den Pfad entlang, der unter ihren Schritten verschwindet. Sie presst den dicken Band an ihre Brust. Sie würde lieber wieder hineingehen und bis zur Vesper studieren, wie es ihnen zur Gewohnheit geworden ist. Der Garten, wo es nach aufgewühlter Erde und dem Fluss riecht, erinnert sie zu sehr an ihr altes Zuhause in der Stadt. An der Holzhütte bleibt Geneviève stehen. Von hier aus sehen die Fenster des Speisesaals aus wie Geschützpforten. Charlotte ist noch nie so weit vom Haus entfernt, so nah am Wald gewesen.

»Wir sollten zurückgehen«, sagt sie.

Aber Geneviève setzt sich auf einen Holzstapel und gibt ihr ein Zeichen, sich zu ihr zu setzen. Die Splitter bleiben an Charlottes Kleid hängen, die Scheite stoßen gegen ihre Waden. Dann schieben sich Genevièves Finger in ihr Blickfeld, Finger, die gestern noch elegante Buchstaben schrieben: der Daumennagel tintenschwarz, der Zeige- und Mittelfinger gebrochen. Charlotte muss nicht näher heran, um die Schwere der Verletzung zu erkennen. Aber sie kann nicht anders, als ihre Hand auf die gebrochenen Finger zu legen, ganz sanft, von dem verzweifelten Wunsch getrieben, ihre Haut zu spüren – den Schmerz wie eine Erweiterung, als annehmbare Berührung begreifend. Geneviève entzieht sich nicht. Charlotte versteift sich und entspannt sich, je länger sie über die geschwollene Haut streicht, ihre Hand bis zu Genevièves Kleid wandern und auf ihrem Schoß liegen lässt.

Sie erinnert sich, wie die gleichen Finger einen Strohhut umfassten, an dem Septembertag im Jahr 1721, als Geneviève sie in Biloxi zum letzten Mal besuchte. Am nächsten Tag zog sie in das Land der Illinois. Charlotte war schwanger, sie hatte Angst, ihr ganzer Körper tat ihr weh. Sie wollte nicht, dass Geneviève sie in diesem Zustand sah, dass sie den widerlichen Geruch bemerkte, der aus dem Eimer am Bett kam. Bei dieser Vorstellung spürte sie einen gewaltigen Schmerz, den sie sich nicht erklären konnte.

Geneviève hatte ihr an jenem Morgen keinen Rat gegeben. Sie stellte ihr Fragen zu Louis, stellte Vermutungen zu Pétronilles Alltag in Natchez an. Sie lachte, als sie ihr die neuesten Gerüchte aus der Stadt überbrachte, denen zufolge die Luft in Louisiane angeblich zur Sünde verführte. Dann stand sie auf, sagte zu Charlotte, sie solle sich gut ausruhen, ganz beiläufig, als würde sie nicht wirklich versuchen ihr zu helfen. Als die Haustür ins Schloss fiel, fühlte Charlotte sich mit einem Mal so abgrundtief verlassen, dass sie drauf und dran war, sie zurückzurufen und sie zu bitten, sie nicht allein zu lassen – zu bleiben, bitte, nur noch ein bisschen.

Dann ist da nur noch Genevièves Mund, ganz nah an ihrem Gesicht. Charlotte neigt sich zu ihr, legt langsam ihre Lippen auf ihre, bis es ihr wehtut.

*

Es bleibt bei einem Kuss in der kalten Luft eines Dezembernachmittags, gebrochene Finger, die auf eiskalte Hände treffen. Aber dieser Kuss hat die Wirkung einer Ohrfeige. Selbst hier, im Kloster, kann Charlotte scheitern. Sie kann nun lesen, aber sie leiht sich kein Buch mehr aus. Während der Arithmetikstunde setzt sie sich abseits der anderen, um ihre Rechensteine nicht teilen zu müssen; sie stapelt und zählt, mit den Gedanken woanders, sie wäre gern allein, um die Ave-Marias zu beten, die sie sich auferlegt hat.

In der Kapelle geht sie im Chor der Frauen unter. Ihre Stimmen trösten sie nicht mehr, vergrößern ihre Einsamkeit nur noch.

Charlotte sucht nicht mehr Genevièves Nähe. Sie sieht sie manchmal, aber immer von Weitem. Sie will nie wieder so nah bei ihr sein, dass sie die kleine Zahnlücke wahrnehmen könnte. Sie will vergessen, wie es sich anfühlt, wenn man sie berührt, so wie sie es nach Étiennettes Weggang, nach Louis' Tod getan hat. Es ist ihr schon mehrmals gelungen. Es wird ihr ein weiteres Mal gelingen.

An einem Nachmittag im Dezember, kurz vor der Vesper, rempelt Charlotte Geneviève versehentlich an, als sie aus dem Unterrichtsraum kommt. Der Gang ist eng, die Tür schwer, Charlotte trägt zwei Tintenfässchen. Sie zerschellen mit einem ohrenbetäubenden Klirren am Boden. Die schwarze Flüssigkeit spritzt über ihre Kleider, breitet sich zwischen ihnen aus wie ein träges Tier. »Lass mich machen«, erklärt Geneviève sogleich, aber Charlotte kniet sich schon hin. Schweigend lesen sie die Scherben auf. Charlotte versucht, sich auf ihre fleckigen Finger, die dunkle Pfütze, den Holzboden, auf dem die Glassplitter glitzern, zu konzentrieren. Aber als Geneviève sich bückt, um den zerbrochenen Deckel aufzusammeln, verrutscht der Kragen ihres Kleides, und Charlotte sieht einen blauen Fleck an ihrem Hals, den Geneviève gleich wieder bedeckt. »Ich hole ein paar Lappen«, murmelt sie und steht abrupt auf. Als sie wiederkommt, hat sich Schwester Marie-Madeleine zu Charlotte gesellt. »Keine Sorge«, sagt die Nonne lächelnd zu Geneviève, »wir sind fast fertig.«

In den folgenden Tagen muss Charlotte immer wieder an diesen Nachmittag denken. Sie bemüht sich, das ungute

Gefühl, das sie beim Gedanken an Genevièves Hals jedes Mal überkommt, zu erfassen. Hat sie wirklich einen Bluterguss gesehen, oder haben ihre Augen ihr einen Streich gespielt? Sie ist sich nicht sicher. Also tut sie, was sie über die Jahre perfektioniert hat – sie ignoriert ihr Gefühl, unterdrückt es, bis nichts mehr davon übrig ist.

*

Drei Tage vor der Weihnachtsandacht geht Charlotte viel später als die anderen Frauen in den Schlafsaal hoch. Sie ist noch in der Kapelle geblieben, hat die Lorbeergirlanden über dem Altar verteilt, die Bänke mit Stechpalme und Misteln geschmückt. Ein paar Betten von ihrem entfernt liegt Perrine erschöpft auf ihrer Matratze und führt Marie-Annettes Hand an ihre Nase, atmet den Geruch der Gräser und der Kohle ein, die die beiden Waisenmädchen zermahlen haben, um Weihrauch herzustellen. Charlotte will sich eben an ihr Bett knien, als sie feststellt, dass das Laken in Unordnung ist. Sie wirft den beiden Mädchen, die leise kichern, einen Blick zu. Als sie ihre Hand unter die Decke schiebt, findet sie einen sorgfältig gefalteten Zettel. Sie lässt ihn zu Boden fallen, hockt sich hin, um keine Aufmerksamkeit auf sich zu ziehen, und tut so, als wollte sie ihre Stiefel ausziehen. Es sind nur drei Sätze.

»Ich kann nicht mehr nach Hause. Hilf mir. Du wirst erfahren, wann.«

An dem Abend versucht Charlotte für Geneviève zu beten. Sie sagt immerzu »nie wieder« und »Vergib mir«, aber wird die Bilder nicht los. Die der blau angelaufenen Finger und eines Kusses, der nach süßem Mais schmeckt, schlafender Frauen, die in der feuchten Dunkelheit eines

Lagerhauses murmeln. Sie betet darum, von den göttlichen Kräften geleitet zu werden, die sie hier im Kloster sucht, dieser unsichtbaren Macht, die ihr niemand nehmen können sollte.

*

Am Tag vor Heiligabend betritt Geneviève die Küche in Begleitung eines kleinen Mädchens. Der Morgenunterricht wurde ausgesetzt, um den beiden Hausdienerinnen helfen zu können. Charlottes Kleid ist mit feuchtklebrigen Gänsefedern übersät. Sie legt sich gerade den Vogel auf den Schoß, als Geneviève das Kind auf einen Hocker setzt. Mélanie muss etwa fünf sein, aber sie ist fast so rundlich wie ein Baby. Sie hat die hellen Augen und die Locken ihrer Mutter. Sie beißt in die getrocknete Pflaume, die Schwester Marie-Madeleine ihr geschenkt hat.

»Sie kommen direkt aus Frankreich«, sagt die Nonne. »Ein großzügiges Geschenk unserer Schwestern aus Tours. Weißt du, wo Tours liegt?«

Die Kleine schüttelt den Kopf.

»Wie kommt es, dass wir dich noch nie gesehen haben?«

Das Gesicht des Mädchens hellt sich auf.

»Ich bin hier wegen …«

»Sie bleibt nur den Tag über hier«, sagt Geneviève schnell.

»Sie haben die Terz verpasst«, wirft Schwester Cécile ein und bedeckt die Früchte wieder mit dem Tuch.

»Wir konnten heute Morgen erst ein wenig später aufbrechen«, antwortet Geneviève.

Charlotte hebt beim Klang ihrer Stimme den Kopf. Schwester Cécile befühlt den Teig, der neben dem Fenster geht. Sie schaut Geneviève an.

»Der Briocheteig würde besser, wenn er noch geknetet würde.«

»Natürlich.«

Mélanie steht auf, aber Geneviève weist sie an, still zu sitzen. Die Kleine gehorcht. Aus dem Augenwinkel sieht Charlotte, wie Genevièves Finger sich in den Teig bohren, ihn hochheben, kneten. Sie wendet den Blick ab, rupft weiter die Gans. Der Geruch von frischen Kräutern dringt aus dem Kochtopf. Charlotte denkt an die Brioche, die morgen ganz weich sein wird. An Genevièves Finger, entspannt an ihrer Handfläche, an ihre verletzten Gelenke. Sie merkt, wie ihre eigene Hand unter dem Flügel des Vogels an Kraft verliert.

»Achtung.«

Schwester Marie-Madeleine zieht das Mädchen vom kochenden Wasser weg, verbietet ihm, das Brombeergelee zu kosten.

»Einen Augenblick, ich bin gleich da«, ruft Geneviève.

»Ich kümmere mich darum«, sagt Charlotte.

In den folgenden Stunden beschäftigt sie das Mädchen, so gut es geht. Sie gibt ihm ein wenig Petersilie, die Mélanie über die Gans streut, Saubohnen zum Schälen, Bärenfett, um es über die Kürbisse zu gießen. Charlotte achtet nicht auf Geneviève, oder fast nicht, versucht die Erleichterung, die ihr aus dem Gesicht spricht, zu ignorieren. Mélanie ist in ihr Spiel vertieft, rollt eine neue Teigkugel unter ihrer mehligen Handfläche. Charlotte beobachtet sie aufmerksam. Ihre präzisen Gesten amüsieren sie, ihre Art, wie sie schweigend ihre Zustimmung einholt, die Krümel, die ihr am Kinn kleben. Sie kostet die ungekannte Freude aus, sich um ein Kind zu kümmern, auch wenn es nicht ihres ist.

Sie widmet sich Mélanie mit methodischer Sorgfalt und Mitgefühl, wie es die Gebetbücher lehren, die ihr die Nonnen überreicht haben.

*

Charlotte wird kurz nach der Sext zur Oberin gerufen. Sie ist den Rest des Vormittags mit Mélanie in der Küche geblieben, bis der Schmerz ihr die Konzentration nahm: Ihre monatlichen Krämpfe haben eingesetzt, während sie den Tisch deckte. Als Schwester Marie-Madeleine ihr zuflüsterte, dass die Oberin nach ihr verlange, machte sich Charlotte wortlos, gekrümmt auf den Weg ins obere Stockwerk, ihre Schulter schrammte beim Hinaufgehen an der Wand entlang. Bevor sie die Küche verließ, versicherte sie sich, dass Mélanie beschäftigt war.

Im Büro von Mutter Tranchepain ziehen sich die Krämpfe tief in ihren Bauch zurück, gedämpft und auf der Hut, und verschaffen ihr eine kurze Atempause, wie so oft, wenn Charlotte präsent, konzentriert sein muss. Sie lehnt sich auf dem Stuhl zurück und hält das Kinn erhoben, in der Hoffnung, dass die Oberin nichts bemerkt. Mutter Tranchepain strahlt.

»Ich freue mich über die Fortschritte, die Sie bei uns gemacht haben«, erklärt sie.

Sie beugt sich vor, als würde sie ihr ein Geheimnis verraten. Charlottes Hände kitzeln, und kurz verzieht sich der Schmerz. Es scheint fast, als könnte die Oberin sie nun anhören, Charlotte müsste nur an ihren Schreibtisch treten und ihr endlich erklären, was sie ins Kloster geführt hat – ihre Niederlage beichten und versprechen, niemals mehr nachzugeben. In dem Moment ist es beinahe vorstellbar, dass die Oberin ihr vergeben würde. Aber Mutter Tranchepain rutscht in ihrem Sessel zurück, legt die Arme auf die Stützen.

»Ich möchte nach Ihrer Meinung bezüglich des Gesuchs einer Ihrer Kameradinnen fragen. Madame Melet sagt, dass Sie sich schon lange kennen. Sie meint, dass Sie am besten über sie Auskunft geben können.«

Charlotte fühlt sich winzig. Der Schmerz in ihrem Bauch regt sich wieder. Sie und das, was sie zu beichten hat, sind der Oberin gleichgültig. Es geht um Geneviève, wie immer, ihre wasserblauen Augen, ihre kleinen quadratischen Zähne, ihre Art, sich dort breitzumachen, wo sie nicht hingehört, sie bis in dieses enge Zimmer zu verfolgen und sich zwischen sie und Mutter Tranchepain, zwischen sie und Étiennette, zwischen sie und die Entschlüsse zu drängen, die sie gefasst hat.

»Sie hat mich vor ein paar Tagen aufgesucht«, fährt die Oberin fort. »Ich habe natürlich eine Meinung dazu, aber die Ihre interessiert mich.«

Sie macht eine Pause, neigt den Kopf zur Seite.

»Madame Melet würde gern hier im Haus aufgenommen werden«, schließt sie.

»Wirklich?«

Ein schriller Ton verschließt Charlottes Ohren. Sie bohrt ihre Finger in ihren Rücken, wie um den Schmerz herauszudrücken. Sie hört, wie Mutter Tranchepain erklärt, dass sie natürlich Mühe habe sich vorzustellen, wie Madame Melet ihre Rolle als Mutter und Ehefrau mit ihrem Dasein als Hausgast zu vereinbaren gedenke, aber die ersten Schülerinnen der heiligen Ursula hätten schließlich auch alle zu Hause gewohnt und sich zu den Andachten versammelt. Ein solches Gesuch sei sicherlich etwas Neuartiges, aber was sei auf dieser Seite des Atlantiks schon althergebracht?

Charlotte schweigt. Geneviève sucht im Kloster nicht nach Gott. Sie sucht etwas vollkommen anderes, wie auf dem Weg nach Lorient, als sie sich versicherte, dass es Étiennette nie an Essen fehlte, dass sie sich nachts in ihre Nähe legte. Dinge, die sich in einem vereisten Garten verbergen, hinter einer Holzhütte, wenn die Scheite zu wackeln anfangen und der Boden unter den Füßen schwankt. Charlotte kann ihr nicht vertrauen. Unter ihren Händen dehnt sich langsam ein Krampf aus, ein unendlich geduldiger Tentakel, der innen an ihrem Bauch schabt. Sie würde sich gern ins Bett legen, warten, bis der Schmerz nachlässt. Sie öffnet den Mund, um zu antworten, aber Mutter Tranchepain hat nicht zu Ende gesprochen.

»Ich frage mich nur, wie gottergeben sie ist. Wenn ich aber sehe, wie viel Zeit sie Ihnen gewidmet hat, würde ich ihr gern unsere Dankbarkeit zeigen. Ihr Engagement ist bewundernswert.«

Charlotte errötet. Die Krämpfe werden stärker, sind nun eine stetige Brandung. Sie kämpft mit ihrem Leiden, ihrer Wut. Nun mit einem neuen Gefühl. Sie ist der Glaubensgemeinschaft der heiligen Angela Merici nicht würdig. Sie muss sich Geneviève gegenüber gerechter verhalten, erkennen, was sie ihrer Umgebung Gutes tut. Zugeben, dass sie ohne ihre Hilfe nie das Lesen und rechtzeitig für die Weihnachtsandacht die Gebete gelernt hätte. Sie hätte sich nicht vorstellen können, erst nächstes Jahr Novizin zu werden. Wenn sie wirklich eines Tages zur Gemeinschaft der Ursulinen gehören will, kann sie sie nicht im Stich lassen.

Aber sie kann sich auch nicht erlauben, ihr mehr Raum zu geben, als sie bereits ausfüllt.

»Ich befürchte, dass ich nicht zu ihren Gunsten sprechen kann«, sagt Charlotte.

Die Oberin wirkt überrascht, dann besorgt.

»Gibt es etwas, was ich über Madame Melet wissen sollte?«

Charlotte schüttelt den Kopf. Der Schmerz in ihrem Bauch explodiert. Schießt in alle Winkel. Strahlt aus, zeigt ihr Stellen ihres Körpers, von deren Existenz sie nichts wusste.

»Nichts, nein«, hört sie sich selbst antworten. »Wir sind zusammen nach Biloxi gereist. Das ist Jahre her. Wir waren uns nie besonders nah.«

*

Weihnachten im Kloster ist ein Erfolg. Eine kalte Pastete neben einem gefüllten Huhn, im Kamin des Speisesaals aufgeschichtete Holzscheite, die darauf warten, angezündet zu werden. In der Kapelle vermischen sich die schweren Weihrauchschwaden mit dem frischen Mentholduft der Winterkräuter. Die Frauen kennen die Gesänge auswendig. Charlotte steht stumm in der ersten Reihe. Sie hört zu, wie die Oberin ihre Predigt über Heiligkeit und Mutterschaft beendet, während Pater de Beaubois hinter dem Altar steht und nickt. Sie widersteht dem Drang, sich zu setzen. Von dem Schmerz ist ihr übel, sie hat die ganze Nacht nicht geschlafen, und beim Frühstück bekam sie nichts runter. Die Krämpfe lassen ihr keine Ruhe.

»Es ist an der Zeit, unsere Schwestern zu empfangen«, sagt der Priester.

Hinter Charlotte knarren die Bänke. Die Indigenen und die Schwarzen Frauen gehen durch die Kapelle. Zur großen Freude der Nonnen sind ihnen die Buchstaben und Gebete inzwischen vertraut, sie werden an diesem Morgen getauft. Eine nach der anderen tritt vor Pater de Beaubois. Er berührt ihre Gesichter mit seinen feuchten Fingern. Sor'kor Sokon, die Frau mit den heute trockenen Bernsteinaugen, ist als Letzte an der Reihe.

»Vater unser im Himmel, geheiligt werde dein Name. Dein Reich komme …«, stimmt der Pater an.

Sor'kor Sokon schaut weder den Priester noch Mutter Tranchepain oder die Marienfigur an. Sie heißt nun Isabelle. Als Charlotte sich umdreht, um zu sehen, worauf ihr Blick gerichtet ist, sieht sie nur die weiß gekalkte Mauer – und in der letzten Reihe Geneviève, mit gerader Haltung, die Hand auf Mélanies Schulter gelegt, die Augen geschlossen.

Pater de Beaubois beglückwünscht die Oberin und ihre Kongregation zu den ersten fruchtbaren Monaten in Louisiane, dann folgt eine Schlusspredigt, ein letztes Lied und der Gottesdienst ist zu Ende. Die Frauen haben es eilig, aus der Kapelle und zum Abendessen zu kommen. Weder die Oberin noch der Vikar fordern die Mädchen auf, still zu sein, als dem jüngsten ein lautes Lachen entfährt; Mélanie gesellt sich zu den Waisenmädchen, mit der Natürlichkeit der Kinder der *Maison Saint-Louis*. Charlotte geht ihnen langsam nach, sucht Genevièves Gestalt unter den dunklen Kleidern.

Sie findet sie an der Tür, reglos, als ob sie darauf wartete, dass die Zeremonie weitergeht. Eine hellbraune Locke kringelt sich über ihrer Schläfe. Charlotte erstarrt. Sie fürchtet sich vor dem, was sie zu ihr sagen könnte. Die Krämpfe in ihrem Bauch steigen bis in ihren Brustkorb. Als sie in Genevièves fragendes Gesicht blickt, spürt sie plötzlich den quälenden Drang, sie zu trösten, sie zu umarmen – dann fällt ihr wieder ein, was sie getan hat.

Sie würde ihr gern erklären, dass sie versucht, sie beide zu retten. Sie hat nun kein Recht mehr zu zweifeln.

Als sie vor Geneviève steht, schüttelt Charlotte den Kopf. Ihre Züge zeigen zunächst keine Regung, Geneviève wischt sich die Tränen mit dem Handrücken ab. Sie schauen sich eine Weile an, zwei Fremde, die keine sind. Dann öffnet Geneviève ohne ein Wort die Tür, und Charlotte bleibt allein in der Kapelle zurück, dem einfachen, dunklen Raum, der, wie so vieles in Louisiane, nur der Schatten dessen ist, was er werden möchte.

10

Utu'wv Ecoko'nesel

Das Große Dorf/Natchez, August 1729

Utu'wv Ecoko'nesel will nicht zu der Weißen. Sie geht langsam den Hügel hinunter, lässt das Große Dorf und seine Anhöhen hinter sich. Das große Maisfest hat vor Kurzem stattgefunden, es ist die Zeit der Blaubeeren. Das noch hohe Gras zieht an ihrem Rock, streift über die tätowierte Sonne auf ihrer Schulter, ihre nackten Arme und Brüste. Beim nächsten Vollmond werden die weißen Männer die Prärie anzünden, um leichter zu reisen, die Hufe ihrer Pferde werden die verkohlten Wurzeln zertreten, die Räder ihrer Karren die geschwärzte Erde durchwühlen. Dann wird das Gras wieder wachsen, grün und lebendig, und es wäre Zeit für die Bisonjagd. Utu'wv Ecoko'nesel ist nach der Ankunft der Franzosen geboren, sie erinnert sich nicht daran, als die warme Jahreszeit mit hellen Himmeln endete, mit Wolken ohne Muster aus Rauchschwaden. Aber sie ist überzeugt, dass die Pflanzen ihre Feuer nicht brauchen, um zu wissen, wann sie verschwinden sollen.

Utu'wv Ecoko'nesel folgt dem Fluss. Von hier kann sie schon das Holzgebäude sehen, in dem die weißen Krieger ihre Waffen lagern. Sie nähert sich selten dem Ort, den sie Fort Rosalie nennen, kommt fast nie an ihren Häusern vorbei, die sich in den letzten fünf Wintern vermehrt haben. Es sind fast doppelt so viele, wiederholt ihre ältere Schwester

Lv'vlk Lac'kup beharrlich. Als sie am Morgen die Familienhütte verließ, sorgte Utu'wv Ecoko'nesel dafür, dass sie ihr nicht über den Weg lief. Sie hat genug von ihren Warnungen, sie weiß genau, was ihre Schwester von ihrem Vorhaben hält. Wenn ihre Tante Vhvl' Kutnuf sie nicht gebeten hätte, würde Utu'wv Ecoko'nesel nie zu der Weißen mit dem Namen voller harter Silben gehen – Klänge, die so bitter sind wie die giftigen Blüten des roten Kastanienbaums, die im Bauch brennen. Vhvl' Kutnuf hat beschlossen, dass Utu'wv Ecoko'nesel der Frau alles beibringen wird, was sie über Pflanzen und ihre heilenden Kräfte weiß, in der Hoffnung, die Spannungen zwischen ihnen und den Franzosen abzubauen.

Utu'wv Ecoko'nesels Körper verkrampft sich, als sie an ihren Höfen vorbeigeht. Es ist nicht das erste Mal, dass sie gezwungen ist, den Weißen zu begegnen. Ihre Tante hat darauf bestanden, ihr etwas Französisch beizubringen, was Lv'vlk Lac'kup immer verweigert hatte. Utu'wv Ecoko'nesel hat klaglos eingewilligt, auch wenn sie weit mehr an den anderen Kenntnissen ihrer Tante interessiert war. Seit ihre Mutter vor neun Wintern ins Große Jenseits übergegangen ist, hat sie alles gelernt, was Vhvl' Kutnuf über Blumen und Gräser weiß, die gewaltigen Kräfte, die in ihnen stecken. Als Nichte einer Sonne hat sie zunächst die Schmerzen der Schwangeren des Großen Dorfes gelindert. Im Jahr ihrer ersten Blutung hat sie begonnen nach Tioux und in das Mehldorf zu gehen, um dort das Zahnfleisch der Babys zu behandeln. Heute, mit siebzehn Wintern, versorgt sie regelmäßig die Wunden der Krieger.

Die Pflanzen linderten ihren Schmerz, als nichts anderes sie trösten konnte – nicht einmal die Umarmungen ihrer Schwester, die sie in der rauchgefüllten Hütte wiegte, bis die

Welt in Dunkelheit fiel. Die Salben und Tränke verschafften ihr Ablenkung, wenn sie nur an das Gesicht ihrer Mutter denken konnte, daran, wie sie ihr Haar flocht und ihren Rock zurechtzog, zugleich bestimmt und sanft. Vhvl' Kutnufs Medizin gab ihr eine Aufgabe. Das Leben ging weiter, zu einer Zeit, als Utu'wv Ecoko'nesel glaubte, auf ewig traurig zu sein.

Am Flussufer kitzeln die Farne ihre Schenkel, biegen sich unter ihrem Korb. Er ist nicht schwer, sein doppelter Boden, in dem andere Frauen ihre Schmuckstücke verbergen, enthält wenige Okra-Blüten, einen Zweig Yaupon-Stechpalme. Heute wusste sie nicht, was sie mitnehmen sollte, obwohl sie sonst immer die genauen Mengen der benötigten Pflanzen für jede Salbe kennt und sich nie mit überflüssigen Zutaten belastet. Aber dieser Nachmittag ist nicht wie die anderen. Die weiße Frau braucht keine Medizin. Sie will belehrt werden.

Anfangs fand Utu'wv Ecoko'nesel die Vorstellung belustigend. Sie hat gesehen, wie die Franzosen Kranke behandeln – ihre Ärzte mit dem falschen Haar auf den Köpfen, die bereits geschwächte Körper bluten lassen. Sie hat mitangehört, wie einer von ihnen riet, schmerzende Muskeln in einem Kräutersud zu baden, ohne die genaue Pflanzenart zu nennen, ein rotes, müdes Auge auszubrennen, um die Flüssigkeit herauszuziehen, schwörend, dass die Hornhaut des Patienten nur leicht aufgeraut sein werde. Das Schwarze Volk hat bessere Heiler – was wohl selbst die Franzosen glauben, denn sie kennt mehrere Sklaven, die als Ärzte eingesetzt werden. In den seltenen Fällen, da Vhvl' Kutnuf sie gebeten hat, eine Tinktur für eine weiße Familie zuzubereiten, hat Utu'wv Ecoko'nesel der Versuchung, die Rinde ein wenig gröber zu mahlen, die Blumen länger als nötig ziehen zu lassen, widerstanden. Sie will den Franzosen nichts Böses, aber sie will ihnen auch nicht helfen.

Gestern war sie gezwungen, ihre Meinung zu ändern, als ihre Tante sie bat, sie im Haus von Uv'cenv Cu'nv Uv'sel, ihrer Großen Sonne, zu treffen. Die anderen Mitglieder der Häuptlingsfamilie waren nicht zugegen, sie waren die einzigen Sonnenfrauen. Vhvl' Kutnuf schaute sie mit ihren grauen Augen an und erklärte, dass ihr Wissen nicht ihr gehöre. Sie handelten nun seit fast dreißig Winter mit den Weißen, sie hätte unrecht, eine ihrer Frauen zurückzuweisen, wenn diese einen Schritt auf sie zugehe.

Hinter den Worten ihrer Tante hörte Utu'wv Ecoko'nesel die Stimme ihrer Schwester, die in einer Welt aufgewachsen war, in der die Franzosen kaum mehr als ein Gerücht waren. Lv'vlk Lac'kup hätte geantwortet, dass sie dieser Frau nichts schuldig seien, dass sie die Krankheiten, die von den Franzosen eingeschleppt wurden, und die Konflikte, die sie nun zwei Winter in Folge verursacht hätten, wohl schon vergessen habe. Ihre Schwester war schon immer der Meinung, dass Vhvl' Kutnuf zu viele weiße Freunde hat – sogar einen Liebhaber, der ihr einen Sohn geschenkt hat, den heutigen Häuptling ihres Dorfes. Sie führt gern an, dass es einen Grund gibt, warum man die Weißen »ku'yukup« nennt, »verrückte Menschen«. Die Zeiten hätten sich geändert und die Höfe der Franzosen seien nun überall. Ihnen zu helfen bedeute heute nicht das Gleiche wie damals, kurz nach ihrem Erscheinen, als die Sonnen ihnen den Empfang bereiteten, der fremden Nationen vorbehalten war. Aber die Franzosen haben mit den Caddo und den Chickasaw nichts gemein, sie unterscheiden sich von allen anderen Stämmen.

Utu'wv Ecoko'nesel stimmt ihrer Schwester zu. Auch ihr wäre es lieber, wenn ihre Tante nicht all ihre Forderungen erfüllte. Aber im Gegensatz zu Lv'vlk Lac'kup äußert sie nicht immer, was sie denkt. Ihre Mutter sagte manchmal, dass sie vielleicht die Namen ihrer Töchter vertauscht habe, dass Utu'wv Ecoko'nesel eher der sanften Gans gleiche, die ihre Schwester war, und Lv'vlk Lac'kup eher die schöne Wölfin sei, der Utu'wv Ecoko'nesel ihren Namen verdankte. Dann blickte sie geheimnisvoll und fügte hinzu: »Aber eine Mutter irrt sich selten. Eines Tages werdet ihr mir recht geben.«

*

Utu'wv Ecoko'nesel geht an den Reisfeldern entlang. Die Frauen mit der dunklen Haut arbeiten in den gefluteten Reihen, und ihre Kinder tauchen zwischen den nassen Pflanzen ihre Finger ein. Die Felder zu fluten war eine weitere Technik, von der die meisten Weißen nichts wussten, die ihnen aber von denen beigebracht wurde, die sie unter Zwang auf das Land der Sonnen gebracht hatten. Ein Schwarzes Mädchen hat ihr eines Tages erzählt, dass ihr Volk am Ufer des Flusses Gambia schon seit Generationen wisse, wie man Dämme baue, Hochwasser fernhalte, den Boden am Fluss in Reisfelder verwandle. Utu'wv Ecoko'nesel verachtet die Weißen dafür, dass sie dem Schwarzen Volk für seine Hilfe und sein Wissen, unter Zwang geteilt, damit danken, dass sie die Menschen dem Land ihrer Herkunft entreißen, ihnen kaum zu essen geben und sie zu ständiger Arbeit verpflichten. Sie weiß auch, dass sie sich noch Schlimmeres zuschulden kommen lassen. Vom Hügel aus hat sie gesehen, wie ihre Hunde in die Sklavenquartiere eindrangen, hat das feuchte Klatschen der Peitsche gehört. Sie kann die Schreie der Geschlagenen nicht vergessen.

Mit den Augen sucht sie nach einem Anführer, einem weißen Mann. Aber auf der Veranda ist nur ein Mädchen. Es mahlt Weizenkörner, hält mit beiden Händen einen großen Mörser fest. Ihre Haut ist zu dunkel, als dass sie die Tochter der weißen Frau sein könnte.

»Madame, Madame!«

Das Sklavenmädchen ruft mit gerunzelter Stirn weiter nach seiner Herrin. Ein warmer Wind kommt auf, Utu'wv Ecoko'nesel spürt die Maulbeerrinde ihres Rockes an ihren Beinen kleben. Das Geräusch von Schritten auf einem Holzboden.

»Nicht nötig, so zu schreien …«

Die weiße Frau bleibt bei ihrem Anblick abrupt stehen. Einen kurzen Moment lang verschwindet Utu'wv Ecoko'nesels Frust. Sie dachte nicht, dass sie die, der sie helfen soll, bereits kennen würde, aber das Geburtsmal auf der rechten Wange der Französin, blasser als die übrige Haut, hätte sie überall wiedererkannt. Sie erinnert sich nicht genau, wie alt sie bei ihrer ersten Begegnung war. Aber an dem Nachmittag war Utu'wv Ecoko'nesel, obwohl ihre Tante ihr versichert hatte, dass sie nichts zu fürchten habe, lieber auf Abstand zu den beiden Frauen geblieben, die sie von der Schwelle des Hauses aus angesehen hatten.

Sie schaut sich ihre Gastgeberin genauer an. Ihr braunes Haar ist heller als ihres, ihr kleines Kinn macht ihr Gesicht weicher. Sie nimmt immer wieder eine Strähne auf, die sich aus ihrem Knoten löst, auch wenn sie nicht riskiert, mit ihrem Haar in irgendwelchen Zweigen hängen zu bleiben. Wie bei allen Französinnen verschwindet ihr Körper unter mehreren Lagen Stoff. Wenn die Weiße sie erkannt hat, lässt sie es sich nicht anmerken.

»Also gut«, sagt sie. »Monsieur Ducros hat mir nicht gesagt, dass du heute kommst.«

Sie spricht schneller Französisch als ihre Tante.

»Langsamer, bitte«, sagt Utu'wv Ecoko'nesel.

Die Frau lächelt, und das Mal kauert sich auf ihrer Wange zusammen. Ihr Kleid ist so blau wie die Bäuche der Papageien, ist mit Motiven übersät, deren Form sie an rote Bohnen erinnert.

»Entschuldige, komm herein.«

Im Haus atmet Utu'wv Ecoko'nesel den Geruch von Fleisch ein, hört Stimmen, aber sie sind allein im Zimmer.

»Nimm bitte Platz.« Die Frau zeigt auf etwas, das wie ein Bett aussieht. »Ich komme gleich wieder.«

Der Raum könnte drei Familien aufnehmen. In den Wänden sind überall Öffnungen, und die Tür zeigt nicht nach Osten, zur aufgehenden Sonne, sondern nach Norden. Alles befindet sich in erhöhter Lage: Die Töpfe stehen auf Brettern, verschieden große Matten sind im Zimmer verteilt. Nichts berührt den Boden, wie um die Möbel vor einer Überschwemmung zu schützen, die nie kommt.

»Ich hoffe, du magst Tee.«

Ein starker Blumenduft steigt aus den Tassen auf. Hier erlaubt sich die Gastgeberin, Fragen zu stellen, noch bevor die Gäste Zeit hatten, sich zu stärken und auszuruhen, was weder die Sonnen noch andere Bewohner des Großen Dorfes tolerieren würden. Das Wasser verbrennt ihr den Hals.

»Du heißt Utu'wv Ecoko'nesel, nicht wahr?«

Die Französin spricht ihren Namen wie Utu'wa Eko-ko'niseli aus.

»Nein, Oudou'wah itschoko'nishel«, korrigiert sie sie.

Pétronille wiederholt, dieses Mal verschluckt sie die letzten beiden Silben. Utu'wv Ecoko'nesel gibt auf.

»Und du?«, fragt sie.

»Pétronille.«

Die Weiße spricht und bewegt sich auf eine Weise, die sie an die Enten am Kleinen Fluss erinnert, die träge in der Sonne liegen und sich leicht abschießen lassen. Sie erkennt manche Worte – »Danke«, »Tante« und »Blumen« –, aber es bereitet ihr keine Freude, die Sätze zu verstehen.

»Du bist die Nichte von Gestochener Arm«, bemerkt Pétronille nun.

Utu'wv Ecoko'nesel runzelt die Stirn. Die Franzosen kennen ihre Tante so gut, dass sie sich die Mühe gemacht haben, ihren Namen zu übersetzen. Aus dem Mund dieser Frau klingt er jedoch falsch. Sie ist auf einmal erleichtert, dass Pétronille die Bedeutung des ihren nicht kennt – auch wenn es ihr eines Tages gelingen sollte, ihn richtig auszusprechen. Pétronille sitzt auf dem Bett und lässt sie nicht aus den Augen. Utu'wv Ecoko'nesel hat keine Lust, mit ihr über ihre Familie zu sprechen, ihren Cousin Große Sonne, der zwar schwach, aber dennoch der Erwählte ist. Sie berührt mit dem Fuß ihren Korb.

»Wo arbeiten wir?«, fragt sie.

Pétronille fasst wieder an ihren Knoten, aber ihr ungeschickter Handgriff verschlimmert die Sache nur.

»Ich zeige es dir.«

Als sie in den Nebenraum gehen, spürt Utu'wv Ecoko'nesel, wie die Schwanenfedern in ihrem Haar den Türrahmen streifen. Ihre Schwester hat sie gewarnt: Die Franzosen bauen gern mehrere Hütten in einer.

»Das ist alles, was ich bisher sammeln konnte.«

Der kleine Raum ähnelt schon eher den Hütten des Großen Dorfes. Hier lässt nur eine schmale Öffnung die Präriesonne ein. Niemand kann sie beobachten, Utu'wv Ecoko'nesel kann sich entspannen. Die Gerüche sind ihr vertraut, sie sieht die stachelige Kugel der Mannstreu mit den harten, dornigen Blättern, die samtigen Blüten der Katzenpfötchen, die von den Bienen geliebten Braunwurzen. Ein Korb ist mit Rindenstücken von Maulbeer- und Pfirsichbäumen gefüllt. Pétronille deutet auf ein paar dünne Zweige.

»Die habe ich gestern aufgelesen.«

Utu'wv Ecoko'nesel tritt näher, erkennt sogleich die »Passionsdorne«, wie die Franzosen sagen, eines der edelsten Hölzer. Sie schluckt schwer. Sie fragt sich, was Pétronille erwartet, sagt, was sie sicher hören will.

»Gut für vieles, vor allem für verlorene Lieben.« Sie nimmt einen der Zweige. »Sie bringt den geliebten Mann zurück.«

Erschüttert nimmt sie wahr, wie aufgewühlt Pétronille auf einmal wirkt, und nimmt sich vor, nie wieder mit ihr zu spielen. Sie hat diesen Gesichtsausdruck bereits bei ihrer Cousine gesehen, nachdem sie ihren Mann auf der Jagd verloren hatte. Utu'wv Ecoko'nesel wendet den Blick ab – ihre Familie und diese Frau können unmöglich etwas gemeinsam haben.

Auf der Suche nach einer Eingebung für ein Rezept, dieses Mal ein echtes, schaut sie sich die Pflanzen auf dem Tisch an. Sie denkt an ihre Tante, errötet – Vhvl' Kutnuf kann Lügner nicht ausstehen.

»Das Heilmittel gegen Klapperschlangen«, beginnt sie und hebt eine Wurzel hoch, die wie eine große Zwiebel aussieht. »Es saugt das Gift auf. Und der Erd-Efeu dort lindert die Schmerzen der Geburt.«

Pétronille antwortet nicht gleich. Sie tritt näher.

»Was machst du damit?«, fragt sie.

Ihr Mal leuchtet im schummrigen Licht, Utu'wv Ecoko'nesel beugt sich wieder über die Pflanze.

»Wasser und … Wie Tee.«

»Und diese?«

Eine Stunde lang zeigt Utu'wv Ecoko'nesel Pétronille, wie man einen Aufguss aus Wermutkraut bereitet. Sie sagt sich erneut, dass ihre Tante ihr eine Aufgabe erteilt hat und sie sie nicht enttäuschen wird. Der kleine Raum, in dem es nach Thymian und Hanf duftet, hat etwas Beruhigendes. Sie sorgt sich nicht mehr um den Lauf der Sonne am Himmel, darum, was sie am Abend ihrer Schwester erzählen wird. Die weiße Frau stellt wenige Fragen. Schweigend zeigt sie auf einen Stängel oder ein Blütenblatt, mit langsamen, sanften Bewegungen, bis ein dumpfes Geräusch zu hören ist.

»Wer ist das?«, fragt Utu'wv Ecoko'nesel und richtet sich auf.

»Wovon sprichst du?«

Als die Tür aufgeht, fällt das grelle Licht des frühen Abends auf die Wände. Utu'wv Ecoko'nesel sieht nur einen Umriss.

»Ich bin froh, euch hier zu finden«, sagt eine männliche Stimme. »Ich habe mir schon Sorgen gemacht.«

Der Mann legt Pétronille eine Hand auf die Schulter. Er hat Wangen wie Lefzen, glänzendes braunes Haar und Augen, die zu groß für sein schmales Gesicht sind.

»Ich bin schon den ganzen Tag hier. Mit ihr«, antwortet Pétronille. »Das ist mein Mann, Monsieur Ducros.«

Pétronilles Hände bleiben über der Schüssel in der Luft stehen. Einen Augenblick lang erinnert ihre Haltung Utu'wv Ecoko'nesel an ein regloses Eichhörnchen, das einer möglichen Gefahr lauscht, bevor es weiterläuft.

Utu'wv Ecoko'nesel wendet sich dem Fremden zu, aber stellt sich nicht vor. Eines Tages hat Lv'vlk Lac'kup ihr lachend gesagt, dass die Französinnen vielleicht so dicke Kleider tragen, um sich vor den Männern zu verstecken. Nun, dem Blick von Monsieur Ducros ausgesetzt, fragt sie sich, ob ihre Schwester wirklich scherzte. Voller Unbehagen verschränkt sie die Arme vor der Brust. Der Mann flüstert Pétronille etwas über Sklaven und Tabak ins Ohr, Kinder, die auf den Feldern nur ablenken. Er schaut Utu'wv Ecoko'nesel nicht noch einmal an. Als er endlich den Raum verlässt, merkt sie, dass ihr das Atmen schwerfällt.

»Wir sehen uns morgen Nachmittag«, murmelt Pétronille.

Utu'wv Ecoko'nesel hätte ihr gern geraten, die Mischung zum Schutz vor Insekten abzudecken, aber Pétronille hält den Blick gesenkt. Draußen mahlt das Sklavenmädchen immer noch das Getreide. Wind weht über der Prärie, und das Klopfen des Mörsers verfolgt Utu'wv Ecoko'nesel noch lange, nachdem das Haus verschwunden ist.

*

Eine ihrer klarsten Erinnerungen stammt aus dem letzten Winter: Die Große Sonne war kurz zuvor verstorben, und sie gesellte sich zu den Angehörigen, die sich im Haus des Häuptlings versammelt hatten. Bald würden die Tänze und Prozessionen beginnen, zur Stunde lag der alte Mann auf seinem Bett, das Gesicht mit Rouge geschminkt, auf dem

Kopf eine Krone aus weißen Federn. Alle Kalumets, die er bekommen hatte, und alle seine Waffen lagen zu seinen Füßen – ein zweiläufiges Gewehr, ein Bogen, ein Köcher mit Pfeilen, eine Pistole, ein Tomahawk und eine endlos lange Schilfrohrkette, ein Ring für jeden getöteten Feind. Manchmal brachte ihm eine der Dienerinnen Nahrung und flüsterte »touwvtekek«, »er ist wirklich tot«. Sie gingen mit einem markerschütternden Schrei wieder davon, auf den die Bewohner des Großen Dorfes und ihre Nachbarn antworteten.

Utu'wv Ecoko'nesel saß zwischen Vhvl' Kutnuf und der Lieblingsfrau von Große Sonne. Sie erinnert sich an die Furcht, die in ihrer Brust aufstieg, als sie sah, wie ihre Tante aufstand, die Arme mit Schnitten übersät, die sie sich zufügte, wenn der Schmerz unerträglich wurde. Als der Anführer der Krieger starb, hatte seine Frau beschlossen, ihm zu folgen – sie hatte sich mit der Schnur eines Bogens erdrosselt, um ihm in jener Welt voller rosa Fische, Bisons und Süßwasser Gesellschaft zu leisten. Zahlreiche Untergebene hatten es ihr nachgetan, so wie es bald die Geliebte von Große Sonne, sein Arzt, sein Jäger, seine Diener tun würden. Als Vhvl' Kutnuf sie einen nach dem anderen ansah, sprang Utu'wv Ecoko'nesel auf, um sie an ihre Seite zu ziehen. Ihre Tante durfte nicht zu ihrer Mutter ins Große Jenseits gehen. Aber Vhvl' Kutnuf schüttelte den Kopf. Sie erklärte ihr, dass sie noch nicht bereit sei zu gehen, dass ihr Sohn, die neue Große Sonne, ihren Rat noch brauche, um sie anzuführen.

»Dieser Junge ist so schwach wie ein Opossumjunges«, hatte Lv'vlk Lac'kup ein paar Tage nach der Zeremonie geflüstert. »Er hat keine Chance.« Damals erschreckten sie die

Worte ihrer Schwester. Und nun, da die Sonne des Dorfes Weißer Apfel wirklich die Macht über die anderen Dörfer übernommen hat, alarmieren sie sie noch mehr.

Es war nicht das erste Mal, dass ihre Schwester hellseherische Fähigkeiten zu besitzen schien. An dem Frühlingstag, als ihre Mutter zum Kleinen Fluss hinuntergegangen war, hatte Lv'vlk Lac'kup ihr anvertraut, dass sie eine böse Vorahnung habe. Utu'wv Ecoko'nesel hatte sich schulterzuckend wieder über den Rock gebeugt, den sie anfertigte. Ihre Mutter war stark, sie würde nicht krank werden. Sie hatte drei Jungen geboren, die zu Kriegern herangewachsen waren, und zwei Mädchen mit breiten Hüften und sanften Händen. »Du machst dir grundlos Sorgen«, hatte Utu'wv Ecoko'nesel ihrer Schwester geantwortet, ohne zu ahnen, dass sie diese Worte für immer bereuen würde.

*

Am Tag nach ihrem ersten Besuch bei Pétronille erwacht sie im Morgengrauen. Die Kinder ihrer Schwester schlafen noch. Als sie die Hütte verlässt, sieht sie im Vorbeigehen ihren Neffen, der sich im Schlaf bewegt, seine Hände an die geflochtenen Wandbehänge presst. Seine beiden jüngeren Brüder schnarchen, bis zu den Nasen unter ihren Decken verborgen. Utu'wv Ecoko'nesel hat es nicht eilig, ihre eigene Familie zu haben, auch wenn sie in ein paar Wintern sicher heiraten wird; Lv'vlk Lac'kup hat ihr das Versprechen abgenommen, auf einen Mann zu warten, der ihr gefällt, und sie hat vor es zu halten. Bis dahin hilft sie so viel wie möglich ihrer Schwester. Sie überrascht sich manchmal dabei, ihre Neffen auf die gleiche Art zu umsorgen, wie ihre Mutter sich um sie als Kind gekümmert hat.

Sie lässt ihren Blick über den Hauptplatz wandern und bleibt an einem der Hügel hängen, auf dem der Tempel und die hölzernen Adlerskulpturen emporragen; der Rauch des ewigen Feuers weht träge davon. Bald würde sich die Große Sonne vor der aufgehenden Sonne verneigen. Sie hört seinen Gesang üblicherweise von der Prärie aus, wo sie am Rand der Felder, auf denen die Frauen des Volkes Mais ernten, Seidenpflanzen oder Bartfaden pflückt. Sie liebt das Zirpen der Grillen, das feuchte Gras unter ihren Füßen und die Wärme der ersten Sonnenstrahlen auf dem Rücken. Wenn sie umkehrt, ragt vor ihr das Dorf in den schon rosa leuchtenden Himmel – im Vordergrund die Felder und ersten Hütten aus Flechtzaun, verputzt mit Strohleim, dahinter der Hauptplatz und in der Ferne die flachen Anhöhen mit den Gebäuden darauf. Ihre Hütte ist leicht zu erkennen, als Mitglied der Familie von Große Sonne schläft sie an den Stufen, die zu seiner führen.

Aber heute Morgen geht Utu'wv Ecoko'nesel nicht wie gewohnt runter auf die Wiesen. Sie schürt das Feuer vor der Hütte, nimmt eine Handvoll Bohnen für die Suppe, kocht das Wasser vom Vortag auf. Sie hat gestern nicht mit ihrer Schwester sprechen können. Die Kleinen hatten Hunger, waren müde und unruhig, und Lv'vlk Lac'kup schob sie schließlich nach drinnen, mit den Worten »Hvpvt petkup«, »ins Bett«. Da sie sich nicht beruhigten, erzählte sie ihnen die Geschichte vom Pantherkind – die Jungen unterbrachen sie, um mehr Details über sein Gewand aus lebenden Vögeln zu erhalten, das Horn, das es benutzt, um sie zum Singen zu bringen. Irgendwann wurden sie still, Lv'vlk Lac'kups Mann kam zurück. Bei seinem Anblick verstand Utu'wv Ecoko'nesel, dass es keine Gelegenheit mehr geben würde, allein mit ihrer Schwester zu sprechen. Wenn ihr Schwager da ist, existiert sie in den Augen von Lv'vlk Lac'kup nicht mehr. Sie hörte sie später in der Nacht, die Schilfmatte knirschte unter ihrem Gewicht.

Hinter ihr klappt die Rehhaut auf, die den Eingang zur Hütte verdeckt. Es ist mild, die Grillen zirpen bereits. Lv'vlk Lac'kups Augen sind noch schlafverquollen, die Tätowierungen auf ihrer Brust gerötet, nachdem sie zu lange auf der gleichen Seite geschlafen hat. Sie streicht Utu'wv Ecoko'nesel übers Haar, nimmt die Schüssel entgegen, die sie ihr reicht. Sie isst schweigend, wischt sich dann die Lippen ab.

»Vhvl' Kutnuf ist bestimmt stolz auf dich«, sagt sie schließlich.

»Ich habe sie noch nicht gesehen«, antwortet Utu'wv Ecoko'nesel.

Instinktiv schaut sie in Richtung der Behausung von Große Sonne, die auf einem der Hügel steht, und die benachbarte Hütte, in der ihre Tante bald aufstehen würde.

»Sie macht sich Sorgen, und das zu Recht«, fährt Lv'vlk Lac'kup fort. »Die Sonne des Dorfes Weißer Apfel ist wütend auf die Franzosen.«

Utu'wv Ecoko'nesel denkt an den Nachmittag, an die nächste Lektion mit Pétronille. Sie nimmt es ihrer Schwester übel, dass sie ihr die Aufgabe erschwert.

»Aber der Häuptling hat nichts gegen die Engländer«, entgegnet sie.

Sie erwartet Widerspruch, aber ihre Schwester nickt.

»*Ehema'ce*, das ist wahr«, räumt sie ein.

Ein gelber Grashüpfer springt neben ihren Füßen hoch und verschwindet wieder im sonnengetrockneten Gras.

»Erinnerst du dich«, fährt Lv'vlk Lac'kup fort, »als Mutter überzeugt war, dass die Choctaw uns angreifen werden? Von den Weißen war damals kaum die Rede.«

Utu'wv Ecoko'nesel nickt, auch wenn sie sich nicht erinnern kann. Sie hat andere Erinnerungen an ihre Mutter – die Art, wie ihre angefeuchteten Hände Ton zu Krügen formten, der Tag, an dem sie ihr eigenes Haar abschnitt, um eine Puppe aus Maisblättern zu vollenden, die Kühle ihrer Perlmuttohrringe an ihrer Haut, wenn sie sie in den Arm nahm. Utu'wv Ecoko'nesel war zu jung, um sich wegen der Unstimmigkeiten zwischen den Stämmen zu sorgen.

Sie schweigen eine Zeit lang. Unten auf dem Platz machen sich die Töchter des Volkes bereit, in den Wald zu gehen. Ihre langen Zöpfe wischen über ihre Röcke, manche berühren sogar den Boden. Bei Sonnenuntergang würden sie mit Händen voller Blaubeersaft nach Hause kommen, begleitet von den Wespen, die Körbe übervoll mit süßen Früchten.

»Was für eine Frau ist sie?«, fragt Lv'vlk Lac'kup.

Utu'wv Ecoko'nesel errät sogleich, von wem sie spricht. Sie überlegt, wie sie Pétronille am besten beschreiben kann.

»*Unckwen'ce*, ruhig«, antwortet sie, bevor sie, über ihre rechte Wange streichend, hinzufügt: »Dieser Teil ihres Gesichts ist noch heller als ihre übrige Haut.«

Lv'vlk Lac'kup schüttelt den Kopf.

»Die Weißeste der Weißen«, scherzt sie mit Bitterkeit in der Stimme. »Ich habe von deiner Tante nichts anderes erwartet.«

»Es ist nur für eine Weile.«

Hinter dem Platz besteigen zwei Wächter die Anhöhe, die Arme mit Hickory-Holz beladen, das das ewige Feuer in Gang halten wird, ihre Schatten lang gezogen im Morgenlicht.

Die fast schwarzen Augen von Lv'vlk Lac'kup sind weiterhin auf die Flammen gerichtet. Sie seufzt, wirkt beunruhigt und ein wenig traurig.

»Vielleicht wirst du noch seltener dorthin zurückkehren, als du glaubst«, wirft sie ein.

Beim Blick auf ihre Schwester kann Utu'wv Ecoko'nesel nicht anders, als an das Übel zu denken, das sie schon vorausgesagt hat: ihr Häuptling, unfähig wie ein Opossumjunges, ihre Mutter am Flussufer. Sie blickt zum Himmel, als halte sie nach dem Unglück Ausschau, das über sie gekommen war, obwohl dort nur Wolken und Vögel zu sehen waren.

*

Als sie zur Plantage kommt, ist Pétronille nicht allein. Ihr Sohn Émile, ein braunhaariger Junge, der noch zu klein zum Bogenschießen ist, zieht sich zurück, sobald sie auftaucht. »Er ist sehr scheu«, erklärt Pétronille, »ganz anders als seine Schwester.« Sie empfängt Utu'wv Ecoko'nesel, als hätte diese sie schon oft besucht. Pétronille hat begonnen, den Thymian so klein zu schneiden, dass er von Weitem wie bläuliches Puder aussieht. Sie arbeiten heute im Hauptraum, wo sie ein kleines Mädchen beobachtet – grüne Augen, die Haut blass wie die ihrer Mutter, der Mund so rot wie das Färbemittel, das die Frauen des Volkes aus dem Saft der Achetchy gewinnen. Das Mädchen stellt sich schon zum dritten Mal auf die Zehenspitzen und streckt die Hände nach Utu'wv Ecoko'nesels Haaren aus.

»Hélène! Hör auf.«

Es fällt auf die Fersen zurück, streichelt ein Eichhörnchen, das an der winzigen Kette um seine Hinterpfoten zerrt. Utu'wv Ecoko'nesel wendet den Blick ab. Sie begreift nicht, wie man ein Tier im Haus einsperren kann, wenn man es weder erlegt noch isst. Dieser Brauch erscheint ihr sonderbar, respektlos. Sie hebt den Deckel ihres Korbes an – wenn sie zu lange untätig bleibt, würde sie der Versuchung nachgeben zu fragen, wozu der reglose Bieber auf dem Kamin dient. Sie sagt sich erneut, dass das Wissen ihrer Tante nicht ihr gehört. Pétronille steht am Tisch, ihr purpurrotes Kleid verschwindet hinter den Krügen und den Sträußen darin.

»Bist du bereit?«, fragt sie.

Utu'wv Ecoko'nesel zeigt ihr, wie man die Katzenkralle benutzt, um Fieberanfälle zu behandeln. Gemeinsam trennen sie ein fingerlanges Stück ab und schneiden es in kleine Stücke, darauf achtend, dass die hackenförmigen Dornen an den Stängeln nicht in ihre Hände stechen. Eine Schwarze Frau mit kantigem Gesicht bringt Pétronille heißes Wasser. Hinter ihr imitiert Hélène die Rufe des Eichhörnchens, ihr Bruder ist hinten im Raum, in sicherem Abstand zu dem Tier, und zeichnet. Utu'wv Ecoko'nesel ist erleichtert, dass ihre Hände etwas zu tun haben. Pétronille sagt fast nichts mehr, begnügt sich damit, ihre Handgriffe nachzuahmen, manchmal innezuhalten, um zuzuschauen, wie sie Pflanzen in den Topf gibt und sie bis auf ein Drittel einkocht. Die Erklärungen fallen Utu'wv Ecoko'nesel leicht. Ein Zeichen mit dem Kopf genügt, um Pétronilles stets klare und präzise Fragen zu beantworten. Ja, der Kranke muss den Trank auf leeren Magen einnehmen. Nein, er darf nicht mehr als einmal täglich verabreicht werden.

Als Utu'wv Ecoko'nesel am Abend nach Hause geht, erwähnt ihre Schwester Pétronille mit keinem Wort. Lv'vlk Lac'kup sagt auch am nächsten Tag nichts, und auch nicht am übernächsten. Sie tut so, als würde Utu'wv Ecoko'nesel den Tag in Tioux und im Mehldorf verbringen, um ihre Hilfe den Kriegern und Alten zuteilwerden zu lassen, und Utu'wv Ecoko'nesel dankt insgeheim Vhvl' Kutnuf, die mit ihr gesprochen haben muss. Lv'vlk Lac'kup vergisst vielleicht oft, wo ihr Platz als Frau ist, aber sie respektiert die Entscheidungen ihrer Tante.

Anfangs beziehen sich Vhvl' Kutnufs Fragen nur auf die Heilmittel, die Utu'wv Ecoko'nesel mit Pétronille zubereitet. Ihre Tante nickt, lässt die Tätowierungen unter ihrer nachgiebigen Haut tanzen, wenn sie ihren Arm tätschelt. Sie lächelt, wirkt aber abwesend. Eines Tages fragt sie, ob im französischen Dorf Spannungen zu spüren seien. Utu'wv Ecoko'nesel denkt an die Häuser im Innern der Häuser, an Hélène, die ihr Haar befingert, an die Stille, die entsteht, sobald sich Pétronille ans Werk macht. An ihren Mann, der heute hinter ihr stehen geblieben ist und ihre Handgriffe beobachtet hat, bis sie erstarrte. Sie kommt zu dem Schluss, dass Vhvl' Kutnuf auf etwas anderes anspielt. Sie verneint, und für einen kurzen Moment entspannt sich das Gesicht ihrer Tante.

*

Der Speicher des Dorfes ist fast vollständig mit Mais gefüllt, an dem Tag, als Utu'wv Ecoko'nesel zu Pétronille geht und nur Émile am Tisch im Wohnzimmer vorfindet. Bei ihren letzten Besuchen hat sie Pétronille gezeigt, wie man die dreiblättrige Liane gegen Krämpfe einsetzt, die bei

Vollmond auftauchen, wobei sie Hélène ein paar Nüsse der Pflanze für ihr Eichhörnchen schenkte und den Rest zum Kochen in ihren Korb warf. Sie hat ihr gezeigt, wie man die Rinde kauen muss, die Pétronille »Schlangenholz« nennt, um Zahnschmerzen zu lindern. Wie man die Amberbäume, die neben dem Haus emporragen, nutzt, um einen Balsam herzustellen, der Wunden und Magengeschwüre heilen kann. Wie man Schlangenwurzel kocht und sich mit dem Wasser den Kopf wäscht, um so lange Haare zu haben wie sie. Pétronille spricht endlich ihren Namen richtig aus – ihre Kinder haben beschlossen, sie einfach »Oodoo'wah« zu nennen. Sie sind nie weit weg: Hélène spielt mit ihrer Stoffpuppe, Émile zeichnet an seinem kleinen Tisch. Aber heute ist Pétronille nicht da. Als Utu'wv Ecoko'nesel den Jungen fragt, wo seine Mutter sei, deutet er mit seinem tintenverschmierten Finger zur Tür. »Draußen«, verkündet er.

Das Wort summt in ihrem Kopf, als sie sich auf die Suche macht. Das Harz bleibt an ihren Füßen kleben, und die Zapfen stechen ihr in die Fersen. Bienen schwirren durch die warme Luft, ihre gedrungenen, flaumigen Leiber kriechen über die Blüten, die Blätter biegen sich unter ihrer Last. Sie merkt, dass sie schneller geht als gewöhnlich. Sie hat Pétronille noch nie woanders gesehen als im Haus. Die Vorstellung von ihr draußen, allein, macht sie nervös.

Sie entdeckt sie rasch. Auf der anderen Seite des Tabakfelds, am Waldrand, hebt sich ihr strahlend gelbes Kleid deutlich vom leuchtenden Grün des noch hoch stehenden Grases ab. Sie kniet zwischen gewaltigen Wurzeln und bearbeitet die Rinde eines Maulbeerbaums. Ihr Haar ist zerzaust, ihr Rücken dunkel vom Schweiß. Utu'wv Ecoko'nesel hat sie noch nie so gesehen.

»Du bist da«, stellt Pétronille bei ihrem Anblick fest.

Utu'wv Ecoko'nesel wird auf einmal so wütend, dass es ihr den Atem verschlägt. Natürlich ist sie da. Pétronille ist diejenige, die man fragen sollte, was sie hier draußen, in dieser Welt, die nicht die ihre ist, zu suchen hat. Sie nähert sich ihr. Als sie die roten Ameisen über das gelbe Kleid krabbeln sieht, verschwindet die Wut so schnell, wie sie gekommen ist. Pétronille lächelt sie immer noch an, sie ahnt nichts von den Wassermokassinottern, den Schwarzen Witwen und den Klapperschlangen, die sie beißen könnten. Sie kann so viel herumstreunen, wie sie will – die Prärie würde sie nie akzeptieren. Sie zuckt zusammen, als Utu'wv Ecoko'nesel die Insekten mit dem Handrücken wegwischt.

»Danke«, sagt Pétronille. »Ich habe sie nicht gespürt.«

Wie solltest du auch, unter all den Röcken?, denkt Utu'wv Ecoko'nesel. Doch sie sagt nichts. Zwei große Eidechsen winden sich zwischen den Dornen einiger dicker Ranken hindurch. Sie steht auf, und Pétronille tut es ihr gleich, schüttelt die Erde von ihrem Rock.

»Was machst du?«, fragt Utu'wv Ecoko'nesel.

Der Baum ist zerkratzt, als hätte ein Tier seine Krallen daran gewetzt.

»Ich habe Rinde gesammelt.«

»Mit deinen Händen?«

Pétronille errötet und lacht auf, der Klang überrascht sie.

»Weißt du«, fährt Pétronille fort, »zu Hause hatte ich viele Werkzeuge zum Gärtnern.« Sie schaut sich um, als würde sie sie hier finden können. »Aber ich konnte sie nicht mitnehmen.«

»Warum?«

»Man hat es mir nicht gestattet.«

Zu ihren Füßen krabbeln Termiten einen verfaulten Stamm hoch. Der Gedanke, dass Pétronille zu irgendetwas gezwungen werden kann, ist neu für Utu'wv Ecoko'nesel. In ihrer Anwesenheit hat sie, wenn ihr Mann nicht da war, nie gegen ihren Willen gehandelt. Das Gesicht von Monsieur Ducros drängt sich mit verstörender Genauigkeit in ihre Gedanken.

»Wo hast du vorher gewohnt?«, fragt sie Pétronille.

Diese scheint kurz irritiert.

»Sehr, sehr weit weg von hier«, sagt sie schließlich. »Jenseits des Ozeans.«

Utu'wv Ecoko'nesel hat von dem nie endenden Wasser gehört, aber es noch nie mit eigenen Augen gesehen. Sie kennt nur das unruhige Grün der Flüsse, ihre Strömung, die alles mit sich reißt – Pirogen, Krokodile, manchmal ganze Uferteile. Sie macht sich selten Gedanken über das Land, in dem das Weiße Volk geboren ist. Für sie sind diese Männer und Frauen einfach eines Tages mit ihren Pferden und Krankheiten, ihren Gewehren und Sklaven aufgetaucht und nie wieder gegangen.

»Ist dieses Land reich an Fisch und Wild?«, fragt sie.

Pétronille nickt.

»Es gibt dort auch schöne Blumen.«

»Warum bist du gegangen?«

Sie dachte nicht, dass sie ihr diese Frage stellen würde, aber sie merkt, dass sie es wissen will. Mit ihren erdverkrusteten Nägeln kratzt Pétronille an einem Stück Rinde, fährt mit den Fingerkuppen über ein spitzes Ende.

»Ich hatte nicht wirklich die Wahl«, räumt sie nach einer Weile ein.

Utu'wv Ecoko'nesel runzelt die Stirn. In diesem Augenblick kann sie sich nicht vorstellen, was ihre Schwester

Pétronille antworten würde. Wenn die Franzosen nicht entschieden haben, ihr Land zu verlassen, weiß sie nicht, was sie mit der Wut, die sie auf sie hat, tun soll – mit diesem Volk, das sich auf ihrem Land niedergelassen hat, das beschlossen hat, dass die Prärie einen Anfang und ein Ende hat, dass sie zerstückelt und verteilt werden kann.

»Hat dein Mann entschieden, hier zu leben?«, fragt sie. Dieses Mal stellt Pétronilles Antwort sie zufrieden.

»Ja«, sagt sie. »Er ist aus freien Stücken hier.«

*

In den darauffolgenden Tagen kann Utu'wv Ecoko'nesel nicht anders, als Pétronille mit anderen Augen zu sehen. Unter dem Maulbeerbaum führte sie ihre Handgriffe zum ersten Mal durch, ohne die Stimme von Lv'vlk Lac'kup zu hören – eine Stimme, die, wie sie nun begreift, immer auch ein wenig ihre gewesen ist. Sie reichte Pétronille ihr kleines Messer und führte ihre Hand am Stamm entlang, richtete die Klinge so aus, dass sie ebenso leicht hineinglitt wie in einen Laib frischen Brotes, damit das Holz, das sie mitnahm, dünn und glatt wäre. Nun, da sie erfahren hat, dass Pétronille für ihre Anwesenheit in der Prärie nicht allein verantwortlich ist, kosten sie die Besuche weniger Überwindung. Es fällt ihr leichter, das Wissen zu teilen, das im Großen Dorf hätte bleiben sollen.

Für die Weiße, die sie ein paar Tage später bei den Ducros trifft, hegt sie nicht die gleichen Gefühle. Auch diese Französin ist ihr nicht ganz unbekannt: Ihr hatte Utu'wv Ecoko'nesel ein Mittel gegen Rückenschmerzen gebracht, an dem Herbstnachmittag, als sie Pétronille zum ersten Mal sah. Marie, wie Pétronille sie nennt, hat eine autoritäre Stimme, mit der sie mit ihren beiden Töchtern schimpft, und bewegt sich so ruckartig, dass sie die wenigen Kleider, die sie für Pétronilles Kinder genäht hat, beinahe durch die Luft segeln lässt. Sie schenkt Utu'wv Ecoko'nesel keine Beachtung. Sie wiegt ihr Baby, einen Jungen, spricht leise über Spannungen mit den »Wilden«, über ihren Mann, der nach Frankreich zurückwill. Sie erzählt, dass ihr Nachbar, ein Bauer, letzte Woche erneut drei Kühe verloren hat. »Die Natchez sind in seinem Feld aufgetaucht und haben sie abgeschossen«, sagt sie, noch leiser. Utu'wv Ecoko'nesel runzelt wider Willen die Stirn. Sie hat oft gehört, wie sich die Franzosen über gestohlenes, verlorenes, getötetes Vieh beschweren, aber wie soll man die Grenzen ihrer Ländereien erkennen? Nicht alle Bisons gehören ihnen. »Sie denken sich bestimmt nichts Böses dabei«, merkt Pétronille an, und Marie entfährt ein unangenehmes Glucksen. »Ich bin nicht überrascht, dass du in ihrem Fall auf der Unschuldsvermutung bestehst«, sagt sie, und Utu'wv Ecoko'nesel spürt den Blick dieser schrecklichen Frau auf sich.

Sie richtet ihre Aufmerksamkeit auf die verstreuten Sumach-Blätter unter ihrer Handfläche, auf die Kinder, die neben dem Tisch flüstern – jede Entschuldigung ist recht, um diesen Gesprächen zu entkommen, bei denen ihr eiskalt wird. Maries Älteste kniet neben Émile, beide beugen sich über ein großes Blatt Papier, ignorieren das Gespräch der Frauen. Maries Tochter wirkt ein wenig jünger als Pétronilles Sohn, doch sie ähneln sich so sehr, ihre Gesichtszüge sind so anders als die ihrer Mütter, dass Utu'wv Ecoko'nesel beinahe den Eindruck gewinnt, Pétronilles Mann sei da, unter ihnen.

Er kommt später am Nachmittag, wie immer elegant gekleidet. Er grüßt Marie nicht, und auch sie schenkt ihm keine Beachtung. Er fragt die Kinder, was sie malen. Als er durch den Raum geht, verstummen Pétronilles und Maries Stimmen. Monsieur Ducros bleibt erneut hinter Utu'wv Ecoko'nesel stehen.

Sie erstarrt. Seine Kleidung verströmt den Geruch von Tabak, und sie erkennt noch einen weiteren, einen bitteren Duft, der im Hals kratzt. Sie spürt, wie er sich hinter ihr bewegt. Ihr Atem wird langsamer, als wäre noch Zeit, sich zu verstecken.

»Es fehlt noch Spanisches Moos, oder?«, fragt auf einmal Pétronille.

Utu'wv Ecoko'nesel wirft ihr einen dankbaren Blick zu. Für den Breiumschlag benötigen sie nur Sumach-Blätter, aber Pétronilles Worte brechen die Spannung, versetzen den Mann in Bewegung. Er entfernt sich von ihr, läuft über die langen Sonnenstrahlen in der Mitte des Raums und beugt sich zu seiner Frau. Als er sie auf die Stirn küsst, hält Pétronille die Augen geschlossen.

*

Als Utu'wv Ecoko'nesel am nächsten Tag die Tür der Ducros verschlossen vorfindet, fragt sie sich, ob sie Pétronille erneut draußen suchen muss, wie einen halben Mond zuvor. Die Luft ist feucht, sie niest und klopft noch einmal. Der Regen trommelt auf das Dach, tropft von ihrer Tunika, läuft ihren Nacken entlang. Als ein Schwarzes Mädchen ihr öffnet, hört sie das Geschrei im Haus. Utu'wv Ecoko'nesel zuckt zusammen, als sie Monsieur Ducros Stimme erkennt, aber abgesehen von der jungen Frau vor ihr ist der Hauptraum leer.

»Madame möchte, dass du ohne sie anfängst«, sagt diese und verschränkt die Arme.

Sie hat schmale Lippen und eine kleine Narbe, dort, wo ihre Haube an ihrer Schläfe liegt. Sie wirkt, als wäre ihr unbehaglich, und auch Utu'wv Ecoko'nesel weiß nicht recht, wie sie sich ihr gegenüber verhalten soll – hier, in diesem Haus, das sie verlassen kann, wann immer sie will, während es dieser Frau niemals erlaubt sein wird. Die Sklaven, die sie im Großen Dorf gesehen hat, waren Feinde ihres Volkes, ihre Freiheit der Preis, den sie zahlen mussten, weil sie die Sonnen herausgefordert und verloren hatten. Aber sie hat nichts von einem Krieg zwischen dem Schwarzen und dem Weißen Volk gehört. Alles, was sie sieht, sind Schwarze Menschen, die versklavt wurden und gezwungen werden, auf den Tabak- und Weizenfeldern zu schuften, während die Franzosen auf die Früchte ihrer Arbeit warten.

Utu'wv Ecoko'nesel setzt sich an den Tisch, der heute nah an den Kamin gezogen wurde. Draußen lässt der Regen den Garten grau wirken. Das Schwarze Mädchen ist gerade in der Küche verschwunden, als erneut die Stimmen zu hören sind. Dieses Mal erkennt sie die von Pétronille, aber sie spricht unverständlich leise. Sie nimmt ein Stück Schlangenholz und schabt die Rinde ab, die Augen auf die kurze, matte Klinge ihres Messers gerichtet.

Beinahe schneidet sie sich, als sie im Nebenraum einen dumpfen Schlag vernimmt. Sie legt ihr Messer neben den hellen, halb geschälten Stock. Sie macht sich Sorgen um Pétronille, aber vor allem um sich selbst. Als sie gerade beschlossen hat zu gehen, sind Schritte zu hören, dann gedämpft das Zuschlagen der hinteren Tür.

Kurz darauf erscheint Pétronille. Ihre Wangen sind rot, ihr Haar unordentlich. Sie hält eine kleine gesprungene Schatulle mit zerbrochenem Schloss in den Händen.

»Was ist los?«, fragt Utu'wv Ecoko'nesel.

Pétronille fährt sich nur mit der Hand übers Gesicht. Sie lässt sich in einen Sessel am Kamin fallen. Durch das Fenster sieht Utu'wv Ecoko'nesel Monsieur Ducros, der die Zügel seines Pferdes packt, das Leder des Sattels ist dunkel vom Regen. Erleichtert hört sie, wie das Tier davontrabt.

»Er hat sie weggeworfen«, sagt Pétronille.

»Was hat er weggeworfen?«

Pétronille schaut auf den kaputten Deckel, betrachtet dann wieder das Feuer. Utu'wv Ecoko'nesel setzt sich neben sie und wiederholt ihre Frage.

»Meine Samen«, antwortet Pétronille. »Die aus La Rochelle.« Sie schüttelt den Kopf, tupft sich das feuchte Gesicht ab. Dann ändert sich ihr Gesichtsausdruck, ein trauriges Lachen entfährt ihr. »Ich habe sie vor so langer Zeit bestellt, dass ich dachte, sie würden nie eintreffen. Es wäre wohl besser gewesen, sie wären auf dem Weg verloren gegangen.«

Sie stellt die Schatulle an ihre Füße.

»Warum sollte er so etwas tun?«, fragt Utu'wv Ecoko'nesel.

»Warum nicht?«

Das Feuer spuckt winzige Glutstückchen aus, die erlöschen, sobald sie den Boden berühren. Man kann mehr verlieren als ein paar Samen, denkt Utu'wv Ecoko'nesel. Sie hat überhaupt keine Lust, den Nachmittag hier zu verbringen – sie will bei Monsieur Ducros Rückkehr auf keinen Fall hier sein. Sie steht auf, nimmt einen Bund Stechwinde, räumt den Tisch frei. Als Pétronille das Wort ergreift, lässt sie das Feuer nicht aus den Augen.

»Er hätte meine Post verbrannt, wenn ich ihn nicht aufgehalten hätte«, sagt sie. »Meine Freundin Geneviève hat mir geschrieben. Ihr Mann ist tot.«

Utu'wv Ecoko'nesel hat keine Ahnung, von wem sie spricht, und es ist ihr egal, wer diese Geneviève ist. Aber Pétronille ist endlich zu ihr an den Tisch gekommen, wirkt ruhiger. Sie unterbricht sie nicht.

»Sie steht kurz davor zu heiraten, zum dritten Mal«, erklärt Pétronille.

Sie zupft die Blätter von den Stängeln, erzählt weiter von dieser anderen Französin, und Utu'wv Ecoko'nesel versteht nur ein paar Wörter – »Pech«, »arme Frau«, »gewalttätig« –, die ihr einen ungefähren Eindruck von dem Unglück vermitteln, das die Unbekannte verfolgt. Sie erkundigt sich nach dem neuen Verlobten, aber nur, weil Pétronille zu erwarten scheint, dass sie etwas sagt.

»Er kann nicht schlimmer sein als der letzte«, antwortet sie.

Sie arbeitet schweigend, und Utu'wv Ecoko'nesel tut es ihr gleich. Sie denkt an die Heirat ihrer Schwester, an den Maiskolben und den Lorbeer, die ihre Mutter ihr geschenkt hat, an die Matten, die man an die Wände geschoben hatte, um bis zum Morgengrauen zu tanzen. Sie versteht Pétronilles finsteren Gesichtsausdruck nicht gleich, dann fällt ihr wieder Monsieur Ducros ein. Die Luft im Haus erscheint ihr mit einem Mal erdrückend.

»Hast du noch andere Pflanzen aus Frankreich?«, fragt sie.

Dieses Mal lächelt Pétronille.

»Ja«, sagt sie und blickt aus dem Fenster. Der Regen hat fast aufgehört, es tropft von den Blattspitzen. »Komm mit.«

Sie führt sie in einen Teil des Gartens, den Utu'wv Ecoko'nesel noch nicht gesehen hat. Draußen fällt ihr das Atmen gleich leichter. Es ist ein kühler, diesiger Spätnachmittag, die rote Erde nach den Regenfällen des Tages flüssig. Ein Specht klopft gegen den Stamm einer Ulme, Spatzen flattern mit aufgeregtem Zwitschern, als sie näher kommen. Zwischen den Fenstern ranken Blumen die Fassade empor. An der Länge ihrer Stängel errät Utu'wv Ecoko'nesel, dass sie in der warmen Jahreszeit die ganze Wand bedecken müssen. Sie betrachtet die Blütenblätter, die breiter werden, je weiter sie sich vom Stempel entfernen. Ihre Form ist ihr nicht fremd, sie glaubt sogar sich zu erinnern, dass die ihr bekannte Art gegen Ruhr angewendet werden kann. Aber sie hat sie noch nie in dieser Farbe gesehen, ein grünlich schimmerndes Weiß.

»Wenigstens ist er meine Rosen nicht losgeworden. Ich wusste nicht, ob die Blumen hier überleben, aber sie sind gleich in die Höhe geschossen.«

Utu'wv Ecoko'nesel wirft ihr einen Blick zu: Pétronille schaut mit verschränkten Armen die Mauer an. Ihr Haar plustert sich in der feuchten Luft auf, ihre Augen sind noch tränenverquollen, aber sie wirkt nicht mehr so unglücklich.

»Ohne dich hätte ich nie erfahren, dass man durch Pflanzen gesund werden kann«, wirft sie ein.

Utu'wv Ecoko'nesel spürt, wie sie rot wird. Sie will nicht, dass Pétronille es bemerkt, und wendet sich wieder dem Haus zu.

»Wozu sind sie gut?«, fragt sie rasch.

»Das wird dir nicht gefallen«, antwortet Pétronille. »Sie sind nur zum Anschauen da.«

Der satte Duft der Rosen mischt sich mit dem Geruch der regennassen Erde. Utu'wv Ecoko'nesel geht näher, streicht über die Blüten, die so weich sind wie Katzenpfoten. Es sind vielleicht die einzigen Blumen aus Frankreich, die sie je berühren wird, und sie fragt sich, wie viele Arten ihr unbekannt bleiben werden. Sie wird sterben, bevor sie alle Pflanzen der Prärie kennen wird. Der Gedanke ist flüchtig, undeutlich. Wie verrückt muss man sein, um sich danach zu sehnen, was sich dem eigenen Blick entzieht? Utu'wv Ecoko'nesel setzt ihre Finger kurz unter einer Knospe an, meidet die Dornen, zieht ruckartig.

»Vielleicht sind sie zu etwas gut«, sagt sie, »wir wissen es nur noch nicht.«

*

Die Zeit des Großen Maises geht zu Ende. Jeden Winter erinnern die ersten langen Nächte Utu'wv Ecoko'nesel an die Abende in ihrer Kindheit, wenn ihre Familie bei Sonnenuntergang zusammenkam und ihre Mutter ihnen am Feuer Geschichten erzählte. Nun hat ihre ältere Schwester dies übernommen. Der Rauch weht an ihrem Gesicht und denen der Kinder vorbei, aber die Erzählungen haben sich verändert. Heute Abend spricht sie über einen Mann aus dem Mehldorf, der im Gefängnis gelandet ist, nachdem man ihm vorgeworfen hat, die Piroge eines Franzosen gestohlen zu haben – als ob man Boote nicht mehr verleihen könnte, als ob nicht die weißen Männer die wahren Diebe wären. Utu'wv Ecoko'nesel lauscht und sieht zu, wie der Ball ihrer Neffen vorbeirollt. Piniennadeln treten aus der Rehlederhülle aus, verteilen sich auf der Matte, und sie fragt sich, wie lange sie noch damit werden spielen können.

Sie erzählt Pétronille von dem Franzosen, der einen von ihnen eingesperrt hat, und Pétronille runzelt die Stirn.

»Eine Schande«, sagt sie. Sie senkt den Blick. »Das wusste ich nicht.«

Am Tag darauf steht die Sonne bereits tief, als Utu'wv Ecoko'nesel die Straße zum Großen Dorf entlanggeht. Die Grillen sind verstummt. Sie will in den Wald gehen, bleibt aber stehen, als sie Schritte im Laub hört. Ein Kardinal stimmt seinen traurigen Gesang an. Utu'wv Ecoko'nesel dreht sich um. Über ihre Schulter hinweg sieht sie die Häuser, die verstreut zwischen den Feldern stehen, die sie eben überquert hat, vor ihr steht der Wald in seinem ewigen Dämmerlicht. Ein Moskito sticht ihr in den Knöchel, sie schiebt sich zwischen die Bäume, bindet ihr Haar zusammen, damit es nicht an den Lianen hängen bleibt. Sie ist noch weit vom Großen Fluss entfernt, als erneut Schritte zu hören sind. Sie überlegt, nach links zu gehen, zum Wasser zu eilen, in der Hoffnung, dass die Fischer noch da sind. Sie geht Richtung Fluss und merkt gleich, dass sie es nicht schaffen wird. Das Geräusch kommt näher, demjenigen ist es egal, ob er die Binsen knirschen lässt. Vor ihr flüchten zwei wilde Katzen, ein Papagei fliegt mit einem wütenden Krächzen davon.

Sie hat nicht einmal Zeit loszurennen. Pétronilles Mann steht bereits vor ihr, umfasst ihre Handgelenke. Im blassen Licht scheint das Weiß in seinen Augen noch heller. Er packt ihren Kiefer, und sie atmet seinen bitteren Atem ein, hört ihn etwas über wilde Mädchen säuseln, dann gehen die Wörter im Gesang des Kardinals unter.

Eines Tages hat Vhvl' Kutnuf Utu'wv Ecoko'nesel die Geschichte eines Dummkopfes erzählt, der beschlossen hatte, allein auf Bärenjagd zu gehen. Er hatte geschossen, um das Tier aus einem hohlen Baumstamm zu treiben, überzeugt, er wäre schnell genug, um seinen Bogen zu nehmen. Vhvl' Kutnuf hatte sich zu voller Größe aufgerichtet, um den Bären zu imitieren, der sich auf den Krieger gestürzt hatte. Als Pétronilles Mann sie zu Boden wirft, wehrt Utu'wv Ecoko'nesel sich nicht. Sie weiß, dass sie keine Chance hat. Sie konzentriert sich auf ihre Wut, so hart und schneidend wie das Schilfgras, das ihr unter dem Gewicht des Mannes den Rücken aufschneidet.

Über ihr steigen Rauchschwaden in den Himmel, schweben grau und leicht zwischen den Wolken. Das weiße Volk hat begonnen, die Prärie zu verbrennen.

*

Utu'wv Ecoko'nesel war bereits mit Jungen zusammen, junge Männer, die sie sorgfältig bei den Tänzen des Großen Dorfes auswählte und im Morgengrauen an sich zog. Es gefiel ihr, ihren schneller werdenden Atem am Hals zu spüren, wie ihre Hände von ihrer Hüfte zu ihrem Hintern wanderten. Es waren oft einfache Burschen in ihrem Alter. Sie hat ihnen nie Kinder geschenkt. Wie alle noblen Frauen würde sie eines Tages einen Mann des Volkes heiraten. Welchen, war nicht wichtig. Sie würde Babys mit Haaren so dunkel wie die Rinde des Nussbaums gebären, die eines Tages Sonnen würden. Nach ihr würden ihre Töchter und Enkeltöchter die Ahnenreihe der führenden Familie fortsetzen; ihre Söhne und Enkelsöhne würden nur für die Dauer eines Lebens herrschen, ihr Adel war dazu bestimmt, mit ihnen zu sterben.

Sie überrascht sich bei der Frage, ob die blauen und roten Kleider von Pétronille Verletzungen verdecken wie die auf ihrem eigenen Rücken, wo das Schilf ihre Haut aufgekratzt hat. Utu'wv Ecoko'nesel verbirgt sie unter ihrem Haar. Sie benutzt Hamamelis-Blätter, damit sie nicht gelb und violett werden, aber sie bittet keine der anderen Frauen, ihr beim Auftragen der Salbe zu helfen. Sie kehrt nicht zu den Ducros zurück. Sie erzählt niemandem, was im Wald vorgefallen ist, nicht einmal ihrer Tante. Kurz überlegt sie, sich Lv'vlk Lac'kup anzuvertrauen. Aber bei dem Gedanken schämt sie sich – wenn sie auf ihre Schwester gehört hätte, wäre das alles nicht geschehen. Nachts liegt sie wach unter der Bisonwolle, den Blick auf das ausglühende Feuer gerichtet. Sie lauscht dem Atem ihrer schlafenden Neffen, dem Flügelrascheln einer Eule. Sie fragt sich, ob die Bilder sie eines Tages loslassen werden.

Sie bereitet ihre Tränke zu, denkt an Pétronille. Sie weiß nicht, ob ihr die Nachmittage in ihrer Gesellschaft fehlen – oder vielleicht nur die unerwartete Freude daran, ihr Wissen weiterzugeben, Pétronilles friedvolle, aufmerksame Art. Aber Utu'wv Ecoko'nesel hat eine neue Angewohnheit. Jedes Mal, wenn sich ihr in Gedanken die weißen Augen aufdrängen, konzentriert sie sich auf Pétronille. Sie redet sich ein, dass sie diejenige ist, die Trost braucht, die gezwungen ist, Mond für Mond, Winter für Winter mit diesem Mann zusammen zu sein.

*

Einen halben Mond nach der Nacht im Wald begleitet Utu'wv Ecoko'nesel ihre Schwester zum Kleinen Fluss. Die beiden jüngeren Söhne von Lv'vlk Lac'kup sind drei und vier Winter alt, groß genug, um im Wasser zu spielen, aber nicht, um dem Ältesten zu folgen, der ihrem großen Bruder und den anderen Kindern das Schwimmen beibringt. Sie laufen hintereinander durch die perlmuttweiße Dämmerung, heben die Kinder über die buschigsten Farne. Gestern sind sie den gleichen Weg gegangen. Utu'wv Ecoko'nesel wollte nicht ins Wasser, sie wollte ihren verletzten Rücken nicht zeigen. Aber Lv'vlk Lac'kup hatte darauf bestanden. Und als sie nachgab, wurde ihr bewusst, dass ihre Schwester immer Bescheid gewusst hatte. Sie sagte nichts beim Anblick ihrer Wunden. Sie legte ihre Hand auf die Narben, wie um sie auszulöschen. Sie nahm sie in die Arme, und so blieben sie lange regungslos stehen, während ihre Gestalten sich auf dem hellen, ruhigen Wasser des Flusses spiegelten.

Es ist milder als gestern. Utu'wv Ecoko'nesel trägt ihre liebste Tunika, die mit den Stickereien aus rotem Faden, die sie auffalten darf, sobald die Bäume ihre Blätter verlieren und die Tage kürzer werden. Sie hält die Hände der Jungen fest in ihren. Zum ersten Mal seit Langem fühlt sie sich leicht. Die Welt ist so, wie sie sie immer gekannt hat. Die Wurzeln rollen unter ihren gewölbten Fußsohlen, die morgendliche Brise streift zwischen ihren Knöcheln hindurch, die Truthähne flüchten vor ihren eiligen Schritten. Wie in ihrer Kindheit geht ihre Schwester voran – ihre Mutter lief stets hinten, um ihre fünf Kinder im Blick zu haben. Auf diesem Pfad könnte sie beinahe glauben, dass sie den Fluss und die Prärie nie verlassen hat.

Dann bleibt ihre Schwester stehen. Hinter dem Zypressenwäldchen sind Stimmen zu hören, und als sie zum Fluss kommen, schaut sie eine füllige Frau an, die ihre Füße ins Wasser taucht, neben sich ein kleines Mädchen.

»Cenko'lo'lo', seid gegrüßt, Sonnenfrauen!«, ruft sie.

Lv'vlk Lac'kup würdigt sie kaum eines Blickes, löst die Beinkleider aus Bisonwolle ihres Sohnes. Dort, wo der Fluss eine Biegung macht, durchsuchen Ibisse mit ihren spitzen Schnäbeln den Schlamm. Allein an den einfachen Gänsefedern, die das Haar der Fremden zieren, erkennt Utu'wv Ecoko'nesel in ihr eine Frau des Volkes.

»Ich habe dich hier noch nie gesehen. Aus welchem Dorf kommst du?«, fragt sie.

Die Frau antwortet erst, als Utu'wv Ecoko'nesel ihre Tunika an einem Holunderstrauch abgelegt hat und Lv'vlk Lac'kup in den Fluss gegangen ist. Die Jungen halten die Luft an, als das Wasser gegen ihre Beine schwappt.

»Weißer Apfel«, antwortet sie, »wo schreckliches Unglück uns ereilt hat.«

Bei diesen Worten blickt Lv'vlk Lac'kup auf.

»Sprich«, ermutigt sie sie.

Utu'wv Ecoko'nesel steigt in den Fluss und geht tiefer hinein, die Strömung drückt sanft gegen ihren Rücken. Sie löst die Schnur aus Maulbeerblättern, die ihr Haar zusammenhält.

»Unsere Sonne ist gestern vom Fort der Weißen wiedergekommen«, erklärt die Frau. »Ihr neuer Häuptling will unser Land in Besitz nehmen, um sein Haus dort zu bauen.«

»Was hat eure Sonne ihm geantwortet?«, mischt sich Utu'wv Ecoko'nesel ein, ohne ihrer Schwester Zeit für eine Antwort zu lassen.

Die Frau spritzt sich Wasser ins Gesicht, reicht ihrer planschenden Tochter die Hand.

»Er hat gesagt, dass unser Volk hier seit mehr Wintern lebe, als Haare in einem Zopf stecken. Aber der Mann ist anders als die übrigen Franzosen. Er gibt unserer Sonne Befehle, als wäre er einer seiner Sklaven. Wo werden wir nur hingehen?«

Utu'wv Ecoko'nesel ignoriert ihre Frage. Trotz des Windes glüht ihr Körper. Ihre Wut wächst, und es ist eine Erleichterung zu sehen, wie sie sich gegen etwas Neues richtet, etwas, was sie mit dieser Frau und Lv'vlk Lac'kup teilen kann. Sie spürt den Blick ihrer Schwester auf sich, aber diese bleibt still, lässt sie die Fragen stellen.

»Wird eure Sonne seiner Forderung nachgeben?«

»Mv'kupok no'kv, vielleicht wird es so sein. Er hat den Mann gebeten zu warten, bis die Erntezeit vorbei ist. Bald wird der Rat zusammenkommen und eine Entscheidung fällen.«

Einer von Lv'vlk Lac'kups Söhnen lacht auf, als ein riesiger Karpfen ihn streift. Der jüngere, vor Kälte zitternd, spielt am Ufer mit den Ohrringen seiner Mutter.

»Weißt du, wann er dem weißen Mann eine Antwort geben wird?«, fragt Lv'vlk Lac'kup.

»Noco, ich weiß es nicht«, seufzt die Frau. »Alle reden von dem schrecklichen französischen Anführer, aber wir wissen nicht, was geschehen wird.«

Sie hebt ihre Tochter hoch, ohne auf deren Protest zu achten.

»Vielleicht sehen wir uns wieder.«

Lv'vlk Lac'kup nickt, und Utu'wv Ecoko'nesel sagt, sie solle auf sich aufpassen. Während sie zusehen, wie sie die Böschung hinaufgehen, wirft ihr ihre Schwester einen vielsagenden Blick zu.

»Es kommt, wie es kommen musste«, sagt sie, und Utu'wv Ecoko'nesel rechnet damit, dass sie über Vergeltung sprechen wird, über Strafe, aber mehr sagt ihre Schwester nicht. Sie nimmt ihren Sohn in die Arme, der seine Hände auf ihre Brüste legt, und geht aus dem Wasser.

Utu'wv Ecoko'nesel bleibt allein im Fluss zurück. Laub treibt an ihr vorbei, wie um ihr den Weg zu zeigen. In den Zweigen einer Zypresse schüttelt sich ein Vogel, und einen Augenblick lang scheinen seine weißen Federn zum Blattwerk zu gehören. Lv'vlk Lac'kup hilft ihren Kindern beim Anziehen. Auf ihrem Gesicht ist keine Spur von Wut zu sehen, aber ein Ausdruck, den Utu'wv Ecoko'nesel so selten bei ihr gesehen hat, dass sie einen Moment braucht, um zu begreifen, dass ihre Schwester Angst hat.

Sie macht einen Schritt vor und taucht unter. Die Kälte erfasst ihren ganzen Körper, löscht ihre Gedanken aus. Sie spürt, wie ihre Haare sich um sie verteilen, der Schlamm unter ihren Schritten aufsteigt wie Staub im Licht. Hier gibt es nicht mehr das kleinste Gefühl, nur dumpfe Vibrationen – ein im Schwemmland hängender Zweig, eine Sardinenschule, die gegen den Strom schwimmt, oder vielleicht ein Glattbutt, der seinen ovalen Leib krümmt. Utu'wv Ecoko'nesel sieht nichts. Sie hält die Augen geschlossen, lässt zu, dass das Wasser sie abkühlt. Sie schwimmt immer weiter, dorthin, wo der Fluss zu schnell fließt, um irgendjemandem zu gehören.

*

Eine ihrer eindrücklichsten Erinnerungen ist vier Winter alt: Bald würde es die ersten Pfirsiche geben, flaumig und süß, und sie den Beginn ihrer liebsten Jahreszeit verkünden. Der Sonnenuntergang wollte nicht enden, sie kniete auf dem Hauptplatz, zerstieß Muschelschalen und mischte sie mit Erde, wie ihre Mutter es ihr beigebracht hatte. Sie hieb auf den Boden des Tontopfes ein, der herbe Geruch des Flusses stieg von ihren Händen auf. Dann wurde sie von einem Schrei unterbrochen. Die Kinder hörten auf, ihrem Ball hinterherzulaufen. Die Frauen hoben die Köpfe, die Hände schwebten über den Töpfen mit Fischleim. Die Männer standen auf, ließen ihre noch rohen Bögen liegen.

Der Himmel war verschwunden. Oder vielmehr wurde er von drohenden grauen Wolken niedergedrückt, die so eng zusammenstanden, dass man sie für aneinandergestickt halten konnte. Plötzlich zog sich das Licht ganz zurück, dann wurden die Konturen der Wolken heller, als hätte man sie mit Goldfäden gesäumt. Als die Sonne kurz über dem Horizont wieder auftauchte, in die Enge getrieben, warf sie einen tiefroten Schein auf die Gewitterwolke und überließ alles andere der Dunkelheit. Woran Utu'wv Ecoko'nesel sich am besten erinnert, ist die Stille, die sich vor dem dahinsiechenden Himmel deutlich abzeichnenden Gestalten, das Gemisch, das zwischen ihren Fingern trocknete – und, als die Nacht hereingebrochen war, die Ältesten, die den zornigen Stern als Zeichen dafür sahen, dass ihrem Volk eine dunkle Zeit bevorstand.

*

Utu'wv Ecoko'nesel gibt ihrer Tante weiter, was die Frau am Fluss gesagt hat, und das Gesicht von Vhvl' Kutnuf verschließt sich. Sie ignoriert die Fragen ihrer Nichte, geht wortlos zur Behausung von Große Sonne. Bis zum nächsten Vollmond hört Utu'wv Ecoko'nesel nichts mehr von dem französischen Anführer. Und doch spürt sie, dass die Atmosphäre sich verändert hat. Als sie etwas von dem schläfrig machenden Plattholz holt, um dem unruhigen Neugeborenen ihrer Nachbarin zu helfen, erzählt ihr ein Mädchen, dass die Frauen in ihrem Dorf die Anweisung erhalten haben, Essen vorzubereiten. An einem kalten Abend, als sie aus den ersten Kakis Brot macht, sieht sie Große Sonne über die geflochtenen Matten, die von seinen Männern auf den Boden gelegt wurden, vom Tempel zurückkommen. Sein Gesicht wirkt angespannt, unglücklich. Er sieht noch jünger aus als siebzehn. Zwei Nächte später schließen sich die Häuptlinge und ihre Krieger bei ihm ein, keine der Sonnenfrauen wird hinzugebeten, nicht einmal Vhvl' Kutnuf. Utu'wv Ecoko'nesel schaut zu, wie ihre Tante nervös mit den Reihen ihrer Perlmuttkette spielt.

Die Bewohner des Großen Dorfes legen sich bereits Rehfelle um und zünden große Feuer an, als Vhvl' Kutnuf sie eines Tages bittet, sie ans Lager ihrer fiebernden Cousine im Mehldorf zu begleiten. Mit dem Korb in der Hand folgt sie ihrer Tante durch die Prärie. Die blauen Ohrringe, die ihrer Mutter gehört haben, streifen bei jedem Schritt ihren Hals. Vhvl' Kutnuf geht langsam, eine Hand auf ihre Schulter gelegt. Abgesehen von einem Eichhörnchen begegnen sie nichts und niemandem, die Tiere flüchten bereits vor dem Winter unter die Erde.

»Pe-etce, setz dich«, erklärt Vhvl' Kutnuf endlich und bleibt bei den ersten Felsen des Kleinen Flusses stehen.

Utu'wv Ecoko'nesel spürt ihren Rock über den kalten Stein streifen.

»Ich habe dich an einen Ort geführt, an dem uns niemand hört«, beginnt ihre Tante. »Hör mir gut zu, es wird Krieg geben, und er wird schlimmer als alle, die wir bisher gekannt haben.«

Sie hat ihr Bestes gegeben, sie während der vergangenen Auseinandersetzungen zu schützen, Utu'wv Ecoko'nesel kann sich kaum an sie erinnern – Männer, die durch die

Hand eines Weißen getötet wurden, Kalumets, die die Franzosen anschließend gern geraucht haben. Die Dörfer Grigra, Jenzenaque und Weißer Apfel waren daran beteiligt gewesen. Nichts davon ist bei ihr zu Hause geschehen.

»Große Sonne ist noch jung und unwissend, und er hat versucht, sein Vorhaben vor uns zu verbergen, vor uns allen. Sogar vor mir, seiner Mutter.«

»Werden wir die Franzosen angreifen?«, fragt Utu'wv Ecoko'nesel.

Die Wut kehrt zurück, dieses Mal schwächer. Vhvl' Kutnuf scheint sie nicht zu hören. Ihre Augen sind mit Tränen gefüllt.

»Kokenesv, mein Sohn«, fährt sie fort, »der ohne meine Milch tot wäre, der ohne mich keine Sonne wäre, hat mich angelogen. Aber am Ende hat er mir die Wahrheit gesagt. Genau hier, auf diesem Felsen, zu dem ich dich geführt habe.« Sie ballt die Hände in ihrem Schoß. »Der französische Anführer will das Land des Weißen Apfels. Seine Forderung hat die Sonne des Dorfes wütend gemacht, und sie hat alle anderen Häuptlinge, meinen Sohn eingeschlossen, von seinem schrecklichen Plan überzeugt.«

Sie spricht schnell, mit zusammengepressten Zähnen, erklärt, dass der Rat beschlossen habe, dass die Franzosen zu zahlreich, dass sie gefährliche Nachbarn geworden seien. Die Sonnen hätten beschlossen, sie zu töten, alle auf einmal. Der französische Häuptling habe akzeptiert zu warten, bis die Ernte vorbei sei, bevor er das Land, das er begehre, in Besitz nehme, und die Sonnen hätten ihm versprochen, ihm beizeiten Getreide und Hühner zu bringen. An dem Tag würden sie bewaffnet sein – drei Krieger auf einen Franzosen, in jedem Haus.

»Es gab eine Zeit, da hatten wir fünfhundert Sonnen«, fährt Vhvl' Kutnuf fort, »und man benötigte zwölf Tage, um das Land, auf dem wir lebten, von Osten nach Westen zu durchreisen. Dann kamen die weißen Männer, und wir hielten die Gegend für groß genug, um alle unter demselben Stern zu leben.«

Utu'wv Ecoko'nesel erschauert. Ihre Halsmuskeln schmerzen, sie lässt das verzweifelte Gesicht ihrer Tante nicht aus den Augen.

»Tvcukv, ich weiß«, sagt sie. »Warum erzählst du mir das alles?«

»Weil die weißen Männer gewieft sind. Die Ratsältesten unterschätzen sie, sie sind überzeugt, dass sie sie einfach überraschen können. Aber das Vorhaben wird scheitern und viele werden sterben.«

Sie hält inne, schaut auf ihre tätowierten Hände. »Manche unserer Frauen, die mit den Franzosen verkehren, haben entschieden, sie zu warnen, um das Massaker zu verhindern.«

Sie schaut Utu'wv Ecoko'nesel prüfend an. Es war ein alter Familienzwist: Lv'vlk Lac'kup hatte eine Freundin kritisiert, weil sie einen Weißen als Liebhaber gewählt hatte, und Vhvl' Kutnuf ergriff lieber für diese Frau als für ihre Nichte Partei. Obwohl Utu'wv Ecoko'nesel oft aufseiten ihrer Schwester steht, begreift auch sie, dass diese Verbindungen nach dreißig Jahren Nachbarschaft mit den Franzosen unvermeidlich sind.

»Mein Sohn hätte mir die Wahrheit nie vorenthalten dürfen«, hört sie Vhvl' Kutnuf sagen. Wut und Traurigkeit verzerren ihr Gesicht, Utu'wv Ecoko'nesel hat sie noch nie so gesehen. »Eine lügende Sonne sollte nicht als Mann angesehen werden«, spuckt ihre Tante aus.

Ein Vogel, zu groß für einen Falken und zu klein für einen Adler, segelt über den Fluss. Utu'wv Ecoko'nesel nickt mühsam. Sie bleiben schweigend sitzen, dann steht Vhvl' Kutnuf auf, indem sie sich am Felsen abstützt, Utu'wv Ecoko'nesel ergreift rasch ihren Arm.

»Geh und treib unserer Verwandten das Fieber aus«, sagt ihre Tante und zieht ihre Tunika zurecht.

Auf dem Weg ins Mehldorf denkt Utu'wv Ecoko'nesel nur an den Krieg. An den brennenden Himmel, an die Bögen und Tomahawks der Krieger. Ihr Korb kommt ihr heute schwerer vor, der Wald zu friedlich. Als Pétronilles Gesicht in ihren Gedanken auftaucht, schlägt Utu'wv Ecoko'nesels Herz schneller.

*

Sie nimmt wieder den Weg, der zu Pétronille führt. Auf den Tabakfeldern tragen die Schwarzen Frauen und Männer nun dickere Kleidung. Manche schauen ihr nach: Sie wurden sicher gewarnt, dass übermorgen der Angriff stattfinden wird. Lv'vlk Lac'kup hat ihr erklärt, dass sie freigelassen würden, sobald man die Franzosen erschossen hätte. Zumindest diejenigen, die sich den Natchez anschließen – die anderen, die an der Seite ihrer weißen Herren blieben, würden als Sklaven an die Chickasaw verkauft.

Utu'wv Ecoko'nesel ist überzeugt, dass sie die richtige Entscheidung treffen werden. Bei den vergangenen Kriegen haben sie sich mehrheitlich auf ihre Seite geschlagen. Sie erinnert sich an den freien Schwarzen, der sich jahrelang in einem ihrer Dörfer versteckt hat: Er hatte die Tonica, Verbündete der Franzosen, mit dem Mut eines Natchez-Kriegers bekämpft.

Sie geht schneller. Sie kann schon die gackernden Hühner vor dem Haus sehen, den Rauch, der nicht aus der Tür, sondern aus dem Dach entweicht. Sie weiß, dass sie Pétronille nichts schuldig ist. Aber sie kann nicht anders, als an den Sommernachmittag zu denken, an dem sie sie bei dem Maulbeerbaum fand, wo sie mit blanken Händen die Rinde abschälte – den Tag, als sie ihr von der Reise erzählte, die sie in die Prärie geführt hat, die sie nicht freiwillig angetreten ist. Wenn sie in Frankreich geblieben wäre, wären ihre Tage nicht gezählt.

Was auch immer Vhvl' Kutnuf sagt, das weiße Volk würde bald bestraft werden. Auch Monsieur Ducros. Sie kann nur hoffen, dass er nicht zu Hause ist.

»Oodoo'wah!«

Hélène rennt die Stufen herunter, ihr entgegen.

»Wo ist deine Mama?«, fragt sie.

»Komm«, entgegnet das Mädchen und nimmt ihre Hand.

Pétronille sitzt am Kamin und näht. Sie schiebt die Nadel in einen Stoff, der viel dünner ist als das Stachelschweinleder, das Utu'wv Ecoko'nesel zum Sticken verwendet. Sie begrüßt sie mit einem erstaunten und zugleich erfreuten Gesichtsausdruck.

»Ich habe mir Sorgen um dich gemacht«, sagt sie. »Warum bist du nicht wiedergekommen?«

Utu'wv Ecoko'nesel schaut sich im Raum um, auf der Suche nach einem französischen Hut, einer Männerjacke. Sie sieht nur einen Strauß Rosen, einen Teller voller Äpfel und Holunderbeeren. Émile sitzt im Sessel am Fenster und liest. Er schaut sie erleichtert an und wendet sich dann wieder seinem Buch zu. Sie setzt sich neben Pétronille. Sie spricht so leise wie möglich.

»Mein Volk wird euch bald angreifen.«

Pétronilles Lächeln erlischt. Sie räumt ihr Nähzeug weg, schiebt das Laken von sich.

»Kinder«, sagt sie. »Geht eine Weile hinaus.«

Émile schaut auf, rührt sich aber nicht. Hélène nimmt eine graue Katze hoch und schließt die Tür hinter sich. Das Eichhörnchen ist verschwunden.

»Mein Mann hat von einer Bedrohung gesprochen. Er denkt, dass es nur Gerüchte sind«, beginnt Pétronille. »Soldaten sind zu Kommandant Dechepare gegangen, um ihn vor der Gefahr zu warnen, aber er hat sie als Lügner bezeichnet und sie ins Gefängnis werfen lassen. Monsieur Ducros sagt ständig, dass wir schwach wirken würden, wenn wir uns auf einen Angriff vorbereiten, der nicht stattfinden wird.«

Utu'wv Ecoko'nesel lehnt sich auf dem Sofa zurück. Sie ist nicht überrascht, dass die Franzosen zu stolz sind, um sich aufs Sterben vorzubereiten. Pétronilles Hand sucht zögerlich die ihre.

»Aber ich glaube dir. Als ich die Lianen gesammelt habe, die du mir gezeigt hast, habe ich eure Soldaten gesehen – eure Krieger –, wie sie euren Anführern durch den Wald folgten.«

»Ich auch«, sagt Émile.

Utu'wv Ecoko'nesel hat vergessen, dass das Kind da ist. Pétronille schickt ihn mit einem Zeichen hinaus, und der Junge schlägt ohne Einwände sein Buch zu.

»Hast du es deinem Mann gesagt?«, fragt Utu'wv Ecoko'nesel, als Émile den Raum verlassen hat.

»Ja. Er hat gesagt, das seien die Ängste einer Frau.«

Utu'wv Ecoko'nesel schaut Pétronille an, ihre braunen Haare, die zu einem Knoten zurückgebunden sind, ihre

Augen in der Farbe hochgewachsenen Grases, ihr hoffnungsvoller Blick. Sie stellt sich die Krieger vor, hier, und was sie zurücklassen würden, wenn sie wieder gingen.

»Du und die Kinder«, hört sie sich sagen. »Übermorgen. Wartet draußen auf mich, und ich werde euch finden. Kein Wort zu deinem Mann.«

»Und Madame Cléry? Ihre Familie, sie …«

»Du und deine Kinder, niemand sonst.«

Pétronille nickt langsam und legt ihre Hand auf die von Utu'wv Ecoko'nesel, als könnte sie sonst nirgendwohin.

*

Es ist noch Nacht, als Utu'wv Ecoko'nesel sich dem Haus nähert. Sie geht zügig, zieht das Bärenfell eng um ihre Schultern. Heute Morgen war es ein Leichtes, unbemerkt das Dorf zu verlassen. Lv'vlk Lac'kup war zu sehr damit beschäftigt, die aufgeregten Kinder zu beruhigen. Kurz bevor sie die Hütte verließ, wünschte Utu'wv Ecoko'nesel sich mit einem Mal verzweifelt, dass ihre Schwester sie zurückrufen würde, sie fragen, wohin sie denn gehe. »Wetvwe'tes, niemals«, hörte sie sie flüstern, als ihr ältester Sohn sie fragte, ob sie von hier weggehen müssten.

Draußen beobachtete Vhvl' Kutnuf die Männer bei ihren Vorbereitungen für den Kampf. Wie die Krieger des Dorfes Weißer Apfel befestigten sie Federn an ihren Bögen, taten so, als gingen sie auf die Jagd, um das Misstrauen des weißen Volkes nicht zu erregen. Sie würden an ihre Türen klopfen und Krüge mit Korn und Öl gegen Pistolen tauschen. Sie würden ihnen Wildfleisch zusagen, obwohl die Jagd in Wahrheit im Innern der Häuser der Franzosen stattfinden würde.

Auf dem Hauptplatz gelang es Utu'wv Ecoko'nesel nicht, den Kriegern ins Gesicht zu blicken. Bis dahin war ihr das Angebot, Pétronille zu helfen, impulsiv, abstrakt vorgekommen. Aber als sie an der Armee der Großen Sonne vorbeiging, kam ihr ein neuer, unerträglicher Gedanke, das Wort »Verrat«, das sie eilig abschüttelte, so wie sie sich bemüht hatte, ihre Zweifel zu ignorieren, als sie zum ersten Mal bei den Ducros war.

Sie legt die Strecke schneller zurück, hört Pétronille und die Kinder, lange bevor sie ihre Gestalten ausmacht. Sie warten nicht am Tor, sondern auf der anderen Seite des Hauses, dort, wo nicht die Quartiere der Schwarzen Männer und Frauen liegen. Pétronille trägt einen knöchellangen Umhang. Hélène schmiegt sich in ein Biberfell gehüllt an die Brust ihrer Mutter. Émile steht regungslos zu ihrer Rechten.

»Ich hatte Angst, du könntest deine Meinung geändert haben«, sagt Pétronille.

Voller Unbehagen wiegt sich Utu'wv Ecoko'nesel von einem Bein auf das andere. Als Pétronille sich nach einem kleinen Koffer bückt, hält sie sie auf:

»Nein, wir müssen uns beeilen.«

»Und das hier?«, fragt sie und deutet auf ein Bündel.

Utu'wv Ecoko'nesel seufzt, aber wirft sich die Tasche über die Schulter.

»Gehen wir.«

Auf den Feldern wird Hélène unruhig. Pétronilles Schritte sind laut, sie kann nicht dazu bewegt werden, schneller zu gehen; ihr Kleid bleibt in den Tabakpflanzen hängen. Utu'wv Ecoko'nesel wirft einen Blick zurück, um sicherzugehen, dass ihnen niemand folgt. Der Nebel verstellt den Blick, aber vom

Haus aus wären sie leicht zu erkennen. Sie will nicht, dass man sie sieht – sie will nicht mit ihnen gesehen werden. Als sie die ersten Zypressen erreichen, hat die Angst ihr den Magen zugeschnürt.

»Wo gehen wir hin?«, murmelt Hélène verschlafen.

Émile flüstert ihr etwas zu, Pétronille schweigt. Sie starrt Utu'wv Ecoko'nesel an, die sich zu einer Antwort zwingt:

»Zum Großen Fluss. In den Wald.«

Die Sonne schiebt sich zögerlich über die Bäume, erhellt den Tau, der ihre Füße benetzt. Utu'wv Ecoko'nesel zeigt ihnen, wie sie es vermeiden, an den verschlungenen Wurzeln hängen zu bleiben. Sie sagt sich erneut, dass Pétronille nicht freiwillig hier ist. Aber sie hat auch nie etwas für sie getan. Sie lässt sie das Kind tragen, das tief schläft, nachdem sie ihm, unter dem beunruhigten Blick seiner Mutter, vom Plattholz zum Kauen gegeben hat. Einen kurzen Moment, angesichts von Pétronilles Verwundbarkeit und Verzweiflung, fällt es ihr leichter sich zu überzeugen, dass sie die richtige Entscheidung getroffen hat.

Sie führt sie, windet sich zwischen den Stämmen hindurch, die so breit sind, dass sie sich manchmal in mehrere Bäume aufteilen, deren Rinde von Spechten bearbeitet wird. Als sie die Krieger hört, erstarrt sie. Sie gibt Pétronille und Émile ein Zeichen, sich hinter die Büsche zu hocken und still zu sein, selbst dann, als eine Spinne in der Größe eines Hühnereis auf die Schulter des Jungen klettert. Sie sieht sich auf einmal durch die Augen der Männer: eine von ihnen, die eine weiße Frau und ihre Kinder am Morgen eines Krieges schützt. Sie hält den Atem an, während sie abwartet, bis sie vorbeigezogen sind. Ihre Ohrläppchen sind von

Eisenringen geweitet, manche transportieren Töpfe mit Öl und Körbe mit Weizen, andere Lanzen und Bögen. Unter ihnen erkennt sie einen Mann des Volkes, dem sie bereits im Großen Dorf begegnet ist, mit einer dünnen Axt in der Hand. Der Rat hegt eine solche Abscheu für den französischen Anführer, dass die Sonnen sich weigern, ihre Hände mit seinem Blut zu besudeln.

Endlich sind sie verschwunden, und Utu'wv Ecoko'nesel merkt, dass sie zittert. Sie fühlt Pétronilles Hand auf ihrem Rücken, dreht den Kopf in dem Moment, als sie die Lippen öffnet. Sie bedeutet ihr, still zu bleiben, aufzustehen. Für Zweifel ist es zu spät. Sie sind bis hierher gekommen, sie wird sie zum Großen Fluss bringen. Dann wird sie zu den ihren zurückkehren, wo ihr Platz ist.

Als sie endlich zum Wasser kommen, wird sie langsamer. Pétronille wirkt erschöpft, in ihren Haaren hängt Laub, ihr Rücken beugt sich unter Hélènes Gewicht. Drei Enten starren sie aus ihren roten Augen an. Pétronille nimmt Émiles Hand, setzt sich in den trockenen Schlamm, legt ihre Tochter auf ihren taunassen Umhang, der Junge steckt einen Stock in die feuchte Erde. Utu'wv Ecoko'nesel setzt sich auf einen Felsen am Flussufer. Das eiskalte Wasser trägt das Sonnenlicht mit sich fort.

Sie hört das Signal nicht – die Schüsse auf den französischen Anführer und seinen Übersetzer. Aber das dumpfe Knallen der Gewehre der anderen Krieger hört sie, das Echo in den nächstgelegenen Häusern. Utu'wv Ecoko'nesel zieht die Knie an die Brust. Die Distanz verzerrt die Schreie. Sie stellt sich vor, sie wäre im Großen Dorf, fragt sich, was sie vom Hauptplatz aus gesehen hätte, wenn sie eine andere Wahl getroffen hätte, was sie gefühlt hätte in dem Wissen, dass Pétronilles Schreie unter denen der anderen Franzosen sind. Dann wird der Kriegslärm vom Flügelrascheln der Ringeltauben überdeckt, als die verängstigten Vögel den Wald in so großer Zahl verlassen, dass der Himmel für einen kurzen Augenblick nur eine Wolke aus dunklen Federn ist.

*

Die Höfe um das Fort brennen ab. Der Geruch von verkohltem Fleisch liegt in der Morgenluft, von den Flammen steigen stickige Schwaden empor. Das Gras der Prärie hat sich rot gefärbt, als ob die Erdbeeren nun im Winter wüchsen. Als sie die Klagen der weißen Frauen vernimmt, die oben auf dem Hügel eingesperrt sind, vertreibt Utu'wv Ecoko'nesel die Bilder, die in ihrer Erinnerung auftauchen: Pétronille, die mit Schatten unter den Augen auf den Fluss starrt, während Hélène und Émile die Opossumbabys beobachten, die in den Beutel ihrer Mutter kriechen. Während des Angriffs hat Pétronille nicht ein Mal geweint. Sie schwieg, die Hände an die Schläfen gepresst. Bevor sie ging, reichte Utu'wv Ecoko'nesel ihr von dem getrockneten Bisonfleisch, das sie mitgenommen hatte. Sie verabschiedete sich, so schnell sie konnte.

Eilig ging sie ein Stück den Großen Fluss hoch. Sie wollte sich gerade zwischen die Bäume schlagen, als sie das Geräusch von Rudern hörte. Sie blieb stehen und schaute sich um. Die Bäume beugten sich über den gelben Fluss, ihre verdrehten Äste gaben der Strömung nach. Sie versteckte sich, bevor der Franzose auftauchte, mit erschrockenem Blick, schmutziger Kleidung, der einzige Überlebende, dem sie begegnen sollte.

Er fuhr in die Richtung von Pétronille und den Kindern. Vielleicht würde er sie verfehlen, aber mit Glück würde er sie sehen. Ein Teil von Utu'wv Ecoko'nesel wollte umkehren, Pétronille warnen, dass ein Mann den Fluss entlangkam, der sicher auf dem Weg zu ihrem Großen Dorf war, das sie Nouvelle-Orléans nennen. Aber der Franzose war bereits vorbeigefahren, es wäre zu spät gewesen, irgendjemanden zu warnen, und sie war sich ohnehin nicht sicher, ob sie es wollte. Sie würde den weißen Mann seine Pflicht tun und Pétronille nach Hause bringen lassen, wo auch immer das sein mochte. Sie würde von ihresgleichen gerettet, Utu'wv Ecoko'nesel würde ebenfalls nach Hause gehen.

Als sie ins Große Dorf kommt, sind die Verwundeten bereits zurückgebracht worden. Beim Anblick ihrer Verletzungen, als sie dem fragenden Blick von Lv'vlk Lac'kup begegnet, wäre es ihr lieber gewesen, sie hätte den Morgen hier verbracht, die Tinkturen und Heilmittel hergestellt, die sie nun benötigt. Aber es ist nicht die Zeit für Reue, noch nicht. Sie läuft los, um ihre Körbe zu holen, bahnt sich einen Weg über den Hauptplatz, auf dem die Frauen damit beschäftigt sind, die Habseligkeiten der Franzosen zu sortieren; die Krieger wischen ihre blutigen Waffen ab, tätowieren eine Axt und das Zeichen der besiegten Nation auf ihre rechte Schulter, die Nadeln und der Kohlestaub sammeln sich zu ihren Füßen. Utu'wv Ecoko'nesel geht zu den Männern, die nun Gefahr laufen zu sterben, weil sie das Land verteidigt haben, auf dem sie geboren sind. Sie kniet sich zu ihnen, säubert ihre Wunden, reibt ihre Haut mit Balsam ein, so wie sie es immer gewohnt war. Sie versucht, nicht an Pétronille zu denken, für die sie getan hat, was sie konnte, der sie nicht hätte helfen müssen. Sie bietet ihre Pflanzen nun denjenigen an, für die sie immer bestimmt gewesen waren.

II

Pétronille

Nouvelle-Orléans, Januar 1731

Vierzehn Monate sind seit dem Angriff der Natchez vergangen, aber Pétronille stehen die Ereignisse dieses Wintermorgens so klar vor Augen, als wären sie gestern geschehen. Nachdem Utu'wv Ecoko'nesel gegangen war, hatten sie ihre Kräfte verlassen. Sie war allein mit ihren Kindern am Ufer des Saint-Louis, fast hundert Meilen von der Hauptstadt entfernt, auf der anderen Seite des Waldes tobten die Kämpfe. Erst als ihr Sohn ihr zuflüsterte, dass ein Franzose an Bord einer Piroge näher komme, richtete sie sich auf, hörte die Ruder und eine tiefe Stimme. Sie war so überrascht, einen Überlebenden zu erblicken, der sich als Monsieur Cléry herausstellte, dass sie sich erst nicht rühren konnte. Dann eilte sie ans Ufer, half ihm anzulegen – die beiden betrogenen Eheleute entkamen gemeinsam. Pétronille hätte alles dafür gegeben, um wieder in der Welt zu leben, die gerade eingestürzt war und in der sie über einen solchen Zufall gelacht hätte.

Monsieur Cléry war auf dem Wasser bei Weitem nicht so behände wie Baptiste. Er war derart ungelenk, dass er auf das Uferstück stolperte, das Utu'wv Ecoko'nesel als Zufluchtsort für sie gewählt hatte. Ohne sie hätte Pétronille Nouvelle-Orléans und Genevièves Haus, in dem sie nun lebt, nie erreicht. Sie würde nicht jede Woche Monsieur

Cléry besuchen, in dem Salon, in den seine Wirtin schwere Möbel gestellt hat und der beißende Wind ein schwächliches Feuer nährt. Die zitternde Stimme des Mannes überwindet die Zeit, löscht all ihre Bemühungen aus, den Angriff der Natchez zu verdrängen – das Blumenbündel, das sie in ihrem Zimmer versteckt hält, die dunklen Bilder, die sie nicht loslassen.

Am Morgen des Überfalls klang Monsieur Cléry abwesend, beinahe besessen. Das Boot schaukelte auf dem Wasser, seine Sätze ergaben fast keinen Sinn. »Ich habe sie gesehen«, wiederholte er beharrlich und warf mit ansteckender Furcht gehetzte Blicke um sich. Er hatte Pétronille ein Ruder gereicht, als ob sie damit umgehen könnte, und sie hatte ihr Bestes gegeben, um das Kanu auf Kurs zu halten und es daran zu hindern, gegen das Treibholz zu stoßen, zu den Bäumen abzudriften. Hélène weinte. Émile hatte seit den ersten Schüssen kein Wort mehr gesagt. Sie hörte nur Monsieur Clérys Stimme durch das Rauschen des Wassers. Erst nach ein paar Minuten begriff sie, was er immer wieder erzählte: Er war gerade auf dem Rückweg aus einem Dorf gewesen, wo er als Ingenieur gearbeitet hatte, als die ersten Schüsse ertönten. Er war rechtzeitig gekommen, um zu sehen, wie die Natchez-Krieger Madame Cléry und die Kinder mitnahmen, aber zu spät, um sie zu retten.

Pétronille spürt immer noch die Splitter in ihren Handflächen. Sie erinnert sich an die Ruderer, die sie nach Fort Rosalie gebracht haben, sie und Monsieur Ducros, auf ihrer ersten Fahrt auf diesem Fluss vor beinahe zehn Jahren – wie sehr beneidete sie die Männer damals um die Kontrolle, die sie auf dem Wasser ausübten. An dem Tag, als sie den

Natchez entkam, lenkte Pétronille die Piroge. Und doch fühlte sie sich machtloser denn je.

*

Heute ist Monsieur Cléry vollkommen bei Sinnen. Er hat Neuigkeiten von der Expedition erhalten, die Gouverneur de Périer gegen die Natchez lanciert hat, die letzte in einer langen Reihe, seit die Franzosen ein Jahr zuvor in den Kampf geschickt wurden. Hätte Monsieur Cléry nicht beim ersten Feldzug seine rechte Hand verloren, wäre er noch bei ihnen, wie er zu oft sagt. Nun muss er sich mit den bruchstückhaften Kriegsberichten begnügen. Die Truppen haben das Dorf der Tonica, ihrer Verbündeten, vor nun fast einem Monat erreicht, nachdem ihre Boote von einem heftigen Sturm abgetrieben worden waren. Sie haben im Schnee Kurs nach Norden gesetzt, sind über das hoch stehende Wasser der Flüsse gefahren. Sie suchen immer noch nach dem Zufluchtsort der Natchez, irgendwo westlich des Saint-Louis. Oder zumindest behauptet das ein zehnjähriger indigener Junge, der von den Franzosen gefangen genommen wurde.

»Und dann?«, wiederholt Monsieur Cléry. »Was ist nur danach geschehen?«

»Der nächste Abgesandte wird uns mehr sagen.«

Seine Kupferfinger trommeln metallisch auf den Tisch.

»Der Abgesandte ist ein Dummkopf! Er ist viel zu früh abgereist. Wer will schon wissen, dass sie den Schwarzen Fluss am 12. Januar erreicht haben? Was ist mit der Schlacht?«

»Ich dachte, dass Ihnen solche Neuigkeiten lieber sind als Stille«, entgegnet Pétronille.

Monsieur Cléry gibt vor, sie nicht gehört zu haben. Er tritt an das Ochsenauge, sein Atem beschlägt das kalte Glas. Pétronille sind nur ein paar Sekunden Pause vergönnt, bevor er weitertobt. Zwischen der Rue Royale und der Rue de l'Arsenal hebt eine junge Frau das Paket Holzscheite auf, das ihr von den Schultern gerutscht ist. Wenn Monsieur Cléry sich vorbeugen würde, hätte er einen besseren Blick: Die geraden Straßen von Nouvelle-Orléans führen bis zum Fluss und dem Wall davor und in anderer Richtung zum Osttor der Stadt. In der Ferne schieben sich die Flügel der Mühlen durch den trüben Januarhimmel, die Ziegeleien rauchen. Kühe grasen auf den verblühten Feldern, ihre warmen Zungen rollen sich um die vereisten Halme. Monsieur Cléry geht fast nicht mehr vor die Tür.

»Denken Sie nicht, dass das Ende bevorsteht? Wir haben sie.«

»Wir werden sehen«, sagt Pétronille und wendet den Blick ab.

Sie hat gelernt, auf der Hut bei ihm zu sein. Sie fragt ihn nicht mehr, was er unter »Ende« versteht – das des Krieges, das der Natchez. Pétronille hat bereits letzte Woche vom Vorankommen der Truppen des Gouverneurs gehört, aber bis heute war es ihr gelungen, Monsieur Cléry abzuschirmen. Neuigkeiten von den Schlachten regen ihn immer auf, beleben die Erinnerungen an seine eigenen Kämpfe gegen die Natchez und mit ihnen die Hoffnung, seine Frau und seine Kinder lebend zu finden. Pétronille ist heute nicht danach, über Marie zu sprechen. Sie hat selten die Kraft dazu.

»Wir werden sehen«, wiederholt sie und kratzt ein Stück abgestorbene Haut von ihrem Daumen. »Wer hat Ihnen das alles erzählt?«

Monsieur Cléry murmelt etwas in seinen Bart.

»Ohnehin, wie viele Tonica-Krieger haben sich uns wirklich angeschlossen?«

Wieder zittert sein Bein, wie das von Émile, wenn er nachdenkt. Es ist nur eine Frage der Zeit, bis er über ihre »wilde Freundin« vom Leder zieht, deren Namen er nie ausspricht. Er zischt etwas über den Galgen auf dem Hauptplatz.

»Seien Sie still«, entfährt es Pétronille, strenger, als sie es von sich erwartet hätte.

Ihr Tonfall nimmt ihm den Wind aus den Segeln. Sie will nichts über die Exekutionen auf der Place d'Armes hören, und er weiß das. Im letzten Sommer wurde dort eine Natchez-Frau, die von einem verbündeten Stamm gefangen genommen wurde, zur Marter verurteilt.

Monsieur Cléry zuckt mit den Schultern, benutzt zwei seiner Kupferfinger, um auf dem Schoß seine Pfeife zu stopfen, während er die andere Hand in seinen Tabakbeutel schiebt. Pétronille erinnert sich, wie er die gleichen Handgriffe in Fort Rosalie durchführte, wenn er mit Monsieur Ducros rauchte. Monsieur Cléry hatte erst von der Liaison zwischen seinem Freund und seiner Frau erfahren, als diese schon vorbei war, kaum ein Jahr nach dem Ausritt, der beide Ehen erschüttert hatte. Er hatte nicht mehr mit Monsieur Ducros gesprochen, aber zog Maries älteste Tochter auf, als wäre es seine. Pétronille hatte ihre Wut schließlich heruntergeschluckt, Maries Freundschaft war ihr wichtiger als ihre Ehe. Nun hat sie beide verloren.

»Ich werde vor Ihnen erfahren, was den Truppen geschehen ist.«

»Vielleicht«, entgegnet Pétronille.

Sie bezweifelt es. Sie hat seiner Wirtin das Versprechen abgenommen, das Thema zu meiden, und Monsieur Cléry, der noch vor Kurzem als Kriegsheld gefeiert wurde, hat nicht mehr viele Freunde.

Als sie aufsteht, um zu gehen, greift er nach ihrer Hand. Noch vor ein paar Monaten war eine solche Geste undenkbar. Als sie aus Natchez zurückkam, ertrug sie keine Berührungen. Sie weiß, dass ihre Kinder darunter gelitten haben, vor allem Hélène, die sie nachts bat, sie von der Spinne zu befreien, die in ihren Haaren hing, weniger real als die, die Pétronille am Morgen des Angriffs gefunden hatte.

Sie legt sich ihren Umhang um. Monsieur Cléry holt seine Zeichenutensilien hervor. Seine Skizzen, die er nun mit der linken Hand anfertigt, haben sich deutlich verbessert. Pétronille hat kaum zwei Schritte auf die Tür zugemacht, da ruft er sie bereits zurück:

»Gehen die Bauprojekte von Monsieur Bienvenu voran?«

Genevièves dritter Mann sprach gerade erst letzte Woche von seiner zukünftigen Plantage am Pontchartrain-See. Pétronille erinnert sich nicht an seine genaue Wortwahl, nur an seine Beschwerden über fehlende Werkzeuge. Als sie nach Nouvelle-Orléans kam, war sie über Genevièves wohlhabendes Leben kaum überrascht, sie hat immer gewusst, dass das misstrauische Mädchen aus der *Grande Force* in Louisiane kämpfen würde, so lange sie konnte. Ihre Freundin hatte ihr die Geschichte von ihren ersten albtraumhaften Monaten in Paris erzählt, von der Armut, die ihre Familie dahingerafft hatte – Geneviève hatte immer geschworen, dass sie nie wieder durch solch eine Hölle gehen würde. Pétronille lebt nun seit sechs Monaten mit ihren Kindern bei ihr.

»Ich glaube, dass einer seiner Ingenieursfreunde an den Plänen sitzt«, antwortet sie. »Das Grundstück ist noch nicht gerodet.«

»Er soll aufpassen. Die Dunklen sind so hinterhältig wie die Einheimischen.«

Pétronille hütet sich vor einer Antwort. Monsieur Bienvenu besitzt noch keine Sklaven, aber es sollte nicht mehr lange dauern, und auch wenn er ganz anders ist als Monsieur Ducros, erinnern sie seine Vorhaben manchmal an die abscheulichen Pläne ihres Mannes. Sie hofft, dass die Sklaven von Monsieur Ducros sich während des Krieges den Natchez angeschlossen haben, wie es die meisten versklavten Afrikaner getan haben. Warum hätten sie den Franzosen treu bleiben wollen?

»Bestellen Sie Madame Bienvenu meine herzlichsten Grüße«, fügt Monsieur Cléry hinzu.

»Selbstverständlich.«

Sie wird Geneviève nichts sagen. Ihre Freundin missbilligt die Besuche, die sie, wie sie immer wieder sagt, daran hindern zu vergessen. Pétronille weiß, dass sie auf sie hören sollte, aber sie kann nicht widerstehen. Monsieur Cléry erinnert sie an ihr Leben in Natchez. Bei ihm könnte sie beinahe glauben, dass sie zu früh zum Abendessen gekommen ist und Marie sich noch ankleidet – bald würde Utu'wv Ecoko'nesel klopfen, und sie würden sich gemeinsam an die Arbeit machen.

Es hat acht Jahre gedauert, bis sie sich in Louisiane zu Hause fühlte. Bis vor Kurzem war Fort Rosalie alles, was sie von der Kolonie kannte. Das Dorf, das mit seinen vierhundert Einwohnern eine der bedeutendsten Siedlungen war, kam ihr schließlich klein vor. Die Maulbeerbäume am

Rand der Tabakfelder, deren Rinde ihr Utu'wv Ecoko'nesel zu schälen beigebracht hatte, die Rosen, die bis zum Fenster ihres Schlafzimmers emporrankten, das Haus, in dem ihre beiden Kinder geboren wurden – alles war zerstört. Lange Zeit stellte sich Pétronille Asche vor, verbrannte Balken, eingestürzte Wände. Dann, als die Monate vergingen, begann sie etwas anderes zu sehen: Wein, der eine vom Sonnenlicht durchlöcherte Decke aus Blättern auf das, was vom Dach übrig geblieben war, legt, der Salon, von Moschusrosen überwuchert, eine Schwalbe, die an der Stelle nistet, wo vorher die Eingangstür stand. Die gleichgültige Stille, die sich über das Land gelegt haben muss, nun, da es niemandem mehr gehört.

*

Es sind nicht die ersten Nachrichten von den Kämpfen, die Pétronille seit ihrer Rückkehr erreichen. Weit gefehlt. Der Krieg verfolgt sie: Noch Monate nach dem Angriff schwelt er in Louisiane, ruiniert die Kolonie, versetzt den Direktoren der Compagnie des Indes den Todesstoß. Der Angriff der Natchez löste Ende des Jahres 1729 Panik aus; Gouverneur de Périer zog eilig Gräben um die Hauptstadt, aber es fehlten die Mittel für einen Gegenschlag. In der Stadt hieß es, dass nur der König Louisiane retten könne.

Pétronille wollte nicht mehr darüber wissen. Sie fühlte sich zerrissen zwischen dem Wunsch, Marie wiederzusehen, und ihrer Hoffnung, Utu'wv Ecoko'nesel könnte überlebt haben. In ihren Augen hatte der Krieg das Gesicht dieser zwei Frauen.

Als sie in Nouvelle-Orléans eintraf, war sie sich über die Ausmaße des Konflikts nicht gleich im Klaren. Je mehr Details bekannt wurden, desto bedrückter war sie angesichts ihrer Naivität – angesichts all dessen, was sie im Morgengrauen des 28. Novembers, als sie Utu'wv Ecoko'nesel in den Wald folgte, nicht gewusst hat. Was sie danach erfuhr, hätte sie sich nicht ausdenken können: Die Natchez hatten den Kommandeur von Fort Rosalie in genau dem Augenblick angegriffen, als Dechepare ihre falschen Geschenke entgegennahm, die Krieger waren in jedes französische Haus eingedrungen, hatten die Männer getötet und ihre Frauen und Kinder versklavt. Vor Einbruch der Nacht waren hundertachtunddreißig Franzosen, fünfunddreißig Französinnen und sechsundfünfzig Kinder tot.

Die Natchez hatten einen Fuhrmann von Sainte-Catherine verschont und ihn damit beauftragt, der Großen Sonne alles zu bringen, was er in den Häusern finden konnte. Auch der Schneider wurde am Leben gelassen. Er hatte Befehl erhalten, aus den Stoffen der Läden neue Kleider zu nähen und die der erschossenen Franzosen anzupassen, damit sie den Natchez passten. Er hatte sie mit farbigen Stoffresten ausgelassen, die ihnen außerordentlich gefielen. Pétronille stellt sich Utu'wv Ecoko'nesels Brüder in Monsieur Ducros Hemden vor. Sie fragt sich, wie viel der Schneider von der Kleidung hat retten können, wie viel er wegwerfen musste.

Aber ihr Unwissen reichte tiefer. Im Laufe des Sommers und des Herbstes in Utu'wv Ecoko'nesels Gesellschaft hatte Monsieur Ducros keinen Anlass gesehen, die jüngste irrsinnige Idee des Kommandanten zu erwähnen: Dechepare hatte verlangt, dass Hunderte Natchez ihr Land verlassen, um dort sein Haus zu bauen.

Jedes Mal, wenn Pétronille ein weiteres Detail erfährt, denkt sie an Utu'wv Ecoko'nesel. Die Hilfe der jungen Frau erscheint ihr immer unverständlicher, mysteriöser, wertvoller.

Warum und wie, fragt sich Pétronille manchmal, bin ich noch am Leben?

*

Am Tag nach dem Besuch bei Monsieur Cléry gelingt es ihr nicht, aufzustehen und zum Essen hinunterzugehen. Sie weiß, dass man sie erwartet, dass Monsieur Bienvenu am Abend vom Pontchartrain-See zurückkommt, dass Belle den Tag über in der Küche gestanden hat. Sie weiß, dass Geneviève durch die Schwangerschaft schon genug geschwächt ist, die zweite in ihrer jüngsten Ehe, kaum drei Jahre zuvor geschlossen. Nach allem, was ihre Freundin für sie und die Kinder getan hat, sollte Pétronille sie tatkräftig unterstützen.

Aber sie hat keine Macht über die Bilder, die ihr seit Beginn des Krieges im Kopf herumgehen. Sie hätte nicht gedacht, dass sie sie bis hierher verfolgen.

In ihrer Vorstellung irrt Monsieur Ducros an dem Morgen, als Utu'wv Ecoko'nesel sie in Sicherheit gebracht hat, durch die leeren Räume. Er gibt Befehl, sein Pferd zu satteln, und steht, als er über die Schwelle der Haustür tritt, plötzlich drei Kriegern gegenüber. Oder die Natchez dringen in das Haus ein, bevor er nach draußen eilen kann. Sie sieht, was dann geschehen ist, wie viele Schläge es gebraucht hat, um ihn zu töten. Einer, drei, sechs. Weniger als eine halbe Meile entfernt kleidet Marie ihre beiden Töchter an, putzt die Nase ihres verschnupften Sohnes. Pétronille stellt sich vor, welche Geräusche sie vielleicht gehört oder von sich gegeben hat, welches Kind als Erstes geweint, was Marie versucht hat, um die Ihren zu beschützen. Im Haus ihrer neuen Herren versteckt sich Renée unter einem Bett, den Mund voller Blut.

Die Bilder sind nie dieselben. Sie verschlingen ihr Bett, ihr Zimmer, alles Vertraute.

Wie soll sie aus diesen Albträumen erwachen, wenn sie nicht schläft?

Der Nachmittag geht bereits zur Neige. Sie bleibt starr liegen, in den Kissen versunken, lauscht dem nächsten Schrei. Aber die Kinder schreien nicht vor Angst. Ihr Sohn und ihre Tochter spielen unten. Sie ist in ihrem Zimmer, in diesem Haus, das Geneviève von ihrem zweiten Mann geerbt hat, dem Mann, den ihre Freundin so selten erwähnt. Erneut ist Émiles Stimme zu hören, genauso laut wie die von Mélanie, da die beiden Älteren sich momentan verbündet zu haben scheinen, um Hélène zu piesacken. Belle bittet sie, weniger Lärm zu machen, um Genevièves Jüngstes nicht aufzuwecken, Louise. Sie sind alle in Sicherheit.

»Pétronille?«, ertönt Genevièves Stimme, und gleich darauf knarrt die Tür. »Das Essen ist bald fertig.«

Pétronille öffnet halb die Augen, das Gebrüll verstummt, Genevièves Gestalt taucht vor ihr auf. Ihr gewölbter Bauch zieht sie ins Hohlkreuz, belastet ihre hageren Schultern. In einem Monat sollte es so weit sein. Als sie lächelt, heben ihre eingefallenen Wangen ihre Zahnlücke hervor. Ihre Züge haben sich verhärtet, aber ihre Augen sind heller und glänzender als je zuvor. Sie ist gerade dreiunddreißig geworden.

»Ich kann nicht«, antwortet Pétronille.

»Unsinn.«

Geneviève geht zum Bett, aber setzt sich nicht. Eine Hand hat sie auf ihren Bauch gelegt, die andere gegen ihren unteren Rücken gedrückt.

»Du bist wieder dahin gegangen.«

Hör nicht auf, denkt Pétronille, sprich weiter mit mir. Das Zimmer nimmt um sie herum allmählich Gestalt an. Geneviève seufzt.

»Wenn du nur versuchen würdest, ihn zu verführen«, fährt sie fort. »Hörst du mich?«

»Das ist nicht der Fall.«

»Ich weiß«, entgegnet Geneviève, und nach einer Pause: »Bei Gott im Himmel, heirate ihn nicht.«

»Ich habe nicht die geringste Absicht«, betont sie.

»Als ob Heirat und Verführung zusammenhingen.«

Pétronille fällt es schwer zu beschreiben, was sie für Monsieur Cléry empfindet. Bei ihm fühlt sie sich verstanden. Sie fühlt auch, dass sie Glück gehabt hat. Utu'wv Ecoko'nesel hat nicht nur ihr Leben und das ihrer Kinder gerettet, sie hat ihr auch das Grauen erspart, das niemand von ihnen hätte vergessen können. Bei der Wirtin in der Rue de l'Arsenal ist Pétronille ausnahmsweise nicht diejenige, die Trost braucht – sie ist es, die Monsieur Clérys Leid lindert.

Das einzige Mal, als sie versucht hat, es Geneviève zu erklären, klangen ihre Worte so falsch, dass sie abbrach. Ihre Freundin schwieg lange. Dann fragte sie: »Du weißt doch, dass du dich für nichts bestrafen musst?«

Geneviève deutet auf die Tür. Ihre Hand ist geschwollen, ihr Ring schneidet in ihren Finger.

»Monsieur Bienvenu fände es bedauerlich, wenn du nicht mit uns isst«, sagt sie.

Das ist ihr erstes Argument, und sie wissen beide, dass es wenig Gewicht hat. Monsieur Bienvenu tut alles, was Geneviève verlangt – einer der Gründe, warum sie ihn geheiratet hat, wie sie oft sagt. »Ein freundlicherer Pierre«, hat sie eines Tages erklärt, als Pétronille erfuhr, dass Monsieur

Bienvenu den gleichen Namen trägt wie die ersten beiden Ehemänner ihrer Freundin. Über das Ableben des zweiten weiß sie nicht mehr als das, was Geneviève ihr in ihrem Brief geschrieben hat, der sie gerade rechtzeitig in Natchez erreichte. Ein Sturz auf der Treppe, ein Unfall. Geneviève hat ihn seitdem nicht mehr erwähnt, oder fast nicht. »Mehr gibt es dazu nicht zu sagen«, versicherte sie ihr. Auch wenn diese Antwort Pétronille nie zufriedengestellt hat, ist sie entschlossen, das Thema bis zur Geburt des Babys zu meiden.

Sie versucht ihre Beine aufzustellen, aber das Laken ist zu straff gespannt. Geneviève geht zum zweiten Argument über.

»Deine Kinder verlangen nach dir.«

Pétronille spürt einen Kloß im Hals, wie die Tränen sich in Stellung bringen.

»Es tut mir leid.«

»Stimmt nicht«, sagt Geneviève.

Sie stützt sich auf das Fußende des Bettes. Im letzten Frühjahr konnte Doktor Le Cau seine Bedenken über ihre erneute Schwangerschaft, so kurz nach der Geburt von Louise, nicht verbergen.

»Es tut dir nicht leid«, fährt Geneviève fort. »Sonst würdest du aufstehen.«

Pétronille antwortet nicht. Ihr Körper fühlt sich weitverzweigt an, eingewurzelt. Geneviève schaut sie an. Die Hand auf ihrem Bauch zittert leicht.

»Was würde deine indianische Freundin sagen?«

Das ist Genevièves letzter Trumpf, und sie spielt ihn selten aus. Als sie sie das erste Mal besuchte, im Dezember 1729, sprach Pétronille nur von Utu'wv Ecoko'nesel. Sie lag zu der Zeit noch im Hôtel-Dieu, wo man sie hingebracht hatte, nachdem der Saint-Louis ihre Piroge in die Stadt gespült hatte. Geneviève bedeutete ihr zu schweigen. An dem Morgen waren drei Schwarze Flüchtige in Nouvelle-Orléans eingetroffen und hatten beschrieben, was sie in Natchez gesehen hatten – die aufgereihten Köpfe der Offiziere neben den Skalpen der anderen Franzosen, die verbrannten Häuser zwischen dem Fort und dem Fluss Sainte-Catherine. Niemand wollte hören, wie Pétronille das heroische Bild einer Natchez-Frau zeichnete. »Vergiss sie«, riet ihr Geneviève.

Das wird Pétronille nie. Aber sie erwähnt sie nicht mehr, außer um sie vor Monsieur Cléry in Schutz zu nehmen.

Sie schiebt die Decken von sich. Ihre Finger wirken winzig, ungelenk. Beim Aufrichten achtet sie darauf, ihrem Bild im Spiegel nicht zu begegnen. Auch ein Jahr nach dem Angriff hat sie sich noch nicht an den Anblick ihrer Haare gewöhnt, die vollkommen weiß geworden sind. »Zumindest musst du sie nicht mehr pudern«, meinte Geneviève einmal, auch wenn ihnen beiden die Frisurenmode vollkommen egal ist.

Geneviève lässt sich auf das Bett fallen. Sie schüttelt den Kopf, ihr Lächeln überdeckt die Sorge in ihren Augen kaum.

»Erspare mir solche Anstrengungen doch noch ein paar Wochen.«

»Nimm meine Hand«, sagt Pétronille und streckt ihre aus.

*

Sie hat kaum mehr als eine Woche im Hôtel-Dieu verbracht, in den ersten Dezembertagen 1729. Die Erinnerungen an ihren Aufenthalt im Krankenhaus von Nouvelle-Orléans bleiben verschwommen – die warmen Körper von Hélène und Émile an ihrem, das knisternde Kaminfeuer, die regelmäßigen Besuche des Arztes. Doktor Lancert war ein paar Monate zuvor aus Paris eingetroffen und schien seinen Optimismus nicht zu verlieren, obwohl die Kolonie zusammenbrach. Sie schätzte sein sanftes, heiteres Wesen, die Aufmerksamkeit, mit der er ihr zuhörte, wenn sie Namen von Heilpflanzen erwähnte. Es gelang ihr nicht, zu erkennen, ob das Interesse des Arztes echt war. Es war ihr auch gleichgültig. Manchmal spielte er mit den Kindern. Er erlaubte Geneviève, länger zu bleiben, als es die Vorschrift vorsah.

Bei einer seiner Visiten erklärte er Pétronille, dass die Ursulinen großzügig angeboten hätten, sie alle drei aufzunehmen. Sie hatte immer gewusst, dass sie nicht ewig im Hôtel-Dieu bleiben würde. Geneviève saß an jenem Morgen an ihrem Bett. Sie hatte gewartet, bis Doktor Lancert gegangen war, bevor sie sprach: »Dann wirst du Charlotte sehen.« Als Pétronille sie nach Neuigkeiten von ihrer Freundin gefragt hatte, war Geneviève ausweichend geblieben. »Sie lebt immer noch bei den Ursulinen. Sie singt im Chor, hilft bei der Erziehung der Waisen, scheint ergebener als je zuvor.« Charlotte hatte es aufgegeben, Novizin zu werden, aber als Pétronille von Geneviève mehr über das Kloster erfahren wollte, zuckte diese nur mit den Schultern. »Für dich ist es sicher ein guter Unterschlupf.«

Sie sollte recht behalten. Im letzten Jahr hatte Charlotte sich gut um Pétronille und ihre Kinder gekümmert. Der Winter zog sich in die Länge, und die Schwestern sprachen nur über das neue Gebäude, in das sie eines Tages ziehen würden, seine dicken Mauern, die sie vor Kälte und

Feuchtigkeit schützen würden, der zweiten Krankenstation, dem großen Unterrichtsraum und dem Speisesaal nur für die Waisen und Schülerinnen, die immer zahlreicher wurden. Zu Beginn des Jahres 1730 war der Bau immer noch nicht abgeschlossen, und Charlotte erwähnte es selten – so selten, wie sie Pétronille zu den Ereignissen in Natchez befragte. Sie hatte eine Matratze neben ihre gelegt, beruhigte sie nach Albträumen. Sie half Émile dabei, seine Schrift zu vervollkommnen, und nahm Hélène zur Chorprobe mit. An einem kalten Märzmorgen, nach der Laudes, fand Charlotte Pétronille mit trockenen Lippen im Garten vor, einen Nachttopf zu ihren Füßen. Der Urin war in der Nacht gefroren. Pétronille hatte sich nach drinnen führen lassen, hatte zugesehen, wie ihre Freundin den Eimer säuberte.

Sie erinnert sich noch daran, wie schockiert Charlotte wirkte, als sie ihr eines Abends, als der Frühling zur Neige ging, verkündete, dass sie mit den Kindern bald zu Geneviève ziehen werde. Charlotte ließ beinahe die Stäbe aus Siegelwachs fallen, die sie gerade wegräumte. Sie versuchte das Zittern ihrer Stimme mit einem erzwungenen Husten zu überspielen. Sie war zweiundzwanzig und bekam im Kloster immer mehr Verantwortung übertragen, aber in dem Moment sah sie aus wie das Kind, das Pétronille in Lorient gekannt hatte. »Bist du hier nicht glücklich?«, fragte sie. Pétronille versicherte ihr, dass es ihr im Kloster gefalle, aber ihre Gedanken waren an dem Tag weit weg. Die Armee hatte kurz zuvor die französischen Ehefrauen, die bei dem Angriff gefangen genommen worden waren, nach Natchez zurückgebracht, und Marie war nicht unter ihnen. Als sie das erfahren hatte, war Pétronille in den Schlafsaal geflüchtet, sie musste immer wieder an die ungerechte Verurteilung ihrer

Freundin in Paris denken, an ihre schreckliche Reise nach Louisiane – daran, wer sie in Fort Rosalie geworden war, trotz all dieser schweren Erlebnisse. Und doch würde Marie nicht wie die Überlebenden im Kloster Zuflucht finden. »Ich bin mir sicher, dass Geneviève sich gut um dich kümmern wird«, sagte Charlotte am Ende. »Besser, als ich es könnte.«

*

In den ersten Februartagen fühlt sich Pétronille am Morgen ausgeruht und wach. Sie würde diese Woche nicht zu Monsieur Cléry gehen. Sie ermahnt Hélène mehrmals, mit dem Elfenbeinkamm aufzupassen, aber die Fünfjährige will ihn unbedingt über den Frisiertisch galoppieren lassen. Émile zeichnet am Fenster. Mélanie kümmert sich draußen um die zu früh geborenen Vogelbabys, die vom Kirschbaum gefallen sind. Mit neun Jahren ist Genevièves Älteste deutlich größer als Émile, aber auch wenn sie ihm nur bis zur Schulter reichen würde, hätte sie ihn im Griff. Pétronille schiebt ihrem Sohn eine Strähne seines dunkelbraunen Haars hinters Ohr, das so voll und kräftig ist wie das von Monsieur Ducros.

»Maman«, murmelt Émile und versucht ihre Hand abzuschütteln.

Nach dem Angriff, im Wald, fragten die Kinder sie nach ihrem Vater. Anfangs gab sie ihnen nur eine ausweichende Antwort. »Er ist von uns gegangen«, gestand sie schließlich, und als Hélène zu weinen anfing, nahm ihr Bruder sie in die Arme. Dieser Anblick holt sie oft ein, ihre Kinder, die sich gegenseitig trösteten, weil sie nicht dazu fähig war. Und mit der Erinnerung die immer gleiche Frage: Hätte sie Monsieur Ducros von der drohenden Gefahr überzeugen können? Sie hatte versucht, ihn zu warnen, noch bevor Utu'wv Ecoko'nesel sie informiert hatte. Er hatte ihr nicht geglaubt. Ein Teil von ihr wusste, dass ihre Freundin sich geweigert hätte, ihn zu retten, auch wenn Pétronille den genauen Grund nicht kannte. Sie musste eine Wahl treffen. Irgendwann würden sie ihre Entscheidung verstehen.

Im Garten richtet Mélanie sich auf, den Blick auf das Erdgeschoss gerichtet. Dann rennt sie zum Haus, lässt das Nest zurück.

»Was ist mit ihr?«, fragt Émile und schiebt Pétronilles Hand weg.

»Ich weiß nicht«, antwortet sie. »Bleib hier.«

Unten steht Belle, die Schwarze Frau, die Geneviève seit ihrer zweiten Ehe dienen muss, auf der Schwelle zum kleinen Salon. Ihr graumeliertes Haar schaut unter ihrer Haube hervor, ungewöhnlich für sie, die immer korrekt gekleidet ist. Ihr kleiner Mund wirkt angespannt, ihr Kinn steht vor, ihre Augen fixieren Geneviève. Sie liegt bewusstlos auf dem grünen Sofa, die Kissen werden von ihrem gewaltigen Körper zerdrückt.

»Sie hat über Schwindel geklagt«, erklärt Belle. »Dann ist sie ohnmächtig geworden.«

Sie spricht ohne einen Blick für Pétronille, die Hand fest auf den Ecktisch gestützt. Belle spricht selten direkt mit ihr. Sie scheint allen zu misstrauen, wenn auch weniger Geneviève, die darauf bestanden hat, dass Monsieur Melet sie nicht von ihrer Familie trennt und auch ihren Sohn Alexandre und ihren Mann Constantin kauft. Das war zu Beginn ihrer Ehe, als er noch auf sie hörte, und er hatte eingelenkt. Belle hatte Geneviève unterstützen müssen, als Monsieur Melet sich an ihr vergriff. Sie kümmert sich um ihre Kinder wie um Alexandre – den sie, wie Pétronille gehört hat, Latorin nennt. Als sie sich darüber überrascht zeigte, zog Belle die Augenbrauen hoch und antwortete, dass das sein richtiger Name sei. Ihren eigenen, Iyawa, nannte sie ihr nur zögernd.

Pétronille setzt sich neben Geneviève. Ihr Atem geht gleichmäßig. Kurz denkt sie an das Bündel mit Pflanzen in ihrem Zimmer – sie versucht sich zu erinnern, ob sie aus Natchez dreiblättrige Liane, Braunwurz oder Blüten von Katzenpfötchen mitgebracht hat. Es ist wahrscheinlich, aber bedeutungslos: Auch wenn sie alle Zutaten hätte, könnte sie das Rezept nicht anwenden. Das ist nicht ihre Aufgabe. Sie ist weder Natchez noch Arzt.

»Ich werde Doktor Le Cau holen«, beschließt sie.

An der Ecke der Rue d'Orléans und der Rue Royale verfehlt die Kutsche nur knapp zwei Männer, die einen Webstuhl aus ihrer Werkstatt ziehen. Constantin, der Kutscher, flucht in seiner Sprache, die sie nicht mehr versteht als die von Utu'wv Ecoko'nesel, und ruft dann auf Französisch: »Allez!« In der Umgebung der Place d'Armes wird es belebter, lauter. Pétronille sinkt auf der Pritsche zurück. Sie erträgt das Geschrei von Menschenmengen inzwischen noch weniger.

Heute findet kein Gottesdienst und auch keine Hinrichtung statt, aber auf dem Platz wimmelt es vor Leuten. In der Ferne gehen zwei Dutzend Soldaten zwischen dem Hafen und der Kaserne hin und her, an den nun seit zwei Monaten geschlossenen Toren vorbei. Pétronille kann nur schwer an die Rückkehr der Armee glauben. Nach den Siegen im Februar und März 1730 sind die Truppen von Gouverneur de Périer und General Le Sueur mit großem

Pomp zurückgekommen, die Nachricht vom erfolgreichen Feldzug ist ihnen vorausgeilt. Das Fallreep zittert unter den Schritten der Soldaten, auf dem Hauptwall wächst hoch das Alligatorkraut. Pétronille beugt sich zur Wagentür. Nur zwei Boote liegen vor Anker. Die Männer – sicher nicht die ganze Armee, aber zweifellos eines ihrer Kommandos – transportieren Hacken und Musketen zu den Lagerhallen. Pétronille muss schwer schlucken. Sie wissen, was am Schwarzen Fluss geschehen ist, tief in den Bayous, aber sie will nicht hören, was sie ihr erzählen könnten. Im letzten Frühjahr haben die siegreichen Soldaten nicht nur gute Neuigkeiten mitgebracht.

Dass sie ihren Mann nie wiedersehen wird, hat Pétronille nach kurzer Zeit akzeptiert. Im Gegensatz zu einigen Frauen und Kindern waren die Männer in Natchez nicht verschont worden. Aber zu Beginn des Jahres 1730 teilte sie zumindest Monsieur Clérys Hoffnung, dass eines Tages Marie mit ihrem Baby und ihren beiden Töchtern auftauchen würde. In den ersten Monaten in Nouvelle-Orléans stellte sich Pétronille jedes Mal, wenn sie am Hafen vorbeikam, vor, wie ihre Freundin sich, ihren schlafenden Jungen im Arm, die zankenden Mädchen an ihrer Seite, über die betrunkenen Soldaten lustig machen würde.

Nachdem die Truppen von Le Sueur und ihre Verbündeten der Choctaw im letzten Frühjahr mit den französischen Überlebenden zurückgekommen waren, hörte Monsieur Cléry nicht mehr auf, den Gouverneur zu kritisieren, der sich nicht darum schere, Familien wieder zusammenzuführen, sondern nur darum, die Sklaven zurückzuholen. Geneviève konnte sich Monsieur de Périers Entscheidung leicht erklären: Die Frauen und Kinder waren Louisianes

Zukunft, aber es gäbe kein Morgen, wenn niemand die Flächen rodet, die Felder bestellt, Boote baut, Deiche instand hält.

Monsieur Cléry ist weiterhin überzeugt, dass noch nicht alle Frauen aus den Händen der Natchez befreit sind. Pétronille hat vor Monaten begriffen, dass Marie und ihre Kinder nicht zurückkehren werden.

Der Wagen biegt in die Rue Saint-Pierre ein, und die Soldaten verschwinden. Die Kälte dringt durch Pétronilles Schuhsohlen. Sie würde noch früh genug vom Krieg hören. Aber niemand würde auf die einzige Frage antworten, die sie stellen möchte – es ist ihr untersagt, den Namen der einzigen Person zu nennen, die sie noch lebend wiederzusehen hofft.

In Genevièves Schlafzimmer erfährt Doktor Le Cau von einem flüsternden Monsieur Bienvenu, dass seine Frau eine Stunde zuvor eingeschlafen sei. Der Arzt berührt sie kaum, als ob ein Blick genügte, um festzustellen, was eine Frau braucht. »Bettruhe«, flüstert er zurück, »bis sie Ihr Kind zur Welt bringt.« Monsieur Bienvenu schaut ihn an, seine feinen Lippen bilden eine elegante Linie unter seinem braunen Schnurrbart. »Das Baby wird sicher früher kommen«, sagt Le Cau und erklärt, dass das kein seltenes Phänomen bei rasch aufeinanderfolgenden Schwangerschaften wie bei Geneviève sei, vor allem in ihrem Alter. Er spricht, ohne Monsieur Bienvenu anzusehen, als ob Geneviève als Einzige dafür verantwortlich wäre. Pétronille hofft, dass sie sich nicht nur schlafend stellt, dass sie von dieser Unterhaltung nichts mitbekommt.

»Lassen Sie uns nicht die Hoffnung verlieren«, schließt Le Cau.

Monsieur Bienvenus Schultern fallen ein. Pétronille spürt ihr Herz klopfen, schnell und stechend. Sie hätte es ohne Geneviève nie nach Louisiane geschafft. Sie hätte sich nie ausmalen können, dass ihre Freundin vor ihr sterben könnte.

Als sie im Flur steht, bekommt sie nur schwer Luft. Die Inneneinrichtung erscheint ihr auf einmal überladen, der Teppich unter ihren Füßen zu dick. Sie schwankt auf die Tür zum Garten zu, ihre Stiefel versinken in der Erde, die Tränen machen sie benommen und verdrängen für den Moment alles andere. Ihre Brust krampft sich unter den Schluchzern zusammen, das Holz der Bank reibt ihre Handflächen auf. Die Zeit verrinnt in der nächtlichen Dunkelheit. Allmählich beruhigt sich ihr Atem, die kühle Luft wirkt wohltuend auf ihre gereizte Kehle. Ihre Gedanken sind ein weißes Blatt auf dem schwarzen Gras. Über ihr der Himmel, aber kaum Sterne.

»Was sagt der Arzt?«

Sie schreckt auf. Belles Laterne lässt Schatten über ihr Gesicht tanzen. Sie kommt offensichtlich vom Brunnen zurück, der Eimer, den sie abstellt, ist gefüllt. Sie setzt sich vorsichtig ans andere Ende der Bank, stellt die Lampe zwischen sie beide.

»Er machte einen besorgten Eindruck.«

»Sie auch.«

Pétronille widerspricht ihr nicht. Belle schenkt ihr selten Beachtung, und doch sitzen sie nun nebeneinander im Halbdunkeln. Sie wirkt heute Abend anders, und Pétronille braucht einen Moment, bevor ihr bewusst wird, dass das Gesicht dieser Frau für gewöhnlich keinerlei Gefühl erkennen lässt.

»Wissen Sie«, fährt sie fort, »sie hat oft von Ihnen gesprochen, als sie mit diesem Verrückten verheiratet war.«

»Monsieur Melet?«, fragt Pétronille, auch wenn sie die Antwort kennt.

»Sie sagte, dass Sie eine ihrer wenigen Freundinnen sind.«

»Charlotte stand sie auch nahe.«

»Die Frau aus dem Kloster? Ich bin ihr nie begegnet.«

Irgendwo im Garten fliegt ein Vogel mit raschelnden Flügeln auf.

»Madame Geneviève ist stärker, als Sie glauben.«

Der Wind hat Pétronilles Tränen getrocknet, sie zieht ihr Tuch fester um ihre Schultern. Sie würde gern etwas sagen, aber findet keine Worte. Als Belle weiterspricht, drückt sie sich langsam, vorsichtig aus.

»Ich war da in der Nacht, als es geschehen ist. Ich wollte zu Bett gehen, als ich ihn hörte. Er brüllte, wie immer. Ich habe an der Treppe, direkt unter ihnen gewartet.« Belle lässt ihren Blick durch den dunklen Garten wandern. Sie schüttelt den Kopf. »Er war so betrunken, dass er mich vom Treppenabsatz aus nicht bemerkt hat. Aber sie hat mich gesehen.«

Pétronille neigt sich näher zu Belle, deren Stimme noch ernster ist als sonst.

»Er konnte sich kaum aufrecht halten, sie stand hinter ihm. Er ging die Treppe runter, stolperte. Sie hat die Hand nach ihm ausgestreckt, ich glaube, sie wollte ihn festhalten.« Belles Augen richten sich auf den Kirschbaum. »Sie hat mich angesehen, ich stand einfach da. Ich habe sie angeschaut. Als er dann fiel, hat sie sich nicht gerührt.«

Pétronille unterdrückt einen Schauer. Für einen kurzen Augenblick wird Geneviève eine Fremde. Dann stellt sie sich eine Welt vor, in der Utu'wv Ecoko'nesel ihrer Familie nicht geholfen hätte – wozu sie fähig gewesen wäre, um Émile und Hélène zu retten. Sie ist erleichtert, es nicht erfahren zu müssen. Belle nimmt den Eimer und die Laterne. Der gelbe Lichtschein legt sich um ihr Kinn, beleuchtet ihre ernste Miene.

»Eine Frage stelle ich mir aber«, beginnt sie. Sie blickt auf die Blumen neben der Bank, packt dann Pétronilles Handgelenk, findet ihren Blick.

»Wer würde sich um mich kümmern, wenn ich Hilfe bräuchte?«

Sie wartet nicht auf die Antwort. Sie geht auf das Haus zu, ohne sich noch einmal umzudrehen, geht durch die Pfützen aus Licht, die die Kerze über ihre Füße gießt.

*

Am nächsten Morgen schreckt Pétronille aus dem Schlaf.

Das Volk der Natchez ist gefangen genommen worden, und die Neuigkeit versetzt die Stadt in Aufregung. Das kleine Kommando, das gestern im Hafen gesichtet wurde, hat die Bayous vor den anderen, schwerer beladenen Schiffen verlassen, ist den Schwarzen Fluss, den Roten Fluss und dann den Saint-Louis hochgefahren und hat die Hauptstadt schnell erreicht. Die beiden Schiffe sind Vorboten einer viel größeren Flotte: Bald würde die ganze triumphierende Armee zurückkehren, und mit ihnen dreihundertsiebenundachtzig versklavte Frauen und Männer der Natchez. Die Zahl lässt Pétronille nicht los. Sie steht für Frauen, Männer, Mädchen, für ein Gesicht, das ihr nur zu vertraut wäre.

Wie jeden Dienstag begleitet sie Hélène und Émile zu ihrer Katechismusstunde ins Kloster. In der Kutsche hört

Hélène nicht auf, ihrem Bruder in die Hose zu kneifen. Pétronille sollte einschreiten, aber ihre eigenen Kinder, die direkt vor ihr sitzen, scheinen weit weg. Sie ist aufgebracht, abwesend. Fast vierhundert Menschen. Durch das Fenster sieht sie einen hinkenden Jungen, der sich am Wagen vorbeischleppt, einen Korb mit lebenden Flusskrebsen in der Hand. Pétronille ist erleichtert, heute etwas zu tun zu haben. Sie hätte Geneviève nicht allein gelassen, aber ihre Freundin wirkte am Morgen besser, und ohnehin lehnt Monsieur Bienvenu es ab, von ihrem Bett zu weichen.

Neben dem Kloster holzen versklavte Afrikaner einen weiteren Arpent Zypressen ab. Pétronille weiß nicht, wozu die Flächen bestimmt sind. An den Namen des letzten Schiffes, das eine Ladung Siedler brachte, kann sie sich nicht mehr erinnern, öfter als von zufriedenen hört sie von desillusionierten Arbeitern, die im Hafen an Land gehen.

Das Zuhause der Ursulinen riecht nach frisch gemähtem Gras, aufgehendem Teig und Weihrauch. Schwester Marie-Madeleine empfängt Pétronille und die Kinder mit einem übertriebenen Lächeln, das die Narben auf ihrem Gesicht vertieft. Die Nonne will so verzweifelt helfen, dass es aggressiv wirkt. Als Pétronille im Kloster lebte, weigerte sie sich immer einzugestehen, dass ihr Gast sich nie wirklich erholen würde – dass weder die Ursulinen noch Gott, noch die Jungfrau Maria etwas für sie tun können.

Charlotte erwartet sie auf der Schwelle zum Unterrichtsraum. Ihr dunkles Kleid hebt die Blässe ihrer Haut hervor, die Sommersprossen auf ihren Wangen. Ihr Gesicht ist mit den Jahren schmaler geworden, ihre dünnen Lippen haben zwischen den Wangengrübchen ihren idealen Platz gefunden. Sie winkt sie herein, achtet nicht auf Schwester

Marie-Madeleine. Vor ein paar Monaten hat Charlotte Pétronille nach einer Unterrichtsstunde erklärt, warum sie die Nonne inzwischen meidet: Als Charlotte den Unterricht und die Chorleitung übernahm, hat Marie-Madeleine Bedenken geäußert, gemeint, dass eine solche Verantwortung nicht auf den Schultern eines Hausgastes liegen solle. Aber die Ursulinen empfingen jeden Tag mehr Mädchen, zu deren Ausbildung sie sich verpflichtet hatten. Die Oberin war viel zu sehr mit dem endlosen Bau ihres neuen Klosters beschäftigt, um sich um ihre Einwände zu kümmern. Charlotte wiederholte gern die Aussage, mit der Mutter Tranchepain ihren Vortrag beendet hatte: »Reißen Sie sich zusammen«, hatte sie zu Marie-Madeleine gesagt, »wir sind in Louisiane. Wir brauchen Frauen wie sie.«

Charlotte schließt die Tür, und das verkniffene Gesicht der Nonne verschwindet.

»Sie ist unverbesserlich«, sagt sie und wirft Pétronille einen vielsagenden Blick zu.

Pétronille nickt, und Charlotte lächelt sie an. Der Raum ist fast leer, es stehen nur wenige Möbel darin, ein paar Tische mit Tintenflecken, halb abgebrannte Kerzen, eine Kommode voller Bücher. Pétronille zieht einen Stuhl ans Fenster. Das Winterlicht zeichnet kleine Dreiecke auf den Holzboden, die Kommode ächzt müde, als Émile eine der Schubladen aufzieht. Charlotte ruft nach Hélène, die damit beschäftigt ist, ihre Handfläche mit einer dunkelblauen Feder zu kitzeln.

»Nicht diese«, bittet sie. »Nimm die, die du sonst auch benutzt.«

Dann zieht ihre Freundin die Arme vor die Brust, und Pétronille weiß genau, was sie sagen wird. Jeder ihrer wöchentlichen Besuche beginnt mit derselben Frage.

»Wie geht es Geneviève?«, fragt Charlotte.

Hélène taucht eine Gänsefeder in ihr Tintenfässchen.

»Besser«, erklärt das Mädchen.

»Besser?«, wiederholt Charlotte.

»Hélène meint, dass sie sich ausruht«, sagt Pétronille.

Émile zieht seine Schwester zur Kommode. Charlotte folgt den Kindern mit den Augen, die Lippen zusammengepresst.

»Das ist nicht das Gleiche wie *es geht ihr besser*«, korrigiert sie.

»Sie war müde in den letzten Tagen.«

»Pétronille, du lügst nicht besonders gut.«

Pétronille überschlägt die Beine, stellt sie wieder nebeneinander. Sie weiß, dass Geneviève ihr nicht alles über die Wochen, die sie vor vier Jahren bei den Ursulinen verbracht hat, erzählt hat. Sie hat das Thema nur einmal angeschnitten, im Hôtel-Dieu. Ihr heiterer Tonfall wirkte gezwungen, aber sie bediente sich der Geschichte, um Pétronille auf andere Gedanken zu bringen. An dem Morgen erwähnte Geneviève nur einen Kuss, aber sie erzielte den erhofften Effekt: Pétronille war darüber erheitert, die Anekdote führte sie in rosigere Zeiten zurück. Sie wusste, dass Geneviève in Paris verliebt gewesen war, und Charlottes Verhalten überraschte sie kaum – in Château-Thierry hatte sie oft zwei Dienerinnen beobachtet, die umschlungen hinter der Scheune standen. Die Frauen hatten ihre Küsse nicht einmal unterbrochen, als sie sich näherte, wahrscheinlich überzeugt, dass das Kind nicht begreifen konnte, was es sah.

Als Pétronille im Kloster jedoch feststellte, dass Charlotte Geneviève kaum erwähnte, verstand sie, dass ihre Freundin den wichtigsten Teil der Geschichte ausgelassen hatte.

»Hélène hat recht«, räumt sie ein, »es geht ihr besser. Viel besser als letzten Sonntag.«

»War der Arzt da?«

»Ja. Sie muss bis zur Geburt des Kindes im Bett bleiben.«

Charlotte drückt mit den Fingern gegen ihre Schläfe, öffnet den Mund, überlegt es sich dann aber anders. Sie wendet sich den Kindern zu.

»Beginnen wir«, verkündet sie.

Pétronille neigt sich zu ihr.

»Mach dir bitte keine Sorgen um sie.«

Charlotte scheint sie nicht gehört zu haben. Die Lektion dauert eine Stunde, bis die Glocke zur Vesper läutet. Charlottes Stimme hat nicht einmal gezittert. Sie begleitet Pétronille zum Tor, ihr Tonfall ist weicher, als sie sich verabschiedet. Der Wind fährt zwischen sie, die Kinder springen in Pfützen.

»Versprich mir, mich zu rufen, wenn etwas Schlimmes geschieht«, sagt Charlotte.

Pétronille versichert ihr, dass sie die Erste wäre, die sie informiert. Auf dem Heimweg versucht sie sich zu erinnern, ob Charlotte immer schon so war, schwankend, unberechenbar, und erinnert sich dann an ihre wechselnden Launen auf ihrer Fahrt über den Atlantik – das rothaarige Kind, das im Schiffsraum schmollte, war auch das Mädchen, dessen Mut sie gerettet hat. Die Luft hinter dem Fenster der Kutsche ist trüb, der Sonnenuntergang neblig, pastellfarben. Sie fragt sich, für welche Seite sich Charlotte entscheiden wird.

Im Flur trifft sie auf Monsieur Bienvenu, der im Ohrensessel an der Treppe sitzt. Sie ist überrascht, ihn dort vorzufinden: Er hat sich am Morgen noch einmal hinlegen müssen, da er wieder einmal Magenschmerzen hatte. Er hat ihr das Versprechen abgenommen, Geneviève nichts davon zu sagen. Bei ihrem Eintreffen steht er vorsichtig auf.

»Sie haben heute Besuch erhalten«, sagt er, nachdem Belle die Kinder mitgenommen hat, damit sie ihre tintenfleckigen Hände waschen. »Ihr Freund, Monsieur Cléry, war hier.«

Ihre Wangen sind rot, ihre Hände finden in ihrem Rücken zueinander. Er lässt sie nicht aus den Augen.

»Er hat wie ein Besessener herumgebrüllt, etwas über seine Frau gefaselt und mit abscheulichen Worten alles beschrieben, was ihr erspart geblieben ist, Vergewaltigung, Mord und Gott weiß was alles.«

Pétronille fasst sich an die Stirn. Sie fühlt ein Pochen, leicht, aber beharrlich.

»Ist Marie zurückgekommen?«, erkundigt sie sich.

Sie zwingt sich, den Teil ihrer selbst, der glauben will, was sie hört, zum Schweigen zu bringen. Sie sagt sich wieder, was sie schon weiß: Ihre Freundin ist tot. Sie sieht den Hafen in der letzten Woche wieder vor sich, überschwemmt von Soldaten; sie stellt sich vor, wie Monsieur Cléry von der Rückkehr der Truppen erfährt, nach draußen eilt, um die Männer anzubetteln, ihm zu sagen, ob sie seine Frau und seine Kinder gesehen hätten. Sie fragt sich, bis wohin Verzweiflung führen kann.

»Als ob ich den Taufnamen seiner Ehefrau kennen würde! Dieser Verrückte hat fantasiert. Er taucht ohne Ankündigung auf, krakeelt herum …«

Monsieur Bienvenu unterbricht sich. »Ich werde so ein Verhalten in meinem Haus nicht tolerieren.« Er senkt die

Stimme, wirkt plötzlich sehr besorgt. »Glauben Sie nicht, dass Madame Bienvenu nicht schon genug aushalten muss? Ist es nötig, sie mit diesen Dummheiten aufzuregen?«

»Verzeihen Sie mir«, murmelt Pétronille.

»Ich möchte Monsieur Cléry hier nicht mehr sehen.«

»Natürlich.«

Er nickt. Sein Zorn ist verraucht, er scheint erschöpft, gealtert. Er legt die Hand auf das Treppengeländer. Oben brüllt Louise, schnelle Schritte sind zu hören.

»Wissen Sie«, fügt er hinzu, bevor er hinaufgeht, »ich frage mich, ob er nicht auch Ihnen wehtut.«

*

Es ist das letzte Mal, dass ich dorthin gehe, sagt sich Pétronille erneut, zumindest bis zur Geburt von Genevièves Baby. Sie wird sicherstellen, dass Monsieur Cléry nie wieder zu den Bienvenus kommt – die Vergangenheit hat in der Rue d'Orléans keinen Platz. Zum ersten Mal findet sie die Vorstellung, woanders hinzuziehen, reizvoll – an einen Ort, der sie nie hat leiden sehen, an dem noch alles möglich wäre.

Am nächsten Tag geht sie in die Rue de l'Arsenal. Trotz des schlechten Wetters will sie die Bienvenus um keinen Gefallen bitten, nicht einmal um die Kutsche. Draußen fährt ihr der eisige Wind ins Gesicht, zerrt an ihrer Haut, als wollte er sie zerreißen. Sie hat Geneviève nicht gesagt, dass sie rausgeht. Kurz bevor sie ging, fand sie sie im Bett beim Verfassen eines Briefes vor. Sie lachten, als Pétronille sie fragte, ob sie ihren dicken Bauch wirklich als Schreibtisch nutze.

»Ich nutze ihn, so lange ich noch kann«, scherzte Geneviève mit müder Stimme.

Die Tür zur Pension öffnet sich, als Pétronille gerade anklopfen will. Madame Lemoine, die Wirtin, ist so breit wie der Türrahmen, die Wärme im Haus scheint von ihrem Leib auszugehen.

»Wer hat sich diese Stadt nur ausgedacht? Wer? Der Wind in diesen engen Straßen … Sehen Sie sich an, wie Sie aussehen!«

Pétronille tritt in den Flur. Die Kälte haftet an ihrem Rücken wie ein feuchtes Hemd.

»Ist Monsieur Cléry zu Hause?«

»Ja, das ist er«, flüstert Madame Lemoine und dreht am Türknauf, »und er hat Gesellschaft.«

Pétronille runzelt die Stirn. Sie ist die Einzige, die Monsieur Cléry besucht.

»Wer ist bei ihm?«

Madame Lemoine zuckt mit den Schultern.

»Ein Soldat«, antwortet sie.

Hoffnung und Enttäuschung durchfluten Pétronille zugleich. Sie wirft sich vor, das Unmögliche gehofft zu haben.

»Ein Mitglied unserer Garnison«, präzisiert Madame Lemoine. Sie wedelt mit der Hand zur Treppe. »Und keines der präsentabelsten, wenn Sie mich fragen.«

Pétronille hört Monsieur Cléry lachen, ein ansteckendes Wiehern, noch bevor sie den kleinen Salon betritt, in dem sie ihn für gewöhnlich antrifft. Bei ihrem Anblick verstummen die beiden Männer. Der Tisch ist mit Tellern übersät, der Kerzenständer entzündet und bis auf das Ochsenauge sind alle Fenster mit Leinenvorhängen verdeckt – es könnte auch Mitternacht sein. Selbst im Sitzen erscheint der Soldat groß, sein Hemd hängt lose an seinem knochigen Brustkorb, von seinem Suppenlöffel tropft es auf die Tischdecke.

Monsieur Cléry stellt sein Weinglas ab. Sein Lächeln wird breiter.

»Was für eine Freude«, ruft er, »welch Überraschung! Ein noch glücklicherer Zufall, als wenn ich Sie gestern bei Monsieur Bienvenu vorgefunden hätte.«

Er klingt begeistert, seine Halsmuskeln straffen sich über dem Kragen seiner Jacke. Pétronille nimmt auf dem Stuhl Platz, den er für sie heranzieht.

»Sie haben mich nicht gewarnt«, fährt Monsieur Cléry fort, »dass Monsieur Bienvenu so cholerisch ist.«

»Das ist er nicht. Und Sie hätten nicht …«

»Madame Ducros«, unterbricht sie Monsieur Cléry und wendet sich dem Soldaten zu, »ist die sehr liebe Freundin, von der ich Ihnen gerade erzählt habe.«

»Madame«, begrüßt sie der Mann.

Seine Augen, seine Nase und sein Mund sind in der Mitte des Gesichts zentriert wie das Blumenmotiv eines Tellers. Er trinkt einen Schluck, schaut Pétronille prüfend an.

»Und das hier ist Monsieur Blanchet, ein Held unserer Armee«, erklärt Monsieur Cléry.

Er hält inne, als müsste sie den Soldaten wiedererkennen. Als er sich zu ihr neigt, bringt er die Kerzenflamme mit seinem Atem zum Flackern. Er riecht nach Kartoffelpüree und Likör. »Er hat Marie gesehen. Er hat sie gesehen. Ich weiß, was Sie denken, aber hören Sie ihn an. Sagen Sie es ihr.«

»Sie war unter den Französinnen, die Gestochener Arm bis zum Ende bei sich behalten hat«, sagt Blanchet, bevor er seinem Gastgeber einen Blick zuwirft. »Weiß sie, wer Gestochener Arm ist?«

»Wissen Sie …«, beginnt Monsieur Cléry.

»Ja«, entgegnet Pétronille knapp.

Die Tante von Utu'wv Ecoko'nesel, ergänzt sie in ihrer Vorstellung, aber sie schweigt. Der Pfeifenrauch brennt ihr in der Nase.

»Eine der Sonnenfrauen«, erläutert Blanchet.

»Ich sage doch, dass ich sie kannte.«

Der Soldat wirft ihr einen überraschten Blick zu, fast besorgt. »Persönlich?«

Er schenkt sich Wein nach.

»Nein.«

Blanchets Gesicht entspannt sich.

»Nun ja«, fährt er fort, »es scheint, dass sie sich im April letzten Jahres nicht von all den Frauen getrennt hat, die ihr gedient haben. Sie hat die intelligentesten bei sich behalten.«

»Marie«, flüstert Monsieur Cléry.

»Klein, entschlossen, helle Haut.«

»Marie«, wiederholt Monsieur Cléry.

Er scheint auf Pétronilles Reaktion zu achten, doch ist wohl enttäuscht, denn er fokussiert sich gleich wieder auf den Soldaten.

»Sie muss mehr über den Zusammenhang wissen«, sagt er, »erzählen Sie ihr von der Expedition.«

»Natürlich. Mitte Januar sind wir aufgebrochen und den Schwarzen Fluss hochgefahren, nur wenige Tage später sind wir auf zwei Gruppen der Natchez gestoßen. Wir haben gleich zwei von ihnen erschossen, einen Mann und eine Frau.«

Pétronille unterdrückt einen Schauder. Sie zwingt sich, dem Bericht der finalen Schlacht zu lauschen. Wie die französische Armee den regenvollen Bayou bis zum Fort der Natchez überquerte und ihr Lager hinter einer Anhöhe errichtete, so nah an Fort Valeur, dass sie den Feind schießen hören konnte. Die Handgranaten, die über die Palisaden geworfen wurden, als die Natchez sich weigerten, die afrikanischen Sklaven gehen zu lassen, der heftige Kampf, trotz des Sturzregens, der das Schwarzpulver zu Brei werden ließ, die Schützengräben zum Schlammbett. Der mit der jungen Großen Sonne geschlossene Frieden nach einer viertägigen Schlacht.

Pétronille lässt Blanchet nicht aus den Augen. Er erinnert sie an die elenden, rachsüchtigen jungen Männer, die nach Schnaps stanken und in der Umgebung von Fort Rosalie herumirrten, zu allem bereit, überzeugt, dass Louisiane seine Versprechen gebrochen hat, indem es ihnen das fantastische Schicksal vorenthalten hatte, welches das ihre hätte sein sollen. Dann blickt sie Monsieur Cléry an. Seine Pupillen sind geweitet, er begleitet jeden von Blanchets Sätzen mit einem heftigen Kopfnicken, als hätte er selbst an dem Feldzug teilgenommen.

»Das Oberhaupt vom Mehldorf konnte mit den Seinen fliehen«, schließt der Soldat, »aber wir haben dennoch die meisten dieser Irren mitgenommen.«

»Sagen Sie ihr, was …«

»Nein«, unterbricht Pétronille. »Ich bin nicht hierhergekommen, um Ihre Kriegsgeschichten zu hören.« Sie atmet tief ein, die Worte schnüren ihr die Luft ab. Sie wendet sich an Monsieur Cléry: »Sie werden sie nicht wiedersehen.«

Er starrt sie mit leerem Blick an. Sein Mund steht halb offen, seine Kupferhand liegt im Fleischsaft. Er wirkt so erbärmlich, dass sie damit rechnet, dass er in Tränen ausbricht. Sie denkt an Utu'wv Ecoko'nesel, an ihr letztes Bild von ihr, allein am Flussufer, die bloßen Waden im Farn. Ihr wird bewusst, dass sie ebenso ihre Natchez-Freundin wie Marie meint.

Drückendes Schweigen stellt sich ein, ein Holzscheit kracht im Kamin, von der Straße erreicht sie das Geräusch rumpelnder Kutschräder. Blanchets leeres Glas schlägt dumpf auf dem Tisch auf.

»Die Truppen werden vor dem Ende der Woche zurück sein.«

Seine Stimme ist belegt. Monsieur Cléry scheint ihn nicht zu hören. Er starrt Pétronille an und wendet sich dann dem Soldaten zu.

»Ich glaube, Sie sollten gehen«, sagt er.

Blanchet protestiert, aber ohne große Überzeugung. Er flüstert Monsieur Cléry etwas ins Ohr, nimmt seinen Mantel und seine abgewetzte Kappe, schwankt zur Tür. Als Monsieur Cléry wieder das Wort ergreift, ist sein Blick auf das Ochsenauge gerichtet.

»Sie auch«, sagt er zu Pétronille.

*

Fünf Tage später weht der Wind hoch oben am Himmel, wälzt die fliehenden Wolken um. Das Wasser zittert, als würde es regnen, aber es sind nur die Insekten, die über die Oberfläche hüpfen. Pètronille kneift im Winterlicht die Augen zusammen. Mélanie und Hélène spielen am Wasser, das erste Mal seit Weihnachten, Hélène hockt im Gras, Mélanie passt auf sie auf, aber Pétronille weiß, dass sie rasch die Geduld verliert.

Ein paar Straßen weiter feiert das Heer seinen Sieg in Fort Valeur. Die dreihundertsiebenundachtzig Natchez – Frauen, Kinder und Krieger – werden bald eintreffen. Sie haben den ganzen Vormittag gewartet, nachdem die ersten Boote in den Hafen eingelaufen waren. Nach ihrer

Rückkehr vom Bayou Saint-Jean versicherte Belle, dass sie den Markt noch nie so leer gesehen habe, dass das Gemüse von der Côte des Allemands von den abgelenkten Einwohnern links liegen gelassen werde. »Sie haben sich alle auf dem Platz versammelt«, sagte sie mit angewiderter Miene, bevor sie ihren vollen Korb kopfschüttelnd in die Küche trug.

Mélanie kommt zu Pétronille, reicht ihr eine Blume, die einem offenen, blauen Mund ähnelt.

»Hélène würde gerne den Namen davon kennen und hiervon auch«, sagt sie und lässt eine Handvoll großer rosaroter Blütenblätter auf die Bank fallen. »Sie hat sie nicht gepflückt, sie lagen bereits auf dem Boden. Sie lässt fast niemanden ihre Pflanzen anfassen.«

Mélanie lacht wie Geneviève, die leicht zurückgezogenen Lippen enthüllen das Zahnfleisch.

»Du hast Glück, dass sie dir erlaubt hat, sie mir zu bringen«, sagt Pétronille.

Die blaue Blume ist ein Veilchen. Bei der anderen zögert sie, auch wenn ihr die Form vertraut ist. Vor Kurzem hat sie zu ihrer Überraschung wieder begonnen, sich für Pflanzen zu interessieren. Sie hat sogar welche gesammelt, um die zu ersetzen, die sie aus Natchez mitgebracht hat. Sie studiert die Blütenblätter genauer.

»Im Sommer hätte das Hibiskus sein können.«

»Madame Ducros, da ist jemand für Sie«, unterbricht sie Belles Stimme.

Pétronille rechnet immer damit, Monsieur Cléry auftauchen zu sehen, auch wenn sie bezweifelt, dass er ihr so bald einen Besuch abstatten wird. Nach der Szene mit Blanchet hat er ihr schließlich ein Briefchen geschickt, in dem er sich entschuldigte und erklärte, dass er für einige Zeit lieber allein bleibe. Er wisse, dass sie es verstehen werde. Sie gibt Mélanie das Veilchen zurück.

»Kümmere dich um Hélène«, bittet sie, aber das Mädchen ist bereits auf dem Weg zur Laube.

Ein Mädchen mit maulwurfbraunen Augen wartet am Fuß der Treppe. An ihrer Kleidung erkennt Pétronille eine der jungen Anwärterinnen der Ursulinen. In der Hand hält sie einen Brief.

»Von Madame Charpillon«, sagt die Novizin.

Das getrocknete Siegelwachs bildet zwei breite Streifen. Pétronille liest Genevièves Namen auf dem gefalteten Papier.

Sie findet die Tür des Schlafzimmers halb geöffnet vor. Heute Morgen ging es Geneviève besser. Sie sprach nur über die Neuigkeiten aus Frankreich, über das königliche Dekret, das die Rückgabe der Ländereien der Compagnie des Indes an den König anordnete. Nach jahrelangem Kampf hatte Louisiane die Träume der Franzosen zerstört. »Diese Kolonie ist verdammt, wenn selbst die Direktoren der Kompanie auf ihre Konzessionen verzichten«, beharrte sie. Die Wut ihrer Freundin, ihre Beunruhigung, ihr erregter Tonfall erfüllten Pétronille mit Freude. Sie konnte sich nicht erinnern, wann sie sie das letzte Mal so gehört hatte.

Geneviève sitzt in einem Sessel am Fenster. Sie beobachtet, wie Hélène und Mélanie zur Bank gehen.

»Ich glaube, sie haben einen Salamander gefangen«, sagt sie.

»Ein Brief ist eingetroffen.«

Geneviève schaut auf ihren Namen, Pétronille fragt sich, wie lange sie brauchen wird, um die ausladenden Schwünge des B und des G wiederzuerkennen, die für Charlottes Schrift charakteristisch sind. Sie ist geneigt, ihr weitere Fragen zu stellen, aber sie begnügt sich damit, einen Blick aus dem Fenster zu werfen. Die Sonne lugt immer wieder zwischen den Wolken hervor, über dem Gras schwebt ihr Spiegelbild, durch das die beiden Mädchen hindurchgehen, als wäre sie ein Geist.

»Hélène würde niemals ein so schleimiges Tier anfassen«, sagt Pétronille in dem Moment, als der Salamander aus den Händen ihrer Tochter schlüpft.

»Man muss mit allem rechnen«, flüstert Geneviève mit Blick auf den Brief.

»Charlotte wirkte um dich besorgt.«

»Wirklich?«, entgegnet Geneviève, und ihre Stimme ist mit Bitterkeit gefärbt.

»Ich fürchte, Hélène hat bei der letzten Stunde den Besuch von Doktor Le Cau erwähnt.«

Geneviève faltet den Brief auf. Sie schaut zu Hélène und Mélanie, die nun so nah am Fenster vorbeilaufen, dass ihre Stimmen durch das Glas zu hören sind.

»Wirst du hingehen?«, fragt sie.

»Ins Kloster?«

»Nein, zum Hafen.«

Die Zahl, dreihundertsiebenundachtzig, kommt ihr wieder in den Sinn. Pétronille stellt sich die gleiche Frage, seit Belle vom Markt zurück ist. Draußen ruft Hélène: »Mach das nicht!«, und Mélanie hält inne, ein abgerissenes Veilchen in der Hand. »Du darfst nur pflücken, was du brauchst …«, sagt Hélène so laut, dass Pétronille fast jedes Wort versteht. Sie errät den Schluss des Satzes, den sie selbst ihr eines Tages in Natchez zugeflüstert hat, als sie mit Utu'wv Ecoko'nesel

Seidenpflanzen sammelten: »Du darfst nur pflücken, was du brauchst, und nur, wenn du damit etwas Wichtiges vorhast«, erklärte Pétronille, nachdem Hélène mit einem Strauß Iris und Löwenmaul zurückkam. Das kleine Mädchen ließ die Blumen fallen. Später wollte es wissen, wie man unterscheiden könne, was wichtig sei und was nicht. »Das musst du selbst beurteilen«, antwortete Pétronille.

»Wirst du hingehen?«, fragt Geneviève noch einmal.

»Und wenn Utu'wv Ecoko'nesel dort ist?«

»Dann wirst du es wissen.«

»Und wenn ich das nicht will?«

Geneviève schweigt. Als sie mithilfe ihrer Zehen eine Fußstütze näher an den Sessel zieht, beißt sie vor Anstrengung die Zähne zusammen.

»Ich habe gehört«, spricht sie weiter, »dass zweihundert Natchez mit dem Häuptling des Mehldorfes entkommen sind.«

»Wenn ich hierbleibe, kann ich mir vorstellen, dass sie mit ihnen geflohen ist.«

Geneviève nickt. Sie zieht ihr Seidenhemd zurecht, und ihr geschwollener Bauchnabel tritt unter dem dünnen Stoff hervor.

»Utu'wv Ecoko'nesel hat Mut bewiesen, als sie dir geholfen hat.«

Es ist das erste Mal, dass Geneviève ihren Namen laut ausspricht. Sie deformiert ihn nicht einmal. Sie hat nie über den Novembermorgen gesprochen, an dem die junge Natchez-Frau ihre Freundin und ihre Kinder gerettet hat – sie hat nie zu verstehen gegeben, dass die Erinnerung an Utu'wv Ecoko'nesel ebenso kostbar sein könne wie die Rolle, die sie in Fort Rosalie gespielt hat.

Pétronille denkt an die Place d'Armes, an die Boote, an die versammelte Menschenmenge. Sie weiß nicht, ob die Natchez bereits von Bord gegangen sind. Im Eingangsflur sind die schnellen Schritte von Hélène und Mélanie zu hören.

»Ich werde zum Abendessen wieder zurück sein«, sagt Pétronille.

Geneviève lächelt und streicht über ihren Bauch.

»Wann hast du mich denn zum letzten Mal bei Tisch gesehen?«

*

Die Schiffe im Hafen schwanken, ihre Masten kratzen am Himmel – hinter ihnen ziehen die Wolken vorbei, kompakt, dicht. Pétronille beugt sich zum Fenster der Kutsche. Die Szenerie kommt ihr zuerst sonderbar vertraut vor: Die Soldaten laufen vom Hafen zu den Kasernen, eine Melodie summend, die königliche Lilie auf den zerrissenen Uniformen. Aber dieses Mal sind sie zehnmal so viele und doppelt so fröhlich wie die Männer, die ein paar Wochen zuvor eintrafen. Es gibt einen Sieg zu feiern, und ihre gute Laune, die in einem Zug geleerten Schnapsflaschen, die Luftschüsse erinnern Pétronille an ihre Kindheit, die unmögliche Ausgelassenheit der Gäste ihrer Mutter. Sie kann nicht glauben, gestern genauso wenig wie heute, dass sie in die gleiche Welt gehört wie sie.

»Ist alles in Ordnung, Madame?«, fragt Constantin von seinem Sitz aus.

Pétronille sieht, wie eine Kanone über das Fallreep rollt und droht einen dicken Unteroffizier umzufahren, bevor sie im Schlamm stecken bleibt. Das Schwarzpulver rieselt aus den Hörnern, die Frauen heben die Kisten mit

Lebensmitteln hoch, die Soldaten stapeln Äxte und Musketen am Wall. Die Boote scheinen mit jedem Gewehr und jeder Kiste Munition, die sie aufs Festland spucken, größer zu werden, als wären ihre Bäuche verhext, gewaltig genug, um einen Krieg über das Wasser zu tragen.

Als Pétronille die ersten Natchez auf dem Pont de L'Aigle auftauchen sieht, öffnet sie die Tür der Kutsche. Ihre Knöchel kommen ihr auf dem Trittbrett zerbrechlich vor. Sie stützt sich auf das Rad, spürt die Feuchtigkeit durch ihren Umhang bis zu ihrer Haut dringen.

Zuerst kommen die Männer heraus, deren Gesichtsbemalung Risse bekommen hat und kurz davor ist abzubröckeln. Sie tragen rote und blaue Lendenschurze. Ein paar Federn hängen von ihren Zöpfen, so kraftlos, dass es für den Wind ein Leichtes wäre, sie in den Himmel zurückzutragen. Ohne die Fesseln an ihren Handgelenken hätten die Krieger sie schon zurechtgerückt. Sie gehen zwischen den Reihen der Soldaten hindurch zum Stadtgefängnis. Pétronille sinkt gegen die Radachse, das Holz bohrt sich zwischen ihre Schulterblätter.

Als sie die weiblichen Gefangenen sieht, hebt sie den Blick zum Himmel und zwingt sich dann, das Kinn wieder zu senken. Die Schaulustigen und die Soldaten rühren sich nicht. Am Hafen bewegt sich nur die endlose Schlange der Natchez-Frauen. Ein Mädchen greift mit seinen freien Händen nach dem Baumrindenrock seiner Mutter, und beim Anblick der Stofffalten zieht sich Pétronilles Brust zusammen – sie hat die Kleidung von Utu'wv Ecoko'nesel immer bewundert, deren Holz durch die Berührung mit der Haut so weich geworden war. Ein Kapitän mit dunklem Bart treibt die Frauen brüllend zur Eile an. Pétronille schaut in die Gesichter, geht ein Stück weiter, um keines zu verpassen. Eine tätowierte Schulter oder eine zinnoberrote Schlangenzeichnung auf einem Arm, ein Mädchen mit getrocknetem Blut an der Stirn, ein Baby an der Brust, den Blick ins Leere gerichtet. Mehr als einmal ist sie versucht, die Augen zu schließen. Doch dann könnte sie sich sagen, dass sie Utu'wv Ecoko'nesel einfach nur verpasst hat. Das Fallreep wird abgenommen und zum nächsten Schiff gebracht, aus dem eine zweite Reihe Gefangene kommt und ihren Blick auf die erste verstellt.

Pétronille hält Ausschau nach Utu'wv Ecoko'nesels Gestalt, bis die Sonne untergeht und der Winter wieder über die Stadt hereinbricht, bis der Hafen und die Place d'Armes sich leeren und nur noch das Lachen aus den Quartieren der Armee zu hören ist – und dann die Stimmen zweier Soldaten, ganz nah, Constantin, der neben den Pferden angerempelt wird, die Stimme des einen erklärt, dass nicht genug Platz da sei, dass die meisten Frauen in die Sklavenquartiere der königlichen Plantage gebracht werden müssten. »Ein Grund mehr«, antwortet der zweite, »sie so schnell wie möglich nach Saint-Domingue zu verschiffen und zu verkaufen.«

»Madame?«, sagt Constantin.

Der Kutscher steht vor dem Gefährt und wärmt sich die Hände an den Nüstern der Pferde. Seine Lippen sind blass und trocken.

»Sollten wir nicht nach Hause fahren?«

»Ja«, entgegnet Pétronille, »fahren wir.«

Sie fragt sich kurz, was Constantin über sie denken mag, eine Französin, die sich dieses morbide Spektakel anschaut. Sie weiß nicht, ob er im Bilde darüber ist, was sie in Fort

Rosalie erlebt hat. Sie will nur eines: Geneviève erzählen, dass sie bis zum Schluss geblieben ist und Utu'wv Ecoko'nesel nicht gesehen hat.

Sie weiß, dass ihre Freundin von ihr unbemerkt hätte vorbeigehen können. Vielleicht hat sich Utu'wv Ecoko'nesel in einer Gruppe Frauen aufgehalten, das runde Gesicht hinter dem einer anderen verborgen. Vielleicht wurde sie bei der Belagerung getötet oder war an Bord der Schiffe auf dem Weg nach Nouvelle-Orléans gestorben. Sie konnte sich zu einem verbündeten Stamm geflüchtet haben, weit weg von hier, wie so viele andere. Pétronille wird nie erfahren, was aus ihr geworden ist. Sie wird mit dieser Ungewissheit, die einen Beigeschmack von Hoffnung hat, leben müssen.

Bei ihrer Rückkehr findet sie das Haus still vor, die Kinder sind im Bett. Belle kommt aus Genevièves Schlafzimmer, einen Topf warmes Wasser in den Händen. Sie runzelt die Stirn, als sie sieht, wie ihr Mann seine Finger anhaucht, rot vor Kälte. Constantin gibt ihr ein unauffälliges Zeichen und verschwindet im Flur. Als Pétronille sie nach Geneviève fragt, schüttelt Belle den Kopf.

»Sie hatte Wehen.«

»Hat die Geburt begonnen?«

»Der Arzt ist da, er sagt nein«, antwortet Belle. »Aber wenn Sie mich fragen, ist es bald so weit. Sie braucht uns«, fügt sie hinzu und macht sich auf den Weg in die Küche.

Das Blut pocht unangenehm durch Pétronilles eiskalte Hände. Im Salon erblickt sie Monsieur Bienvenu, der mit dem Rücken zu ihr ein Glas Brandy leert. Das Haus erscheint ihr fremd, wie beim ersten Mal, als sie es betrat.

Der Geruch des Schlafzimmers trifft sie wie eine Ohrfeige. Es riecht nach Eisen und Schweiß, etwas Metallischem, das an der Zunge haften bleibt. Dann hört sie das Geräusch. Ein rauer Ton, schneller Atem. Genevièves Gestalt im Bett wirkt animalisch.

Pétronille kniet sich neben sie. Sie denkt an Lorient, an Biloxi, betrachtet das umgekehrte Abbild dessen, was sie gewesen sind. Geneviève an ihrem Bett, an dem Tag, als sie darauf wartete, dass ihr Kind sie verließ – ihr zuflüsterte, dass nichts von Dauer sei, nicht einmal der Schmerz. Pétronille erinnert sich an diese Worte, die damals treffend waren, heute aber unsagbar sind.

Noch ein anderes Bild tritt ihr ins Gedächtnis. Ein strahlender Nachmittag in Fort Rosalie, am Ende des Sommers, der endlich das vollkommene Gleichgewicht zwischen milder Brise und Licht gefunden hatte; die Franzosen und die Natchez, die bald sterben würden, noch am Leben, das Dorf schwebend in diesem fragilen Frieden – ungerecht, aber real. Ihr gegenüber sitzt Utu'wv Ecoko'nesel, deren linienförmige Tätowierung sich auf ihrer Nase vor Konzentration kräuselt und deren Perlmuttohrringe leicht baumeln. Ihre gelbbraunen Augen sind auf ihr Messer gerichtet, Pétronille wagt es nicht, sie zu unterbrechen. An dem Tag bringt Utu'wv Ecoko'nesel ihr eine einfache Rezeptur bei, die Geburtsschmerzen lindert. Ein simples Heilmittel, das keine Rettung verspricht – das man ausprobieren kann, wenn es sich anbietet.

»Ich komme wieder«, sagt Pétronille. Sie ergreift Genevièves Hand und drückt sie fest. »Ich habe etwas, was dir vielleicht hilft.«

12

Geneviève

Nouvelle-Orléans, Juni 1734

Es ist schon spät, als Geneviève aus der Indigofärberei nach Hause fährt. Der Pontchartrain-See liegt nur zwei Meilen von Nouvelle-Orléans entfernt, aber heute, in der öligen Junihitze, erscheint ihr der Weg endlos. Als ihre Kutsche endlich in der Stadt eintrifft, haben sich die Straßen abgekühlt, die Soldaten der benachbarten Wache schmiegen sich lachend an die Hälse der Frauen mit vom Rouge geröteten Wangen.

Die Reise war nicht vom erhofften Erfolg gekrönt gewesen. Sie hatte sich wochenlang um dieses Treffen mit Monsieur Rachard bemüht, dem Besitzer einer der größten Plantagen von Saint-Domingue. Sie hat ihm die Indigofärberei gezeigt, die sie ein Jahr zuvor von ihrem dritten Mann geerbt hat, ihm die Wanne präsentiert, in dem die Pflanzen fermentieren, die Bottiche, in dem das Sediment trocknet. Sie hat ihm erklärt, dass ihr Indigo zum besten des Kontinents zähle, dass sogar die Spanier es als solches anerkennen. Sie hat ihm zwanzig Prozent ihrer besten Ware angeboten. Sie erhalte drei Ernten im Jahr, er vier. Im Gegenzug könne er ihr den gleichen Prozentsatz auf seine Verkäufe geben und ihr dadurch ein Einkommen zwischen den Ernten garantieren. Sie hat ihm versichert, dass sie so beide einen Gewinn hätten – sie würden die Erträge teilen, um eine stabile Produktion zu gewährleisten. Besser, sie wären Verbündete, als Rivalen.

Sie hatte erwartet, dass er ihr Angebot auf der Stelle annehmen würde. Stattdessen versprach er, ihr bald zu schreiben.

Seine Reaktion versetzt sie in Sorge. Als sie ihren Konkurrenten am Morgen zum ersten Mal sah, erinnerte sie sein freundliches Lächeln an die Art, wie Pferde den Stalljungen aus der Hand fressen, an ihre ungeschickten, erstaunlich weichen Lippen, vage bedrohlich. Ein paar Stunden später, als Monsieur Rachard ihr verkündete, dass es heute zu keiner Vereinbarung käme, dachte Geneviève nicht mehr an die flaumigen Nüstern, sondern an die Äpfel, die von den gewaltigen Zähnen der Tiere zermalmt werden. Auf dem Rückweg ist sie darum bemüht, die Erinnerung an ihren zweiten Mann zu verdrängen. Im Land der Illinois hatte Monsieur Melet es auch verstanden, sein wahres Wesen zu verbergen.

Ihr dritter Mann, Monsieur Bienvenu, war ganz anders: so stur wie ein Kind, aber erstaunlich aufmerksam und zuvorkommend. Nachdem sie mit Melet monatelang durch die Hölle gegangen war, hatte seine Sanftheit Geneviève überrumpelt. Es schien unmöglich, nicht mehr das Stampfen der Stiefel auf der Treppe zu fürchten oder nachts Mélanies Zimmertür abzuschließen. Wenn sie verheiratet wäre, würde niemand versuchen, das Haus in seinen Besitz zu bekommen. Sie nahm also an, als Monsieur Bienvenu, der entschlossen war, seine eigene Indigofärberei in Louisiane aufzubauen, um ihre Hand anhielt.

Er war überzeugt, dass dieser neue Industriezweig die Kolonie retten würde – und doch hatte er nicht mehr miterlebt, wie seine Plantage gewinnträchtig wurde, der Verwalter in das große Steinhaus zog, das Monsieur Bienvenu neben den Feldern bauen wollte. Geneviève hatte immer gewusst, dass es Geldverschwendung war, aber ihr Mann bestand darauf: Seiner Meinung nach mussten die Sklaven, die er eilig zu kaufen hoffte, um das Grundstück zu roden, beeindruckt werden. »Wir müssen sie daran erinnern, wo ihr Platz ist«, sagte er im Juni 1731, als eine Gruppe Afrikaner, angeführt von Samba Bambara, einem versklavten Übersetzer, beschuldigt wurde, gegen die Franzosen zu komplottieren. Monsieur Bienvenu war blass von der Place d'Armes zurückgekehrt und hatte erzählt, dass die Beteiligten der Verschwörung dem obersten Rat von Louisiane zufolge geplant hatten, alle Weißen der Pointe Coupée in La Balize zu ermorden.

Den Prozess verfolgte Geneviève in jenem Sommer kaum. Sie konnte es sich nach der schweren Geburt von Elisabeth ein paar Monate zuvor nicht erlauben. Damals verließ sie sich schon vollkommen auf Belle – eine Stütze, die sie, wie ihr nun bewusst wird, nicht hätte als garantiert ansehen sollen. Das einzige Mal, als sie mit ihr über die Verschwörung sprach, lachte Belle auf. »Ich bin vom Volk der Yoruba«, antwortete sie. »Ich weiß nicht, worauf Sie anspielen. Ich kann nicht für die Bambara sprechen.« Von ihrem Heimatland erzählt sie nur in Fetzen: die Vögel, die ihre Flügel in den Mangroven trockneten, die Orakelbretter der Ifà-Priester, die Tänze im August zu Ehren einer gewissen Oshun. Geneviève versteht nichts von Belles Religion, ihrem obersten Gott Olorun, den Orishas. Im Laufe der Jahre hat sie gelernt, vor den Gebeten, die in den Sklavenunterkünften stattfinden, die Augen zu verschließen, sie hat Belle aber verboten, ihren Glauben mit den Kindern zu teilen.

Geneviève hat lange geglaubt, dass die Afrikaner alle die gleichen Gottheiten verehren, dass sie alle aus dem einen Land kommen, das Belle beschreibt. Das war, bevor Monsieur Bienvenu ihr erklärte, dass die Bambara geplant hätten, sobald die Kolonie unter ihrer Kontrolle wäre, jede Schwarze Person, die nicht ihrer Nation angehört, zu versklaven. Oder zumindest behauptete das der Gouverneur.

Ihr Mann hatte oft über Bauchschmerzen geklagt. Als sich sein Gesundheitszustand verschlimmerte, vertraute er ihr alles an, was er über die Indigo-Produktionsverfahren wusste. Doktor Le Cau sagte, dass seine Nieren ihn im Stich ließen, und auch wenn Geneviève sich an seine Krisen gewöhnt hatte, hätte sie sich nie vorstellen können, dass sie ihn das Leben kosten würden, bevor er achtunddreißig war. Ihre Tränen bei der Beerdigung waren echt – er war immer gut zu ihr gewesen.

Sie hatte nie etwas mit der Plantage ihres Mannes zu tun haben wollen, aber sie konnte nicht ohne Einkommen leben. Der Gedanke, wieder in Armut zu fallen wie in ihrer Kindheit, erschreckte sie. Einen Monat nach seinem Tod begann sie, ein paar Herren aus Nouvelle-Orléans, die zwar nie eine Färbewanne angefasst, aber von diesen neuen Techniken Wind bekommen hatten, zu befragen, was sie über die berühmte blaue Farbe wussten. Sie hörte sich an, wie sie den Vorgang der Fermentierung beschrieben, die Oxidierung, die Sedimentierung, unterbrach sie stets, wenn sie einen dieser Fachbegriffe verwendeten. Ihr entging kein Wort der Unterhaltung. Zum ersten Mal im Leben war sie in der Lage, Entscheidungen zu treffen, die nur von ihr abhingen.

Sie verstand endlich, was sie in der Trauer nach Pierres Tod nicht imstande war zu begreifen, was sie in dem Schockzustand nach der Beerdigung von Monsieur Melet nicht gesehen hatte: Witwen sollte man fürchten. Es sind freie Frauen.

Als sie allein auf die Plantage zurückkehrte, waren die fünfzehn versklavten Afrikaner, die Monsieur Bienvenu erstanden hatte, in die Hütten am Seeufer gebracht worden. Sie erinnert sich noch daran, wie überrascht Hérin, der Verwalter, war, als sie ihn bat, sie vor dem Haus zu versammeln. Er schüttelte den Kopf, ging wortlos davon. Sie sah zu, wie sie sich setzten, die Kinder auf die Schöße ihrer Mütter. In der Wintersonne beschrieb Geneviève ihnen, wie man die Blätter fermentiert, die gewonnene Flüssigkeit aufschlägt, um Sauerstoff hineinzubekommen, und sie dann ruhen lässt, um vom Boden des letzten Kessels das Indigomehl zu schöpfen. Sie zeigte ihnen die Pflanzen und Samen, deutete auf die großen Lagerhäuser. Sie hörten und sahen ihr zu.

Sie erinnert sich an das Gelächter an jenem Morgen, das zwei Frauen nicht unterdrücken konnten. Sie verstand erst ein paar Tage später, dank Belle, was ihr Mann und die Herren von Nouvelle-Orléans, all jene, die ihr beschrieben hatten, wie man Indigo herstellt, vergessen hatten zu erwähnen: dass das Schwarze Volk in dieser Sache bewandert war, dass die Kenntnisse der Franzosen in Wahrheit aus Afrika kamen. »Meine Mutter war Färberin«, erzählte ihr Belle, »und ich auch, davor.« Geneviève fühlte das Blut in ihre Wangen steigen. Sie hatte einer versammelten Menge von versklavten Männern und Frauen eine Prozedur erklärt, die ihre Vorfahren erfunden hatten. Sie schämte sich so sehr, dass sie mehrere Wochen nicht auf die Plantage zurückkehrte. Als sie Belle fragte, warum sie ihr nie von ihrem Beruf erzählt habe, ließ sich diese mit ihrer Antwort Zeit: »Weil Sie mich nie danach gefragt haben.«

Heute Abend erwartet Belle sie wie immer vor dem Haus. Die Laterne erhellt ihre hohen Wangenknochen, das Kleid, das perfekt auf den schmalen Hüften sitzt. Constantin nimmt die Pferde am Zügel, flüstert ihnen auf dem Weg in den Stall etwas ins Ohr. Belle hebt mit einer flüssigen Bewegung den kleinen Koffer hoch. Geneviève hofft, dass sie die Kinder nicht allein gelassen hat, dass es Alexandre besser geht. Geneviève hat ihr immer ihr Vertrauen geschenkt, aber seit Belles Sohn vor ein paar Wochen krank geworden ist, verbringt diese immer mehr Zeit an seinem Bett und immer weniger bei Mélanie und ihren Geschwistern. Geneviève weiß, dass sie mehr zu Hause sein sollte, aber im Moment kann sie es nicht.

»Die Kleinen dachten, dass Sie schon gestern zurückkommen«, sagt Belle und folgt ihr ins Haus.

Der Eingangsflur ist kaum beleuchtet. Geneviève glaubt Louise oben weinen zu hören, aber als sie die Ohren spitzt, erreicht sie nur das Quaken der Frösche im Garten und im Bayou. Auf der Plantage versucht sie, nicht an ihre fünf Kinder zu denken. Hérin fällt es ohnehin schwer, sich ihr unterzuordnen – unnötig, ihn daran zu erinnern, dass sie auch Mutter ist.

»Ich auch. Wie geht es Alexandre?«

Belle zuckt mit den Schultern. Sie benutzt die französischen Namen ihres Sohnes und ihres Mannes fast nie, sie sind in ihren Ohren sinnlos und werden an die, die ihnen bei ihrer Geburt gegeben wurden, nie herankommen. Als Geneviève sie ein einziges Mal nach ihrem Taufnamen fragte, entgegnete Belle mit einem bitteren Lachen, dass sie, wenn sie sich schon aufgeben müsse, zumindest einen schmeichelhaften Namen aussuchen könne.

»Das Fieber ist heute Nachmittag wieder gestiegen.«

Sie führen dieses Gespräch nicht zum ersten Mal. Als Geneviève Alexandre, kurz nachdem er krank geworden war, besuchte, erkannte sie den lebhaften, fröhlichen Jungen, der seinem Vater in den Ställen half, kaum wieder. Sein Hemd war schweißdurchtränkt, dünne Adern verliefen auf seinen Lidern, neben der Strohmatte stand ein Topf mit Wasser. In letzter Zeit geht Belle im Morgengrauen zum Fluss, um ihn zu füllen, ohne dass Geneviève den Grund versteht. Wenn sie ihr anbietet, den Arzt zu holen, lehnt Belle stets ab. Sie antwortet ihr, dass er nicht in der Lage wäre, den Körper und den Geist ihres Sohnes zu heilen.

»Vielleicht hat Madame Lancert einen Vorschlag«, versucht Geneviève nun in der Hoffnung, dass Belle Pétronille eher vertraut als Doktor Le Cau.

»Ich habe meine Pflichten in Ihrer Abwesenheit nicht vernachlässigt, wenn Sie das wissen wollen.«

Geneviève atmet tief ein. Belle hat natürlich recht – sie hatte daran gedacht. Sie weiß, dass der Verwalter der Indigofärberei es nicht tolerieren würde, dass eine Sklavin so mit ihm spricht – einer der Gründe, warum Geneviève Belle nie auf die Plantage schicken würde, trotz ihrer Erfahrung als Färberin. Im letzten Monat hat Hérin seine Hunde auf Jasmin gehetzt, ohne Geneviève zu konsultieren. Der alte Mann war in den Tagen darauf gefangen worden. Sein rechter Fuß war verletzt, er zitierte den *Code Noir*, sagte, dass seine Flucht nicht mit mehr als fünfundzwanzig Peitschenhieben bestraft werden dürfe. »Wenn es nach seinem verdammten *Code Noir* ginge, hätte er mit einer Lilie gebrandmarkt werden und beide Ohren verlieren müssen«, knurrte Hérin. Woraufhin Geneviève entgegnete: »Und allen Käufern zeigen, dass wir einen Flüchtigen haben?« Da er nicht antwortete, fügte sie hinzu: »Da Sie schon dabei sind, warum ihn nicht vors Gericht in Nouvelle-Orléans zerren und für das Holz zahlen lassen, dass Sie benutzt haben, um ihn zum Reden zu bringen?« Geld, Entwertung, möglicher Verlust seiner Sklaven – das sind die einzigen Argumente, die Geneviève zur Verfügung stehen, um ihn von einer zu harten Bestrafung abzuhalten. Vor sechs Monaten beschloss sie, die tägliche Essensration zu erhöhen, aber sah davon ab, ihm zu sagen, dass sie ihren Hunger stillen wollte. Hérin hätte es nicht verstanden, hätte ihr nicht gehorcht. Sie gab also vor, den Ertrag der Färberei erhöhen zu wollen – das akzeptierte er.

Ein paar Kämpfe hat sie aber doch gewonnen. Hérin konnte nichts dagegen ausrichten, dass sie Eléonore erlaubte, James Mingo zu heiraten, einen freien Schwarzen Engländer, der aus Carolina gekommen war. Am Morgen hat er ihr die ersten zehn Prozent des Preises seiner Verlobten entrichtet. Als Geneviève Hérin mitteilte, dass die Kinder des Paares frei geboren werden würden, schien er fast zu ersticken.

Aber von Nouvelle-Orléans aus kann sie sich nicht vergewissern, dass ihren Anordnungen Folge geleistet wird, dass der Verwalter die Sklaven auf dem Feld singen lässt, dass er ihnen mehr gibt als die vorgeschriebenen eineinhalb Pfund Mais, dass er den verschimmelten Speck durch anständiges Fleisch ersetzt. Sie kann nur dafür sorgen, dass es bei ihr zu Hause anders zugeht.

»Ich werde erst in ein paar Wochen wieder gehen«, versichert sie.

Belle trägt den kleinen Koffer wortlos nach oben. Geneviève nimmt den Korb mit den Maulbeerblättern hoch, die sie in der Nähe des Pontchartrain-Sees geerntet hat. Ihre Schritte hallen im Eingangsflur, fast bleibt sie in einem Stück Stoff hängen, das auf dem Boden liegt – das Haus aufzuräumen hat Belle in letzter Zeit vernachlässigt. Geneviève hebt Laurents Hemd auf, an das sie Sicherheitsbändel genäht hat. Der Zweijährige brachte aus dem Garten mehr blaue Flecken als Blumen mit.

Der Name ihres Sohnes steht in Monsieur Bienvenus Testament ganz oben. Als er auf die Welt kam, dankte Geneviève dem Säugling still. Seinetwegen würde sie nicht kämpfen müssen, um den Besitz ihres Mannes zu erben, wie sie es nach Monsieur Melets Tod hätte tun müssen, wenn sie unverheiratet geblieben wäre. Niemand würde versuchen, ihr wegzunehmen, was ihr zustünde. Laurent war der Mann in der Familie, er ersparte ihr eine weitere Ehe.

Seit Monsieur Bienvenus Ableben ist Geneviève überzeugt, dass sie ihren Teil der Abmachung, die sie mit der Superiorin der Salpêtrière geschlossen hat, erfüllt hat. Sie hat der Kolonie fünf Kinder geschenkt. Sie hat ausreichend dafür gezahlt, aus der *Grande Force* entkommen zu sein.

Drei Jahre zuvor schrieb sie an Mademoiselle Pancatelin. Sie war mit Elisabeth schwanger und fürchtete zu sterben. Der Inhalt des Briefes war unwichtig. Das Schreiben an sich enthielt die wichtigste Botschaft: Geneviève hatte überlebt, und sie wollte, dass die Direktorin der Salpêtrière es erfuhr. Acht Monate später erhielt sie die Antwort. Die Schrift war klar und rund, der Brief unterzeichnet mit »Mademoiselle

Bailly, Superiorin.« Diese Frau, diese Fremde, teilte ihr mit Bedauern das Ableben von Mademoiselle Pancatelin am 26. Oktober 1725 mit, nach mehr als fünfzig Jahren treuer Dienste.

Zu diesem Zeitpunkt hatte Geneviève im Land der Illinois gelebt. Mélanie war drei und hatte Fieber, Pierre hatte gerade ein verletztes Pferd erschossen. Sie konnte nicht anders, als sich zu fragen, wo Mademoiselle Pancatelin ihren letzten Atemzug getan hatte – wo sich die Marquise d'Argenson befand und ob sie den Tod ihrer Schwester beweint hatte.

Das alles liegt nun hinter ihr. Die Superiorin war die einzige Person, der Geneviève irgendetwas schuldete. Nun, da Mademoiselle Pancatelin tot ist, würde sie weder auf den Kollegen ihres zweiten Mannes noch auf die Mitglieder der Gouverneursregierung hören. Ihre Kritik würde an ihr abprallen – eine Mutter müsse bei ihren Kindern bleiben, die Geschäfte ihrem neuen Mann anvertrauen. Sie würde ihr Angebot, ihr bei der Verwaltung ihres Besitzes zu helfen, bis Laurent erwachsen wäre, ablehnen. In fünfzehn Jahren wären ihre Haare zu grau, ihre Haut zu runzlig, um noch einen einzigen Verehrer anzulocken. In fünfzehn Jahren wäre sie vielleicht nicht einmal mehr am Leben.

Geneviève geht den Flur entlang, ihre Füße versinken in den silbrigen Fransen des Teppichs. Das Haus ist eines der wenigen aus Stein in Nouvelle-Orléans. Sie hat die Tapeten nach Monsieur Melets Tod auswechseln lassen. Sie wollte die Wände, die ihren Körper verletzt hatten, ihr Gesicht, nie wieder berühren. Als Monsieur Bienvenu entschied, dass ihr Schlafzimmer im Obergeschoss liegen würde, stieß Geneviève einen Seufzer der Erleichterung aus. Sie hätte in dem Raum, den sie mit ihrem zweiten Ehemann geteilt hatte, nicht schlafen können. Sie stellt den Korb ab, sucht nach ihrem Schlüsselbund. Sie hört Belle die Treppe herunterkommen, Madame Lancert sei am Nachmittag hier gewesen.

»Pétronille? Was wollte sie?«

»Ich weiß es nicht. Sie wird morgen beim Abendessen mit Ihnen darüber sprechen.«

Geneviève wartet, bis Belle die Tür ihrer Unterkunft neben der Küche schließt, bevor sie den Schlüssel ins Schloss schiebt. Der Raum hat Monsieur Bienvenu einmal als Weinkeller gedient. Nichts machte ihren dritten Mann glücklicher als ein guter Tropfen. Er importierte Wein aus Frankreich, selbst dann, als der Aufbau seiner Plantage sich immer weiter verzögerte. Ein paar Tage vor seinem Tod, im November 1732, bat er sie, seinen bevorzugten Bordeaux zu holen. Die Flasche war mit einer so dicken Schicht Staub bedeckt, dass Geneviève noch hustete, als sie wieder ins Schlafzimmer trat. Er hatte Schwierigkeiten, sich in den Kissen aufzurichten, und sie hatte ihm aus der Flasche zu trinken gegeben.

Sie war damals im vierten Monat schwanger und erschöpft. Bei der Beerdigung stützte sie sich mit ihrem ganzen Gewicht auf Pétronilles Arm. Sie hat kaum Erinnerungen an jenen Herbstnachmittag. Der zitronige Duft ihrer Freundin, ihr Schleier, der die Welt mit schwarzen Punkten bedeckte, und am Friedhofstor eine verlegene Charlotte, in ihrer für den Anlass idealen Klostertracht.

Sie wechselten an dem Tag ein paar Worte, aber nichts Weltbewegendes. Geneviève hatte seit ihrem letzten Brief, der sie erreichte, als sie Laurent erwartete, nichts mehr von

Charlotte gehört. Damals hatte Pétronille das Haus in der Rue d'Orléans bereits verlassen und Doktor Lancert geheiratet. Geneviève wusste, dass Charlotte immer noch im Kloster unterrichtete. Sie hatte sich oft gefragt, warum sie nie den Schleier angenommen hatte. Ihre Briefe lieferten ihr, wenn auch indirekt, eine Antwort. Charlotte schien nur um eines besorgt: zu erfahren, ob sie gesund und in Sicherheit war.

Zu Beginn wusste sie nicht, was sie mit dem, was sie schrieb, anfangen sollte, mit der Wut, die es hervorrief. Dann begann sie zwischen den Zeilen etwas anderes zu lesen – Scham, Schuld, das gleiche Bedauern, das, so hoffte sie, Charlotte daran gehindert hatte, Nonne zu werden. Geneviève wusste vielleicht nicht, was an jenem Wintermorgen im Büro der Superiorin vorgefallen war, aber sie erinnerte sich gut an Charlottes eisiges Schweigen in den letzten Wochen im Kloster. Eine Ursulinennonne sollte Güte walten lassen, verzeihen können, und Charlotte war, als Geneviève sie brauchte, nicht dazu fähig.

Der Weinkeller ist eng und dunkel. Die Seidenraupen sind vor drei Tagen aus Frankreich angekommen, eine Akazienschatulle voller runder Eier, dunkler als Lavendelsamen. Als sie den Deckel hochklappt, entdeckt Geneviève kleine runde Kreise auf den Eiern. Sie mögen Dunkelheit und Feuchtigkeit, morgen oder übermorgen würden hungrige Raupen ihren Platz eingenommen haben. Auch wenn Geneviève sie vor Monaten bestellt hat, wissen die Kinder nichts über ihr neues Vorhaben, sie dürfen den Raum nicht betreten. Als Mélanie sie nach dem Grund fragte, antwortete Geneviève, dass dieser Ort sie dahin zurückbringe, wo sie herkomme, die Provence. Laurent hatte die Reaktion seiner Schwestern abgewartet und dann gelacht; Louise und Elisabeth sagten nichts, richteten nur ihre gelbbraunen Augen auf sie. Allein Mélanie hat ihre blauen Augen geerbt.

Geneviève stellt die Schatulle in eines der Flaschenregale zurück – halb leer erinnern sie sie an Waben in einem Bienenstock. Hier ist es immer kühl, fast wie in der Zucht ihrer Eltern, in der die dicken Mauern die Sommerhitze fernhielten. Sie stellt den Korb mit den Blättern des weißen und roten Maulbeerbaums auf den Boden. Noch eine Handvoll von den süßlich weißen, und ihre Versuche können beginnen.

*

Am ersten Juli versammelt Geneviève ihre Gäste wie jeden Mittwoch zum Abendessen, eine Tradition von Monsieur Bienvenu, die sie entschieden hatte fortzuführen. Doktor Lancert und Pater de Ville tun ihre Enttäuschung über ihre kurzfristige Absage in der Woche zuvor kund, einen Tag nach ihrer Rückkehr aus der Indigofärberei. Pétronille hat seit Beginn des Essens kein Wort gesagt, aber Geneviève nimmt an, dass es an dem ausgefallenen Abend liegt. In den letzten Tagen musste sie immerzu an Monsieur Rachard denken, an ihr Angebot und daran, was sie dem hinzufügen könnte – ein nichtiges Detail, das für ihn den ganzen Unterschied machen würde. Sie hatte keine Zeit gehabt, ihre Freundin zu besuchen. Auch die Kinder nahmen sie in Beschlag, stolz auf ihre kleinen Errungenschaften, begierig, ihr ihre Lieder zu präsentieren und »Der Plumpsack geht um« zu spielen, zur Tür des Weinkellers zu laufen, um herauszufinden, was sie darin versteckt – die gerade aufgebrochenen Eier, winzige schwarze Seidenraupen.

Vielleicht ist Pétronille aber auch traurig über die jüngste Entscheidung des Gouverneurs. Monsieur Bienville, dem die Krone vergeben und zum vierten Mal die Führung von Louisiane anvertraut hat, hat wieder einmal eine Expedition gegen die Chickasaw begonnen. Der Angriff der Natchez fünf Jahre zuvor war der Beginn einer langen Reihe von Feldzügen, die Kämpfe sind brutaler denn je, die französische Armee steht unter Druck. Geneviève hat gehört, dass ihr Nachbar, ein Unteroffizier, so sehr um sein Leben fürchtet, dass er seinen elfjährigen Sklaven freigelassen hatte, bevor er sich zur Truppe begab. Eine solche Entscheidung würde bei Tisch sicher eine hitzige Diskussion auslösen – Pétronille würde sie gutheißen.

Seit der Hauptgang serviert ist, versucht Geneviève, ihren Blick aufzufangen, aber wie immer zieht Pétronilles Mann die Aufmerksamkeit der Runde auf sich. In der Stadt erzählt man sich, dass Doktor Lancert bei der Behandlung seiner Patienten im Krankenhaus nicht mehr Ruhe an den Tag legt, als wenn er sein Essen verschlingt. Im Fall einer Erkrankung würde Geneviève lieber eines der mysteriösen Heilmittel ihrer Freundin einnehmen, als sich ihrem Mann anzuvertrauen. Als sie ihr das gestand, lächelte Pétronille sie an: »Da bist du wirklich die Einzige.« Damals beschwerte sie sich noch über die Frauen, die auf ihr Geburtsmal und ihre weißen Haare deuten, sie »die Hexe« nennen.

Doktor Lancert hat diesem Unsinn nie Glauben geschenkt. Pétronille war ihm im Dezember 1729 im Hôtel-Dieu begegnet, nachdem sie aus Fort Rosalie geflohen war. Er war ein energetischer Mann, den Pétronilles Gegenwart zu besänftigen schien. Erst nach zwei Jahren bat er sie um ihre Hand. Als Geneviève im Sommer, der auf die endgültige Niederlage der Natchez folgte, erfuhr, dass sie seinen Antrag angenommen hatte, konnte sie ihre Überraschung nicht verbergen. »Hast du mir nicht erklärt, dass Heirat nur ein Vertrag ist?«, entgegnete Pétronille.

Sie erklärte ihr, dass Doktor Lancert der einzige Mann sei, der sich ein wenig für den medizinischen Wert der Pflanzen dieses Landes interessiere – der Einzige, der ihr erlaube, durch die Umgebung der Stadt zu streifen, eskortiert von einem kleinen Regiment von Hausangestellten und Soldaten, um zu pflücken, was sie benötigt. Wenn er sie nach ihrer Meinung zu einem Patienten fragt, muss er Pétronille nicht lange bitten. »Diese Kenntnisse gehören nicht mir«, sagte sie eines Tages. Sie erzählte ihr, dass ihr Mann jedes Mal, wenn sie an ein Krankenlager trete, alle aufrufe, still zu sein und ihr zuzuhören.

Anfangs konnte Geneviève nur schwer verstehen, was sie verbindet: Sie fand, dass Doktor Lancert zu laut spricht, zu ungeduldig ist, dass man jede Emotion an seinem Gesicht ablesen kann. »Er spricht für zwei«, sagte Pétronille dazu. »Aber bei ihm muss ich nicht vorgeben jemand zu sein, die ich nicht bin.«

Geneviève wusste, dass ihre Freundin nicht in der Lage wäre, wieder zu heiraten, solange dieser Verrückte, Monsieur Cléry, nicht gegangen wäre. Im Frühjahr 1731, nachdem er mitangesehen hatte, wie die Armee die Überlebenden der Natchez nach Nouvelle-Orléans brachte, entschloss er sich endlich dazu, nach Paris zurückzukehren. Für Geneviève war jener Winter ein einziger Nebel aus Schmerz: Sie gebar ihre Tochter Elisabeth, kurz nachdem die Natchez im Gefängnis der Hauptstadt eingeschlossen worden waren. Ihre dritte Tochter, die fast still zur Welt gekommen war, schlief an der Brust der Amme, anstatt nach ihrer Milch zu suchen. Pétronille wich nicht von ihrem Bett, flößte ihr Kräutertinktur und dem Säugling eine Gräsermischung ein, deren Bezeichnung Geneviève nicht kannte. Ihre Freundin zweifelte nicht daran, dass das Baby überleben würde, und die Zeit gab ihr recht.

Pater de Ville bittet Leutnant Magnole zu wiederholen, was er gerade gesagt hat. Der Geistliche bringt Geneviève mit seiner Begriffsstutzigkeit zur Verzweiflung. Es ist ein Wunder, dass er so lange in Louisiane überlebt hat.

»Die Einheimischen«, erklärt ihm Doktor Lancert, um Geduld bemüht, »hatten entschieden, den Verwalter und seine Familie zu skalpieren und ihr Hab und Gut zu stehlen, anstatt mit ihnen Handel zu treiben.«

»Woraufhin«, rief der Leutnant, »er seine Perücke herunterriss und schrie: Wenn ihr meine Haare wollt, hier sind sie!«

Am Tisch wird gelacht. In Prairie du Rocher hätten solche Geschichten über die Illinois Pierre aufgebracht. Auch Pétronille wirkt, als fühle sie sich unwohl – sie hat ihre Schale Erdbeeren nicht angerührt, spielt mit einem Baiser, der auf ihr Kleid krümelt, ihr Stuhl ist an die Wand gerückt. Da sie einen Krieg überlebt hat, wird ihr ihre exzentrische Seite eher verziehen, nur wenige wagen es noch, sich über ihre Momente der Abwesenheit oder ihre teils zu direkten Antworten lustig zu machen.

»Wie haben die Wilden reagiert?«, fragt der Geistliche.

»Sie haben natürlich geglaubt, dass ein böser Geist in der Perücke wohnt«, antwortet der Leutnant. »Sie boten ihm Felle an, unter der Bedingung, dass der Franzose seine teuflische Haarpracht entfernt.«

Die Melonen sind ausgelöffelt, der Wein getrunken. Wenn niemand etwas sagt, wird es Zeit, die Männer in den Rauchersalon und die Frauen ins Nähzimmer zu lotsen. Die Frau des Leutnants, mit ihrem umgedrehten Lächeln, würde dann jedes Möbelstück kritisch beäugen, und Geneviève könnte sich mit Pétronille unterhalten. Aber der Pater bricht das Schweigen.

»Sagen Sie«, beginnt er. »Ich habe erfahren, dass Sie kürzlich einen bedeutenden Mann getroffen haben.«

Geneviève zwingt sich zu einem Lächeln. Sie fasst zusammen, was sie über Monsieur Rachard und seine Indigofärberei weiß. Den Vertrag, den sie abzuschließen gedenkt, ihre Hoffnung, aus dem Konkurrenten einen Partner zu machen, um den Export zu stabilisieren, erwähnt sie nicht – der Geistliche würde die Mechanismen des Indigogeschäfts nicht verstehen. Pater de Ville wendet sich Monsieur Lancert zu.

»Aber ist das nicht der Mann, den Sie letzte Woche kennengelernt haben?«

Geneviève erschauert. Der Arzt schaut sie kaum an, nickt.

»Ein sehr ehrgeiziger Mann«, bemerkt der Pastor.

»Da sagen Sie mir nichts Neues«, sagt Geneviève.

Der Geistliche neigt sich zu ihr, als hätte er nicht gehört, was sie gesagt hat.

»Man erzählt sich«, flüstert er, »dass er vermögend genug ist, um alle Plantagen der Stadt zu kaufen. Ich weiß nicht, welche Beziehung er zum Gouverneur hat, aber er scheint Monsieur Beauregard nahezustehen.«

»Beaulieu.«

»Ja, Beaulieu.«

Pater de Ville spricht weiter, aber Geneviève hört ihm nicht mehr zu. Der Name lässt sie erschaudern. Wie ihr zweiter Mann hat sich Monsieur Beaulieu als ganz anders entpuppt, als er sich ihr in Prairie du Rocher präsentierte, wo Mélanie ihm die Artefakte der Illinois beschrieb. Geneviève hat ihn nie geschätzt, und der Berater des Gouverneurs scheint ihr gegenüber das Gleiche zu empfinden. Nach Monsieur Melets Tod hat er nicht gezögert, sie unterschwellig des Mordes an seinem Freund zu bezichtigen und nach der Beerdigung von Monsieur Bienvenu eine ironische Bemerkung zu ihrer finanziellen Lage zu machen, die nun noch vorteilhafter sei.

Er kennt ihre Schwächen und lässt es nicht aus, sie daran zu erinnern. Bei ihrer letzten Begegnung erkundigte Monsieur Beaulieu sich unumwunden nach der Gesundheit ihres Sohnes. Sie antwortete ausweichend – sie hatte überhaupt kein Interesse daran, ihm Laurents Husten zu schildern, seinen schweren Atem und seine bläulichen Wangen. Er ließ es nicht aus, eine Witwe zu erwähnen, die er kenne, und wiederholte, dass es der Gouverneursregierung eine Freude gewesen sei, der armen Frau zu helfen und sich um ihren Besitz zu kümmern. Sogar als Monsieur Bienville erneut Gouverneur wurde, war es Monsieur Beaulieu gelungen, seinen Platz im Obersten Rat zu behalten. Als Monsieur Rachard eintraf, sah er darin sicher eine neue Gelegenheit, ihr zuzusetzen.

Doktor Lancert wird mehr über die Beziehung zwischen Monsieur Beaulieu und ihrem Konkurrenten wissen. Die Servietten sind gefaltet, die Stühle vom Tisch abgerückt, die Männer begeben sich in den Rauchersalon, ohne ihre Gespräche zu unterbrechen. Geneviève will den Arzt gerade ansprechen, als sie eine Hand auf ihrem Arm spürt. Pétronilles Haare sind zu einem unordentlichen Knoten gebunden, eine weiße Strähne liegt über ihrem Geburtsmal.

»Das erklärt alles«, sagt ihre Freundin.

»Was meinst du?«

»Ich verstehe endlich, warum du mich nicht wie versprochen zum Pontchartrain-See mitgenommen hast.«

Vor zwei Wochen, Mitte Juni, hat Pétronille darum gebeten, sie zur Plantage begleiten zu dürfen, um dort Pflanzen zu sammeln, die in Nouvelle-Orléans unauffindbar waren. Dann erfuhr Geneviève, dass Monsieur Rachard bald auf dem Festland sein würde; sie war so sehr damit beschäftigt gewesen, seinen Besuch vorzubereiten, dass sie ihre Einladung vergessen hat.

»Es tut mir leid«, antwortet sie. »Nächstes Mal fahren wir zusammen hin.«

»Nächstes Mal wirst du wieder Monsieur Rachard treffen.«

Geneviève weiß, was Pétronille über die Plantagenbesitzer von Santo Domingo denkt. Sie verachtet sie. Sie besitzen Natchez, Überlebende, die wenige Monate nach ihrer Gefangennahme von Nouvelle-Orléans auf die Insel verkauft wurden.

»Hast du den Pater de Ville nicht gehört?«, fragt Geneviève.

»Seit wann hörst du ihm zu?«

»Monsieur Beaulieu ist bereits an Monsieur Rachard herangetreten.«

Pétronille schweigt. Sie hat sich nie für Politik interessiert. Seit dem Angriff der Natchez sagt sie immer wieder, dass sie nur zu Blutvergießen führe. Geneviève senkt die

Stimme, auch wenn alle anderen Gäste bereits das Esszimmer verlassen haben.

»Ich muss diesen Vertrag abschließen.«

Pétronille schaut sich um, deutet auf den prunkvoll dekorierten Salon.

»Wirklich?«

Ihre Freundin weiß genau, warum sie sich so verzweifelt um eine Vereinbarung mit diesem Mann bemüht. Sie will keine weitere Ehe riskieren. Es ist ihr gelungen, dem Elend, dem ihre Familie in Paris zum Opfer gefallen ist, vor dem sie jahrelang Angst hatte, das auch die Kolonie nicht loslässt, zu entkommen. Sie weiß, dass sich das Blatt auf dieser Seite des Atlantiks schnell wenden kann, vor allem, wenn Männer wie Beaulieu im Spiel sind.

»Frag deinen Mann«, sagt sie. »Es scheint so, als würden sie in den gleichen Kreisen verkehren.«

Pétronille zieht die Brauen hoch, ihre Finger krallen sich in ihre Unterarme.

»Zum Glück sprichst du so nicht mit Belle«, erklärt sie und wendet sich ab. »Zumindest hoffe ich es.«

*

Am nächsten Morgen bereut Geneviève ihre Schroffheit. Sie nimmt sich vor, Pétronille bald zu besuchen und sich zu entschuldigen. Die Kinder sitzen im Schatten des Kirschbaums und hören Louise zu, die selbstvergessen eine Geschichte über ein Spinnennetz erzählt, so dick, dass es die Vögel im Flug aufhalte.

Der Brief, den Monsieur Rachard schließlich schickt, zeugt von weniger Vorstellungskraft. Er verkündet ihr, dass er sorgfältig über ihr Angebot nachgedacht habe, es aber nicht annehmen könne. Er entschuldigt sich nicht, fügt aber hinzu, dass er noch einen Monat auf dem Festland bleiben werde, bis August. Er habe eine andere Idee, die alle zufriedenstellen werde.

*

Zwei Dinge beleben Genevièves Erinnerung an die Provence: Lavendel und Seidenraupen. Sie würde den Brand, der den Hof ihrer Eltern zerstört hat, den tierischen Geruch, den die brennende Seide verströmte, gern vergessen und nur die Erinnerung an reife Maiskolben behalten, die ihre Haut zerkratzten, wenn sie zu schnell durch die Felder lief, daran, wie ihre Brüder Prügel bezogen, an dem Tag, als sie ein Wettrennen mit Raupen veranstalten wollten, daran, wie ihre Schwester Mimosenblüten in ihr Haar steckte und sich zur Königin ausrief, wonach sie den Jüngeren befahl, die Kokons auszunehmen. Geneviève hat den Süden Frankreichs vor inzwischen fünfundzwanzig Jahren verlassen.

Vor Jahren ist es ihr in Nouvelle-Orléans gelungen, französische Lavendelsamen zu erstehen. Das war kurz nach dem Tod von Monsieur Melet – sie hatte sich nie dazu durchringen können, ihn Pierre zu nennen. Ein unglücklicher Sturz, ein Unfall. Gerüchte waren damals in der Stadt in Umlauf, die Geschichte einer Frau mit eisblauem Blick, die ihre Finger in den Rücken ihres Mannes bohrte und zuschaute, wie er am Fuß der Treppe aufschlug.

Diejenigen, die so über sie tuschelten, wussten nichts über ihre Ehe. Nichts von der Angst, die sie erfüllte, als er zum ersten Mal die Hand gegen sie erhob. An dem Tag hatte sie lediglich ihr Interesse an den Ställen bekundet, die er bauen wollte. Er hatte sie angesehen, ihr geantwortet, dass das nicht ihre Angelegenheiten seien und ob sie nicht einmal den Mund halten könne? Am nächsten Morgen, als Mélanie über ihre blau geschwollene Hand streichelte, erklärte Geneviève ihr, dass die Zimmertür bei einem Windstoß zugeschlagen wäre und sie eingeklemmt habe.

Sie hat sich oft gefragt, warum er sie zur Frau genommen hat. Erst nach Monaten begriff sie den Grund, der so offensichtlich war, dass sie ihn lange nicht sehen wollte: Ihr Mann war ein schlechter Mensch, seine Gewalttätigkeit folgte einer eigenen, stupiden Logik. In Prairie du Rocher hatte er gesehen, dass es in ihr noch etwas zu brechen gab. Also hatte er ihr die Ehe angeboten.

Am letzten Abend hatte sie das Ursulinenkloster so spät wie möglich verlassen. Sie stand auf der Treppe, direkt neben Monsieur Melet. Sie war verzweifelt. Sie hatte Belle den Teppich noch am Morgen zurechtrücken sehen, hatte bemerkt, wie der Stoff auf einer der Stufen rutschte. Sie war am Nachmittag beinahe selbst gestürzt, aber hatte das Problem nicht behoben, um zu vermeiden, dass Mélanie hängen blieb. Als ihr Blick in dieser Nacht auf Belles traf, kurz bevor Monsieur Melet den Schritt machte, der seinen Fall besiegeln würde, sah Geneviève sich selbst, das Blau, in dem ihre Wange am nächsten Tag schillern würde. Sie sah alle zukünftigen Verletzungen.

Nach der Beerdigung kehrte sie im Geist immer wieder zu dem Unfall zurück – zu der Sekunde, als sie den Arm ihres Mannes hätte ergreifen sollen, um seinen Sturz zu verhindern. Zu dem Zeitpunkt, als sie ihm die Bourbon-Flasche hätte abnehmen und Hilfe holen sollen. Aber da war so viel, was er ihr nicht hätte antun sollen. »Lassen Sie nicht zu, dass sein Geist Sie verfolgt«, hatte Belle ihr am Tag nach der Beerdigung zugeflüstert.

Die Samen kamen ein paar Tage danach an. Im Haus in der Rue d'Orléans war es normalerweise still. Geneviève musste nun aber nicht mehr auf Zehenspitzen laufen oder auf die Stimme ihres Mannes lauschen, bevor sie einen Raum betrat. Zum ersten Mal bewegte sie sich frei in ihrem Zuhause. Sie packte die Samen im grünen Salon aus und stellte sich vor, sie kämen von den Lavendelfeldern hinter der Zucht ihrer Familie, wo sie die Hügel mit violettem Glanz überzogen. Sie pflanzte sie selbst in die schwarze Erde von Nouvelle-Orléans, aber sie gingen nie auf, erstickt von der feuchten Luft in Louisiane. Als Monsieur Bienvenu sie fragte, ob sie gedenke, die Lücke im Blumenbeet zu schließen, verneinte sie, da befinde sich bereits etwas.

Im Norden hatte sie selten an die Provence gedacht. Das Land der Illinois erinnerte sie kaum an das Dorf, in dem sie geboren war. Aber sie hatte wieder vom französischen Süden zu träumen begonnen, als sie nach Süd-Louisiane zurückkehrte, als sie sah, wie Mélanie sich für die Feigen begeisterte und voller Stiche aus dem Garten zurückkam, von Insekten, die so riesig waren wie die, die ihr in La Bastide-des-Jourdans zugesetzt hatten. Die Wehmut, die sie beim Gedanken an eine so weit zurückliegende Zeit empfand, überraschte sie zunächst. Aber es waren Erinnerungen an eine glückliche, längst vergangene Kindheit. Während der achtzehn Monate, die sie Monsieur Melets Frau war, bot die Provence ihr eine Zuflucht.

In der endlos erscheinenden Zeit ihrer Ehe bereute sie oft, im Land der Illinois zu ihm gegangen zu sein. Aber sogar damals hatte sie geahnt, dass diese Reise, wie die, die sie nach Louisiane geführt hatte, einen Preis haben würde. Sie wusste nur nicht, dass er so hoch sein würde.

Nur über zwei Dinge, die Monsieur Melet betreffen, ist sie froh. Sie hat ihm kein Kind geschenkt. Und sie hat nie zugelassen, dass er die Hand gegen jemand anderen als sie selbst erhob.

An die Seidenraupen begann sie nach dem Tod ihres letzten Ehemanns zu denken. Monsieur Bienvenu hatte sie nicht mit leeren Händen zurückgelassen, weit gefehlt. Er hinterließ die Plantage am Pontchartrain, drei Töchter und einen Sohn – Babys, die Geneviève mit Liebe und Angst erfüllt hatten, jedes Mal, wenn ihr Bauch sich rundete. Ihr gefiel der Gedanke, dass ihr Körper gewartet hatte, bis sie für weitere Kinder bereit war, aber sie wusste auch, dass sie lange gebraucht hat, um sich zu Hause zu fühlen. Bei Louises Geburt war sie einunddreißig, bei Elisabeths dreiunddreißig, bei Laurents vierunddreißig, bei Célestes fünfunddreißig. Einen Monat vor Elisabeths Geburt fürchtete sie erstmals um ihr Leben. Wenn sie rechtzeitig bemerkt hätte, dass sie mit Laurent schwanger war, hätte sie versucht abzutreiben. Der Gedanke war ihr auch bei Céleste gekommen, aber Geneviève war von der tiefen Sehnsucht erfüllt, ihre Babys kennenzulernen, von einer irrationalen Hoffnung: Dieses Mal würde noch alles gutgehen. Bei jeder neuen Schwangerschaft verordnete der Arzt ihr mehr Ruhe. Ganze Nachmittage, an denen sie von bläulichem Wasser und verstorbenen Männern, Kindern mit dicken Lippen, von Brustwarzen träumte, feucht von Milch und Speichel, bevor sie sich entschloss, eine Amme zu nehmen – und immer waberte da der Gedanke an den Kampf zwischen ihr und ihrem Baby, weil der Arzt ihr versicherte, dass sie nicht beide würden überleben können, nicht bei einer so alten Mutter.

Aber Doktor Le Cau wusste nichts von dem Kind, auf das Geneviève in Paris hatte verzichten müssen. Er wusste nicht, was sie alles durchlebt hatte, als sie den Atlantik überquerte, ins Land der Illinois zog und nach Nouvelle-Orléans. Sie bewies ihm jedes Mal, dass er sich täuschte.

*

Beobachtung Nr. 1, eine Woche nach dem Ausschlüpfen: Geneviève steht früh auf, noch bevor die Nachttöpfe der Kinder geleert sind, bevor Constantin die Pferde füttern geht. Belle bereitet eine ihrer scharfen Suppen zu, deren Geruch in der Nase brennt. Geneviève schließt das Fenster, um den Wind draußen zu halten. Sie öffnet die Akazienschatulle. Sie breitet die fein gehackten Blätter auf dem Tisch aus, einige der weißen, ein paar der roten Maulbeere. Sie trennt sie sorgfältig, stellt sich vor, dass die ersten Frankreich, die zweiten Louisiane darstellen – auch Seidenraupen haben ihre Vorlieben. Dann lässt sie die französischen Raupen frei. Ihre kurzen schwarzen Härchen wellen sich, als sie zu den Blättern kriechen: Sie machen keinen Unterschied zwischen den verschiedenen Maulbeersorten, tun sich an beiden Arten gütlich. Daraufhin streut sie Fetzen der süßlichen weißen Maulbeerblätter in die Mitte. Sie schaut zu, wie die Raupen sich auf sie stürzen, an den grünen Adern haften bleiben, ihren zuckrigen Saft herausziehen.

*

Am 10. Juli trifft Monsieur Rachard pünktlich ein, aber der Tee ist noch nicht fertig. Geneviève lässt ihn nicht aus den Augen, als er sich zu der Standuhr neigt, die im Salon steht. Er ist sehr jung. Das war das Erste, was ihr auf der Plantage aufgefallen ist, als sie ihn von Kindern umringt sah, die fasziniert seiner absurden Geschichte über Austernbäume in Biloxi lauschten. Er drehte sich zu ihr um, und sie verstand, warum sein Publikum so gebannt zuhörte – das warme Braun seiner mandelförmigen Augen, die von seinem Lächeln verstärkten Grübchen. Sie dachte an Monsieur Melet, der sie nach Nouvelle-Orléans gebracht hatte, der überzeugt war, dass sie im Kloster der Ursulinen von ihren Fehlern geheilt würde. Auch damals hatte die Gefahr ein hübsches Gesicht.

»Wer eine Schönheit heiratet, heiratet Sorgen«, versicherte ihr Belle, während sie ihre verletzte Stirn säuberte, nachdem Monsieur Melet sie ein zweites Mal geschlagen hatte. Als Geneviève zugab, dass ihr das Sprichwort nicht bekannt war, lächelte Belle. »Es stammt aus meiner Heimat. Wenn es für Männer gilt, dann auch für ihre Frauen.«

Geneviève tupft sich mit einem Taschentuch den Schweiß von der Stirn. Monsieur Rachard geht auf den ausgestopften Vogel zu, der an einem Seidenfaden hängt. Im Nebenraum erzählt Louise Élisabeth die Geschichte eines Frosches, der so hoch springt, dass er die Wolken berührt. Geneviève hört Belles Stimme nicht mehr – sie ist wahrscheinlich unten bei Alexandre.

Als sie am Tag zuvor Louise und Élisabeth allein in der Küche vorfand, teilte Geneviève Belle mit, dass sie eine solche Nachlässigkeit nicht tolerieren werde. Belle hörte sie schweigend an. Dann antwortete sie, dass Alexandre in Gefahr sei, nicht ihre Töchter. Als Geneviève versuchte ihr zu widersprechen, unterbrach Belle sie. »Mein Sohn braucht mich.« Geneviève schluckte ihre Wut herunter und ging ohne ein weiteres Wort hinaus.

»Welche Art ist das?«

Monsieur Rachard schaut sie an. Seine Frage überrumpelt sie. Das tote Tier ist, wie Mélanies zaghafte Aquarelle und die wenigen Radierungen, mit denen Monsieur Bienvenu gereist war, unsichtbar für sie geworden.

»Ein Eisvogel, glaube ich. Mein zweiter Mann hat darauf bestanden, dass wir ihn mitnehmen, als wir das Land der Illinois verlassen haben.«

»Ein sperriger Gegenstand an Bord einer Piroge«, merkt Monsieur Rachard an.

Sie wünschte, er würde zur Sache kommen. Als er eintraf, war sie bereit, an Ort und Stelle mit den Verhandlungen zu beginnen. Sie fühlt, wie ihre Vorsicht nachlässt. Im Flur schimpft Belle mit Laurent, das Ende ihres Satzes geht in den Protestrufen der Kinder unter. Zumindest sind sie nicht allein. Geneviève räuspert sich.

»Mein erster Mann, Monsieur Pierre Durand, konnte den Vorstellungen der Illinois viel abgewinnen«, sagt sie und deutet auf den Schnabel, der auf die Tür gerichtet ist. »Dieser Vogel hat den Ruf, gegen den Wind zu fliegen. Der Anführer der Illinois, mit dem mein Mann befreundet war, hat ihm erklärt, dass der Geist des Vogels selbst nach seinem Tod gegen die Böen ankämpfe.«

»Glauben Sie daran?«

»Er verändert seine Position jeden Tag. Heute zeigt er nach Norden, morgen könnte er sich zum Fenster gedreht haben.«

Die Kinder scheinen sich beruhigt zu haben. Geneviève zwingt sich zu einem Lächeln. Sie wird nach diesem

Gespräch nach ihnen sehen. Constantin öffnet mit dem Ellenbogen die Tür, stellt das Tablett auf den Tisch. Er wirft Monsieur Rachard einen gleichgültigen Blick zu, als wäre er nur ein neues Möbelstück.

»Besitzen Sie noch weitere Gegenstände, die Sie an Ihre verstorbenen Männer erinnern?«, fährt ihr Gast fort.

»Sie haben sie alle gesehen. Dieses Haus gehörte Monsieur Pierre Melet. Monsieur Pierre Bienvenu hat die Indigofärberei am Pontchartrain bauen lassen. Manchmal sage ich mir, dass ich nach einem weiteren Ehemann genug Steine für ein Schloss hätte.«

Sie lächelt, aber er reagiert nicht auf ihren Scherz, den Männer oft amüsant finden. Voller Unbehagen lenkt sie ihre Aufmerksamkeit auf die Jasminblüte am Grund ihrer Tasse.

»Madame, ich bin gekommen, um Sie um Ihre Hand zu bitten«, sagt Monsieur Rachard. »Ich heiße vielleicht nicht Pierre, aber ich hoffe, dass Sie eine Ausnahme machen werden.«

Sie unterdrückt einen Schauder. Die Anteile lösen sich in Luft auf, an ihre Stellen treten Fässer mit Indigo, eine Schiffsflotte aus glattem Holz; Monsieur Rachard, der neue Verwalter einstellt, die ihre Sklaven misshandeln, sogar beschließt, eine Indigofärberei in der brennenden Sonne von Mexiko zu eröffnen. Sie würde mit den Kindern zu Hause sitzen, von den Geschäften ferngehalten. Ihre Seidenraupen würden konfisziert werden. Sie stellt sich vor, wie Monsieur Rachards Hand auf ihr Gesicht zukommt – die Sekunde Unsicherheit, ob er sie streicheln oder schlagen wird. Dann die Angst, wenn ihre Regel aussetzen würde, wenn Doktor Le Cau ihr auferlegt, sich auszuruhen, wenn sie sich fragte, was sie umbringen würde: eine neue Schwangerschaft oder

der Versuch, sie zu beenden. All die Jahre, die sie ums Überleben kämpfen musste, seit sie aus der *Grande Force* entkommen ist – nur, um einen so gewöhnlichen Tod zu sterben.

»Ich befürchte, das kann ich nicht annehmen.«

Sie hat schnell gesprochen, obwohl sie ruhig bleiben wollte.

»Madame, erlauben Sie mir, mich zu vergewissern, dass Sie verstehen, was eine solche Entscheidung bedeutet.«

Geneviève denkt an Monsieur Melet. Jünger als sie, so sanft bei ihrem ersten Essen in der Rue d'Orléans. Sie konnte ihr Glück kaum fassen. An dem Abend war auch Beaulieu zugegen.

»Geben Sie mir ein paar Tage, um über Ihr großzügiges Angebot nachzudenken«, sagt sie.

Er lächelt, stellt seine leere Tasse ab.

»Ich reise übermorgen an die Pointe Coupée, dann nach Mobile«, antwortet er. »Ich werde spätestens Mitte August zurück sein. Ich hoffe, dass Sie mir bis dahin geschrieben haben.«

*

Beobachtung Nr. 2, zwei Wochen nach dem Ausschlüpfen: Sie öffnet eine zweite Schatulle, aus Nussholz. Sie beschließt, dass die aus Akazienholz die weniger glücklichen Seidenraupen aufnehmen wird, die gewöhnliche Blätter bekommen. Die anderen, die sich an den süßlich weißen Maulbeerblättern satt fressen, leben unter diesem rauen Deckel. Sie geht regelmäßig nach unten, um sich um sie zu kümmern, und die Kinder werden immer neugieriger – nach dem Besuch von Monsieur Rachard überrascht sie Mélanie mit dem Auge am Schlüsselloch. Sie erklärt ihrer

Tochter nicht, dass die Raupen Blätter von drei verschiedenen Maulbeerarten fressen, dass ihr Ziel darin besteht, die Auswirkung jeder Ernährung auf die Qualität der Seide, die sie herstellen werden, zu beobachten. Ihre Experimente erscheinen ihr plötzlich vergeblich, lächerlich. Sie fragt sich sogar, ob die Seidenraupen auch nur die geringste Chance haben, in Louisiane zu überleben und zu gedeihen.

*

Fünf Tage nach Monsieur Rachards Antrag erhält Geneviève einen Brief von Beaulieu. Sie liest ihn an die Tür zum Schlafzimmer gelehnt, ohne sich die Umstände zu machen, sich zu setzen.

Madame,
ich war erfreut, durch Doktor Lancert von Ihnen zu hören. Ich habe ihn gestern bei einem Bankett getroffen, das zu Ehren von Capitaine Poiret gegeben wurde. Es dürfte Ihnen bekannt sein, dass Taktgefühl und Diplomatie leider nicht zu den hervorstechenden Eigenschaften unserer Männer der Wissenschaft gehören. Als Berater und Freund ihres verstorbenen Mannes fühle ich mich nichtsdestotrotz verpflichtet, Sie in einer Sache zu warnen, die unser lieber Herr Doktor erwähnte. Als wir über Monsieur Rachards Besuch sprachen, hat er mir erklärt, dass Sie zögern, seinen Heiratsantrag anzunehmen, eine Neuigkeit, die ich, das muss ich zugeben, mit großem Erstaunen vernommen habe. Ich dachte, dass eine Frau wie Sie sogleich die zahllosen Vorteile einer solchen Verbindung sehen würde.

Ich bewundere natürlich den Mut und die Hartnäckigkeit, die Sie in den letzten Jahren unter Beweis gestellt haben, und das trotz der tragischen Ereignisse, die Ihrer Familie zugestoßen sind. Doch ich bin meines Erachtens nicht der Einzige, der sich um Sie sorgt – allein, an der Spitze eines großen Unternehmens und einer vielköpfigen Familie.
Ich habe unseren werten Doktor natürlich gefragt, wie es Ihren Kindern geht, und habe mit Bestürzung erfahren, dass sich der Gesundheitszustand Ihres Sohnes verschlechtert. Ich frage mich erneut, was eine unwissende und gottlose Sklavin tun kann, um sein Leid zu lindern und ihn und seine Schwestern im christlichen Glauben zu erziehen.
Unsere Kinder sind wertvolle, zerbrechliche Geschöpfe. Wir müssen alles tun, was in unserer Macht steht, um sie zu beschützen, vor allem in diesen gefährlichen Gegenden des französischen Königreichs.
Ich zweifle nicht daran, Madame, dass Sie das Wohl Ihrer Familie an erste Stelle setzen.

Der Brief bleibt drei Tage lang auf ihrem Nachttisch liegen – drei Tage heftigen Regens, die Geneviève in ihrem Zimmer eingeschlossen bleibt. Im Erdgeschoss toben die Kinder. Sie hat nur einmal nach den Seidenraupen gesehen. Sie wirken verwundbar, deplatziert. Ihre Kokons wie ein Gefängnis.

Es ist der 17. Juli und sie hat Pétronille trotz ihrer Zusagen noch immer keinen Besuch abgestattet. Und das, obwohl der Ehemann ihrer Freundin ihr über Monsieur

Rachard Auskunft geben könnte – ihr etwas liefern könnte, irgendetwas, um sich zu verteidigen. Sie hat einen bitteren Geschmack im Mund. Ihr Kontenbuch bleibt aufgeschlagen auf ihrem Sekretär liegen, neben einer kleinen Bronzestatue. *Der Raub der Proserpina*: eine Frau, die sich einem Mann mit irrem Blick zu entwinden sucht.

Geneviève öffnet ein neues Tintenfass. Der Besitzer der *L'Espérance* kann sich kaum auf seinem guten Bein halten, und sie hat Stunden damit verbracht, möglichen Kapitänen zu schreiben. Sie hört die Stimme Beaulieus: Monsieur Rachard würde ihr neue Schiffe bieten, junge und erfahrene Mannschaften. Sie studiert erneut die Zahlenkolonnen, berechnet die Exportkosten der nächsten Ernte immer wieder neu. Aber auch die Zahlen bleiben stumm.

»Madame Geneviève?«

Belle öffnet die Tür. Alexandre hat seinen Appetit wiedergefunden, sein Fieber ist nach dem Besuch einer Heilerin und ihres Bruders, einem spirituellen Führer, gesunken. Sie arbeiten als Köchin und Hausdiener im größten Haus der Rue Saint-Pierre. Mehr hat Belle nicht über sie gesagt, als sie um die Erlaubnis bat, sie kommen zu lassen, und Geneviève schämt sich, die Prioritäten einer Mutter infrage gestellt zu haben. Aber sie ist erschöpft, sie kann keinen klaren Gedanken fassen. Sie kann nicht an allen Fronten kämpfen. Sie lässt ihre Feder in die Tinte sinken.

»Was ist?«

»Jemand fragt nach Ihnen.«

»Sagen Sie demjenigen, er soll hereinkommen.«

»Ich bin es.«

Als sie Charlottes Stimme hört, weitet sich Genevièves Brustkorb, ihr Herz schlägt schneller. Es erscheint ihr unmöglich, dass sie direkt vor der Tür steht. Das Ursulinenkloster liegt nur ein paar Straßen weiter, aber endlos weit weg.

»Komm rein«, sagt sie.

Als Charlotte hereinkommt, kann sie ihre Überraschung nicht verbergen. Sie hat sie seit Biloxi keine Farbe mehr tragen sehen: eine Spitzenhaube und ein Kleid in Himmelblau, bescheiden, aber unangemessen für eine Bewohnerin des Ursulinenklosters. Charlotte hält sich sehr aufrecht, ihre Arme liegen steif an ihrem Körper, sie wirkt ernst. Geneviève will sie fragen, was sie hier macht, so angezogen, aber Charlotte kommt ihr zuvor:

»Würdest du akzeptieren, dass ich die Lehrerin deiner Kinder werde?«

Ihre Stimme ist klar und fest. Da Geneviève nicht antwortet, fügt Charlotte hinzu:

»Letzten Dienstag hat Pétronille im Kloster zu mir gesagt, dass du dringend Hilfe benötigst.«

Geneviève weiß nicht, woher ihre Wut kommt, aber sie ist plötzlich und heftig. Sie würde gern zu Rachard und Beaulieu für ihre verzwickte Lage verantwortlich machen. Sie hasst den Gedanken, dass dieser Zorn seinen Ursprung in einem Briefchen hat, vor Jahren unter das Laken von Charlottes Bett im Kloster geschoben. Sie schaut in ihr besorgtes Gesicht. Charlotte ist heute nicht nur gekommen, um sich zu vergewissern, dass es ihr gut geht. Sie sucht Vergebung.

»Ich will dir einfach nur helfen«, sagt Charlotte.

»Du willst mir einfach nur helfen.«

Genevièves Hände kribbeln, ihr Hals wird eng. Sie würde sie den Satz gern noch einmal sagen hören.

»Wirklich«, fährt Charlotte fort. »Wenn du es mir erlaubst.«

Sie steht immer noch an der Tür. Geneviève weist auf einen Stuhl.

»Ich kann nicht glauben, dass die Oberin dich gehen lässt.«

»Du spricht über diesen Ort, als wäre er ein Gefängnis«, antwortet Charlotte, während sie Platz nimmt.

In ihrer Stimme liegt nicht der kleinste Vorwurf. Sie zieht ihr Kleid zurecht, bevor sie weiterspricht:

»Ich habe Mutter Tranchepain erklärt, dass meine Zeit bei ihr um ist. Ich musste nicht mehr sagen. Sie hat mir geantwortet, dass sie immer gewusst habe, dass ich eines Tages gehen würde, warum hätte ich sonst darauf verzichtet, Novizin zu werden? Ich habe ihr versichert, dass es mehr als eine Schwester gibt, die glücklich wäre zu unterrichten, was auch stimmt.«

Charlotte blickt auf ihre Hände und schenkt Geneviève dann ein unmögliches Lächeln, das sie daran erinnert, dass dieses Mädchen einmal Piraten bekämpft hat.

»Werden dir meine schwarzen Kleider fehlen?«, fragt Charlotte.

»Nein, du sahst schrecklich blass darin aus.«

»Wir sehen alle schrecklich blass darin aus.«

Vor allem ich, denkt Geneviève, aber das war dir egal.

»Hat Pétronille dir vorgeschlagen, meine Kinder zu unterrichten?«, fragt sie.

»Es war meine Idee«, antwortet Charlotte. »Ich denke seit Monaten darüber nach, seit sie deine Situation erwähnt hat.«

Sie überschlägt die Beine, und ihr Knie streift Genevièves. Diese rückt von ihr ab.

»Ich könnte sie lesen und schreiben lehren«, fährt Charlotte fort, »ihnen ihre Gebete beibringen. Mich um die

Kleinsten kümmern.« Sie hält inne. »Auch nachts. Ich weiß, dass manche von ihnen noch sehr jung sind.«

Geneviève lehnt sich auf ihrem Stuhl zurück. Sie fährt sich mit der Hand über das Gesicht. Sie kann nur schwer den Frust, aber auch die Erleichterung ignorieren, die in ihr aufkommen. Sie muss sich eingestehen, dass sie Charlottes Hilfe braucht.

»Dann müsstest du zu uns ziehen«, wirft sie ein.

»Das stimmt«, entgegnet Charlotte mit sicherer Stimme. »Außer, du möchtest es nicht.«

»Wann könntest du anfangen?«

»Bald. Nach dem, was ich gehört habe, gibt es hier viel zu tun. Aber nichts, woran eine ehemalige Ursuline scheitern würde.«

Geneviève setzt zu ihrer Antwort an, als sie draußen ein Geräusch hört. Der helle Klang von Militärpfeifen und Trommeln, Rufe, die zwischen den Häusern der Rue d'Orléans widerhallen, dann ein ferner Gesang, dessen Melodie sie nicht gleicht erkennt. Charlotte lässt sie nicht aus den Augen, und Geneviève ist sich mit einem Mal ihres mit Tinte befleckten Kleids bewusst, der zwei Tage alten Bluse. Sie steht auf, um das Fenster zu öffnen.

»Da hast du deine Antwort, was die Schwestern betrifft«, sagt Charlotte. »Ich bezweifle, dass ich nun irgendjemandem fehlen werde.«

Geneviève stützt sich auf das Geländer. Sie spürt die Wärme von Charlottes Körper neben sich. Gegenüber glänzen die Brüstungen und Dächer von Schlamm und Regenwasser. Der Text des Liedes wird deutlicher hörbar. Es ist ein Loblied, gesungen von elf Nonnen in schwarzer Tracht, die nun auch zu sehen sind. Über ihnen ziehen

Wolken am Himmel vorbei. Sie gehen hinter einem schweren Baldachin, der das Allerheiligste schützt, gefolgt von ein paar Novizinnen, die in den Chor einstimmen. Zahlreiche Frauen ergänzen die Prozession – indigene Frauen, versklavte Afrikanerinnen, Plantagenbesitzerinnen, Ehefrauen von Waffenmeistern. Die Nonnen tragen ihr Lied bereits in die nächste Straße.

»Das Kloster in der Rue de Chartres«, sagt Charlotte, den Blick zum Fenster gerichtet. »Es ist beinahe fertig. Sie haben sieben Jahre lang auf diesen Moment gewartet.«

*

Beobachtung Nr. 3, drei Wochen nach dem Ausschlüpfen: Geneviève lebt seit dreizehn Jahren in Louisiane und will den Seidenraupen der Kolonie eine Chance geben. Sie hat es bewerkstelligt, dass ihr welche aus dem frisch eroberten Gebiet der Natchez geschickt werden. Am Tag ihrer Ankunft eilt sie die Treppe hinunter, rennt beinahe Charlotte um, die ihren Koffer ins oberste Stockwerk trägt. Nach ihrem Gespräch gestern hat sich Geneviève den praktischen Dingen zugewandt – Unterrichtsplan, Vorstellung der Kinder. Als Charlotte sie fragt, was in der Schachtel sei, schüttelt Geneviève den Kopf: »Nichts.«

Die Seidenraupen aus Louisiane sind fett, schon ein paar Wochen alt. Sie liegen aneinandergeschmiegt unter dem Deckel, wie pummelige Welpen. Geneviève stellt sie auf den Tisch. Sie sind weder langsam noch schläfrig, sondern bewegen sich unaufhörlich – leise, hartnäckig kriechen sie über das Holz. Geneviève schneidet neue Maulbeerblätter klein. Als sie sie zwischen den Raupen verteilt, hört sie die Kinder im Salon applaudieren und dann Charlottes

Stimme, tief und schmeichelnd. Die Töne fahren ihr in die Brust – leicht, gekonnt, überwältigend.

Die Seidenraupen winden sich unerschöpflich um die Blätter. Charlotte beginnt ein neues Stück. Geneviève hört ihr zu, während sie einen kleinen Maulbeerzweig zwischen sie fallen lässt. Die Musik dringt in den kleinen Raum, sie spitzt die Ohren, beobachtet, wie die Raupen erstarren, als sie die süßen Blätter entdecken.

*

Pétronilles Haus und das Hospital, in dem ihr Mann arbeitet, stehen an entgegengesetzten Enden der Stadt – eine ironische Tatsache, die Doktor Lancert ohne Scham in wenigen Worten bei einem ihrer wöchentlichen Abendessen resümierte: »Ich wünsche nicht, zu nah an dem Ort zu leben, an den die Menschen zum Sterben kommen.« Von ihrem Haus aus schaut man auf den Fluss, ein angenehmer Ausblick im Winter, voller Stechmücken ab April. Nun, im Juli, setzen die Gerüche Geneviève zu wie in den ersten Monaten ihrer Schwangerschaften. Als sie aus der Kutsche steigt, holt sie ihren Fächer hervor, wedelt mit ihm durch das schummrige Licht in Pétronilles Arbeitsraum. Ihre Freundin untersucht mit schweißnasser Stirn eine beige Paste. Sie presst eine zweite Zitrone aus, rührt die Mischung um.

»Ich muss mich vertan haben«, sagt sie.

»Wieso?«

Pétronille beschreibt ihr das Heilmittel, an dem sie arbeitet, aber Geneviève hört ihr nur mit halbem Ohr zu. Da ist wieder das Grollen, das gestern Abend, ein paar Tage nach der Prozession der Ursulinen, in die Stadt drang. Der

Lärm scheint vom Meer zu kommen. Nach dem Mittagessen brach Élisabeth bei einem erneuten Donnern in Tränen aus. Belle sprach mit ihrem Mann über einen Rachegeist, an der Ecke der Rue Sainte-Anne deuteten zwei Stalljungen zum Himmel. Es heißt, dass erneut ein Sturm auf die Stadt zukomme. Geneviève hat erwartet, dass Pétronille bei dem tiefen Brummen erstarrt – seit ihrer Rückkehr aus Fort Rosalie zuckt sie beim kleinsten Geräusch zusammen. Aber sie reagiert nicht, stellt weiter ihre Liste mit den Inhaltsstoffen ihrer Medizin auf: Rost, Kräuter, Zitrone, eine Paste, die Skorbut heilen soll und deren Rezeptur ihr ein afrikanischer Arzt schließlich gegeben hat. Das Donnern ist schon wieder verstummt. Émile öffnet die Tür, aber Pétronille schaut ihn kaum an.

»Nicht jetzt«, sagt sie, und der Junge geht wortlos wieder davon.

»Ich werde in zehn Tagen erneut zum Pontchartrain fahren«, setzt Geneviève an. »Ich dachte, dass du vielleicht mitkommen möchtest.«

»Ist das der Grund für deinen Besuch?«

»Zum Teil«, antwortet Geneviève. »Ich wollte dir danken, dass du mit Charlotte gesprochen hast.«

Als sie gestern sah, wie Charlotte Céleste in den Schlaf wiegte, spürte Geneviève das ganze Gewicht der Einsamkeit, der Verantwortung, das seit dem Tod von Monsieur Bienvenu auf ihr gelastet hatte. Charlotte saß mit dem Rücken zu ihr, der Kopf des Babys lag an ihrer Schulter, seine winzige Faust knetete mechanisch die Luft. Geneviève schloss die Tür wieder, hier wurde sie nicht gebraucht.

Pétronille lächelt beim Klang von Charlottes Namen, aber schaut weiter auf die Schüssel.

»Ich wollte auch fragen, ob du mehr über Monsieur Rachard weißt«, sagt Geneviève.

Pétronilles Lächeln erlischt.

»Wann fährst du zum Pontchartrain?«, fragt sie mit tonloser Stimme.

»Am 14. August.«

Zu dem Zeitpunkt würde Geneviève Monsieur Rachard bereits ihre Antwort mitgeteilt haben. Bald würde sie die Tage seit ihrer letzten Regel zählen, würde alles verloren haben, was sie besitzt – entweder zugunsten ihres neuen Ehemanns oder der Regierung. Sie erklärt Pétronille die Situation. Ihre Freundin schiebt einen Schaukelstuhl an den Tisch und stellt ihr Limonadenglas daneben.

»Wäre es schlimm, vom Gouverneur ein bisschen Hilfe zu bekommen?«

Geneviève kaut auf ihrer Lippe – Pétronille war nie eine Geschäftsfrau.

»Du weißt genauso gut wie ich, dass sie ganz andere Absichten haben.«

»Dich also zu unterstützen. Du bist vielleicht bald sehr beschäftigt.«

Pétronille hat ihr geholfen, die Raupen aus Natchez zu bekommen. Sie ist die Einzige, der Geneviève von der Seide erzählt hat, die Einzige, die das Risiko der Enttäuschung kennt, die Freude, mit etwas Wertvollem zu experimentieren.

»Und ihnen erlauben zu entscheiden, was sie verkaufen und wann? Mir einen miserablen Unterhalt zu zahlen und uns zu zwingen, das Haus aufzugeben?«

»Wer hat von so etwas gesprochen?«

Genevièves Glas ist leer. Sie trinkt aus Pétronilles.

»Es tut mir leid«, entgegnet Geneviève. »Aber ich befürchte, nicht die Kraft für einen Neuanfang zu haben.«

Das Grollen ist erneut zu hören, es rollt über den gelben Fluss, flutet die Straßen von Nouvelle-Orléans. Ein beunruhigendes Geräusch, aber Pétronille schweigt. Sie lässt sich von ihrem Schaukelstuhl wiegen, und Geneviève merkt nach einer Weile, dass ihre Bewegungen dem Rhythmus des Getöses folgen, das vom Meer heranzieht.

»Ich verstehe«, antwortet Pétronille schließlich. »Aber manchmal entscheidest nicht du.«

*

Vier Tage später kümmert sich Geneviève bis spät am Abend um die Seidenraupen. Sie hatte zu Pétronille gesagt, dass sie ihr gern etwas zeigen würde, und ihre Freundin besuchte sie am Nachmittag. Sie folgte ihr durch den Flur, blieb stehen, um Charlotte zu begrüßen, die zwischen Mélanie, die eine Reihe »L« schrieb, und Louise und Élisabeth saß, die ihre Finger in Aquarellfarbe tauchten. Als Geneviève den Schlüssel ins Schloss schob, lauschte sie ihrer Unterhaltung, ihrem Lachen. Pétronille kam ihr in den kleinen Raum hinterher. Sie betrachtete die Raupen, erkundigte sich nach den verschiedenen Sorten Maulbeerblätter, hörte ihr aufmerksam zu, als sie die vier Entwicklungsstadien der Seidenraupen beschrieb. »Du bist die erste Person, der ich sie zeige«, vertraute Geneviève ihr an, als sie die Tür hinter ihr schloss. Pétronille nahm ihre Hand: »Ich weiß.«

Geneviève beugt sich über die Akazienschatulle, einen Lappen in der Hand. Im Haus herrscht Ruhe. Jedes Mal, wenn sie an ihren Traum der letzten Nacht zurückdenkt, spürt sie, wie es ihren Bauch heiß durchläuft. Sie merkt erneut, wie das Laken sich hebt, die kühle Luft ihren Körper streift, sie sieht die Hände ihrer Ehemänner und ihre Gesichter, unscharf, sich überlagernd, zu einem verschmelzend. Aber als sie die Augen öffnet, liegt Charlotte neben ihr. Unbegreiflich, vollkommen. Die Lippen, die sich auf ihre legen, sind weich, ihre Küsse hungrig. Charlotte hat hohe, feste Brüste, die keine Schwangerschaft durchlebt haben. Sie ist so dünn, dass ihr Herz ganz nah an ihrer Handfläche schlägt. Sie ist nicht schüchtern.

Der Traum hat sich in ihr verfangen. Er besänftigt sie, lässt einen geheimen Teil ihrer selbst erstehen. Sie kann nicht anders, als ihn noch einmal zu erleben, ihn zu erkunden. In ihrem Traum schlief sie zum ersten Mal seit zwei Jahren in den Armen von jemand anderem ein, und es war das erste Mal seit fünfzehn Jahren, dass sie das Bett mit einer Frau teilte, die sie begehrt. Sie erforscht ihn weiter, sucht nach neuen Details, auch wenn sie weiß, dass sie dort nichts anderes als ihre Fantasie finden wird.

Geneviève lässt das Tuch los. Sie lauscht, glaubt Charlottes Schritte im Flur zu hören. Dann stellt sie fest, dass es das ferne, unablässige Grollen ist, das seit ein paar Tagen die Stadt heimsucht. Es verklingt, noch bevor sie sich Sorgen machen kann. Sie konzentriert sich auf ihre Aufgabe. Sie hat den Schimmel, der auf dem Holz aufgetaucht ist, entfernt. Seidenraupen mögen es sauber, Fäulnis könnte sie vernichten. Sie sind nun viel dicker, ganz anders als die dunklen Punkte, die sie einen Monat zuvor hat schlüpfen sehen. Sie haben sich erneut gehäutet, und Geneviève sammelt die Überreste ihrer alten Hüllen ein, ihre Finger berühren die Seidenfäden, mit denen sie sich an die Blätter geheftet haben, an die Zweige. Die Raupen sind nicht anspruchsvoll, sie könnten sich überall ein Haus bauen.

Sie nimmt die Kerze, verschließt die Tür, geht die Treppe hinauf. Sie sollte über ihre Antwort an Monsieur Rachard nachdenken, ihr Kontenbuch aufschlagen, für den Fall, dass sie etwas übersehen hat. Aber sie läuft weiter durch den Flur, an ihrem Zimmer vorbei, bis zu dem von Élisabeth und Louise. Alle Türen sind geschlossen. Sie fühlt ihr Herz schneller schlagen, als ihre Füße die Stufen der schmalen Treppe berühren, die unter das Dach führt.

Pétronille hat nur zum Teil recht, denkt sie. Sie ist vielleicht dem Willen von Rachard und Beaulieu ausgeliefert, aber in ihrem Haus kann sie immer noch so handeln, wie sie es will. Das Blut rauscht in ihren Ohren, warm und betäubend. Sie klopft ohne zu zögern an, betritt den Raum, sieht, wie Charlotte sich in den Kissen aufrichtet. Geneviève spürt ihren Blick, aber es ist zu dunkel, um ihre Gesichtszüge zu erkennen.

»Ich dachte nicht, dass du hierherkommen würdest«, bricht Charlottes Stimme die Stille.

»Ich auch nicht.«

Geneviève sieht sie im Schein der Kerze an. Sie weiß nicht, was sie sagen soll.

»Du solltest sie vielleicht besser ausmachen«, schlägt Charlotte vor. »Falls jemand das Licht sieht und uns hört.«

»Gibt es noch andere Regeln, von denen ich nichts weiß?«

»Klopf nicht an?«

Geneviève setzt sich auf die Bettkante.

»Aber vor allem«, fährt Charlotte fort, »heirate nicht ein viertes Mal.«

Geneviève bläst die Kerze aus. Ein paar Sekunden lang ist Charlottes Gesicht nur eine helle Form im Halbdunkel.

»Ich weiß nicht mehr, was ich tun soll«, gesteht sie.

»Ich auch nicht. Du hast mir nichts erzählt.«

»Nein, du hast recht.«

Charlotte macht Platz, und Geneviève legt sich nach kurzem Zögern neben sie. Sie sieht wieder, wie ihre Wange an ihrer mageren Schulter lag, gestern Nacht im Traum.

Sie ist sich nicht sicher, was Charlotte über ihre Geschäfte mit Rachard weiß, also lässt sie nichts aus. Sie dreht sich zu ihr, spürt, wie ihre Halsmuskeln sich entspannen, je mehr sie preisgibt. Sie sagt Charlotte, dass ihre Anwesenheit, ihre Arbeit mit den Kindern ihr ungemein helfen, aber nicht alles lösen. Sie erklärt, dass sie entweder Rachards Antrag annehmen oder zulassen muss, dass Beaulieu ihren Besitz in die Finger bekommt.

»Er wartet schon lange auf diese Gelegenheit«, schließt sie.

Charlotte lehnt ihren Kopf zurück.

»Erinnerst du dich an den Tag, als wir die Salpêtrière verlassen haben? Wir haben eine Wahl getroffen, die nicht wirklich eine war. Wir konnten unser Leben in diesen Gemäuern verbringen oder an eine bessere Zukunft hier glauben.«

Geneviève verfolgt mit ihrem Blick die Bewegungen von Charlottes Bauch, des Lakens, während sie atmet.

»Vielleicht bist du nun in einer ähnlichen Lage«, sagt Charlotte, »und du musst dich zwischen Pest und Cholera entscheiden.«

»Wäre Rachard die Pest?«

»Ich würde eher sagen: die Cholera.«

Sie lachen. Geneviève rückt ihr Kissen zurecht, stützt ihre Wange auf ihre Faust. Die Wolken geben für einen Augenblick den Mond frei, sein weißes Licht. Sie hat bisher nie bemerkt, dass Charlottes Sommersprossen auch ihren Hals, ihre Schultern übersäen.

»Was hat dich veranlasst, zu mir zu kommen?«, fragt Geneviève, und Charlottes Arm an ihrem versteift sich.

»Ich hatte eine Schuld zu begleichen. Ich bin nicht zum ersten Mal hier.« Charlotte hört auf, die Wachstropfen von der Kerze zu kratzen, legt die Hand auf ihre Beine. »Ich bin einen Monat, nachdem du das Kloster verlassen hast, schon einmal hergekommen.«

Am Tag nach der Weinachtsandacht hatte Monsieur Melet Geneviève so heftig auf die Lippe geschlagen, dass sie mehrere Tage lang Schmerzen beim Essen hatte. Sie fühlte damals tiefe Einsamkeit, sie erinnert sich an keinen Besuch. Ihr Mann war jeden Tag beim Gouverneur, versuchte zu retten, was in der Kolonie zu retten war. In der Rue d'Orléans dachte Geneviève an ihr Überleben, an das ihrer Tochter.

»Ich konnte mich nicht entschließen anzuklopfen«, fährt Charlotte fort, während ihre Nägel wieder das Wachs bearbeiten. »Also blieb ich vor der Tür stehen. Nicht zu wissen, wie es dir ergeht, war mir unerträglich.«

Geneviève starrt auf ihre Hände, bläulich im Licht des Mondes. Sie denkt an den Winter im Kloster zurück, als sie glaubte, dass ein Leben bei den Ursulinen ihre einzige Möglichkeit sei, Melet zu entkommen. Die Angst schnürte sie ein, blendete sie. Wie sollte sie sich sonst erklären, dass sie vorhatte, Mélanie zu den Nonnen mitzunehmen, wie im Land der Illinois in die Küche? Der Gedanke war absurd, genauso wie ihr Leben damals.

»Die Oberin hätte nie eine Mutter aufgenommen, eine Ehefrau«, sagt sie. »Du hättest nichts tun können.«

»Doch«, entgegnet Charlotte mit rauer Stimme. Sie schiebt die Kerze von sich, findet Genevièves Augen. »Ich habe nie zu deinen Gunsten gesprochen.«

Der Satz hallt in dem kleinen Zimmer nach. Geneviève spürt dumpfen Zorn, ist aber keineswegs überrascht. Sie hat ihr nur bestätigt, was sie immer vermutet hat – etwas Schreckliches war am Tag vor Weihnachten im Büro von Mutter Tranchepain vorgefallen. Sie studiert Charlottes Gesicht, ohne recht zu wissen, was sie darin sucht.

»Du wirst mich nie so hassen, wie ich mich selbst damals gehasst habe«, sagt Charlotte. »Und wie von diesem Tag an, weil ich so entschieden habe.«

Geneviève erwartet, dieselbe Wut ins sich aufsteigen zu spüren wie an dem Tag, als Charlotte vorschlug, die Lehrerin ihrer Kinder zu werden. Aber ihre Worte ergeben keinen Sinn. Oder vielmehr wirken sie unangebracht. Sie hat das Kloster vor mehr als sieben Jahren verlassen. Sie erkennt die beiden Frauen, die sich hinter der Holzhütte küssten, verletzte Finger auf dunklen Röcken, kaum wieder. Diese Frauen sind Fremde, gezeichnet von ihren Entscheidungen und Irrtümern, die unausweichlich waren und sie hier, in dieses Mansardenzimmer geführt haben. Sie hat gelernt, dass Groll in Louisiane keinen Platz hat.

»Es tut mir leid«, sagt Charlotte.

Ein Tier trappelt über das Dach, und eine Weile schweigt Geneviève. Dann sucht sie Charlottes Hand, berührt ihre Wange. Als sie sie küsst, fühlt sich ihr Mund rund an, einer ihrer Nägel auf ihrem Arm ein wenig zu lang. Sie atmet ihren Geruch ein, Schweiß, Seife, Holz. Charlottes

Gesten sind vorsichtig, sie bittet um Verzeihung, Geneviève schüttelt den Kopf. Sie streicht an Charlottes Bein hinab, spürt ihren feuchtwarmen Atem an ihrem Hals. Geneviève sucht erneut ihre Lippen, küsst ihre Brüste und ihren Hals, die dünne Haut in der Nähe der Hüften, vergräbt ihr Gesicht zwischen ihren Schenkeln, dort, wo nur Platz für sie beide ist. Rachard, Beaulieu, die Nonnen existieren nicht mehr. Sie fühlt, wie Charlottes Beine sich anspannen, sieht ihr Profil, ihre Wange im Kissen versunken. Geneviève weiß genau, wann sie kommt.

Sie nimmt sie in die Arme, und so verharren sie, mit verhakten Füßen, und hören ihrem Atem zu, dem sturen Gesang der Grillen im Garten. Das Zimmer wirkt verändert, als hätte Geneviève es nie zuvor betreten. Sie ist sich ihres Körpers besonders gewahr, auch Charlottes, der sich zugleich vertraut und fremd an sie schmiegt. Als ihre Finger ihre Rippen berühren, erstarrt Geneviève. Plötzlich fürchtet sie, dass jede noch so kleine Bewegung den Augenblick zerstören kann. Aber dieses Mal geht Charlotte nirgendwohin, sie verlässt sie nicht. Sie nähert sich ihrem Gesicht, das Mondlicht wischt über ihr rotes und dann wieder schwarzes Haar, wandert weiter, während ihre spitzen Hüftknochen sich in Genevièves Bauch bohren. Als sie ihre Hand zwischen ihren Beinen spürt, erzittert Geneviève, konzentriert sich auf die aufsteigende Wärme. Sie fixiert Charlottes halb geöffneten Mund und sieht sie wieder im vereisten Klostergarten vor sich, wie sie sich zu ihr neigt, wie sie im Bett ihres Hauses in Biloxi liegt, im feuchten Schiffsraum der *Baleine* unter der Decke kauert, die Geneviève ihr nach dem Angriff der Piraten gereicht hatte. Wie sie in einer Scheune sitzt, irgendwo auf dem französischen Land, ihr ausweicht, sie sucht. Wie sie beide in der bleiernen Hitze den Haupthof der Salpêtrière durchqueren, auf die Karren steigen, die sie bald weit weg von allem bringen, was ihnen vertraut ist. Sie sieht, wie die Frauen, die sie einmal waren, verschwinden, zu anderen werden.

*

Beobachtung Nr. 4, vier Wochen nach dem Ausschlüpfen: Die aus Frankreich importierten Seidenraupen sind durchscheinend. Gesättigt. Sie haben aufgehört zu fressen. Sie liegen am Boden der Schatulle, sparen Kraft, warten auf das Unvermeidliche – dass die Seide sich bildet, das Einspinnen beginnt.

*

Als der Orkan die Stadt erreicht, ist Geneviève mit Charlotte und den fünf Kindern in ihrem Zimmer. Im Kerzenlicht verschwimmen ihre Blicke. Charlotte wiegt Céleste, wischt Élisabeth den Rotz von der Nase. Das Grollen, das vom Meer kam, ist verschwunden. Der Wind verleiht allem, was zuvor stumm war, eine Stimme. Er pfeift an den Mauern entlang, lässt die Schiffe im Hafen heulen, trägt ihr gespenstisches Wimmern bis ins Haus. Seit heute Morgen sind die Böen immer stärker geworden. Nach und nach haben sich die Straßen geleert, die Fenster mit schwankenden Lichtern gefüllt. Die Kinder haben aufgehört zu spielen. Geneviève wiederholte, was sie gehört hatte: Der Sturm würde nicht schlimmer werden als der des letzten Jahrzehnts, der die Hütten und fast die gesamte Flotte der Stadt zerstört, die mit Lebensmitteln beladenen Schiffe versenkt hat. Aber sie selbst hat ihn nicht erlebt; Charlottes Gesicht verschließt sich, sobald jemand den September 1722 auch nur erwähnt. Geneviève hat nichts anderes anzubieten als beruhigende Worte. Je mehr Zeit vergeht, desto seltsamer muten sie an.

Der Regen setzt ein. Geneviève hat so etwas bislang weder gehört noch gesehen. Das Wasser trommelt aufs Dach, Tropfen werden zu Sturzbächen, ein dichter, dröhnender Vorhang. Vor den Fenstern ist nichts mehr zu erkennen. Die Nachbarhäuser verschwinden hinter einer flüssigen, grauen Wand. Als sie Charlottes Blick begegnet, errät Geneviève leicht ihre Gedanken. Sie sind wieder auf der *Baleine*, das Haus ist ein Dreimaster, verloren zwischen tosenden grünen Wellen.

»Wir müssen alle nach oben bringen«, erklärt Charlotte.

»Aber das Hochwasser kann unmöglich …«

»Doch, glaub mir. Es ist nur eine Frage der Zeit.«

Geneviève nickt. Sie denkt an die Frauen und Männer der Plantage am Pontchartrain-See im Norden.

»Beeil dich«, sagt sie.

Charlotte steht auf, übergibt Céleste an Geneviève und verlässt den Raum. Das Kind brüllt los, und Geneviève nimmt es fester in den Arm, die feuchte Wange des Babys legt sich an ihren Hals. Laurent schwankt auf Mélanie zu und verbirgt sein Gesicht unter dem Arm seiner älteren Schwester. Ein eisiger Windstoß fährt durch den Raum, und Élisabeth fängt an zu weinen. Geneviève braucht einen Moment, um zu verstehen, dass der Wind durch den Kamin eingedrungen ist und die Kerzen ausgepustet hat, dass selbst dort, wo Möbel vor die Fenster gerückt wurden, Sturm und Wasser bald durchdringen könnten.

»Maman«, flüstert Louise nur.

Charlotte ist bereits mit Belle und ihrer Familie zurück. Constantin setzt sich neben die Tür. Belle flüstert sanfte Worte in ihrer Sprache. Ans Bett gelehnt, hält Alexandre seine Hände so wie manchmal seine Mutter, eine Hand zur Faust geballt und die andere darumgelegt, als ob er etwas darin verberge. Sie zeigt auf die Decken, und bald gehen die Felle von Hand zu Hand, legen sich über Schultern, fallen über Knie. Die Gestalten zwischen den Möbeln sehen beinahe aus wie Kokons.

Da kommen Geneviève die Seidenraupen in den Sinn. Kurz bevor der Sturm über die Stadt hereinbrach, war sie mit den Schutzvorkehrungen für das Haus beschäftigt, damit, Fenster und Türen zu verbarrikadieren. Sie löst Céleste sanft von ihrer Halsbeuge, das Baby stößt einen lauten Schrei aus.

»Pass auf sie auf«, bittet sie Charlotte. »Ich bin gleich wieder da.«

»Wo gehst du hin?«

»Ich bin gleich wieder da«, wiederholt Geneviève, dieses Mal lauter, um das Prasseln des Regens zu übertönen.

Sie zieht die Decke über Louises Beinen zurecht, küsst Élisabeth auf die Stirn. Inmitten des Sturms erscheint ihr der Heiratsantrag von Monsieur Rachard unbedeutend. Ihre Seidenraupen sind dagegen unentbehrlich, die Einzigen, die sie noch retten können, falls es ihr gelingt, sie vor dem Orkan in Sicherheit zu bringen.

»Ich kann gehen, sagen Sie mir wohin.«

Sie dreht sich zu Constantin um. Seine starken Arme sind vor seiner Brust verschränkt, seine lockigen Haare in Unordnung. Belle schüttelt den Kopf und bedeutet ihm, sich wieder neben sie und Alexandre zu setzen. Geneviève lächelt Constantin dankbar an.

»Bleib hier. Achte darauf, dass die Fenster verschlossen bleiben.«

Noch ein geflüsterter Prostest, von irgendwoher ein Schluchzen. Charlottes Hand entzieht sich kurz denen der Kinder, um ihre zu drücken. Aus der Ferne trägt der Wind das panische Wiehern der Pferde herbei. Geneviève sucht den Schlüssel in ihrer Tasche und verlässt den Raum.

Es dauert eine Weile, bis sich ihre Augen an die Dunkelheit im Flur gewöhnt haben. Das Haus ächzt und knackt, es scheint mit einem Mal nicht stabiler als die Spielzeuge der Kinder, als ob Wasser und Luft Stein und Ziegel leicht überwinden können. Geneviève geht die Treppe hinunter. Ihre Finger an der Wand zittern, aber sie kann nicht sagen, ob es von ihr oder vom Holz ausgeht.

Auf dem mittleren Treppenabsatz sieht sie, dass Charlotte recht hatte: Es war nötig, alle nach oben zu bringen. Der Boden ist flüssiges Schwarz, der Teppich treibt in knöchelhohem Wasser, seine Silberfäden schimmern wie Korallen im Meer. Die Tür zum grünen Salon schlägt auf und zu und spritzt bei jedem Windstoß die Wände nass. Der ausgestopfte Eisvogel dreht sich an seinem Seidenfaden wild im Kreis. Geneviève hebt ihren Rock hoch und geht weiter hinab, die Stufen unter ihren Füßen werden immer schwammartiger, bis ihre Knöchel im Regenwasser versinken.

Sie möchte sich beeilen, aber ihr nasses Kleid bremst sie. Der Wind heult, sie spürt ein Pochen an ihren Schläfen, den Hals hinunter, bis in ihre Handgelenke. Dann steht sie vor dem kleinen Raum, führt den Schlüssel ins Schloss. Als sie die Tür aufschiebt, setzt sie das Wasser in Bewegung. Die Hälfte der Kisten ist bereits überflutet. Mit zitternden

Händen greift sie dann nach den beiden Schatullen, nimmt sie so vorsichtig wie möglich auf. Sie ergreift den Korb mit den Maulbeerblättern und eilt zur Treppe.

Als sie ins Zimmer zurückkehrt, behält sie für sich, was sie im Erdgeschoss gesehen hat. Sie ignoriert Charlottes Blicke, Belles Fragen und die Klagen der Kinder. Sie setzt sich auf den Boden, winkt sie heran. Ihre Gesichter neigen sich über ihre Schulter, kleine Hände spielen mit ihrem feuchten Rock. Charlottes Knie drückt gegen ihres. Geneviève öffnet die Schatulle. Während der Orkan das Haus beben lässt, schauen sie zu, wie die Seidenraupen über die Blätter kriechen, ihre gelbliche, durchscheinende Haut schimmert im Licht des abflauenden Sturms.

*

Die Leute hatten recht: Der Sturm hat nicht so viel Zerstörung angerichtet wie jener im September 1722. Dieser dauerte nur eineinhalb Tage, während der vorherige die Stadt drei Nächte lang traktierte. Geneviève schenkt ihnen keine Beachtung. Für sie ist die Katastrophe offensichtlich. Auf dem Weg zum neuen Ursulinenkloster hat Charlotte von ertrunkenem Vieh gehört, von Kadavern, die vom Fluss bis zum Maurepas-See getragen wurden. Geneviève hat gesehen, wie Belle in Tränen ausbrach, als eine junge Frau ihr mitteilte, dass Yaba tot sei, die Heilerin, die ihren Sohn gerettet hat. Die Hütten am Fluss, in denen sie mit den anderen afrikanischen Sklaven lebte, konnten einem solchen Orkan nicht standhalten.

Pétronille ist in Sicherheit, auch wenn das Dach ihres Hauses weggeweht wurde. Als Geneviève sie besucht, legt sie eine verstörende Gelassenheit an den Tag. Sie stellt sich ihre Freundin in Fort Rosalie vor, kurz nach dem Überfall, wie die Angst in ihre feinen Züge kriecht. Pétronille zuckt mit den Schultern. Sie sagt, dass es nicht der erste und nicht der letzte Sturm sei, fügt hinzu, dass ihr beschädigtes Haus ihren Mann vielleicht überzeugen würde, in ein anderes Viertel der Hauptstadt zu ziehen. Solange sie ihre Kinder und ihren Kräutergarten habe, würde sie überallhin gehen. Der gegenüberliegende Hafen ist mit ramponierten Schiffen gespickt. Die *Neptune* wurde vollkommen zerstört, das Schwarzpulver aus dem Frachtraum verdunkelt den Fluss.

Die Pelikane sind in die beschädigte Stadt eingezogen. Sie betrachten das Chaos mit ihren schwarzen, sanften Augen. Sie fliegen in Schwärmen, tauchen ungebremst in die neu entstandenen Wasserläufe. Sie öffnen ihre Schnäbel unter der Oberfläche, als könnten sie dort atmen, als wären sie fähig, überall glücklich zu sein. Geneviève beobachtet vom Fenster aus, wie sie sich aufrichten und die Fische, die in ihrer Schnabeltasche zappeln, lebendig verschlingen.

Sie untersagt den Kindern nach draußen zu gehen, auf die überschwemmten Straßen. Im Innern des Hauses haben alle Räume die gleiche Farbe, das gräuliche Braun von Regen und Schlamm. Aber diese Schäden erscheinen lächerlich im Vergleich zu dem, was sie ein paar Tage nach dem Sturm erfährt, als ein bemitleidenswerter Hérin vor ihrer Tür steht und stammelt, dass es keine Ernte geben werde. Die Sklaven hätten sich in das große Steinhaus flüchten können, das standgehalten habe – nur zwei von ihnen seien durch den Orkan verletzt worden. Aber von den Lagerhäusern und den Indigofeldern sei nichts mehr übrig.

Geneviève schickt sogleich Constantin zur Plantage. Wie sie es bereits ahnte, hat Hérin ihr nicht die ganze

Wahrheit gesagt. Mehrere Personen sind verschwunden, und Geneviève besteht darauf, dass die Suche fortgesetzt wird.

Es ist der 14. August, der Tag, an dem sie Monsieur Rachard ihre Antwort hätte gegeben haben sollen. Sie schreibt ihm nicht sofort. Sie will, dass ihn zunächst die Neuigkeiten erreichen, dass er erfährt, dass die Indigofärberei nicht mehr existiert und sie nur noch eine sechsunddreißigjährige Witwe mit fünf zu versorgenden Kindern und einem heruntergekommenen Haus ist, in einem Land, das nicht gezähmt werden kann.

Eine Woche lang lässt sie das Wasser ableiten, die ruinierten Möbel heraustragen, die Wände trockenlegen. Am Ende kommt Monsieur Rachard ihr zuvor. In seinem Brief bedauert er die Sturmschäden. Das Wort »Heirat« verwendet er nicht mehr. Er erklärt, dass er sich leider gezwungen sehe, sein Angebot zu überdenken, bis seine Plantage wieder aufgebaut sei, die auch unter dem Unwetter gelitten habe, wenn auch weniger als ihre. Sie bezweifelt, dass der Sturm auch über die Inseln gefegt ist. Aber das ist nicht von Bedeutung. Was vom Haus in der Rue d'Orléans übrig ist, gehört ihr. Charlotte, ihre Kinder, Belle sind an ihrer Seite. In den Augen von Monsieur Rachard und der Berater des Gouverneurs hat das alles keinen Wert. Sie ist wieder unsichtbar geworden, frei.

*

Beobachtung Nr. 5, sechs Wochen nach dem Ausschlüpfen: Der Weinkeller stinkt nach Schimmel, von den Wänden blättert die Farbe ab, also geht Geneviève nun mehrmals am Tag in die Speisekammer, um ihr Experiment zu überwachen. Dicke weiße Kokons, die an Schnee, an Spinnennetze erinnern, beschweren die Maulbeerzweige. Das ist es, was die Männer nicht wissen; und das ist es, was sie daran hindert, sich lange mit dem, was sie verloren hat, zu befassen. Sie hört die Kinder im schlammigen Garten spielen, wo keine zu füllende Lücke mehr im Blumenbeet existiert, kein Lavendelbusch mehr zu erwarten ist. Charlotte ruft Élisabeth zu, sie solle aufhören, Erde zu essen. Vor einer Stunde hat Geneviève ihr angeboten, sie zu begleiten, aber Charlotte sagte mit einem Blick auf die Kinder: »Nächstes Mal.« Geneviève nickte dankbar. Trotz ihrer Einladung ahnte Charlotte wohl, dass sie heute lieber allein ist.

Geneviève gießt warmes Wasser in eine Schüssel. Dann löst sie sorgfältig einen der Kokons ab, den die französischen Seidenraupen gesponnen haben. Sie gibt ihn ins Wasser wie ein Zuckerstück in eine Tasse Kaffee. Sie schaut zu, wie der Kleber, die Füllung, die den Faden zusammenhält, sich zersetzt. Irgendwo im Haus ruft Laurent nach Mélanie. Geneviève nimmt eine kleine Bürste, ähnlich der, mit der sie die Haare der Kinder kämmt, und fährt damit über den Kokon. Die erste Hülle fällt ab, ein grobes Geflecht. Aber die Raupen sind zu Besserem fähig, und sie werden es ihr beweisen.

Das ist ihr liebster Teil. Sie rollt den Kokon über ihre Handfläche, kratzt mit dem Nagel daran, sucht den Eingang. Sie weiß, dass die Seide nur zerbrechlich wirkt, dass sie viel schwerer zu zerstören ist, als es den Anschein hat. Als Geneviève die Öffnung findet, zögert sie nicht. Sie zieht den Faden zu sich, reißt daran, und die Seide fließt durch ihre Finger.

Manche Frauen altern, andere sterben jung. Die Übriggebliebenen vermeiden es, an Frankreich zu denken. In ihrer Erinnerung ist ihr Heimatland schöner oder hässlicher geworden – diese Mär behalten sie für sich. Sie schauen lieber den Fledermäusen nach, die aus dem Speicher flattern, lauschen dem Gelächter, das vom Kabarett hochsteigt, wo der Abend gerade endet, betrachten das Spanische Moos, das sich in den Händen ihrer Enkelkinder in eine Perücke verwandelt. Die Frauen wagen nicht, sie zu unterbrechen. Wenn eines ihnen Milch oder Cidre anbietet, schütteln sie den Kopf, fragen: »Warum bleibst du nicht ein bisschen bei mir?«

Sie erzählen ihnen die Geschichte der Mädchen, kaum älter als sie, die ihre Stadt verließen, um nie dorthin zurückzukehren. Sie beschreiben den Ehemann oder die Nachbarin, die sie zu lieben lernten, die Gewohnheiten, die sich schließlich einstellten, die Stelle als Bäckerin oder Schneiderin, die sie am Ende erhielten. Sie deuten auf ihr Haus, beschreiben, ohne rot zu werden, was sie zerstört haben, um es zu bauen. Sie sprechen nicht über diejenigen, die sie verletzt haben. Auch wenn sie es versuchten, ihre Liste wäre niemals vollständig. Einmal, und nur einmal murmelt eine Frau: »Wir leben auf einem Friedhof«, und ihre Tochter, die über den Hof läuft, verbietet ihr, einen solchen Unsinn zu erzählen.

Die Kinder lauschen der Geschichte eines Landes, das einmal gefährlich war, ein Gefängnis aus Bäumen, ein Labyrinth aus Sümpfen, ein Ozean aus Schlamm. Die Frauen schwören, dass der Horizont in Louisiane weiter ist, und manche räumen ein, sich in Mississippi nicht gleich zu Hause gefühlt zu haben. Die meisten lügen.

Wenn es Nacht geworden ist und die Kleinsten sie bis zu ihren Schlafzimmern begleiten, huschen manche der Enkel in den Garten, schauen zum Himmel hoch, aus dem das Licht gewichen ist. Ein sausender Wind geht, die Stechmücken setzen ihnen zu und eine Böe zwingt sie, die Augen zu schließen. Im Dunkeln erinnern sich die Kinder an die furchterregenden Geräusche, die sie manchmal im Schlaf erreichen, diese drohende Stimme der Kolonie, diese Klänge, deren Ursprung sie nie ausfindig machen. Dann fragen sie sich: Hat Louisiane sich wirklich verändert? Wird es sich eines Tages ändern?

Anmerkung der Autorin

Dieses Buch erzählt eine fiktive Geschichte, wie jeder historische Roman. Ich habe jedoch Jahre mit Recherchen verbracht, die mir eine möglichst getreue Darstellung der – hier ausgedachten – Leben erlauben, die diese Frauen geführt haben mögen. Dieser Roman würde nicht existieren ohne die wertvollen Werke, die meine Reisebegleiter geworden sind. Die meisten Fakten über das französische Louisiane zu Beginn des 18. Jahrhunderts habe ich in den Memoiren französischer Siedler gefunden, wie Antoine-Simon Le Page du Pratz (die drei Bände seiner *Histoire de la Louisiane*), Jean-François-Benjamin Dumont de Montigny (*Regards sur le monde atlantique, 1715–1747*), Marc-Antoine Caillot (*Relation du Voyage de la Louisiane ou Nouvelle-France fait par Sr. Caillot en l'année 1729*) oder Lamothe Cadillac und Pierre Liette (*The Western Country in the 17th Century: The Memoirs of Lamothe Cadillac and Pierre Liette*).

Für den ersten Teil des Buches habe ich das Hôpital de la Salpêtrière besichtigt, wo immer noch das Gebäude der *Grande Force* steht. Eine Gedenktafel erinnert an die Abreise der »Frauen des Königs« nach Kanada, aber es findet sich kein Hinweis auf die Frauen, die nach Louisiane geschickt wurden, an Bord von Schiffen wie *La Baleine*, *La Mutine* oder *Les Deux Frêres*. Eine der ersten Gruppen ist 1704 an Bord der *Pélican* losgesegelt. Der Pelikan ist das Symboltier Louisianes, heute auch bekannt als »Pelican State«. Es sind Schwarmvögel, sie jagen, wandern und nisten in Kolonien.

Ich habe auch die Archive der Assistance Publique-Hôpitaux de Paris (APHP) gesichtet. Die folgenden Werke waren unerlässlich, um über die Salpêtrière und Paris zu schreiben: *Femmes opprimées à la Salpêtrière de Paris: 1656–1791* von Jean-Pierre Carrez, *La Salpêtrière: son histoire de 1656 à 1790, ses origines et son fonctionnement au XVIIIe siècle* von Louis Bouchet, *Nouvelle description de la ville de Paris, et de tout ce qu'elle contient de plus remarquable* von Germain Brice sowie *Almanach de Paris des origines à 1788* von Michel Fleury und Jean Julard. Anders als in diesem Buch behauptet wird, hat der Cour Lassay seinen Namen erst 1756 erhalten. Die beiden folgenden Texte haben sehr nützliche Informationen geliefert, um die Perspektive der Frauen einzunehmen, die Ende des 17. Jahrhunderts oder zu Beginn des 18. Jahrhunderts in Frankreich gelebt haben: *Être veuve sous l'Ancien Régime von Scarlett Beauvalet-Boutouyrie* und der Artikel »*Le vécu de la grossesse aux XVIIIe et XIXe siècles en France*« von Emmanuelle Berthiaud, veröffentlicht in *Histoire, médecine et santé*. Zugunsten der Fiktion verbringt Marguerite Pancatelin im Roman 56 statt 54 Jahre in der Salpêtrière.

Marthes Rezepturen im Kapitel 7 entstammen alle dem Werk *Les secrets du Grand Albert: comprenant les influences des astres, les vertus magiques des végétaux, minéraux et animaux.*

Die Heilmittel von Utu'wv Ecoko'nesel in Kapitel 10 entstammen den Erläuterungen der Natchez-Rezepturen von Le Page du Pratz, der Website *Native American Ethnobotany Database*, den Büchern *Plants Used as Curatives by Certain Southeastern Tribes* von Lyda Averill Paz Taylor und *Religious Beliefs and Medical Practices of the Creek Indians* von John R. Swanton.

Um die Lektüre zu erleichtern, wird die französische Siedlung bei den Natchez-Dörfern »Natchez« genannt anstatt »bei den Natchez« oder »beim Posten der Natchez«, wie die Siedler sie damals nannten. Aus dem gleichen Grund sprechen Pétronille und Utu'wv Ecoko'nesel im Roman Französisch. In Wirklichkeit verwendeten die Siedler und die Natchez (sowie manche Stämme von amerikanischen Indigenen damals) das Pidgin aus Mobile zur Kommunikation. Im Roman wird Nouveau Biloxi vereinfacht Biloxi genannt. Eine Meile entspricht ungefähr vier Kilometern.

Dank

Dieses Buch ist in erster Linie ein Gemeinschaftsabenteuer: acht Jahre Schreiben und Recherche, begleitet von brillanten Expert:innen.

Ich möchte von tiefstem Herzen dem verstorbenen Randall Ladnier danken, Nachkomme einer der Frauen, die an Bord der *Baleine* gereist sind. Alles begann mit einer E-Mail, die ich ihm an einem Herbstabend im Jahr 2016 schrieb. Sein Buch *The Brides of La Baleine* war meine erste Begegnung mit der Geschichte dieser Frauen.

2017 konnte ich mich dank des Stipendiums »President's Commission on the Status of Women« der Oregon State University auf Rechercheriese nach New Orleans begeben, wo ich das Ursulinenkloster besuchen und die Archive der Historic New Orleans Collection sowie die Spezialsammlungen der Tulane University sichten konnte. Kapitel 9 hätte ich ohne den Bericht von Marie-Madeleine Hachard, *Relation du voyage des dames religieuses ursulines de Rouen à La Nouvelle-Orléans* und Emily Clarks Buch *Masterless Mistresses: The New Orleans Ursulines and The Development of a New World Society, 1727–1834* nicht schreiben können.

Unendlich dankbar bin ich auch Hutke Fields, dem Principal Chief der Natchez Nation. Ich kann meine Dankbarkeit für die Zeit und die Unterstützung, die er mir während unserer jahrelangen Korrespondenz geschenkt hat, kaum ausdrücken, für die Natchez-Quellen, die er mir empfohlen hat, darunter Natchez Indigital oder das frei zugängliche Natchez-Wörterbuch www.natcheznation.com, ebenso wie für die Hilfe bei der Wahl der Vornamen für meine Natchez-Figuren und seine großzügige Antwort nach der Lektüre meines Manuskripts. Hutke Fields unterstrich, dass das Volk der Natchez nach 1731 noch jahrelang weiter gegen die Siedler kämpfte, nachdem sie Obdach und Hilfe bei verbündeten Nationen im Südosten der heutigen Vereinigten Staaten gefunden hatten, wo ihre Nachfahren noch heute leben.

Ein großer Dank geht an den Historiker Dr. Gilles Havard, der zu den Beziehungen zwischen Europäern und Indigenen in Nordamerika forscht und als Forschungsleiter am CRNS arbeitet. Die Einblicke seines Buches *Le Grand Soleil et la mort, anthropologie du coup natchez de 1729* haben mir ermöglicht, den Kapiteln, in denen Natchez auftauchen, den Feinschliff zu geben.

Danke an Dr. Ibrahima Seck vom Whitney Plantation Museum, der so freundlich war, mir sein Buch *Bouki Fait Gombo: A History of the Slave Community of Habitation Haydel (Whitney Plantation) Louisiane 1750–1860* zu senden und mir die Lektüre von *The Yoruba Diaspora in the Atlantic World* von Toyin Falola und Matt D. Childs zu empfehlen. Oyeronke Olajubus Werk *Women in the Yoruba Religious Sphere* und die Louisiane Slave Database von Gwendolyn Midlo Hall waren zentral, um die Figuren Iyawa (Belle), Latorin (Alexandre) und Obe (Constantin) zu entwerfen.

Zudem danke ich Doktor Stefania Capone, Forschungsleiterin am CNRS und Autorin von *Les Yoruba du Nouveau Monde*, für ihre Auskünfte zur Kultur und Religion der Yoruba. Ein weiterer Dank geht an Jacob Kehinde Olupona, Professor an der Harvard University, Spezialist für afrikanische religiöse Traditionen, der Auszüge meines Buches gelesen hat.

Ich danke Ariel A. Vincent für die aufmerksame Lektüre und präzisen Anmerkungen.

Mein Dank gilt außerdem der Fondation Belem und Leutnant Gabriel Maumené, der mich über *Le Belem* geführt hat, einen der letzten französischen Dreimaster, als dieser in Le Havre vor Anker lag. Ich hätte mir keinen geduldigeren und versierteren Menschen für die Führung vorstellen können, der zudem routiniert auf meine Fragen zu Sextanten, Spillen und anderen maritimen Besonderheiten antwortete und einen Blick auf Kapitel 3 und 4 warf. Tausend Dank an Léa Surrel und Éric Rieth, die mir geholfen haben, die Archive des Musée national de la Marine zu durchstöbern, und denen ich mein ganzes Wissen über die Fleuten des 18. Jahrhunderts verdanke.

Mein tiefer Dank geht auch an Joan DeJean, dessen Werk *Mutinous Women: How French Convicts Became Founding Mothers of the Gulf Coast* mir entscheidende Informationen lieferte, als ich 2022 diesen Text überarbeitete. Ihr Buch hat mir unter anderem geholfen, die Figur der Marie Cléry zu entwickeln, deren Vergangenheit in Frankreich vom Leben der Marie Baron inspiriert ist, die wirklich verhaftet wurde, nachdem man sie zu Unrecht beschuldigt hatte, in Paris ein Band gestohlen zu haben. Joan hat sich Zeit genommen, meinen Roman zu lesen und mich über die Schicksale zahlreicher nach Mississippi geschickten Frauen zu Beginn des 18. Jahrhunderts aufzuklären.

Im Frühjahr 2019 hat mir die Fondation des Treilles die Zeit und den Raum gegeben, die ich brauchte, um den Roman zu überarbeiten. Ich werde die zwei Wochen, die ich schreibend in dem prächtigen Haus im französischen Süden verbracht habe, nie vergessen. Im Sommer 2022 hatte ich das Glück, in der Villa Joana in Barcelona zu Gast zu sein, danke für diesen unglaublich schönen Aufenthalt.

Unendlicher Dank geht an meine französischen Lektorinnen Raphaëlle Liebaert und Léa Marty sowie an das ganze Team der Editions Stock, für ihre Unterstützung, ihr Vertrauen, ihre wertvollen Anmerkungen, ihre unerschütterliche Begleitung.

Tausend Dank an meine amerikanische Lektorin Millicent Bennett, meine britische Lektorin Frances Edwards und an die Verlagsmitarbeitenden von HarperCollins und Headline, für ihre ständigen Ermutigungen, ihre klugen Ratschläge und ihr wunderbares Feedback auf beiden Seiten des Atlantiks.

Mein unendlicher Dank an Sandra Pareja, die an dieses Buch geglaubt hat, als ich schon aufgeben wollte. Ich danke ihr für tausend Stunden mit mir im Schlamm von Louisiane im Jahr1720, für ihre Vorschläge, die so stichhaltig waren, dass ich Lust bekam, diese Kapitel zum fünfzehnten Mal neu zu schreiben, für ihren ansteckenden Enthusiasmus, der diesen Roman durch die ganze Welt reisen lässt.

Ich danke auch den Verleger:innen im Ausland, die an diese Geschichte geglaubt und ihr über Grenzen hinweg ein neues Zuhause gegeben haben.

Mein besonderer Dank gilt den ersten Leser:innen dieses Buchs. Sam, der mich erleben ließ, was ich brauchte, um es zu schreiben – dessen strenge und wohlwollende Kommentare in mehr als eine Version dieses Romans eingeflossen sind. Mackenzie und Sarah, ohne die La Louisiane nie existiert hätte. Suzanne, die in der ersten Pandemiewelle mit Begeisterung jedes neue Kapitel las, die mir Kraft verlieh, um mein viertes Manuskript neu zu denken.

Meinen englischsprachigen Freund:innen, die mich immer unterstützt und geduldig verschiedene Kapitel gelesen haben: Megan, Isabelle, Al, Gabriel, Mark, Andy, Morgane, Armelle, Cate, Peter, Steven.

Meinen französischen Freund:innen, die Teile des Romans in beiden Sprachen gelesen haben: May, Anoushka, Martin, Pierre-Yves, Karine. Denen, die mir zugehört haben, als ich von einer Fassung nach der anderen erzählte, die mich all die Jahre begleitet und mir versichert haben, dass sie dieses Buch lesen wollen: Cécilia, Élise, Julie, Antoine, Thara, Astrid, Yazid, Hélo, Camille, Louis, Pierre, Alex, Marina, Ignacio, August, Morgan und all den anderen, die ich das Glück habe, zu meinen Freund:innen zu zählen.

Meinen schreibenden Freund:innen aus Corvallis, OR, meiner literarischen Familie am Ufer des Pazifiks.

Meinem Mentor und Schreiblehrer Kevin Moffett, der mir in Kalifornien gezeigt hat, dass sich Schreiben lehren und lernen lässt.

Meinen Dozent:innen des Creative Writing Program an der Oregon State University, deren kluge Ratschläge mich bei jedem neuen Text, den ich verfasse, begleiten: Marjorie Sandor, Susan Jackson Rodgers, Nick Dybek, Keith Scribner.

Nie genug danken kann ich meiner ganzen Familie, vor allem meiner Mutter, meinem Vater und meinem Bruder. Ich hätte dieses Buch ohne ihre Zuwendung, ihre Unterstützung und ihre Liebe nie schreiben können.

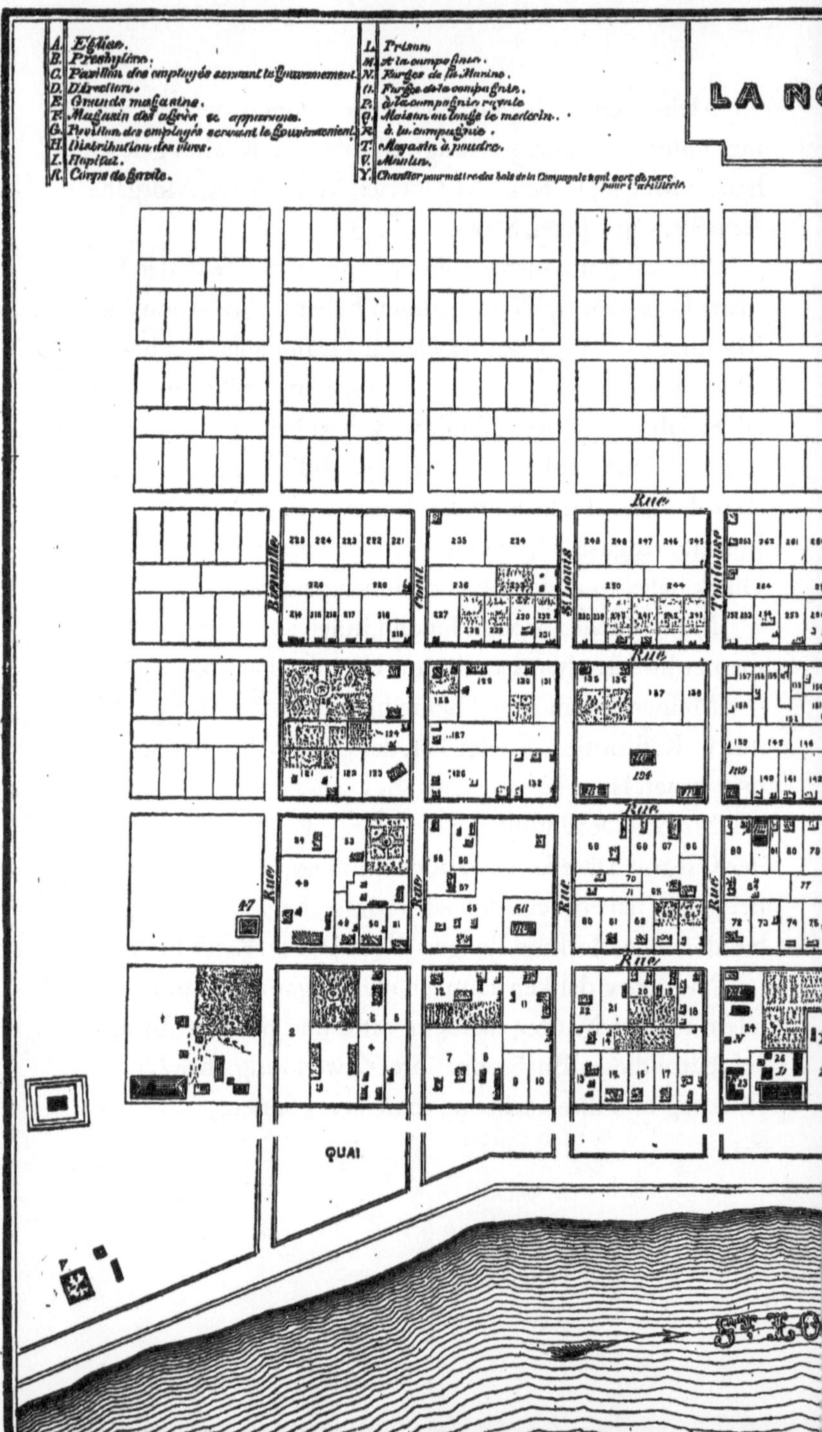
L. Prison.
N. Forges de la Marine.
O. Forges de la compagnie.
T. Magasin à poudre.
V. Moulin.
I. Hopital.
Rue
Bienville
Conti
St Louis
Toulouse
QUAI

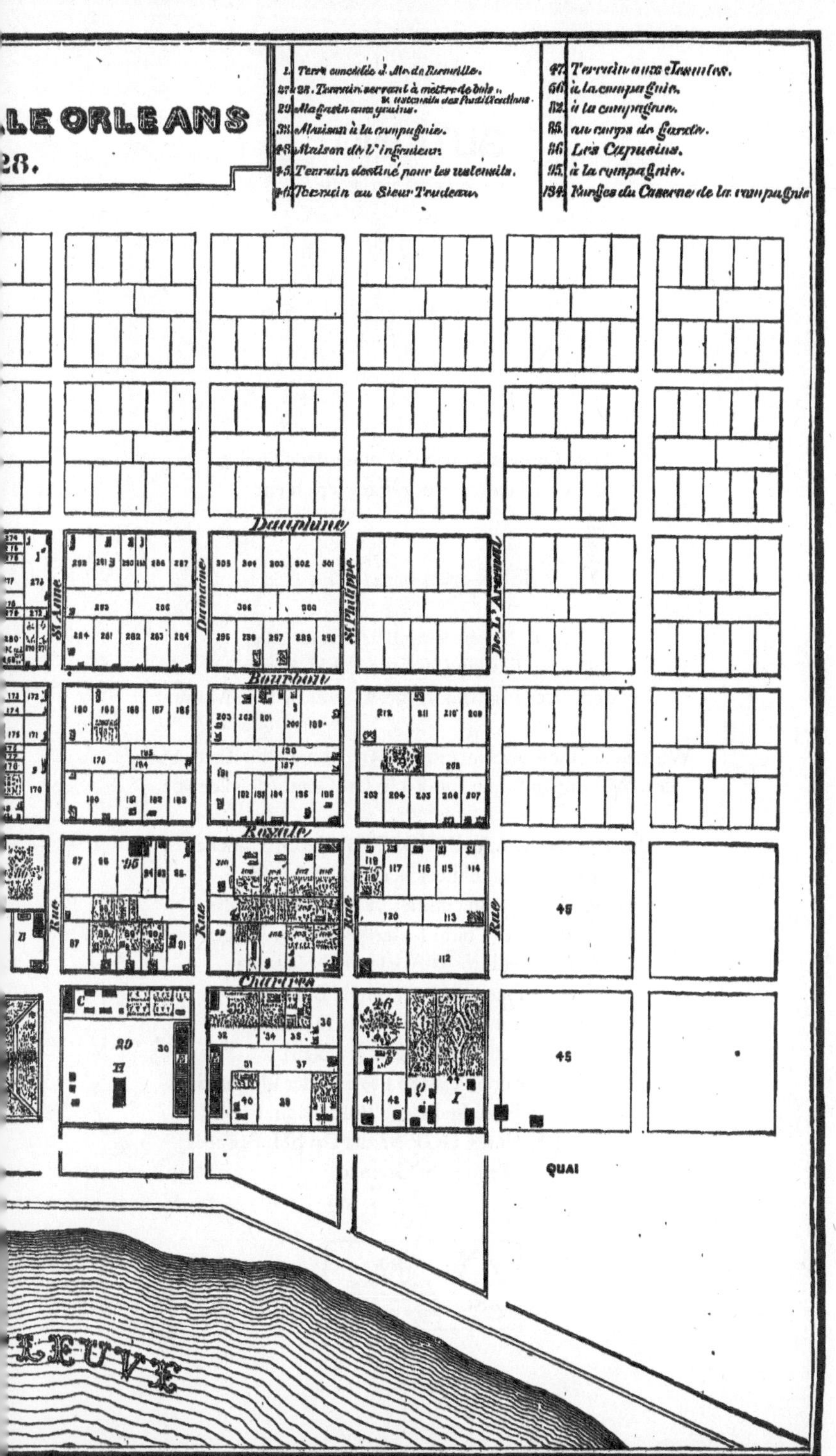

LE ORLEANS
28.
29. Magasin aux grains.
33. Maison à la compagnie.
48. Maison de l'ingénieur.
45. Terrain destiné pour les ustensils.
46. Terrain au Sieur Trudeau.
66. à la compagnie.
82. à la compagnie.
85. au corps de garde.
86. Les Capucins.
95. à la compagnie.
Dauphine
Bourbon
Royale
Chartres
St Anne
Dumaine
St Philippe
De L'Arsenal
Rue
QUAI
LEUVE

GUTKiND
www.gutkind-verlag.de

Die Originalausgabe ist unter dem Titel
La Louisiane bei Stock, Paris, erschienen.

ISBN 978-3-98941-012-1

Umschlaggestaltung: FAVORITBUERO, München
Umschlagabbildung: Eugène Delacroix,
Jeune orpheline au cimitière, 1824, Louvre, Paris,
FrancePhoto © Photo Josse/Bridgeman Images
Autorinnenfoto: © Astrid di Crollalanza
Illustrationen: S. 6 © Aurélie Boissière,
S. 8/9 und 526/527 © Public Domain;
© Wellcome Images (Pelikan)
Gesetzt aus der Adobe Caslon Pro und der Questa Sans
Layout und Satz: Red Cape Production, Berlin
Druck und Bindung: GGP Media GmbH, Pößneck
Printed in Germany